講談社文庫

血の弔旗

藤田宜永

講談社

目次

第一章　強奪者＋《プラス》ワン　7
第二章　成功への光と影　265
第三章　血の弔旗　469
解説　末國善己　770

●人物紹介

根津謙治《ねづけんじ》　1936（昭和11）年生まれ。資産家原島勇平の運転手を務める。

根津美紀子《ねづみきこ》　謙治の妹。

岩武弥太郎《いわたけやたろう》〈山田《やまだ》〉1936（昭和11）年生まれ。バンドマン。

岩武知美《いわたけともみ》　弥太郎の娘。

宮森菊夫《みやもりきくお》〈岡本《おかもと》〉1936（昭和11）年生まれ。旅行代理店の経理係。

川久保宏《かわくぼひろし》〈田島《たじま》〉1936（昭和11）年生まれ。上石神井《かみしやくじい》の高校で教鞭を執る。

原島勇平《はらしまゆうへい》　資産家。戦後の混乱期から金貸しを始め財を成した。

原島浩一郎《はらしまこういちろう》　勇平のひとり息子。

迫水祐美子《さこみずゆみこ》　クラブ『レジェンド』のママ。浩一郎の愛人。

富島増美《とみしまますみ》　劇団の研究生。ホステスで生計を立てている。

栄村修一《さかえむらしゅういち》　戦時中、長野市郊外のY地区の小学校で教鞭を執っていた。

栄村《さかえむら》**（玉置**《たまき》**）鏡子**《きょうこ》　修一の娘。

石橋《いしはし》　警視庁の刑事。

村川《むらかわ》　警視庁の刑事。

柏山克二《かしやまかつじ》　スナック経営者。元暴力団員。

隅村安治《すみむらやすはる》　隅村産業社長。居酒屋『すみ家』を経営。

末久義隆《すえひさよしたか》　『すみ家』店長。

佐伯弘幸《さいきひろゆき》　佐伯興産社長。勇平の手先。政治家への闇献金を担当。

松信和彦《まつのぶかずひこ》　天丼屋『謙さんのどんぶり』アルバイト。

荻野民雄《おぎのたみお》　岩武の娘・知美の交際相手。大学院生で日本現代史を専攻。

小柳礼司《こやなぎれいじ》　三軒茶屋《さんげんぢゃや》にある軍隊酒場『武蔵』の店主。

血の弔旗

第一章　強奪者＋《プラス》ワン

一

一九六六年八月十五日

目黒区碑文谷《めぐろくひもんや》二丁目の静かな通りを、幌《ほろ》を被《かぶ》った緑色のトラックが、重いエンジン音を響かせながら走っていた。

午後九時を少し回った時刻である。

サレジオ教会の鐘塔《しょうとう》から月が顔を覗《のぞ》かせていた。街路樹の影が、湿った風に操られ、路上でゆらゆら揺れている。やる気のまるでない清掃人の動かす箒《ほうき》のようだ。

バイクの禍々《まがまが》しいエキゾースト音が目黒通りの方から聞こえてきた。東京《とうきょう》は閑散《かんさん》としていた。週が明けても、お盆休みを取っている者はかなりいる。

トラックを運転しているのは根津謙治《ねづけんじ》という男である。車種は六二年型のいすゞTX－552。最大積載量は六トン。荷台は縦四メートル五七、幅二メートル一八ある。

〝広くて丈夫な一五尺荷台〟

謳《うた》い文句を思い出した謙治の口許《くちもと》に笑みが射《さ》した。

〝広くて丈夫〟なトラックなどまるで必要なかった。新発売されたばかりのマツダの小型トラック、ボンゴ辺《あた》りで十分だった。しかし、偶然、足がつきそうもない、このディーゼルトラックの存在を知ったものだから、迷うことなく無断で拝借することに決めたのだ。

手に入るはずのブツの重さは約百十キロ。このトラックの最大積載量の約六十分の一である。だが、謙治にとっては、六トンなど遥《はる》かに超える重いものである。

謙治は十六歳で小型自動車の免許を、十八歳で普通免許を取り、その後、職を転々としている間に大型の免許も取得した。自動車学校に通ったことはない。知り合いの車を借りて、人目につかないところで習い、試験を受けた。無免許で運転したことは明らかだったが、試験官に嫌味を言われたことは一度もない。

身の丈《たけ》、五尺九寸、約一七九センチ。胸板は厚く、腕や肩の筋肉も鋼《はがね》のようだ。戦時中だったら、甲種合格で、すぐさま入営することになっていただろう。甲種の合格基準は身長一五二センチだった。

眉《まゆ》がゆるむと、妙に人なつっこい顔になるのだが、無表情だと、太い眉はつり上がったままで、人を見る目の光は鋭い。

威圧感のある若造に気圧《けお》されたのか、教習所の試験官たちは余計なことは一切言わなかった。戦時中、南方で憲兵として働いていたという男ですら優しかった。もっとも、敗戦後、憲兵風を吹かせられるはずもなく、腰を低くしているしかなかったろうが。

東京は二十日以上、雨は降っておらず、連日、三十度を超え、舗装道路でも土煙が上がる始末だった。しかし、その日は申し訳程度のお湿りがあり、いくらか気温も低くなった。とは言うものの蒸し暑い。時たま、そよぐ風も、湿気を運んでくるだけだった。夜には本格的な雨になると天気予報が言っていたが、今のところは降りそうもなかった。革手袋を嵌《は》めた謙治の手は汗ばんでいた。

碑文谷は住宅街である。しかし、まだ空き地や農地が残っている。

マンション建設予定地の角を左に曲がった。通りの右側は私立小学校である。

マンション建設予定地をすぎると長い塀が現れた。赤い丸瓦をいただいた吹き付け仕上げの塀である。正門の門扉《もんぴ》は鉄製。大型車が何不自由なく出入りできる幅を持っている。

建物は赤い屋根瓦のスペイン風の洋館である。

犬の吠え声がした。

正面玄関だけでなく、塀のあちこちに、「猛犬注意」と大きく書かれたホウロウ看板が貼られている。

夜の匂いが漂ってくる頃、その屋敷の敷地には、三頭のシェパードが放し飼いにされる。

トラックはゆっくりと正門前を通りすぎた。そして、次の角を塀に沿ってさらに左に曲がり、未舗装の道に入った。右側の角は空き地。昼間、子供たちの恰好《かっこう》の遊び場になっている草むらを、月明かりが鈍く照らし出していた。

左側には屋敷の塀が延び、塀が切れたところから小住宅が軒《のき》を連ねている。

謙治は空き地の先の材木置き場に、いすゞをバックで突っ込んだ。

エンジンを切ると、助手席に置いておいたリュックを手にして、トラックを降りた。材木の香りが鼻腔をくすぐった。

リュックの中には以下のようなものが詰められている。

大きな黒い布袋を加工した、顔をすっぽりと被うことのできる覆面。開いているのは目の部分だけだ。

牛の挽肉《ひきにく》。これには強力な殺虫剤が混入されている。

消音器がすでに取り付けられている自動拳銃《けんじゅう》。二十五口径のコルトである。

一年ほど前、横須賀《よこすか》のどぶ板通りにある外人バーに、麻雀仲間に誘われ立ち寄った。ベトナム戦争帰りのアメリカ兵が、大手を振って、拳銃や麻薬を売っていた。その時は見向きもしなかった謙治だが、二ヵ月ほど後、ひとりでバーに顔を出した。その夜も、拳銃を売っているアメリカ兵のふたり組がいた。両方ともガムをくちゃくちゃ嚙《か》みながら、カウンターで飲んでいる日本人に自動拳銃をこっそりと見せていた。赤ら顔の太った男がもっぱらしゃべり、目の異様に飛び出している男は口を開かない。バーボンを二杯、ストレートで飲んだ謙治は、兵士たちと目を合わせることもなく、バーを後にした。そして、彼らが出てくるのを待った。

小一時間ほどで、酔眼の兵士たちが姿を現した。声をかけた。拳銃は売れてはいなかった。建物の裏で取引をすることにした。目が異様に飛び出た兵士が、同じ拳銃を二丁と筒のようなものをひとつ、ポケットから取りだした。筒のようなものは消音器だった。兵士は、恍惚《こうこつ》とした表情で、拳銃に消音器を嵌め込んだ。ベトコンを殺すのに消音器はいらない。この男は拳銃マニアなのかもしれない。値段を口にしたのは赤ら顔の太った兵士だった。折り合いがついた。二丁のコルトと消音器、それにカートリッジ一箱をまとめて購入した。簡単に操作方法を教えてもらった。

引き上げようとした時、赤ら顔の太った兵士が冗談口調でこう訊《き》いてきた。

「Do you wanna kill many people?」

謙治は首を横に振り、赤ら顔を指さした。「No. Only you.」

「Are you kidding me?」

男は笑っていたが、頰《ほお》にチックが走った。

謙治はそれには答えず、その場を去った。

住まいに戻った謙治は、貯金をはたいて買ったものを目の前にして、声を殺して笑った。その時点では何の計画も立っていなかったのだ。ざらざらした気分が、胸の底に常にたゆたっていた。鬱屈《うっくつ》の一言ではすまされない、尖った感情が、時折、胸を刺すのだった。それがどこからくるものかは分からない。いつの日か、このささくれ立った気持ちを鎮《しず》める機会が巡ってくる。曖昧模糊《あいまいもこ》とした欲望は夢想の域を出ていなかったのである。

銃の知識のない謙治は図書館で、専門の雑誌を紐解き、密かに射撃練習をした。猟場近くの山林で、ライフル銃の音に紛《まぎ》れさせて撃ったのである。二十五口径のコルトは威力はないが、反動が少なく撃ちやすかった……。

謙治はトラックの後ろに回り、幌を上げた。

中には、ふたりの男が乗っていた。いずれの男もリュックを背負っている。ひとりは岩武弥太郎《いわたけやたろう》。もうひとりは宮森菊夫《みやもりきくお》。ふたりとも謙治と同じ歳《とし》。一九三六年（昭和十一年）生まれの三十歳である。

アメリカ兵から手に入れた二丁の拳銃のうち一丁は岩武が所持している。

「暑くて、へえへえ言ってるよ」岩武が口を半開きにして、喘《あえ》いで見せた。

「水を用意してくればよかった。喉《のど》が……」

「しっ」宮森の言葉を制した謙治の目が鋭くなった。

エンジン音がしたのだ。

荷台から降りようとしていたふたりの動きもぴたりと止まった。謙治はトラックの陰から通りの様子を窺《うかが》った。

ヘッドライトの光が闇《やみ》を切り裂いて、こちらに近づいてきた。再び犬の吠え声がした。ビートのきいた音楽が聞こえてくる。窓を開けっ放しにして、カーラジオのボリュームを目一杯に上げているらしい。流れ出した曲は、最近、よく耳にするローリング・ストーンズの『黒くぬれ！』のようだ。

終戦記念日にはそぐわないうるさい曲だが、黒ずくめの自分たちには進軍ラッパのようなものか。謙治は、ふんと軽く鼻を鳴らした。

静けさが戻ってきた。

「待っててくれ」

謙治は、拳銃をズボンのベルトに差し、殺虫剤入りの肉を手にすると、材木置き場を出た。

通りの向こうの赤瓦を載せた塀に沿って、元来た道をほんの少し戻る。謙治の影が塀を舐《な》めてゆく。

裏木戸の前に立った。謙治は深く息を吸い、ゆっくりと吐《は》きだした。

八百坪以上あるその屋敷の持ち主は原島勇平《はらしまゆうへい》という。戦後の混乱期から金貸しを始め、財を成した男である。

昭和の初めに満州《まんしゅう》に渡り、関東軍司令部とも深い繋《つな》がりを持ち、阿片《あへん》取引をやっていたという噂《うわさ》もある、いわゆる大陸浪人。満州を去ったのがいつかは分からないが、日本が戦争に負けた時は上海《シャンハイ》にいたらしい。

東京に戻った勇平は金融業を始めた。資金はどうやって手に入れたのか。隠匿《いんとく》物資を中国から密かに運びこんだのか。いや、そうではないらしい。目黒にあった軍の医療機関に勤めていた技官が、戦争末期、モルヒネやヘロインを盗み出した。それを捌《さば》いたのが勇平なのだという。勇平と組んでいた技官自身は麻薬中毒者で、ヘロインを打ち過ぎて命を落としたそうだ。勇平が殺したと思っている闇屋連中がいたらしいが、真相は藪の中だ。そもそも、技官が盗んだ麻薬を勇平が捌いたということすら確証のあるものではないのだから。

ともかく、戦後のどさくさに財を得た勇平は、一度脱税で起訴され、執行猶予付きの判決を言い渡されたが、その他には新聞沙汰《ざた》になるような事件は起こしておらず、進駐軍の将校や政治家たちと莫逆《ばくぎゃく》の交わりを持ち、新宿《しんじゅく》のブラックマーケットを牛耳っていたヤクザとも懇意にしていた。

昭和二十二年の夏『飲食営業緊急措置令』なるものが発動され、旅館、喫茶店、外食券食堂以外の飲食店に対する配給が止められた。ようするに闇屋を一掃する目的で、そんな法律が作られたのである。しかし、厳しい法律を作れば作るほど、闇の世界は拡《ひろ》がるものだ。

「あの頃《ころ》でもだな、わしはうまい刺身を喰っておったよ。鮨《すし》だって、中トロだろうが赤貝だろうがたらふく食べられた。池山《いけやま》や前崎《まえさき》なんて官僚も、よくわしの出入りしていた新橋《しんばし》の料亭に来ておったな」

このように、後に大物になった政治家の名前を出したりして豪語することも珍しくなかった。

原島勇平の私生活にしろ屋敷の構造にしろ、謙治は彼のことなら大概のことは把握している。小便の勢いまで。

謙治は、勇平のお抱え運転手なのである。謙治が勇平に雇われたのは六一年の一月。五年以上の付き合いで、今も屋敷に住み込んで同じ仕事を続けている。

お盆休みが明けぬその日、十一億円もの現金が、勇平の屋敷から出てゆく。これまでは、勇平の手先である佐伯《さいき》興産の社長、佐伯弘幸《ひろゆき》を通じて、闇の金は政治家たちにばらまかれていた。

しかし、今回は佐伯は関係していないようだ。

住み込みの使用人がお盆休みを取っている間に、こういう取引が行われるのは初めてではなかろうか。

最近、勇平と佐伯の関係がぎくしゃくしているようだった。子細は知る由《よし》もないが、険悪なムードが車の後部座席から何度か伝わってきた。

相手が金を取りにくるのは午後十一時である。

引き取り手が屋敷を訪れる前に、闇に流れてゆく十一億円を奪い取る計画なのだ。

裏木戸と勝手口の間はコンクリート敷きのスペースになっていて、ビールケースや日本酒の瓶などの不用なものが置かれている。

裏木戸の鍵穴《かぎあな》に鍵を差し込んだ。

ドアが開いた途端、犬たちが気づいて飛んでくるに違いない。岩武や宮森にやらせるわけにはいかない。敷地内に放されている犬たちが、月まで届くような声で吠え、歯を剝《む》いて飛びかかってくるのは目に見えている。

しかし、謙治に歯を剝く犬はいない。

犬の名前は、大和《やまと》、武蔵《むさし》、陸奥《むつ》である。

謙治は裏木戸を開けた。

犬たちが吠え声を上げ、玉砂利を蹴って走ってくる音がした。

謙治はしゃがみ込んで犬たちを迎えた。犬たちとは、いつもそうやって接してきた。

相手が謙治だと分かると、三頭とも大人しくなった。慣れていない人間が一緒だと、謙治でも犬たちを落ち着かせるのに時間がかかる。

かすかにガラス戸の開く音がした。謙治の鼓動が激しく打った。一階にある応接間のガラス戸が引かれたらしい。

「大和、武蔵、陸奥」勇平のだみ声が聞こえた。

ガラス戸を出たところはベランダである。勇平はそこに立っているらしい。

大和が尾っぽを振りながら去っていった。陸奥がそれに続いた。しかし、武蔵はその場を離れない。武蔵が、三頭の中で一番気が弱く、そして、謙治によくなついているのだ。

〝早く、戻れ〟謙治は心の中で力を込めて言った。

「武蔵、どうした？」

武蔵が、去りがたい眼差《まなざ》しを残して、声のした方に消えた。

庭に植えられたサルスベリの赤が薄闇に浮かび上がっている。

「猫ですよ、いつものように」

鼻にかかった甲高い声が聞こえた。声の主は原島浩一郎《こういちろう》。勇平のひとり息子である。

家の中には原島親子しかいないはずだ。

勇平は、大きな裏金を動かす時でも、浩一郎以外の人間を傍には置かない。一見、無防備そうに見えるが、裏金の引き渡しは極秘中の極秘。情報が漏《も》れないという自信があるから、ボディーガードは雇っていない。人が増えれば、それだけ秘密が発覚する恐れがある。勇平は大胆にして細心な男なのだ。

ガラス戸が閉められた。ほどなく、武蔵が戻ってきた。ビニール袋に入れた挽肉のニオイをしきりに嗅《か》いでいる。謙治は武蔵の頭を何度も何度も撫でた。大和と陸奥も尾っぽを振りながら近づいてきた。

「よーし、よーし」

謙治は小声でそう言いながら、殺虫剤入りの肉を投げてやった。

三頭ともむしゃぶりついた。

謙治は犬たちから顔を背けた。

犬たちの様子がおかしくなるのには少なくとも十分以上はかかるはずだ。

その時間がものすごく長く感じられた。

犬たちの異変が気配で伝わってきた。

謙治は視線を犬たちに戻した。

三頭がほぼ同時に涎《よだれ》を垂らし始めた。そして、口から泡をふき、全身に痙攣が走り、間もなく、ばたばたとその場に倒れていった。

脚を震わせていた武蔵が、涙で潤《うる》んだような瞳を謙治に向けた。

このままいけば三頭とも必ず死ぬだろう。見ているのが耐えられなくなった謙治は天を仰いだ。そして、そのまま腰を上げ、外に出た。

トラックの後ろで待機していた宮森はハイライトを吸い、岩武はパイプを口にくわえていた。

「うまくいったか」岩武が訊いた。

岩武がパイプの中に残っていた煙草《たばこ》を処理し、紙にくるんでポケットにしまった。宮森も消した煙草を拾い上げた。

謙治はリュックを担いだ。再び裏木戸に戻る。犬たちはまだ生き絶えてはいなかった。見ないようにして先を急いだ。岩武と宮森が後に続いた。

覆面を被った。台所に通じる勝手口のドアの鍵は、女中の芳子《よしこ》が常に持っている。それを一時失敬して合い鍵を作っておいた。流しには、誰が料理したのか分からないが、ご飯粒のついた茶碗や油の跡が残る皿などが置かれてあった。

女中だけではなく、執事と賄《まかな》いを担当している女も里帰りしている。

勇平の妻は六年前に心筋梗塞で死んだ。妻を愛していたこの金融業者は、遺骨を枕許に置いて寝ていると、芳子が教えてくれた。

息子の浩一郎は、一年前に碑文谷公園の近くのマンションに引っ越した。茨城《いばらき》の山林王の娘だという嫁は、まさに木で鼻を括《くく》ったような女で、舅《しゅうと》の勇平と折り合いが悪いのだ。

屋敷の中は静まり返っていた。

すでに間取りを岩武たちに教えてあったが、謙治は、手書きの図面をテーブルの上に置き、懐中電灯の灯《あか》りを当てた。そして、改めて進むコースを指でなぞった。

午後九時四十二分。人手に渡る現金は、すでに応接間に運び込まれていると見て間違いない。

謙治は拳銃を引き抜き、スライドを引いた。そして、宮森に手渡した。

宮森の動作が硬い。

謙治がにかっと笑って、宮森の肩に手をかけ、耳打ちした。「大丈夫だ。絶対にうまくいく。引き金を引くようなことにはならないから」

宮森がうなずいた。

謙治が聞き耳を立ててから、磨《す》りガラスの嵌まった引き戸を細心の注意を払ってそろりそろり引いた。ふたりが廊下に出、応接間に向かった。

謙治は台所に残った。

覆面で顔を隠していたとしても、躰《からだ》つきや動きから、勇平が自分だと見抜く可能性は大いにある。満州から上海へと渡り歩き、修羅場を生き抜いてきた男の勘は鋭い。侮《あなど》ったら命取りだ。

「何だ、お前らは」勇平のだみ声がかすかに聞こえた。動揺の気配は微塵《みじん》も感じられない。

謙治は廊下に出た。床には桜材が使われている。ワックスがかけられていて、ダンスホールの床よりも踊りやすいかもしれない。

「床に俯《うつぶ》せになれ」岩武の命じる声が耳に届いた。「早くしろ!」

廊下の角を曲がったところで、謙治は足を止めた。応接間のドアは大きく開かれている。

「撃つなら撃ってみろ」勇平はねっとりとした声で言った。

「親父《おやじ》……」浩一郎の方はぶるっている。

「お坊ちゃまは大人しくしてられるよな」岩武の声に小馬鹿にしたような笑いが混じった。

会話は途切れた。ごそごそという物音だけが聞こえてくる。

宮森が、原島親子を縛り上げ、猿ぐつわをかませ、紐つきの布袋をすっぽりと頭から被せ、首のところで紐を結ぶ手筈《てはず》になっている。

計画は順調に運んでいるようだ。

「次は親父さんだ」

勇平は口を開かない。

突然、短いうめき声がした。

「息子を半殺しにするぜ」

岩武が浩一郎に手を出したらしい。

声が途絶え、再び物音だけになった。

ややあって廊下に宮森が現れた。そして、大きくうなずいた。

謙治が応接間に入った。

シャンデリアの灯りが部屋の隅々まで照らし出していた。普段よりも明るく感じられたが、錯覚に違いなかった。

首まで布袋で被《おお》われた原島親子が、スチームのパイプに後ろ手に縛られていた。脚が投げ出されていて、両足首も紐でしっかりと固定されている。

勇平は和服だった。裾が捲《まく》れ上がっていて、ぶよぶよの白い太股が顔を覗かせていた。

彼らが縛られているスチームパイプの横に暖炉《だんろ》がある。その前に段ボール箱が並んでいた。

縦が約三〇センチ、横が約四〇センチ、高さが約二五センチほどあるものだ。床に三個、その上に二個、積まれていた。紙袋がひとつ、段ボール箱の端に見えた。

段ボール箱はビニール製の粘着テープで封じられていた。謙治は五箱のうちの一箱だけ中身を改めた。帯封の巻かれた一万円札がぎっしりと詰まっていた。

この大きさの段ボール箱には二億以上の金が入ることはあらかじめ調べてあった。重さは二十キロ以上ある。

宮森から拳銃を受け取ると、謙治は宮森に手で合図した。宮森が段ボール箱のひとつを抱えて、応接間を出ていった。

原島親子を見張っていた岩武が段ボール箱に近づこうとした時だった。

「おおう!!」

勇平がただならぬ声を上げ、縛られた脚を折りたたんで、岩武のふくらはぎを思い切り蹴飛ばした。現金見たさに油断していた岩武が足許から崩れ、床に転がった。

「このジジイ！」起き上がった岩武が勇平のこめかみを拳銃のグリップで殴った。

執拗《しつよう》に殴りかかろうとした岩武を謙治が止めた。

油断してるからだ、と怒鳴《どな》りつけたくなったが我慢して、段ボール箱を両手で抱え、応接間を出た。

廊下で戻ってきた宮森と擦れちがった。

謙治が声を殺して言った。「岩武に油断するなと言ってくれ」

「え？」

「いいからそう言え」

謙治は廊下を急いだ。

岩武を見張りにして、謙治と宮森は応接間と裏木戸を往復した。

横たわっている犬の近くに、段ボール五箱と紙袋一袋が置かれた。

謙治は覆面を取ってから外に出た。月はサレジオ教会を離れ、空き地の彼方に移動していた。

材木置き場から出したトラックを裏木戸に横付けした。

岩武も宮森も覆面を外《はず》している。岩武の頰に勝ち誇ったような笑みが浮かんでいた。宮森はいまだ緊張し切っているようである。

謙治たちは、段ボール箱をトラックの荷台に積んでいった。

最後の段ボール箱を荷台に載《の》せた謙治は、自分のリュックと金の入った紙袋を取りに、裏木戸に向かおうとした。

その時、車の音が耳に飛び込んできた。

ヘッドライトの光が、原島の屋敷と私立小学校の間の道を、空き地の方に進んでくる。幌の帆布《はんぷ》を慌《あわ》てて下ろし、車の様子を見ながら謙治は運転席に近づいた。後ろは屋敷の塀だから身を隠すことは簡単だった。

車は猛スピードで、空き地の角を曲がり、土煙を上げながらこちらに向かってくる。

謙治は車の動きをそっと窺った。

月明かりに白いボディが浮かび上がった。ツーシーターのオープンカーらしい。

ヘッドライトの灯りがぐんぐん迫ってくる。サングラスをかけていても眩《まぶ》しくて、謙治は目を細めた。

何とか運転している人物の姿を視界に収めることができた。

女だった。赤いスカーフを巻き、サングラスをかけている。車種はＭＧのようだ。

道幅は狭い。しかし、スピードを落とせば、ＭＧのような小型車だったら通りすぎることはできる。

謙治は、女がそうするであろうと思ったが、予想は見事に外れた。

ＭＧはトラックの前に急停車したのだ。

タイヤは鳴らなかった。代わりに小石を撥《は》ね、尻を軽く振りながら、ずるずるとトラックに向かってきた。

ボンネットに突っ込まれたら、それこそ一大事。傷つけられるだけでもまずい。無傷で置かれていた場所に返すつもりなのだから。しかし、為す術《すべ》はない。謙治の首筋に汗が滲《にじ》んだ。

ＭＧが停止した。危うくトラックにぶつかりそうになりながら。

エンジンが切られた。女が車から降りた。

謙治は居直り、やや斜めに停《と》まっているＭＧに向かって歩き出そうとした。

その時、女が、トラックのボンネットの陰から顔を姿を現わした。

赤いノースリーブのミニワンピースにヒールの高い白い靴を履《は》いている。胸に銀のペンダントが光っていた。

「ここで何してるのよ」女は、怯《おび》える様子も見せず、酒焼けしたような声で言った。

この女が金を引き取りにきたのか？　いや、そんなはずはない。ＭＧに十一億もの札束を積むのは無理だ。

「トラックが故障したんです」謙治は落ち着いた調子で言って、女に笑いかけた。「危ない運転ですね。トラックにぶつかってたら、あなたが怪我《けが》をしてたかもしれない」

女がゆっくりと謙治に近づいてきた。

「サングラス、外して」女の声に、疑いの色が波打っていた。

謙治は黙って女を見つめていた。

「外したくないんだったらいいわよ。いい男を、じっくり見たかっただけだから」

女は飲んでいるようだった。

「あなた、社長の運転手でしょう？」

謙治は薄く微笑んだ。

女がサングラスを外し、口許に笑みを溜めた。そして、媚《こ》びるような視線を謙治に向けた。

蠅《はえ》が一休みできるほど長いつけ睫《まつげ》だった。アイシャドーも濃い。鼻がつんと高く、彫りの深い顔をした美人である。

記憶の底に引っかかっている媚態。だが、誰《だれ》だか思い出せない。

女は、外したサングラスのツルの端を唇《くちびる》で弄《もてあそ》びながら謙治の正面に立った。

「私《わたし》って印象に残らない女なのね。がっかりよ」美貌に自信のある女の物言いである。

時間がじりじりと経《た》っていく。

相手が何者であろうが殺す。他に選択肢はない。だったら、即刻、撃ち殺してしまえばいいのだが、できたら屋敷の敷地内でやりたかった。

長く留まっていればいるほど不測の事態が起こる可能性が高くなるが、ここはじっくりと構えよう。謙治は腹をくくった。

「社長は家にいらっしゃいますよ」

「浩ちゃんもいるんでしょう」女の口調に棘《とげ》があった。

記憶の底にからまっていた媚態が、次第に輪郭を結び、ひとりの女の顔が浮かび上がってきた。

「思い出しましたよ。クラブ『レジェンド』のママさんですよね」

名前は知らない。知っているのは浩一郎の愛人だということだけである。

「やっと思い出してくれたのね」

「和服姿しか見てませんし、外でちらりとお見受けしただけですから」

「私は、あんたのことはよく覚えてる。あんた、ちょっといい男だもの」

「社長と専務が、あなたをお待ちなんですか？」

「待ってなんかいやしないわよ」女が吐き捨てるように言った。「ここにも来るなって言われてるんだから。あんた、取り次いでくれない？」

「運転手の俺《おれ》にそんなことできるわけないでしょう」

「じゃ、裏木戸を開けて」

「鍵はかかってません」謙治は裏木戸を開けてやった。

「犬は？」

「眠ってます」謙治が静かに答えた。

「今度、私とドライブしない？」

本気とも冗談ともつかない一言を残して、女は謙治に背中を向けた。

謙治は拳銃を手にした。

女が敷地に一歩足を踏み入れた。謙治は女の真後ろに迫った。

ぐったりとなっている犬たちに気づいた女は肩をそびやかした。

悲鳴を上げられたらたまらない。女の口を後ろから押さえた。女がもがいたが、謙治の力に勝てるはずもない。

「声を出したら殺す。本気だぞ」

女が何度もうなずいた。

謙治は口を押さえたまま、紙袋の前まで女を連れていった。

「そこにしゃがんで、袋の中を見てみろ。よーく見るんだぞ」

女がうなずき、紙袋の中に視線を落とした。

謙治は、女の顔を横から覗き見た。

「ほしいか」

女が謙治を見つめた。瞳孔《どうこう》が開いてしまったかのような目だった。

「ほしいのかって訊いてるんだ」

女がうなずいた。

「何も見なかったことにしろ。そしたら、袋ごと、あんたにくれてやる。取引するか」

「うーん」女はうめくような声を発し、先ほどよりも大きくうなずいた。

謙治は女に拳銃を見せつけた。

「大声を出したら撃つ」

そう言って、女の口から手を離した。女は紙袋の中に手を突っ込んだ。砂の中に落としたイヤリングでも探すような恰好だった。後ろ姿が浅ましい。

「社長、死んだの？」

「あんたの愛人もな」口から嘘《うそ》が自然に飛び出した。「その金さえあれば後釜《あとがま》はいらんだろう。キャバレーのチェーン店でも作れよ」

女が立ち上がった。口許に笑みが浮かんでいる。「あんたに礼を言わなきゃ。あいつを殺してくれたんだからね」

それには答えず、女と紙袋の間に立った。

女の目が輝いた。「私と付き合わない？」

「それはごめん被《こうむ》りたいね」

「なんでよ」

女がそう言った瞬間、謙治は銃口を女に向けた。間髪《かんはつ》を入れずに二度引き金を引いた。

無我夢中だった。最初は女の躰が後ろに撥ね飛んだことしか分からなかった。息を弾ませながら女に近づいた。弾はこめかみと首に当たっていた。

頬がべたついている。女の首から噴き出した血だった。サングラスにもべったりと付着していた。

至近距離から撃ったせいだろうが、小型の拳銃なのにこんなに威力があるとは。

しゃがみ込み、女のペンダントや時計、そして、バッグの中の財布を奪った。

それらを上着のポケットに押し込むと、再び母屋に入り、洗面所に飛び込んだ。血の飛沫《しぶき》が頬から首筋にかけて流れ落ちている。衣服も含めて、洗えるだけ洗った。

血を拭《ふ》き取ったサングラスをかける前、鏡で自分の顔を見た。

もっとすごい形相《ぎょうそう》をしているだろうと想像していたが、普段の自分とさして変わりなかった。

血に染まった上着と女から奪った物を、台所に置かれてあったずだ袋に押し込み、それを手にして裏木戸に戻った。

再び女に近づき、脈を取った。すでに息絶えているようだった。

立ち上がった時、木戸の隅で何かが光った。空薬莢《からやっきょう》だった。薬莢はもうひとつ拳銃から飛び出している。周りを見回した。武蔵の腹のところに転がっていた。

女の死体を見ても何の感情も湧《わ》かなかったのに、武蔵に近づいただけで胸が激しく痛んだ。

それも拾い、金の入った紙袋やリュックも手にして、外に出た。戸口に岩武と宮森が立っていた。

ふたりとも、恐ろしいものを見たような眼差しを謙治に向けた。怖《お》じ気《け》づいているのは間違いなかった。

顔を引きつらせた岩武が何か言いかけた。

「話は後だ。他に車は通らなかったろうな」

ふたりが同時に首を横に振った。

「早く乗れ」

彼らが荷台に戻ると手にしていたものを投げ込み、幌を閉じた。

トラックをスタートさせる。元来た道を戻り、目黒通りに出て、都心を目指した。

目的地は葛飾《かつしか》区金町《かなまち》である。

ざっと計算してみたが、ゆうに二十六キロは離れている。

首都高速道路は一部開通しているものの、ほとんど役に立たない。まともに使えるのは霞《かすみ》が関《せき》から神田橋《かんだばし》、銀座《ぎんざ》を経て空港西までの都心環状線C1と高速1号羽田《はねだ》線、三宅坂《みやけざか》から初台《はつだい》までの高速4号新宿線ぐらいなものだ。

お盆で空《す》いているとはいえ一時間半はかかるだろう。

身震いがした。人を殺した動揺が、今頃になって表れたらしい。

あの女、あんな時間にやってこなければ、長生きできたろうに。

女の平均寿命は七十二、三歳だという。

見たところ、浩一郎の愛人は三十四、五。うまくいけば、倍以上は生きられたはずだ。もっとも、幸せな人生が送れたかどうかは分からないが。

女は酔った勢いで、車を飛ばしてやってきた。浩一郎との別れ話が出ていたのかもしれない。父親の勇平も巻き込んで、手切れ金の交渉をしたくてやってきたのか。

自分の勘が正しかったら、あの親子は、あの女の面倒な要求に応《こた》える必要はなくなった。皮肉なことに、自分はほんの少しだけ、彼らにお返しをしてやったことになる。

スピードを出さないように気をつけながら走ったが、道が空いていたので、あっと言う間に高輪《たかなわ》に着いた。

新橋、銀座、そして浅草《あさくさ》、と勇平の運転手として何度も来ている場所を通過した。点《とも》っているネオンの数が心なしか普段よりも少ない気がした。にもかかわらず、謙治の目には、燦然《さんぜん》と輝いている街々に見えるのだった。

言問橋《ことといばし》を渡り、水戸《みと》街道を突っ走った。

検問が行われていないことを祈った。

実は、免許証を所持していないのだ。そうしたのには理由があるのだが……。

お盆休み中に、スピード違反や過積載の取締りが行われる可能性は極めて低い。だが、大きな事件や事故が発生したらトラックを停められることはありうる。荷物を調べられるような事態になったら、警官たちを撃ち殺すしかない。しかし、それは自殺行為に等しい。

途中で、サイレンを鳴らして目的地に急いでいるパトカーと擦れ違った。一千万以上の人間が住んでいる東京である。お盆休みの間でも、事件が起こっても何の不思議もない。だが、検問にさえ引っかからなければいいのだ。謙治は、不安を吹き飛ばすように、「そんなことがあってたまるか」とつぶやいた。

中川を渡った。そこでトラックを停め、宮森だけを助手席に乗せた。道案内が必要だったからである。

再び走り出す。街灯の弱い光が時々、宮森の浮かない顔を浮かび上がらせた。

「今夜のことは忘れて、将来のことを考えてろ」

「人殺しはやらないって言ってたじゃないか」

「俺だってやりたくはなかったさ」

宮森がちらりと謙治を見た。「よく平気で運転してられるな」

「目の前が真っ暗じゃ、道路を渡ってくる婆《ばあ》さんを撥ね飛ばしちまうかもしれないぜ。そしたら、またひとり余計な人間をあの世に送ることになるだろうが。やったのは俺だ。お前じゃないんだから、おたつくな」

やがて京成《けいせい》金町線、常磐《じょうばん》線を横切った。

「次の次の道を左だよな」

「うん」宮森が力なく答えた。

都市化の波が都内の外れにも押し寄せてきてはいるが、金町の周辺にはまだ茅葺《かやぶ》き屋根の農家がたくさん残っている。写真を見ただけだったら、誰も東京だとは思わないぐらいに。

この辺りは、かぶの産地だそうだ。普通のかぶよりも小振りで、明治以降は、高級料亭に出されていたものだという。

宮森の母方の祖父母は、戦後、この地の農家を買い取り、趣味だった野菜作りを始めた。祖母は数年前にこの世を去り、祖父がひとりで暮らしていたが、今年の冬、誰にも看《み》取《と》られることなく、彼もまた他界した。

祖父の家と土地を相続したのは宮森の母だった。母には弟がふたりいたが、いずれも戦死している。

祖父の住まいの隣に野菜を貯蔵しておく倉庫がある。見窄《みすぼ》らしい建物だが、そこには謙治の興味を引くものがあった。地下貯蔵庫である。

黄色いヘッドライトの灯りが、田畑の間を走った。ほどなく畑の真ん中に大きな墓が現れた。宮森の祖父母の家は目と鼻の先だ。謙治は一度、様子を見に来ているが、宮森の案内がなければ、ここまで行き着くのに何度か道に迷ったに違いない。

トラックを、野菜の貯蔵倉庫の前に停めた。

遠くに陰と化した人家が見えるだけで、周りは田畑である。

謙治が荷台の幌を開けている間に、宮森が倉庫の南京錠《なんきんじよう》を外した。

倉庫は幅六メートル、奥行き八メートルの平屋である。そこに、段ボール箱と紙袋を手分けして運び入れた。そして、リュックなどの犯行に使用したものも荷台から降ろした。

倉庫の電気を点したのは扉を閉めてからである。

宮森は倒れ込むようにして粗末な板張りの床に腰を下ろし、壁に寄りかかった。岩武は札束の詰まった段ボール箱の横に、胡座《あぐら》をかき、パイプに煙草を詰め始めた。

謙治も虚脱状態だった。

トラックは夜が明ける前に、元の場所に戻しておけばいい。

時間はたっぷりあるが、まだまだ作業が残っている。

「あの女、何者なんだい」岩武が訊いた。「しゃべりっ振りからすると素人《しろうと》じゃなさそうだったけど」

「銀座のクラブのママだよ」

「原島の女か」

「息子の女だ」

謙治は紙袋を手に取ると、中から八百万だけを取りだした。そして、岩武と宮森に四百万ずつ渡した。宮森はよんどころない事情があって、どうしても現金が必要だった。岩武はその金を使って新しい事業を始めることになっている。

謙治はさらに同じ額だけ、袋から取りだした。しかし、その金は、第三の仲間に明日、渡すことにしているもので、彼自身は一銭も自分のものにしなかった。

「助かったよ」宮森にやっと笑みが戻った。

「岩武、どんなに苦しくても、その金でしのぐんだぞ」

「分かってるよ」岩武がふて腐れた顔をした。

「さて、作業に取りかかろう」

作業に必要なものは、すべて事前に用意してある。

「宮森、何してるんだよ」

岩武がぼんやりとしている宮森を睨《にら》んだ。

宮森の表情は暗く沈んだものに戻っていた。

「お前、この件が成功してなかったら、どうなったか考えてみろ」謙治は低くうめくような声で言った。

謙治と岩武は、札束を油紙に包み、外国旅行用に発売されているアルミのトランクに移し替える作業に取りかかった。宮森はコンクリート作りを始めた。

一万円札は横が一七四ミリ、縦が八四ミリ、厚さが〇・〇九ミリ。一億円を縦に積み上げると、帯封を別にすれば九〇センチの高さになる。

約二億入るトランクを六個用意した。

「いい女だったな」岩武が口を開いた。「お前、あの女に会ってたのに覚えてなかったようだけど、どうしてだい？」

クラブ『レジェンド』は銀座西七丁目、西五番街にあり、蕎麦《そば》屋や喫茶店、鮨屋などの小さな店が軒を並べる一角に新しく建ったビルの中に入っている。

謙治の運転する車に、浩一郎が乗ることもしばしばある。

或る時、勇平が息子に訊いた。

「お前、銀座のクラブ『レジェンド』とやらによく通ってるそうだな」

「誰がそんなことを」

「その店に通っとるのは、お前だけじゃない」勇平が葉巻をふかしながら、何でもお見通しだと言わんばかりの口調で言った。「どんな女か見てみたい。わしを案内しろ」

浩一郎は一瞬、間を置き、謙治に場所を教えた。

それから三度ばかり、勇平はクラブ『レジェンド』を訪れた。最後に行ったのは六月三十日、ビートルズが武道館で一回目のコンサートを開いた日だった。その時だけ、浩一郎は一緒ではなかった。午後十一時すぎ、店のボーイが、車をビルの正面につけるように言いにきた。

謙治は言われた通りにし、車を降りて主人を待った。これまで同様、その時もママやホステスが表まで見送りに出てきた。

運転手である謙治は、勇平の姿が目に入ると、後部座席のドアを開けて待った。女たちの姿が目に入りはしたが、それは一瞬のことだった。和服の女がママだということは物腰で明らかだったが、顔などよく覚えていなかったのだ……。

謙治は簡単に事情を教えた。

「顔を知られてる相手じゃ、ああする他なかったな」岩武は自分に言い聞かせるようにそう言った。

初対面の人間でも、あの状況ならば、躊躇《ためら》いなく殺していただろう。しかし、そんなことを口にする必要はない。謙治は黙々と作業を続けた。

作業を終えると、謙治は倉庫の左隅に向かった。そこに地下貯蔵庫がある。

蓋を開けた。縦が二〇〇センチ、横が一一〇センチ、深さが一一九センチあるコンクリートで固められた穴である。

一一〇番に一一九番……。

それまで思いもしなかったことが謙治の脳裏《のうり》をよぎった。

女の射殺死体を最初に発見するのは、金を引き取りに来た連中に違いない。今頃、原島の屋敷は大騒ぎになっているだろう。

地下貯蔵庫に次々とトランクが詰められてゆく。それから女の持ち物の入ったずだ袋に、二丁の拳銃、カートリッジ、覆面など所持していたら危険なものをすべて詰め込み、地下貯蔵庫の隙間に押し込んだ。盗聴に使ったテープレコーダーも入れた。そして、穴全体をビニールで覆い、あらかじめ、そのサイズに切っておいた厚手の板を載せた。

宮森が生コンを練り続けている。謙治が様子を見にいった。

「そのぐらいで十分だろう」

生コンが貯蔵庫まで運ばれた。

岩武が貯蔵庫をじっと見つめていた。

謙治が岩武の肩に手を載せた。「四年なんて、あっと言う間に経つ」

「次のオリンピックで金メダルを狙う。そんな気持ちだよ」岩武が笑った。

貯蔵庫に生コンを流し込み、コテでならした。コンクリートがほぼ均等に敷かれると、蓋を閉めた。蓋の裏側にもコンクリートが付着するように、謙治が強く押しつけた。岩武と宮森が蓋の周りのコンクリートを拭き取った。

作業が終わると謙治は煙草を取りだした。宮森は煙草を切らしてしまったようだった。謙治がハイライトのパッケージを宮森に投げた。岩武はパイプをふかしている。

アルミのトランクの鍵を三人で分けた。ひとり二個ずつ持っていることになる。

突然、雨が屋根を叩き始めた。半端《はんぱ》な降りではない。天気予報は当たっていた。

謙治が煙草を消し、ふたりをじっと見つめた。「俺たちにはそれぞれ目標がある。それを後日、達成するための資金だ。裏切ったら、必ず殺す。俺はこの件に命をかけてるんだ」

「裏切るわけないよ」宮森が言った。「俺は地味に生きて、四年後のための下地を作る」

岩武が右手を上げた。「誓うよ。お前がいなかったら、こんな大金、手にしてないんだから」

「〝四年後には億万長者だ〟なんて、酔った勢いで女に話すんじゃないぜ」

「命がかかってんだ。しゃべるわけないさ」

謙治が宮森を見た。「宮森、問題がうまく処理できたかどうか、俺に連絡を寄越せ。その際は、手筈通りのことを口にするんだぞ」

「練習したから大丈夫だよ」

宮森の声が掠《かす》れている。喉がからからなのだろう。謙治が彼の顔を見て、眉をゆるめた。宮森も微笑んだが、無理に作った笑みにしか見えなかった。

「別れの杯《さかずき》といきたいところだが、できない。それじゃ、これで俺たちは行く。四年間は何があっても会わない。約束を守ってくれ」

謙治と岩武が立ち上がった。宮森は、その場に残ることになっていたのだ。

「四年後にな」岩武が宮森の手を握った。

金を寝かせる期間を四年に決めたことにさして理由はない。一九七〇年を新たな出発の年にしようと思っただけである。

謙治が先に倉庫を出た。岩武がついてきた。

午前二時半すぎだった。

先ほどまで月が出ていたことが嘘のようなどしゃぶりは続いていた。

夜明けは午前五時頃。謙治は、空が白まないうちにトラックを戻しておきたかった。

助手席に岩武が乗り込むと、トラックを出した。ワイパーも雨に負け、見通しがすこぶる悪い。

何とか水戸街道に出ると、中央区湊町《みなとちょう》を目指した。

「原島、警察を呼んだかな」岩武が言った。

「呼ばざるをえないだろうよ」

「奴らが女の死体を隠してくれるといいんだけどな」

「そんなことはしないさ。妙な小細工をしたら、却《かえ》って命取りになることぐらい原島には分かってるはずだ。十一億円もの金をやられたことは隠すだろうがな」

「根津の言う通りかもしれんな」岩武がパイプに火をつけようとした。

「おい」謙治の鋭い声が飛んだ。

岩武がパイプを口から離した。「悪い、悪い」

このトラックを使用したことが発覚する恐れもある。謙治はいかなる痕跡も残したくなかったのだ。

国道をひたすら走り続けた。

中央区湊町に入ったのは午前四時半すぎだった。

隅田《すみだ》川沿いの狭い道を走る。倉庫や運送会社が並び、荷揚場もあった。この地域は空襲に遭っていないので、戦前の建物がそのまま残っている。

やがて空き地が見えてきた。そこに二台のトラックが停まっていた。謙治は空き地にトラックをバックで入れた。

「四年後は三十四か。どれぐらい老《ふ》けてるかな」岩武がつぶやくように言った。

謙治は短く笑っただけだった。

岩武が大きく息を吐いた。「じゃ、俺は行くぜ」

「連絡、寄越せよ」

「うん」

「しつこいようだが女には気をつけろ」

「お互いにな」岩武はにっと笑った。

謙治と岩武は握手を交わした。その間、ふたりは目を逸《そ》らさなかった。

トラックを降りた岩武は、雨の中を八丁堀《はっちょうぼり》の方に走り去った。

謙治もトラックを離れた。通りを渡ったところに大和田《おおわだ》運送という看板が出ている。左隣は大手運送会社の倉庫。その間を進み、トイレの窓ガラスを開け、そこから中に侵入した。誰もいないことははっきりしているので心配は無用だった。

一階の事務所に向かった。事務机の後ろのボードに鍵を戻す。そして、再び、便所の窓から外に出ようとした。

その時、雨の音をぬって、男の声がした。

「何て雨なんだよ」

「まったくだな。急に降ってくるなんて」

謙治は息を殺して、足音が遠のくのを待った。

通りに出る前に様子を窺った。人の姿はどこにもなかった。

革手袋を脱ぎ、ズボンのポケットに突っ込むと、謙治は明石町《あかしちょう》方面に歩を進めた。決して走らなかった。

女さえやってこなかったら……。雨に叩かれている謙治の顔が歪《ゆが》んだ。しかし、それは一瞬のことだった。あの殺しがもたらしたプラスの面もあるではないか。岩武も宮森も、謙治の血も涙もない側面を目の当たりにし、裏切ったら、どうなるか思い知ったはずだから。

謙治は黙々と歩いた。

二年ほど前に出来た佃大橋《つくだおおはし》の付近から、明石町に入った。

空が白み始めてきた。

雨に煙《けむ》った聖路加《せいるか》病院の塔が目に入った。その姿がサレジオ教会の鐘塔と重なった。

原島にしろ、警察にしろ、岩武たちに疑いの目を向けることは、まずありえない。原島勇平との接点はまったくないのだから。

それに、謙治との繋がりを見つけ出すこともほぼ不可能である。三人とも生まれたところも、通った学校も違う。職業も遊び場も交友関係も趣味もばらばらである。家族同士の交流も皆無《かいむ》なのだ。

怪しまれ、徹底的に調べられるのは自分ひとりだけだ。

一眠りしたら、大芝居の幕開けである。

謙治の躰がぶるっと震えた。

抜かりはない。絶対にうまく切り抜けられる。

二

一九六六年八月十六日

明石町から築地《つきじ》に出た謙治は、停車場近くで都電がくるのを待った。乗ったのは十一系統。十一系統は新宿まで乗り換えずに行ける。

車内は空いていた。

躰を縮めて座席に腰を下ろすと、四百万円の入った小さな鞄《かばん》を膝《ひざ》に載せた。

斜め前に座っていた背広姿の男がちらりと謙治を見た。

飛び散った女の血がまだ衣服に付着しているかもしれない。謙治は胸の辺りにそれとなく目をやった。原島の屋敷で拭き取ったし、着ている服の色は黒。気づく人間はまずいないだろう。

ほどなく電車は銀座四丁目に着いた。三越《みつこし》も和光《わこう》も雨に煙っていた。数寄屋橋《すきやばし》、日比谷《ひびや》公園と電車は進んでゆく。

桜田門《さくらだもん》で、背広姿の男が降りた。刑事かもしれない、と男の背中に目を向けたが、動揺はなかった。

半蔵門《はんぞうもん》をすぎ、四谷《よつや》を通過した。

三光町《さんこうちょう》の停車場で降りた謙治は、靖国《やすくに》通りを厚生年金会館の方に歩いた。町名は番衆町《ばんしゅうちょう》(現在の新宿五丁目)である。

雨は先ほどよりもさらに激しくなったようだ。

厚生年金会館と東京電力新宿支店の間に、車が一台やっと通れる幅しかない路地がある。

民家が犇《ひし》めき合って軒を連ねている外れに、二階建てのアパートが建っている。謙治はその一階の奥の部屋に入った。

午前六時半すぎだった。

表札には富島増美《とみしまますみ》と書かれている。

増美は、或《あ》る小さな劇団の研究生である。歳は二十四歳。生計を立てるためにホステスをしている。

彼女がお盆休みに故郷の博多《はかた》に帰ることを知った謙治は、不在の間、アパートを貸してほしいと頼んだ。増美は一緒に博多に行かないかと誘ってきたが、彼女の身内に会うのは面倒だと言って断った。誘ったものの増美の方も謙治が承知するとは考えていなかったようで、「そうだよね、気を遣うだけだもんね」とあっさりと引き、謙治に合い鍵を渡してくれた。

増美とは、今年の一月に知り合い、間もなく関係を持った。これまでも何度かこの部屋に泊まっている。

六畳一間。トイレはあるが風呂《ふろ》はない。

薄汚れた聚楽壁には、彼女が端役《はやく》で出演した芝居のポスターと油絵が一枚飾ってある。油絵は、劇団仲間のひとりが、ベルナール・ビュフェというフランスの画家の作品を模写したもので、黒い線で縁取りされたフクロウが描かれていた。部屋の隅にはレコードが積み上げられている。大半はシングル盤とソノシート。増美はローリング・ストーンズの大ファンである。

ずぶ濡《ぬ》れになった衣類を脱ぎ捨て、素っ裸になると、髪を洗ってから、濡れたバスタオルで躰を拭いた。それから角瓶《かくびん》とグラスを畳の上に置き、呷《あお》るように二杯立て続けに飲んだ。琥珀《こはく》色の液体の刺激が、喉から食道にかけて流れ落ちてゆく。

裸のまま寝転がり、煙草に火をつけた。

天井の木目が妙に気になった。神経がまだ昂《たかぶ》っているのだった。

煙草の煙が口から立ち上り、雲のような層を作って宙を彷徨《さまよ》った。

増美は新聞を定期購読していないが、取っていたとしても読む必要はなかった。時間的に、原島邸で起こった事件が朝刊に報じられていることはないからだ。

増美はテレビを持っていない。ラジオに手が伸びたが、スイッチを捻《ひね》ろうとした指が止まった。

事件のことを知れば眠れなくなる。ドライヤーで髪を乾かし、着替えをすませた謙治の視線が脱ぎ捨てたズボンとポロシャツに注がれた。

念のために洗っておくことにした。しかし、洗っても、警察の科学捜査の手にかかれば、血がついたことはバレてしまう。動物の血などという言い訳は通らない。

今日のうちに警察の事情聴取を受けることは間違いない。その後で、証拠品となるものを捨てるのは危険すぎる。原島邸内にある自分の部屋に置いておくのはもっての外だ。

屋敷に戻る前に、捨ててしまうことにした。

洗った衣類を室内に干してから押入を開けた。増美は、そこに紙袋を何枚も仕舞っている。用心のために手袋を嵌めてから、大きめの紙袋をふたつと、やや小振りのものを一枚取りだした。一眠りした後、衣類にハサミを入れて袋に詰めよう。

準備を終えると、卓袱台《ちゃぶだい》代わりの電気炬燵《こたつ》を部屋の隅に押しやり、布団を敷《し》いた。そしてまたウイスキーを喉に流し込んだ。

興奮を鎮めたかった。しかし、思い通りにはいかなかった。雨の音ですら神経に障《さわ》った。

それでも、いつしか眠りが襲ってきた。

目を覚ましたのは、午後二時すぎだった。汗を掻《か》いていた。昨夜の興奮と緊張の汗がへばりついている上に、眠っている間にも大量の汗が出たようだ。

夢は見なかった。武蔵の夢でさえ。

謙治は風呂屋に行きたかった。しかし、そんな悠長なことはしていられない。

扇風機を回し、冷蔵庫を開け、顔に冷気を当てた。

一息ついてから、洗面をし、タオルで首筋を丹念に拭いた。それから、バイタリスで汗のニオイを隠し、ベージュの綿パンと白いポロシャツに着替え、黒いジャケットを羽織《はお》った。

四百万円は小分けにした。そして、ブリジット・バルドーが表紙を飾っている『映画の友』を破いた。アラン・ドロンやスティーブ・マックィーンの写真が札束を包んだ。それらをセロハンテープで止めると、小振りの袋に押し込め、その上に週刊誌を載せた。

それからまた手袋を嵌め、乾ききっていない問題の衣類にハサミを入れ、均等に分けると、ふたつの袋に押し込んだ。その上に生ゴミを入れる。

手袋を脱ぐと、今度は、袋に指紋を残さないように自分の指にセロハンテープを貼りつけた。

袋を三つ下げて、外に出た。

雨は上がっていた。雨上がりの路上に弱い陽射《ひざ》しが戯《たわむ》れ、建物の影がアスファルトにぼんやりと映っている。

ゴミ箱の場所は知っていた。時々、増美に頼まれてゴミを捨てたことがあるからだ。周りに目をやってから、石造りのゴミ箱の木の蓋を開けた。そこに衣類を詰めた紙袋を押し込んだ。

ゴミ問題が取りざたされ始めていて昔よりも回収が早まっている。それほど時間が経たないうちに運び去られるだろう。

歩きながら指に貼ったセロハンテープを剝がし、丸めてからズボンのポケットに入れた。

猛烈に腹が減っていた。が、我慢して歌舞伎町《かぶきちょう》を目指した。新宿区役所のある通りを進み、『不夜城《ふやじょう》』『女王蜂《じょおうばち》』などのクラブやキャバレーが建ち並ぶ通りを、西武新宿線の線路に向かって歩いた。

昼下がりの盛り場は、ショーを控えた舞台さながら、雑然としていて、幕の開いた時の、きらびやかさが嘘のようである。

しかし、謙治は今から役者になるのだった。初舞台は、大久保《おおくぼ》病院近くの派出所である。

不貞不貞《ふてぶて》しい表情で歩いていた謙治は、剃り残った髭《ひげ》を軽くさすって顔を作った。

派出所に入った謙治は、若い制服警官におずおずとした口調で話しかけた。

「すみません。昨日の夜、多分、コマ劇場の向こうの通り辺りで、財布を落としたみたいなんです。届けられていないか調べてみてくれませんか」

「財布ねえ」

そんなものが届けられるわけがないだろう。制服警官の小馬鹿《こばか》にしたような顔が言外にそう言っていた。

「焦げ茶のふたつ折りの財布なんです。金はなくなっててもしかたないですけど、せめて免許証だけでも見つかるといいと思って」謙治もほとんど諦《あきら》めているような調子で言った。

「昨日の何時頃？」

「はっきり覚えてないんですけど、午後十時ちょっと前かな。コマ劇場近くのパチンコ屋を出た時には持ってました。パチンコ屋を二軒回った後で、どれぐらい金が残ってるか、数えたんです。昨日は大負けしちゃって。軍資金が少ないから飲みにも行けず、番衆町の友だちの家に戻ったんです」

謙治は二軒目のパチンコ屋を出てから、増美の家に着くまで、どこを通ったかを警官に教えた。

「番衆町までは、ちょっと距離があるよね。この近くで落としたかどうか分からないじゃない」警官はぞんざいな口調でそう言った。

「そうなんですけど、パチンコ屋を出た後、人にぶつかったんです。多分、その時に……」

太った中年の警官が派出所に戻ってきた。じろりと謙治を見てから、若い警官に訊いた。「どうした?」

若い警官が説明した。

「勤務日誌を読んでないのか。財布の落とし物があったって書いてあったぞ」中年の警官が舌打ちした。

「すみません。ついうっかりして」若い警官が血相を変えて謝った。

謙治は中年の警官に媚びるような目を向けた。「焦げ茶のくたびれた財布ですけど」

中年の警官が、奥に置いてあるボックスを開いた。彼の手には謙治の財布が握られていた。

「それです、それです」謙治は、カウンターから身を乗り出さんばかりにして喜びを露《あらわ》にした。

「中に何が入ってます?」中年の警官が訊いた。

「お金と免許証、それから大鳥《おおとり》神社のお守り。他に何が入ってたっけなあ」謙治は首を傾《かし》げて見せた。「学芸大学《がくげいだいがく》駅前の喫茶店のコーヒーの回数券……お金は三千円ぐらいしか入ってないと思います。パチンコで負けたから」

中年の警官が中身を改めた。謙治の申告した通りのものが出てきた。免許証の写真と本人を何度も見比べた。警官は納得したようだった。

「運がいいね。お金も抜かれてないようだよ」

「へーえ。信じられないですね」謙治は、眉を思い切りゆるめて、安堵《あんど》の気持ちを表した。

警官が怪訝《けげん》な顔で謙治を見た。「昨日のうちに気づかなかったの？　財布をなくしたっていうのに」

「自分でもどうなってるのか、よく分かりません。友だちの家に着いてすぐに飲み出してしまい、そのまま寝ちゃったんです」お目出度《めでた》い馬鹿な男を演じた後、謙治は顔つきを変えた。「拾った方にお礼が言いたいんですが」

財布と一緒に出てきたメモに、警官は目を落とした。「受け付けたのは私じゃないから分からないけど、拾得者のことは何も書いてないな。拾った人は届けただけで名前や住所は言わなかったんだろうね。そういうことってよくあるから。財布に百万入っていたら、お礼が欲しくて申し出たろうけどな。いや、そうだったらネコババされてたかもしれんね」

警官の冗談が、足許に置いた紙袋を意識させた。

必要な書類に名前や住所を書き込んだ。

「運転手か」警官がじっと謙治を見つめてうなずいた。「免許証がなきゃ、仕事にならんよな」

「だから焦っちゃって」

財布は〝無事に〟謙治に戻された。

中年の警官に礼を言い、謙治は派出所を出た。そして、コマ劇場に向かって歩き出した。

これでアリバイが完璧というわけではない。しかし、少なくとも十一億円を積んだ車を運転していたのは根津謙治ではないと、勇平も警察も判断するだろう。免許証を所持せずに、あんな大胆な犯行に及《およ》ぶはずはないと考えるのが自然だからである。

仲間が運転した可能性は残るが、財布の拾い主を発見し、謙治のアリバイを崩さないと、謙治を重要参考人として厳しく追及することはできないだろう。

謙治のアリバイを崩すことが難しいと判断した場合は、直接犯行には加わらず、裏で糸を引いていたという疑いを持つかもしれない。しかし、その場合は大きな矛盾にぶち当たることになる。武蔵たち、死んだ犬が問題なのだ。あのシェパード三頭が、心を許している人間は極めて少ない。普段から慣れている人間が犯行に加わっていなければ、犬たちをあんな形で殺すことは不可能である。

謙治が実行犯でなかったら、誰が犬たちをあの世に送ったのか？

謙治ではない、他の人間……たとえば犬たちがなついていた佐伯興産の佐伯弘幸辺りに疑惑の目が向けられるだろう。

そうなれば、謙治に対する疑いも焦点を失い、ぼやけたものになっていくはずだ。

おそらく、警察にしろ原島勇平にしろ、落とした財布が飲み屋街の派出所に届けられたという、極めて異例なことに拘《こだわ》るだろう。その確率は、宝くじで一等賞を引き当てるぐらい低いのだから。

謙治と仲間の偽装工作。

当たっている。しかし、拾い主が見つかったとしても抜かりはない。謙治との接点を見つけ出すのはほぼ不可能。岩武や宮森の場合と同じである。

謙治の顔に不貞不貞しさが戻ってきた。

コマ劇場近くのパチンコ屋の前を通った。昨夜、謙治がそのパチンコ屋にいたのは事実である。ただ遊戯に興じている振りをしていたのは午後七時すぎまでだった。

印象に残るようなわざとらしい行動は取らなかった。もしも捜査の手が及んだ時、店員が自分のことを覚えていてくれることを願っただけである。客が何時に来て何時に帰ったか、常連客でもない限り、店員たちが正確に記憶していることはまずないだろう。謙治に似た人物を見た、という程度の証言を期待していた。

謙治は新宿駅に入った。そして、コインロッカーに四百万を詰め込んだ紙袋を入れた。それから近くの公衆電話に向かった。

「すみません。川久保《かわくぼ》さんをお願いします」

「ちょっと待ってください」

川久保宏《ひろし》は高田馬場《たかだのばば》のアパートに住んでいる。電話は持っておらず、赤電話が廊下に置かれていて、住人同士で取り次ぎ合うのだ。

ややあって川久保が電話に出た。

「いろいろお世話になりました。試験には合格しましたよ」謙治は落ち着いた声で言った。

「それは何よりです」川久保の声は緊張し切っていた。

「詳《くわ》しいことは後日また電話で知らせます。今日の午後四時に例の場所に来て、手筈通りに振る舞ってください」

「分かりました」

「それじゃ」

「あのう……」

「まだ何か?」

「いや、その……。合格のことがテレビのニュースで取り上げられてました」

「そうですか。私はまだ見てないんです。合格したんですから、もう心配はいりません。安心してください」

「女の人が……」

「忘れてください。あなたとは何の関係もないんですから」

「そうですね、心配はいらないですよね」川久保が自分に言い聞かせるように言い、短く笑った。

怯えが空笑いを誘うことはよくあることだ。

川久保は上石神井《かみしやくじい》にある高校で教鞭《きようべん》を執《と》っている。専門は現代国語。卒論は坂口安吾《さかぐちあんご》だった。無頼《ぶらい》派の作家に傾倒している男だが、川久保自身はいたって真面目《まじめ》である。小説家を目指し、懸賞小説に応募しているが当選したことは一度もないという。

この男が、謙治の財布の拾い主なのだ。

結果を伝えると言ってあったので、川久保は、躰を硬くして謙治の連絡を待っていたに違いない。これで一安心したろうか。いや、そうはいかないだろう。殺しが絡《から》んだ。枕を高くして寝られるようになるまでには、かなりの時間がかかりそうだ。

夕刊が売店に届いたばかりだった。

一紙買い、安さを売り物にしている三平《さんぺい》食堂で食事を摂《と》った。ハンバーグライスを食べながら、新聞を開いた。

銀座のクラブのママ射殺される
目黒区の閑静な住宅街で起こった惨劇
金融業者親子も襲われ、現金、五百六十万が強奪される

十五日午後十一時ごろ、株式会社大地《だいち》ファースト物産の営業課長、高良《こうら》米二《よねじ》さんら社員三名が、目黒区碑文谷二丁目××に住む金融業者原島勇平さん宅を訪ね、呼び鈴を鳴らしたが、誰も出てこなかった。そこで裏木戸に回ったところ、外国製のスポーツカーが停まっていた。様子がおかしいので、裏木戸から敷地内に入ったところ、血を流して横たわっている女性を発見した。傍には、原島さんが飼っている三頭のシェパードも倒れていた。屋敷に入ると、応接間で、原島勇平さんと長男の浩一郎さんが頭巾《ずきん》のようなものを被らされ、縛られていた。

通報を受けた碑文谷署の署員が調べた結果、女性は射殺されたことが判明した。殺された女性は、港区《みなと》青山南《あおやまみなみ》町《ちょう》五丁目××に住む迫水《さこみず》祐美子《ゆみこ》さん（三十四歳）。迫水さんは、銀座西七丁目にある『レジェンド』というクラブの経営者である。停車していたスポーツカーは迫水さん所有のものだった。

屋敷が物色された形跡はなかったが、大地ファースト物産が借り入れることになってい

た現金、五百六十万円が奪われた。縛られた後、原島勇平さんは鈍器のようなもので、頭部を殴打されたが軽傷である。拳銃のグリップで殴られたらしい。浩一郎さんは首を絞められたが無傷である。

原島さん親子の証言によると、覆面をしたふたりの男が、いきなり応接間に入ってきて、銃で原島さん親子を脅し、彼らを縛り上げ、テーブルの上に置かれてあった現金を奪って逃走したという。犯行現場には、原島さん親子を襲ったふたりの他に、もうひとりいたという証言も得ている。

三頭の犬はいずれも毒殺されていた。使用された毒物の種類はまだ判明していない。

原島さん宅は敷地が八百坪あり、その周辺には住宅はまばらで、今のところ目撃者は現れていない。

近所の人によると、午後九時から十時頃にかけて、トラックのものと思われるエンジン音がし、人の話し声も聞こえてきたという。

捜査本部は、エンジン音がした頃に、犯人たちは裏木戸から敷地内に侵入し、犬たちを殺し、台所から応接間に向かったとみている。裏木戸のドアにも台所に通じる勝手口にも壊された跡はなかったところから、原島さん宅の事情に詳しい者か、或いはプロの強盗団の犯行というのが、警察関係者の大方の見方である。殺された迫水祐美子さんが、現場にいた理由は今のところ明らかになっていない。

襲われた原島勇平さんは、金融業界では名の知れた人で、政治家とも深い繋がりを持っている人物である。

この記事は三面トップだった。殺された女と原島勇平の顔写真が掲載され、屋敷の塀際に並んだ警察車両と、ロープのようなもので囲われた裏木戸の写真、さらに屋敷の場所を記した地図及び屋敷の見取り図も載っていて、女と犬が殺されていた場所には×印がつけられていた。

株式会社大地ファースト物産。謙治は初めて耳にする会社名だった。勇平が、そんな会社に、謙治の運転する車で赴《おもむ》いたことは一度もなかったし、話に出たこともない。盗まれた金が五百六十万円だって。この数字、どこから弾き出されたものなのだろう。十一億円を手に入れた謙治には、五百六十万は端金《はしたがね》に思えた。

しかし、そういう驕《おご》った気持ちを戒《いまし》めてくれる記事が目に留まった。同じ日に、川越《かわごえ》で強盗殺人事件が起こり、雑貨菓子店の店番をしていた老人が殺され、二万円が奪われていた。たった二万円を奪うためにでも人を殺す人間もいる。五百六十万円は大金だ。謙治は自分にそう言い聞かせた。

食事を終えると、くわえ煙草で食堂を後にした。そして紀伊國屋《きのくにや》書店の並びにある建物の地下に降りていった。

そこはかなり広い喫茶店である。店内を見回したが川久保の姿はなかった。

コーヒーを頼み、再び新聞を開いた。

『九州に豪雨大荒れ』という記事が目に入った。

増美は今夜、東京に戻ってくることになっていたが、予定が大きく変わるかもしれない。

そう思いながらよく読んでみると、宮崎《みやざき》、大分《おおいた》に甚大な被害が出ているらしいが、福岡《ふくおか》地区についての記述はなかった。

少し遅れても、増美は今夜、東京に戻ってこられるだろう。

喫茶店に入って十五分ほど経った時、入口に川久保の姿が現れた。川久保は手筈通り、トイレ近くの席に向かった。

謙治の頰に笑みが射した。

川久保は謙治と同じ歳である。だが、やけに爺《じじ》むさい。撫《な》で肩《がた》の上に背中が曲がっているせいだろう。四年後に大金が手に入ったら、川久保の背中は伸びるだろうか。それは無理かもしれない。

川久保が壁際の席に座った。謙治の席から十メートルは離れている。

下がった眼鏡《めがね》を上げながら、川久保がウェートレスに注文していた。眼鏡を換えれば少しは何とかなりそうだ。坂口安吾が好きでも、眼鏡までよく似たものにすることはなかろうが。

少し時間をおいて、謙治はトイレに向かった。個室に入る。コインロッカーの鍵の入った茶封筒を懐から取りだした。付着している指紋は気にすることはない。川久保が直ちに処分することになっているのだから。

ほどなく足音が聞こえた。足音が重なり合っている。ふたりの男が同時に入ってきたらしい。

謙治は川久保の合図を待った。ややあって、右隣の個室のドアが開け閉めされた。咳払いと同時に、壁が軽く叩かれた。

謙治は茶封筒を、壁と天井の空間から、そっと川久保のいる個室に落とした。代わりに川久保の方から封筒が投げ入れられた。それをポケットに入れると、謙治は水を流し、個室を後にした。

席に戻ると、封筒の中身を取りだした。

昨日の歌舞伎町の模様が几帳面《きちょうめん》な字で記されていた。小説家を目指しているだけあって明確な報告文だった。

それによると、謙治のいた二軒目のパチンコ屋では、101番の台に座った。103番の台がよく出ていた。遊んでいたのは痩《や》せた老女で、くわえ煙草で玉を弾いていたという。

〝十時少し前にパチンコ屋を出て、コマ劇場のところから靖国通りに向かって歩く。そこで、貴兄とぶつかる。ややあって財布を発見。貴兄が落としたものと判断し、後を追おうとしたが、貴兄は路地に消えたのか、姿が見えなくなっていた。ほどなく、靖国通りに向かって左側の歩道、貴兄が曲がったと思われる、スカラ座という喫茶店のある路地に入る角で騒ぎが起こった。洋服店の前で女性が倒れたのだ。十時十分頃の出来事である。やがて、靖国通りの方から救急車がやってきた。黄色いスカートを穿《は》いた若い女が救急車で搬送された。おそらく、急性アルコール中毒ではないかと思われる。救急車はコマ劇場の方に走り去った。警察官の姿はなかった。雨は降らず、月は見えなかった。番衆町までの道すがらについては特記すべきことは何もない。強《し》いて挙げれば、三光町の停車場近くに建つ常陽《じょうよう》銀行の前でサラリーマン風の男が酔いつぶれている姿が印象に残った。報告すべきことは以上である〞

報告文を読み終えると、再びトイレに行き、報告文を細かく破り、少しずつトイレに流した。そして、川久保を一瞥《いちべつ》することもなく喫茶店を出た。

伊勢丹《いせたん》の近くの電話ボックスに入ると、ゆっくりと十円玉を落とした。緊張がなかったというと嘘になる。

受話器を取った相手はすぐには話さなかった。

「もしもし？」謙治は訝《いぶか》ったような声を出した。

「はい」無愛想《ぶあいそう》な男の声が聞こえてくるまでに少し間があった。

「原島さんのお宅ですね」

「そうですが、あなたは？」

「社長の運転手をしている根津謙治ですが、夕刊を読んで電話したんです」

相手はそれには答えず、受話器を手で押さえたようだった。

「根津かあ」ややあって勇平のだみ声が耳朶《じだ》を揺すった。

「夕刊を見てびっくりして」

「今、どこにいる」

「新宿です」

「警察の方が、お前のことを探してた。わしの金を盗んで逃走したのかと思っとったぞ」

勇平は、冗談とは受け取れない調子で言った。

「まさか」謙治の声も真剣そのものだった。

「すぐに帰ってこい」

「はい」

謙治はタクシーに乗って碑文谷を目指した。

午後五時半すぎに、原島邸の裏木戸近くに到着した。まだロープは解かれておらず、警察車両が細い道を塞いでいた。

「ここって、新聞に載ってた……」

金を払おうとした謙治に、運転手が好奇の目を向けた。

謙治は運転手を無視して、釣り銭をポケットに突っ込むとタクシーを降りた。

蟬時雨《せみしぐれ》が耳を覆った。

制服警官のひとりに、名前と職業を告げると、無線で、誰かに連絡を取った。

やがて、四十すぎに見える男が裏木戸から出てきた。肌が焼けている。海で焼いたような色合いだった。夏休みである。子供を連れて海水浴に行ったのかもしれない。小柄だが精悍《せいかん》な感じのする男で、髪は短い。十年ほど前に流行《はや》り、今でも根強い人気のある慎太郎《しんたろう》刈りに似た髪型である。

男は碑文谷署の刑事課の刑事だった。名前は石橋《いしばし》と言った。

「どうぞ、こちらに」

謙治は裏木戸から屋敷内に入った。女と犬たちの死体のあった場所がチョークで囲われている。武蔵の死に顔が目に浮かんだ。

勝手口のところに開襟シャツを着た若い男が立っていた。腰に拳銃をぶらさげている。ボクサーに不向きな細い顎《あご》を持つ、目の細い男だった。身の丈は謙治ぐらいあった。

若い男は、謙治の胸に突きつけるようにして警察手帳を見せた。「同じく刑事課の村川《むらかわ》です」

刑事に抜擢《ばってき》されたのが、誇らしくてしかたがない新米かもしれない。

「新宿にいらっしゃったそうで」石橋が口を開いた。

「ええ。夕刊を読むまで、事件のこと、全然知らなくて」

「二、三お訊きしたいことがあるんですが」

「社長は軽傷だと書いてありましたが、本当に大丈夫なんですか？」

「かなりお疲れのようですが、傷は大したことはありません。あなたの部屋を使わせてもらってもいいですか？」

「もちろん」

謙治は塀に沿って、母屋の裏側に回った。そこに二階建ての建物が建っている。トタン屋根の安普請《やすぶしん》。部屋は五室ある。二階に執事と料理を担当している女が住んでいる。彼らは夫婦である。謙治と女中の芳子は一階の部屋を使っている。謙治の部屋は奥。トイレは二階にも設置されているが、風呂は一階にしかない。電話は玄関口にある。その隣には灰色の電話料金箱が置かれている。

部屋の鍵を開け、刑事たちを中に通した。八畳の和室。たった四日ほど、締め切っていただけだが、部屋には熱気が籠《こ》もっていた。

薄緑色のカーペットが敷かれ、壁際にシングルベッド、窓際にふたり掛けのソファーと低い椅子が置かれている。ポータブルテレビ、トランジスタラジオ、レコードプレーヤー……。一応のものは揃っている。本棚には本がぎっしりと詰まっている。車の修理の本、料理ブック、経営に関する書籍、そして、小説本とまちまちで、本棚を見ただけで、謙治の趣味を言い当てるのは、ベテラン刑事でも難しいだろう。本棚の横にはファンシーケース。下着類を詰め込んである低い箪笥《たんす》の上には、死んだ家族の写真と位牌《いはい》が並んでいる。

石橋は扇子《せんす》を取りだし、頬に風を送り始めた。

謙治は濃紺色のカーテンを引き、窓を開けた。塀が迫っていて、その向こうは竹藪《たけやぶ》である。

刑事たちをソファーに座らせ、扇風機を彼らの方に向けた。この間から、その扇風機は首を振らなくなっていた。

「これはどうも」石橋が扇子をテーブルに置いてから、遺影に目を向けた。「ご両親はお亡くなりになったようですな」

「親父はルソン島で戦死しました。右側の写真は兄ですが、兄も戦死です。少年兵として戦場に向かう途中、乗ってた船が敵のアメリカ軍の攻撃に遭い、十六歳の若さで命を落としました。母は十年ほど前に病死しました。残ってるのは妹と僕だけです」

「それは、それは。私の兄はシベリアに抑留され、そこで死にました」石橋がしめやかな声で言った。

村川は口を開かず、じっと謙治を見つめていた。

石橋がメモ帳を開き、指を舐めてページを繰った。「根津さんが、原島さんの運転手になったのは……」

「六一年です」

「昭和で言うと……」

「三十六年です」

「西暦は苦手でして」石橋が目尻にシワを溜めて笑った。

〝参考までに〟という常套句《じょうとうく》を口にしてから、お盆休みの謙治の行動を訊いてきた。

謙治のお盆休みは先週の土曜日、十三日から、明日の水曜日、十七日までである。

東京生まれの謙治には帰る故郷はない。ふたつ年下の妹は、中央区越前堀《えちぜんぼり》のアパートに住んでいる。前年までのお盆休みは、泊まりがけで出かけることもせず、遊びに出かけても、大概はここに戻っていた。

今年もそうなるであろうという想定の許に計画を立てた。ところが、七月の下旬、勇平が、車の中でこんなことを言い出した。

「お前、お盆休みはどうするんだ」

「何も決めてません。東京にいるとは思いますが。それが何か？」

「東京にいようがいまいがかまわんが、屋敷から出てほしいんだ」

「分かりました。泊めてくれる人間ならいますから」

他の使用人はすべて地方出身者なので、例年通り、帰郷する予定になっていた。謙治だけが、勇平にとって不都合な存在だったわけだ。

「実はな、わしにも惚《ほ》れた女ができた。老いらくの恋ってやつだよ」勇平は照れくさそうな声で言った。

謙治は興味津々《きょうみしんしん》の表情を作ってルームミラーに映る勇平を見た。

「相手がお盆休みに、お忍びで屋敷に来ることになったんだ。ちょっと名の知れた女でな」

「女優ですか？」謙治は惚《とぼ》けて訊いた。

「余計な詮索《せんさく》はするな」

「すみません」

「お前にだったら、相手を見られてもかまわんとわしは思ってるんだが、相手がね……」

そう言った勇平の目には、金融屋の小狡《こずる》そうな色は微塵も感じられなかった。女にのぼせ上がっている男のゆるんだ顔である。

なかなかの名演技である。謙治は心の中で拍手を送った。

勇平は財布から金を取り出し、助手席に置いた。見たところ十万ほどあるようだった。

「社長、お気遣いはいりません」

「いいから取っておけ。東京に残るのもいいが、たまには旅行にでも出ろ。連れてゆく女ぐらいいるんだろう?」

「いや、そんなのは……」

「わしに隠すことはなかろうが」

「付き合ってくれる女ぐらいはいますよ」

「やっぱり、ギャンブルばかりやってるわけじゃなかったんだな。お前は男前だもんな」

そこまで言って、勇平が身を乗り出した。「どこの女だ」

「つまんない女です。社長にお聞かせするような相手じゃありません」

「素人か」

「小さな劇団の研究生です」

「ほう。でも研究生じゃ食えんだろうが。お前が面倒みてるのか」

「そんな余裕はありません。ホステスをやってますよ」

「女優のタマゴがホステスに……。お決まりのパターンだな」勇平が鼻で笑って躰を背もたれに戻した。「お前もそろそろ身を固めんとな。いずれわしがいい相手を見つけてやるよ」

「いやあ、所帯を持つのはちょっと」

「わしに任せておけ」そう言って、勇平は葉巻をくわえた。

八月十五日に屋敷で何が行われるのかすでに摑《つか》んでいたが、勇平の言葉が、謙治の手に入れた情報を裏打ちしてくれる結果となった……。

刑事たちには、屋敷を離れた理由を教えたが、勇平の秘密の会話には触れなかった。寝泊まりしていたアパートの住人の名前と住所を告げてから、この屋敷を出た金曜日の夜のことから話し始めた。

金曜日の夜から土曜日にかけては新宿の麻雀《マージャン》屋にいた。そして、土曜日の夜は、妹の結婚相手と三人で食事をした。日曜日も麻雀。明け方まで雀荘にいた。問題の月曜日は、昼間、寝ていて、夕方から新宿でパチンコをしていた、と答えた。

「パチンコ屋には何時頃までいたんですか？」村川が訊いてきた。

「十時頃までいたと思います」

石橋は謙治から目を離さない。「知り合いの方に会ったりしませんでしたか？」

謙治は首を横に振った。

しばし沈黙が流れた。

「さっきまで新宿にいたのには理由があるんです」

謙治は財布の件を口にした。もったいをつけて話す方が却って不自然である。歌舞伎町の派出所に届けられていたことを喜々として話した。

「あそこのお巡りさんにも言われたんですけど、本当に運がよかった。財布を落としたらまずは出てこないものだと諦めてたんですが、拾った人が真面目な方だったようで」

石橋も村川も、この発言をまるで信用していないのは明らかだった。むしろ、謙治に疑いの目を向けるきっかけになったようだ。

推測した通りに事は運んでいる。

謙治は腰を屈《かが》め、低姿勢で質問に応じていたが、心の中で、刑事たちをあざ笑っていた。

原島勇平もまた、今の話を聞いたら謙治に対する疑いを深めるのは間違いない。勇平がどんな手を打ってくるか。警察も侮れないが、危ない連中とも繋がっている勇平の方が脅威だった。

謙治に対する事情聴取は長々と続いた。犯行があった頃に、本当に新宿にいたとしても、刑事から質問が向けられると、誰でも緊張するものだ。だが、無実であるならば、余裕も同時に持っていなければならない。

この矛盾《むじゅん》した心理を、言葉や表情に表すのはなかなか難しい。謙治は、緊張が三割、余裕が七割ぐらいの感じで、刑事たちに相対した。

「免許証が財布の中にねえ。出てきてよかったですね」石橋が心にもなくそう言ったのは明らかだった。

「トラックは運転できますか？」これまで黙ってメモを取っていた村川が口を開いた。

謙治は村川をじっと見つめた。「大型も運転できますよ」

川久保が報告してきた歌舞伎町の様子は自分から話すのは得策ではない。訊かれたら答える準備はできているが。

石橋が上目遣いに謙治を見た。「原島さんの飼い犬は、根津さんに、随分なついていたそうですね」

謙治は答えるのを少し遅らせた。この沈黙を、刑事たちがどう読むかは分からないが、前掛かりになるのだけは避けたかった。

「正直に言って、新聞を読んだ時、女の人が死んだことよりも、犬たちが毒殺されたことに怒りを感じました。あの三頭とも歯を剝くと怖いけど、普段は心優しい犬でした。特に武蔵という若い犬が、僕にすごくなついてました」

「そこなんですよねえ」村川がまっすぐに謙治を見て、抑揚のない声で言った。「犬たちが、吠え声も上げずに、ああも簡単に毒殺されたことを、根津さんはどう思われます？」

「普段から、あの犬たちに接していた者が裏木戸から敷地内に侵入した。そうとしか考えようがないですね」

「どんな犬でも、なつかせてしまう獣医を私は知ってますけどね」石橋が口をはさんだ。

この中年刑事は食えない男のようだ。

「へーえ、そんな人がいるんですか？」

「確かにいるんですよ」

「その手の人間が犯行に加わっていたとしたら、犯人を割り出すのはそう難しくはなさそうですね。そんな獣医が日本に何人もいるとは思えませんから」

「原島さんの運転手をなさってる根津さんですから、原島さんも気を許して、うっかり他人には聞かれては困る話を同乗者と交《か》わしてしまう。そういうことがあったんじゃないですか」村川が訊いてきた。

「ちょっと待ってください。僕が、昨日の取引について車の中で耳にし、金を奪ったって言いたいんですか？」

「滅相《めっそう》もない」表情を崩し、言下に否定したのは石橋である。「気分を害されたんでしたら謝りますが、極秘の取引だったそうですから、誰がどうやって、情報を手に入れたのか、私も村川も大いに気になってるんですよ」

「社長は用心深い。だから、私が運転している車の中で、取引の話をするなんてありえない。社長もそう言ってるんじゃないですか？」

両刑事は言葉を発さず、謙治をじっと見つめていた。

石橋がまたメモ帳に視線を落とした。「ところで、佐伯興産の佐伯さんをご存じですよね」

「ええ」

「死んだ犬たちは佐伯さんにはどうでした？　なついてました？」

「ええ。僕にほどではないですが、三頭とも彼に歯を剝くことはなかったですね」

「亡くなった迫水さんとお話しされたことは？」村川が訊いた。

「いえ。彼女の店に社長が行かれた時、表でちらりと見ただけで、顔もよく覚えてません」

「ご子息の浩一郎さんとの関係について何か知ってることは？」

謙治は苦笑して見せた。「そういう話は、ちょっと……」

石橋は目を細めてうなずいた。「じゃ、その件はおいておきましょう」

その後は、執事の夫婦と女中の芳子について訊かれた。当たり障りのないことを口にし、彼らにも犬がなついていたことだけをはっきりと伝えた。

事情聴取を受けている間に、辺りは夜の色に染まっていた。

石橋が鉛筆の頭で、耳の穴を搔いた。そして、メモ帳を閉じた。「お疲れのところありがとうございました」

「僕は社長に会ってきます」

「御一緒しましょう」

刑事たちと共に母屋に入った。応接間には勇平しかおらず、浩一郎も他の刑事もいなかった。

「今日はこれで引き上げますが、またお邪魔することになると思います」石橋が勇平と謙治を交互に見てそう言った。

「ご苦労さん」勇平はソファーに腰を下ろしたまま、刑事たちに目も向けなかった。

ふたりの刑事は頭を下げ、応接間を出ていった。戸口に立っていた謙治は、軽く会釈をしながら、躰を避けて彼らを通した。

勇平はオックスフォード地のサマースーツに白いシャツ姿だった。ネクタイは締めていない。V字に禿《は》げ上がった頭に包帯が巻かれていた。

額《せ》が迫り出しているせいだろう、目が奥まって見える。眼光は謙治よりも鋭い。色白である。胡座鼻《あぐらばな》。鼻の穴は、部屋の酸素を独り占めにし、周りの人間を酸欠にしてしまいそうなくらいに大きい。分厚い唇は両端が垂れている。肌は張っていて、歳のわりにはシワは少ない。決して押し出しのいい感じの男ではないが、色白であることが却って、血も涙もない酷薄な印象を人にあたえている。

「社長……」謙治は声をかけただけで、それ以上のことは口にしなかった。

勇平も唇を普段よりもさらに垂らしたまま黙っている。

ほどなく、表で車が動く音がした。

「こっちに来て、わしの前に立て」

謙治は言われた通りにした。

勇平が謙治を見つめた瞬間、だみ声が尖《とが》った。「お前がやったのか」

いきなり、そう訊かれるとは思ってもみなかった。虚を突かれた謙治は「まさか」という言葉を口にし、へつらうような笑みを浮かべそうになった。それをぐっと堪《こら》え、俯《うつむ》いたまま口を開かない。

「なぜ、黙ってる。やったと認めるのか」

「……………」

「やったんだったら、今のうちにわしに隠し場所を教えろ。一割はお前にくれてやる」

相手が意表を突いてきた。だったらこっちもそうしてやる。

勇平に歩み寄った謙治は、いきなり彼の胸倉《むなぐら》を摑んだ。

「社長、いくら何でもそれはない。警察が俺を疑ってるのは分かりましたが、社長にそんなことを言われるとは思ってもみませんでした」

「放せ」勇平は、悠揚《ゆうよう》として迫らない態度でそう言った。

手を離した謙治は、勇平を見て片頬に笑みを溜めた。「社長、盗まれた金が五百六十万なんていうのは嘘なんですね。世間には公表できない多額の金が強奪された。違いますか？」

勇平は答えず、謙治をまたじっと見つめた。

「後日、引っ越し屋を呼びます。それまでに退職金の用意をしておいてください」

そう言い残して、謙治は出口に向かった。

「今、辞めたら、お前がやったと認めたようなもんだぞ」

謙治は肩越しに首を巡《めぐ》らせ、勇平を睨んだ。ぎゅっと拳を握ってみせるのを忘れなかった。「辞めようが辞めまいが、俺が容疑者の筆頭でしょうが」

「そうカリカリするな。屋敷内で、人が射殺され、大金が盗まれた。頭に血が上ったんだ。今、言ったことは忘れてくれ。わしは、お前を試した」

「試した？」

「ああ。お前がやったんだったら、今のような態度は取っておらんだろう。犯人はお前じゃなかったらしい。悪かった。水に流してくれ」

このやり取りの勝者がどちらなのかは分からない。少なくとも、勇平に迷いを生じさせたようだから、謙治が負けなかったということだけは確かだが。しかし、油断してはならない。

「戻ってこい」

謙治はむっとした顔をして、再び勇平に近づいた。

「まあそこに座れ。そして、わしの質問に答えろ。それぐらいの義理はあるだろう」

謙治は、勇平の正面に浅く腰を下ろした。

「お前は、昨日、どこにいた」

刑事たちに話したことを繰り返した。投げやりな調子で。

勇平が葉巻を謙治に勧めたが断った。そして、ハイライトに火をつけた。

勇平は葉巻の吸い口をカッターで切り、火をつける前に吸ってみた。それからダンヒルのライターで、先端部全体を満遍《まんべん》なく焦《こ》がし丁寧《ていねい》に火をつけた。煙が静かに立ち上った。

葉巻を口にくわえた勇平が再び謙治に視線を向けた。

「昭和二十一、二年の話だが、闇米を買うのを拒否して、配給だけで暮らしてた判事が餓死するという事件があった。お前は子供だったから覚えておらんかもしれんが」

「知ってますよ。大人たちの間で話題になってましたから。でも、それが何か」

「財布を届けた奴は、その判事ぐらい生真面目な人間だったらしいな」

勇平は、万にひとつもないことだと暗に言いたいらしい。

「やっぱり、社長は私のことを……」

「余計な詮索は止めて、質問にだけ答えろ。免許証はどうした？」

「財布の中に入れてました。財布が出てこなかったら、しばらくは社長の運転手は出来ませんでしたね」

勇平は謙治から目をそらし、しばし黙った。それから、こう訊いてきた。

「殺された女のことは知ってるだろう？」

「社長を送り迎えした時に、ちらりと見ましたが、新聞の写真を見ても、彼女だとは分かりませんでした」

「気づいてたろうが、祐美子は浩一郎の愛人だった。あの店だって、浩一郎が出してやったようなものだ。だがな、あれは性悪女《しょうわるおんな》だった。ようするに浩一郎はあの女に引っかかったんだ」

「と言うと？」

「男がいたらしい」葉巻の煙と共に、そんな言葉が吐き出された。

ひょっとすると、あの女の間夫《まぶ》が、自分だと疑っているのかもしれない。祐美子が巧みに浩一郎にすり寄り、今回の取引のことをしゃべらせた。祐美子が計画を立て、間夫とその仲間が、この屋敷に押し入った。間夫は、祐美子よりも上手で、金を手に入れると、その場で祐美子の口を封じた。いや、勇平はそんなことは考えてはいないだろう。謙治が祐美子と関係を持っていたというのは飛躍しすぎだ。

いずれにせよ、勇平の疑いは死んだ祐美子にも向けられている。自分に対する疑いが晴れないにしろ、勇平の誤解は、謙治にとって有利に働く材料に違いなかった。

重い沈黙が流れた。それを破ったのは謙治だった。

「野上《のがみ》さんたちは戻ってるんですか？」

野上宗助《そうすけ》は勇平の執事。賄いを担当している妻は総子《ふさこ》という。彼らの故郷は宮崎である。

「まだ戻っておらんよ。宮崎は台風で大変らしい。帰りは早くても明日になりそうだ」

北海道の富良野《ふらの》の親許に帰っていた家政婦の小出《こいで》芳子は、今夜、戻ってくるという。

野上夫妻は満州からの引き揚げ者で、向こうで小料理屋を営んでいたという。宗助は五十六歳、総子はひとつ下の五十五歳。息子と娘がひとりずついるが、いずれも所帯を持って独立している。

勇平の食事の用意をするのは総子の仕事だが、料理人だった宗助が台所に立つこともある。総子は芳子を手伝って家政婦の仕事もこなしている。

警察は、彼らのアリバイも徹底的に調べるだろうが、老夫婦と二十四歳のわりには子供っぽい芳子は、早い段階で容疑者リストから外されるはずだ。

「私が疑われてもしかたないと思います。犬たちが騒がなかったそうですから」

「お前は、特に武蔵を可愛《かわい》がっていたな」

謙治は目を伏せた。

「うーん」勇平が腕を組み、うなった。「お前だけを疑ってるわけじゃない。あらゆる可能性を検討しなきゃならんだけだ。でもまあ、こうなると、わしはお手上げだ。警察がどれだけできるか疑問だが、あいつらに任《まか》せるしかないだろう」

「社長は、お盆休みに女をここに呼ぶようなことをおっしゃってましたが、その女はどうしたんですか。今度の事件に……」

見る見るうちに勇平の顔が歪んだ。

謙治は啞然《あぜん》とした顔をして、勇平を見つめていた。

「くそったれ！　わしの屋敷で殺人だと！　事もあろうに、あんな馬鹿女が何でうちで死ななきゃならないんだ。警察のアホ共は、わしと浩一郎も疑ってるんだ」勇平は包帯を乱暴な手つきで外し、ガラス戸に向かって投げ捨てた。

謙治は立ち上がり、包帯を拾った。

勇平は怒りで赤くなった顔を謙治に向けた。奥目が少し前に飛び出したように見えた。

謙治は包帯を巻き直してやろうとした。

「余計なことはせんでいい。もう一度座れ」

謙治は命令に従った。

荒くなった勇平の息はなかなか元には戻らなかった。

謙治は黙って俯いていた。

「わしの運転手を辞める気か」

「辞めたくはありませんが、でも……」

勇平が短く笑った。「雇い主に疑われているのに、おちおちハンドルなんか握ってられないか」

「……………」

「ちゃんと答えろ」

「私の進退については社長にお任せします。いつかは辞めることになるでしょうが、今のところは社長の下で働いていたいです。いい給料をもらってますから」

「お前、最近、経営学の本をよく読んでたな」

謙治は目尻をかすかにゆるめて見せた。「そんなもの何の役にも立たないって社長に言われましたよね」

「どんな商売をやりたいんだ。車の販売か、それとも修理屋か」

「いえ」

「じゃ、何をしたい。わしみたいな金貸しか」

「とんでもない。私には、金を右から左へと動かすような才はありません。前にもお話ししましたが、親父は小さな食堂をやってました。だから、金が貯まったらレストランを持ちたいと思ってます」

勇平が驚いた顔をした。「ほう。それは意外だな。お前、調理師の免許を持ってるのか」

「ええ。池袋《いけぶくろ》の食堂で働いてたことがあります。そのことは履歴書に書いてありますが」

「そうだったっけな。で、なぜ、辞めた？」

謙治の口許に笑みが浮かんだ。「主人の女房とその……」

「なるほど。分かりやすい辞め方だな」

「向こうから言い寄られて、ついその気になったんです」

言ったことに嘘はなかった。婿養子の主人は酒癖が悪く、女房はよく理由もなく殴られたりしていた。あわよくば、その主人を追いだして、後釜に座ろうと目論《もくろ》んでいたのだ。上手に離婚に持ち込むよう策略を練っていた時に、関係がバレた。一緒に働いていた小僧が、主人のスパイだったのだ。

「レストランの経営ね。じゃなおさら、あんな本なんか読んでても始まらんじゃないか」

「実践に役立つかどうかは分かりませんが、暇つぶしにはなりますよ」

「貯金してるのか？」

「してます。ですが、春頃、川崎《かわさき》競輪で大負けして、かなり減ってしまいました。今は、いくらあるかな……。十七、八万っていうところでしょうか？　麻雀で少しは取り戻しましたけど」

「近いうちに、お前の作った飯を食ってみたい」

謙治は頬から顎をさすりながら、ふうと息を吐いた。

「嫌なのか」

「…………」

勇平が力なく笑った。「財布を落としたというのは嘘みたいな話だが、あり得ないことではないな。免許証もなしに、車を使って強盗をやる奴はいない。お前を信じた。だから、このままわしの運転手を続けろ」

「さっきもそうおっしゃって私を引き留めた。でも……」

「お前の話を聞いたら、信じられると本気で思ったんだ」

「じゃ、このまま働かせてもらいます」

「わしはちょっと興奮しすぎた。悪かったな」

「死んだ女の身辺を洗ってみましょうか」

それには答えず、勇平はまた葉巻をくわえた。「もう行っていい」

「今から、泊めてもらってる女のとこに戻っていいですか？　荷物も置いてありますし。今夜、女が博多から戻ってくるはずですから」

「明日まで休みだ。好きにしたらいい」

「ありがとうございます」

謙治は一礼すると腰を上げた。

応接間を出ようとした時、脚が止まった。「武蔵たちは解剖されたんでしょうが、その後は……」

「そんなこと知るか」鋭い声が返ってきた。

謙治はもう一度、頭を下げ廊下に出ようとした。

「ちょっと待て。お前はいつもハイライトを吸ってるのか」

「そうですが、それが何か」

「うん……」勇平がほんの一瞬躊躇った。「いや、何でもない。明後日から普段通りに働け」

「はい」

応接間を後にした謙治は裏木戸から屋敷を出、徒歩で学芸大学駅を目指した。いつも通るコースを歩いた。自分の影が路上を進んでゆく。

一度も振り向かなかった。刑事たちが自分を尾行していると謙治は決めてかかっていた。茶色い乗用車が、謙治を追い抜いていった。その車は、次の角を曲がったところに停まっていた。

二十四時間、監視されることになるだろう。しかし、永遠に続くことは絶対にない。持久戦である。

尾行よりも、勇平の最後の言葉の方が気になった。なぜ、自分の吸っている煙草の銘柄を訊いたのか。

応接間に押し入った時、パッケージを落としたか。自分はそんなヘマはやっていない。宮森の煙草もハイライトである。しかし、金町の野菜倉庫で、彼は空になったパッケージを手にしていた。ということは煙草の葉が落ちたのだろうか？

そう思った瞬間、或ることを思い出した。油断していた岩武が、勇平に蹴られて転倒した。その際、ポケットに入れてあったパイプ煙草の葉が床に落ちた可能性がある。

勇平は、パイプ煙草をやるか、と本当は訊きたかったのかもしれない。犯人の遺留物について口にし、謙治の動揺を誘おうと考えた。しかし、手の裡《うち》を晒《さら》すことにもなるので止めにしたのだろうか。よく分からないが、あの質問は明らかに変である。

パイプ煙草の愛好家が日本全国にどれぐらいいるのかは見当もつかないが、煙草の葉が特定できたとしても、その線から岩武弥太郎に辿りつくことは至難の業《わざ》だろう。未使用の葉だったら唾液《だえき》が付着しているはずはないし、指紋も検出できないのだから。岩武が吸っているのは確かヴァージニアという銘柄だったはずだ。

学芸大学駅から電車に乗り、渋谷で乗り換え新宿を目指した。尾行者と思える男が四人ほどいた。

歩いて増美のアパートに戻った。部屋から灯りが漏れていた。

ドアをノックした。

「謙治？」

「うん」

ドアが開いた。増美の笑顔が目に飛び込んできた。彼女が、普段よりも何倍も美しく見えた。

三

一九六六年八月十七日〜十月二十三日

謙治が屋敷に戻ったのは十七日の夜だった。翌朝から仕事が始まるのだから、それに備えたのである。

警察の尾行は続いている。

屋敷は何事もなかったかのように静まり返っていた。裏木戸を、持っている鍵で開け、従業員用の宿舎に向かった。

ドアを開けると、女中の小出芳子が台所から顔を出した。

「根津さん……」

芳子の下ぶくれの顔は緊張し切っていた。彼女が目撃者だったかのようなうろたえようである。

謙治は台所に入った。中央にテーブルが置かれており、そこで従業員は決まって朝食を摂る。

謙治は椅子《いす》を引き、腰を下ろした。芳子は戸口に立ったままである。

「野上さんは？」

「まだ帰ってません。線路がズタズタになっちゃって、どうしようもないみたい」

日豊《にっぽう》線が寸断されているのは新聞で読んで知っていた。

「謙治さん、食事は？」芳子が訊いてきた。

「すませてきた」

「犯人が許せない」芳子が急に感情を高ぶらせた。「犬まで殺すなんて……」

謙治は、火のついていない煙草を宙に浮かせたまま目を伏せた。

「あの犬たち、正直言って初めは怖かったわ。でも、じきに私にも慣れてくれた。私が奉公に上がった時、武蔵、まだ小さくて……」芳子が柱に額をこすりつけるようにして泣き出した。

「俺も憤慨《ふんがい》してるよ」

「謙治さんも、可愛がってたものね。特に武蔵は謙治さんに……」

芳子の語尾が崩れた。

大概のことには動揺しない謙治だが、何年経っても田舎《いなか》くささが抜けない芳子に武蔵の話をされると、耳を覆いたくなった。

謙治は煙草に火をつけ、芳子の興奮が収まるのを待った。

「ごめんなさい。辛いのは私だけじゃないのに……」

「まあ座って」

芳子が謙治の正面の椅子を引いた。

「今日、社長はどうしてる？」

「ずっと家にいるわ」

「俺は昨日、刑事にいろいろ訊かれたけど、芳子ちゃんは？」

「うん。帰ってきた時、刑事が来てた」芳子が上目遣《うわめづか》いに謙治を見た。「謙治さんのことも訊かれたから正直に話したよ」

「どんなこと訊かれたの？」

「犬たちとの関係とか、ここにいる時は何をしているかとか、それから、謙治さんを訪ねてきた人間を知っているか、あなたにかかってきた電話に出たことがあるか……そんなことを訊かれた。殺虫剤をあなたが持っていたかどうかって質問された時は、頭にきて、失礼なこと訊くなって怒鳴ってやったわよ」

「ありがとう」

予想していた通りの質問だったので、謙治はほっとした。

「俺も容疑者のひとりらしい」謙治は力なくつぶやいた。

芳子が涙目でじっと謙治を見つめ、きっぱりとした口調でこう言った。「謙治さんには武蔵は殺せない。刑事さんに、私、何度もそう言ってやった」

「信じてくれる人がいて嬉《うれ》しいよ。でも、刑事たちが俺を疑うのも無理はないんだ。犬たちに慣れてる人間じゃなきゃ、あんなことはできないから」

「だったら、私や野上さんだって」

「東京にいなかった人間はシロだよ」

「私を見て」芳子の声が鋭くなった。

「え？」

「いいから見て」

謙治は言われた通りにするしかなかった。

「どうしたんだよ」

「謙治さんの目は人を殺せる目じゃない。ちょっと怖そうに見えるけど、謙治さん、優しい人だもの」

「そんなに見つめられると照れちゃうよ」謙治は笑って誤魔化《ごまか》し、視線を外した。「それで、俺のことの他に、どんなことを訊いてきた？」

「野上さん夫婦のこと、出入り業者のこと、それから佐伯さんのことも訊かれたわ」

謙治は煙草を消し、ふうと息を吐いた。

「俺は部屋に戻るよ」謙治は立ち上がって旅行バッグを手に取り、台所を出た。

「ちょっと待ってて。お土産《みやげ》買ってきたから」

芳子が自分の部屋に向かった。

北海道の帯広市《おびひろ》にある菓子屋が作っているマドレーヌがお土産だった。謙治は礼を言って、自分の部屋の鍵を取りだした。

「あ、大事なことを言い忘れてた。妹さんから電話があったわ」

妹の美紀子《みきこ》は事件のことを知って連絡してきたのだろう。

部屋に入ると電気も点《つ》けず、ドアに背中を預けた。芳子の無邪気な応対がこんなに堪《こた》えるとは思ってもみなかった。

気を取り直して灯りを点し、床にバッグを置くと、部屋の点検をした。警察ではなく、勇平或いは息子の浩一郎が自分の部屋を探ったかもしれない。

お盆休みに入る前日、二冊のハードカバーの本に接着剤をほんの少し付着させておいた。棚から本を引き出さなければ、隣の本と軽くくっついているはずだが、動かせば外れる。二冊の本は軽くくっついたままだった。

バッグの中身を取りだしていると、玄関口に置かれた電話が鳴った。芳子が出た。ほどなく、謙治の部屋のドアがノックされた。電話してきたのは美紀子だった。

美紀子は電話を持っていないし、アパートにも置かれていない。謙治は明日、美紀子の働いている会社に連絡を入れるつもりでいた。

美紀子は謙治の声を聞いただけで安堵したようだった。

「大変なことになったけど、お前も知ってる通り、俺は友だちの家にいた。だから無事だよ」

「うちの会社でもすごく話題になってるの。私にいろいろ訊いてくる人もいて、困っちゃった」

美紀子は、兄が何をしているか会社の人間に話していたらしい。

「派手《はで》な事件だからね。でも、すぐにみんな忘れちまうよ。次から次へと大きな事件が起こる世の中だから」

「声が聞けてよかった」

「また会いにいくよ」

「善弘《よしひろ》さんもすごく心配してた」

小倉《おぐら》善弘は美紀子の婚約者である。

「心配ないって、彼に伝えておいてくれ」

部屋に戻った謙治は、ベッドに寝転がった。

妹は、今度の事件の真相など知る由もない。しかし、美紀子の一言が、謙治の仕事に一役買っていたのである。

美紀子の住まいは八丁堀の隣町、越前堀二丁目（現在の新川《しんかわ》二丁目）だが、勤め先は湊町の事務機器の卸業会社である。美紀子はそこで事務員をしている。

犯行計画を立ててから、使用する車を物色していたが、なかなか手頃な車が見つからなかった。決行日がどんどん迫ってきていたので謙治は焦っていた。三河島《みかわしま》の駐車場で小型トラックを盗もうとしたが、ドアの鍵を開けるのに苦労した。もたもたしているうちに駐車場に人がやってきた。

「そこで何してる!!」

謙治は一目散に逃げ出した。

盗みに失敗した翌日、妹に呼び出され、彼女のアパートを訪ねた。結婚したい相手がいるという報告だった。相手は、茅場町《かやばちょう》の食堂の跡取り息子だという。お盆の間に会ってほしいと言われた。むろん、謙治は断らなかった。決行の前々日、会うことにした。

「兄さんも、車の運転に気をつけてよ」突然、話題が飛んだ。

謙治が煙草を吸いながら怪訝な顔をしていると、妹はこう続けた。

会社の近くの運送屋の夫婦が、親戚《しんせき》の訃報《ふほう》を聞き、小淵沢《こぶちざわ》に向かう途中、国道二十号線で事故に遭《あ》った。夫の運転するスバル３６０が、スリップして対向車線に飛び出した。そこに大型トラックが突っ込み、軽自動車はスクラップ状態になり、夫婦が即死したという。

「私、大和田《おおわだ》さんと……その人、大和田っていうんだけど、大和田さん夫婦とけっこう親しかったの。だから、ショックで……」

「子供がいるんだろう？」

「中学生の娘がひとりいる。これからどうするんだろうって、他人事《ひとごと》だけど心配してる」

沈痛な表情の妹を横目で見ながら、謙治は他のことを考えていた。

「娘は孤児になっちゃったんだな。それはきついな。引き取ってくれる人、いるの？」

「小淵沢の親戚のところに行って、しばらく戻ってこないみたい。お父さんがひとりでやっていた運送会社だったから、きっとすべて処分して、あの子は親戚に引き取られるんじゃないかしら」

美紀子のアパートを出た謙治は歩いて湊町に向かった。妹の勤めている会社の場所は知っていた。

大和田運送はすぐに見つかったが、トラックはそこにはなかった。斜め前の空き地にトラックが三台停まっていた。調べてみると、左端に駐車していたトラックのボディに大和田運送と書かれてあった。

お盆が近づいていた。ここ数日の間に、トラックが運び出される可能性は極めて低い。

深夜、もう一度大和田運送に足を運び、住居兼事務所に侵入した。いすゞのトラックの鍵を見つけると、建物を出た。そして、トラックの鍵穴に鍵を差し込んだ。ぴたりと合った。エンジンをかけてみる。ガソリンは満タンに近かった。鍵は返さずに、碑文谷の原島宅に戻った。

決行の日、もしもそのトラックが空き地から消えていたら、無理をしてでも車を盗む気だったが、そんな危険を冒《おか》す必要はなかった。

大和田運送という文字を一時だけ消してしまいたかったが、それはできない。細工をすれば却って足がつきやすくなる。お盆の夜に、トラックのボディに書かれた文字を気にする人間などいないだろう。仮に、あのトラックが犯行に使用されたと分かっても、謙治と大和田運送とは何の繋がりもない。

美紀子が大和田家の人間と親しかったことが警察に知れれば、さらに謙治への疑いが強まるが、アリバイを崩せない限り、自分を追い込むことはできないだろう……。

このようにして、謙治は可愛い妹ですら利用して犯行に及んだのである。

近いうちに会おう、と美紀子に言ったが、しばらくは妹に近づく気はなかった。大和田運送のその後について、美紀子は知ることができる立場にある。探りを入れたい衝動に駆られたが、今は我慢するしかない。

翌朝、謙治はいつもよりも早く起き、ガレージから、原島を乗せる車を出した。洗車するのも謙治の仕事のひとつである。

どんよりとした雲の拡がる朝だった。

車種は、六四年式のグロリア・スーパー6である。排気量は一九八八cc。六気筒エンジンを積んでいる。二〇〇〇ccクラスで六気筒というのは珍しい。力はあるが静かな車である。定員は六名。前席に三人乗れる。色は黒。バンパーとグリルはクロムメッキ加工されている。フェンダーの盛り上がりがなくフラットなところが、五〇年代の車との違いだと、謙治は初めてこの車を運転した時に思った。

洗車を終えてから宿舎に戻った。そして、芳子が用意してくれた朝飯を食べた。

その日の原島の予定は聞いていない。謙治に用がある時は、部屋に取り付けられた内線電話が鳴る。

スーツに着替えたが、午前中、内線電話は鳴らなかった。謙治は自室で所在ない時間をすごした。

母屋の様子は謙治の部屋からはまったく分からない。だが、裏木戸辺りの音は聞こえる。

車が停まる音がした。誰かが来たらしい。様子を窺いたかったが、不審な行動は禁物である。後で芳子にそれとなく聞けば分かることだ。

再び裏木戸の方からエンジン音が聞こえたのは午後二時半すぎだった。来客が帰っていったようだ。ほどなく、部屋の内線電話が鳴った。原島が出かけるという。謙治はネクタイを締め直し、黒い鞄を手にして、ガレージに向かった。

車の助手席に鞄を置いてから、エンジンをかけた。

正面玄関に車を停め、外に出て原島を待った。ほどなく原島が屋敷から出てきた。目が合った謙治は頭を下げ、後部座席のドアを開けた。原島の頭にはもう包帯は巻かれていなかった。

「赤プリに行ってくれ」

「はい」

正門の横に芳子が立っていた。彼女が鉄柵の門を開いた。

瞬間、カメラを向ける者がいた。週刊誌の記者かトップ屋だろう。

「あいつらどうします、社長」謙治が訊いた。

「放っておけ」

表通りを都心に向けて走った。

「一昨日《おとつい》は、申し訳ありませんでした。つい興奮してしまって」謙治が謝った。

「わしもだ。これまで通り、働いてくれ」

「恐れ入ります」

原島を赤坂《あかさか》プリンスホテルで降ろした謙治は、主人が戻ってくるまでいつものように待機した。その間、鞄から取りだした経営学の本を読んで暇を潰《つぶ》した。

二時間ほど経った時、係員が呼びに来た。本を鞄にしまい、正面玄関に車を停めた。

「家に戻ってくれ」

勇平は、家を出た時よりも疲れている様子だった。

強奪された十一億円に絡んだ話し合いがあった。謙治はそう決めてかかった。今、勇平の頭には、そのことしかないはずだ。あの金は、勇平自身のものではないと謙治は踏んでいる。おそらく、三伸《さんしん》銀行の丸の内支店が深く関与しているはずだ。

一介の運転手にすぎない謙治が、どうしてそこまで知ることができたのか。いや、そもそも十一億円もの金が動くという情報を、いかにして手に入れたのか。

からくりは助手席に置いた黒い鞄にあった。

謙治は去年の十二月から、その鞄を車に持ち込むようになった。初めて鞄を見た勇平は不思議そうな顔をした。

「これですか？　本が入ってるんです」

「何の本だ？」

「経営学の勉強を始めたんです」

「見せてみろ」

謙治は鞄から何冊も本を取り出した。

「経営者を目指してるのか」

「そういうわけじゃないんですが」

「こんなもの読んでも会社経営なんかできんぞ」

「かもしれませんが、いいんです。小説本を読んでるとすぐに眠くなってしまうんですが、難しい本だと眠くならないんです」謙治はにっと笑った。

「ほう」勇平の顔が綻《ほころ》んだ。「そこはわしと同じだな。若い頃、わしは哲学書を読むのが好きだった。くだらん小説を読むよりも、ずっと頭に刺激があたえられて気持ちがよかった」

勇平はニーチェの話を始めた。謙治はニーチェという名前は知っていたが、読んだことはない。しかし、そんなことはどうでもよかった。鞄の中に本が入っているということを勇平に印象づけたかっただけなのだから。用心をして、それからしばらくは鞄そのものも中身も替えなかった。

まったく同じ鞄をもうひとつ買ってあった。それに本を詰め直し、新たなものを加えたのは今年の二月のことである。

去年の五月、銀座の三越デパートで外国製のカセットテープレコーダーが売り出された。

ちょうど007シリーズが大ヒットしたせいだろう、世の中はちょっとしたスパイ映画ブームだった。謙治も一昨年『007危機一発』(後のタイトルは『ロシアより愛をこめて』)を、昨年は四月に『ゴールドフィンガー』、十二月に『サンダーボール作戦』を観《み》ていた。

このスパイ映画のファンでなかったら、小型テープレコーダーを仕掛けることを思いつかなかったかもしれない。

勇平は時々、車の中で人に会っていた。その際は「飯でも食ってこい」とか、「どっかで暇を潰しててくれ」とか言って、謙治に小銭を渡し、車から降ろすことがあった。誰と会うのか、と興味が湧いたが、探ってみようとまでは思わなかった。

ところが007シリーズを観ているうちに、車内でどんな話をしているのか、盗み聞きしたくなった。ほんの遊び心だったが、今後のために強請《ゆす》りの材料でも手に入れば、という下心がなかったというと嘘になる。

すでに発売されていたオープンリールの小型テープレコーダーでも買って車内に取り付けようかと考えたこともあった。超小型カメラで、相手の写真を撮るのも一手ではなかろうか、とカメラ屋に足を運んだこともあった。が、すぐに発覚しそうな気がしたので断念した。現実には何の小道具も持っていない謙治が、ジェームズ・ボンドのように事を運ぶなどというのは夢想の域を出なかったということだ。

そんな或る日、新宿の雀荘で何度か卓を囲んだことのある学生が大負けした。金を支払う日、新宿のバーに、学生は高級腕時計と、箱に入った新品同様のテープレコーダーを持ってきた。

「金が用意できなかったんです。これで何とかお願いします」

謙治が時計を値踏みしている間、学生は箱の中からテープレコーダーを取りだした。

カセット式のものを知らなかった謙治は、興味を持った。学生が使い方を説明した。カセット式のテープを本体に嵌め込む様子を見ているだけで興奮してきた。マイクロホンは、取り外し可能な有線のリモートコントローラーが嵌め込まれていて、それを使えば録音操作が手許でできるという。

縦一九五ミリ、幅一一五ミリ、厚みは五五ミリ。黒いカバーに覆われていた。C60と書かれたカセットテープ五本はプレゼントだと学生は笑って言った。

「時計はいただいておくが、こんなもん引き取ってもなあ」

「音楽を吹き込んで、社長さんを待ってる間、車ん中で聴いてりゃいいじゃないですか」

「どっから持ってきた。盗品か？」

「冗談じゃないですよ。親父が新し物好きでね、新発売の電化製品に目がないんです。でも、すぐに飽《あ》きちまう。英語の勉強に使うっていってもらったんです。時計の方は俺ものですよ」

謙治は改めてなめるように学生を見た。頭の天辺《てっぺん》から、足の先まで流行りのアイビー・ルックである。金持ちの馬鹿息子に違いないだろう。

謙治は、金の代わりに高級腕時計とカセットテープレコーダーなるものを受け取った。

深夜、屋敷に戻った。テープレコーダーを誰にも見られずに部屋に持ち込むことができた。何度も試してから、どうやって車に仕掛けるか考えた。車内に取り付けるのは危険である。そこで思いついたのが、細工をした鞄に入れて操作することだった。テープは片面、三十分だが、それで十分だった。勇平の車内での密談は長くてもそれぐらいの時間なのだ。

勇平が、謙治が車内に持ち込む鞄に目をくれなくなってから、もうひとつの同型の鞄に細工をした。鞄の外側のポケットに煙草やハンカチを突っ込み、その奥にコントローラーを隠した。車を降りろと言われると煙草を手に取る。その際、スイッチをオンにした。録音された音はよくなかったが、話の内容は聞き取れた。勇平は政治家のために裏金、土地の買収資金などを用立てていることが分かった。小さな銀行の頭取とも深い関係を結び、不正融資にも一役買っていた。表沙汰にできない金は、勇平の屋敷から佐伯興産を通して持ち出されること、銀行員が密かに、屋敷に現金を運び込むこともつかめた。

密談を聞いているうちに、謙治は、何とか屋敷に集まる大金を盗めないものかと考えるようになった。

しかし、自分ひとりでやることは不可能に近い。屋敷の人間をすべて殺す気ならできないことはないが。

その時点でも、謙治の欲望が膨らんだだけで、現実味の薄い話にすぎなかった……。

野上夫婦が屋敷に戻ってきたのは、その夜のことだった。

長旅の上に、屋敷で起こった大事件のせいだろう、ふたりとも窶《やつ》れきった顔をしていた。

特に宗助の方は、もともと胃潰瘍《いかいよう》を患《わずら》っているような顔色の良くない男で、五十六歳という年齢にしては、背中が曲がっているものだから、入院した方がいいような感じさえした。

背中が曲がったのは、満州から這々《ほうほう》の体で引き上げる際、足を怪我して歩けなくなった妻の総子をおぶって、港を目ざし歩いたせいだと宗助は言ったが、総子は、一緒になった時から、夫の背中は曲がっていたと反論した。真相は分からないが、総子は背が高く骨太の女だから、彼女が宗助をおぶったという話の方が説得力があった。

野上夫婦も、殺された女のことよりも、犬の殺害に涙を流した。

時が流れ、月が変わった。

その間に、増美だけではなく、謙治の麻雀仲間のところにも刑事が会いにきたという。

「五百六十万、どこに隠したんだい？」麻雀仲間には、そんな冗談を言う者もいた。

官憲を嫌っている増美は「あいつら感じ悪いんだよ。家の中をじろじろ見たり、あんたとの関係についてもネチネチ訊くの。あんたが犯人でもかまわない。私、口を割らないよ」と顔を歪めて笑った。

「人を殺して五百六十万じゃ割りに合わないよ。十億だったら殺《や》ってもいいけどな」謙治はにっと笑った。

謙治もあれから二度、捜査本部の置かれた碑文谷署で事情聴取を受けた。警視庁からも一課長や刑事がきているはずだが、取り調べに当たった刑事の顔は同じだった。髪を慎太郎刈りにした石橋と、手柄を挙げたくてうずうずしている村川である。

警察は、謙治のアリバイに拘った。謙治がボロを出すのを期待して、何度も同じ質問を、角度を変えながら繰り返した。

「パチンコ屋の店員があなたのことを覚えてましたよ」二回目の聴取の際、石橋が何気ない調子で言った。

「よく覚えててくれましたね」謙治はほっとした顔を作った。

村川が冷たい視線を謙治に向けた。「十時少し前まであのパチンコ屋にいたというのは嘘でしょう？　店員は、あんたが七時頃に店を出たと言ってるんですがね」

謙治は肩をすくめて見せた。「そう言われても、私には答えようがないですよ。台を変えましたが、店にはいました」

石橋が手書きの地図を謙治に見せた。そして、鉛筆の先でパチンコ屋の場所を指し示した。

「えーと、ここから道を渡って、この路地に入ったんですよね」

「何度もそう言ってるじゃないですか」

「近くでボヤがあったんですけど、消防自動車を見ませんでしたか？」

謙治はぐいと躰を前に出し、石橋を見つめた。「消防自動車は見てないですけど、救急車なら見ましたよ。火事で負傷者が出たんですか？　女が倒れてたから、飲みすぎたんだろうって思ってましたが」

火事も消防自動車もでっち上げ。そこまで強硬手段に打ってでてまで、警察は謙治のアリバイを崩したいらしい。でっち上げが証拠採用されるはずもないが、謙治が引っかかってくれれば、ターゲットがしぼれ、捜査がやりやすくなると考えたのだろう。

村川は石橋をちらりと見てから口を開いた。「どんな服装をした女でした？」

「よく見てませんでしたから、覚えてません。明るい色だった気はしますが確かじゃないです」

「警察官はいました？」村川が続けた。

「人だかりがしてましたけど、警察官はいなかったような気がしますね」

石橋の目がきらりと光った。「救急車を見たこと、今頃になって思い出したんですか？」

「石橋さん、救急車ってそんなに珍しいもんなんですかね。大都会、東京ではしょっちゅう見かけますよ。それに、よく歌舞伎町にはよく行っています。これまで何度、救急車を見たかしれやしない。だから、思い出さなかったんですよ。石橋さん、あなた方は、どうしても私を犯人にしたいんですね」

「いや、とんでもない」石橋が額にシワを作って笑った。「私と村川はあんたを調べるのが仕事なんです。不愉快な思いをさせて申し訳ありませんが」

「私を監視してますよね」謙治は挑むような視線を石橋に向けた。

石橋は答えなかった。

「税金の無駄使いですよ。気づかれてしまったんだから、もう止めてくれませんか。それに私の知り合いにも聞き込みをやってる。私が、周りにどう思われてるか分かります？　麻雀仲間に、私がパイプ煙草をやるかどうか訊いたそうですね。パイプ煙草を吸ったことは、昔、ありましたよ。でも今は吸ってない。これ以上、私に余計な時間を取らせたかったら、令状を持ってきてくださいよ」

その日以来、尾行はなくなったようだ。しかし、謙治は気を抜くことはなかった。

宮森菊夫が偽名を使って、宿舎に電話してきたのは、犯行が行われた十三日後のことである。

宮森は岡本という名前を使っている。

「どうだい、落ち着いたかい？」そう訊いたのは宮森だった。

「何とかね。で、そっちは？　相変わらず、雀荘にいりびたってるのか」

「博打《ばくち》はもうこりごりだよ」

「止めてよかった。あんたにはバクサイがないから……。競輪？　最近はご無沙汰だよ」

「これからは何かあったら田島《たじま》に連絡すればいいんだね」

田島とは川久保のことである。

「うん」

気になっていたことがひとつ解決した。

宮森菊夫は、謙治が渡した四百万で、無事に問題を処理できたようだ。宮森は勤めている旅行代理店の経理係だが、使い込みを続け、その金額が三百五十万ほどに膨れ上がっていた。そのことが発覚する前に、帳簿を操作して元に戻すことができたようだ。〝博打はもうこりごり……〟という一言は、処理を完了したという意味なのだ。

川久保宏には、謙治から公衆電話を使って連絡した。彼も謙治の渡した金で、借金を返すことができた。しかし、川久保の場合は使い込みの穴埋めでもなければ、賭け事の負債でもなかった。川久保の父親は大田区大森北《おおたくおおもりきた》にある電気部品製作の工場の経営者だったが、病魔に冒され、工場を川久保の兄に譲った。しかし、経営はうまくいかず、その間に母親まで重篤な病気に罹《かか》った。教師の給料では一家を支えきれないから、謙治の話に乗ったのだ。四年後には川久保にも三億弱の金が転がり込むのだが、彼は、そんな大金はいらないと、怯えたような顔で首を何度も横に振った。

「小説で飯が食えるまで、それを使ってればいいじゃないか。外国に取材にだって行けるぜ」謙治はそう言って笑い飛ばした。

川久保は、相変わらず、事件のことを気にしていた。

「受験勉強中ですよ。今は何とも答えられない。で、山田君《やまだ》はちゃんと勉強してますか？」

山田とは岩武のことである。

「ええ。遊び癖は出ていないと本人は言ってます」

「教室に、パイプの煙草が落ちていて、先生が大変気にしてると、山田君に伝えてください。銘柄が珍しいものだと、山田君のところにも先生の家庭訪問があるかもしれない。意味、分かります？」

「大体」

「じゃ、その旨を彼に伝えておいてください。ただし、急に煙草の銘柄を替えたりしちゃ駄目だとも言っておいてください」

「分かりました」

「それでは、生徒たちのことをよろしく」

パイプ煙草の葉のような不測の事態が起こったものだから、仲間に会わないと決めたのに心が揺らいだ。それに、地下貯蔵庫に眠る金のこともやはり気になった。四年なんてあっと言う間にすぎるとタカを括っていた自分を笑いたくなった。

しかし、ここは忍の一字。ともかく、彼らとの関係さえ分からなければ、犯行がばれることはない。

謙治は、これまで通りの生活を続けた。

増美は御苑《ぎょえん》近くのスナックバーで働いている。謙治は時々、顔を出した。

九月もすぎ、十月も下旬に入った。

二十二日の土曜日の夜、謙治は久しぶりに増美の店に寄り、カウンターで飲んでいた。

隣の客が、カウンターの中にいた増美を相手に、前日に行われたベトナム反戦統一ストを話題にした。都内でストを支援した三派全学連の学生と警察が衝突し、市民を巻き込む騒動に発展していたのだ。

「学生が敷石を割って、警官隊に投げたんだってね。私も参加したかった」増美が言った。

「増美ちゃんアカかい?」客が訊いた。

「違うけど、既成のものが破壊されるのって面白いじゃない」そう答えた増美がちらりと謙治を見てウインクした。

謙治は薄く笑ってグラスを空けた。

その夜は、増美のアパートに泊まる予定になっていた。ほどよい時刻に、謙治は店を出て、増美のアパートを目指した。

裏通りに入り、行き止まりになっている路地を右に曲がった。

増美の部屋の前に立ち、鍵を手にした時、鍵穴からかすかに光がもれた。しかし、それはほんの一瞬のことだった。

部屋に何者かが潜んでいる。

部屋の窓の向こうには一軒家の塀が迫っている。その塀とアパートの間には隙間がある。躰を横にすれば通れないこともない。

謙治は、今歩いてきた通りに出た。ドアから出てこようが、隙間から這い出してこようが、この通りに出る他逃げ道はない。行き止まりの路地の奥にも民家の板塀が迫っているのだ。それを乗り越えるような危険は冒さないはずだ。

謙治は周りに目を向けた。車は停まっていなかった。人影もなかった。

刑事たちの尾行はとっくになくなっているようだったが、そのことを皮肉にも、侵入者のおかげで改めて確かめられた。

アパートの角に立った。そこから路地の気配を窺った。アパートの側壁に小さな蛾が張り付いていた。しぶとく生き残っていることに感じ入った。

謙治は耳を凝らした。ドアが開け閉めされる音がした。顔を少しだけ覗かせて様子を見た。侵入者はふたりだった。そのうちのひとりがドアに鍵をかけようとしていた。ちょっと時間がかかっている。特殊な工具を使っているのだろう。

顔を元に戻し、待った。

ややあって足音が聞こえてきた。侵入者の影が目に入った。謙治はゆっくりと姿を現し、彼らの前に立った。

男たちの足が止まった。

焦げ茶の薄手のジャンパーを羽織った男と灰色のジャケットを着た男だった。ジャンパー姿の男の髪が黒光りしている。ポマードで固めたような感じである。歳恰好は四十代。もうひとりは、長芋のような細い首をした若造だった。色褪《あ》せた貝殻のように白くて丸い顔である。

男たちは謙治から目を逸らし、横を通りすぎようとした。瞬間、謙治は、前を歩いていたジャンパー姿の男の肩を鷲摑《わしづか》みにした。

「アパート荒らしかい？」

「何だと！」

男は謙治の手を振り切ろうとしたが、謙治の握力には勝てなかった。

謙治はジャケットを着た若造に目を向けた。「誰に頼まれた？」

若造はジャケットの懐《ふところ》に手を入れた。現れたのは自動拳銃だった。

謙治は素早くジャンパー姿の男の胸ぐらを摑み直し、男を盾にした。男が暴れた。謙治の膝が男の股間を蹴り上げた。

男が呻《うめ》いて、うずくまろうとしたが、胸ぐらを掴まれているものだから思い通りにはならなかった。

「撃てるか」謙治が低く呻くような声で言った。

アパートのドアが開く音がした。目の端で、音のした方を見た。パジャマを着た男が、ドアの隙間から、こちらの様子を窺っていた。

「こそ泥を捕まえたんです。後は私に任せてください」

その一言で、若造が逃げ出した。路地を右に曲がり、東京医科大のある通りの方に消えた。

「警察、呼びますか？」ドアを開けた男が訊いてきた。

男の声にさしたる緊張は感じられない。若造が手にしていた拳銃は目に入らなかったらしい。

「大丈夫です。私が何とかします」謙治が答えた。

「俺は何もしてない」ジャンパー姿の男が慌てた。

「大人しく警察に行こうや」

ジャンパー姿の男の腕を取り直し、ぐいと引いた。男はもう暴れはしなかった。

謙治も東京医科大のある通りに出た。そして立ち止まった。

「名前は？」

「………」

「警察に行くか、俺と話をするか、どっちがいい？」

「俺が泥棒に入ったって証拠があるか」男が居直った。

「錠前を破る特殊な道具を持ってるだろう？」

「見逃してくれ。俺はドアを開け閉めすることを頼まれただけなんだ」

「空車がきたぜ。あれに乗って淀橋《よどばし》（現新宿）署に行こう。いや、俺の間違いだった。この辺は四谷署の管轄《かんかつ》だったな」

謙治は空車に手を上げた。

「分かったよ。あんたの言う通りにする」

謙治は苦笑した。タクシーは、停まる気配すら見せず、走り去った。最近、乗車拒否が問題になっていることを思い出した。

元来た道を戻り、増美のアパートを目指した。先ほど顔を出した男の姿はなかった。増美の部屋の前に立った。

「鍵、開けてくれよ」

男は躊躇った。

「早くしろ」謙治が男を小突いた。

男はポケットから道具を取り出した。

ドアは簡単に開いた。先に男を中に入れた。

電気は点けなかった。

「ジャンパーを脱いで、腕を拡げて俯せになれ」

男は言われた通りにした。謙治は台所にあった出刃包丁を手に取った。

それから電気を点した。

「顔を上げるな」

「俺をどうするつもりなんだ」

謙治は男の後ろに回り、ズボンのポケットのものを、すべて取りだした。

所持品は以下の通りである。

二つ折りの財布、小銭入れ、名刺入れ、ライター、ショートホープ、キーホルダー、薄手の電話帳、そして、ペンケース。ペンケースの中身はすでに分かっていた。錠前破りのための特殊工具が入っているのだ。

男の様子を見ながら、財布の中身を調べた。免許証が出てきた。

名前は逸見《いつみ》彰正《あきまさ》。大正十一年（一九二二年）六月三日生まれの四十四歳。江東《こうとう》区深川毛《ふかがわもう》利《り》町三十番地に住んでいることになっている。本籍も江東区だった。

名刺が数枚出てきた。一枚を除いては、すべて逸見自身のものだった。肩書きは有限会社、逸見製作所、社長。住所は住まいと同じである。残りの一枚はイースト商事という会社の常務のものだった。常務の名前は亀田修三《かめだしゆうぞう》。会社の住所は中央区銀座西六丁目にある神海《じんかい》ビルの三階。

「あんた本当に会社の社長なのか」

逸見が小さくうなずいた。

「製作所って書いてあるが、職種は？」

「金属加工屋だよ」

「錠前破りはアルバイトか？」

「会社が潰れそうなんだ」

佐藤《さとう》首相が赤字国債を発行したことで景気はよくなり、車がどんどん売れていた。しかし、中小企業は相変わらず厳しいようで、工事が潰れて銀行強盗を働いた社長もいれば、取り込み詐欺《さぎ》を企てた雑貨商もいる。逸見が特殊な技術をどこで習得したかは分からないが、犯罪に手を出さないと食えないということらしい。

「で、誰に頼まれて、ここに入った」

「…………」

謙治は台所からサラダ油を取ってきた。そして、逸見に近づいた。

逸見は顔を少し横に向け、怯えた表情で謙治を見た。

謙治がにやりとした。「味の素のサラダ油だけどいいかい？」

「何をする気だ」

謙治はキャップを開けた。「俺な、ポマードのにおいが嫌いなんだ」

「ちょっと待ってくれ」

「ここで何を探してたか、早く言え」謙治は喉からしぼり出すような声で命じた。

「金だよ。だけど詳しいことは知らん」

謙治は煙草に火をつけ、くわえたまま、逸見の頭にサラダ油をゆっくりと垂らした。

逸見が躰を起こそうとした。

謙治は逸見の肩を蹴った。「同じ姿勢を取ってろ。火がつくと火傷《やけど》するぞ」

「本当に知らんのだ」逸見の歯の根が合わなくなった。

家捜しをした跡はまったく残っていなかった。

「部屋が荒らされてないのはどういうことだ。元に戻したのか」

「そうだ」

「畳も捲《めく》ったか？」謙治が訊いた。

「ああ」

「こんなぼろいアパートに住んでるホステスが大金を持ってるわけねえだろうが」

「そんなこと俺に言われても分からないよ」

「〝知らない〟〝分からない〟じゃ、警察に突き出すしかないな」

「友だちから頼まれたが、そいつだって何も知らないよ」

「友だちの名前は……」

「篠山《しのやま》っていう新宿の……」

いきなり、ドアが開いた。増美かと思ったが違った。先ほど逃げ出した若造だった。手には、先ほどと同じように拳銃が握られていた。

謙治は呆然《ぼうぜん》と立ち尽くしている他なかった。

「トイレに入れ」若造が謙治に言った。合唱隊に入れそうな澄んだ高い声だった。

「小便はさっきすませた」

若造が目を細めた。同時に撃鉄を起こした。

「分かったよ」

謙治はトイレに向かった。

トイレに入ってすぐに銃声が轟《とどろ》いた。謙治は咄嗟《とっさ》にトイレの床に跪《ひざまず》いた。ドアの向こうから、トイレに銃弾が発射される可能性もある。

足音がした。若造は謙治を無視して逃走したようだ。

外で悲鳴が聞こえた。謙治はトイレから飛び出し、靴も履かずに外に出た。

路地を少し入ったところでしゃがみ込んでいるのは増美だった。

周りは騒然となっていた。

「大丈夫か」謙治が増美を抱え込んだ。

増美は荒い息を吐きながら、黙ってうなずいた。通りに人だかりがしていた。

「誰か警察を呼んでくれ」謙治は野次馬に向かって大声で言った。

「何があったの？」増美の声が震えていた。

「部屋には入るな。ここにいろ」

謙治は部屋に戻った。

逸見の顔の右半分が血まみれだった。背中と腹からも血が滲み出ていた。畳だけではなく、聚楽壁とモスグリーンのカーテンにも血が飛び散っている。

自分が浩一郎の愛人を殺した時の光景が鮮明に甦《よみがえ》ってきた。

卓袱台に置いてあった逸見の財布も免許証も消えていた。

サイレンの音が聞こえた。

逸見と自分が一緒だったことはアパートの住人に見られている。警察に突き出すはずだった犯人が、なぜ、部屋に舞い戻って、殺されることになったのか。逸見の頭を濡らしたサラダ油についても説明を求められるだろう。

犯人を警察に連れていくつもりだったが、途中で考えを変えた。原島勇平宅で起こった事件と関係があるように思えたから、犯人の口を割らせようと、増美の部屋に戻した。だが、しゃべらないから、サラダ油を頭にかけ、少し脅しをかけた。

嘘ではないから、警察にはそう供述すればいいだろう。

あの若造は、逸見の口を封じたが、顔を見られているにもかかわらず、自分を殺しはしなかった。端《はな》っから、殺るつもりはなかったとみて間違いないだろう。

謙治が死ぬと、金の行方が分からなくなる。

若造は、謙治を殺すなと命じられていたのは明白である。

警察官が部屋に入ってきた。鑑識の腕章を巻いている男が死体に近づいた。

謙治は私服刑事に外に連れ出された。

四谷署に連れていかれた謙治に対する事情聴取は、夜が白み始めても終わらなかった。

刑事たちの質問に対して、謙治は先ほど考えた通りのことを口にした。

「……社長の屋敷で起こった事件の犯人が私だと決めてかかっている人間がいるようです」

「根津さんは、誰だと思います？」ごま塩頭の刑事に訊かれた。

謙治は顔を歪めて笑った。「それを私に言わせようって言うんですか？」

ごま塩頭の頬に笑みが射した。「原島勇平さんだと思ってるんじゃないですか？」

「私は社長を信じてますよ」謙治はきっぱりと言ってのけた。

ごま塩頭の刑事は、憎々しげに謙治を睨んだ。

逸見を殺した若造の似顔絵作りにも協力した。

謙治が解放されたのは午前八時すぎだった。署の入口のベンチに増美が腰掛けていた。

「待っててくれたのか」

「アパートには帰りたくないもの」

「そうだな」

謙治は増美を抱き寄せ、四谷署を後にした。そして、四谷三丁目の交差点に向かった。

「金は全部俺が払うから、すぐに新しいアパートを探してくれ。でも、見つかるまでは……」

「芝居仲間のところに居候《いそうろう》させてもらうつもり。まだ時間が早いから連絡、取ってないけど」

日曜日である。早朝から開いているはずの喫茶店も休業の看板を出していた。タクシーで歌舞伎町まで行った。営業中の喫茶店を知っていたからである。

コーヒーとトースト、それにゆで卵で朝食を摂った。

「お前の名前も新聞に出ちまうな」

「平気よ。でも、田舎にいる両親や親戚が大騒ぎするわね、きっと」

「迷惑をかけちまったな」

「あんたが、犯人でもかまわないって私、言ったはずよ」

増美は心根の優しい女だと改めて思った。しかし、これ以上関係を深める気はなかった。だから、増美の発言がちょっと鬱陶《うっとう》しかった。

謙治はあくびを嚙み殺しながら言った。「裏で糸を引いてる奴を締め上げたいよ」

「それって社長以外にいないでしょう？」

「どうかな」

十一億円すべてが、三伸銀行からの不正融資によるものかどうかは分からない。他に金の都合をつけた者がいるとも考えられる。金を受け取るはずだった大地ファースト物産は単なる受け皿にすぎず、あの金を必要としていた人間が裏で操っていたに決まっている。

ともかく、金を取り戻したいのは原島勇平だけではないということだ。

十一億の出所や使い道に関して、謙治は興味を持っていたが、そのことに深入りする気はさらさらなかった。しかし、こうなると……。いや、どんなことが起こっても、自分から動くのは得策ではない。静観しているしかない。謙治は苛々してきた。

ゆで卵の殻を食器の角で割った。力が入りすぎて、殻の欠片《かけら》が床に飛んだ。

気持ちが落ち着くと或る不安が脳裏をかすめた。周りが騒がしくなるのは予想していたことだが、またひとり人が殺された。他の仲間が、今回の事件のことを知って動揺し、連絡を取ってこないとも限らない。宿舎に電話されるぐらいなら、自分の方から連絡を取った方が安全だろう。それにしても面倒なことになったものだ。

「友だちに電話してくるね」

増美の声が、謙治を我に返らせた。

窓から靖国通りが見下ろせた。白い光が都電のガラス窓に跳ねていた。

増美が戻ってきた。「オッケーよ」

渋谷《しぶや》区神宮前《じんぐうまえ》四丁目に住んでいるという芝居仲間の女は、ファッションデザイナーの中年男と付き合っていて、高級アパートに住んでいるという。

謙治は増美にそっと金を渡した。「とりあえず、この金を持っていけ」

「ありがとう。助かるわ」

謙治と増美は電車に乗った。原宿《はらじゆく》で増美が降りた。

屋敷に戻ると、車寄せに白い車が見えた。浩一郎が今年に入ってから購入したフォード・マスタングである。

「謙治さん、すぐに社長に連絡取って。応接間にいるって」芳子が明るい声で言った。

彼女の耳にはまだ番衆町での事件は入っていないようである。

部屋の内線電話の受話器を上げると応接間の番号を押した。すぐに来いと命じられた謙治は言われた通りにした。

応接間には原島親子の他に佐伯弘幸がいた。浩一郎は謙治と目を合わせなかった。佐伯の眼差しは冷たかった。

「大変なことが起こったらしいな」勇平は葉巻をくゆらせながら、片頬をゆるめた。

「ご存じでしたか？」

「碑文谷署の刑事と一緒に四谷署の刑事もきよった。まあ、そこに座れ。お前は躰が大きいから、立ってられると鬱陶しい」

謙治は肘掛け椅子に浅く腰を下ろした。正面に原島親子が座っている。佐伯は謙治の右隣で足を組んで、背もたれに躰を預けていた。

勇平の分厚い唇の間から煙が立ち上った。「単なる物取りじゃないらしいな」

「らしいです」

勇平がじろりと謙治を見た。「お前、わしを疑ってるな」

「この間の事件の犯人が、私だと決めてかかってる人間の仕業《しわざ》でしょう」

「あの程度の金で、わしは、そんな荒っぽいことはせんよ」

「もちろん、そうでしょう」

浩一郎が躰を起こした。「〝もちろん、そうでしょう〟だと！　根津、前々から言いたかったんだが、お前、横柄《おうへい》なんだよな、態度も、口のきき方も」

「失礼しました」

「お前は、親父に対して……」

「浩一郎、まあ落ち着け」

父親に窘《たしな》められても、浩一郎は前のめりの姿勢で謙治を睨んでいた。

謙治は勇平に視線を向けた。「それで、私に何か……」

「何が起こったか話してみろ。警察は詳しいことをしゃべらんのだ」

謙治は増美の働いているスナックを出たところから順を追って話した。

三人は黙って聞いていた。

謙治が話し終えると、佐伯が口を開いた。「殺った奴の面は割れてますから、すぐに捕まるでしょうよ」

「殺された逸見という男は、銀座西六丁目にあるイースト商事という会社の常務の名刺を持ってました。名前は亀田修三です」

浩一郎が、一瞬、佐伯に目をやったのを謙治は見逃さなかった。

「聞いたこともない会社だな」勇平はそう言ってから佐伯を見た。「お前は知ってるか」

「名前だけは。銀座の飲み屋を経営してる会社じゃないですかね。調べてみますよ」

知らないと言い切らないところが、佐伯の強《したた》かさに思えた。

篠山という名前を逸見は口にしていたが、そのことは話さなかった。勇平も佐伯も信用できないから、簡単に手の裡を見せたくなかった。自分で調べられるのであれば、そうするのが一番だ。

「あいつら、私の付き合ってる女の住所をどこから手に入れたのか気になります」謙治が言った。

勇平が鼻で笑った。「歌舞伎町で派手に遊んでりゃ、地元のヤクザに目をつけられてもおかしくはない。たんまりと金が入った奴だと思われてるんだとしたらな」

「派手になんか遊んでないですよ。キャバレーやピンサロにもほとんど行ったことがないんですよ」

佐伯が煙草に火をつけた。「麻雀好きのヤクザには、けっこう名が知れてるって聞いてるぜ。11PMで麻雀の腕を披露してる男の名前、何て言ったっけ。最近ど忘れが激しくて」

謙治が佐伯を見た。「大橋巨泉《おおはしきよせん》ですか？」

「そう、そう。大橋巨泉だったな。噂じゃ、巨泉なんか目じゃないほどの腕だって話だぜ」

「それは光栄ですが、小島武夫《こじまたけお》よりも強いって言われる方がもっと嬉しいですよ」

「よくまあ、そんな偉そうな口がきけるな」浩一郎が吐き捨てるように言った。

謙治は、浩一郎に何を言われても、かっとくることはない。端っから見下しているのだから。気が弱いくせに、鼻っ柱だけが強い浩一郎のような人間に取り入るのは造作《ぞうさ》もないことだろう。しかし、謙治はそういう態度を取らず、浩一郎には距離を取り、社長の息子というだけの淡々とした付き合いをしてきた。それが浩一郎には癪《しゃく》に障るようだ。そんな男、しかもたかだか運転手でしかない謙治を父親が可愛がっている。それも、面白くない気分に拍車をかけているに違いなかった。

謙治は自分が頭を下げたい人間にしか、本気では頭を下げない。青臭い性格だと分かっているが、この不遜《ふそん》な態度は直りそうもなかった。

勇平から十一億円もの金を盗んだ謙治だが、勇平の強靭《きょうじん》さ、人の悪さには一目置いている。勇平もそれを肌で感じ、自分と同類のニオイを嗅ぎ取っているようだ。

皮肉にも、今度の強奪事件の犯人が自分だと勇平が疑う根拠も、そこにある気がしてならない。たとえアリバイが完璧だと立証されても、勇平は疑い続ける。謙治にはそんな気がしてならなかった。

事の次第を聞いた勇平は、謙治に「下がっていい」と言った。

部屋に戻った謙治は、首筋に汗が滲んでいるのに気づいた。強奪事件の後も勇平の運転手を続けているから、毎日、彼と会っているが、車の中ではさして緊張は感じなかった。なのに、母屋に呼びつけられると、胸の底に不安が湧いてくる。車内ではほとんど勇平に背中を向け、ハンドルを握っているが、応接間では、勇平と面と向かって対することになる。それが不安を呼ぶらしい。

謙治は部屋を調べた。本と本の間の接着剤が剝がされた様子はなかった。だからと言って、家捜しされなかったと決めつけることはできないが。

はっとした。増美の部屋に賊《ぞく》が入ったということは、妹の美紀子の部屋にも。しかし、すぐには連絡が取れない。彼女のアパートには電話がない。明日、会社に電話するしかないだろう。

一時間ほど経ってから、玄関の電話が鳴り出した。謙治が廊下に出た時には、すでに野上宗助が受話器を取っていた。

「謙治さん、電話ですよ」

「どうも」

美紀子からの電話だと思ったが、違った。

相手は川久保だった。

「大変なことが起こったんです」川久保が慌てている。

増美の部屋での殺人事件以上の問題が発生したのか。

謙治は受話器を握り直した。

四

一九六六年十月二十三日

川久保は取り乱していた。

「また競輪にでも手を出したんですか？」

謙治は鷹揚《おうよう》にかまえたが、内心気が気ではなかった。

川久保がやや間をおいて、怯えた声でこう言った。「私が、財布を拾った人間だって警察に分かってしまったんです」

そんな馬鹿な。警察がこんなに早く、自分の財布を拾得した人間を探し出せたなんて考えられない。動揺がさらに広がった。

「でも、何とか切り抜けますから」川久保ががらりと調子を変えて続けた。

階段を下りてくる足音がした。宗助だった。

「田島さん、そんなことを私に愚痴《ぐち》られてもねえ。でもまあいいや。話、聞いてあげますよ」謙治は軽い調子で言った。

宗助は台所に入った。

「昨日の夜、私、同人誌仲間と歌舞伎町で飲んだんです。西武新宿線《せいぶしんじゅく》で帰ろうと思って歩いていたら、私のクラスの生徒ふたりが、チンピラ風の男に絡まれてるのを見てしまって……。放っておくわけにもいかないでしょう？　だから仲裁に入りました。それで、私とチンピラが喧嘩《けんか》になって……」

「田島さんが喧嘩ですか？　考えられないですね」

「私だってカッとくることはありますよ」

「それで？」

「警察官たちが来ました。それで全員が交番に連れて行かれました。喧嘩の方は、相手が札付きだったもんですから、向こうが一方的に悪いことになってすみました。通報を受けてやってきたマルボウがですね、〝お前、またカタギにいちゃもんつけたのか〟って怒鳴って、相手のひとりを殴ったんです。チンピラが壁まで飛んでいきました。帰っていいというものですから、生徒たちを連れて交番を出ようとした時、警官のひとりが私に話しかけてきたんです」

読めた。拾った財布を届けた交番に、他の連中と一緒に川久保も連れていかれた。そこで、拾得した財布を届け出た時に応対した警官と再び対面することになったのだろう。

果たして川久保の説明は謙治が予想したものだった。

「……その警官、私のことを覚えてました。誤魔化すのは変だから認めましたよ。それで終わったと思ってたんですが、今日になって、碑文谷署の刑事がふたり、私のとこにやってきたんです」

「ほう……」

「あの夜のことをしつこく訊かれましたけど、抜かりはなかったと思います。でも、何だか心配で……」

「気持ちは分かるな」

川久保がボロを出したとは思えない。しかし、彼の表情や仕草はどんなものだったのだろうか。刑事たちが、川久保の目の動きなどから、裏があるのではなかろうかと読んだ可能性はおおいにある。

「選手の出身地とかはどうでした？」

「選手の出身地？　ああ、私の素性《すじよう》ですね。それも訊かれました。すべて正直に話しましたよ。でも、あなたに繋がるようなことはしゃべってませんし、訊かれもしなかった」

「怖いね、ギャンブルは」謙治は笑ってみせた。「ところで前の借金は綺麗《きれい》にしたんですか？」

「兄の借金のことですね」

「ええ」

まずい。警察が川久保宏について徹底的に調べ、兄の工場の負債を彼が返済したことを知れば、金の出所を川久保に問いただすに違いない。

「金はどうやって工面《くめん》したんですか？」

謙治は警察が訊くであろうことを口にした。

「八月に中学ん時の同級生にばったり会ったんです。そいつ、競艇選手になってましてね。彼に誘われて、彼の出場するレースを江戸川《えどがわ》に見にいったんです。初めて私、競艇場に行ったんです。これは本当の話ですよ。無欲の勝利とでもいうんですかね、大穴が出ました。ボートがぶつかって本命も対抗馬も落水して失格になり、六番人気の私の友人が勝ったんです」

「それでいくら入ったんですか？」

「私の賭け金が小さかったから、いくらにもなってません。でも、数百万を手に入れた客がいました。金の出所を警察に訊かれたら、その客になりすまそうかと思ってますが、どうでしょうか？」

「それしかないですね。しかし、田島さんは運が強いな」

単に競艇で大穴を当てたというのではなく、中学の同級生に誘われたというところに信《しん》憑性《ぴょうせい》が感じられる。それでも警察は疑うだろうが、反証することは難しいだろう。

「で、今はどこにいるんですか？」

「兄のところです。会社の電話を借りてかけてますから周りには誰もいません」

おどおどして電話をしてきた川久保だが、頭だけは冷静に回るらしい。川久保に対する信頼度が増した。

「あなたの声を聞くと、ほっとします」

「近いうちに会ってゆっくり飲もう」

「近いうちって四年後のことですよね」

「その通りだ」

電話を切った謙治は部屋に戻った。

台所には宗助と芳子がいる。彼らには、ギャンブル仲間からの電話に聞こえたはずだ。

謙治の手がテレビのスイッチに伸びたが、点けなかった。ニュースが報じられる時間帯ではない。事件のことを知りたければラジオで聞くしかない。しかし、どの局もニュースを流していなかった。

謙治はベッドにもぐり込んだ。疲れ切っているのに睡魔は襲ってこなかった。

何事にも絶対はない。だから、自分の財布の拾い主が警察に知られたことが不安だった。しかし、川久保の線を洗っても、自分に辿《たど》りつくとは思えなかった。

川久保、いや彼だけではなく、岩武、宮森との関係も薄い。彼らとの付き合いは短い上に、記録はどこにも残っていないはずだ。しかし、仲間にするだけの濃い繋がりがあったのだ。

彼らと再会するきっかけは赤坂にあった。

一九六六年五月十日

犯行日から遡《さかのぼ》ること約三ヵ月の火曜日の夜、勇平は、赤坂にあるナイトクラブ『コパカバーナ』近くの料亭に入った。謙治は車を料亭近くに停め、主人が出てくるのを待っていた。

その前日、双子の演歌歌手、こまどり姉妹の妹、葉子《ようこ》が、倉吉《くらよし》市で公演中に、十八歳の少年に左手と左脇腹をさしみ包丁で刺され、一ヵ月の重傷を負った。少年は、姉、栄子《えいこ》の熱狂的なファンだった。手紙を書いたりして想いを届けようとした。が、それが叶わないと分かった。思い詰めた少年は、無理心中《しんじゅう》という強硬手段に出るつもりで会場に向かったらしい。

双子といってもそれほど似ていないことは多々あるが、こまどり姉妹はそっくりである。少年は、何と間違えて妹を刺してしまったのだ。

心中したいほど惚れ込んでいたのであれば、違いに気づいてもよさそうなものだが、よほど気が動転していたのだろう。謙治は少年が哀れに思えた。

屋敷を出る際、勇平も、この事件を話題にした。

「お前は、あの少年のような気持ちを、女に持ったことあるか」

「ないですね」

「だろうな」

「社長は？」

「若い頃、女と心中しようと思ったことがあったよ」

ルームミラーで勇平の顔をちらりと見た。勇平は遠くを見るような目をしていた。

「意外だろう」

「ええ、まあ」

「お国と心中する奴もいれば、女と心中する奴もいる。お前みたいに冷めてる人間には分からんだろうがな」

「俺はお国と心中するつもりでしたよ」

「軍国少年ってことか」

「意外ですか？」

「いや、敗戦が、アプレを生んだことを考えれば驚きはせんよ」勇平が、殷賑《いんしん》を極める赤坂のネオン街に目を向けた。

勇平を料亭の前で降ろすと、近くに駐車した。

赤坂は独特の街である。料亭が軒を連ね、芸者の姿も見受けられるが、ナイトクラブやキャバレーも多い。インドネシアのスカルノ大統領夫人になった女が働いていたことで、一躍有名になった『コパカバーナ』の他にも『ミカド』、『ニューラテンクォーター』などの一流店が集まっている。『ニューラテンクォーター』は『ホテルニュージャパン』の地下にある。黄色い蛇が夜空に這《は》っているようなネオンが印象的な店だ。ホテルといえば、ビートルズが来日した時に泊まった『東京ヒルトンホテル』、老舗《しにせ》の『山王《さんのう》ホテル』も赤坂にある。

料亭やキャバレーなら他の街にもあるが、永田町《ながたちょう》が近いことが、赤坂を隠然とした繁華街にしたのだろう。

もしも大金持ちになったら、自分も赤坂で豪遊するだろうか。いや、そういう気持ちにはなれない気がする。

虚飾の街に淫することを悪いと思っているわけでは決してない。知らないナイトクラブの扉を開け、虚々実々を楽しみ、散財する。浮かれることは人間らしい行為である。しかし、十代から遊んできた謙治は、年齢よりも老成しているのか、さして興味が持てないのだった。女たちに派手に札びらを切ったとしても、本気で放蕩《ほうとう》の風に心を奪われることはないだろう。

とは言うものの、それは大金を手にしていない今の自分が考えていること。湯水のように金を使えるようになったら、人が変わるかもしれない。

そんなことをぼんやりと考えていた時、正面から歩いてきた男が、いきなり、車の右サイドを蹴った。

ノーネクタイに灰色のAラインのスーツを着た男だった。黒いシャツの襟を開けていいる。サングラスをかけ、ギターケースを手にしている。首には金色のペンダントが揺れていた。

男はへべれけだった。

謙治は車を降り、千鳥足《ちどりあし》で去っていこうとした男の前に立ちはだかった。

「車を蹴って、そのままかい」

男が顔を上げた。「うるせえな。こんなとこに駐車してる奴が悪いんだ」

背後でクラクションが鳴り響いた。男が、一方通行の狭い道を塞《ふさ》いでいるので、タクシーや高級車が身動きが取れなくなっている。

「ちょっと顔を貸してくれ」

男の胸ぐらをつかむと、車の前まで連れていき、フロントノーズに躰を押しつけた。

「名前は？」

「お前が先に名乗れ」

「お前、バンドマンか」

「俺のアドリブを聴いたことねえのか」男が顔を歪めて笑った。

「俺の商売道具を傷つけたよな」謙治はいきなり、男からギターケースをひったくるようにして奪った。

「何すんだよ!!」男が気色ばんだ。

「お前の商売道具に傷をつける。それでおあいこだろうが」

謙治はギターケースの留め金を外そうとした。その手が止まった。VANや、水着姿の女のシールが貼られたケースの端に、Y・IWATAKEと書かれてあった。

岩武？

自分の知っている岩武の名前は弥太郎だった。

謙治に隙《すき》ができた。男はギターケースを奪い返すと、謙治に背中を向けた。

「岩武弥太郎か？」謙治が低い声で訊いた。

男の動きが止まった。サングラスを外し、謙治の方に首をゆっくりと巡らせた。

「岩武弥太郎じゃないのか」謙治の顔に笑みはなかった。

岩武が目を瞬《しばた》いた。唇がだらりと垂れた。「ああ、お前……根津か」

「そうだよ」謙治が目尻をゆるめた。

ふたりが会った時はお互い八歳。それから二十二年の歳月が流れていた。

岩武が忙《せわ》しなく口許を指で撫でた。瞳には懐かしさが広がっていた。

「いい男になりすぎてて、分からなかったぜ」岩武が冗談を飛ばしてから、車に目を向けた。「お前、白タクでもやってんのか」

「雇われ運転手だよ」

「どっかで一杯やろうぜ」

「何言ってるんだ。俺は仕事中だ」

「そうだったな。お前のこと、時々、思い出してたよ」

謙治は忘れていた。

「で、何で荒れてんだ」

「バンドをクビになってな」

「それで八つ当たりか」

「バンマスをぶん殴ったけど、気が晴れなくてね」

街路灯に浮かび上がった岩武の歯は黄色かった。煙草の吸いすぎだろうが、暮らし向きが良くない証拠にも思えた。

「今日はゆっくり話していられない。連絡先を教えてくれ」謙治があっさりとした調子で言った。

岩武の眉が険しくなった。「何だよ、その顔は。久しぶりに会ったのに、笑いもしねえで。金なら払ってやるよ」

「クビになった人間から金なんか取れないよ」

「大した傷じゃないだろうが」

「今度の日曜日、どこかで会えないか」

岩武が少し考えた。「いいだろう。午後二時頃に浅草の松屋《まつや》デパートの屋上に来てくれ」

「分かった。必ず行く」

勇平の入った料亭から人が出てくるのが見えた。客の中には勇平の姿はなかった。

「今夜、俺に会ったこと誰にも言うなよ」謙治は小声でそう言った。

岩武が怪訝な顔をした。

「行けよ。懐かしい話は日曜日にしようじゃないか」

謙治は岩武に目もくれず、車に戻った。

岩武が、時々、後ろを振り向きながら去っていった。

謙治は閃《ひらめ》いたのだった。もしも事を起こすなら、岩武弥太郎は使えるかもしれないと。

しかし、岩武の姿が見えなくなると、謙治は自分を笑った。

覗き見をするような気分で、雇い主の原島勇平が裏で何をしているのか知りたくなり、ジェームズ・ボンドよろしく、最新式のテープレコーダーを鞄に隠し、勇平が車内でしゃべっている内容を盗聴し始めた。それでもって巨額の裏金が原島邸に持ち込まれ、人知れず出てゆくことを突き止めた。

しかし、具体的な計画を立てているわけではなかった。にもかかわらず、犯行に及ぶ時の仲間として、岩武はどうかと考えたのだった。

本末転倒も甚《はなは》だしい。

この幼稚さに、謙治自らが呆《あき》れ返ったのだ。分別のある三十路の男が考えることではない。これでは、少女が、自分を幸せにしてくれる白馬の騎士が現れることを夢見ながら、ショーウインドーに飾られたウェディング・ドレスを見ているようなものではないか。お国と心中する奴もいれば、女と心中する奴もいる。

ふと勇平の言葉が脳裏をよぎった。

自分は一体、何をもって満たされようというのか。よく分からなかった。

勇平のところに持ち込まれる大金を奪いたい。しかし、そんなに金がほしいのか。人並みの欲望は持っている。しかし、何億もの金を喉から手が出るほどほしがっているのか。

謙治の心に隙間風が吹いた。自分は胸の奥ががらんとしているのだと改めて思い知らされた。空っぽの心を満たすものは、常に空想であり、空想は妄想を呼び寄せる。

岩武を使えるかもしれないと思ったのも妄想に近い。

謙治の頰がゆるみかけた。しかし、それは一瞬のことだった。

仮想の上に立って準備しておけたら、現実に犯行に及んだ時、捜査側は混乱するに決まっている。目標も定まっていないうちから、犯行計画を立てるなどということは、普通はあり得ないのだから。

勇平の屋敷に運び込まれる金が強奪されたら、自分は必ず容疑者リストの上位に名を連ねることになるだろう。競輪や麻雀で知り合った人間の中には金に困った奴は掃いて捨てるほどいる。窃盗《せっとう》や恐喝の前科のある奴だって珍しくはない。そういう連中と手を組んだら、すぐに足がついてしまうに決まっている。

ギャンブル仲間に信用のおける人間などひとりもいやしない。

自分との繋がりが極めて希薄で、しかも気心が知れている人間が、仲間としては最適なのではなかろうか。

岩武弥太郎の生活状態や家庭環境を探ってからでないと結論は出せないが、自分と岩武の繋がりを調べ出すことはほぼ不可能だ。

岩武と組めたら、空想が現実になる気がした。


岩武たちに会ったのは、戦争の最中だった。

昭和十九年（一九四四年）の六月に「学童疎開《そかい》促進要綱」と「帝都学童集団疎開実施要領」が閣議で決定した。それによって、東京ほか十二の都市で、国民学校に通う児童の疎開が大々的に始まった。政府の目的は、足手まといである少国民を地方に追いやり、都市の防空体制を強化することにあった。対象になったのは初等科三年生から六年生だったが、現実には、その前の年辺りから疎開は始まっていたし、二年生以下の子供たちの中にも、都会を去った者がいた。

政府は、縁故を頼って個人的に疎開することを勧めていたが、そうもいかない家が多々あったものだから集団疎開が始まったのである。縁故疎開、集団疎開、そして残留組の数はほぼ同じである。

謙治の家は四谷区荒木町《あらきちょう》で食堂を経営していたが、昭和十八年の秋に父親が兵隊に取られた。その後は、母親が何とか店を切り盛りしていた。しかし、食料不足だから、まともな物を出せるはずもなかった。食用油も底をつき、機械油で揚げた魚のフライを出していたくらいである。八つ上の兄、松太郎《まつたろう》は、父親が出征した後、かねてからの希望だった陸軍少年戦車兵学校に入学した。学校は静岡《しずおか》県上井出《かみいで》村（現富士宮《ふじのみや》市）にあった。

残った謙治と妹は母親を手伝った。

謙治が長野《ながの》に疎開したのは昭和十九年の秋のことである。まだ国民学校に上がっていなかった妹は母と東京に残った。

謙治は疎開したくなかった。逃げ出すような気がして嫌だったのだ。しかし、謙治の希望は聞き入れてもらえるはずもなかった。もしも夫や長男に何かあれば、次男の謙治が跡継ぎとなる。母親は、そういう思いを持って、危険の迫る帝都から、謙治を安全な場所に避難させようと考えていたようである。

父の遠縁が長野市の郊外のY地区に住んでいた。名前は根津信三郎《しんざぶろう》と言い、長野市にある自動車工場に勤めていた。ガソリンがないから、民間の自動車の修理依頼などあるはずもなく、もっぱら、部品をかき集めて公用車を直していたらしい。

謙治は、母と妹に送られ、上野《うえの》からひとりで汽車に乗った。八時間以上の長旅だった。

信三郎が国鉄Y駅に迎えにきてくれていた。

信三郎は当時四十三歳。子供はおらず、妻とは早くに死別し、ひとり暮らしだった。Y地区は農村には違いなかったが、銀行の出張所や商店もあったから豊かな地区だったようだ。

地区の国民学校に通うことになった。

学校によっては、上級生や下級生と一緒に授業を受けるところもあったらしいが、謙治のクラスは同じ歳の少年たちだけで構成されていた。

疎開した経験のある人間なら誰しもが味わったことだろうが、謙治も地元の少年たちに冷たい目で迎えられた。

革靴を履いた少年は、草履《ぞうり》を引っかけている子供たちにとっては〝異物〟だったに違いない。

少しほっとすることがあった。

都会からその国民学校に転校してきた生徒は謙治だけではなかった。すでにふたりの少年が東京から疎開していたのだ。

ひとりは宮森菊夫。目のくりっとした、綺麗な二重瞼《ふたえまぶた》の少年で、目がよく動くのが特徴だった。頬がほんのりと赤かった。歯並びが悪いし、耳が尖っていた。歯と耳が普通だったら、紅顔の美少年と言われてもおかしくなかったろう。

もうひとりは川久保宏。宏の苗字《みょうじ》は、当時は佐藤だった。婿養子になったことを知ったのは、もっとずっと後のことである。佐藤は小柄で痩せていて、丸眼鏡をかけていた。首に大きな黒子《ほくろ》があった。

最初に謙治が挨拶《あいさつ》をしたのは佐藤、後の川久保である。しかし、佐藤宏はほとんど口をきかなかった。様子ぶった態度が気に食わなかった。転校生同士なのに、なぜ、と謙治は訝った。

宮森は佐藤とは対照的だった。彼から話しかけてきた。授業が終わると、謙治は宮森と一緒に下校した。

宮森の家は目黒にあり、父親はタクシー運転手をしていると言った。

両側に畑が広がる一本道をふたりは歩いた。空が開け、遥かかなたの山々では、すでに紅葉が始まっていた。

寺の近くを通った時、数名の少年が石段を駆け下りてきて、謙治の行く手を塞いだ。

真ん中に立っている少年は躰が大きく、身なりは他の子供たちとは違ってこざっぱりとしていた。ナイフで軽く切れ込みを入れたような細い目をした団子鼻《だんごばな》の少年だった。そいつがボスだということは、教室での彼の態度で分かった。

「こんにちは」謙治から挨拶をした。

「俺は新庄誠《しんじょうまこと》だ」団子鼻の少年が偉そうな口調で名乗った。

視してるから」

「根津謙治です」

「何か困ったことがあったら、俺に相談しろ。佐藤とは口をきくな。俺たちはあいつを無視してるから」

「…………」

「ハキがないだに。東京もんのくせして」

新庄が笑うと、他の少年たちも笑った。

この手のガキ大将は、東京の国民学校にもいるから謙治は別段驚きはしなかった。

「どうして、佐藤君と話しちゃいけないんですか？」

「お前みたいに、俺に質問する奴は、ここじゃ暮らしていけん」

「はい。分かりました」

謙治はそう言い残して、少年の一団の端をすり抜けるようにして、道を進んだ。数メートルも行かないうちに、右肩に衝撃が走った。拳ほどの石が畑に転がり落ちていった。肩を押さえ、歪んだ顔を新庄たちに向けた。

「あいつには逆らうな」宮森が言った。

喧嘩には自信があったが、宮森の一言で我に返った。母親に、地元の人間とはうまくやれ、喧嘩はするなと言われていたことを思い出したのだ。

駅の近くを通った時、新庄医院という看板が目に入った。宮森が謙治の視線に気づいた。

「あいつの親父は医者でな、この地区の実力者だよ」

誠は、新庄家の長男坊だという。

「宮森君も、あいつにいじめられたことあるの？」

「少しね。でも、今はうまく付き合ってる。根津君もそうした方がいい」

宮森は家までついてきた。謙治は彼を家に上げ、自分の部屋に通した。信三郎はひとり暮らしだったので、部屋はいくらでも空《あ》いていた。

「すげえの持ってるなあ」

宮森の目が、机の上に置かれた模型飛行機に釘付けになった。

それは、壊れないように梱包《こんぽう》し、汽車の中でも膝の上にずっと載せていた謙治のお宝だった。

『少年倶楽部』のふろくで、兄が大切にしていたものだった。魚雷型海軍空襲機で、謙治が生まれて間もなくの頃、中国との戦闘で活躍した飛行機である。車輪が翼に格納できるところまで、その模型は正確に真似《まね》ていた。

「俺も『少年倶楽部』は持ってるけど、こんなふろくは知らないな」宮森は、謙治に断りもなく模型を手に取った。

勝手に触るな、と言いかけたが言葉を呑《の》んだ。今のところ唯一の味方は宮森だけなのだから。

「佐藤君はなぜ仲間に入れてもらえないんだ」

「あいつ、頑固なんだ。気が弱いのか強いのか分からない。変人なんだよ」

みんなが昼休みに校庭で押しくら饅頭《まんじゅう》や騎馬戦をやっている時も、ひとりで本を読んでいるような奴だという。

宮森の言った通りだった。決して、校庭で遊ぶようなことはせずに、いつもひとりでいた。確かに変人である。

新庄が手下を連れて、家にやってきたのは転校して一週間ほど経った頃のことだ。飛行機の模型を見せろという。謙治は不承不承、彼らを家に上げた。

飛行機を手にした新庄が、ややあってこう言った。「これ、俺にくれ」

「嫌だよ」

「何だ、お前、俺に逆らうのか」

「兄貴が大事にしてたもんなんだ」

「それがどうしたに？」新庄が顎を突き出すようにして言った。

謙治は新庄を睨み付けた。

新庄が飛行機を壁に向かって投げそうになった。謙治は我慢できず、新庄に飛びかかろうとした。

新庄が大声で笑い出した。

「冗談だ。俺が、日の丸の入った飛行機を壊すはずないよ」

自分が珍しい飛行機の模型を持っていることを新庄に教えたのは宮森しかいない。宮森は、自分と親しくして、様子を探れと新庄に命じられている気がした。よく動く目が小ずるさを表しているように思えた。

しかし、素知らぬ振りをして謙治はその後も宮森と付き合っていた。

上級生にも柄《がら》の悪そうなのがいたが、新庄のように絡んでくる者はいなかった。

担任教師は栄村修一《さかえむらしゆういち》という男で、生徒たちが規則を破ると大声で怒ったが、決して手は上げなかった。どの生徒にも優しく、教え方も丁寧だった。孤立していた佐藤とよく一緒にいた。佐藤は小説が好きらしく、懸賞小説で佳作に入ったことがあるらしい栄村先生とは特に親しいという話だった。佐藤が無視されるだけで虐《いじ》められないのは、先生と仲が良いからかもしれないと謙治は思った。

先生と佐藤が、島崎藤村《しまざきとうそん》の話をしているのを耳にしたことがあった。島崎藤村が誰なのかも知らなかったが、戦記物を書く人間ではないことぐらいは、話の内容から察しがついた。謙治が読むのは、〝空の軍神〟と呼ばれていた加藤《かとう》少将の物語のような武勇伝ばかりだった。

周りが畑ばかりとはいえ、食べ物は粗末だった。農家に疎開していれば白米をたらふく食べられたかもしれないが、配給制だったから滅多《めった》に口にすることはなかった。信三郎は鶏を飼い、庭で野菜を作っていた。麦や芋が主食。野沢菜《のざわな》だけはいつでも食べられた。リンゴも配給だったので、近くにリンゴ農家があるのに、なかなか手に入らなかった。

授業、軍事教練の他に勤労奉仕も生活の一部だった。

薪になる木を取りに里山に入った。一時間ほどかけて善光寺《ぜんこうじ》の掃除に行かされた。わら縄をなう要領が初めは分からず、地元の少年たちに馬鹿にされっぱなしだった。

長野の秋は短く、十月の終わりには、遠くに見える山々が雪を頂いていた。

信三郎が新聞を読んでいると、謙治はよく覗き込んだ。戦局を知りたかったのである。八歳の少年には、たとえルビがふってあっても、内容をきちんと把握するのは難しかった。

『忠烈・萬世に燦《さん》たり』

『必死必中の體當《たいあた》り』

その日の新聞には、比島（フィリピン）での神風《かみかぜ》特別攻撃隊が敵空母に勇ましく体当たりしたことが報じられていた。

「叔父《おじ》さん、日本が絶対に勝つよね」謙治が信三郎に訊いた。

「相撲にたとえると、日本とアメリカのどっちが横綱だと思う？」逆にそう訊き返された。

「それは日本に決まってるよ」

信三郎が薄く微笑《ほほえ》んだ。「日本が横綱だったら負けることはないな」

その答えが謙治には気に入らなかったが、それ以上何も言わなかった。

岩武弥太郎が転校してきたのは十一月に入ってからである。

栄村先生に紹介された後、岩武は挨拶をした。どことなく不良っぽい感じのする態度の大きな少年だった。

そんな岩武に、また宮森が優しそうな目をして近づいた。下校の時、宮森が岩武を連れてきた。

岩武は横浜《よこはま》から来たと言った。しかし、それ以上のことは、宮森が訊いても答えなかった。

寺が近づいてきた。

思った通り、寺の石段を新庄たちが降りてきた。新庄が岩武に警察官のようにいろいろと質問を浴びせたが、岩武は、それにも答えなかった。

「佐藤っていうのがいるけど、あいつとは口をきくなよ」

岩武が新庄を見つめた。「どうして？」

「わけなんかねえよ。俺が口をきくなと言ったらきくな」

「俺がしゃべる相手は俺が決める」

「何だと！」

岩武は動じない。集団の真ん中を割るようにして、歩き出した。後を追った謙治が岩武に言った。

「石が飛んでくる。気をつけて」

謙治がそう言っている間に、石が飛んできた。素早く避けた岩武は振り向きもせずに歩き出した。

「岩武君、あいつの言うことはきいておいた方がいいよ」

宮森の忠告を無視し、岩武は足早に去っていった。

翌日、岩武は教室で佐藤を見つけると、「佐藤君も疎開してきたんだってね」と大声で訊いた。明らかに新庄を挑発していた。

教室が静まり返った。話しかけられた佐藤は動揺しているようだった。

岩武は出身地を教え、佐藤にどこから来たか訊いた。佐藤は大森区入新井《いりあらい》（現在の大田《おおた》区大森北辺り）から来たと答えた。

その日の帰り、宮森は用があると言って岩武と一緒にそそくさと消えた。

謙治がひとりで、お寺の横を通った時、ただならぬ声が聞こえてきた。

「……俺の言うことをきくか」

謙治は石の階段を駆け上がった。岩武が膝をついて顎を押さえていた。新庄たちが、謙治の足音に気づいた。

「生意気な奴はこうなる」新庄が笑った。「根津、お前もこいつを殴れ。そしたら仲間にしてやる。うまいもん食わしてやるよ。リンゴだっていくらでも食えるぞ」

謙治は新庄を無視して、岩武に近づいた。

群れの端に立っていた宮森が、謙治を見て首を横に振った。

「一緒に帰ろう」謙治が岩武の肩に手をおいた。

「そういうことか。こいつもやっちまえ」

手下たちが殴りかかってきた。岩武が立ち上がった。乱闘が起こった。多勢に無勢。謙治と岩武はボロボロになった。が、それは新庄の方も同じだった。

転倒した新庄の顎に岩武の蹴りが入った。

「お前ら、殺してやる!!」血だらけの新庄が叫んだ。

「殺ってみろ」謙治が新庄の胸ぐらを摑むと、鼻に拳固《げんこ》を沈めた。

新庄が暴れた。

「もう一度、言ってみろ。お前が誰を殺すんだ」

新庄は口を開かない。

「お前の親父は医者だろう。傷の手当てをしてもらえ」謙治はもう一度殴りつけた。新庄の血で指がぬるぬるした。

新庄が泣き出した。勝負はそれでついた。

家に戻った謙治は鏡の前に立った。目の周りが腫れていた。信三郎にばれたくなかったが、隠すことはできないと諦めた。

仕事から帰ってきた信三郎が、謙治の顔をじっと見つめた。「派手にやったな」

謙治は俯いたまま口を開かなかった。

信三郎が傷に触れた。「骨は大丈夫だ。いつかお前は地元の子供と喧嘩しそうな気がしてたよ」

「僕のせいじゃないです」

信三郎が小さくうなずき、謙治の頭を撫でた。「分かってるさ。だけど、我慢するところは我慢しろ。いつまでもここにいるわけじゃないんだから。お母さんにも喧嘩するなって言われてたんだろう」

謙治はしゅんとなった。

翌日、新庄は学校を休んだ。新庄がいなくなれば、手下たちは何もできなかった。宮森の顔は青ざめていて、態度が落ち着かなかった。しかし、謙治は誰ともう喧嘩をする気はなかった。

放課後、謙治と岩武は職員室に呼ばれた。栄村先生だけではなく、教頭からも事情を訊かれた。新庄は鼻を骨折し、彼の親が学校に怒鳴り込んできたらしい。教頭は端っから新庄の味方だった。

「根津、きさまは新庄君を殺すと言ったそうだな」

「向こうが言ったんです」

「私はそう聞いてない」教頭が目をそらした。

「嘘はついてません」

助け船を出してくれたのは栄村先生だった。

「教頭、子供たちの喧嘩ですよ、これは。ちょっとやりすぎたかもしれませんが。騒ぎが大きくなると、我が校に傷がつきます。ここは喧嘩両成敗ということで」

教頭の目が泳いだ。

栄村先生が謙治たちに目を向けた。「喧嘩は御法度《ごはっと》。お前らのその元気な躰と力をお国のために使え。明日は朝早くきて、教室の掃除をしろ」

そのようにして、乱闘事件は、栄村先生のおかげで、事なきを得たのである。

その夜、信三郎と食事をしていると、人が訪ねてきた。謙治が迎えに出た。磨りガラスに提灯《ちょうちん》の明かりが揺れていた。

「誰？」謙治が訊いた。

「宮森だけど」

「用は？」

「話が……」

「帰れ」

信三郎が玄関までやってきた。「謙治、話ぐらい聞いてやれ」

玄関を開けた。驚いた。宮森の後ろに佐藤が立っていたのだ。

謙治は彼らを部屋に通した。しかし、すぐには口を開かなかった。

「根津、俺、言い訳はしない。新庄が怖くて言いなりになってた。悪かった」宮森が頭を下げた。

「いいよ。俺だって、同じようなもんだよ。逆らわないようにしてたんだから」

「違うよ、根津は絶対に手下にはならなかった。俺、栄村先生に、何があったか本当のことを話しにいった」

謙治の頰がゆるんだ。「そこまですることなかったのに。新庄が戻ってきたら、やられるぞ」

「俺、根津の手下になりたい。その方がいい。同じ東京の人間だし」宮森が続けた。

「俺は手下なんかいらない。ずっとこのまま疎開してることはないだろうし、十四になったら、俺は少年兵になるつもりなんだ。こんな田舎で、威張《いば》りくさっててもしようがない。岩武に話してみたらどうだ」

「あいつも手下はいらない気がする」

謙治がうなずいた。「俺もそう思う」

「俺、佐藤君と仲良くすることにした。新庄が戻ってきても、あいつの言うことはもうきかない」

宮森が佐藤を連れてここにやってきたのは、信用してほしいという表れに思えた。謙治は宮森の覚悟を信じた。

佐藤は神経質そうに眼鏡のツルを触っているだけで一言も口をきかない。

「佐藤君も、新庄たちに殴られたりしたことあるの」

「一度だけ。でも僕は抵抗しなかった。そこに栄村先生がちょうど通りかかって助けてくれたんだ」

「あの先生、見た目より頼りになるな」謙治が薄く微笑んだ。

「本当にいい先生だよ」佐藤がしみじみとした調子で言った。

このようにして謙治は佐藤とも親交ができた。岩武も加わり、よそ者四人は、いつも一緒にいる仲になった。

しばらくして、骨折した鼻を何かで守り、その上に絆創膏《ばんそうこう》を貼った新庄が学校に戻ってきたが、手下たちと共に遠巻きに、謙治たちを見ているだけだった。もう謙治や岩武とやり合う気力を失ってしまったらしい。

岩武が疎開していた親戚は大工《だいく》だった。しかし、立派な母屋に、岩武は置いてもらえず、納屋《なや》で寝泊まりしていた。

「俺、親戚に嫌われた」

「どうして？」

「新庄を殴ったからだ。俺の親戚は、あいつの親父に頭が上がらないんだ」

冬がやってきた。雪かきも大変だったが、それよりも寒さが応《こた》えた。

連日、零度を下回るところで暮らすのは初めてだ。宮森は東京を恋しがった。佐藤は何も言わない。謙治は上半身裸になって、気合いを入れた。岩武は、そんな謙治を皮肉な目で笑っているだけだった。

岩武は絵が上手だった。しょっちゅう、飛行機の絵を描いていた。しかし、時々、謙治たちに、女の裸を微細に描き、こっそりと見せた。宮森は生唾を飲み込み、佐藤は頬を赤らめた。謙治は目の端でちらりと見ただけだった。抵抗感があった。お国が大変な時に、不埒《ふらち》すぎると思ったのだ。

「お前、女に興味ないのか」岩武が小馬鹿にしたような口調で言った。

「あるよ。でも、今は……」

「岩武は絵描きになれるね」佐藤が口をはさんだ。

「俺は絵よりも音楽がやりたい。俺の家の近くにギター弾《ひ》きが住んでた。ダンスホールで弾いてた人だけど、俺は彼みたいになりたいんだ」

た。

「少しは弾けるの？」宮森が訊いた。

「ちょっとだけ教わった」岩武がギターを抱えるような格好《かっこう》をして、指を動かして見せた。

その年の暮れにきた母からの手紙で、兄の乗船していた空母が撃沈され、兄が死んだことを知った。

謙治は、兄からもらった模型飛行機を手にして泣いた。早く大人になりたかった。大人になって戦場に立ちたかった。

栄村先生に赤紙がきたのは昭和二十年の一月のことである。先生の出陣式が駅前で行われた。地区長が挨拶をした。先生の妻と娘、親戚一同、そして地区の多くの人に見送られて、栄村先生は出征していった。高等女学校に通っているという娘は、出征する先生のことを忘れそうになるくらい綺麗だった。黒い煙を立ち上らせながら、先生を乗せた汽車が動き出すと、娘が汽車に駆け寄った。

「キョウコ」母親が娘に近寄り、後ろから抱き止めた。

母親に抱えられて、父親に手を振る彼女を見ながら、謙治は思った。

キョウコってどんな字を書くのだろうか……。

栄村先生が出征した直後、謙治は、学校からの帰り道、岩武と喧嘩した。

「あんな年老いた先生まで戦地に送るんじゃ戦争は負けだな」

岩武のその一言に謙治は腹が立った。

「日本は負けるもんか。どんなに歳を取ってても、魂があれば戦える」

「馬鹿なこと言うなよ。俺の周りの大人が言ってたよ。アメリカ軍の装備や武器がすごいことは誰でも知ってるぜ。竹槍で勝てるわけねえだろうが」

「きさま、日本が負けるのを望んでるのか」

「望んじゃいないよ。だけど、勝てねえものは勝てねえ。それだけだよ」

「勝てるさ。勝たなきゃ、俺たちはみんな死んじまう」

岩武が真《ま》っ直《す》ぐに謙治を見た。「自動車を発明したのは日本人か？　飛行機は？　ピストルはどこからきた？　俺たちの着てる洋服を作ったのは誰だ？」

「…………」

「勝てないものは勝てない意味が分かるだろう？」

謙治はいきなり立ち上がると岩武の頰を平手で張った。頰が切れ、血がにじんだ。岩武が指で頰を撫でた。そして、弾かれたように腰を上げると、謙治の顎に拳を沈めた。謙治は倒れなかった。取っ組み合いになった。路肩の雪に足を取られた瞬間、腹に蹴りを入れられた。

一緒にいた宮森と佐藤が止めに入ったが、殴り合いはしばし続いた。

「おい、駐在だぞ」

宮森の声に、ふたりは動きを止めた。

佐藤が、突然、歌いだした。

『ラジオ体操　一二三　子供は元気に　のびてゆく　昔々の禿山は　禿山は　今では立派な杉山だ……』

当時、少国民が立派になる様を歌った唱歌を、佐藤は四番から歌いだした。

全員が一緒に歌った。

「喧嘩するんじゃないぞ」

駐在が偉そうに言って去っていった。

佐藤が小声で笑った。

「何がおかしいんだ」謙治が訊いた。

「あいつ、帽子被ってるから分からないけど、禿げてるんだよ。名前は杉山《すぎやま》」

岩武が大声で笑い出した。「お前、変な奴だなあ」

佐藤のおかげで和《なご》んだ雰囲気が戻ってきた。しかし、それは一瞬のことだった。

「岩武、お前の親父だって戦争に行ってるんだろう？」宮森が不服そうに言った。

「行ってるよ」岩武の眼光が鋭くなった。「俺はな、親父が戦死してくれないかって思ってんだ」

「何だと」謙治がまたいきり立った。

「根津」宮森がふたりの間に割って入った。

「ろくでもない親父でね、お袋はあいつのせいで死んだんだ」そう言い残して、岩武は思いきり走り出した。

ところが、凍った道に足を取られ、岩武はすっ転んだ。

佐藤が笑い出した。宮森がそれにつられた。しかし、謙治の眉がゆるむことはなかった。

そんな小さな事件が起こった翌々日、再び訃報が謙治に届いた。父親がルソン島で戦死したという。

封筒が濡れていた。その日は朝からみぞれ交じりの雪が降っていたのだ。

兄が死んだと聞かされた時よりも、さらに動揺した。信三郎が慰めてくれたが、涙は止まらなかった。

自分が少国民であることに腹が立ち、親父なんか戦死すればいいと言った岩武が憎かった。

それから、岩武とは付き合いをやめた。

そんな或る日、ひとりで下校した謙治を岩武が川の近くで待っていた。

謙治は無視して通りすぎようとした。

「ごめん」岩武がぼそりと言った。「親父、戦死したんだってな」

「お前の親父が死ねばよかったんだ」

岩武がかすかに微笑んだ。

言いすぎたと後悔したが、何も言わずに謙治は歩き出した。

「俺、もうここにはいられなくなった」

謙治は足を止めた。岩武は空を見上げていた。澄み切った青い空だった。そんな空を見たのは初めてだった。

「群馬《ぐんま》に姉さんが疎開した。俺はそっちに行かなきゃならない。元気でな。あばよ」

そう言い残して岩武は駆けだした。

何か言わなければ、と思ったが言葉がでてこなかった。青空に吸い込まれるように小さくなっていく岩武の姿を見ていただけだった。

それからしばらくして佐藤も疎開先を去ってゆくことになった。兄のいる山梨《やまなし》に移るのだという。

残ったのは宮森と自分だけになった。

妹が山形《やまがた》に集団疎開したのは、東京で激しい空爆があった後のことである。

その頃から、長野も空爆されるという噂が立った。しかし、市の外れに暮らしていた謙治には実感はなかった。

春がすぎ、夏を迎えた。栄村先生の代わりにきた代用教員は、何かあると生徒を殴る横暴な男で、算数がまるでできないインチキ教師だった。

謙治がショックを受ける事件が耳に入ったのは七月も終わりかけた頃のことである。

「謙治、お前、お国のために戦うって、親父が死んだ後に言ってたな」信三郎が言った。

「うん」

「そういう考えは捨てろ」

「どういうこと？」

「日本はここのところ負け続けてる。勝てる見込みはない」

岩武が言っていたことと同じである。謙治は耳を塞ぎたくなった。

「長野も空襲されるかもしれないから、憲兵隊が逃げ出したそうだ。市民を守るはずの憲兵隊が先に逃げたんだぞ。そんな国のために、お前の親父は死んだ」

「憲兵隊が逃げたって……」

「司令部は市の中心部にあったんだけど、空襲を恐れて、善光寺の裏山に移転したんだぞうだ。俺たちには町から逃げ出すなと言ってた憲兵隊がだよ。それを〝夜逃げ〟と批判した学校の先生が、憲兵隊にしょっぴかれた」

「間違いないんですか？」

「間違いないよ。俺は、引っ張られた先生の友だちから聞いたんだから」

兄が海の藻屑《もくず》と化し、父親は遠い異境の地で殺された。そうやって犠牲者が出ているのに、市民を守る役目の憲兵隊が裏山に逃げる。にわかには信じがたかった。いや、信じたくなかった。

謙治の心が崩れそうになった。

八月十三日の未明、信三郎に起こされた。遠くで飛行機の不気味《ぶきみ》な音が聞こえていた。長野市の空爆が始まったのだ。Y地区にも敵機が襲来した。謙治はそっと外の様子を見た。度肝を抜くような大きな飛行機が、高度を下げて飛んでいた。

機銃の掃射音が聞こえたのは、それから間もなくのことだった。Y駅付近で、一軒の家が焼け、人が死んだことを知ったのは、翌日のことである。

そして、翌々日、日本は降伏した。

東京に戻ったのは十月になってからである。

焼け野原の東京を見た時、唖然とした。しかし、涙はなかった。びっくりしたのは東京の変わり様だけではなかった。自分の心が解放されていることに謙治はもっと驚いたのだった。

一九六六年五月十五日

薫風爽やかな五月晴れの日曜日。謙治は浅草の松屋デパートの屋上に上がった。

眼下に隅田川が見えた。遊覧船がゆっくりと東京湾に向かっていく。鉄橋を東武《とうぶ》鉄道の電車が渡るのが見えた。

屋上は遊園地だった。親子連れで賑わっていた。ゴンドラに乗っている母親が、浅草寺《せんそうじ》の方を指さしていた。

浅草が一望できる屋上だった。

岩武がベンチに腰を下ろしていた。謙治の眉が険しくなった。岩武はひとりではなかった。人形を抱いた女の子と一緒だった。

足音に気づいた岩武が謙治の方に目を向け、立ち上がった。「おはよう」

「パパ、もう午後二時ですよ。〝おはよう〟じゃないでしょう？」少女が注意した。

「そうだね。知美《ともみ》の言う通りだ」岩武が女の子の頭を軽く撫でた。

「こんにちは。知美ちゃん」謙治は腰を屈め、笑顔を作った。

「こんにちは」はきはきした女の子だが、表情は硬かった。

「僕は、パパのお友達の謙……。みんなには謙ちゃんって呼ばれてる」

謙治は子供にでも本名を名乗りたくなかった。

「お前に、こんな可愛いお嬢さんがいるとは思わなかったよ」

「今日、デパートに連れていくって約束してたんだ」

「パパ、電車に乗りたい」

「ちょっと待ってて。先日は失敬した。主人に何か言われたろう」

車の傷は大したことはなかったが、料亭から出てきた勇平には報告した。

酔っぱらいが蹴った傷で、そいつと喧嘩になったが、傷を調べているうちに逃げられたと教え、詫《わ》びた。

傷を見た勇平は、時間のある時に修理に出せと答え、そそくさと車に乗ってしまった。

他のことで頭が一杯のようだった……。

「主人には教えたが、気にしてなかった」そう答えてから、謙治はまた娘に話しかけた。

「知美ちゃんは何歳？」

「七歳」

「今年から小学校なんだ。女房は二年前に病死してね」

「パパ……」知美がむずかった。

「分かった。分かった」岩武は娘の手を引いてベンチを離れた。

娘を電車の遊具に乗せると、岩武はレールに沿って設けられた柵に軽く身を預けた。

「お前は結婚してるのか？」

「住み込みの運転手に嫁に来る女なんかいないよ。仕事中、娘はどうしてるんだ」

「近くに、死んだ女房の母親が住んでるから預けてる」

「お前が疎開先でギター弾きになりたいって言ってたのを思い出したよ」

「軍国少年だったお前は、むっとした顔してたな」岩武が娘に手を振った。

「お前とは喧嘩したまま別れたようなもんだったな」

「お前の親父も戦死したが、俺の親父も同じだ」

「死んでせいせいしたか」

「涙も出なかった」岩武が短く笑い、また娘に手を振った。「宮森菊夫を覚えてるか？」

「うん」

「奴とは一年ほど前にばったりと出会ってから、時々、飲んでる」

「あいつ、何をやってんだ」

「銀座にある旅行代理店に勤めてる。けっこういい客を摑んでてな。俺の働いてたキャバレーで議員を接待してくれたこともある」

「みんな、立派になったんだな」

「そうでもないさ」岩武の頰に皮肉めいた笑みが浮かんだ。「俺は仕事にあぶれてる」

「蓄えはあるんだろう」

「あるわけないだろうが」

「借金は？」

岩武の目つきが鋭くなった。「あるけど、それがどうかしたか？」

「別に。バンドマンで食ってくのも大変なんだな」

「仕事は何とか拾えるよ。借金って言えば、宮森は火の車だ。俺にまで金を貸してくれって言ってきたくらいだから」

「サラリーマンだろうが、あいつ」

岩武が意味ありげな目をした。「俺が、あいつに会ったのは、大井《おおい》のオートレース場だよ」

「なるほど」

「俺の勘じゃ、あいつ、会社の金を使い込んでるな」

「そんなことよく分かるな」

「俺の周りにはロクでもないのが多いんだ。ギャラを持ち逃げしたマネージャー、ヘロイン中毒、有閑マダムから金をしぼり取ってる奴……。そういう連中を見てるから、勘が鋭くなるんだよ。根津、お前、ただの雇われ運転手じゃないな。何か様子が変だもんな」

「お前の鋭い勘も外れることはあるさ」

「じゃ訊くが、何で、俺たちが会ったことを人に言っちゃまずいんだい」

「副業を考えてるが、主人がそういうことを許さないからさ」

岩武の目つきが変わった。「副業って？」

「今日は、これで引き上げるよ」

「娘が一緒じゃまずいんだな」

「宮森にも会いたい。次回の待ち合わせの場所は大井のオートレース場にしないか。俺は競輪派だけど、たまにはオートレースをやってもいいって気になった。お前にはどうやって連絡したらいい」

「うちに電話をくれ」

岩武は電話を持っていた。住まいは台東《たいとう》区三筋《みすじ》。このデパートから歩いて帰れるところだった。

「根津、うまい話があるんだな」

「旧交を温めたいだけだよ」

「俺は懐を温めたいぜ」

謙治は小さくうなずき、岩武の肩をぽんと叩《たた》いて踵《きびす》を返した。

五

一九六六年五月二十一日

大井オートレース場は大井競馬場の北隣にある。他のオートレースはすべてダートコース。大井だけが舗装されている。

開設当初はまるで人気がなかったという。しかし、便利なところにある上に、去年、モノレールの大井競馬場前駅が開業したこともあって、最近は盛況らしい。

レース場に入った謙治は目を見張った。ちゃちな施設しかなかったのに、今はガラス張りのスタンドがあり、バックスタンドも設けられていた。

バリバリッというオートバイ特有の爆音が轟いている。

「……バディナージュ号が外目から二番手に上がりました……」

岩武と待ち合わせをしたのは正面スタンドの右端だった。

レースに熱中している観客の背中を見ながら通路を進んだ。

岩武の横顔が見えた。

彼の隣に男が座っていた。白い縦縞模様のポロシャツに、茶の上着を羽織った男だった。

謙治は階段を下り、彼らに近づいた。

「インにたたきこめ」茶の上着の男が大声で叫んだ。

そのレースが終わるのを謙治は待つことにした。

「一着、オロール号……」

「馬鹿野郎」茶の上着の男が車券を破り捨てた。

岩武と目が合った。岩武がにっと笑い、肩を軽くすくめた。

茶の上着の男が岩武の視線を追った。

謙治は男を見て微笑んだ。宮森はじっと謙治を見つめていた。

宮森の顔に少年の頃の面影はなかった。くっきりとした二重瞼だったと記憶しているが、三十歳になった宮森の瞼は垂れ、一重にしか見えなかった。並びの悪い歯は昔のままだが。

浅草のデパートで岩武と会った後、謙治は大井でオートレースが開催される日を調べた。その週の土曜日に開かれていることが分かった。岩武に電話を入れ、待ち合わせの時間等々を決めた。

謙治は宮森の横に腰を下ろし、煙草に火をつけた。「元気そうだな」

宮森が鼻で笑った。「元気なもんか。一レースから負け続けだ」

興奮しているせいもあるのだろう、宮森は再会を懐かしむ言葉も吐かず、まるで、しょっちゅうオートレース場で会っている仲間と話しているような調子で笑った。

しかし、突然、真顔になった。「会えるの楽しみにしてたよ」

「俺もだ」

「お前はオートレースやらないのか?」

「ここに来るのは本当に久しぶりだよ。しかし、変わったな。昔はこんなに綺麗じゃなかった」

宮森が落ち着かない。どうしたのだろうと彼を見つめた。

「ちょっと待っててくれ。次のレースは固いんだ。浜松《はままつ》のウルフ、白井《しらい》が絶対にくる。お前も買わないか？」

謙治は、呆れ顔で首を横に振った。「早く買ってこい」

宮森は投票所に向かった。階段を駆け上って消えてゆく宮森の後ろ姿を見ながら、謙治はぼそりと言った。「あれじゃ借金だらけになってもおかしくないな」

「ギャンブルに嵌《はま》る気持ちが分からんよ。たまにやるのは面白いけど」

「今でも、女の裸の絵、描いてるのか」

「生身の女を知ってからは描く気がしなくなった。想像してたよりも綺麗なもんじゃないって分かったから」岩武がくくくっと笑った。

「でも、好きなんだろう？」

「野暮《やぼ》なこと訊くもんじゃないよ」

「宮森、独身かい？」

「女房と子供がふたりいるけど、離婚されそうだって笑ってた」

謙治は周りを見回した。

隣接する競馬場がよく見えた。運河沿いをモノレールが羽田に向かって走り去ってゆく。首都高1号線がレース場に迫っていた。この辺りの高速は早くに整備された。日本の表玄関、羽田空港からやってくる来賓に近代化した日本を見せるためである。しかし、空港西から羽田間、京橋《きょうばし》ジャンクションの工事はまだ終わっていない。完全に繋がっていない道路に金を払うなんて馬鹿臭いから利用客は少ない。

宮森が意気揚々と戻ってきたが、次のレースでも、宮森の予想は見事に外れた。浜松のウルフは二周目に転倒したのだ。宮森の落胆は怒りに変わり、浜松のウルフを罵倒《ばとう》した。

午後三時を少し回っていた。

具体的な話があるわけではないが、宮森の様子を見ていたら、旧交を温めることすら無理だと諦めた。

謙治と岩武は、宮森に付き合って車券を買った。宮森の勧めを無視して、謙治は閃きで三－五を買った。それがきた。二万ほど謙治の懐に入った。

最終レースの前に、宮森がにやにやしながら謙治を見た。

「二十年振りに会ったお前に、こんなことを頼むのは気が引けるんだけど……」

「金を貸せっていうのか」

「ちょっとでいいから回してくれ。すぐに返すから」

「今日はついてないみたいだ。飲みに行こうぜ。俺がおごるから」

宮森が謙治に時間を訊いた。

「時計、持ってないのか」

「質屋だよ」

「観光業者は時間が大事《だいじ》だろうが」

宮森はまた落ち着きを失い、スタンドを見回した。

「誰かくるのか？」岩武が訊いた。

「佐藤を呼んだんだ」

岩武が宮森の顔を覗き込んだ。「佐藤って、あの佐藤か？」

「ああ、あの佐藤だよ。お前から電話をもらった翌々日の夜だっけな、俺は東京駅に行った。九州旅行に行く老人会の連中を送りにね。その帰りに、八重洲《やえす》の裏の飲み屋で、会社の連中と飲んだ。隣の席で、佐藤が飲んでたんだ。初めは誰だか分からなかったさ。けど、そいつらは小説の話をしてた。ふと見ると、丸眼鏡をかけた男の首に黒子があった。丸眼鏡に黒子、そして小説の話。俺は佐藤じゃないかって思って声をかけたんだ」そこまで言って、宮森は再び謙治に目を向けた。「三千円でいいよ。そのうちに佐藤が来るから」

謙治は苦笑しながら、一万円を財布から取り出した。

金を受け取った宮森がまた投票所に向かった。

車券を手にして戻ってきた宮森の後ろに丸眼鏡をかけた男が立っていた。

疎開していた信三郎の家に、宮森が佐藤を連れてやってきた時の光景が、謙治の脳裏に鮮明に甦《よみがえ》った。

佐藤は、くたびれたグレーのスーツに白いシャツ姿だった。ネクタイは締めていないが、シャツのボタンは上まできちんと留められていた。窮屈で真面目な生活を送っている。そんな気がした。文学少年は、文学青年を通過し、文学中年になったようだ。小説は何歳になっても書けるだろうが、先行きがありそうには思えなかった。

「やあ、久しぶり」佐藤がぎこちなく手を上げた。声が上ずっている。

謙治と岩武は立ち上がって佐藤を迎えた。

最終レースが始まった。宮森は謙治たちを無視して、スタートしたバイクを前のめりになって見つめていた。

佐藤は隣の客に肩が触れないように躰を小さくし、丸眼鏡のツルを時々、触りながらレースを観戦していた。

疎開先で知り合っただけの彼らを誘って事を起こすことがあるとしても、佐藤は仲間にはできない。その時はそう思った。

最終レースが終わった。謙治の貸した金は紙屑《かみくず》になった。

オートレース場を出た謙治たちはタクシーを拾い、蒲田《かまた》に向かった。

「馴染《なじ》みの店でもあるのか?」岩武が訊いた。

「いや。岩武は？」

「蒲田には縁がねえな」

残りのふたりも同じだった。

東口でタクシーを降りた。

佐藤が駅ビルに目を向けた。「ビルが建ったんだな」

木造の駅が取り壊され『パリオ』というビルに変わって三、四年は経っているだろう。

ロータリーを渡り、映画館街の方に歩を進めた。謙治には当てなどなかった。知り合いに会いそうもない街で飲みたかったのである。

ほとんど来たことがないと言っても、小さな商店とキャバレーやトルコが混在しているのが蒲田の繁華街だということぐらいは知っていた。蒲田の持つ雑然とした活気が、謙治は嫌いではなかった。

蒲田ロキシー、蒲田大映《だいえい》、蒲田東映《とうえい》が並んでいる。反対側には松竹《しょうちく》と日活《にっかつ》がある。

その通りの外れのキャバレーの隣の中華料理屋の前で謙治の足が止まった。〝個室あり〟という貼り紙が目に留まったのだ。

個室は空いていた。円形のテーブルについた四人はビールで再会を祝した。

適当に料理を注文してから、謙治はクラス会の幹事のように、戦争が終わってから現在まで、どうしていたのかみんなに訊いた。

まず佐藤に話を振った。

「僕は、上石神井にある高校で、現代国語を教えてるんだけど、今は佐藤じゃないんだ。川久保って言うんだよ」

佐藤の好きになった女も教師で同人仲間だった。青森出身のその女は一人娘。三男坊の彼が婿養子に入ることで、結婚が許されたのだという。しかし、結婚生活は三年ほどで終止符が打たれた。妻が心不全で他界したのだそうだ。妻が存命中は下落合《しもおちあい》の一軒家に住んでいたが、大きな家にひとりでいるのも寂しいし、家賃もそれなりにしていたから、高田馬場のアパートに引っ越したという。

「佐藤、いや川久保は今でも小説書いてるんだろう?」謙治が訊いた。

川久保は肩を落としてビールを口に運んだ。「書いてはいるが、なかなかねえ」

「小説家になるんだったら遊ばなきゃ」宮森が口をはさんだ。「見たとこ、お前、真面目そのものだもんな」

「僕は、人間が幸せを感じるような小説が書きたいんだ」

三人が同時に吹き出した。

料理が運ばれてきた。

「そう言うと、みんなが笑うんだよ」川久保が諦め顔で言った。

「死んだ女房にも笑われたろう?」岩武が蒸し鶏を口に運びながら言った。

「いや、女房は僕の味方だった」川久保が寂しげにつぶやいた。

謙治は疎開仲間のそれぞれに目を向けた。

打ち解けるのにほとんど時間はかからなかった。同じ学校に通ったのはほんの数ヵ月から一年である。その間、四六時中、つるんでいたわけではない。にもかかわらず、垣根は自然に崩れた。

疎開先で知り合った人間が、戦後も親しく付き合っているという例はあまり聞かない。知り合いにも縁故疎開をした人間がいたが、クラスメートの名前すら思い出せない者がいたくらいである。

戦争が終わって爆撃の恐怖はなくなったが、混乱と貧困は続いていた。柱のない平和の中で、それぞれの価値観を持って、人は必死で生きていた。大人に比べれば、子供たちはいくらか気楽なところはあったが、ＤＤＴを噴霧される中で、今を生きるしかなかったことに違いはない。疎開先で袖を触れあっただけの人間のことなど忘れてしまうのが普通である。

現に謙治だって、赤坂の路上で岩武と再会しなかったら、疎開地での暮らしなど思い出しもしなかったろう。しかし、こうやって会えば、埋もれていた記憶が甦ってくる。

謙治は、この再会に運命的なものを感じた。

話の中心が宮森に移った。

宮森は高校を出ると、旅行代理店に勤め、現在に至っているという。五歳の息子と三歳の娘がいて、住まいは荻窪《おぎくぼ》だそうだ。

「今日の様子だと、宮森、家に金を入れられないんじゃないのか」

そう言った謙治を岩武がちらりと見た。含みのある目つきだった。

「そんなことはないよ。勝つ時はどんと勝つから」背もたれに反り返った宮森の躰が揺れていた。かなり酒が回っているようだ。

「俺が貸した金、いつ返してくれるんだい？」岩武が言った。

「今月の終わりには耳をそろえて返す」

岩武は鼻で笑った。「金が入る当てはあるのかい」

「心配するな。お前が仕事にあぶれたって聞いたから、今日のレースは是が非でも物にしたいって頑張ったんだがな」そこまで言って、宮森が謙治に視線を向けた。「根津はお抱え運転手だそうだけど、主人はどっかの社長か」

「原島勇平って聞いたことあるか」

「おう」宮森の目つきが変わった。「知ってるよ。一度、脱税で挙げられたよな」

「俺は会ってるよ」岩武が口をはさんだ。

「どこで会ったんだ」謙治が大正エビの辛子《からし》煮に箸をつけた。

「新宿の『クラウン』ってクラブだよ。俺があそこに出てた時、歌ってた歌手に紹介された。北山真奈美って女優、覚えてるだろう？」

「覚えてるよ」宮森が大きくうなずいた。「映画会社をクビになって消えた女優だよな」

「映画会社の幹部とやりあって解雇された。知ってると思うが、映画界には五社協定っていうのがあって、北山真奈美は、他の映画会社でも雇ってもらえず消えたんだ」

川久保が眉をひそめた。「あの協定はひどい。人権を無視した人買いのルールだよ」

エビをゆっくりと嚙みながら、謙治は岩武を見た。「今はどうかしらないが、北山真奈美の男、佐伯って奴じゃなかったか」

謙治の言葉に、岩武が目を瞬《しばた》いた。「よく知ってるな。ふたりは最近別れたみたいだよ」

「俺は、クラブ『クラウン』に社長や佐伯を運んだことがある。俺が車ん中で待ってる間、お前は舞台でギターを弾いてたのか。奇遇だな」

「金融屋の運転手だったら、けっこう給料いいんだろう？」宮森に訊かれた。

「普通だよ。俺は麻雀でけっこう稼いでるから、そっちの実入りをせっせと貯金してる。だけど、お前には貸さないよ」

「冷たいねえ」宮森が眉をゆるめ、紹興酒《しょうこうしゅ》を飲み干した。

「まともなサラリーマンにしちゃ、金、使いすぎじゃないのか」謙治はテーブルに片方の肘をつき、宮森の方にぐいと躰を倒した。「他に収入源があるって感じだな」

「あるわけないよ」宮森は謙治から目を逸らし、視線を岩武に振った。「お前、ガキん時からギタリストになりたいって言ってたよな。好きな仕事に就《つ》けた。羨《うらや》ましい」

「でも、クビになったんだぜ」岩武が軽く肩をすくめた。

「クビになったって誇りは残る」川久保が口をはさんだ。

「どうやってギタリストになったんだい」謙治が訊いた。

「中学に入った頃から、俺は米軍の施設に出入りしてた。昔、話したっけ？　うちの近所に住んでたギター弾きのこと」

「覚えてるよ」謙治が答えた。

戦地から戻ったその男と、岩武は再会した。彼の尻にくっついて、米軍基地や専用クラブに中学の頃から出入りしていたという。

「『ニューヨーカー』とか『ゼブラ・クラブ』『ゴールデンドラゴン・クラブ』なんていうのが中華街の周りや山下《やました》公園の近くにあってな。石川町《いしかわちょう》駅んとこにある『クリフサイド・クラブ』は裕次郎《ゆうじろう》が通ってから、有名になったけど、あそこも米軍の専用クラブだった」

岩武は懐かしそうに語り始めた。ギタリストだった男に本格的に手ほどきを受け、高校を中退し、バンドボーイになった。

「伊勢佐木町《いせざきちょう》のナイトクラブには、有名になる前の植木等《うえきひとし》も出てたな。その後、植木はフランキー堺《さかい》のショーバンドに移ったけど」

謙治が煙草に火をつけた。「お前は好きな道に進めたからクビになっても愉《たの》しそうなんだな」

「今度、ギター、聞かせてよ」川久保が言った。

「いつでも聞かせてやるけど」岩武がため息をつき、パイプを取り出した。「俺には今ひとつ才能がない。そろそろ見切りをつける時かもなって思ってる」

「音楽を止めてどうするんだい？」謙治が訊いた。

パイプからゆるゆると煙が上がった。「芸能プロダクションを作りたい。ろくでもない奴らに使われるのが嫌になってな」

「それには先立つものがいるな」と宮森。

「お前、金のことしか考えてないのかよ、まったく」岩武が呆れ返った。

「俺だって独立したいよ。これから旅行は絶対にブームになる。外国にだって誰でもいけるようになるから、その前に自分の会社を持ちたいよ」

謙治が肩を揺すって笑った。「それにはまずギャンブルを止めなきゃな」

「会社が持てる目処《めど》がつけば止めるさ」

「その前に、今の会社、クビになっちまうかもな」

岩武のその一言に、宮森の視線が鋭くなった。

岩武は目を逸らさなかった。「こうやって俺たちが再会したのも何かの縁だ。俺たちで何かできるといいな」

「何か計画があるのか」宮森が真顔で訊いた。

「何にもないよ。根津と、佐藤、いや川久保は別にしても、俺とお前で事務所を借りるってのはどうだい。或る時は芸能プロダクションで、或る時は旅行代理店にすれば経費が浮く」

岩武は、謙治が何か企《たくら》んでいると見当をつけ、そんなことを口にしたらしい。事を起こす時、岩武は仲間に引きずり込めそうだ。しかし、宮森はどうだろう？　分からない。疎開時代、岩武はうまく立ち回ろうとしていたにもかかわらず、ボスだった医者の息子を裏切り寝返った。良心が痛んでそうしたのだろうが、あの事実を謙治は忘れることができなかった。

そこへいくと、川久保の方が忠実である。しかし、犯罪に加担するとはとても思えない。

「あの医者の息子、どうしてるんだろうな。地元で開業医になったのかな」謙治が話題を変えた。

宮森が首を傾げた。「名前、何て言ったっけ」

「新庄誠」川久保が即座に答えた。

しかし、誰もその後の新庄のことは知らなかった。

「お前の面倒を見てた親戚がいたよな。彼はまだ向こうに住んでるのか」川久保が謙治に訊いた。

「いや、戦後まもなく肺炎で死んだよ」謙治はそう答えた後、川久保に質問を向けた。「お前、栄村先生の消息は知ってるんだろう？」

「教師に成り立ての頃、手紙を書いたけど、宛先不明で戻ってきた。だから、何も分からない」

岩武の目が輝いた。「先生の娘、別嬪《べっぴん》だったよな」

「キョウコって名前だった」謙治が答えた。

「お前、よく覚えてるな」岩武が驚いた顔をした。

謙治は目を閉じた。「先生が出征する時のことを思い出したんだ」

食事が終わると、また四人で会うことにして謙治たちは駅で別れた。

謙治は勇平の名前は出したが、屋敷がどこにあるのかも、従業員のための電話の番号も教えなかった。

次回も蒲田で会おうと言ったのは謙治だった。なぜ、蒲田で、と宮森が怪訝な顔をしたが、他のふたりが、それでいいと言ったので、宮森も承知した。

その後も二度立て続けに四人で飯を食った。連絡係は岩武だった。

三度目の集まりのことで岩武に電話をした時、「お前の副業を教えろ」と訊かれた。

「大したことじゃないから忘れてくれ」その時点では、謙治はそう答えるしかなかった。

「この間、宮森に会った。奴がゲロしたぜ」

「何を？」

「俺の勘が当たってたんだよ。あいつ、会社の金を使い込んでる」

「いくら」

「三百って言ってたが、本当はもっとある気がする」

「ふーん」

「何か企んでるんだったら、俺は乗るぜ。おそらく、せっぱ詰まってる宮森も」

「今度の集まりが終わった後、ふたりで飲もう」

「オッケー」

その数日後、四人は大衆割烹《かっぽう》の座敷で食事をした。宮森は浴びるように飲んだ。使い込みが心の負担になっているのだろう。帰り際、謙治は岩武に話があると言って、他のふたりと別れた。

謙治が目指したのは公園だった。蒲田東口公園。鬱蒼《うっそう》とした樹木を縫って、映画館の建物が見えた。疏水《そすい》の向こうは大きな工場である。

岩武がにやりとした。「飲み屋じゃ話しにくいってことか」

謙治は何も言わず、ベンチに腰を下ろすと、煙草に火をつけた。

「何をやらかそうってんだ」

風がさらさらと梢《こずえ》を渡ってゆく。アベックが謙治たちの前を通り過ぎた。

岩武がパイプをくわえた。

「原島が用立てしてる裏金を狙いたい」

マッチを擦ろうとしていた岩武の手が止まった。ゆっくりと首を巡らせ、謙治を見つめた。

「うまくいけば、芸能プロの事務所を持って、金の卵を育てるぐらいのことは簡単にできるぜ」

「金融屋の裏金を奪う。グッドアイデアだな。だけど、相当、やばいぜ」

謙治が岩武の肩をぽんと叩いた。「キャバレーにでも繰り出すか」

「え？」

「お前が乗らなきゃ、この話はなしだ」

「乗らないなんて言ってないが、もう少し具体的な話を聞かないと」

「具体的な話は、今のところはできない。だが、いずれ近いうちに、必ず、屋敷に裏金が運び込まれる。そん時、すぐに動けるように仲間を作り、準備をしておきたいんだ」

謙治は、ここに行き着くまでのことを簡単に話した。「成功すれば少なくとも二、三千万の金は手に入る。どうだい、やるか」

岩武は口の中でぐるぐると舌を回した。それから、ふうと息を吐いた。「俺たちの繋がりが分かることはまずないな。やるよ。だけど、ふたりだけでできるのか。宮森も誘った方がいいんじゃないのか」

「今ひとつ、信用できん」

「いい奴じゃないか」

「そういうことじゃない。これは戦いだぜ。戦える人間かどうかが問題だろうが」

「言いたいことは分かるが、お前がリーダーシップを取って、手綱《たづな》を締めていれば大丈夫だ。長い物には巻かれるタイプだから」

「俺はお前とだけ組みたい」

「分かった。やるよ。ふたりでやればそれだけ実入りが大きいな」

「娘の顔を思い出してみてくれ」

「え?」

「いいから、娘のあどけない顔を思い出せ」

岩武が暗青色の空を見上げた。「思い出したよ」

「下手《へた》をしたら、可愛い娘を不幸にする。それでもやる気が失せないか」

「知美にはいい思いをさせてやりたい」

「捕まったら、娘は一生日陰者だぜ」

「リスクがない人生なんてあり得んだろうが」

謙治は口を開かず何度もうなずいた。

岩武が上目遣いに謙治を見た。「しかし、お前、変わったな。生真面目な軍国少年が、主人の金を狙おうっていうんだから」

「また連絡する」謙治は煙草を消すと、公園を後にした。

十一億円もの金が八月十五日に、原島邸に運び込まれることを知ったのは六月の初めだった。身震いした。二、三千万の金を奪おうと考えていた自分が小さく思えた。

実行する日と奪う金額が分かると、具体的な計画を立てた。三頭の犬のこと。運び出す手間……。想像を巡らすと少なくとも、もうひとり必要だと謙治は思った。

謙治は、岩武には知らせず、宮森を、例の公園に呼び出した。

「ちょうどよかった」宮森は窶《やつ》れた顔に無理に作ったような笑みを浮かべた。

「何が？」

「三十万、都合してくれないか。頼むよ」

謙治の形相が変わった。「どうした？　高利貸しにでも追われてるのか」

「違うんだ。俺はその……」

「はっきり言えよ」

「俺、会社の金、使い込んでる。とりあえず三十万、早急に穴埋めしないと、手が後ろに回る」

「お前、俺に服従できるか」

「どういう意味だい」

「できるかどうか訊いてるんだ」

「もちろんさ。昔、俺はお前の子分になってもいいって言ったの覚えてるか」

「使い込んだ総額の何倍もの金が手に入るチャンスがある。今から話すことを他言したら、俺はお前を殺すしかない」

「何を計画してるんだ」宮森の乱ぐい歯が剝き出しになった。

謙治は奪う金額は言わずに、何をする気でいるかだけを教えた。

「やるよ。お前がいてくれたら、俺は何でもできそうな気がするんだ」

「三十万は明後日《あさって》、お前の事務所に偽名で送っておく」

謙治は誰にも話していないが、五十万ほどの金を、部屋に隠してあった。

「その代わり、ギャンブルには金輪際《こんりんざい》、手を出すな。それが条件だ。将来、旅行代理店を持って金を儲ける。そのことだけを考えてろ」

「分かった。約束する。絶対にもう賭け事は……」

宮森の言ったことを信用したわけではない。が、こちらも賭けに出なければ、事は動かない。

このようにして、岩武と宮森を仲間に引き込み、計画は実行されたのである。

一九六六年十月二十三日〜二十八日

岩武と宮森を仲間に引き込んだことを思い返していた時、碑文谷署の刑事、石橋と村川が謙治に会いにやってきた。

「だいぶお疲れのようですなあ」石橋が飄々《ひょうひょう》とした調子で言った。「こんな時に、誠に申し訳ないんですが、また少しお伺いしたいことがありまして」

「昨日の事件についてなら、四谷署の刑事さんから聞いてるでしょう?」

「その件じゃないんです」

「他に何か?」

「これはですね」石橋の漆黒《しっこく》の瞳が輝いた。「あなたにとっては吉報かもしれません」

「もったいつけないで早く言ってください」

「あなたの財布を拾った人が見つかったんですよ」

「私に対する疑いが晴れたんですね」

「今日はお詫びしようと思って……」

石橋の言い方には含みがあった。何かある。謙治は気を引き締めた。

「拾った人は何て言う方なんです？」

「川久保宏さん。旧姓は佐藤さんで……」

石橋は、川久保の素性を話し、真っ直ぐに謙治を見つめた。「署を出ようとした時にですね、聞き込みに回っていた刑事から、ちょっとした情報が入ってきまして……」

胸が陰ったが、質問に飽き飽きしている振りをした。「どんな情報なんです？　私とその川久保さんとの繋がりが見つかったということですか？」

「そうなんです。彼のアパートの近くにある名曲喫茶で、あなたと川久保さんが話しているのを見たという人が出てきたんです」

石橋の小細工はすぐに見抜けた。川久保の素性を話した時、彼の現在の住まいは口にしなかった。謙治が焦って、〝高田馬場には行っていない〟とでもぽろりと漏らすのを期待していたようだ。

「拾得者が見つかったのは、私にとっても確かに吉報ですが、その後の話はとても喜べませんね」

「それはそうでしょう」石橋が深々とうなずいた。

「名曲喫茶ね、俺はクラシックを聞く趣味はないですよ。ショパンは嫌いじゃないですけど。で、どこにある名曲喫茶で私が、その人と会ってたって言うんですか？」

「高田馬場に住んでるって申し上げなかったですかね」

「聞いてませんが」

石橋はわざとらしく、メモ帳を繰った。「話してなかった。私もボケてきたみたいですね」

苛立《いらだ》ってみせるべきか、淡々と受け流すべきか、謙治は一瞬迷った。

その隙を村川の言葉が埋めた。

「根津さん、川久保さんに会ったことありますよね」

「ありません」謙治はきっぱりと否定した。「高田馬場には名曲喫茶が何軒かあります。どの店でいつ、私が川久保さんと会っていたか教えてくれませんか」

「それがですね」石橋が頭をかいた。「目撃した人、日付までは覚えてないんですよ。店の名前は『らんぶる』って言うんですがね。もちろん、今のところは断定できる話じゃないんですよ」

「川久保さんの住所を教えてください。財布を拾った人にお礼が言いたいですから」

「それは捜査上の秘密ですから、控えさせていただきます」

「川久保さんにも同じ質問をしたんですか？」

「まだしてません。これからお訊《たず》ねしようと思ってますが」

石橋は揺さぶりをかけている。自分が不安になって、川久保に連絡を取るのを待っているらしい。

「以前にもお伺いしたことですが、根津さんは四谷区荒木町に生まれ、小学校は……」

石橋は再び、謙治の過去に触れた。謙治は、うんざりした顔をして同じことを繰り返した。

疎開先についてはまったく触れられなかった。ということは、川久保にもその質問はしないとみていいだろう。

「お母さんが阿部《あべ》さんと暮らし始めたのは……」石橋がまたメモ帳をめくった。

「私が中学三年、サンフランシスコ講和条約が結ばれた年です」

店をひとりで切り盛りしていた母を見初《みそ》めた男がいた。車の修理工場の経営者で羽振《はぶ》りはよかった。名前は阿部保《たもつ》と言った。その男と一緒になった母はあっさりと店を畳んだ。謙治はそれが気に入らず、しばらく母と口をきかなかった。仕方なく折れたのは、家計が火の車で、中学一年だった妹の美紀子はこのままでいくと、義務教育が終わると、すぐに働きに出なければならなくなる状態だったからだ。美紀子は勉強がよくできた。謙治は、せめて高校に行けるぐらいの環境は妹に必要だろうと思って我慢することにしたのだ。しかし、戦死した父が大事にしていた食堂を捨て、あっさりと他の男に身を委《ゆだ》ね、幸せそうな顔をしている母を見ると受け入れがたいものを感じた。許せない、といきり立ったりしなかったのは、アメリカの将校の〝オンリー〟になった女を知っていたからである。それに比べればマシだと自分に言いきかせたのだ。

しかし、女という生き物は得体《えたい》が知れない。その時抱いた、女に対する不信感が、その後の謙治の生き方に影響を及ぼしたのは間違いない。

阿部には妻がいたが、別居中で、彼は本気で妻と別れたがっていた。それは謙治にも感じ取れた。だが、相手が頑として離婚届に判子を押さなかったのだ。

阿部は悪い人間ではなかった。ちょっと気の弱いところがある、人のいい男だった。車のことは彼から教えてもらった。高校に上がった頃には、無免許でドライブしたこともあった。暮らしが豊かになった謙治は、五五年、大学に進学した。学部は工学部だった。将来は自動車工学の道に進みたいとちらりと思ったが、勉学に勤しむ胆力がなく、一年足らずで中退した。母が、その年の夏に急死したからである。ひとりで家にいた時に心不全を起こし、発見された時には冷たくなっていた。

家事は高校に通っていた美紀子が中心になってやった。謙治も手伝った。料理を作っていると、父のことが思い出された。

正月明け、見知らぬ女が家にやってきた。阿部の妻だった。阿部は妻とよりを戻したのだ。家に戻った妻は、謙治たちに辛く当たった。特に妹に。気が弱い阿部は、妻に何も言えず、謙治たちに冷たくなり、酒を飲んで当たり散らすようになった。謙治は、妹を連れて家を出た。その際、阿部が水瓶《みずがめ》の底に隠していた金を盗んだ。妹はそのことを知らない。気の弱い阿部が訴えるはずはない。妻にも何も言わないだろう。謙治の勘は当たっていたようで、洲崎《すさき》に借りたアパートに刑事がやってくることはなかった。美紀子は高校を中退して働きに出た。謙治の方は、職を転々とし、インチキな麻雀をやって金を作ったりしていた。一度、それがばれてヤクザに指を詰められそうにもなったが、何とか逃れた。〝洲崎パラダイス〟の売春婦とも付き合い、年上の女のツバメだったこともある。

美紀子は、チンピラのような生活をしている兄を嘆いた。自動車工学の勉強を諦めると、いつかは父のように食堂の経営をしたいという思いに目覚めた。池袋にあった食堂に勤め、調理師免許を取った。しかし、主人の女房とできたことがバレて、クビになった。仕事にあぶれた謙治は麻雀三昧のすさんだ生活を送っていたが、大金を稼いだ時、たまたま飲み屋で運送会社の社長と知り合い、新型トラックの話を聞いた。それがきっかけで大型免許を取った。そして、しばらくトラック運転手をやっていた。

原島勇平とは六〇年の師走に出会った。出会い頭、ふたりは激しくぶつかった。と言っても喧嘩をしたわけではなかった。

勇平を後部座席に乗せたセダンが信号を無視し、謙治のトラックに突っ込んできたのだ。運転手の頭がフロントガラスを割っていた。後部座席に乗っていた男が喘いでいた。近くに公衆電話はなかった。家から飛び出してきた近所の人に救急車を呼ぶように頼んだ。しかし、誰も電話をもっていないという。通り沿いに病院があったのを思い出した。野次馬に手伝ってもらい、怪我人ふたりをトラックに乗せ、病院に猛スピードで向かった。途中、赤信号を無視したが、無事にふたりを病院に送り届けることができた。謙治の迅速な判断のおかげで、運転手は九死に一生を得た。勇平は鎖骨を折っていたが、命に別状はなかった。

落ち度があったのは、向こうの方だったので、謙治にお咎《とが》めはなく、修理費等々はすべて原島側が支払った。謙治も鞭打《むちう》ちになっていた。軽症だったが、相手が金融業者だと分かったから、大袈裟《おおげさ》なことを言い、見舞金と休業補償をたっぷりとせしめた。

それからしばらくして、退院した勇平から会社に電話があった。会いたいという。

謙治は受けた。

渋谷の喫茶店に謙治を呼び出した勇平は自分の運転手の非を詫びてから、薄く微笑んでこう言った。

「根津さん、お怪我の方は？」

意外な質問に一瞬、謙治は戸惑った。法外にふんだくられたということを見抜いた発言に違いなかった。

「いやまだ何となく……」謙治は太い首をさすってみせた。「でも、原島さんの方が大変でしたね。歳をめされてからの骨折は長引きますから」

「意外にわしは骨が強いんだ。子供の頃からカルシウムを取ってたせいかな」

「で、お話とは？」

「あの運転手には今月一杯で辞めてもらうことにした。事故を起こしたのは、あの時が初めてじゃないんだよ。根津さんの行動力、運転の技術は、あんな状態でもわしにはよく分かった。年が明けたらわしのお抱え運転手にならんか。トラックを転がしてるよりは金になるぞ」

謙治は数日後に、勇平の申し出を受けたのである……。

刑事たちには細かなことは話さなかったが、彼らは、根津謙治という男がヨタ者然とした暮らしをしていたこと、ひょっとすると阿部から金を盗んだことも調べ上げている気がしないでもなかった。

「川久保さん、学生の頃、木場《きば》に住んでたことがあるんです」村川が言った。「洲崎と木場って近いですよね」

「川久保さんって、不良学生でした？」

「私の印象ですと、真面目な学生生活を送っていたと思います」答えたのは石橋だった。

「洲崎の売春宿にいりびたってるような学生には会ってますけどね」

そう言って煙草に火をつけようとした時だった。かすかに電話の呼び鈴が聞こえた。ほどなく、廊下に足音がした。

「根津さん、お電話です」芳子の声が聞こえた。

謙治は玄関に向かった。石橋が聞き耳を立て、その間に村川が部屋を嗅ぎ回っている気がした。

川久保がまた電話をしてきたとすると面倒だと思いながら受話器を耳に当てた。

「兄さん……」美紀子はおろおろしていた。

「どうした？」

美紀子に何かあったのかもしれない。しかし、盗み聞きされているかもしれないので、余計なことは口にしたくなかった。

「事件のこと、ラジオのニュースで知ったわ。兄さんは……」

「俺のことなら心配いらない」

「良かった」言ったこととは裏腹に、美紀子の声は沈んだままである。

「本当に大丈夫だから」

「兄さん、聞いて。私の部屋に誰か入ったみたいなの」

警察に知らせたかと訊きたかったが我慢するしかなかった。

「今、来客中なんだ」

「警察の人？」

「うん。後で行くから、詳しい話はその時に」

「分かった。待ってる」

部屋に戻ると、ふたりの刑事は同じ場所にきちんと座っていた。

「お友だちからの電話ですか?」村川が訊いてきた。

謙治は村川を睨んだ。「誰から電話がかかってこようが、あんたらには関係ないでしょう?」

「ごもっとも」石橋が大きくうなずいた。「でもね、根津さん、この屋敷《やしき》で、あんな事件が起こった後で、根津さんが、人殺しに巻き込まれた。私らは、どんなことにでも興味を持つんですよ。因果《いんが》な商売だと私もつくづく思います。息子には警察官にだけはなってもらいたくないです」

食えない野郎だよ、まったく。謙治は短く笑った。

「私が刑事でも同じようなことを考えるでしょう。だけど、あんたらの質問のしかたには問題がありますよ。私と財布を拾った人間に繋がりがあると最初から決めてかかってる。こっちが不愉快になるのも当然でしょう」

「失礼は深くお詫びします」石橋が頭を下げた。

「まだ質問、ありますか。私、ちょっと出かけたいんですけど」

石橋が村川に目で合図を送った。彼らが立ち上がる前に、謙治は出かける準備を始めた。

「あなたと、ここで起こった惨事とは無関係かもしれませんが」石橋が背広のボタンを留めながら口を開いた。「関係があると思ってる輩《やから》がいる可能性はありますね」

「やっと意見が合いましたね」謙治は淡々とした調子で言った。

石橋たちが先に部屋を出た。謙治は鍵をかけ、彼らの後ろについて玄関に向かった。

二階から下りてきた宗助が刑事たちに会釈《えしやく》をした。沈痛な表情である。宗助たちも、新宿番衆町で起こったことを耳にしたようだ。

裏口に車が一台停まっていた。

「駅までお送りしましょうか？」

石橋の言葉に、謙治は黙って首を横に振った。「さっきの電話、妹からです。彼女、私のことを心配してますから、ちょっと会ってこようと思ってます」

「またお邪魔するかもしれません。協力のほどよろしくお願いいたします」石橋がまた頭を下げた。

謙治は歩き出した。ほどなく、村川の運転する車が謙治を追い抜いていった。

謙治は電車で美紀子のアパートを目指すことにした。尾行がついていてもかまわない。そう思ったが、時々、周りに目を走らせた。尾行はないと謙治は踏んだ。

川久保がボロを出さなければいいが。謙治は不安だったが、接触を試みる方が危険だから放っておくしかなかった。

ドアを開けた美紀子の顔は沈みきっていたが、無理に笑みを作って、兄を迎え入れた。

机の上のスタンドだけが灯っている。

「暗いな」

「何だか、誰かに見られてるみたいな気がして」

謙治は部屋を見回した。「泥棒が入ったんだって」

「それが……」魔法瓶の湯を急須に注ぎながら美紀子は口籠もった。「変なの……」

下着を仕舞ってある引き出しを開けた時、何か感じるものがあったという。

「下着の畳み方が違うの。それは絶対に間違いない。誰かが、ここに忍び込んで、一旦《いったん》、中の物を取り出してから畳んで、しまい直したとしか考えられない」

謙治は、淹《い》れ立ての茶を口に運んだ。「妙な男に言い寄られてるとか、後を尾《つ》けられてるとか……。そういうことはないか」

「ないと思う」美紀子が目を伏せた。

「盗まれたものはないんだね」

美紀子が首を縦に振った。

「いつ頃、入られたか見当はつくか」

「昨日の夜、私、善弘さんと、その……」

「外泊したってこと？」

「うん」

美紀子を見つめた。艶が出てきたことに初めて気づいた。そうなったのは恋をしているからだろう。美紀子には迷惑はかけられない。しかし、ここまでくると……。謙治は気が重くなった。

「気づいたのは、兄さんに電話するちょっと前」そこまで言って、美紀子は真っ直ぐに謙治を見つめた。「兄さん、何かゴタゴタに巻き込まれてるの？」

「ゴタゴタと言えばゴタゴタかな」

謙治はしめやかな声で言い、例の事件の強奪犯が自分だと疑っている人間がいるようだと告げた。昨晩の事件についても詳しく話した。

「私のところに金が隠されてるかもしれないって思った人間がいるってことね」

「おそらくな。俺の付き合ってる女の家に賊が入ったのも同じ理由からだろう」

「兄さんがやったの？」

美紀子の口調があまりにも淡々としているので、謙治は驚いた。

「なぜ、そう思うんだい」謙治は訊き返した。

「兄さんならやりかねない気がするから」

「おいおい、実の兄を信用できないのかよ」謙治は笑って見せた。

「非難してるんじゃないの。阿部から金を盗んだこと、私、何となく気づいてた。兄さんが無鉄砲なことをしてくれなかったら、私、あの嫌な女から逃げられなかったから、感謝してる」

「お前、知ってたのか。こそ泥みたいなことはしたくなかったけど、あん時はしかたなかった」

美紀子の目が鋭くなった。しかし、口許にはうっすらと笑みが浮かんでいた。

「兄さんにはこそ泥は似合わないわね。もっとでっかいことしでかしそうな人だもの」

「馬鹿言うんじゃないよ」謙治は笑い飛ばした。

「そうね。兄さんには、可愛い犬を毒殺するなんてできっこないわね。兄さん、動物好きだもの」

芳子と同じことを言われたが、芳子に言われた時よりも応えた。

動物は殺せないが、人なら殺せると自分のことを思っているように聞こえる発言に謙治は驚いた。素直で優しい性格の美紀子にも、人間不信の〝病〟が巣くっていて、人間よりも犬を殺す方が、残虐だと考えているということだろうか。

しかし、現実は、犬が死ぬのは分かっていた。だが、人を殺す気はまったくなかった。

妹の言葉がさらに胸に重くのしかかってきた。

「ここに入った奴を突き止めて、ぎゃふんと言わせてやりたくなったよ。何か残していったものはないか」

「ないと思う」

「いろんなとこ調べてみたいんだけど、いいか」

「いいわよ。好きにして」

妹の下着には触れたくなかったが、そうせざるを得なかった。意外に派手な下着を身につけていることを知ると、掌《てのひら》に汗が滲んだ。流しの下や押入を調べたが何も見つからなかった。謙治は溜息《ためいき》をついて、座り直した。

「兄さん……」

「まだ俺を疑ってるのか」

「そうじゃないけど」

「何だよ、はっきり言えよ」

「恵美《えみ》ちゃんと会ったわ」

「恵美ちゃん？」

「大和田運送の娘よ」

いきなり闇からパンチが飛んできたような衝撃が胸を襲った。

「ああ、親を交通事故で亡くした子のことか」何とか取り繕うことができた。

「運送屋、人手に渡るそうよ」

「あの子は親戚に引き取られたのか」

「小淵沢で暮らしてるわ。でも、親戚の人と一緒に後始末に戻ってきたの。その時、聞いたんだけど、大和田運送のトラックを警察が調べにきたそうよ」

地割れに足を取られる。今度はそんな恐怖心に囚《とら》われた。

「それがどうしたんだ？」

きょとんとした顔を作ってみせた。だが、うまくいったかどうかは分からない。

美紀子ががらりと調子を変えてこう言った。「お腹すかない？」

「すいたな」

「出前頼む？　この間、隣の部屋に引っ越してきた人、電話持ってるの。だから便利になったわ」

表通りにラーメン屋がある。そこから出前を頼むことにした。何を食べるかを決めると、美紀子は部屋を出ていった。

途端、謙治の顔が歪んだ。火のついている煙草が、灰皿に置かれているのに、新しい煙草をくわえてしまった。

謙治はラジオを点けた。

西郷輝彦《さいごうてるひこ》の『星のフラメンコ』が聞こえてきた。

犯行当夜、緑色のトラックが原島邸の近くに停車しているのを目撃されたか、走り去るところを見られていたのだろう。警察は、目撃者の証言を元に、陸運局に登録されている緑色のトラックをすべて洗い出し、一台一台を調べているようだ。

大和田運送のトラックが、目撃されたものと一致した証拠が出たのだろうか。指紋も遺留品も残していないはずだが、不安が募った。しかし、たとえ、あのトラックが犯行現場近くで目撃されたものだと分かっても、自分にまで辿りつけはしないだろう。

問題はひとつ。美紀子が、あの運送屋の家族と親しいとは言わないまでも、付き合いがあったことを警察が探り出すかどうかである。

美紀子が事情聴取を受けるような事態になったら……。

美紀子が戻ってきてビールを用意した。

「何で、大和田運送のトラックを警察が調べてるんだい」ビールで軽く喉を潤してから謙治は口を開いた。

「重大な事件に関係してるとしか警察は言わなかったそうよ。それで、運転席や荷台を調べて帰ったらしい」

『星のフラメンコ』が終わった後、マイク真木《まき》の『バラが咲いた』がかかった。春頃に発売されたこの曲は、秋に入ってからも人気が衰えない大ヒット曲である。

『バラが咲いた　バラが咲いた　まっかなバラが……』

なぜか、自分が撃ち殺した女のことを思い出し、身震いしそうになった。

出前が届いた。謙治が金を払った。

ラーメンと五目チャーハンをふたりで分けた。

「兄さんとふたりで食事をするの、久しぶりね」

ラーメンの湯気の向こうに妹の笑顔があった。

「食い物屋の子供に生まれたのに、ゆっくり食事をしたことはほとんどなかったな」

「それが普通よ。善弘さんと結婚したら、彼とも、ふたりきりでゆっくり食事することなんかできなくなると思う。兄さん、調理師の資格、持ってるのに、何でそっちの道に進まなかったの？」

「なぜって訊かれても、自分でもよく分からないけど、生半可に親父のやり方を知ってるから、変な奴に使われるのが嫌なんだよ、きっと」

「お父さん、仕事には細かかったもんね」

「材料を無駄にしても、旨《うま》いものを客に出そうとしてたよな。善弘さんはどう？」

「お父さんによく似てる」美紀子が嬉しそうに答えた。

「そうか。それはよかった。俺は親父のようなこだわりを持って料理を作れないこともあって、料理人の道は諦めた」

「ずっとお抱え運転手をやってるつもり？」

謙治は箸をおいて、妹を見つめた。「俺の将来が気になるのか」

「別にそうじゃないけど」

「美紀子、今日のお前、何か変だよ」

美紀子はチャーハンを口に運んだ。

「突然、大和田運送のトラックを警察が調べたって話したのも、原島邸で起こったことに関係してるかもしれないって思ったからだろう？」

「重大な事件って言うから」

警察が美紀子を調べにきても、余計なことは言うな、と釘を刺したくなった。しかし、口にしなかったのは言うまでもない。謙治はグラスを一気に空けた。

「私、何だか兄さんのことが心配で」

「美紀子、つまんないこと考えるな。何の心配もいらないから。俺は一時、お前の親父代わりだった。でももうじき、お前は嫁に行く。彼との将来のことだけを考えてればいいんだよ。さっき料理人になる気はないって言ったけど、飲食業には興味はあるよ。レストランの一軒ぐらい経営してみたいとは思ってる。うまくいったら、それをチェーン店にして、一杯、金を儲けたい」

美紀子が意外そうな顔をした。「兄さんがそんなことを思ってるなんて、想像もできなかった」

「味にこだわる職人芸は、俺には向いてないから」

「お父さんが生きてたら、きっと兄さん、殴られてたね」

「だろうな。あと二、三年、原島社長のとこで働いて、金を作る。それがうまくいったら、足がかりとなる一店舗を持つ気でいるんだ。俺たちが生まれた四谷三丁目辺りで、十坪ぐらいの店だったら五十万ぐらいで借りられる。家賃はそうだな、月三万ぐらいだろう。最初はそういうところから始めて、次第に店舗を増やしてゆく。仕込みの金も必要だけど、内装に凝らなきゃ、夢物語じゃないよ。問題は俺のギャンブル癖だけどな」謙治は大袈裟に肩をすくめて見せた。

自分を疑っているらしい妹に、こんな話をするのはまずいかもしれない。しかし、こういう時だからこそ、却って、本音を話した方がいいと謙治は判断したのだ。大嘘をつく時には、本当の話が不可欠である。

食事をすませると、謙治は妹のアパートを後にした。別れ際、隣の住人の電話番号を教えてくれた。美紀子の表情は和らいでいたが、芯の部分にシコリのようなものが残っている。謙治はそんな気がしてならなかった。

翌朝の新聞は、新宿番衆町で起こった殺人事件が大きく報じられていた。謙治の名前も出ていた。芳子も野上夫婦も、「大変でしたね」と言うだけで、詳しいことは訊いてこなかった。

謙治はいつも通り、原島を乗せて指示通りに走る生活をしていた。分厚い本を入れた鞄は、犯行前と同様に助手席に置いてあった。しかし、テープレコーダーは拳銃などと共に、野菜地下貯蔵庫に埋めてしまったから手許にはもうない。

増美と美紀子のアパートを探らせた相手が勇平だと決めつけるわけにはいかないが、可能性が一番高いのは彼である。盗聴できれば、裏がとれたかもしれない。岩武にでも預けておくべきだったと謙治は後悔した。

その週、一度、四谷署の刑事が訪ねてきた。質問の内容は、以前のものとさして違わなかった。週刊誌の記者もやってきたが無視した。石橋たちからも川久保からも何の連絡もなかった。

金曜日の夜、増美に呼ばれて、原宿の地下スナックで会った。ジュークボックスから流れ出すビートのきいた音楽に合わせて、何人かの男女がゴーゴーを踊っていた。

増美も二度目の事情聴取を受けていた。訊かれたことは、自分との関係だったという。

「隠すこと何もないから、出会いから今までのことを正直に話したわ」

謙治は小さくうなずき、煙草に火をつけた。

増美がダンスをしたがったが、謙治は断った。

「ここにはよく来てるのか」

「芝居仲間とたまにね。怒った？」

謙治は首を横に振り、水割りを口に運んだ。ほどなく、スローな曲が流れた。アベックがべったりくっついて踊り始めた。

「時々、ラジオから聞こえてくる曲だよな。でも、題名知らないんだ」謙治が言った。

「パーシー・スレッジの『男が女を愛する時』よ」増美が謙治の手を取って立ち上がっ

た。

チークなら付き合える。

一時間ほどいて、地下スナックを出た。増美が居候しているアパートに誘われた。友だちは不在だという。

原宿交差点近くに、一際目立つ建物が建っていた。全面ガラス張りで、店内が丸見えのドライブイン・レストランである。まるで建物そのものがショーウインドーのようで、客は動くマネキンに思えた。店の前にはトライアンフやミニクーパーなどの洒落《しゃれ》た車が停まっていた。『ルート5』は〝原宿族〟の聖地なのだ。

アパートに入った。毛足の長い絨毯《じゅうたん》の敷かれた広いリビングの他に二部屋あるという。ベランダから表参道《おもてさんどう》の通りを眺めることができた。

住んでいる女の寝室を見せられた。ホテルにあるような馬鹿でかいベッドが置かれていた。

増美がそこに仰向けに倒れ、戸口に立っていた謙治に手招きした。「いらっしゃいよ」

謙治はベッドの端に腰を下ろした。増美が腰の辺りに腕を回してきた。

「キスして」

「キスしたら、それだけじゃすまなくなるよ」

「この部屋には規則なんかないのよ。ベッドを使ったら、シーツを替えておいてって、彼女に言われただけ」

原宿の住人は、自分とは生きている世界が違うらしい。

謙治も躰を倒し、増美の唇を吸った。

事が終わった後、ふたりでシーツを替えた。「これじゃ、使用人が主人のベッドをこっそり使ったみたいだな」謙治が笑った。

「いつか、こういうとこに住みたいって思わない？」

「思うけど、一生、無理だろうな」

あの金が自由に使えるようになったら、このような建物そのものを、一体何軒手に入れることができるだろうか、と謙治はふと考えてしまった。

増美と別れた謙治は、タクシーで新宿に向かった。

細心の注意を払っていたが、尾行されている様子はまったくなかった。

歌舞伎町の派出所近くでタクシーを降りると、緩やかな坂を上がった。

目的のスナック『小夜《さよ》』は、西大久保《にしおおくぼ》一丁目（現歌舞伎町二丁目）のホテル街の一角にあった。

経営者の柏山克二《かしやまかつじ》とは雀荘で知り合った。以前は暴力団の組員だったが、今は足を洗い、ストリッパーだった女と所帯を持っている。

原宿から新宿まではさして距離はない。にもかかわらず、雰囲気はまるで違う。

自分にはどちらが向いているか考えるまでもなかった。謙治は煙草に火をつけ、連れ込み宿の妖《あや》しげなネオンが路上を染めている路地に入り、スナック『小夜』を目指した。

増美のアパートで射殺された金属加工業者、逸見彰正が、殺される寸前に「篠山ってい
う新宿の……」と口走った。〝新宿の〟の後にどんな言葉を言おうとしていたのか。普通に考えれば〝ヤクザ〟とか〝暴力団〟だろう。篠山が商売をやっている、或いは、逸見がその男と知り合ったのが新宿だったら、〝新宿で〟となるのが自然である。〝新宿の不動産屋〟或いは〝新宿の雀荘で〟と続く場合もあるが。

ともかく柏山に探りを入れてみようと、ここまでやってきたのだ。

下手に動くとやぶ蛇になる。それは重々承知しているが、妹の部屋にまで入り込んだ相手のことを把握しておきたかった。

建て付けの悪いドアを開けると、バーブ佐竹《さたけ》の『ネオン川』が聞こえてきた。

「いらっしゃい」柏山の女房、小夜子の酒焼けした声が謙治を迎えた。「珍しいわね、根津さんがうちに見えるなんて」

「ちょっと寄ってみたくなってね」

ふたつあるボックスのそれぞれにふたりの客がいて、女の子を相手に飲んでいた。柏山は狭い厨房で、特製のうどんを作っているところだった。

謙治はカウンター席に腰を下ろすと、水割りを頼み、柏山の手が空くのを待った。

「止めてよ、斎藤《さいとう》さん」

肩越しにボックスの方に目をやると、中年男が、女のスカートの中に手を入れていた。

「うどんが遅いからだよ」斎藤と呼ばれた男が、呂律《ろれつ》の回らないだらしのない声で言った。

「できましたよ」柏山がカウンターにうどんを置いた。

小夜子が酔客のテーブルに運んだ。

柏山克二の正確な歳は分からないが、謙治の四、五歳上だろう。大学を中退してヤクザの道に入ったという噂だが、本当かどうかは分からない。

短くて硬そうな髪の毛をデッキブラシのように立てている。綺麗な富士額。愛くるしい大きな目をし、頰はふっくらとしている。雀荘の女店員が若山富三郎《わかやまとみさぶろう》に似ていると言ったのを耳にしたことがある。

「今夜は、摘まないのかい」柏山が雀牌を引いてくる真似をした。太くて柔らかい声である。

「そういう気分にはなれないんだ」

柏山がじっと謙治を見つめ、小さくうなずいた。

「柏山さんにちょっと訊きたいことがあって」

「俺に訊きたいこと？」優しい目に鋭い光が射した。

ドアが開き、四人の酔客が雪崩《なだ》れ込んできた。

謙治は、柏山が暇になるまで待つしかないと、小さな溜息をつき、グラスを口に運んだ。

カウンターの片隅に雑誌が置かれていた。カリカチュアライズされたライオンが表紙。

『週刊プレイボーイ』という雑誌の創刊号だった。

梶山季之《かじやまとしゆき》の連載小説が載っていた。謙治の口許に笑みが射した。

『敵はどいつだ』

謙治はタイトルを見て笑ったのだった。

六

一九六六年十月二十八日〜十一月二十八日
新しく入ってきた客のために酒の用意をした後、柏山が謙治の前に戻った。
謙治は週刊誌から目を離さないまま口を開いた。「出直してきた方がよさそうですね」

「込み入った話か？」

「いや」謙治は週刊誌を元に戻した。「新宿を根城《ねじろ》にしている篠山って男のことに心当たりはないかと思って。ヤクザとは限らないんだけど、カタギじゃないことは間違いないんです」

またドアが開いた。肩越しに見ると客ではなかった。流しだった。

「今晩は」

ギターを抱えた流しは、柏山の顔色を窺った。柏山は小さくうなずいた。

流しがボックス席に向かった。

「またお前かあ」斎藤と呼ばれていた男が、ふんぞり返って流しに目を向けた。「ムードのあるやつをやってくれ」

流しは調弦してから、美川憲一《みかわけんいち》の『柳ケ瀬《やなせ》ブルース』を歌い出した。

「俺の知ってる篠山は金貸しだよ」

増美のアパートで射殺された逸見彰正が口にした男と同一人物だという根拠は一切ない。しかし、勇平の職業を考えると繋がりがある可能性は高い。

謙治は、屋号や事務所の場所を訊いた。

『篠山商金《しょうきん》』は新宿区役所の並び、田村土建《たむらどけん》ビルに入っているという。歳は五十ぐらい。

流しの歌が終わった。

「俺が『函館の女《はこだてのひと》』を歌う。伴奏しろ」

「はい」

斎藤の調子外れの歌を手拍子が盛りあげた。雑音も、時として役に立つ。周りに盗み聴きされる心配がいらなくなるのだから。

「そいつはどんな奴なんです？」

「背の高い紳士風の男だよ。この辺に」柏山が右顎を撫でた。「痣《あざ》がある」

謙治の胸に衝撃が走った。勇平の運転手になって間もなくのことだ。二度ばかり、そんな風体《ふうてい》の男を目にしたことがあった。佐伯興産の前で車を停め、勇平を待っていた時、佐伯と一緒にビルから出てきた男である。その男は、勇平の車に乗ったことは一度もない。

「篠山の会社は昔から新宿にあるんですか？」

「いや。新宿に現れたのは二年ほど前だよ。金貸しの中でも特に取り立てが厳しいんで有名になったんだ。以前は高利貸しの取り立て屋だったって聞いてる」

金融屋の篠山は、勇平よりも佐伯と関係が深いとみていいだろう。

自分を疑って、増美や妹の住まいを探らせたのが勇平とは限らない。佐伯が首謀者かもしれない。謙治が強奪した金の取引から佐伯は外れていた。ふたりの関係は、自分が思っている以上に悪いのか。

「篠山はヤクザと繋がってるんでしょう？」

「東雲《しののめ》組の組長と仲がいい」

噂にすぎないが、柏山は若い頃、東雲組の組員だったらしい。

『函館の女』を歌い終わったところで、ホステスが席を立った。ボトルが空いたのだ。柏山が新しいオールドを用意した。

「柏山さん、また来ます。ありがとう」謙治は財布を取り出した。

「謙治さん、躰には気をつけろよ。またここに来られるように」柏山が釣り銭を返しながらぼそりと言った。

スナック『小夜』を出た謙治は新宿区役所を目指した。『篠山商金』は、柏山の言ったビルの二階にあった。すでに灯りは消えていた。

住まいに戻った謙治は酒を飲みながら考えた。

勇平は、十一億円もの大金を奪われた。その穴埋めをする必要が彼にあるのだろうか。途方もない裏金に、三仲銀行が絡んでいるのはほぼ間違いない。銀行は表沙汰にはできないだろう。金を取りにきた大地ファースト物産が最後の受け取り手とは思えない。黒幕がいるはずだ。黒幕はどうするだろうか。黒幕に金が渡る前の事件だから、見て見ぬ振りをする気がする。何であれ、大きな公共事業のような政界絡みの案件が関係していて、最終的には代議士の手に渡る金だった。それもひとりではなくて、何人もの議員にばらまかれるか、或《あ》るいは総理の椅子を狙っているような大物の政治団体の金庫に、いくつもの迂回《うかい》先を通って収まるものだった……。想像にすぎないが、大方、そういうところだろう。あれだけの金だから、民間人同士の裏取引には思えない。

何に使われる金だったかなんて、謙治にとってはどうでもよかった。受け取る側が妙な動きをすることはないだろうかと、念のために疑ってみたのだ。おそらくそれはないだろう。

勇平が関与しているにしろ、佐伯が裏で糸を引いているにしろ、これからも、見えない敵は何か仕掛けてくるだろう。しかし、こちらから動くことはできない。大人しくしているしかないのだが、それが性に合わない。苛立った謙治は思わず卓袱台を拳で叩いた。酒が入っていたグラスが床に転がった。

その後、謙治は『篠山商金』には近づかなかった。逸見の持っていた名刺にあった『イースト商事』や、『佐伯興産』のことを探ることもしなかった。

十一月に入ってから、宮森菊夫の働いている旅行代理店の近くで、宮森が出てくるのを待った。むろん、接触する気はなかった。きちんと勤めているかどうかを見にいったのである。彼は普通に働いているようだった。休みの日、大井のオートレース場にも足を運んだ。スタンドをくまなく回り、かなりの時間、海から吹いてくる冷たい風に頰を晒していたが、宮森の姿はなかった。それでもって、宮森の悪い癖が直ったと安心したわけではないが、一応、胸を撫で下ろすことができた。

十一月十三日、日曜日、世間を騒がせる事故が起こった。全日空ＹＳ－11機が、松山《まつやま》沖で墜落した。

翌朝、野上夫婦も芳子も、そして謙治も、飛行機事故を話題にして食事を摂った。

しかし、その日の午後、飛行機事故など忘れてしまう重大なことが動き出した。

車に乗った勇平が謙治に言った。

「東京地検に行ってくれ」

謙治はさすがに驚いて、後部座席に目を向けた。

「電話をするから、わしを送ったら、邸で待機していろ」

「はい」

それから連日のように勇平は特捜部に出頭した。あの十一億円に関係した捜査に違いないと思った。謙治が聴取されたのは、二十一日のことである。勇平の行動を細かく訊かれた。車内で勇平が会っていた人物のことも。謙治は包み隠さず話した。

三伸銀行の監査役が自殺したのは、その日の夜だった。監査役は遺書を残していた。それによって捜査が急展開した。

マスコミが騒いだ。結果、謙治も金の流れのおおよその見当がついた。

三伸銀行は、或る観光会社の所有する評価担保額、六億五千万の土地をＡ不動産に四千五百万の仲介料を支払い、手に入れた。それを、B建設に八億で売却。その際、二十一億円を不正に融資した。B建設は九億を手にいれ、残りの十二億円を金融業者、原島勇平に預けた。一億円は勇平への手数料だったようだ。大地ファースト物産が、十一億円を受け取っていたら、どんな経路を通ったかは分からないが、九州での大がかりな公共事業に関わっている族議員にばらまかれる予定だったらしい。

しかし、三伸銀行の頭取も、丸《まる》の内《うち》支店長も否認。原島勇平、息子の浩一郎、そして大地ファースト物産側も、罪を認めることはなかった。

八月十五日に原島邸で起こった殺人事件の第一発見者は大地ファースト物産の人間だった。勇平と浩一郎は、五百六十万が強奪されたと証言しているが、あの夜、十一億円が原島邸の応接間にあったのではないかという疑いがにわかに浮上し、週刊誌が騒ぎ立て、臆測も飛び交った。勇平が金を着服した可能性を追及している記事もあれば、金はすでに議員たちに渡っているという噂も出てきた。

金の行方《ゆくえ》について、勇平に焦点が当てられているのだから、これは、謙治にとっては大変都合がよかった。

屋敷の周りに報道関係者が詰めかけた。野上夫婦も芳子も浮かない顔をしていた。勇平が逮捕されるのは時間の問題だろうと、謙治だけではなく彼らも口には出さねども思っているのは明らかだった。

美紀子から電話が入ったのは二十七日の夜のことである。碑文谷署の刑事がやってきたというのだ。聴取の内容は、謙治が危惧《きぐ》していた大和田運送のことだった。受話器を握った掌がじわりと汗ばんだ。

「で、お前は何て答えたんだ」

「私は大和田さんと少しは付き合いがあったけど、兄さんには何も話していないと答えておいたわ。それでよかったでしょう？」

「本当のことを言ってくれても、困ることは何もないよ。けど、その方が面倒に巻き込まれずにすむからよかった」謙治は精一杯明るい声で答えた。

「十一億円が消えたんだってね」

「らしいな。俺もびっくりしたよ」

「大きなトランク一個じゃ収まらないわね」

「だろうね」

「兄さんの友だちに、パイプ煙草を吸ってる人間がいないかって訊かれたわ」

「パイプ煙草？」首筋にも汗が滲んだ。

「何も教えてくれないから、分からないけど、トラックの中にパイプ煙草の葉が落ちてたのかもしれないわね。兄さんの友だちにはいないから、いないって答えたわ。でも、よく考えてみたら、最近の兄さんの友だちには会ったことないわよね」

「おいおい、お前……」

「大丈夫。私、兄さんを信頼してるから」

電話を切った謙治はしばらく、その場に立ち尽くしていた。

翌日の夜、石橋、村川両刑事が謙治に会いにきた。

「またまた騒がしいことになりましたね」石橋がにやにやしながら言った。

「妹から昨日、電話がありました。その件でいらっしゃったんでしょう?」

石橋が部屋を見回した。「盗まれたのが十一億円かもしれないらしいですね。根津さん、十一億円あったら、どう使います?」

「石橋さん、そんな雑談をしにきたんじゃないんでしょう?」

「妹さんを聴取したのは私じゃないんですが、綺麗でしっかりした方だって同僚がえらく褒《ほ》めてましたよ」

「妹に伝えておきますよ」

「大和田運送のトラックが犯行に使用されたのはほぼ間違いないようです」石橋が神妙な顔をして言った。

「決定的な証拠が見つかったんですね」

「問題のトラックは」石橋は、廊下の方を指さした。「向こうの通りにある材木屋の敷地内に一時、停まっていたようです。あの材木屋の敷地に敷かれている砂利、それから落ちていた木屑の破片と同じものが、大和田運送所有のトラックの運転席や助手席の床から発見されています」

「なるほど」

村川がメモを見ながら口を開いた。「木場に『憩《いこい》』という喫茶店があるのを知ってますか？」

「今もあるんですか。あそこにはよく通いましたよ」

「佐藤さん、いや、川久保さんもあそこによく立ち寄ってたそうです。コーヒーが旨い店だそうですね」村川が続けた。

謙治は溜息をつき、村川を上目遣いに見て、頰をゆるめた。

川久保の証言を覆さなければ、謙治のアリバイを崩せない。大和田運送の悲惨な事件を謙治が知っていたとしても、強奪現場で発見されたパイプ煙草の葉と同じ種類のものが、トラックの荷台で見つかっても、謙治に直接結びつく証拠にはならない。ともかく疎開先で知り合っていることさえ摑まれなければ、警察は自分を追い込むことはできない。

「昔、会ったことのある人間に再会し、また親交が始まることってよくあることですよね」石橋の頰から、湯煙のような柔らかい笑みが立ち上った。

「私が『憩』でコーヒーを飲む時は大概、ひとりか、女と一緒でした。客とあそこで知り合いになったことは一度もないですよ。石橋さん、いい加減に私を調べるのを止めてほしいんですが。もしも噂通り、十一億円が、あの夜、この邸にあったとしても、私の手に負える金額じゃないですよ。せいぜい、一億ぐらい盗むのが精一杯でしょう。十一億を積み上げると、どれぐらいになるんですかね」

「私もね、組織立ったプロの仕業ではないかと思ってるんですよ」石橋がいけしゃあしゃあと言った。

「だったら、もう私につきまとうのは止めてください」

「内部の人間が関係していないと、あの犯行を成功させることはできない。そこが問題なんですよ。犯人は三頭のシェパードに毒入りの肉を食べさせることができたんですから」

「死んだ人間よりも、犬の毒殺が気になるんですね。殺されたクラブのママの線からは何も出てこないんですか？」

「強奪犯が挙がれば、殺人事件の犯人も判明すると私は踏んでます」

「巻き添えだったというわけですね」

「多分。あのママには十歳になる男の子がいましてね。横浜にいる祖母が面倒を見ていたらしいんです。息子のためにかなり貯金をしてたようです」そこまで言って、石橋はじろりと謙治を見た。「分からんもんですな、人間は」

謙治は小さくうなずいて見せただけで、口は開かなかった。

石橋が腕時計を見た。「そろそろ行かないと。これからまた川久保さんに会いに行くんです」

謙治は石橋を軽く睨んで腰を上げた。

刑事たちが部屋を出ていった。

石橋は、自分のアリバイ崩しに必死である。刑事の勘《かん》というやつが働き、根津謙治が犯人だと決めてかかっている。冤罪《えんざい》を招きかねない捜査方法だが、今回の場合は、奴の勘はどんぴしゃり当たっている。

真面目で大人しい川久保だからこそ、アリバイ作りに打って付けの男だったのだが。警察にマークされたことで、動揺しているに違いない。川久保が落ちたら、すべてが終わる。現在の川久保の様子を知りたい。しかし、それはできない。耐えきれない不安が謙治を襲った。

一九六六年六月十一日

話は川久保に声をかけた頃に溯る。

岩武と宮森とは常に蒲田周辺で会った。しかし、使う店はその都度、変えた。

問題は謙治のアリバイをどうするかだった。流れからいくと、川久保を抱き込むのが自然だが、〝人間が幸せを感じるような〟小説を書いている清貧な男が、強盗事件に加わるとは思えなかった。しかし、疎開先の〝佐藤少年〟の姿を思い返してみると、腹が据わっている人間には違いなかった。警察の厳しい尋問に遭うことがあっても、あの男は簡単には落ちないタイプだと踏んだ。学生運動のような主義主張を持った集団の一員になっていたら、結構、頼りになる人間だったかもしれない。だが、謙治のやろうとしていることには大義名分などまったくない。金融屋の動かしている裏金だから、盗んでも良心は痛まないし、罪はないというのは詭弁《きべん》である。

川久保を誘い込むきっかけは、決行の約二ヵ月前、十一日の新宿にあった。

その夜、麻雀に飽きた謙治は、歌舞伎町の裏道を歩いていた。スマートボール屋の前を通り過ぎようとした時だった。ドアが大きく開いて、若い男が出てきた。危うくぶつかりそうになった。男の連れが三人ばかりいて、次々と出てきた。その間、ドアは開いたままだった。

ドアに近い席に座って、玉の行方を追っている男の姿が目に留まった。川久保宏だった。玉を弾く手が投げやりである。かなり酒が入っているようだ。

謙治はスマートボール屋に入り、川久保の後ろに立った。ゲームに夢中になっているようにはとても見えないのに、川久保は人の気配に気づかなかった。

「何か嫌なことでもあったのかい？」謙治は川久保の耳許で言った。

ぎくりとした川久保が謙治の方に首を巡らした。

「ああ、根津かあ」だらりとした調子でそう言い、また玉を弾いた。

ピンに撥ねられた玉は、どの穴にも入らずに力なく落ちていった。

「飲み直そうか」

「酒はもういいよ」

「じゃ、お茶でも飲もう」

「うん」

スマートボールを止めた川久保を連れて、近くにある名曲喫茶に入り、店の奥のボックスに座った。

荘厳な交響楽が流れていた。

ブレンドコーヒーを頼んでから、謙治は煙草に火をつけた。

川久保はぼんやりとして、しばし口を開かなかった。

「女にでも振られたか」

「煙草、もらっていいか」

謙治は黙ってうなずいた。

「また懸賞小説に落ちた。候補にもならなかったよ。それに……」

ウェートレスがコーヒーを運んできたので会話が途切れた。

「それに何だ？」謙治はコーヒーをすすった。

そこで、川久保はぽつりぽつりと兄の借金について話し出したのだ。

「……何とかしてやりたいが、教師の給料じゃねえ」

「人が幸せになる犯罪小説でも書いたらどうだい？」

川久保がカップを宙に浮かせたまま、謙治を見つめた。

「盗んだ金で、兄貴を助けるような話だよ」

川久保が小馬鹿にしたように短く笑った。「どこにでも転がっていそうな安っぽい物語だな」

「兄貴の借金を返しても、手許にはたんまりと金が残って、小説家志望の教師は、その金で時間を買い、心おきなく執筆活動をする」

川久保は、目をゆっくりと瞬かせた。

謙治はにやりとした。「少しはましなストーリーになったかな」

川久保が壁に目を向けた。「恋愛は書くもんじゃなくてやるものだって言った人間がいた。犯罪も同じだよ」

「俺は小説はあんまり読まないが、大藪春彦《おおやぶはるひこ》の『野獣死すべし』はよかった」

「僕もあれは読んだ。不良学生に勧められて。よかったよ。あれは単なる犯罪小説じゃない。戦争を引きずった人間の物語だ」

「俺たちも、ほんのちょっぴりだが、戦争を引きずってやしないか」

「僕は、みんなに再会したら、疎開中のことが書きたくなって、今、準備中なんだ」川久保が遠くを見つめるような目をした。

そんなものを書かれたら、せっかくの計画が根底から崩されてしまう。ここまで来たら、川久保に本当のことを話し、彼を仲間に引きずりこむしかない。

「どうした……怖い顔して」川久保が言った。

「その小説、書くな。メモも廃棄しろ」

「え？」

「いいからそうしてくれ」

川久保がカップを皿に戻した。「意味が分からないよ」

「お前の言った通り、犯罪は書くものじゃなくて、やるものだよな」謙治が低い声でつぶやいた。

川久保はすぐには口を開かなかった。

交響楽が店内に響き渡っていた。

しばし、沈黙が続いた後、川久保が言った。「お前ら三人が何かやろうとしているのは分かってる。まさか、銀行でも襲うんじゃあるまいな」

「お前も一枚かましてやろうか」

「僕を？」

「声が大きい」

川久保が躰をぐいと謙治の方に寄せた。

「本当に銀行を……」

謙治は黙ってコーヒーを飲み干した。

「そんな無茶は止めろ。すぐに捕まるよ」

「銀行なんかやれるわけないだろうが」

「僕は誰にも言わない。だから本当のことを話せ」

「興味あるのか」

川久保が目を伏せた。「あるわけないだろう。いくら金が必要でも」

「お前は金が必要で、俺は」謙治の瞳が鋭く光った。「お前が必要だ」

「僕が必要……」川久保は首を傾げた。

「犯行に加わらなくてもいいから仲間になってほしい。後方支援ってやつだよ」

「何をやれって言うんだ」

「俺のアリバイを作る役。それだけだ」

川久保が表情をなくした。まるで針を失った時計のようである。

「話を聞いたからって乗らなくてもいいが、人にしゃべったら、二度とペンが握れないようにしてやるからな」

「僕は仲間を裏切るようなことはしない」沈着な物言いだった。

謙治は腹を決め、何をするか川久保に教えた。「……俺たちは疎開先でしか会っていない。だから、四人の繋がりを見つけ出すのは無理だろう。犯行後、俺の交友関係を洗っても、お前らに行き着くことはまずない。だろう？」

にかっと笑った謙治を、川久保は納得顔で受けた。

「俺の隠し球になってくれ。兄貴の借金も返せるし、執筆時間はいくらでも作れるようになる」

川久保は即答を避けた。謙治は次に岩武たちに会う日にちや場所を伝えた。

「やる気になったら、そこに来い」

そう言い残して、謙治は喫茶店を出た。

約束の日、蒲田の料理屋の座敷に最初に来ていたのは川久保だった。

謙治と川久保は見つめ合った。謙治の目に笑みが射した。すると、川久保の口許がかすかにゆるんだ。

このようにして川久保が、謙治のアリバイを作る人間となったのである。

一九六六年十二月三日〜十二月二十日

その日は白い光が躍《おど》る冬晴れだったが、深々と冷え切っていた。

夜、謙治は人気テレビ番組『逃亡者』を視《み》ていた。銃で撃たれ負傷したキンブル医師が、砂漠の町で助けられ、学校の先生や生徒と交流し、例のごとく、支援者を得て、また長い逃亡の旅に出るというものだった。

犯行が発覚したら、自分は逃亡するだろうか。絶対にそうするに違いない。しかし、日本は狭い。遠くに逃げるよりも都内に潜伏するだろう。

テレビを消し、トイレに行った。部屋に戻ろうとした時、電話が鳴った。謙治が出た。

相手は岩武だった。

「岡本から、引っ越し、無事にすんだという連絡が入った」

岡本とは宮森のことである。

宮森は計画通り、家族と共に、金を隠した野菜貯蔵倉庫のある家に転居したのだ。大金がまぢかに眠っているから、宮森が不埒なことを考える可能性はあるだろうか。宮森は、根津謙治を怖い人間だと思っている。だからまず裏切ることはあるまい。

「それはよかったな」

「橋幸夫《はしゆきお》の『霧氷』がレコード大賞を取ったよな。特別賞は加山雄三《かやまゆうぞう》の『君といつまでも』だった」

突然話が変わったが、岩武の言わんとすることは分かった。

「いずれは、そういう世界で生きられるさ」

「四年かあ。長いなあ」

「お休み」

パイプ煙草の件も、川久保のことも口にしなかった。伝える方法も難しいが、他の仲間は余計なことを知らないに限る。

謙治はいつも通りの生活を続けた。

勇平のところには弁護士が連日やってきた。浩一郎が顔を出すことも、以前よりも圧倒的に増えた。謙治は会えば普段通り挨拶をしたが、浩一郎は鋭い視線を向けるだけで口を開かなかった。佐伯はまったく顔を出さない。

十二月十日、勇平は芳子に下着や身の回りのものを用意させてから、謙治の運転する車で東京地検に向かった。

勇平は憔悴《しょうすい》し切っていた。

「根津、新しい働き口まだ決めとらんのか」

「どういう意味です？」

「おそらく、今日、わしは逮捕されるだろう。浩一郎もな」

謙治は何も言えなかった。

「急な話で悪いが、お前には今月一杯で辞めてもらうしかない。退職金と言っても大して払ってやれないが、いずれ弁護士から話があるはずだ」

「邸や何かはどうなさるんですか？」

「浩一郎の嫁に管理させるつもりだ」

ということは、芳子も野上夫婦も解雇されるということらしい。

「根津」

「はい」

「お前は……。いや、何でもない」勇平は吐き捨てるように言って、その後は一度も口を開かなかった。

勇平の言った通り、その日、原島勇平と息子の浩一郎が商法違反の罪で逮捕された。

芳子は北海道に帰ると言った。野上夫婦はまだ身の振り方を考えていなかった。

勇平の弁護士が謙治たちを訪ねてきたのは、その三日後だった。退職金は微々たるものだった。

十二月十五日、増美が新しいアパートに引っ越した。場所は新宿区愛住町《あいずみちょう》。四谷消防署の建物の裏が窓から見えた。謙治の生まれた荒木町と目と鼻の先の場所である。謙治は引っ越しを手伝った。

「一緒に住んでもいいわよ」事情を聞いた増美が言った。

「この部屋じゃ、ふたりだと狭すぎる」

「寒い日は暖かくていいんじゃない」

「近づきすぎると喧嘩別れしそうだから止めておくよ」

謙治は誰とも暮らすつもりはなかった。少なくとも、奪った金を自由に使えるようになるまでは。

その夜は、増美のアパートに泊まり、明け方まで増美を何度か抱いた。遅くまでふたりは寝ていた。起きた時、増美が照れ臭そうに笑ってこう言った。「股の付け根が痛いよ」

謙治は店に増美を送り届けてから、勇平の邸に戻った。一服する暇もなく、謙治に電話がかかってきた。

「根津さんかい」しゃがれ声の男がそう訊いてきた。

「そうだが」

「今な、あんたの妹と一緒なんだ」

思わず、〝何だと〟と声を荒らげたくなったが抑えた。

「聞いてんのかい？」

「聞いてるよ。それで？」

「取引したいんだ。羽田の大師橋《だいしばし》の袂《たもと》まで来てくれ」

「今すぐに行く」

「言う必要もあるまいが、警察に知らせたら妹の命はない」

謙治は相手が電話を切る前に受話器を置いた。

しばらくその場を動けなかった。頰がかっと熱くなっている。口の中が異様に乾いていた。三度深呼吸をしたら、やっと冷静さを取り戻すことができた。

勇平のグロリアを借りることにした。一旦、車を外に出したが、表通りに出る手前でブレーキを踏んだ。

どんなことがあっても、美紀子を無事に救出しなければならないが、どうすればいいのだ。金の在処《ありか》を教えれば、相手は妹と自分を自由にすると言うに決まっている。しかし、言葉通りになるはずは十中八九あるまい。ふたりとも殺されてしまう可能性もある。

目黒通りに出た謙治は碑文谷署の前で車を停めた。入口に立っていた制服警官が、手にしていた警杖《けいじょう》を握り直した。

「捜査一課の石橋さんに面会だ」

そう言って謙治は署内に入り、石橋を呼んでほしいと頼んだ。運良く彼は署内にいた。ほどなく、石橋が階段を駆け下りてきた。

「根津さん、どうしたんですか？」石橋の視線は、これまで見た中で一番鋭かった。

「話があるんだが、緊急を要するんだ」謙治はその場で、妹が拉致《らち》されたことを耳打ちした。

「詳しいことは応接室で」

「遅くなると、相手に警戒される」

「分かってますが、詳しい事情を聞かないと」

渋々、謙治は石橋について二階の応接室に入った。一旦、消えた石橋が三人の男を連れて戻ってきた。そのうちのひとりは村川。恰幅《かっぷく》のいい男が署長で、もうひとりのいかにも切れ者という感じの刑事は捜査一課長だった。

謙治は事の次第を口早に話した。「私は今から指示通りに大師橋に向かいます。相手は、私が社長の金を盗んだと思っているようです。おそらく、妹の命と引き替えに、金の在処を教えろと迫ってくるでしょう。私が犯人だったら、金をすべて相手に渡し、妹を助けますが、それができない。だから、危険を承知で、ここに来たんです。何があっても、妹を救い出したい」

警察官たちが顔を見合わせた。石橋が唇を軽く嚙んだ。

「そういうことをやりそうな人間に心当たりはないんですか」一課長が訊いた。

「この間、私の付き合ってる女の家で起こった事件と関連があるに決まってます。相手が何人かは分かりませんが、武器を所持しているでしょう。だから、警察に助けを求めたんですよ」

「しばらくお待ちください」

謙治は腕時計に目を落とした。「十分以上は待てないですよ」

それには誰も答えず、彼らは応接室を出ていった。

ひとりになった謙治は煙草をくゆらせ、彼らが戻ってくるのを苛々しながら待った。

彼らは額を集めて、対策を検討しているのだろうが、容疑者としてマークしている人物が警察に駆け込んできたのだから、何か魂胆《こんたん》があるのではと全員が考えているはずだ。

魂胆など何もない。ひとりで乗り込んでも埒が明かないのは明白。しかたなく警察の手を借りることにしただけだ。しかし、災い転じて福となす可能性がある。美紀子を拉致した人間が逮捕されれば、首謀者が明るみに出るかもしれない。それに、誤解が招いた拉致事件となれば、自分に対する世間の印象はよくなるに違いない。石橋は、それでも自分を疑い続けるだろうが。

石橋たちが戻ってきた。謙治の車を追尾し、場合によっては、その手の事件に慣れている刑事たちを突入させるという。

「犯人を捕らえるのは簡単でしょうが、妹の命がかかってます。あくまで慎重に」

「蒲田署にはすでに連絡してあります。向こうの連中はもう動いています。それから警視庁の〝特殊〟の人間を配備するつもりです」

「特殊？」

「銃撃戦などに出動する特殊班の刑事のことです」

謙治は署を出た。すでに覆面パトカー二台が待機していた。

環状七号線は一部開通していたが大田区の整備工事はまだまだ先のようだ。

大田区を横断する格好で、大師橋に通じる産業道路に出た。

大師橋の袂で車を停めた。羽田を飛び立った飛行機が、ランプを点滅させながら轟音《ごうおん》を残して暗い空に消えていった。

午後七時四十分すぎだった。男から電話をもらって一時間以上経っている。碑文谷からここまで真っ直ぐにきたら、そんなに時間はかからない。

グロリアの後ろに車が停まった。黒塗りのトヨペットだった。ふたりの男が降りてきた。髪を短く刈り上げた若い男が、助手席に乗り込み、もうひとりが後部座席に躰を滑り込ませた。その男は四十ぐらいで、ハンチングを被っていた。髪は縮れ毛。頬に小さな傷がある。両方とも濃いサングラスをかけていた。

「遅かったな」ハンチングの男が低く呻くような声で言った。

電話の主はこの男のような気がした。

「社長の車を使うのに手間取ったんだ。もう俺は鍵を持ってないから」

「あの車についていけ」ハンチングの男はそう言い、トヨペットに合図を送った。

トヨペットはUターンした。グロリアをバックさせてから、トヨペットの後に続いた。

ほどなく、トヨペットの右ウインカーが点滅した。

小さな工場が建っているが、この辺りは漁師町である。弁天橋《べんてんばし》の手前を今度は左に曲がった。右手に流れているのは海老取川《えびとり》。堤防沿いの道は、異様な光に満ちていた。銀座や新宿に負けないくらいの大きなネオン看板が、道の左側に取り付けられているのだ。

NATIONAL　YASHICA　VICTOR……といった具合に、ほとんどすべてがローマ字で、羽田空港に向いて設置されている。外国からの客に、自社の名前をアピールしているのだ。

川沿いの道をしばらく走ったトヨペットは再び左折し、すぐに停まった。旋盤工場の隣に二階建てのモルタルの建物が建っていた。玄関の前に申し訳程度の駐車できる空き地があった。グロリアをそこに停めさせられた。

水産加工会社の社員寮だったが、どこからも灯りは漏れていなかった。会社が潰れて、取り壊しが決まっている。そんな古い建物だった。

トヨペットを運転していたのは、目の細いがに股の男だった。

身体検査をされた後、謙治は二階に連れていかれた。急な階段だった。助手席に座っていた若造が、目の前の二十二号室のドアを開けた。

美紀子が、部屋の真ん中に置かれた椅子に縛られていた。素っ裸にされた妹は、ぐったりとなっていた。

それを目にした途端、憤怒《ふんぬ》が全身を駆け巡った。気づくと、ドアを開けた若造の胸倉を摑み、投げ飛ばしていた。若造は階段を転げ落ちていった。背中に蹴りが入った。ふらついたが倒れなかった。振り返った。蹴ったのは車を運転していた男だった。男は懐からナイフを取り出した。それでも謙治は怯《ひる》む様子も見せず、男に向かっていった。男が後じさった。ハンチングの男は呆然としてその場に立っていた。

隣の部屋のドアが開いた。サングラスをかけた太り肉《ふとじし》の男の手には拳銃が握られていた。

「そこまでだ、根津」

若造が階段から這い上がってきて、謙治に向かってきた。若造が、銃を持っていたら、その場で謙治は撃ち殺されていたかもしれない。それぐらい殺気だっている。

「止めろ」太り肉が、若造に言った。「こいつの図体《ずうたい》を見ろ。お前が勝てる相手じゃねえ」

「妹、死んでるんじゃないのか」謙治が太り肉に訊いた。

「眠ってるだけだ」

「服を着させろ」

「すぐに服を着られるかどうかは、お前次第だ。こっちで話そうぜ」

謙治は隣の部屋に入った。裸電球が灯っていた。折りたたみ式の椅子が二脚置かれている。

「そこに座れ」

謙治は言われた通りにするしかなかった。

畳の隅に灰皿と黒い鞄が置かれてあった。

「根津、金の隠し場所を教えろ。そしたら、すぐにお前も妹も家に戻れる」そう言ってから、太り肉は、ナイフを持った男に目を向けた。「女を見張ってろ」

残りのふたりが、部屋に入ってきた。

飛行機の爆音が聞こえた。

「あんたらも俺が原島社長の金を盗んだと思ってるらしいな」

「お前の他にはいない。それが俺たちの結論だ。しゃべんなきゃ、妹をヤク中にする」

「そんなことしたら、俺はお前を殺す。必ず殺す」

「威勢がいいんだな」太り肉が鼻で笑った。

「妹のいる隣の部屋で話したい。お前の仲間が悪さをするかもしれないから」

「それはない。大事な預かり物だから」

「誤解だよ。俺は社長の金を盗んだりしてない。だから、金の隠し場所を教えたくても教えられない」

太り肉がハンチングの男に目で合図を送った。ハンチングの男は鞄の中から、注射器ときちんと折られた白い小さな紙を取り出した。中には麻薬が入っているらしい。おそらくヘロインだろう。

謙治はハンチングの男を見つめた。「この計画、お前が立てたのか」

「余計なことを言わずに、早く金の在処を吐け」

謙治はうなだれ、観念したかのように見せた。「分かった。隠し場所まで俺が案内してやるから、妹を解放しろ。ただ問題がひとつある。俺には仲間がいて、それぞれが鍵を持ってる。だから、錠前を破れる人間がいないと、金は持ち出せないぜ」

グロリアもトヨペットも通りに面したところに停まっている。すでに警察は、自分の居場所を突き止めているはずだ。どういう作戦を取るか。それが気にかかった。ナイフを持った男が美紀子を見張っている。警察の動きにまずいところがあると、妹が刺される可能性もある。

「言え、金の在処を」

「俺が連れていくと言ってるだろうが」謙治が声を荒らげた。

太り肉が少し考えた。「いいだろう。ガセだったら、妹をヤク中にする」

「ここを出る前に妹の様子を見たい」

「見たらまた暴れるんじゃねえのか」太り肉が顔を歪めて笑った。

「死んでないか確かめるだけだ」

「いいだろう」

ハンチングの男が先に部屋を出た。謙治が続いた。ちらりと階段の下に目をやった。何の変わりもなかった。

裸電球が消され、太り肉と髪を刈り上げた若造も廊下に姿を現した。

二十二号室のドアが開けられた。ナイフを手にした男が、全裸の妹の横に立っていた。

「妹から離れろ」謙治は妹に近づいた。

ナイフを持った男は窓際に退いた。

美紀子は生きていた。

「眠ってるだけだ。行くぞ」太り肉が謙治を急かせた。

ドアは開いたままだった。階段のところでちらりと人影が動いたのが見えた。

再び飛行機のエンジン音が聞こえた。

轟音に混じって、廊下に足音が響いた。

振り返った。

「警察だ。銃を捨てて、手を上げろ!!」

防弾チョッキを背広の上から着、ヘルメットを被った男が三人、腰を屈《かが》め、銃を太り肉に向けていた。

謙治は妹に覆い被さった。太り肉は大人しく銃を床に捨てた。

警察官が部屋に雪崩れ込んできて、犯人たちを取り押さえた。

しかし、ナイフを持った男だけが窓ガラスを開け、一階に飛び降りようとした。謙治が後ろから男に飛びかかった。ガラスが割れ、片方の窓が外れ、隣の平屋の屋根に落ちた。

男と重なり合うようにして、謙治の上半身が外に飛び出した。体勢を素早く整え、男の胸倉を左手で掴み、部屋に引きずりこんだ。そして右拳を鼻に沈めた。男の躰が押入まで飛んだ。さらに近づき、蹴りを入れようとしたが、ふたりの刑事が謙治を押さえた。謙治はそれでもふたりを引きずるようにして、男に近づくと、顔に蹴りを入れた。

辺りは騒然となり、廃屋になった寮は警官だらけになった。妹は、ほどなくやってきた救急車で病院に搬送された。

路地は警察車輛《しゃりょう》で一杯で、野次馬の数もかなりのものだった。

羽田を管轄している蒲田署の刑事が謙治のところにやってきた。

「事情聴取はいつでも受けますが、まずは妹の搬送された病院に行きます」

「私がお連れしましょう」

美紀子は蒲田にある総合病院に運ばれたという。岩武たちとの密談はすべて蒲田で行った。妙な気分がした。

ふたりの刑事と共に謙治は病院に向かった。夜間受付で事情を告げたのは刑事のひとりだった。刑事たちと一緒にロビーで担当医を待った。その間に善弘に電話を入れた。彼はまだ店にいた。善弘はすぐに駆けつけると、声を震わせて言った。

それほど待たされずに担当医が現れた。睡眠剤を打たれたようだが、大したことはなく、明日か明後日には退院できるだろうと言われた。

謙治は安堵の溜息をついた。興奮が収まらないせいだろう、疲れは微塵も感じなかった。そのまま蒲田署に行き、事情聴取を受けることにした。

増美と別れたところから順を追って話した。隠すことは何もなかった。

あらかたの質問に答えた後、謙治が訊いた。「突入したのは警視庁の特殊の刑事さんですか？」

「いや、うちの署の精鋭たちです。特殊が到着するのを待ってる暇がなかったですから。おふたりは運が良かった。廃屋だったから、一階までは自由に入れました」

「で、奴らは何者なんです？」

刑事が少し間をおき、真っ直ぐに謙治を見つめて口を開いた。「どうせ新聞に載るからお教えしましょう。八峰《はっぽう》連合の下部組織、東雲組の人間です」

謙治は柏山の言っていたことを思い出した。金融屋の篠山は東雲組の組長と懇意だという。

「根津さん、東雲組或いは八峰連合の人間を誰か知ってますか？」

柏山の顔が浮かんだが、彼はとうの昔に足を洗っている。

「いや。私がよく顔を出す、新宿の雀荘には、どっかの組員らしい連中が出入りしていますが、ヤクザとの付き合いは私にはありません。これはあくまで噂ですが、原島社長が使っていた佐伯さんは、東雲組か八峰連合の人間と付き合いがあるみたいですよ。どの程度の繋がりがあるかは分かりませんが」

刑事が佐伯について訊いた。謙治は知っていることを教えた。

午前二時すぎに聴取が終了した。階段を下りていくと、長椅子に座っている男が目に入った。交通安全のポスターが貼ってある壁に頭を預けている。石橋刑事だった。

石橋は立ち上がり、「お疲れ様でした」と頭を軽く下げた。

まるで身元引受人になった親戚の人間のような態度である。

「私を待ってたんですか？」

「いえ。今回の事件のことは、根津さんも考えているように、原島邸で起こった事件と関連がありそうですから、担当の刑事に話を聞いとったんです。そしたら、根津さんが、お疲れにも拘わらず、事情聴取に快く応じてくれていると聞いたものですから、邸までお送りしようと思いまして」

「それは親切なことですね」根津は嫌味たっぷりに笑って見せた。

「妹さん大したことなくてよかったですね」

謙治が先に署を出ようとした。それを石橋が止めた。

「うるさいマスコミが、あなたを待ってます。裏に車を停めます」

すでに署とは話をつけてあるのだろう、石橋は交通課の横の通路を奥に向かって歩き出した。謙治は石橋についていった。

マスコミの連中が門のところに屯《たむろ》していた。いずれはインタビューに応じなければならないだろう。しかし、この夜は避けたかった。後部座席に身を隠し、署を出てから助手席に移った。

石橋は、焦《じ》れったいほど安全運転だった。

「石橋さん、東雲組のこと、どれぐらい知ってます？」

「大したことは知りません。私、マルボウにいたことないもんで」

「蒲田署の刑事さんにも話したんですが、佐伯さん、あの組か上部団体の八峰連合の連中と付き合いがあるみたいですよ」

「富島増美さん宅で、殺しをやった若い奴、東雲組の息のかかった奴でした」

謙治が石橋の横顔を見つめた。「あの若いのを逮捕したんですか？」

「いや。二週間ほど前、三崎《みさき》の沖合で、身元不明の刺殺体が上がったのは知ってますか？」

「そんな記事が新聞に出てましたね。顔が原形を留めていなくて、腕をフカか何かに食べられた死体が上がった事件ですよね」

石橋がうなずいた。「身元が判明したんです。北条登喜夫《ほうじょうときお》という二十六歳のヤクザでした。奴の部屋を捜査員が調べたら、ピストルの弾が出てきました。それは、例の射殺事件に使われたものと同じ口径のものでした」

「それだけじゃ、北条とかいう男が犯人とは限らないでしょうが」

「大概の薬莢には刻印が打たれているのをご存知ですか」

「いや」謙治はとぼけた。

「それも同じでした。四谷署から、北条の写真を手に入れました。四谷署の刑事はあなたにも見てもらおうと思ってた。その矢先に、あなたがうちの署に来られた。だから、さっきは話す時間がなかったんです」

石橋は車を路肩に寄せ、懐から写真を取りだし、謙治に渡した。

車内灯に写真を向けた。

「こいつです」

「間違いありませんか？」

「ええ」

「富島さんのアパートの人は、この男に似ているというだけで、確証はなかったんですが、根津さんの証言で、北条登喜夫が殺ったことがはっきりしましたよ。この件は四谷署が扱う事案ですから、明日辺り、向こうから連絡があると思います。しかし、何であれ、凶悪な殺人犯が誰だったか分かったことを私は喜んでます」

謙治は煙草に火をつけた。そして、窓を少し開けた。煙草の煙が窓を舐めるようにして外に流れ出した。

「簡単に喜んでもらっちゃ困りますよ。首謀者に辿りついてないんでしょう?」

「佐伯さんねえ」石橋がつぶやいた。

「ともかく、私の周りにいる誰かが、誤解して、私や妹を狙った。そう思いませんか?」

「そう考えるのが自然でしょう。でも、残念ながら、私は、その件にはタッチできません」

「そうですよね。あなたの仕事は、私を調査することですからね」

「もしも佐伯さんが、あなたや妹さんを狙った首謀者だとしたら、私の捜査の範囲が狭まったことになります」石橋がしれっとした調子で言い、目の端で謙治を見た。「だってそうでしょう。十一億円を強奪したのが佐伯さんだったら、何もあなたを狙う必要はない」

謙治は短く笑った。「仲間割れとは思わないんですか?」

「こんなこと、あなたに教えるのは、守秘義務違反になるかもしれませんが、強奪事件の起こった夜の、佐伯さんのアリバイははっきりしないんです。ですから、捜査本部の中には佐伯犯人説を唱える者もいます。しかし……。怒らないでくださいよ。仮に、佐伯さんとあなたが共謀し、あなたが実行犯のひとりだったら、佐伯さん、確固たるアリバイを作っておくのが普通でしょう?」

「つまり、佐伯さんも重要な容疑者のひとりだが、もしも私を狙った一連の事件の首謀者だったら、強奪事件の犯人ではない、と石橋さんは考えてるんですね」

「私の話していることはあくまで仮説です」

「私に失礼な仮説ですね」

「殴りかかったりしないでくださいよ。さっきあの廃屋で、ヤクザふたりに怪我を負わせたそうじゃないですか。根津さん、度胸もあるし、喧嘩も強い。大したもんだ」

「妹が全裸で縛られてたんですよ。あなたのお子さんがそんな目にあったら、あなただって黙っちゃいないでしょう」

「もちろんです。ですが、恥ずかしながら、私、そっちの方はからっきし駄目なんです。一応、空手を習ってましたが、弱くてね。武器を使用するのも苦手だし」

「頭の良さを買われて、捜査一課に配属されたんですか？」

「ヤクザか刑事か分からん連中ばかりじゃ、市民の協力は得られませんから」

謙治はそれには答えず、煙草を消した。

原島邸の裏木戸の前で、謙治は石橋の車を降りた。

部屋に戻ると、角瓶をラッパ飲みした。しかし、明け方まで眠ることはできなかった。

翌日から慌ただしい日が続いた。

マスコミの取材を受けなければならなかった。謙治は自ら警察に助けを求めたことを強調した。

「十一億円の強奪事件、二件の射殺事件、そして、今回は妹さんの拉致事件、それらすべてに根津さんの名前が出てくる。あなたは今や有名人ですね」

そんな嫌味を言った新聞記者がいたが、苛立ちを見せずにきちんと応対した。

「運が悪いとしかいいようがないですね」

新たな不安が生まれた。自分に注目したマスコミが、過去を洗うのではないか。疎開中のことが、それで明るみに出たら。警察よりもマスコミの方が怖い面もある。しかし、それを阻止するのは不可能だ。

取材を終えた直後、美紀子から電話があった。善弘が迎えにきてくれたそうだ。蒲田署の刑事も病院に来たので、署に寄ってからアパートに戻るという。

「本当にもう大丈夫なのか」

「元気になったわ。心配しないで」

後でアパートに行くと言って受話器を置いた。四谷署からも連絡が入った。謙治は署に出向き、再び北条の写真を見て、間違いないと答えた。

その足で、美紀子のアパートを訪ねた。訪ねる前にケーキを買った。選んだのはショートケーキとチョコレートケーキだった。

美紀子は、旅行鞄に荷物を詰めているところだった。思ったよりも元気そうだった。

「どうしたんだ？」謙治が鞄を見て訊いた。

「善弘さんのところで暮らすことにしたの。いいでしょう？」

「もちろん。引っ越し手伝おうか？」

「いいわよ、今日は身の回りのもの運ぶだけだから」

「ケーキ買ってきた」

「コーヒー淹れるね」

卓袱台の前に胡座《あぐら》をかいた謙治はケーキの箱の蓋を開けた。美紀子はインスタントコーヒーを用意した。

「悪かった。俺のせいで」

「兄さんが警察を呼んだんだってね」

「うん。奴ら、ここに押し入ってきたのか」

「会社を出て歩いていたら、男がふたり寄ってきて、警察だって言ったの。警察手帳みたいなものを見せられたから、私、信用しちゃって。車に乗せられてすぐに、口許を布で押さえられ、注射された。覚えているのはそこまで」

「本当に後のことは何も覚えてないのか」

美紀子がこくりとうなずき、チョコレートケーキを口に運んだ。

これ以上、事件の話はしないことにした。明るく振る舞っているが、美紀子の胸の底には恐怖心がしこりのように残っているはずだ。すんだことを根掘り葉掘り訊いても始まらない。

「兄さん、原島さんところにいられるの？」

「いや」

「この間言ってたように飲食の仕事に就くつもり？」

「できたらそうしたいと思ってる。だけど、それがうまくいかなくても、一から出直しだよ」謙治は笑って見せた。「で、善弘さんとは大丈夫か？」

「どういう意味？」

「俺が、変なことで有名になったから」

「気にしてないと言ったら嘘になるわね。でも、兄さんを信じるって言ってた。それに、彼の結婚相手は兄さんじゃなくて、私だから」美紀子があっさりとした口調で言った。

「向こうの親、何か言ってるだろう？」

美紀子がフォークを皿に戻した。目が潤んでいるようだった。「私たちのことは気にしないで」

「結婚式には俺は出ない方がいいな」

「結婚式、やらないことにしたの」

「そうか。すまない」

「違うわよ。無駄なお金を使わないようにしようって決めただけ」

ショートケーキが妙に甘く感じられた。謙治はコーヒーを一気に飲み干し、腰を上げた。

美紀子も立ち上がった。

「新しい仕事と住まいが決まったら、教えるよ。結婚祝い、何がいい？」

いきなり、美紀子が謙治に抱きついてきて、わんわんと泣き出した。謙治は妹をしっかりと抱きしめてやることができなかった。そうしてやりたいと思っているのに躰が動かなかった。

「何があっても、私、根津謙治の妹よ」

その言葉が耳の中で渦巻いた。気づかないうちに、謙治は美紀子を強く強く抱きしめていた。

その夜、野上夫婦が謙治の部屋にやってきた。年明けから、富士市にある自動車部品メーカーの社員食堂で夫婦とも雇われることになったという。

「それは良かったですね」

「富士山を見て死んでゆくことになりますかね」宗助が笑った。

「謙治さんは、これからのこと決まってるの？」総子が訊いてきた。

「まだ何も」

宗助が、来年勤める会社の住所をメモした。「役には立てないかもしれないけど、困ったことがあったら連絡下さい。謙治さん、車に詳しいから、職があるかもしれませんから」

謙治はメモを手にして、宗助をじっと見つめ、しめやかな声で礼を言った。

今月一杯で、この邸から出ていかなければならない。しばらくは、増美の世話になるしかないだろうが、いつまでもヒモのような暮らしを続ける気はさらさらなかった。

十九日の月曜日、謙治は増美の店に顔を出す前に、スナック『小夜』に寄るために歌舞伎町を歩いていた。

ボーナスが出たばかりだし、忘年会シーズンということもあって歌舞伎町は殷賑を極めていた。

ボーナスの総額は史上最高の一兆三千億円に上るという。しかし、会社の倒産も戦後最悪の件数だそうである。好景気の歪《ひず》みが如実に表れているということだ。

スナック『小夜』は、時間が早いせいか、カウンターにひとりの客がいるだけだった。

店内には有線放送がかかっていた。ザ・ワイルド・ワンズの『想い出の渚《なぎさ》』が聞こえている。柏山の店にはそぐわない曲だが、小夜子がリクエストしたのだという。

「妹さん、大変だったな。もういいのか」

「ええ」

柏山がカウンターを拭いた。「今日は何だい?」

「俺、失業しました」謙治が水割りで喉を潤してから言った。

「社長、否認してるらしいな。保釈は無理か」

勇平が関与したのは、或る大物代議士に太いパイプを持っていたかららしい。しかし、勇平自身は、事件の核心部分については何も話していないようだ。

「社長とはこれで縁が切れました。できるだけ早く仕事を見つけたい。でももう運転手はやりたくないですね。できたら、飲食店に勤めたいと思ってます。新宿に詳しい柏山さんなら、どこか知ってるんじゃないかと思って」

「どうしてまた飲食店なんだい」

謙治は父親がどこで何をしていたか、そして、以前自分が池袋の食い物屋で働いていたことを教えた。

「コックに戻りたいのか？」

謙治は首を横に振った。「俺はがさつだから、コックには向いてません。居酒屋の店長みたいな仕事を探してます。いきなり店長は無理でも、そういう業種に就きたいんです」

「先々月、オープンした居酒屋の経営者を知ってるけど、お前に店員が務まるかな」

「何でもやりますよ。その居酒屋、従業員の寮がありますかね」

「あると思う。その人は新宿と新橋にクラブを持ってるから」

「紹介してもらえないですか」

柏山の目が鋭く光った。「お前が居酒屋の店員ね」

「子供の頃から、親に手伝わされてきたから客商売が一番向いてるって思ったんです。バーやキャバレーは浮き沈みが激しいし、男芸者みたいなことは俺にはできない。だから、食い物屋なんですよ。食い物屋はバーやキャバレーに比べると倒産しにくいですしね。それに」そこで謙治は力なく微笑んだ。「騒ぎに巻き込まれてばかりいるから、働き口が簡単に見つかるとは思えないんです」

「歳がいきすぎてる気がするけど、まあいいや。社長に連絡してみる。明日のそうだな、午後六時に、ここに電話をくれ」

「ありがとう」謙治はグラスを空けると、腰を上げた。

翌日、約束した時間に柏山の店に電話を入れた。社長が事務所にいるから、今から行けという。謙治はさっそく履歴書を書き、スーツに着替え、邸を出た。

『隅村《すみむら》産業』は新橋にあった。東口が再開発され、九階建ての商業ビルに変わったのは今年の八月末である。戦前、この地で商売を営んでいた人間は、昭和十九年に、強制疎開させられ、店を失った。戦後、戻ってきたが、占拠者が闇マーケットを開いていて、彼らは古巣を捨てざるをえなかった。そんな疎開者たちは優先的にビルに入れる権利を得たらしい。

その新しいビルの前を通り、『隅村産業』の入っている建物に向かった。

謙治を待っていたのは、隅村安治《やすはる》社長ひとりだった。社員はすでに退社したのか誰もいない。

社長室に通された謙治はソファーに浅く腰を下ろし、履歴書をテーブルに置いた。

隅村社長は肌艶のいい、五十ぐらいの男だった。髪をオールバックにしている。薄い茶の入った度入りのサングラスをかけていた。野球のホームベースのような形をした顔は赤茶けている。目も鼻も口も大きく、押し出しがいい。

隅村社長は名刺を謙治に渡してから、履歴書に目を通した。それから耳の穴に太い指を突っ込み、掻いた。

「普通、店員の面接は部下に任せてる。なぜ、君だけ、私が直接会うことにしたか分かるか？」

「物騒《ぶっそう》な人間かもしれないと思ったからですか」謙治は隅村から目をそらさずに言った。

隅村は肩をゆすって笑いだした。「男っぷりもいいし、度胸もありそうだな。気にいったよ。だが、君を狙った人間が、うちの店で事件を起こすようなことになったら困る」

「妹の拉致事件で、相手は懲《こ》りたと思います」

「どうだかな」

「社長こそ度胸のある方に見えますが、その社長が私を雇わなかったら、私はきっとどこにいっても採用されないでしょう。一から出直すチャンスを私にあたえてくれませんか」

「私は初めて居酒屋を開いたんだが、店長にはノルマを課している。かなりハードルの高いノルマをな。ゆくゆくは、チェーンにしたいんだ」

謙治にとって願ってもない働き口である。

「もし雇っていただければ、ただ給料をもらうだけではなく、売上げが上がるように身を粉《こ》にして働きます」

「生意気なことを言うな」隅村の語気が荒くなった。「この業界のこと何も知らんくせに」

「素人ですが、客も素人です。同じ視線で働きます」

隅村は鼻で笑った。「最近、ふたりも店員が辞めた。店長の厳しさに音《ね》を上げたんだ。うちは君のような人間じゃなきゃ務まらんかもしれんな。いいだろう。うちで働いてみろ。明日、店長に会わせる。店長から仕事の内容を聞いたら、すぐに働け。忘年会シーズンで人手が足りないんだ。まずは身習いからだがな」

「ありがとうございます」謙治は深々と頭を下げた。

このようにして、謙治の外食産業への進出の第一歩が始まったのである。

第二章　成功への光と影

一

一九六七年一月〜二月十五日

謙治が、『隅村産業』に正式に入社したのは、年が明けてからだった。一介の店員として働くことになった酒処『すみ家』は歌舞伎町、西武新宿駅寄りの裏通りにあった。周りにはクラブやキャバレーはなく、一杯飲み屋、喫茶店、鮨屋、天ぷら屋といった店が軒を連ねている。『すみ家』は二階に座敷のある、どこにでもある居酒屋で、客の大半は会社員だった。隅村社長は、いずれはチェーンにしていきたいらしいが、一店舗目から客の入りはよくなかったので、先行きが危ぶまれた。メニューもありきたり。馴染みの店が満席の時に、立ち寄るような居酒屋だった。

従業員数は、料理人を含めて八名。午後五時に開店し、十一時半に暖簾《のれん》をしまう。

店長の末久義隆《すえひさよしたか》は三十二歳。浅草に本店を置く居酒屋チェーンから引き抜かれた男だった。隅村社長から課された厳しいノルマをこなすことで頭が一杯の末久は、脳の血管が、この若さでプツンと切れそうなくらいに常に苛々していた。謙治は何でもやらされた。注文された品物をてきぱきと運ぶのにもコツがいる。最初は手にした盆をひっくり返したら、という不安から動きが鈍かった。

「とろとろ運んでんじゃねえよ」末久に怒鳴られ、「二卓の皿を片付けちまえ。大した注文もしない客に居座られちゃかなわん」と八つ当たりされもした。

謙治は何を言われても平気だった。ともかく、居酒屋のことを一から覚える。従業員の給料は安いのに、焼き鳥一本にしても、近くの店より若干、高かった。仕入れ先やその方法に問題があるようだ。

『隅村産業』の寮は、西大久保一丁目（現歌舞伎町二丁目）のホテル街にあった。ストリップ劇場の横の路地の向こうに二階家のアパートがあり、『隅村産業』はそこを従業員の寮にしていた。

陽の入らない一階の奥が謙治の部屋だった。休みは月に一回。就職が決まってすぐに、柏山に礼を言いに店に顔を出した。しかし、その後は立ち寄っていない。増美のバイトしているスナックにも顔を出せず、彼女と会う機会もめっきり減った。初めての休みの日、謙治はライバル店を偵察に出かけた。

仕事はきつかったが、原島邸を離れたことで解放された気分がした。あの強奪事件も他人事のようにしか感じなくなっていた。

それでも緊張感が消えるはずはなかった。碑文谷署の石橋がまるで顔を出さないことが解《げ》せなかった。闇の世界の人間の動きがないのも気持ちが悪い。川久保、岩武、宮森がどうしているかも気になった。

恐れを忘れさせてくれたのは、慣れない仕事だった。いつまでもこき使われているつもりはないが、外食産業の片隅に片足を引っかけることができたので、ともかく、まずはこの業界のことを肌で感じるのが大切だと思い、遮二無二《しやにむに》働いた。

約三年半後には、三億近くの金が我が物になる。それまでに、船出できる形だけでも作っておきたい。謙治は、客や料理、店のシステムを見ていた。

店長に厳しいノルマを課したにも拘わらず、『すみ家』の売上げは伸び悩んでいた。

一月下旬、芥川《あくたがわ》賞と直木《なおき》賞の発表があった。芥川賞は丸山健二《まるやまけんじ》の『夏の流れ』、直木賞は五木寛之《いつきひろゆき》の『蒼ざめた馬を見よ』だった。丸山健二は二十三歳。芥川賞最年少受賞者だという。

川久保を仲間に引っ張りこんでいなければ、まるで興味のないニュースだった。

五木寛之は三十四歳だという。強奪した金を分けるのは一九七〇年と決めている。謙治たちが三十四歳になる年だ。川久保はそれまでにプロの世界に入れるだろうか。

謙治は頬をかすかにゆるめ、首を捻った。

一月最後の日曜日、総選挙が行われた。

前年、田中彰治《たなかしょうじ》事件、共和製糖《きょうわせいとう》事件など政治家の不祥事が相次ぎ、佐藤内閣は年末に衆議院を解散した。原島勇平が深く関与した事件にも、おそらく政治家が絡んでいるのだろうが、今のところ、政治家から逮捕者は出ていない。

出直しとなる総選挙は、躍進すると見られていた社会党がまるで伸びず、議席を減らした。問題の自民党も得票率が五割を割ったが、減らしたのはたった一議席だった。大躍進を遂《と》げたのは公明党。初めて打って出た衆院選で二十五名に議員バッジをつけさせた。結果的に見れば、自民党の勝利と言える。有権者は汚職を容認したようなものだ。

謙治は一度も投票したことがない。政治にはまるで関心がなかった。戦中と敗戦後の動乱期を、子供の目とはいえ見てきた謙治は、軍国主義も戦後民主主義も、すべて大政翼賛会的なニオイのするものにしか思えなかった。

二月に入ってすぐのことだった。店が終わった後、謙治は末久店長とふたりになる機会があった。末久はコップ酒を脇に置いて伝票の計算をしていた。

謙治は、テーブルの置き方や、入口の飾り付けについて、思ったことを控え目な口調で話した。

「謙治、お前、店長の座を狙ってんのか」末久は謙治に目も向けず嫌味を言った。

「まさか」

「お前のことは知ってる。一体、何を考えて居酒屋の店員になったんだい？」末久はコップ酒を呷った。

「死んだ親父が食堂を経営してたものですから」

伝票の整理が終わると、末久はテーブルに両脚を載せ、天井を仰いだ。「所詮《しょせん》、この店は社長の道楽みたいなもんだよ。お姉ちゃんを使って商売をやってる奴に食い物屋は無理だ」

「サクラを使いましょう」

「何だと」末久がテーブルから脚を下ろした。

「行列ですよ、行列」

「そんなインチキ、同業者にすぐにバレて面倒なことになる」

「開店中、トイレの時以外は、俺が呼び込みをやります。それで人が集まる。サクラですがね。サクラは長居をしない。客の回転は当然よくなります。それに釣られて客が次第にやってくる。後は目玉にする料理ですが……」

「お前は余計なことを考えなくていいんだ」

「でも、絶対に売上げは上がると思いますが」

「馬鹿。そんなことで俺のノルマが達成できると思うのか」末久は吐き捨てるように言った。

「二、三ヵ月でノルマ、達成できますよ」

「えらい自信だな。でも、俺は社長にそんなことは言えん。〝お前を引き抜いたのは俺の目違いだった〟って先週、言われたばかりなんだ」

「じゃ、俺が社長に言いますよ」

「謙治、狙いは何なんだ？」

「店長の苦労を見て、お役に立てればって思っただけです」

「ありがとうよ」末久は謙治を睨み付けてから、ゆっくりと腰を上げた。

末久はもうやる気をなくしている。謙治にとっては好都合だった。

翌日の午前中に会社に電話をし、隅村社長に面会を求めた。

「もう音を上げて辞めたくなったか」

「いえ。店のことでちょっと」

「午後に新宿で用がある。区役所裏の『らん山《ざん》』って喫茶店、知ってるだろう。あそこに……そうだな、一時に来い」

謙治は少し早めに行って社長を待った。

ほどなく隅村が現れた。謙治は立ち上がって社長を迎えた。

隅村は革のロングコートを着、中折れ帽を被っていた。帽子とコートを脱ぎ、腰を下ろすと、縦縞のダブルのスーツのボタンを外した。

「お久しぶりです」謙治は深々と頭を下げた。

「座れよ」

謙治は腰を下ろした。

「よく働いてるって聞いてるぞ」

「ありがとうございます」

「で、用は何だ？」

謙治は、末久に提案したことを社長に話した。

「お前は、俺が睨んだ通りのワルだな」隅村は口を半開きにして、頬をゆるめた。

謙治はそれには答えずコーヒーを啜《すす》った。

「お前のプランが失敗に終わったらどうする？」

「社長のお好きなようにしてください」

「うまくいったら？」

「それも社長のお好きなように」

隅村の頬から笑みが消えた。「お前、本当に偉そうだな」

「お気に障ったんでしたら謝ります」

「昨日、俺んとこに、碑文谷署の刑事が来たぜ」

「石橋って刑事ですね」

「うん」

教えた。

原島邸から、荷物を出したのは、寮に入ることが決まった松の内明けだった。その時、屋敷に石橋が現れた。ひとりだった。謙治は訊かれる前に、新しい勤め先と住まいを彼に教えた。

自分の様子は見にきていないが、社長には会いにいった。気持ちが悪い。

「お前を雇った経緯を訊かれた。隠し事をする必要はないから正直に答えたよ」

「ご迷惑をおかけしました」

「妙な連中が店の周りをうろつくんじゃないかって思ったが、今んとこ、それらしい動きはないようだな」

妹の拉致事件の実行犯は逮捕されたものの、それ以上の進展は見られない。佐伯のことを警察がどれだけ追っているかも分からない。

勇平も浩一郎も罪状を否認し続けているのだろう、保釈になったという話は聞いていない。しかし、そんなことはどちらでもよかった。もしも勇平が、裏で糸を引いていたとしたら、獄中からでも可能なはずだから。

紺色のコートに赤いショールを首に巻いた女が店に入ってきた。周りを見回している。隅村が手招きをした。女の口許に笑みが射した。

セミロングの毛流れのいい髪の女だった。くりっとした目が長い睫に守られている。つけ睫ではない。化粧も薄く、水商売とは無縁な女であることは間違いなかった。

「私の提案、ご検討ください」

中腰になった謙治を隅村が引き留めた。

「早すぎましたね。私は向こうで……」女が言った。

「すぐに終わるよ。座ってて」

女は隅村の横に浅く腰を下ろした。謙治と同じぐらいの歳に見えた。

「玉置《たまき》キョウコ。俺の親戚なんだ」

キョウコと聞くと、栄村先生の娘のことを思い出してしまう。

「キョウコです。鏡に子と書きます」

「根津です」謙治は小さく頭を下げた。

何となく記憶にある顔に思えた。目許が、栄村先生に似ている気がしないでもない。娘の顔を思い出そうとしたが、二十年以上前の、少年の記憶などあやふやで、はっきりと覚えていることは何もなかった。まさか、彼女が栄村先生の娘のはずはない。

女は、根津と聞いても特別な反応は示さなかった。

「根津君は、この間話した居酒屋の従業員なんだ」

「まだ勤めて間もないんです」

「お前の提案に乗った。人は俺の方で用意する」

「目玉商品については、どうしますか？」

「アイデアはあるか？」

「焼き鳥を目玉にしてる店が近くにありますよね。だから、こっちは串揚げでいくというのはどうでしょうか」

「串揚げなんて目新しくなんかないぜ」

「牛肉の串揚げを出血サービスするというのはいかがですか？」

「なるほど」隅村はそれほど乗り気ではない様子だった。「仕入部長と相談してみるよ」

「ご連絡をお待ちしています」

謙治はふたりに頭を下げ、喫茶店を出た。

玉置鏡子のことが脳裏から離れない。

栄村先生の娘のことは、綺麗な女だという思いを抱いて、登下校するのを見ていたにすぎない。だから、先生に目許が似ているだけで、玉置鏡子が先生の娘だと断言できるはずもなかった。岩武も宮森も、謙治と同じ程度にしか彼女のことを覚えていないだろう。一番知っているのは川久保だ。しょっちゅう、先生の家に出入りしていたのだから。

栄村先生が出征したのは昭和二十年の一月か二月。その時、娘は今でいう中学一年だった。ということは、自分よりも五つ年上になる。今しがた会った女は、三十五歳よりも若く見えた。やはり、他人の空似だろう。

どこの誰かということはさておき、別嬪だな。謙治は玉置鏡子に惹《ひ》かれた。と言っても、一目惚れするような初々しい感情はとうの昔に涸《か》れている。単にいい女だと思ったにすぎない。だが、そんな思いを抱くこととて、謙治にとっては珍しいことだった。

『すみ家』の目玉商品は串揚げに決まった。

機械油で、食べられるものなら何でも揚げていた母の姿をふと思い出した。

サービス品も、謙治の提案通り、牛肉の串揚げになったが、原価割れしている商品だか
ら、期間と販売本数を限定すると通達があった。

謙治はハッピを着て、店頭で呼び込みをした。ビラ配りには、隅村のクラブやキャバレ
ーに入店したばかりのアルバイトホステスを使った。これも、後日、謙治が出したアイデ
アだった。

サクラは、牛肉の串揚げを頼まず、短い時間で本物の客に席を譲った。『すみ家』の前
には行列ができた。

一週間のサービス期間、売上げは三倍に上がった。しかし、これからが勝負である。

アルバイトホステスの駅前でのビラ配りだけは続けるように、謙治は隅村に進言した。

可愛い女の子のビラ配りは効果があった。その後も売上げは順調に伸びた。

客でごった返している最中、謙治に電話がかかってきた。

「佐伯興産の佐伯だ。元気にやってるか」

謙治の眉が引き締まった。「今、かき入れ時なんです。ご用は？」

「お前とゆっくり話がしたいんだ。時間を作ってくれ」

敵が動き出したということか。すぐに飛びつくのは得策ではない。

「どんな話があるんです？」

「ともかく、会いたい」

「申し訳ないけど、こっちは、あんたに話すことなんかないです。忙しいのでこれで」

謙治はけんもほろろに電話を切った。

佐伯は何を企んでいるのだろうか。今すぐにでも知りたいが、懐深くかまえることにした。

三日後、また佐伯が電話をしてきた。それでも、謙治は佐伯の申し出を突っぱねた。

その年から、二月十一日が休日となった。建国記念の日である。最初の記念日は土曜日と重なったから、店への影響はあまりなかった。

問題は、前日から降り出した雪。シャーベット状の雪が、交通機関をマヒさせ、客足はさっぱりだった。翌日曜日も確実に雪だというので、土曜日の段階で、臨時休業することに決まった。

店仕舞いをしていると、隅村社長から電話があった。末久店長が辞表を出したという。

「明後日から店、お前が仕切れ」

謙治は周りを気にしながら小声で訊いた。「私がですか？」

「開店したばかりの店だ。長年勤めてた人間なんかいやしない。だから、実力のある者が上に立てる。その代わり、ノルマ厳しいぞ」社長は売上げ目標額と歩合について話し、「頼りにしてるぞ」と言って電話を切った。

その夜、久しぶりに増美のアパートに泊まった。増美の出身地、博多も雪が降ることを、その時謙治は初めて知った。

翌日も静かに降り積む雪を見ながら、増美とだらだらとすごした。

「私、今の劇団、辞めるかもしれない」炬燵《こたつ》に入り、ミカンを食べていた増美が言った。

「どこかに移るのか？」謙治はビールをグラスに注《つ》いだ。

「N映画から声がかかったの」

「へーえ、すごいじゃないか」

「私、前衛的な芝居が好きだから、迷ってる」

「お前に白羽の矢を立てた人間は、お前の芝居を観てるんだろう？」

「うん。芝居がかってない台詞《せりふ》回しと、妙なクセのある演技が気に入ったって言われた」

「クセのある役者っていいじゃないか」

「でも、毒婦みたいな役を振られるんじゃないかって心配してる」

「映画会社に入ってみて、嫌だったら辞めればいい」

「そうなんだけど、どのみち、春にニューフェイスの試験を受けて合格しなきゃ入社できないの」

「増美が映画スターか」

「まだ早いわよ」増美は照れ臭そうに笑った。

謙治はグラスをゆっくりと空け、窓の外に目をやった。雪は降り続いていた。

「新人スターに、訳ありの男がついてたんじゃ問題だな」

「謙治、私と別れたいの？」

「そんなことあるわけないだろう」

「何か、ほっとしてるみたいに見えたよ」

「俺が邪魔《じゃま》だろうって思っただけさ」

「格好つけないでよ」増美がきっとなって謙治を睨んだ。

増美は、揺れ動く自分の気持ちに耐えきれず怒ったように思えた。自分と別れることを考えて当たり前だ。

万が一、増美が人気女優になったら、彼女のアパートで起こったことが、再びクローズアップされるだろう。あの事件と、怪しげな恋人のことを払拭《ふっしょく》できるかどうかは、女優としての増美の運と才能にかかっている気がした。

自分は、あの金を使って、成功への道を歩みたいと思っている。だが、どうなるかはまるで分からない。前衛的な芝居をやっていた、無名の役者の富島増美の方が、先にスターダムにのし上がるかもしれない。

謙治は、この思いも寄らない展開に驚きながらも、ほっとした。増美が成功してくれたら、すんなりと彼女の前から消えることができる。むろん、一抹《いちまつ》の寂しさはある。気が合う上に、躰の相性もいい女など滅多にいるものではないのだから。それでも、当分、誰とも一緒になる気のない謙治にとって、増美が日の目を見ることは願ってもないことだった。

謙治は増美の横顔にちらりと目をやった。

この女は、自分をあの強奪事件の犯人だと思っているのだろうか。どう思われてもいいが、ちょっと気になった。

謙治は店長になったことを増美に教えた。

「すごいね。たった一ヵ月ちょっとで店長だなんて」

謙治と増美は乾杯した。

ややあって、増美が言った。「ね、雪だるま、作らない？」

「本気かよ」

「うん、ふたりで雪だるま作りたい」

雪は二十センチほど積もっていた。小さな雪だるまをふたりでせっせと作った。炭がないので、黒い厚紙を切って目鼻をこしらえた。

「可愛いね」増美が顔をくしゃくしゃにして微笑んだ。

「うん」謙治は目を逸らした。

やがて目鼻が落ち、雪だるまは、排気ガスで汚れ、静かに形を崩し、跡形もなくなる。

謙治は苛立ってきた。愛おしさという余計な感情が湧いたことを持てあましていたのである。

翌日、やっと雪は上がった。しかし、日中でも五度を切る寒さだった。

店が始まる前に末久に呼び出された。末久は酒臭かった。

「社長から聞いたろう」

「はい」

「サクラまで使うなんて、お前、汚いよな」

「末久さん、誤解しないでください。俺は店長になりたくて、ああいうことを提案したんじゃないですよ」

「じゃ何が目的なんだ」

「俺は隅村社長に拾ってもらった。だから、恩返しがしたかっただけです」

末久が鼻で笑った。「お前は何を考えてるか分からん奴だな。気持ちが悪い」

お前ごときに分かってたまるか。謙治は心の中で、末久をせせら笑った。

「末久さん、何かまだ俺に」

末久は何も言わずに店を出ていった。

店が始まる前、店長に昇格した謙治は従業員の前で頭を下げた。

「私から言うことはひとつしかありません。目配りと気配りを怠らないようにしてください。改善すべきだと思うことは、どんどん私に言ってください。これぐらい小さな店では店長も従業員もありません。いや、むしろ、店長があなた方の倍働くつもりじゃないと保《も》ちません。よろしくお願いします」

その夜も、店長自ら呼び込みに立った。皿やグラスを下げるのも、謙治が一番迅速だった。

午後十一時少し前、隅村が現れた。隅村には連れがあった。玉置鏡子は、謙治と目が合うと軽く会釈をした。

店は混み合っていたが、カウンターの隅の二席が空いていた。彼らはそこに腰を下ろした。

「様子を見にきた。腹はすいてない。軽いツマミを出してくれ」

「分かりました。で、お飲みものは」

「燗酒《かんざけ》がいいな。ぬる燗で」

厨房に大声で注文品を告げた。

テーブル席の客四人が腰を上げた。続いてカウンター客ふたりも勘定を頼んだ。

謙治は外まで客たちを見送り、深々と頭を下げた。

店に戻った謙治に隅村が言った。「お前も一杯やれ」

「はい」

謙治はカウンターに入り、隅村の酌《しゃく》を受けた。

鏡子は涼しげな瞳を謙治に向けた。「さっき社長から聞きました。おめでとうございます」

謙治は照れ臭そうに笑って頭を下げた。

「お前は、俺の立てたノルマを簡単にクリアしそうだな」

「さあ、どうでしょうか」謙治は周りに目をやり小声でこう言った。「お客さんは気まぐれですから」

「店長になってみて気づいたことはあるか？」

「前から思ってたんですが、女の客が少ないですね。ゆくゆくは女同士でも入れる店にしたいと思ってます」

隅村が首を傾げた。「居酒屋に女客か」

「隅村さん、女も居酒屋には行きたいって思ってるんですよ」鏡子が口をはさんだ。「でも、女だけじゃ入りにくいのが現実ね」

「居酒屋は、昼間、家族のために一生懸命働いてるオヤジたちのオアシスだぜ」

「今は女もかなり働きに出るようになりましたよ。これからどんどんそうなる気がします」そう言ってから鏡子が謙治を見て薄く微笑んだ。

「まあな。根津、今日は、彼女にとっても記念すべき日なんだ」

「お誕生日ですか？」

「いえ。社長のおかげで就職が決まったんです」

「それはおめでとうございます。で、どんな仕事をするんですか？　隅村社長の秘書かな」

「違う。違う」隅村が首を横に振った。「うちに勤めるんじゃないんだ。知り合いの弁護士事務所に雇ってもらった。鏡子ちゃん、半年前に旦那《だんな》を交通事故で亡くしてね」

「そうだったんですか」謙治は目を伏せた。

「結婚前も弁護士事務所で働いてたんですけど、そこにはもう他の人が働いてますから、社長にお願いしたんです」

「腕利《うでき》きの弁護士じゃないが、鏡子ちゃんは事務をやるだけだから、まあいいかと思って紹介したんだ」

「あの先生、感じのいい方ですよ」

「押しが弱いんだよ、あの人は」

鏡子を見れば見るほど、栄村先生の娘の面影が脳裏にちらついた。

「社長のご親戚でしたよね」謙治が鏡子に訊いた。

「俺の母親の弟の息子が、鏡子ちゃんの亭主だった。だから、血の繋がりはないんだ」

「義父が、社長を紹介してくれたんです。田舎に戻ることも考えたんですが、母も一昨年亡くなってますし、兄夫婦に迷惑かけるのもどうかと思って」

「田舎はどちらです？」淡々とした調子で訊いたが、なぜか胸の底に緊張感がたゆたっていた。

「長野市です」

緊張が弾け飛んで、衝撃に変わった。長野市のどこか知りたかったが、当然、口にはしなかった。

「長野市って言えば善光寺ですね」謙治は当たり障りのないことを口にした。

「行かれたことあります？」

「いえ」謙治は猪口《ちょこ》を空けた。

「彼女の親父は小学校の先生をしてたんだけど、終戦間際に赤紙が来て、帰らぬ人となったそうだ」

「沖縄で亡くなりました。三十七歳で」鏡子がしめやかな声でつぶやいた。

「私の父親も戦死してます」謙治は半《なか》ば上の空でそう言った。

「根津さんはどちらの出身ですか？」

「東京です」

「疎開はなさった？」

謙治は息苦しくなってきた。

「いえ。まだ私は小さかったから、母親と一緒に東京にいました」

「じゃ、東京大空襲を経験なさったのね」

「はい。怖かったですよ。でも、こんなことを言ったら死んだ人に悪いですが、夜、落ちてくる焼夷弾《しょういだん》にはつい見とれてしまいました」人から聞いた話が口をついて出た。

「正直な方ね。それに似たことを書いた小説家がいました。坂口安吾っていう作家ですけど」

「私は小説は苦手で」首を縮めて笑ってみせたが、全身汗びっしょりだった。

隅村が覗き込むようにして謙治を見た。「根津、どうした？　具合でも悪いのか」

「いえ」

残っていた二組の客が腰を上げた。これ幸いとばかりに、謙治はカウンターを出て、客たちを見送った。それから食器を片付けた。

「長野市も空襲に遭ったんだよね」隅村が鏡子に訊いた。

「ええ。私の住んでたY地区もほんの少しだけどやられました」

謙治にとっては決定的な一言だった。玉置鏡子は間違いなく、栄村先生の娘である。

先生は三十七歳で死んだ。もっと歳上に思っていたが、そんなに若かったとは……。

閉店二十分前だが、隅村は腰を上げる様子を見せず、ぬる燗をまた頼んだ。

謙治はカウンターの中に戻った。鏡子が謙治の猪口に酒を注いでくれた。

今のところ、鏡子は、自分が彼女の父親の教え子だとはまったく気づいていない。しかし、いつ何時《なんどき》、何かの拍子に思い出すかもしれない。アルバムが残っているだろうし、先生は筆まめだったはずだから日記が残っているに違いない。あの人だったら、疎開児童のことも詳しく書き残していたに違いない。

敗戦後、進駐軍の捜索を怖がり、学校が書類等々を廃棄処分した可能性は高いが、先生の遺品は残っているに違いない。Y地区も空爆されたが、燃えた家はY駅近くの一軒だけだった。栄村家は燃えていないだろう。兄夫婦は、そこに住んでいるのだろうか。

少年の頃の自分の写真を見たとしても、おそらく、今、目の前にいる男が、疎開児童だったとは分からないかもしれないが、日記に、自分の名前がフルネームで記されていたら……。根津謙治という姓名は珍しくはないが、特徴のある名前だ。

謙治はまたもや、不安を抱えることになった。

何とかして、鏡子と親しくならなければならない。いや、自分から妙な動きをしない方がいいか……。

「根津、やっぱり、おかしいぞ、ぼんやりして」

「日本酒はききますね」笑って誤魔化すのが精一杯だった。

「そろそろ店は終わりだろう。こっちにきて座れ」

「でも、この後もやることがありますから」

「俺がオーナーだぞ」隅村が笑った。

謙治はカウンターを出て、鏡子の隣に腰を下ろした。

鏡子は謙治の初恋の相手ではない。しかし、彼が初めて、美しいと意識した女である。あの件がなければ、再会がどれだけ愉しいものだったか。

謙治はなるべく、鏡子と目を合わせないようにして話題を変えた。

「亡くなったご主人も弁護士さんだったんですか？」

「いえ。大学で文学を教えてました。死んだ父、本当は小説家になりたかったんですよ」

「お住まいはどちらなんです？」

「芝白金台町《しばしろかねだいまち》（現在の白金台四丁目辺り）です。八芳園《はっぽうえん》からすぐのところ」

「鏡子ちゃん、根津は君に興味を持ったらしいよ」

「まあ」鏡子がぽっと顔を赤らめた。

「社長、変なこと言わないで下さい」謙治は冗談口調で割って入った。

ドアが開く音がした。

「すみません、お客さん、そろそろ閉店なんですが」従業員が客に言った。

謙治と隅村が同時に入口に目を向けた。

謙治は目の前が真っ暗になった。

「これは、これは。どうぞ、お入りください」そう言ったのは隅村だった。

「この間は失礼しました」石橋刑事が隅村に頭を下げた。

冷気が謙治の足許にまとわりついた。

「刑事さん、ドア、閉めてくださいよ」隅村が笑って言った。

「あ、気づきませんで」

刑事だと聞いて、鏡子は驚いた顔をした。

ドアを閉めた石橋はマフラーを首から外し、茶色いオーバーを脱いだ。謙治は再びカウンターに戻った。

これまで一度も、ここに顔を見せていなかった石橋が、事もあろうに鏡子のいる時に顔を出した。今すぐに由々《ゆゆ》しき事態に発展することは、まずあり得ないが、まるで、ダイナマイトが二本、目の前に置かれているような気分だった。

「お久しぶりですね」謙治が石橋に笑いかけた。

「やっと休みが取れたもんですから、今夜は古い友人と飲んでたんです。もっと早い時間に寄ろうと思ってたんですけど、飲んべえがひとりいて、なかなか帰してもらえなくて」

「どうせ飲むんだったら、初めからうちにきてくれればよかったのに」

「そうでしたね、これは失敬した」

「何を飲みます？」

「ビールを」

女の従業員が表の灯を落とした。店員たちが片付けを始めた。電気掃除機の音が店に響く。

「後は俺がやるから、適当に片付けたら、みんな帰っていいよ」謙治が言った。

「鏡子ちゃん、そろそろ行こうか」隅村が言った。

「はい」

隅村は財布を取り出し、三万円をカウンターに置いた。「みんなで分けてくれ」

謙治は受け取る気はなかったが、他の全員で分けても、ひとりがもらえる金額は大したことはない。しかし、日給千円にも満たないアルバイトにとっては、ありがたい金だろう。

「明日、店が終わった後、時間を作ってくれ」隅村が真剣な顔で言った。

「何か？」

「明日、電話する」

隅村はそう言い残し、鏡子と共に店を出ていった。

謙治が石橋にビールを注いでやった。

「どうも、どうも。しかし、今の人、綺麗な方ですな」

謙治は曖昧な笑みを浮かべただけで、それには答えなかった。そして、少し間を置いてつぶやくような調子で言った。「寂しかったですよ」

「え？」

「石橋さんは、もっと早くに俺の様子を見にくると思ってましたから」

「原島さんの運転手をしていた時よりも、顔が穏やかになりましたね」

「俺がどんな生活をしてるか調べはついてるんでしょう？」

「この店、根津さんが……」

「今日から店長になりました」

「えらい出世ですね。大したもんだ」

「厳しいノルマを課せられてましてね。達成できると歩合が入ります。隅村社長はきつい人だけど、気《き》っ風《ぷ》がいいんです」

「将来はお父さんみたいに食堂を開くつもりなんですね」

「みんな、本当にもういいよ」謙治は従業員に声をかけた。

料理人が先に店を出た。それから次々と従業員が帰っていった。

ふたりだけになった。

「石橋さん、用はなんです？」

「原島さん、今日、保釈になったそうです」

「浩一郎さんは？」

「少し前に保釈されてます」

「社長は屋敷に戻ったんですね」

「ええ。でも、長くはいられないでしょうね。売りに出したみたいだから。あの親子、もっと金持ちだと思ってましたが、そうでもなかったようです。かなりリスクの高い金融商品に手を出していて、借金を作ってたんですよ」

謙治は新しいグラスを用意し、ビールの栓を抜いた。手酌で注ぐと一気に飲み干した。

「あなたに訊いてもしかたないが、妹の件、あのままで終わりですか」

「あの連中、あなたの出入りしていた雀荘で噂を聞いて犯行を思いついたそうです」

「そんなの嘘に決まってるじゃないですか」

「誰しもがそう思ってますが、証拠がなきゃ、どうしようもない。ただね、佐伯さんには、原島邸で起こった事件のことで、あれからも二度ばかり会いましたよ」

「名刑事の感触は？」

「分かりません。向こうは、十一億円を盗んだのは、あなただと言い切ってましたけど」

「だけど証拠がない」謙治はまたビールを自分のグラスに注いだ。

「川久保さん、今の学校を辞めて、春から中野にある私立で教鞭を執るそうです」

「あなた方がしつこく追い回すから、学校に居づらくなったんじゃないんですか？」

「一身上の都合って私には言ってました」

よくもぬけぬけとそんなことが言えるな。謙治はむっとした。しかし、石橋に腹を立ててもしかたがない。それよりも川久保が気になる。パンチを食らいすぎてダウン寸前のボクサーみたいな状態だとしたら……。岩武は時々、川久保に電話で連絡を取っているはずだ。彼に様子を聞いてみるしかないだろう。

「根津さん、川久保さんにお礼が言いたいって以前おっしゃってましたよね」

謙治は黙ってうなずいた。

「近いうちに会わせますよ」

石橋は戦術を変えてきた。

「私と川久保さんを会わせて、様子を見たいってことですね」

「いやあ、そうじゃないんです。捜査本部は、あなたにはもう興味をなくしてます」

「でも、あなたは……」

「警察組織は会社よりも数段厳しい縦社会です。私は今度の捜査から外されました。碑文谷署管内で、連続放火事件が起こりましてね、そっちの捜査に当たることになりました。だから、もう川久保さんのこと秘密にしておく必要がなくなりました。私が引き合わせます」

見え見えの嘘だが、断るのは変である。

「私も、噂の川久保さんに会ってみたい。私のスケジュールと川久保さんの都合がうまく合えばいいんですがね」謙治は厨房に入り、壁に貼ってあるカレンダーを見た。そして、元の場所に戻り、次の休みの日を教えた。

「それじゃまた連絡します」石橋は上着の内ポケットから財布を取り出した。

「お金はいいですよ」

「そうはいきません」

殺人の絡んだ強盗事件に深く関係している人間にご馳走《ちそう》になるわけにはいかないらしい。

金を払った石橋は、領収書はいらないと言い、釣り銭を上着のポケットに押し込むと、店を出ていった。

従業員を早く帰したものだから、後片付けをひとりでやらなければならなかった。それが終わってから売上げの計算もやり、現金を鞄に入れた。銀行に入れるのは明日である。

腕時計に目を落とした。午前一時半を回っていた。岩武の自宅に電話を入れた。しかし、誰も出なかった。

翌日の午後、銀行に寄り、昨日の売上げを預け、釣り銭も準備した。店に向かう途中、電話ボックスに入った。岩武はまたも不在だった。

その夜、天気は崩れなかったが、冷たい風が吹いていた。客足は鈍く、店は暇だった。十一時すぎに隅村から電話があった。店が暇だというと、後は誰かに任せ、六本木《ろっぽんぎ》に来いと命じられた。

「六本木ですか？」

「うん」隅村は詳しい場所と店の電話番号を謙治に教えた。

謙治は私服に着替え、地下鉄を乗り継いで六本木を目指した。

六本木は繁華街というには寂しすぎる街だ。交差点には喫茶店はあるものの、本屋と銀行と蕎麦屋が角を占めている。都電の走る表通りに建っている建物のほとんどが小さな商店である。しかし、裏通りに入ると、サパークラブ（今のサパーではない。深夜のナイトクラブのようなもの）が何軒かあって、銀座のホステスと客などが、店が退《ひ》けた後に、遊びにくるプレイスポットになっている。バンドが入っているので踊ることもできる。芸能界の人間もよく出入りしているらしい。

隅村が待っている店は、日本料理店『瀬里奈《せりな》』の近くにあった。二年ほど前、同じ場所にオープンしたステーキハウス『モンシェルトントン』に勇平を送ったのを思い出した。

比較的新しいビルの三階に上がった。店の名前は『エトワール』。

壁が黒い、暗い店だった。ラテンバンドが演奏中で、フロアーでは二組の男女が踊っていた。フロアーを囲むように、ゆったりとしたソファーが置かれていた。カウンターで女がふたり飲んでいた。店に雇われているホステスではない。表向きは客だが、上客の相手をするために店が〝飼っている〟女たちだろう。

隅村の名前を出すと、奥の個室に案内された。柔らかそうな黄色い革張りのソファーに座っている男を見て、謙治はびっくりした。

『佐伯興産』の社長、佐伯弘幸だった。謙治が会おうとしないので、隅村社長を動かしたらしい。このふたりが昔からの知り合いかどうかは分からないが。

黒いミニスカートに、フリルのついた白い絹のブラウスを着た女が、佐伯と隅村の間に座っていた。前屈みの姿勢で、ウイスキーの水割りを用意し始めた。立派な胸の谷間が露になった。

「まあ、座れ」隅村が言った。

謙治は彼らの正面の椅子に腰を下ろした。

女がコースターを敷き、水割りを謙治の前に置いた。

「明美《あけみ》、もういいよ」

明美と呼ばれた女は科《しな》を作って挨拶すると部屋を出ていった。

「久しぶりだな、根津」佐伯がにかっと笑った。

佐伯も隅村と同じ五十歳ぐらいの男だ。何度も会っている佐伯だが、このように相対するのは初めてだった。改めて佐伯をじっくりと見つめた。隅村同様、押し出しがいい。だが、隅村よりも老けてみえる。肩幅が広くて猪首《いくび》。据《す》わりのいい台座にしっかりと固定された丸い時計のような顔。眉は吊り上がっていて、常に十時十分で針が止まっているような感じである。眼鏡はかけていない。軽い斜視だから、心の裡を目つきから読むのが難しい人物である。

「おふたりは、以前から付き合いがあったんですか？」謙治が訊いた。

「いや」隅村が煙草に火をつけた。「或る人を通じて、佐伯さんが、俺に会いたいと言ってきたんだ。会うのはこれで二度目だよ」

「紹介者は、亀田というイースト商事の常務ですか？」

隅村が目を瞬かせ、ちらりと佐伯を見た。

「お前に何でそんなことが分かるんだ」佐伯の声色《こわいろ》が変わった。

「イースト商事が話題になった時、佐伯さん、銀座で飲み屋を経営してる会社かもしれないって、言ってたじゃないですか？」

「そうだったっけなあ」

「で、私に何の用なんです」

隅村が煙草を消した。「じゃ、佐伯さん、後はおふたりで」

「後ほど」

隅村は軽く手を上げ、部屋を後にした。

隅村はなぜ仲介役に応じたのだろうか。イースト商事の亀田に義理立てする必要があったのか。

佐伯は口を開かない。謙治も黙っていた。意味のない根比べに思えたが、佐伯は自分の質問にまだ答えていない。だから、絶対に先に口を開くまいと決めた。

「お前がすんなり俺に会ってれば、隅村さんに迷惑をかけることはなかったんだぞ」

「…………」

「妹、大変だったな」佐伯が平然とした調子で言った。

「お世話になりました」謙治は嫌味《いやみ》たらしく言った。

「お前に謝りたい」

「ほう。妹の事件や、逸見殺しの首謀者だって、佐伯さん、認めるんですか？」

「まさか。俺は一連の事件には関係してない」

「だったら、何で謝るなんて言うんですか？」

「そう気色ばむな。八峰連合の相談役と俺は昔から付き合いがある。東雲組の幹部ともな。原島さんの邸での事件の後、奴らに呼びだされた。長い間、原島さんと組んできた俺だから、詳しい事情を知ってるだろうって思ったらしい」

謙治は鼻で笑った。「ちょっと待ってください。原島社長は、事件が起こった後、五百六十万円を盗まれたと嘘をついた。八峰連合が、その程度の金に興味を持つとは思えませんが。佐伯さん、莫大な裏金を原島社長が動かすことを知ってたんでしょう？」

「三伸銀行が一枚嚙んでるのは分かってたから、かなりの金が動くのは察しがついてた」

「原島社長は、どうして今回に限って、佐伯さんを外したんですか？」

「運転手のくせに、よく知ってるじゃないか」猪首が少し動いた。弛んだ皮膚が軽く重なった。

「興味がなくても、話が聞こえてくる時もありましたから」

「社長が息子に俺のことを話してたんだな」

「もう忘れました」謙治は佐伯から目を離さず、グラスを口に運んだ。

佐伯が力なく笑った。「浩一郎が、次第に俺を煙たがるようになってな。俺の見込み違いがひとつあった」

「見込み違い？」

「非情な世界を生きて、あそこまでのし上がった原島さんが親バカだとは気づかなかったんだよ」佐伯が大口を開けて笑いだした。「大地ファースト物産ってのは、大手商社をクビになった浩一郎の大学の同級生が、奴に取り入って、金融ブローカーと一緒に作った会社だよ」

「なるほど。原島社長は、この先、息子に仕事を任せていこうと考えたんですね」

「さっき話に出たイースト商事の亀田ってのを、浩一郎に紹介したのは俺だが、亀田は東雲組の元組員でね。東雲組とは今でもつかず離れずの付き合いをしてる。浩一郎は、まず亀田に、犯人はお抱え運転手の根津謙治だろうと話した。その際、盗まれた額までしゃべったらしい」

謙治は上目遣いに佐伯を見た。「あなたの言ってること証明できます？」

「まあ話をきけ。亀田は、浩一郎の話を鵜呑《うの》みにはしなかった。親父は筋を通す男だが、息子の方は、お前の見ての通りの奴だ。親父の威光を笠《かさ》にきてるだけの奴だろうが。だから、亀田は俺んとこにやってきた」

「あんたが裏打ちしたんですね。俺がやったって」

「そうだ。犬にあんなことできるのはお前しかいないからな。その後に八峰連合の相談役や東雲組の幹部に呼び出された。俺は同じことを彼らに言った。そしたら、お前の周りで事件が起こり始めたんだ。悪かったな、余計なことを言って」

「佐伯さんが指示したんじゃないって俺に言いたくて、電話してきたんですか」

「一連の事件、八峰連合の幹部まで関係してるかどうかは分からんが、東雲組の組長の指示があったことは間違いない」

「確証もないのに、そんなことしますかね」謙治は軽く肩をすくめて見せた。

「十一億だぜ。それが組織もない一介の運転手が盗んだとなれば、簡単に隠し場所を見つけられるとタカをくくってたようだ。だが、お前は尻尾《しっぽ》を出さない。だから、妹を拉致して取引しようとしたんだろうよ。相手は暴力団だぜ。鉄砲玉はいくらでもいる。駄目元でやったって、屋台骨が揺らいだりはしないから」

「今年に入ってからは動きはないですよ」突然、謙治は背筋を伸ばし、勢い込んで言った。「あ、ありましたよ」

「いつ？」佐伯がぐいと躰を前に乗り出した。

謙治は短く笑った。「今夜、まさに今ですよ」

佐伯がゆっくりと息を吐いた。「お前、怖いもの知らずだな」

謙治は煙草に火をつけた。

「俺はな、ヤクザの手先になんかならんよ」

「篠山って高利貸し、佐伯さんと親しいんでしょう？」

「お前がなぜそんなことまで……」

「自分を守らなきゃなりませんからね」

「お前が、俺を疑うのも無理はないな。だけど、よく聞け、根津。これからも東雲組には狙われるぞ」

「ご忠告、ありがとうございます」謙治はグラスをテーブルに戻し、腰を上げた。

「まだ話は終わってない」

「言葉遣いに気をつけたらどうですか？　俺はあんたの部下だったことも、世話になったこともないですよ。原島さんのコバンザメが、浩一郎よりも立派だって思ったことも一度もない」

元運転手に馬鹿にされた佐伯の頬が紅潮した。謙治は無視して、ドアに向かった。

「横須賀のどぶ板通りのバー『マヘイリ』に行ったことあるよな」

謙治は足を止め、肩越しに佐伯を見た。「それがどうかしたんですか?」

「慌てて帰る必要ないだろうが。この店も、実質的には隅村さんのものだそうだ。お前の雇い主が、俺のためにここを貸してくれた。お前が先に帰るのは、社長の顔を潰すようなもんだぞ」

謙治はもう一度、席についた。

「お前はバー『マヘイリ』に出入りしてたアメリカ兵から銃を手に入れた。違うか?」

「あのバー、麻雀仲間に連れていかれた店ですけど」

「お前、自分のことが書かれた週刊誌に目を通してるんだろう?」

「ほとんど見てません」

佐伯がじろりと謙治を見た。「気にならんというのも妙だぜ」

「嫌なことしか書いてないに決まってますから。これで案外、気にしい、なんですよ」

「お前は〝時の人〟になった。あのバーのマスターは俺の知り合いなんだが、週刊誌に載った、お前の写真を見て、自分の店に来たことがあるって言ってたよ。麻薬と拳銃を売り捌こうとしてたアメリカ兵と、店の裏の路地で立ち話してたそうじゃないか」

「その話、警察にしました?」

「いや」

「じゃ、俺の方からしておきます」

「強気だな。根津、お前、端っから、原島さんの金を狙うために運転手になったんじゃないのか」

「佐伯さん、十一億円って聞いて、頭が変になったんじゃないんですか?」

「お前が計画を立てた。俺はそう思ってる」

「警察は、俺だけを疑ってるわけじゃないですよ」

佐伯は、謙治の言葉には反応せず、躰を後ろに倒した。「お前にはアリバイがある。新宿でお前の財布を拾った奴がいて、お前を見てた。そいつとグルなんだろう? 東雲組と繋がってるマルボウもいるんだぜ。いつかはそいつのこと、東雲組の耳に入る。警察は手荒な真似はしないだろうが、東雲組はどうだかな」

根津の一番の弱点は、川久保である。疎開した小学校でガキ大将にいびられても、音を上げなかった川久保だが、暴力団の息のかかった若いのは、何をしでかすか分からない。顔が変形するほど殴られる前に、川久保は落ちてしまうかもしれない。

しかし、打つ手はまったくない。

どんなに用意周到な計画にも必ず穴はある。その穴を飛び越えられるかどうかは運の問題だ。今すぐ、近くの神社か寺に駆け込んで手を合わせたい気分だった。

「根津、あんな大金、お前が持っていても宝の持ち腐れだ。俺がお前の金を綺麗なものに換え、この程度の店だったら、何軒でも持てるようにしてやる。それが嫌なら、一緒に金融屋をやろう。俺なら、あの金、足がつかないようにうまく転がせる」

「俺に仲間が五十人いたら、ひとり当たりが受け取る額は大したことないですよ」

「仲間は三、四人だろうが。お前の取り分がどれぐらいか知らんが、三億、四億は手に入れたはずだ。居酒屋の店長なんてしょぼい仕事に就いて、ほとぼりを冷まそうって気なんだろうが、そんなまどろこしいことはせずに、俺と手を結ぼうぜ。お前の仲間だって、どうせ大金を使う知恵なんかなくて、ギャンブルや女遊びに消え、結局はまた貧乏な暮らしに戻るだけに決まってる。あぶく銭を生産的なことに使える悪党なんかいやしない。一攫千金を夢見る奴が、地道に暮らせるわけがないから」

謙治は真っ直ぐに佐伯を見て、二度、三度とうなずいた。彼の言ったことに納得したのである。同時に、自分は、普通の悪党ができないことをやるのだと、決意を新たにしたのだった。

「俺が、こうやってお前と会うのも命がけなんだぜ」

「東雲組の息のかかってる亀田って人に、隅村社長を紹介してもらったんでしょう？　あんたの話は信用できない」

「亀田のことは心配いらん。俺はあいつのキンタマをしっかり握ってるから。ともかく、俺が上手に、お前の金を使ってやる」

「面白い話ですが、俺は、あんたを喜ばせるような大金を持ってません」

「今夜のところはそういうことにしておいてやる。だが、このままじゃ、警察だけじゃなくて、東雲組もお前から目を離さないだろうよ。そのことを頭に入れて、仲間とも相談し結論を出してくれ」そこまで言って、佐伯は内線電話に手を伸ばした。

「隅村さんを呼んでくれ……。ああ、どうも、場所を貸してくれてありがとうございました。俺はこれで引き上げます……。え？　ああ、そうか。じゃ、一杯やってから帰ります」

謙治は立ち上がった。「お先に」

「どうってことない人間が挨拶に来るだけだから、帰る必要ない」

「疲れました」

謙治はドアに向かった。と同時に、ドアが開いた。

鼓動が、部屋に響くのではないかと思えるほど高鳴った。

隅村の後ろに立っていたのは岩武だった。

「根津、もう帰るのか。話があるから、もう少しいろ」そう言った隅村が岩武の方に目を向けた。「こっちはギタリストの岩武……。岩武、何て言ったっけ」

「弥太郎です」

「久しぶりだな」佐伯が岩武に微笑みかけた。

「ご無沙汰してます」岩武が身を縮めて挨拶をした。

隅村が謙治を岩武に紹介した。ふたりは簡単に挨拶を交わした。

「まあ、座って」

隅村に促され、岩武が一番、出入口に近いところにある椅子に座った。

謙治は再び同じ席に戻ることになった。隅村が佐伯の隣に腰を下ろした。明美と呼ばれていた女が入ってきて、再び、佐伯と隅村の間に入り、すぐさま酒を作り始めた。

「根津、岩武には会ってなかったっけな」佐伯が言った。

「いえ」

佐伯はどこの店で、岩武と会ったかを口にした。

「表で車を停めて待ってたことはありますが、中には入ってません」

「岩武、こいつのことは知ってるよな」

岩武はちらりと根津を見て、首を横に振った。

「十一億円、強奪された事件があったろう。あの被害者のお抱え運転手。週刊誌にも写真が載るくらい有名になった」

「ああ」岩武はうなずいたが、気もそぞろなのは誰の目にも明らかだった。

佐伯が怪訝な顔をした。「岩武、どうした？　いつももっと口数が多いのに」

「岩武は仕事にあぶれて、私に頼み事があってきたんです。元気があるわけないでしょう？」隅村が口をはさんだ。

岩武は或る小さなプロダクションに所属し、バンドのメンバーとしてキャバレーやクラブで働いていた。しかし、赤坂のクラブのマネージャーと喧嘩したことが原因で、プロダクションをクビになった。バンドの仲間の世話で、スタジオでのレコーディングや地方回りで食いつないでいたが、レギュラーの仕事は持っていなかった。

隅村がそう説明した。謙治の耳にはすでに入っている話だった。

「こいつはなかなかいい奴ですよ。隅村さん、何とかしてやってください」佐伯が鷹揚な調子で、岩武の肩を持った。

「この男には懲りてるんです」

隅村が溜息をついた。

「どうして？」

「うちのキャバレーで働いてた時、二度もホステスをたぶらかしてね」

「社長、決してたぶらかしたわけでは、あれはですね……」岩武が言い訳しようとした。

「何があったかは知らん。ただ〝商品〟に手を出すようなバンドマンは雇っておけない」

そこまで言って隅村は、佐伯に目を向けた。「即刻、バンドリーダーに言って出入り禁止にしたんです。ホステスと結婚するって言うんだったら話は別ですよ。だけど、こいつのはほんのつまみ食いなんだから」

「岩武、本当か」佐伯が眉をゆるめた。

「認めますが、それにはいろいろと訳がありまして」

「しかし、お前も図々しい奴だな。そんな前歴があるのに、隅村さんに仕事を頼みにきたのか」

「隅村社長の新橋のキャバレーに出てるバンドのマスターは、今のギタリストが駄目だから、メンバーにしてやってもいいって言ってくれてるんです。で、隅村社長との関係を話したら、直談判してくれと言われたものですから」

岩武はパイプを吸わなかった。吸いにくいのだろうと思った。しかし、それは大きな間違いだった。

ドアがノックされ、ボーイが顔を出した。「これがカウンターに……」

ボーイが手にしていたのは、岩武のパイプだった。

またもや謙治は脂汗が首筋に滲んだ。

「お前、パイプ吸うのか」佐伯がパイプに興味を示した。

「煙草よりも安上がりなんで」

「俺も時々、吸うが、銘柄はなんだ」

「いろいろです。混ぜる時もありますし」岩武はしどろもどろである。

佐伯は、犯行現場にパイプ煙草の葉が落ちていたことを思い出した。そんな気がしてならなかった。いや、それは考えすぎかもしれない。怯えているせいで、そう思えただけだと謙治は自分に言い聞かせた。

「岩武、今、いくつだ」佐伯が続けた。

「今年、三十一になります」

「じゃ、根津と同じ歳だな」と隅村。

ごく一般的な会話なのに、謙治は居たたまれない気分になった。

「俺が口をはさむことじゃないが、隅村さん、昔のことは水に流して、岩武を雇ってやってください。女ぐらいこませなきゃ、いい音色は出ませんよ。そうだろう、君」佐伯は明美の脚をゆっくりと撫で始めた。

「佐伯さん、こいつを雇ったら、うちの店をもっと利用してくれますか？」

「こいつに会いに、高い金を払って店に来いっていうんですか」佐伯は冗談めいた口調でそう言うと、また女の方に目を向けた。「この子のような可愛い子がいるんだったら使わせてもらいますけどね」

「まあ、嬉しい」明美が両手を胸の辺りに運んで、科を作った。「社長、これから私をどこかに連れてって」

佐伯が腕時計に目を落とした。「もうこんな時間だよ」

「開いてる店、私、知ってます」

「分かった。付き合うよ。だけど、明日早いから、一時間ほどで切り上げていいか」

「もちろんです。ご迷惑はおかけしません。支度《したく》してお待ちしてますね」明美はハイヒールの音を響かせて部屋を出ていった。

佐伯が立ち上がった。「根津、さっきの話、真面目に考えておいてくれ」

「佐伯さん、引き抜きは困りますよ。この男、なかなか使えるんです」

「知恵者だからな。岩武、いずれはこいつもこういう店を持つかもしれん。今のうちから仲良くしとけ」

そう言い残して、佐伯も部屋を出ていった。

緊張が一気に解《ほぐ》れた。佐伯に頰ずりしてもいいくらい、彼に感謝した。

「岩武さんはどんなジャンルが得意なんですか」謙治が訊いた。

「一応、ジャズギタリストですが、今は何でもやります。演歌のバックから、ギター教師まで」

「根津、話っていうのはな」

岩武が腰を上げようとした。

「いていいよ」

岩武は言われた通りにした。

隅村が根津を見つめた。「今の店の店長、一年やってくれ。食べ物屋は季節を重視しなきゃならんだろう。春夏秋冬を見極めて、今後のメニューや何かを考えたい。串揚げは今はいいが、夏、どうするかだ」

「一年後、私をどうするおつもりですか？」

「お前の働き次第だが、俺を満足させてくれたら本社に来てもらう。前にも言ったろう。俺は『すみ家』を全国展開したいんだ」

「頑張ります」謙治は神妙な顔をして答えた。

「岩武、新宿に行くことがあったら、『すみ家』に寄ってくれ。単なる居酒屋だが味は保証する」

「すみません。名刺を差し上げるのが遅くなりまして」謙治は中腰になって居酒屋の店長の顔を作り、岩武に名刺を渡した。

岩武は恐縮して、名刺を受け取った。余裕が出てきた謙治は、この猿芝居を愉しめるようになっていた。

隅村は岩武の願い事を聞き入れ、バンドに参加することを許可した。

隅村はまだ残っているという。

謙治と岩武は一緒に店を出た。

午前二時少し前だった。交差点までふたりは口をきかずに歩いた。

交差点で立ち止まった謙治が天空を見上げた。

「こんないい機会は滅多にないぜ。ゆっくり話せる場所を知ってるか」

岩武が周りを気にしながら小さくうなずき、にっと笑った。

二

一九六七年二月十五日〜十二月十七日
岩武は飯倉《いいぐら》の方に足を向けた。「ハンバーガーインの近くに、俺の知り合いがやっているピアノバーがある。ボックスがあるから、そこなら何でも話せる」
「お前に何度も電話をしたが繋がらなかった」謙治が煙草に火をつけながら、苛立った調子で言った。
「何かあったのか」

「これからもまた面倒なことが起こりそうだ」

「え？」

「今夜、お前に会えて本当によかった」

ピアノバー『エヴァンス』は、ガソリンスタンドの手前のビルの地下にあった。口髭まで白い、銀髪の男がピアノを弾いていた。小振りのグランドピアノの周りをカウンターが囲んでいて、三人の客が酒を飲んでいる。ボックスは空いていた。奥のボックスに謙治たちは腰を下ろした。

「俺たちは今夜、初めて会ったんだぜ」謙治は岩武と目を合わせず小声で言った。

「分かってるよ」

若い女が注文を取りにきた。岩武はその子のことをよく知っているようで、初対面だということをさりげなく伝えながら、謙治を紹介した。女の子はジャズ歌手のタマゴだった。

注文した水割りがくると、「これからよろしくお願いします」謙治は畏《かしこ》まった調子で言い、頭を下げた。

「こちらこそ」

謙治たちはグラスを合わせた。

「田島、学校を替わったらしいな。何か聞いてるか」

田島とは川久保のことである。

岩武がうなずいた。「かなり神経がまいってるようだ」

「あいつと俺を、俺に食い下がってる刑事が近いうちに会わせるそうだ」

「何だって……」岩武の眉根が引き締まった。

「田島の様子を見たいんだろうよ」謙治が煙草に火をつけた。

「お前に事前に教えたのが変だな。いきなりの方が、お前の様子だって観察できたはずなのに」

謙治の瞳が鋭く光った。「そこだよ。俺が慌てて、あいつに連絡を取る。それも頭に入れて、わざとそうした気がする。あいつには監視がついてるかもな。ともかく、夜が明けたら必ず、あいつに今の件を伝えてくれ」

「心配だな。ボロを出しそうだぜ、あいつ」

「俺を紹介された時、平然としすぎてるのもまずいし、大袈裟に驚くのも変だし……」

岩武ががっくりと肩を落とした。「あいつに役者みたいなことができるはずないよ」

「迂闊《うかつ》な発言さえしなければいいんだ。石橋って刑事は、打つ手がないから、俺たちに揺さぶりをかけてきた。石橋は、田島の態度いかんにかかわらず、これからも俺を疑い続けるだろう。だから、あいつが完璧な演技をしても、結果は変わらないってことさ」謙治は不貞不貞しい笑みを浮かべ、煙を思い切り吐き出した。

銀髪のピアニストの演奏で、先ほどの女の子が『フライ・ミー・トゥ・ザ・ムーン』を歌い始めた。

このままではとてもプロにはなれそうもない歌唱力だった。

「お前と佐伯が一緒だったから、俺は心臓が止まりそうになったよ」

「奴も俺の犯行だと決めつけ、金を上手に使ってやるって持ちかけてきた。どこまで本気かは分からないがな」歌い手と目が合った。謙治は小さく微笑んだ。「問題は、東雲組が、田島の存在を知ったら、あいつに手を出すかもしれないってことだ」

岩武の顔に動揺が表れた。「拷問《ごうもん》されたら持ち堪えられんだろう。どうするんだよ」

「どうにもできんさ」

「そのことを警察に教えることはできるだろう。この間のように警察を利用すれば」

「駄目だよ、今度は。田島が拉致されても、警察はしばらくは放っておくに違いない。東雲組が警察の代わりに、田島の口を割らせるのを待って、それから、田島を救出し、脅《おど》した連中を捕まえるだろうよ」

「田島に気をつけろって言った方がいいかな」

「黙っていた方がいいだろう。知ったら余計に怯えておかしくなるに決まってるから」

女の子の曲が終わった。謙治は拍手を送った。女の子はカウンターの客の横に座った。

銀髪のピアニストがバラードを弾き始めた。

短い曲だった。演奏を止めると、タンブラーを手にして謙治たちの席にやってきた。

「タケちゃん、今日はあまり飲んでないね」銀髪のピアニストが、岩武の隣に腰を下ろした。

「やっと仕事が決まったんだよ」

「それはよかった。で、どこに出るんだ」

岩武が、キャバレーの名前や一緒に組むバンドマンのことを口にした。

銀髪のピアニストの視線が謙治に移った。

岩武が、謙治と会った経緯を話した。謙治はピアニストに名刺を渡した。

「仕事が決まったもんだからね、初対面なのに無理やり、飲みに誘っちゃったんだよ」

「タケちゃん、人なつこいからね」

「私の方も社長と一緒だったから緊張してました。だから、ちょうど一杯飲みたかったんです」

「貞《さだ》さんはね……」

ピアニストの名前は横山貞治《よこやまさだはる》といった。横山は戦前から横浜のダンスホールに出ていたベテランピアニストだという。

謙治は、ミュージシャン同士の話を黙って聞いていた。

雰囲気のいいバーである。増美を連れてきてやろうか。だが、増美はすでに知っているかもしれない。なぜか突然、鏡子の顔が脳裏に浮かんだ。

銀髪のピアニストはなかなか腰を上げなかった。謙治は次第に苛々してきた。

「そろそろ、私は失礼します」謙治が言った。

「もう?」岩武がきょとんとした顔で訊いてきた。

「岩武さんは残ってください」

「初対面から、しつこくお引き留めしたら嫌われますね。じゃ、俺も一緒に出ます。明日早いし、しばらく、娘の顔をまともに見てないんで」

どちらが支払うか、軽く言い争ってみせた。誘ったのが岩武になっているので、謙治は引いた。

外に出ると、岩武が『フライ・ミー・トゥ・ザ・ムーン』を口ずさんだ。彼の口から白い息がぽっ、ぽっと立ち上る。

「少し歩こう」謙治は東京タワーの方に向かった。

「まだ何かあるのか」

謙治は暗い空を見上げた。「栄村先生の娘に会った」

「どこで?」岩武の声に力が入った。

謙治は事の次第を話した。

「あの頃は綺麗だったけど、今はどうなんだ」

「今もいい女だ」

「しかし、それはやばいな」

「今のところ、俺が、彼女の生まれ育ったところに疎開してたことには気づいてないが……」

「川久保のことはよく覚えてるだろうな。何せあいつは先生と仲がよかったから」

「アルバムや先生の日記が残ってるはずだ。それが気になる」

「どうするんだい？　隅村社長の遠い親戚だったら、お前、そう簡単にデートにも誘えないな。俺が代わりに近づくか」

「近づくんだったら俺がやる。だけど、探りを入れるのはかなり危険だよ。やぶ蛇になるかもしれんから」

岩武の足が止まった。「もしも、俺たちの関係がばれたら、お前、栄村先生の娘まで殺る気か」

「俺は殺人鬼じゃないよ」

「でも、いざとなったら」

謙治はそれには答えず、煙草に火をつけた。「救いがあるとしたら、佐藤の苗字が川久保に変わっていることだ」

「そうだな。俺や宮森がお前と疎開先で会っていたことが分かっても、直接、あの事件とは結びつかない。だけど、川久保はお前のアリバイを作った。そこがアキレス腱だもんな」

飯倉片町《かたまち》の都電の停車場が見えてきた。

聞こえよがしに排気音を響かせて、ポルシェ９０１が飯倉の交差点をタイヤを鳴らして左折した。

鏡子のことは放っておいてもいいかもしれない。今後、彼女と再会する機会すら巡ってこないかもしれないし、鏡子が、居酒屋の店長をしている年下の男のことを、ずっと記憶に留めているとは思えなかった。

「しかし、今夜はいい出会いになったよな。これで俺たちは心おきなく会える」岩武が言った。

「以前通り、何か問題が発生した時だけ連絡を取り合おう。警察は、俺と親しい奴は誰でも調べる可能性があるから。店に顔を出すのも控えろ。佐伯はお前のことを気に入ってる。これからも上手に付き合っておけ」

「探りを入れろって言うのか」

「一介のギタリストの前で、秘密の話なんかしやしない。余計なことはしないでいい。ただどんな人間と一緒にいるかぐらいは自然に分かるだろうから、心して奴の相手をしてくれ」

「客が飲みに連れていってくれることもあるから、その程度のことなら簡単に摑めるよ」

「パイプ煙草の葉だけは替えた方がいいな」

「そうする」

神谷町《かみやちょう》の交差点が近づいてきた。

謙治は、夜が明けたらさっそく川久保に連絡を取るように念を押し、やってきた空車に手を上げた……。

翌夜、店が終わった頃に、岩武が偽名を使って謙治に電話を入れてきた。謙治はいつものようにギャンブル仲間から電話がかかってきた振りをした。

岩武は、謙治に調子を合わせながら、川久保のことを話した。

思った通り、川久保が、勤めている学校を辞めることにしたのは、警察が学校にまで何度もやってきたからだという。教頭や同僚に勤務態度を訊いたり、謙治の写真を見せたりしたそうだ。それが学校で評判になり、普段から関係のよくなかった教頭からは犯罪者扱いされたらしい。

川久保は酒の量が増えただけではなく、新宿辺りでラリっている若者が持っているハイミナールとかニブロールなどの睡眠薬にまで手を出すようになったという。

川久保がぽつりと言ったそうだ。殺人が絡んでいるのがかなり応えていると。

「……初対面の相手と対戦する心構えはどうなんだい？　いくらレートが高くても、おどおどしてたら、相手に舐められますよ」麻雀の話にすり替えて、川久保の様子を訊いた。

「奴の話を聞いていて思ったんだけど、おどおどしててもいいんじゃないのか。緊張感があって当たり前だから。普通に応対する方が嘘くさい」

「ともかく、自然体が一番だ」

「そう伝えておくよ」

二月の終わり、石橋が電話を寄越した。川久保と会うのは三月六日、謙治の休みの日の夜に決まった。

その間は、仕事に専念した。女たちのビラ配りのおかげもあって、店は混み合っていた。二月の売上げは一月の三倍に跳ね上がった。それは隅村の想像を遥かに上回るものだった。

妹の美紀子とは時々、電話で話していた。

美紀子は、アパートを出て許嫁《いいなずけ》の善弘と一緒に暮らしている。謙治の働いている店に来たいと言ったが、満足のいく店になるまで来ないでほしいと断った。

野上夫婦には葉書で落ち着き先と仕事の内容を伝えた。すぐに宗助から返信があった。一度、仕事ぶりを見にいきたいが、時間が取れないと書かれてあった。

四日、五日の両日、日本で初めてドッグレースが、神宮外苑《じんぐうがいえん》第二球場で行われた。公営化を目指しての開催だという。出場した犬はすべてグレーハウンドだった。

謙治は新聞に掲載された写真に見入った。ゼッケンをつけ、トラックに走り出してゆく犬たちと、自分が殺したシェパードが重なった。嫌な思いを消すために、謙治はぶるっと頭を振った。すると今度は違うことが脳裏をよぎった。宮森のギャンブル癖は、収まったままだろうか。

束《つか》の間《ま》、解放された気分になることがあっても、事件を起こして以来、謙治の神経は張り詰めたピアノ線のようだった。しかし、そんな自分を見つめる骨太の精神を謙治は持っていた。自分は死ぬまで戦場にいる気持ちで生きる。そこに充実感を感じている。凪《な》いだ湖面のような暮らしは窒息しそうで願い下げだ。

川久保と対面する日がやってきた。冷たくて重い雨が降っていた。

石橋が待ち合わせに指定した場所は、新宿コマ劇場近くの居酒屋だった。個室の襖《ふすま》を仲居《なかい》が開けると、石橋が立ち上がった。川久保の姿はなかった。

窓のない座敷の片隅に桃の花と水仙が生けられていた。

「せっかくのお休みなのにご足労願って申し訳ない」謙治に挨拶をした石橋は、腕時計に目を落とした。「川久保さん、遅いなあ」

石橋と謙治は同時に腰を下ろした。

「彼は、私と会うことを知ってるんですか？」

石橋は目を細め、首を横に振った。

「石橋さんは、あの事件から外れたんですよね？」

石橋の頬から笑みが消えた。「根津さん、私があなたに会うのは、今夜が最後になるかもしれない。本当に、私、あの事件から外れたんですよ。でも今日は特別なんです」

「特別ね」謙治は鼻で笑った。

「お連れ様がお見えです」仲居の声がし、襖が開いた。

川久保のオーバーの肩辺りが雨に濡れていた。

川久保が謙治に視線を向けた。一瞬、考え込んだような顔をした。

滑り出しは上出来である。

石橋の連れを見て、最初は警察の人間かと思ったが、ひょっとすると週刊誌で見た、問題の人物ではないかと疑った。だが確証はない。そんな感じに見える態度だった。

もう一度腰を上げた石橋が口を開いた。「川久保さん、こちらはね……」

川久保の顔が歪んだ。「根津さんでしょう？」

「よく分かりましたね」

「週刊誌で顔を見てますから。石橋さん、これはどういうことなんです。私は何も知らされてませんでしたよ」

川久保に睨み付けられても石橋は悠揚としていた。

「まあまあ、お座りください」

川久保が言われた通りにした。

謙治は自己紹介し、川久保に名刺を渡した。「その節はお世話になりました。お会いしてお礼を申しあげたいと言ったのは私なんです」

「私、名刺、持ってきてません」川久保は憮然《ぶぜん》とした調子で言った。

料理はすでに石橋が頼んであった。川久保が熱燗にしたいと言ったので、謙治も石橋もそれに合わせた。

先付《さきづけ》はぬた和《あ》えだったが、ぱっとしない味だった。

「石橋さん、この間も言いましたが、こういう時は、うちを使ってくれればいいのに。私が休みでも店はやってます」

「それはちょっとねえ」石橋が笑って誤魔化した。

川久保は酒ばかり飲んでいて、食べ物にはほとんど手をつけなかった。

石橋は瞬きを忘れたかのような目を川久保に向けた。「八月十五日の午後十時頃、あなたが見た人物は、確かにこの人ですか？」

「だと思いますが……」

「はっきりしないんですね」

川久保も石橋に視線を向け、怒ったように言った。「似てる、としか言えません」

石橋は、おさらいするように、当夜のことを、謙治と川久保に交互に訊いた。

の話を始めた。

綻《ほころ》びを発見できなかった石橋は、急に優しい顔になった。そして、ふたりの小学校時代
川久保は、入新井第一小学校、戦前は国民学校と言っていたが。謙治は四谷第三小学校
に通っていた。

「四谷も空襲にあって焼け野原でしたが、うちの学校の校舎は焼けずにすんだ。だから、進駐軍の野戦病院になり、短い間だったけど花園町《はなぞのちょう》の学校に移されました」

謙治は、疎開のことに触れられるのではとひやひやしながら、あたかも体験したかのように昭和二十年の東京大空襲の話をした。

「うちの学校は第一校舎が焼けました」川久保がやっと刺身に箸をつけた。

国民学校初等科の生徒で強制疎開させられたのは三年生以上である。当時、謙治たちは二年生だったが、石橋は、疎開には頭が行かないのかもしれない。

石橋はそれからも、料理をちまちまと口に運びながら、謙治と川久保の過去に触れた。木場の喫茶店の名前も出した。

食の進まない川久保の前には、料理が、お供え物のように並んでいった。

「川久保さん、食べてください」石橋が軽く手を差しだしながら優しく言った。

川久保の曲がっていた背中が急に起きた。「何が、食べてくださいだ!! 私に無理やり自白させたいんだったら逮捕すればいい。同じこと何度も何度も訊いてきて、根津さんに

まで会わせ、私の様子を見る。私は、あなたのせいで今の学校に居づらくなったし、不眠症にもなった」

石橋が神妙な顔をした。「お気持ちは十分に分かります」

川久保の拳が座卓を叩いた。徳利《とっくり》が倒れ、酒が零《こぼ》れた。猪口が畳に転がった。

座敷が一瞬静まり返った。

川久保の態度がまた一変した。座卓に片肘をついた。呼吸が荒い。

「財布なんか拾わなきゃよかったんだ。財布の中の金も盗まずに、交番に届けた。それがこんな不幸をもたらすなんて……」川久保の口許から涎《よだれ》が垂れた。「あんなことするんじゃなかった。無視すればよかった」

最後の言葉は、自分に向けられたものとしか謙治には思えなかった。

謙治は目を伏せ、煙草をふかしていた。

川久保が顔を上げた。唇が下がり、普段見えない下の歯が剝き出しになった。謙治を見る目には憎しみがこもっていた。

「根津さん、あなたが、あの事件の犯人で、私を利用した。私はもう耐えられない」

「この男は、あんたをどうやって利用したんです？　隠し事はあんたには無理だ。本当のことを話して楽になってください」石橋が迫った。

謙治は煙草を消し、溜息をついた。そしてこう言った。「川久保さん、思ってることを言ってください」

川久保が両肘を座卓につき、頭を抱え、髪を掻《か》き毟《むし》った。

耐えに耐えてきたが、ついに自供する気になった犯人の姿である。

謙治の鼓動が激しくなった。川久保が落ちたらお終《しま》いだ。しかし、おめおめと捕まる気はなかった。石橋を殴り倒し逃走する。石橋に鋭い視線を向けた。石橋の頬に勝利の笑みが浮かんでいた。

川久保が涙顔を謙治に向けた。「根津さん、言ってください。あの夜、この近くで、私はあなたによく似た人を見た。それは間違いない。替え玉でも使ったんですか。そうでしょう？　白状してください。このままでは私は生きた心地がしない。あなたが犯人で、どうやって私を騙《だま》したか言ってくれれば、私は解放され、普段の生活に戻れる。根津さん、あなただって辛いでしょう？　死んだ人間の夢、見ないんですか。私の苦しみなんか、あなたに分かるわけないでしょうが、お願いですから、私を助けるつもりで本当のこと話してください」

どこまでが演技でどこまでが本音なのか、謙治には分からなくなった。再び、謙治は石橋を見た。石橋は、自分と川久保を交互に見ながら顎に手を当てた。

「私は警察を恨んでましたが、今夜、あなたに同じ気持ちを持った。あなたの躰からは嫌なニオイがしてきます。替え玉に、真面目そうな人間を選ばせ、財布を拾わせるようにしたんでしょう？　新聞や週刊誌の記事を鵜呑みにはしませんが、どう考えても、犯人のひとりはあなただ。こうやって会ってみて、警察があなたをマークしてるのは正しいって思いましたよ。盗んだ金には、殺された人の血がしみ込んでます。やったって言ってください」

「失礼なことを言いますね。だけど、犯人呼ばわりされても、あなたを殴る気もしません。って言うのは、疑いの目を向けられるのに慣れてしまったからです。あなたのおっしゃる通り、私は、決して真面目な人間じゃない。そして、今回の件で、あなたに迷惑をかけていることも確かです。だけど、やってないものはやってない。しかし、あなたはいい人ですね。〝この男じゃない〟って言ってしまえばよかったのに」

「そんなこと言えません。だって、私が見たのは……」川久保は背中を曲げ、黙りこくってしまった。

「川久保さん」石橋がやっと口を開いた。「心が揺れ動いてるんですよね。あなたのことは私たちが守りますから、本当のことを言ってください。この男に頼まれて……」

川久保は躰を起こし、石橋の胸倉をいきなり摑んだ。「私は、こんな人に事件の前に会ったこともない。いくら警察でも許せない」

石橋はそっぽを向き、されるがままになっていた。

「川久保さん、その辺までにしておかないと、しょっぴかれますよ」

「しょっぴいてもらおうじゃないですか。そうなったら、今回の捜査のやり方を公にします」

「失礼します」仲居の声がし、襖が開いた。

それでも川久保は石橋の胸倉を摑んだままだった。

「他のお客様から苦情が出ています。お静かに願えませんか」

石橋が、川久保の手を払いのけ、笑顔を作った。「すまんね。ちょっと熱くなってしまって」

「後はご飯ものとデザートですが」

「ご飯ものって何があるの？」謙治が何事もなかったように訊いた。

仲居が説明した。謙治は海苔《のり》茶漬けにした。

石橋も川久保も同じでいいと言った。

茶漬けとデザートが運ばれてくるまで、誰も口を開かなかった。

仲居が料理を運んできた。

石橋が茶漬けに箸をつけた。「あの夜、あなたが偶然見た男は、この人だったんですね」

「ええ。でも替え玉かもしれない。ともかく、私は利用されたんです」

石橋は、それ以上何も言わず、茶漬けを口に流し込んだ。

「石橋さん、ここでの会話、録音してないんですか？」謙治が訊いた。

石橋は答えない。

川久保ものすごい勢いで茶漬けを食べ、デザートの皿を自分の前に引き寄せた。

デザートはリンゴのコンポートだった。料理は大したことなかったが、デザートはうまかった。使われているリンゴは長野産かもしれない。そう思った途端、謙治は笑い出しそうになった。

「石橋さん、この間、佐伯に呼び出されましたよ」謙治が話題を変えた。

「何の用で？」

そう訊いてきたが、気もそぞろなのは火を見るよりも明らかだった。今夜の仕儀が失敗に終わったことが不愉快でしかたがないのだろう。

謙治は、佐伯から聞いた話や彼の提案を教えた。横須賀のバーの件も口にした。拳銃を売った米兵を特定するのは不可能に近いから、しゃべっても平気だと判断したのだ。

「佐伯は、自分が犯人じゃないという印象をつけたいがために、私にそんなことを言ってきた。そういう気がしないでもないんですがね」

「佐伯の周辺、もっとよく洗うようにデカ長に話しておきます」

「根津さん」川久保が深々と頭を下げた。「すみません。証拠もないのにあなたを犯人呼ばわりしてしまって」

「さっきも言いましたが、そのことには慣れました。雨も嵐もいつかは止む。そう思って生きてます」謙治は落ち着いた調子で言い、煙草に火をつけた。

「誤解だろうが何だろうが、東雲組が根津さんを狙ってるとすると」石橋は川久保に視線を向けた。「もしも、アリバイを作った人間の名前が知れたら、あなたも狙われるかもしれませんね」

「石橋さん、善良な市民に脅しをかけるようなことを言うのは、警察のやることじゃない」謙治が声を荒らげた。

「ご忠告申し上げただけですよ。何かあったら、すぐに警察に連絡をください」

川久保はスプーンを座卓に戻し、俯いた。「それ以上、何も言わないでください」

謙治は石橋を睨み付けた。

石橋は目を逸らした。

「他に用がなかったら、私はこれで」川久保が言った。

「私も帰ります」と謙治。

勘定は石橋が払った。

謙治たちはそろって外に出た。

川久保は挨拶もせずに西武新宿線の方に向かって歩き出した。風が吹いていないのに、大きな傘を両手でしっかりと握っていた。

「運の悪い人ですね」謙治が、川久保の後ろ姿を見ながら言った。

「私もそう思います」石橋は折り畳み式の傘を開いた。「根津さんは、これからどちらに」

「飲みにでもいきますか」

石橋は首を横に振り、軽く謙治に手を上げ、靖国通りに向かって歩き出した。

東雲組の話を聞いた川久保は、さらに精神的に追い込まれたはずだ。明日にでも岩武に連絡を取って、川久保の様子を聞くことにした。

午後九時半を少し回った時刻だった。店の様子が気になるが、休みの日に店長が顔を出すのは、従業員を監視しているみたいでいただけない。増美は舞台があるので店を休んでいる。

パチンコ屋の前を通ると、中から、水原弘《みずはらひろし》の最近のヒット曲『君こそわが命』が聞こえてきた。酒に賭博《とばく》、そして膨大な借金のせいで、落ちるところまで落ちた水原弘がカムバックしたのだ。『黒い花びら』が好きだった謙治は、つい耳を傾けてしまった。

石橋と別れたばかりである。尾行があるかもしれない。周りに気を配りながら、ネオンが濡れた影を落とす裏通りを篠山の事務所の入っているビルを目指して歩いた。誰もいないだろうが、そこから『風林会館《ふうりんかいかん》』のある交差点に向かうのだ。『風林会館』の近くに『ヴェニス』という喫茶店がある。東雲組の連中の溜まり場である。

果たして、篠山の会社の灯りは消えていた。

『風林会館』まで歩く。

た。

『ヴェニス』は混んでいなかった。見慣れない客に鋭い視線を飛ばしてくる者が何人かいた。謙治と東雲組の関係を知っている組員がいたら、必ず、動きがあるはずだ。

ヤクザ御用達の店にしてはコーヒーがうまかった。

有線放送だろう。園《その》まりの『夢は夜ひらく』が店内に流れていた。

柄の悪い連中が出たり入ったり、慌ただしい。中には女連れもいた。

川久保の言動を思い返してみた。彼の弱さが露呈《ろてい》していた気がする。しかし、開き直りも感じ取れた。ここまできたら、仲間と心中する覚悟なのだろう。

小説家になりたい川久保は、金に対する欲望は、自分に比べたら遥かに少ない。そんな人間に何億もの金が入ったら、どうするだろうか。仕事をせずとも執筆活動が思う存分できる環境が整うが、書きたいという情熱を維持できるものなのだろうか。岩武は将来、芸能プロダクションを、宮森は旅行代理店を経営したいと言っている。しかし、彼らにしても、現金《げんなま》を手にし、札のニオイを嗅いだら気持ちが揺らぐかもしれない。何十年もかけて地道に貯めた金だったら、知恵を搾《しぼ》り出して使おうとするだろうが、あんな形で手に入れた金である。赤字になっても必死で挽回しようという気概のある態度が取れないかもしれない。パトロンに仕入れの金まで出させて店を持ったホステスは大概、失敗する。それと同じようなことが彼らにも起こる心配はある。この間、佐伯が言ったことは間違ってはいないのだ。

謙治は、彼らの金の使い方には何の興味もない。しかし、分け前が底をついた時、彼らが、何のかんの理由をつけて、自分に寄ってくる。それを危惧しているだけである。

謙治の口許に薄い笑みが射した。先のことを考えている自分を笑ったのだ。頭を使うべきことが、他に山のようにあるではないか。

一時間ほどして、謙治は腰を上げた。誰がどこで自分を見ているか分からない。真っ直ぐに寮に戻った。後を尾けてくる人間はいないようだった。ストリップ劇場の音楽がかすかに聞こえる部屋に三十分ほど留まってから、再び外出した。

スナック『小夜』のボックスは客で一杯だったが、カウンター席には誰も座っていなかった。カウンターの中にはホステスが入っていた。

「柏山さんは？」

ホステスは困った顔をして、奥のボックス席で大口を開けて笑っている小夜子を見た。

ホステスの視線に気づいた小夜子が、客に断ってからボックス席を離れ、謙治のところにやってきた。相当、酔っている。

「いらっしゃいませ」

小夜子は、酒で潰れたような品のない声で挨拶をした。

「柏山さん、休みですか？」

「ずっとね」

「え？」

「縁が切れたの」小夜子はスツールに片手をついて、事もなげに言った。

厚化粧で誤魔化していたが、薄幸そうな細い顎に青痣が残っているのに気づいた。

「夫婦喧嘩ですか？」謙治はわざと軽い調子で訊いた。

「離婚届を出して一ヵ月になるの」そこまで言って、小夜子はカウンターにいた女に酒を頼んだ。

「連絡先、教えてください」

「知らない。私の顔、見たくないから新宿から消えたかもね」

用意されたウイスキーを一気に空けた小夜子は「ゆっくりしてって」と流し目を謙治に送り、元の席に戻っていった。

謙治は一杯も飲まずに店を出た。

イースト商事の亀田は、昔、東雲組の組員だったと佐伯が言っていた。柏山から亀田の情報を取れれば、と思ってやってきたのだった。

就職が決まって挨拶に行った時、柏山は、店に顔を出すと言っていた。が、一度も来ていない。小夜子と揉めていたから、それどころでなかったらしい。

柏山が出入りしそうな雀荘を覗いてみたが、彼の姿はなかった。

翌日の午前中、岩武に連絡を取り、昨夜のことを細かく教えた。

「あいつにそんな芝居が打てたとはなあ」

「半ば、本気で言ったんだよ」

「奴に連絡を取ってみる。今夜、遅くに店に電話するよ」

「そうしてくれ」

店が終わった後、料理人が謙治を裏口に呼んだ。何の話かと思ったら、突然、辞めたいと言いだしたのだ。田舎に帰るという。新しい人間を雇い入れるまでいてほしいと謙治は懇願した。料理人は渋々、承知した。

午前二時すぎ、店の電話が鳴った。岩武だった。

「あいつはどうだった？」

「相変わらず暗く沈んでいるけど、大丈夫だよ。ヤクザに脅かされるかもしれないと聞いて、逆に胆《きも》が据わったらしい。悔《く》いてばかりいてもしかたないと言ってた。鞄に庖丁を入れて学校に行ってるそうだ」

ヤクザの怖さを知らないから、現実になったらどうなるかは分からないが、とりあえず、川久保は落ち着いたようだ。宮森のことも訊いてみた。ちゃんと仕事をやっているという。

謙治は一安心して電話を切った。

問題が起こったのは翌日の夜のことである。

外で呼び込みをしていた男の従業員が戻ってきて、謙治に耳打ちした。いかにもチンピラ風の男がふたりやってきて、店の前で煙草を吸っているという。

謙治は店を出た。ドアを塞ぐか塞がないかの、ぎりぎりの場所に男たちは立っていた。

謙治が出てくると、男たちは殺気だった目を彼に向けた。気にせず、謙治は呼び込みを行った。

「ここの店の牛の串揚げはうまいよ。半分は馬肉だから」パンチパーマの男が、店に入ろうとしたカップルに言った。

女が男の袖を掴んで、不安そうな顔をした。カップルは去っていった。

謙治がパンチパーマの前に立ちはだかった。「営業妨害かい？」

「消費者に事実を伝えにきたんだ」

「嘘だと思うんだったら社長に聞いてみろ」口髭を生やした、もうひとりの男が、謙治の耳許で言った。

「ここの牛の……」

パンチパーマが同じことを通行人に向かって言い出した。

謙治は相手に手を出さないように、腕を後ろで組んだ。

「誰に頼まれてこんなことやってる」

「衛生局だよ」口髭の男が笑った。

一旦、店に戻った謙治は、隅村がいそうな店に電話をしまくった。それから調理場に行って、冷凍されている肉を調べた。牛肉とはちょっと違う肉の塊《かたまり》を発見した。料理人に問いただすと、彼は目を逸らした。

「ここを辞めたいと言ったのは、これが原因か」

料理人がうなずいた。

「俺が、こういうことを止めさせたら、いてくれるか」

「店長、あなたはやっぱり素人ですよ。肉の見分けもつかないんですから」

「そうだな。痛いほどよく分かった。ともかく、俺が止めさせる」

再び表に出た謙治は、男たちに言った。「社長がつかまらない。今日は引き上げてくれないか」

「そうはいかないよ」

「上のもの同士で話をつけさせる」謙治は口髭の男にそっと千円札を数枚握らせた。

「こんな端金じゃな」

「今日のとこはこれで」謙治が深々と頭を下げた。

「明日またな」

口髭の男がそう言い、パンチパーマの男を連れて去っていった。

翌日、謙治は新橋の本社に赴《おもむ》き、昨夜のことを報告した。

「社長、公正取引委員会が入ってきたら面倒なことになります。すぐに止めてください」

「バレちゃ止めるしかないよな」隅村は軽く肩をすくめて見せた。「だけどな、根津、あいうことは明治時代から日本で行われてきたことだ。言わば、伝統ってやつだよ」

「『すみ家』を一流のチェーン店にするつもりでしたら、悪い評判が立ってはまずいですよ。戦後すぐのドサクサの頃じゃないんですから」

「お前、よく言うな、サクラを使おうって言ったの誰だったっけな。お前があんなことを言ったから、サクラ肉のことを思いついたんだよ」隅村は笑った。

「食べ物の偽装は命取りになるかもしれません」

隅村が低くうめくような声で言った。「末久だな」

「証拠はあるんですか?」

「内情を知ってる奴で、俺に……いや、お前に恨みを持ってるのは、あいつしかいないだろうが」

「末久は今、どうしてるんですか?」

「噂では、元の店に頭を下げて戻ったそうだ」隅村がにやりとした。「辞める時に、ねんごろに扱い、釘を刺しておくべきだったよ」

「なるほど」

「分かった」隅村が膝を叩いた。「そのことは俺の方で何とかする」

「ヤクザを使うんですか？」

「そんなことはしない。俺はヤクザが嫌いでね」

謙治は隅村の言葉をまったく信じなかった。確かに、隅村は暴力団との関係は薄そうだ。謙治が危惧したのは、佐伯に頼んで、東雲組の若いのを末久のところにやらせることだった。

そうなると隅村は佐伯や東雲組に借りができる。小さな借りだが借りには違いない。どんなに些細《ささい》なことでも、ヤクザに物を頼むと、後が面倒だ。隅村だって、そんなことは百も承知だから、上手に手を組む術を知っているだろう。しかし、自分に圧力をかけている佐伯にとって、隅村の頼み事は渡りに船になるかもしれない。

「ところで、根津、佐伯さん、お前にえらくご執心だが、やっぱり、例のことが関係してるのか」

謙治は誤解だと断った上で、佐伯が提案してきたことを隅村に話した。

「十一億ね。人を狂わせるだけの金だな。お前が犯人だったら俺もお前と組みたいよ」

「止めてくださいよ」謙治は力なく笑った。

「社長にだけは、俺のことを信じてもらいたいですよ」

「お前は飢《う》えてる。あんな大金を手にしてまで飢えてるとしたら、お前は大物だよ」隅村は含みのある言い方でそう言い、また笑った。

「昨日の件、俺に対する東雲組の嫌がらせじゃないようなので、ほっとしました。社長に迷惑をかけたくありませんから」

「一年以内に二号店を出したい」

「どこに？」

「それはまだ決めてない」

「偽装だけは止めてください」

「分かった、分かった」

その日の夜、柄の悪い連中が外に立つことはなかった。

隅村が迅速に処理したらしい。その方法は分からないが、ヤクザを使って、末久を脅したのかもしれない。

料理人は留まってくれた。謙治は本社と契約している業者が運んでくる肉のチェックを怠らないようになった。

一時、牛肉を使った料理が貧弱になったし、値段も少し上がった。それでも客足は落ちなかった。

何事もなく時がすぎていった。

増美はニューフェイスの試験に受かり、前衛劇団を辞めた。

統一地方選挙が行われたのは四月十五日。注目の東京都知事選では、社会、共産両党が推《お》した美濃部亮吉《みのべりょうきち》が当選し、首都に初めて革新政権が生まれた。

その二日後、謙治は休みだった。増美の合格祝いをやろうということになった。増美は、飯倉にある『ニコラス・ピザハウス』に謙治を誘った。

謙治も、ピザを売り物にしたこの店のことは知っていた。ハリウッドのスターまでが食べにきた有名店なのだ。

ピザを食べるのも、イタリアのワインを口にするのも初めてだった。

冷凍ピザがすでにアメリカから輸入されていて、一部の若者の間で人気があると増美が教えてくれた。

増美はレモンイエローのミニワンピース姿だった。映画会社に入ることが決まったせいだろう、以前よりも輝いて見えた。

謙治はごく普通のスーツ姿だった。シャツもボタンダウンでもなければ、ピンホールのようなものでもない。

服装に関しては、元々、不釣り合いなふたりだったが、ますますその差が開いた気がした。

「あの事件のこと、問題にならなかったのか」謙治はサラミの載ったピザを口に運びながら訊いた。

増美が目を伏せた。「なったみたいだけど、私を強く推してくれた人がいたの」

「それですんだ？」

「合格発表の後に、その……」

「俺と切れろって言われたんだな」

「…………」

「お前は何て答えた。本当のこと言っていいよ」

増美が顔を作った。「今日は私のお祝いの会でしょう。そんな話止めましょう」

謙治はワイングラスを空けた。増美が注いでくれた。二本目のワインも半分以上減っていた。アルコール度数は低いのに、酔いが回っていた。

「当分、会わない方がいいな」

増美がグラスを一気に空けた。「好きな人でもできたの？」

「俺の仕事振りを教えたろう。麻雀や競輪もお預け、飲み屋にも行ってない」

「何でそんなに遮二無二働くの？」

「将来の計画を話したじゃないか」

「それは分かってるけど」

「仕入れのシステム、利益率、従業員の給料に扱い方、客層、メニュー、宣伝、ありとあらゆることを覚えたい。それに前にも言ったけど、うちの店はノルマが厳しい。その代わりに稼げる。売上高によっては、利益の三割が俺の懐に入る。先立つものがなければ、小さな店だって持てないだろうが」

「でも、そんなに焦らなくても……」

女は、仕事をなまける男を屑扱いするが、仕事に心を奪われ、自分を顧《かえり》みない男も気に入らない。

　増美の発言は、そんなよくある女の心模様を表しているだけだろう。そう思いつつも、増美の言ったことの裏を読みたくなった。

「俺が例の事件の犯人だったら、焦る必要、全然ないんだけどな」謙治は薄く微笑み、腹話術師のように唇をほとんど動かさずにそう言った。

「真犯人が捕まらない限り、謙治はずっと灰色のままね」

「あの事件のせいで、俺は生きにくくなった。だからこそ、世間を見返してやりたい」

「〝あんたが犯人でもかまわない〟。私、そう言ったことあったよね」

「そう言われて嬉しかったよ」

「その気持ち、今でも変わらないよ」

「お前も俺がやったと思ってるんだな」

「あんたならやれる。そう思ってるだけ」

「この世で一番信頼してる人間にそんなことを言われるのは寂しいよ。証拠でもあるんだったら話は別だけど」

増美が意味深《いみしん》な目をして謙治を見た。「物的証拠ってやつね。私が、それを握ってたらどうする？」

謙治は煙草に火をつけた。そして、増美に向かって煙を真っ直ぐに吐いた。増美の顔が一瞬、霞《かすみ》がかかったようになった。

「俺はお前を信用してるって言ったろう。だから、何の心配もしない」

「私と別れられないわよ」

「俺とくっついてたら、スターへの階段は上れない」

「それでもいいって言ったらどうする？　十一億あれば、一生遊んで暮らせる。まずはパリに行き、地中海で日光浴し、気が向いたらアメリカに渡って、ハリウッドを見学して、ラスベガスでカジノをやって、そこから南アメリカ大陸に一っ飛び。アマゾンを船で遊覧し、マヤ文明に思いを馳《は》せる」

「それに飽きたら、東京の片隅にある小さなアパートに戻って、炬燵に入って店屋物のラーメンを食う」

「色褪せた古い畳の下には札束が眠ってる」

増美の口振りは芝居じみていた。舞台での台詞回しそのものだった。

酔っていなかったら、謙治は、彼女の言ったことに合わせることができなかったかもしれない。

「私、アングラ演劇に未練がある」

「その気持ちを持って、個性的なスターになればいい」

「いいこと言うわね」

「俺は変わり種が好きだから」

増美が周りに目をやってから、小声で話し始めた。「噂だから、本当かどうか分からないけど、この店のオーナーって、元GIのイタリア系アメリカ人でね。宝石泥棒で服役したことがあるそうよ。あんたが、例の事件の犯人で、飲食店を出して成功したら、ここのオーナーに似た人生を歩んだことになるね」

「へーえ、ここのオーナーってそんな経歴の持ち主なのか」謙治は本気で驚いた。「そういう生き方をしてる人間って格好いいって思うけど、俺と比べたりしないでくれよ」

「証拠がなくたって、私、あんたもそういう格好いい人だと思ってる」

「俺のこと怖くないのか」

「私には優しいけど、本当は怖い人だと感じてるよ」

「よくそんな男と付き合ってるな」

「怖いから魅力があるのよ。気の抜けたビールみたいな男はノー・サンキュー」増美は小うるさい蝿を追い払うような仕草をした。

ニューフェイスの試験に合格した高揚感のせいだろうか、言動が派手になったような気がした。

増美は、あの事件の犯人は自分だと思っている。だが、確証はない。女の勘ってやつが働いただけらしい。だったら問題はない。

店内がちょっと騒がしくなった。売れっ子の女優と元ロカビリー歌手、それに人気絶頂のグループサウンズのメンバーが、マネージャーのような連中を引き連れて入ってきたのだ。グループサウンズのメンバーの若い男は元六本木族。この店や、近くにあるイタリアンレストラン『キャンティ』が、十代からの遊び場だったのだろう。

「増美、映画会社の人間には、俺と縁を切ると言ったんだろう？」

「言ったわ。でも……」

謙治は増美から目を逸らした。「約束を守らないと将来がなくなる」

「できないよ、私」虚《うつ》ろな目に涙が湧き上がってきた。

「俺だって別れたくはないさ。だけど、お前の選択は正しい。野心があって当たり前だよ」

増美は黙って席を立った。

いざ別れるとなると、湿った感情が謙治の胸を濡らした。しばらくは感情の尾を引きずることになるだろう。だが、この間、ふたりで作った雪だるまのように、いつかはそんな思いも跡形もなく消えてなくなる。

化粧直しをしてきた増美は、心の崩れも補整したらしく、何事もなかったように微笑んだ。

勘定は一介の居酒屋の店長にとっては法外に高かった。

謙治と増美は六本木の交差点に向かった。

「私、友だちのところに寄ってから帰る」

「分かった」

増美が顎を軽く上げ、無理に作ったような笑みを浮かべた。「これで私たちお終い？」

「お互いに成功しようぜ」

増美が顎を引き、謙治をじっと見つめた。

「また会える時がくる」謙治が言った。

「私、大スターにならなきゃね」

増美は口早にそう言い、空車に向かって駆けだした。

タクシーに乗った増美は一度も謙治の方を見なかった。

謙治は深呼吸をしてから、地下鉄の階段を下りていった。

あっと言う間にゴールデンウイークを迎えた。佐伯にも石橋にも動きはなかった。

　謙治は売上げを落とさないために、メニューに工夫をし、昼食時も店を開くように隅村に提案した。歌舞伎町は夜の街だが、昼間も人出はある。近くには、安さを売り物にしている三平食堂をはじめ、レストランもいくつかある。表通りには銀行や保険会社の新宿支店が軒を連ねている。ハンバーグやトンカツといった食堂メニューの定番をいくつか用意し、ビラを配って宣伝した。さすがに、昼間は別の人間に任せたが。

　夏のサービスメニューをあれこれ考えたが、結局、今のままでいくことに決まった。その代わり、野菜を豊富にした。それから、イカや海老のマリネを加えた。

　売上げが伸びた分だけ、謙治の懐も潤った。寮生活をせずにすむようになったが、彼は貯金に励んだ。

　夏の盛り、美紀子と善弘が店にやってきた。善弘は謙治とあまり口をきかなかった。無理やり、美紀子に連れてこられたらしい。どんな料理を出しても、善弘は何も言わなかった。味が気に入らないのだろう。美紀子は「おいしい」を連発した。兄に気を遣っているのは一目瞭然だった。

「善弘さんに教えてもらうことが、これからいろいろ出てくると思う。その時はよろしく」

「僕なんか何の役にも立ちませんよ」言葉に刺《とげ》があった。

　美紀子には幸せになってもらいたい。謙治の心が翳《かげ》った。

岩武とは時々、連絡を取り合った。川久保は新しい学校の教壇に立っているという。「小説を書いてる時だけが、ほっとする」と彼は言ったそうだ。

夏がすぎ、秋を迎えた。

十月八日、佐藤首相が外遊に発った。訪問先は東南アジアとオセアニアの各国だった。南ベトナムが含まれていたこともあり、外遊を阻止《そし》すべく、ベトナム戦争に反対する学生デモ隊が羽田に集結した。警官隊と激しい乱闘になった。結果、学生の中から死亡者が出た。デモ隊と警官隊がぶつかったのは穴守橋《あなもりばし》、稲荷橋《いなりばし》、弁天橋の周辺だった。美紀子が拉致監禁された場所の近くだったものだから、あの事件のことを思いだした。しかし、遠い昔のことにしか思えなかった。

その十日後、ミニスカートを全世界に流行らせたモデルのツイッギーが来日した。森永《もりなが》製菓の『チョコフレーク』のコマーシャルにも出演し、女の子たちのスカートがいよいよ短くなった。

男の子の髪の毛も長くなり、至る所でグループサウンズのヒット曲が流れていた。ジャッキー吉川《よしかわ》とブルー・コメッツの『ブルー・シャトウ』、ザ・タイガースの『モナリザの微笑』……。歌舞伎町のネオン街では、そんなヒット曲と扇《おうぎ》ひろ子の『新宿ブルース』、デュエットソング『新宿そだち』などの艶歌が、まるで赤と黒の絵の具が垂れ流れ、混じり合ったような感じで聞こえてきた。

鮫のように何でも呑み込む歌舞伎町の欲望の果てしなさが謙治は好きだった。

大衆の有り様が変わってきたとしたら、居酒屋とて変わらなければならない。しかし、大きく変わりすぎてはならない。

流行歌は、ちょっとだけ大衆の先を走っているから売れるのだ。飲食業も同じように考えるべきだろう。

思いも寄らぬ客が店にやってきたのは十二月十六日のことである。閉店間際、原島勇平が現れたのだ。

謙治は下げようとしていた皿を両手に持ったまま、勇平を見つめた。警戒心を募らせて当たり前の相手なのに、謙治は満面の笑みで勇平を迎えた。

「社長、お久しぶりです」

謙治は勇平に深々と頭を下げた。手にした皿を危うく落としそうになった。

「まあ、どうぞ」

謙治はカウンターを勧めたが、「ここに座っていいか」と勇平は出入口近くの四人がけの席に目を向けた。

「お好きなところに」

勇平は中折れ帽とコートを脱ぎ、さらに薄くなった髪を軽く撫でた。

皿を従業員に渡し、謙治は勇平の傍《そば》に立った。勇平は、食い入るように謙治の顔を長い間見つめていた。

「ご挨拶に伺うべきところを、ついつい仕事が忙しくて……」謙治は再び頭を下げた。

「うちにいた時よりも精悍になったな」

「運転手の時は座ってるのが仕事でしたが、今は立ち仕事ですから」

「一本、つけてくれ」

「熱燗で？」

「少し温《ぬる》めがいい」

「料理の方はいかがいたしましょうか」

「腹はすいとらん。何でもいい、お前に任せる」

お造りを出すことにした。勇平はイカが嫌いなので外した。裏メニューの鯛《たい》の骨をカリカリに焼いたものも用意させた。

一年見ないうちに、勇平はかなり痩せていた。仕立てのいいフランネルのジャケットがダブダブだった。額が迫り出しているせいで、奥目に見えた目がさらに引っ込んでいた。色白の肌は青みを帯びている。眼光だけが相変わらず鋭いから、却って異様な迫力が備わったように見えた。

出された料理を吟味するように食べ、日本酒をちびりちびりと飲んだ。謙治には話しかけてこない。

一組いた客が帰っていった。謙治は店を閉めていいと従業員に指示を出した。

「出られるか」

「後片付けが残ってますので、この近所でしたら」

「ゆっくりしゃべれる店を知ってるか？」

「丸井《まるい》の近くに静かなバーがあります」

「そこに行こう」

財布を出した勇平に謙治は右手を上げて、それを制した。

勇平が謙治を睨んだ。「お前に払わせるほど落ちぶれちゃいない」

「失礼しました」

謙治は後片付けを従業員に任せ、そのうちのひとりに、終わったら戸締まりをし、鍵を自分に届けてほしいと頼んで、バーの屋号と場所を教えた。

靖国通りに出た。駅に向かう人々が信号待ちをしていた。信号が青に変わった。謙治も勇平も口を開かず、人の流れに従って大通りを渡った。

バー『アヴリル』は若者で混んでいた。手頃な値段で洋酒を飲ませる店だから人気があるのだ。店内にはモダン・ジャズが流れている。壁にはピアニストやサキソフォニストの白黒の写真が飾ってある。増美に紹介された店である。

「わしには静かな店とは思えんがな」

「ちょうどいい賑やかさじゃないですか」

勇平は小さくうなずいた。

店内はそれなりの広さがあり、運良く奥のボックス席が空いていた。勇平はオールドパーのオンザロックをダブルで注文した。謙治も付き合った。

酒がきても、乾杯はしなかった。勇平はグラスに口をつけてから、謙治を見て分厚い唇をゆるめた。謙治も表情を崩した。

自分はこの男を嫌いにはなれない。謙治は心の中で改めてそう思った。

勇平が葉巻に火をつけた。

「碑文谷署の石橋って刑事から聞いたんですが、お屋敷、売りに出されたそうで」

「やっと買い手がついた。今は、赤坂のマンションで暮らしてる」勇平は懐から名刺入れを取り出した。

住まいは赤坂六丁目。原島勇平事務所、代表と刷られていた。以前の会社も畳んだようである。

「この間までの町名で言うと赤坂氷川町《ひかわちょう》だ。何でつまらん町名に変えるのか分からんよ」

「その通りですね」

「社名が変わっても、やってることは同じだ。マンションは面倒がなくていいな。東京の夜景が愉しめるし。骨董《こっとう》品もだいぶ売ったが、残したものがかなりあるから、家《うち》ん中はまるで骨董屋みたいだよ」

　この手の商売をやっている人間は、莫大な借金を抱えているとしても、それなりの金は持っている。金銭感覚がマヒしているから地味な暮らしなどできるはずはない。

　勇平に会えて嬉しいと思いつつも、次第に緊張感が増してきた。

「浩一郎さんは、どうなさってるんですか？」

「わしの事務所にはいない。あいつはあいつで、こちょこちょやっとるよ。一緒に仕事をすることがないわけじゃないが」

　謙治は煙草に火をつけた。サックスの音が聞こえてきた。

「ソニー・ロリンズだな」勇平が言った。

「よくご存じで」

「馬鹿にするな。わしだってジャズぐらい聴く。お前は本気で飲食店をやりたいんだな」

「だからあの店で頑張ってるんです」

「店長なんかやってても貯金なんかできんだろうが」

　謙治は店のシステムを教え、嬉しそうに貯金額を口にした。

「結構なもんじゃないか」

「ギャンブルも止めて仕事に励んでます」

　勇平がグラスを空けた。「俺んとこに戻ってこい」

「車はあのまま」

「違う。わしは、有能な部下を探してる」

謙治は首を横に何度も振った。「俺に金融の仕事なんてできるわけありませんよ」

「わしが教えてやる」

「でも、社長は……」

「裁判のことを言いたいのか。地裁で実刑が出ても、控訴する。収監されるとしても時間がかかる」

「執行猶予がつく可能性は」

「浩一郎は実刑にならんだろうが、わしは分からん」

「せっかくのお誘いですがお断りします。俺は将来、店を持つ気でいます。それまでに覚えたいことが山ほどあります」

「ちまちま貯めてても、しょぼい食堂ぐらいしか開けんぞ」

謙治は真っ直ぐに勇平を見た。「我が身の器量は自分でよく知ってます」

佐伯みたいに脅しをかけてはこないが、勇平も自分に罠《わな》を仕掛けてきているとしか思えなかった。

「お前ならできるさ」

「こう言ってはなんですが、危ない橋は渡りたくありません」

「危ない橋は渡りたくないか」勇平が声にして笑った。

「俺を雇ったりしたら、浩一郎さん、激怒するんじゃないんですか？」

「だろうな」

「もうこれ以上のトラブルはごめんです」

「誰がやったか知らんが、わしはもう盗まれた金のことは忘れることにした」

謙治は覗き込むようにして勇平を見つめた。「今のお言葉を信じる人間がこの世にいますかね」

「十一億ぐらいで、ガタガタしてるようじゃ、この商売はやってられんよ。お前も飲食業だろうが何だろうが、事業をやってみたら分かる。会社を大きくしたかったら、それぐらいの金じゃ駄目だ」

謙治はにかっと笑った。「社長と俺は生きてる世界が違います」

「わしはな、何だか知らんが、お前が気に入ってる。浩一郎は自分の息子だから可愛いが、あれなんかよりも、お前の方が度胸がある。若い頃の俺にお前はちょっと似てるところがあるんだ」

「さっき、社長が店に現れた時、俺、本当に嬉しかったです」

勇平が目を細めて、うなずいた。「だったら、わしんとこに来い」

謙治はゆっくりと首を横に振った。それからお替わりを頼んだ。

沈黙に、葉巻と煙草の煙が絡み、ピアノの音がそこに静かに流れ込んできた。

「社長は、佐伯さんと縁を切ったんですか？」

勇平の目が光った。「付き合いはあるが、昔ほどじゃない。何かあったのか？」

「今年の二月に、佐伯さんに呼び出されましたよ」謙治は周りに目をやり、小声で言った。

「佐伯がお前を？」

「社長の金を盗んだのが俺だって決めつけ、その金を上手に使ってやるって持ちかけてきたんです。社長と同じように、一緒に組んでいいようなことまで言ってましたよ」

勇平の、硬くなった大福餅のような頬が歪んだ。「あいつがそんなことを……」

「また連絡すると言ってましたが、今のところは何も」

「あいつがわしの金を狙ってるか」勇平が鼻で笑った。

「そういう振りをして、自分の犯行を誤魔化そうとしてるのかもしれません」

「…………」

「東雲組が、俺を狙ってるって脅しもかけてきました。俺は、妹を拉致監禁した首謀者が誰か知りたい。東雲組が絡んでいるのは間違いないですが、その裏に誰かいるはずです」

「わしじゃない」勇平は心ここにあらずといった体《てい》でつぶやいた。

店のドアが開いた。謙治のところの従業員だった。

「店長、山田さんという方から電話がありました。店に戻ってくると伝えておきました」

岩武が連絡を寄越した。何かあったのだろうか。

謙治はねぎらいの言葉をかけて、鍵を受け取った。

「お前が人を使っているのを初めてみたが、板についてるな」

「恐れいります」

「俺が、お前や妹を襲わせたりすると思うか」

「イースト商事の亀田ってのは元東雲組の組員だそうで、佐伯とかなりの仲のようです」

「何で、そんな話を俺にする？」

「社長の方が佐伯さんのことをよく知ってるから、何か情報を持ってないかと思ったんです」

「気になる情報が入ったらお前に教えてやるよ」

「是非、お願いします」

「お前も前途多難だな」

「社長も」

「また会いたいな」

「いつでもお声をかけてください」

勇平が立ち上がった。謙治は彼の後ろについて店を出た。

冷たい風が路上を吹き惑っていた。勇平は帽子を深く被り直し、新宿通りに向かった。謙治もついていった。そして、空車を拾った。

「お躰にくれぐれも気をつけてください」

「お前もな」

去ってゆく勇平に一礼してから、元来た道を戻った。

岩武はまだ家には戻っていないだろう。彼からの電話を待つことにした。

売上げの計算をし、店をすみずみまで点検した。それから、ビールの栓を抜いた。

厨房の灯りしか点していない薄暗い店内で、謙治はビールを飲んだ。

勇平のことを考えた。

十一億円など大した金ではない、と豪語するところは、なかなかあっぱれである。佐伯とは器が違う。だから却って、怖いところもあった。

あと二年八ヵ月、辛抱すれば大金が手に入る。四人で均等に分けるので、謙治に入る金は約二億七千万である。

来年から、銀行を回り、架空口座を少しずつ作っていくことにしている。郵便貯金も使う。脱税を防止するために、国税局は架空口座を調べたいのだが、銀行はおいそれとは応じない。体力の乏しい銀行になると、顧客の資産隠しに喜んで協力しているぐらいである。

現在の預金高は大したことはないが、或る程度貯まったところで、少しずつ、架空口座に移す。七〇年には一気にまとまった金を預金することになるが、それまでに地均《じなら》しをしておく方が、目立たなくてすむだろう。

二億七千五百万。勇平の言う通り、事業をやるには大した金額ではない。

貧乏を強いられてきた自分は、十一億円を百億ぐらいの価値があると勘違いしていたようだ。謙治は声にして自分を笑った。

電話が鳴った。岩武だった。

「何かあったのか」

「大したことじゃないが、耳に入れておいた方がいいと思って」

「早く言え」

「今夜、店に佐伯がきた。一緒だった男を見てびっくりしたよ。奴は原島浩一郎を連れてきた」

「どんな話をしてたかは分からんよな」

「それは聞けなかったけど、浩一郎が電話をかけてる時、俺はトイレにいた。浩一郎がしゃべってた相手、父親だった」

「確かか」

「〝親父、俺は好きにする〟って言ってたから」

謎は深まるばかりだ。

浩一郎が佐伯を煙たがった。親馬鹿の勇平が、それに乗った。佐伯はそう言っていた。ところが、佐伯と浩一郎が一緒に飲んでいた。その間に浩一郎は勇平に電話している。

金の亡者たちは実に合理的な生き物らしい。利害が一致すれば、誰とでも組み、一致しなければ平気で裏切る。

自分は甘ちゃんだと改めて思った。岩武たちと心中する気は毛頭ない。裏切り行為があったら容赦しない。しかし、謙治は他の三人の成功も心から願っている。

電話を切った謙治は、グラスを呷るようにして空けた。

三

一九六八年一月～一九六九年十月三日

『すみ家』の売上げは、翌年に入っても衰えることはなかった。昼間の営業が功を奏したのか、近くの会社が、ちょっとした集まりに利用してくれるようにもなった。

店の大きさや客の回転率を考えると、これ以上、収益を伸ばすのは難しいだろう。それでも、謙治は名案はないか、と頭を捻った。

従業員の中に、謙治の店に懸ける情熱を異様だと感じている者がいるようである。しかし、彼を見習って、外食の世界で戦おうと目の色を変える若者もいた。その男は照屋《てるや》幸四《こうし》朗《ろう》という。沖縄《おきなわ》出身の二十三歳の彼は、無口だが、いつも笑顔を絶やさないので、客だけではなく従業員の受けもよかった。太り気味の躰が柔らかい印象を人にあたえていたが、優しい瞳の奥に、油断ならない野心が隠されているのを謙治は見逃さなかった。

幸四朗に真顔でこう訊かれたことがある。「店長のガッツはどこからくるんですか？俺は、すぐに怠けたくなるんですが、そんな時に店長を見ると、これではいけないって気分になるんですよ」

「金がない人間は稼ぐしかないだろう？」

「俺だって金ないですよ」

「俺はお前の歳の頃、遊びすぎた。甘いものを一気に食べると、もう食いたくなくなるだろう？　それに似てるかな」

言ったことに嘘はなかった。しかし、例の事件のことで常に、胸の底に不安の塊がごろりと横たわっている。仕事は、それを一時でも忘れさせてくれる逃避の道具でもあった。自分がこんなに弱かったとは。知っていたら、あんな事件は起こしていなかったろう。想像力の欠如、無知の力が、大胆な行動に走らせたわけである。筋金入りの猛者《もさ》ではなかったことが、謙治はちょっと寂しかった。もしも、自分が獄中の人になったら、反省の弁を口にして、殺した女の遺族に詫び状を書くだろうか。刑を軽くしてもらうための戦略だとしても、そういう殊勝な態度は取りたくない。

その後、警察や佐伯は何の動きも見せなかった。しかし、奴らが手を引いたとは考えていなかった。

謙治が一番危惧していたのは、闇の世界の人間が川久保に手を出すことだった。美紀子の一件が失敗に終わったから、向こうもそう簡単には、同じような真似はしてこないだろうが、ほとぼりが冷めたら分からない。

二月、多少、目標にしていた数字を下回った。それが気になった謙治は、三月に入ってすぐ、休みにもかかわらず、夕方、隅村産業を訪れた。そして、社長に、店頭で『すみ家』特製の弁当を売ることを提案した。

「お前は次から次へとアイデアを出してくるな。弁当ね……。それで昼飯を食いにくる人間が減ったら元も子もないじゃないか」

「数を絞《しぼ》れば、すぐに売り切れになります」

「店頭にまで足を運んだ客を店内に送り込もうっていうのか」

「そうです」

「考えておこう」隅村が煙草に火をつけた。「それより、根津、お前には話してなかったが、四月末に、二店舗目を、ここ新橋にオープンすることにした。これが軌道に乗ったら、秋には渋谷に三号店を出すつもりだ。お前は四月から二号店の面倒を三ヵ月間見ろ。それが終わったら、新宿と新橋の二店舗の管理をやれ。両方を回り、まずい点をチェックし、報告を上げるのが仕事だ」

「分かりました。で、新橋のどこに？」

隅村は改装中の店の場所を口にした。

「今から見てきていいですか？」

「いいよ」

「四月から、新橋の寮に移った方がいいですね」

「アパートを借りる気はないのか」

「無駄な金は使いたくありません」

「たまには散財しないと、金を産む力がなくなるぞ」隅村のサングラスの奥の目が小馬鹿にしたように笑った。

「どこの株でもいいですから、裏情報が流れてきたら、私にも教えてください」

「裏情報の大半はガセだ。気をつけろ」隅村が腕時計に目を落とした。「俺は出かけなきゃならん。近いうちに飯でも食おう」

「はい」

謙治は隅村を社長室に残し、ビルを出た。

歩道に立った時、雑踏の中に襟の大きな赤いコートを着た女がいるのが目に入った。

胸があわ立った。玉置鏡子も謙治に気づいた。

「お久しぶりです」鏡子の顔に屈託《くったく》のない笑みが広がった。

「社長とお約束ですか？」

「いいえ。近くまで来たので、ちょっと挨拶しておこうと思っただけです」

「社長はこれからお出かけになるようですよ」

「ああ、そう……」

鏡子がビルの入口に視線を向けた時、隅村が仕入れ部長の桶谷恒夫《おけたにつねお》を連れてビルから出てきた。

「鏡子ちゃんじゃないか。俺に何か用なの」

鏡子が首を横に振り、謙治に言ったことを繰り返した。

隅村は相手ができないことを鏡子に謝り、謙治に視線を向け、懐から財布を取り出した。

「これで、ふたりでうまいものでも食べて」

謙治は固辞《こじ》したが、隅村は引かなかった。

「お前に鏡子ちゃんを預けるのは不安だが、まあいいだろう」

隅村は軽口を叩き、桶谷を従え、新橋駅の広場の方に去っていった。

鏡子とふたりきりになる。心が躍っているのに、不安にも襲われた。

「時間、大丈夫なんですか？」謙治が訊いた。

「ええ」

食事をする前に、改装中の店舗を見にいかなければならないと告げると、鏡子は「見たい、見たい」と無邪気に言った。

新しい店舗は、烏森《からすもり》神社の近くにあった。

まだ職人が数名働いていた。謙治は名刺を見せてから、中に入った。ペンキのニオイが充満していた。新宿店よりも広かった。二階もざっと見てから、外に出た。

新橋は歌舞伎町よりも遥かに庶民的な界隈である。会社帰りのサラリーマンをどうやって店に馴染ませるかが問題である。

「何が食べたいですか？」謙治が鏡子に訊いた。

「何でもかまいません」

謙治は目についた鮨屋を選んだ。カウンターの端の席が空いていた。

ビールを頼み、肴《さかな》は鮨職人に任せた。

謙治たちは乾杯し、お互いの仕事を話題にした。事務をやっている鏡子は、言われることをこなしているだけだと淡々と答えた。謙治は、隅村のこれからの計画を教えた。

「根津さん、隅村産業にとって、なくてはならない社員みたいですね」

「そんなことはないですよ」

鏡子はよく飲み、よく食べ、よく笑う女だった。謙治は、そういう女が好みである。

「根津さんって意外と大人しい方なんですね」

「普段はそうじゃないんですけど、社長の親戚をお預かりしてるものですから」

「そんなこと気にしないでください」

謙治は曖昧に笑って、イカを口に運んだ。

鏡子がぽつりと言った。「草葉の陰で夫は怒ってると思います」

「何を？」

「夫は隅村さんを嫌ってました」

「水商売の人間は信用ならないってわけですね」

「夫は隅村さんをヤクザだと決めてかかってました」

「じゃ、私とこうやって鮨をつまんでいることにも、ご主人は腹を立ててますね」

「もっと怒ってるかもしれないわ」鏡子がさらりとした調子で言い、「お酒にしませんか」と誘ってきた。

「銘柄は？」

「長野のお酒あるかしら」

謙治が女将《おかみ》に訊いた。千曲《ちくま》錦《にしき》があったので、それをぬる燗で頼んだ。

「玉置さん、酒豪ですね」

「玉置さんは止めてください。鏡子でいいです」

「鏡子さん、日本酒がお好きなんですか？」

「そんなことはないですけど、和食にはやっぱり日本酒でしょう？」

謙治は黙ってうなずいた。

「父はフランス文学に憧れてましたけど、お酒は日本酒でした」

「和洋折衷《せっちゅう》。日本人らしいですね」謙治は笑って見せてから思い切って訊いてみた。「お兄さんが、実家を守ってるんでしたよね」

「兄の話なんかしましたっけ」

「社長と新宿の店にいらっしゃった時に」

「よく覚えてましたね」

「お客さんのことはすべて覚えるようにしています」

酒がくると、鏡子が徳利を手に取った。「実家には、母が亡くなった後は誰も住んでません。兄は長野市内にあるホテルに勤めてまして、通うのに便利だから社宅に住んでます」

「田舎の家は大概、広いから、遺品の整理が大変だったでしょう」

「ええ。まだ半分も片付いてません。大事なものは、私と兄で引き取りましたけど、社宅は狭いって言って、大半のものはうちに置いてあります」

「じゃ、お宅は広いんだ」

「ひとり暮らしには広すぎると思います」

「芝白金台町と言ったら一等地じゃないですか？」

「いつかは売りに出して、小さなマンションにでも引っ越すつもりですが、夫が残してくれたものを処分する気にはまだなれません」

「ご主人が亡くなられて、もうどれぐらい経ちました？」

「一年と八ヵ月です」

「将来、土地と家を売ってお金が入ったら、私に投資してください。いずれは独立したいと思ってますから」謙治は冗談口調で言った。

「投資できるほどのお金になるかしら」

「五十万でも百万でもいいんです。小口の投資家を募《つの》りたいと思ってますから」

「修羅場を生きてきた隅村さんが、根津さんを買ってる。投資するだけの人物かもしれませんわね。で、いつ独立なさるの？」

謙治は肩をゆすって笑った。「単に夢物語を語っただけです。話は違いますが、私のことも謙治って呼んでください」

「はい」

酒を止めて、鮨を握ってもらうことにした。

「……俺もライフルをぶっ放してみたい。金嬉老《きんきろう》はなかなか格好よかったよ。お前、そう思わんか」

隣で飲んでいた中年男が、彼よりも若い連れにそう言った。相当、酔っている。

「金嬉老は、警察が朝鮮人を馬鹿にしたから、謝罪しろって言ってたけど、俺から見ると目立ちたがり屋の跳ねっ返りですよ、あいつは」

「うちの社長も社員を差別してる。社長にライフルを突きつけたら小便垂れるぞ」

鮨を握っていた主人が、酔客を睨んだ。

「先輩、もう帰りましょう」

「まだ飲み足りねえよ」

在日韓国人、金嬉老が静岡県清水市《しみず》で、ヤクザをふたり射殺し、ライフルとダイナマイトを持って、旅館に立てこもったのは二月二十日のことだった。クズを殺したのだと居直り、清水署の警察官の差別的発言に怒り、謝罪しろと言いだした。報道陣には寛容で、写真を撮らせるし、モーニングショーに電話出演をしたりしたものだから、日本中がこの事件に注目した。結局、四日ほど後に新聞記者に化けた警察官によって取り押さえられたのだが、一時マスコミの寵児《ちょうじ》となった。

〝自首はしない。最後の道は自分で選ぶ。最後は自決だ〟

金嬉老は新聞記者にそう言ったそうだ。

謙治は、その言葉を自分のものとして受け取った。

「金嬉老はすごい。日本人のヤクザよりも肝がすわってる」

酔っ払いはまだ金嬉老事件に拘っていた。謙治はかすかに眉をひそめた。

鏡子は、十一億円強奪事件で、謙治が疑われていることを知らないはずはない。にもかかわらず、謙治に対する態度はすこぶる素直で、かまえたところはまるでない。

しかし、金嬉老事件のことを思い出せば、あの事件のことが脳裏に甦るはずだ。

「お嬢さん、どう思います、金嬉老のこと」酔眼で鏡子を覗き込むような格好で男が話しかけてきた。

謙治が酔客を睨んだ。後輩が鏡子と謙治に謝った。

鮨屋の主人が、酔客の名前を口にして、今日はもう帰ってほしいと言った。

「いいじゃねえか。日本は自由な国だから、お嬢さんの、ご意見をだな……」

「私もライフル、撃ってみたいですよ」鏡子は落ち着いた調子で言った。

「ほら、見ろ。お嬢さんもライフル撃ってみたいって言ってるじゃないか」

後輩は、まずへべれけの先輩を外に連れ出し、すぐに戻ってきて、勘定《かんじょう》を払ってから、もう一度謝罪した。

男が出ていった後、やや間をおき、謙治は鏡子を目の端で見た。「今、言ったこと本気ですか？」

「そうよ」鏡子は、謙治を見ないでつぶやくように言った。表情が曇っていた。

栄村先生は軍服が似合わない男だった。ライフルをかまえた姿も想像しがたかった。

そんな父親が出征する際、鏡子は駅を離れてゆく汽車を泣いて追いかけた。そんな女が、ライフルを撃ってみたいと言ったことに違和感を持った。

「銃口を向けたい人間でもいるんですか？」謙治が小声で訊いた。

鏡子が猪口を空けた。「あの戦争、何だったんでしょうね」

謙治が空いた猪口に酒を注いだ。「何だったんだろうね」

鏡子が謙治を見つめ、薄く微笑んだ。まともに顔を見られた謙治は照れ臭そうに目を逸らした。

「父は反戦論者でした」

どきりとした。思わず、分かります、と相づちを打ちたくなる自分に気づいたからだ。

慌てて煙草をくわえた。

「私、父が大好きでしたけど、当時は、お国のために勇猛に戦う男に憧れてもいました。なのに父が出征していく時、私、半狂乱になっちゃって」

謙治は黙ってうなずいた。

「父が死んでしまうと思ったんです。で、案の定、そうなりました。勝てもしないって分かってたはずなのに、ああいう人を戦地に送り込むことが許せないって腹が立ちました。何が大和魂なの？　精神主義で戦争に勝てるわけないわよね」

「でも、その精神主義が、国の復興を早めたことも事実。そう思いませんか？」

「それはそう。謙治さんの言う通りだと思います。煙草いただける？」

「どうぞ」

小さな唇にくわえた煙草に謙治は火をつけてやった。

「何でもかんでも戦争のせいにはしたくないですけど、何だかなあって気持ちで生きてます」

「ライフルをぶっ放したくなる鏡子さんの気持ち、少しは理解できた気がします」

「謙治さんなら、分かってくれると思ってました」

堅い家に生まれた女が、不良っぽい男にちょっと憧れることは珍しくない。今の鏡子の発言も、そんな気持ちの延長線上にあるものだろう。

謙治は中トロを口に運んだ。サビがききすぎていた。

「私の噂、気にならないんですか？」謙治は軽い調子で訊いた。

「噂だけで、私、人を判断しません。戦時中と戦後と、言うことがまるで違う人を大勢見てきましたから。でも、怖い人かもしれないとは思います。さっきの酔っ払いを見た目つき怖かったもの。連れの人、ビビってましたよ」鏡子は愉しそうに笑った。

増美のことが脳裏をよぎった。彼女にも同じようなことを言われたからである。

増美は別れた後も時々、電話をかけてきた。しかし、最近はまったく連絡がない。

「或る映画監督に裸になれ、と言われた。覚悟があるかどうか試されたみたい」

そう言って笑っていたのが最後だった。

鏡子と一緒にいると時の経つのが速かった。気持ちがさらに彼女に傾いた。だが、熱い想いの下で冷たい風が吹いてもいるのだった。

いつか何かの拍子に、自分が、彼女の父親の教え子だったことに気づくかもしれない。発覚すれば、なぜ嘘をついていたのかと訝るだろう。それが怖かった。

鏡子と話しているうちに、当時、Y地区で暮らしていた人間のことを思い出した。

自分を預かってくれた根津信三郎は、戦後すぐに肺結核で死んでいるが、都会からきた少年たちを虐めていた医者の息子、新庄誠はどうしているのだろうか。今もY地区に暮らしているのか。自分のことは週刊誌に出ている。彼は、謙治たちに仕返しされ、最後はべそをかき、その後は偉そうな態度が取れなくなった。やった方は忘れていても、赤っ恥をかかされた方はいつまでも覚えているものだ。週刊誌に書かれていたことに気づいたとしても、少年の頃に喧嘩した奴かもしれないと思う程度ですめば、それでいいのだが、地元の記者の耳に入ったりすると面倒なことになるかもしれない。

今のところ、謙治のアリバイを保証してくれている川久保宏についてはイニシャルでしか報じられていない。ともかく、自分と旧姓佐藤宏との関係が明るみに出なければ問題はないのだ。

鮨屋を出た謙治は、鏡子を、岩武と密談したピアノバーに連れていきたくなったが、止めた。岩武という名前をマスターが口にする可能性がある。岩武のことを鏡子が覚えているはずもないが用心にこしたことはない。

「もう一軒、寄りませんか。銀座に静かなバーがあります」

「今夜はこれで失礼します。お付き合いしたいんですが、私、飲みすぎてしまって」

「大丈夫ですか？」

鏡子は曖昧に笑っただけだった。

「お送りしましょう」

謙治は表通りまで鏡子と共に出た。鏡子の足取りはしっかりしていたが、タクシーに乗った途端、ドアに躰を倒し、目を閉じた。

謙治は鏡子の横顔をずっと見つめていた。街の灯りが、あどけなさの残る顔に光と影を作ってゆく。

ラジオから伊東《いとう》ゆかりの『恋のしずく』が聞こえてきた。

目黒通りに入り、都電の日吉《ひよし》坂上の停車場だった辺りに近づいた時、謙治は鏡子を起こした。その路線は去年の暮れに廃止になっていたが、謙治はそのことを忘れていた。東京は刻々とその姿を変える街だと改めて思った。

目を開いた鏡子は、狼狽《ろうばい》した様子で周りに視線を向けた。そして、停車場のところで停めてほしいと運転手に言った。

「家の前までお送りしましょう」

鏡子は、送り狼の心配はまるでしていないようだった。

鏡子の家は八芳園からすぐのところだった。車道を渡り、風呂桶屋、米屋、酒屋といった店の前を通り、路地に入った。

ブロック塀に囲まれた下見張りの古い二階家が鏡子の住まいだった。

「この一画は戦災に遭ってないんです」

丸いコブつきの門柱の前で鏡子が立ち止まった。上がっていかないかと誘われるのを期待している自分に気づいた。だが、鏡子は何も言わなかった。

「それではここで。ゆっくり休んでください」謙治は軽く頭を下げ、鏡子に背中を向けた。

「ちょっと待って」鏡子がハンドバッグを開けた。

渡されたのは勤め先の名刺だった。

「日曜日以外は、九時から六時まで事務所にいます。土曜は半ドンです。また誘ってください」

謙治は鏡子を見つめ、大きくうなずいた。

「近いうちに、必ず」


謙治が提案した弁当の件は、隅村に却下された。一号店の店長を照屋に譲り、二号店の準備に取りかかったが、一号店には毎日顔を出した。

二号店が開店したのは、霞が関ビルがオープンした日と同じだった。

〝超高い霞が関ビルに挑戦状！『すみ家』は超低価格！〟

意味不明なキャッチフレーズだが、人目を引けば、それでよかった。

そんなことを思いついたのは新橋駅のホームから霞が関ビルがよく見えるからだった。外堀《そとぼり》通りに建つビルを左右に従え、都電まで支配下に置いているようなビルだった。

前宣伝をかなりやり、出血サービスもしたので、初日の入りはよかった。キャバレーへの優待券まで配り、『すみ家』をアピールした。しかし、刺身などは小さな店の方が質が上だった。それに、頭にタオルを巻き、団扇《うちわ》をぱたぱたしながら焼き鳥を焼く主人の魅力で持っている店から、客を奪うことはなかなか難しかった。

原島勇平が新橋店にやってきたのは、七月の初めだった。昼間は七日に投票が行われる参院選の選挙カーがうるさく、漏れ聞こえてくる客の話にも、青島幸男《あおしまゆきお》や石原慎太郎《いしはらしんたろう》、横山《よこやま》ノックの名前が混じっていた。

勇平は静かに飲み食いしていた。不気味と言えば不気味だが、気にせず仕事に専念した。勘定をすませた勇平を外まで見送ることにした。

「お前を部下にするのは諦めた。お前が飲食業で成功するかどうか、俺は見守ってゆくよ」

脅し文句としか聞こえなかったが、謙治の顔から笑みが消えることはなかった。

「明日、一審の判決が出る。無罪じゃなければ、控訴するから、また来る」

謙治は、後十日ほどで店に立たなくなることを教えた。

「どんどんえらくなるな。客として、ひとつ注文をつけておこう。刺身だがな、ちょっと高い。あの程度なら十円鮨で食える」

そう言い残して、勇平は雑踏に紛れて消えていった。

一貫十円で鮨を食わせる店が新宿や銀座にある。大概は水産会社が経営しているので、ネタが安く入るらしい。

勇平に懲役二年八ヵ月の実刑判決が下ったことは翌々日の新聞で知った。浩一郎には執行猶予つきの判決が言い渡された。

話題を呼んだ参院選では、有名人がこぞって当選した。金嬉老でもテレビの利用の仕方を知っていたぐらいだから、いわんや、有名人が、その手を知らないはずはなかった。
何でもいいから顔を売るという風潮が謙治は嫌いだったが、『すみ家』もいずれはテレビで宣伝するべきだろうと考えた。スポット広告ならそれほど高い金を払わずにすむはずだ。

三ヵ月で、謙治は課されたノルマを何とかクリアした。隅村と相談し、二号店は照屋幸四朗に任せ、二号店の従業員のうちから、謙治の眼鏡に適《かな》った男を一号店の店長に抜擢した。

そのようにして、謙治は本社勤務となった。と言っても、デスクワークはほとんどせず、一号店と二号店の管理と、渋谷にオープンする三号店の下準備の仕切りに奔走していた。

七月の終わり、隅村に誘われて、岩武が演奏しているキャバレーに顔を出した。岩武とは当たらず障らずの会話しかしなかった。偽名を使った岩武からは定期的に連絡が入り、川久保や宮森の様子は聞いていたので、余裕をもってとぼけることができた。岩武が娘のことを嬉しそうに語ると、隅村が「こういう場所で、家庭的な話はするな。子持ちのホステスもいっぱいいるんだぞ」と水商売を長くやってきた人間らしい言葉を吐いた。それから、謙治に目を向け、鏡子のことを口にした。
「あの子とよく会ってるそうじゃないか」

「いや、仕事が忙しいのでそんなには」

岩武の顔が一瞬変わった。

「お前が、俺の遠い親戚になるなんてことはないだろうな」

謙治はにやりとした。「駄目ですか？」

隅村が組んでいた脚を解き、謙治を睨んだ。「お前、まさか」

謙治が大声で笑いだした。「社長、冗談ですよ。鏡子さんは友だちです」

「女友だち？　どの面下げて、そんなことを言ってるんだい」

「社長は、俺の仕事振りを評価してくれてますよね」

「うん」

「だったら、普通は、俺が社長の親戚になったら喜ぶんじゃないんですか」

「お前がどうのこうのってわけじゃない。食い物屋も水商売だ。俺は、あの子に水商売の人間と一緒になってほしくないだけだ」

「私だったらいいの、社長」同席していた古株のホステスが口をはさんだ。

「駄目だな。お前は稼ぐから、この商売から上がってもらいたくない」

「あーら、私だって普通にお嫁にいきたいのよ」

そのホステスは別嬪ではないが、煮詰まった男たちをクールダウンさせるのが上手な女らしい。

男と女をサンドイッチにたとえると、男はパンである。パンとパンが触れあいすぎるとギスギスする。そこに野菜やらハムが挟まると、スムーズに物事が流れることがあるものだ。具だけだと、これもいただけない。野菜とハムの喧嘩はぐじゃぐじゃしてしまうから、余計に始末が悪い。

あの事件のことを忘れてしまうほど、何の動きもなく、月日が経っていった。お盆休み、鏡子は長野に戻った。八月十五日、謙治は妹と一緒に墓参りに出かけ、久しぶりにふたりで食事をした。大和田運送の家族と美紀子との付き合いに関して、警察は何も摑めずに引いたようだ。大和田運送の建物のあった場所は更地《さらち》になり、トラックも売り払われたらしい。

「旦那の店に顔を出したいんだけど、旦那、喜ばないだろうな」

「気にしないできてよ。あの人、昔気質《むかしかたぎ》だけど、いい人よ」

「お前が手伝ってる姿が見たいな」

「それが……」美紀子が目を伏せた。「私、妊娠してるの。だから、もうしばらくしたら店には出なくなる」

「子供ができたのか、いやあ、おめでとう」謙治はしみじみとした口調で言った。

出産予定は来年の三月だという。

その日以外はパチンコに出かけるぐらいで、ほとんど寮にいた。

うだるような暑い日が続いていた。パチンコ屋で一番聴いた歌謡曲はピンキーとキラーズの『恋の季節』だった。

後二年すれば、隠した金が手に入る。すでに銀行口座はいくつか作ってあった。

十月一日、三号店が、渋谷にオープンした。場所は道玄坂《どうげんざか》を上がったところだった。照屋の下にいた男を店長にした。渋谷駅の利用客数は新宿よりも上である。だが、客層の読みにくい街だということが下調べの際に分かった。謙治は渋谷店にかかり切りになった。

しかし、二十一日は新宿店にいた。その日は国際反戦デーで、新宿にデモ隊が押し寄せてくるという警察からの通告があったからである。

歌舞伎町にも警官や機動隊員の姿は見られたが、開いている店は案外多かった。『すみ家』も臨時休業はしないことにした。

謙治は学生運動にも労働運動にも無関心だった。およそ集会と名のつくものはすべて嫌いなのだ。しかし、新宿駅の東口を埋め尽くしたデモ隊は圧巻だった。野次馬もかなりいて、「機動隊はどうしたんだい」と乱闘を愉しみにしていることを口にする者もいた。

やるなら徹底的にやれ、と思いながら店に戻った。

新宿駅がデモ隊に占拠され、電車が停まっているとラジオのニュースで知った謙治は、早めに店を閉め、従業員をタクシーで帰した。

騒乱罪が適用され、その場にいた者全員が検挙されたと知ったのは翌日のことである。

それから十日経った。外出していた謙治が本社に戻ると、山田という人物から、三度も電話があったと事務員に告げられた。すぐにギャンブル仲間を装って岩武のアパートに電話を入れた。

「宮森が馬鹿をやった」岩武が重く沈んだ声で言った。

「どういうこと？」謙治はノンシャランな声で聞き返した。

宮森がしばらく止めていたオートレースを始め、またもや会社の金に手を出したという。それが発覚し、会社をクビになったらしい。今月中に金を返さないと訴えると会社側は言っている。使い込んだ金額は百二十万。

謙治は頭に血が上り、その辺にあるものを蹴散らしたくなった。思い止まることはできたが呼吸が荒くなった。隣に座っていた経理担当の社員の視線を感じた。謙治は大きく深呼吸して、顔を取り繕った。

「あいつはどうしようもないな」

「何とかしてやらんと面倒なことになるかもしれないぜ。二十万ぐらいなら用立てられるけど、それ以上は……」

謙治はいくつかの銀行に金を預けているが、ある銀行に八十万ほどの定期預金を作っていた。

「後で連絡するよ」

「もうしばらくしたら俺は店に出る」

「分かってる」

電話を切った謙治は溜息をつき、煙草に火をつけた。

「何かあったんですか？」経理担当の社員が訊いてきた。

「馬鹿な友だちがいてね。高利貸しから金を借りてまでバクチをやってたんだ。俺に金を貸してくれっていってきてるが、俺が用立てできる金額じゃないんだ。若い頃に世話になった人だから、何とかしてやりたいんだけど」

経理担当の社員は鼻で笑った。「そんなの放っておけばいいじゃないですか？」

「まあね」

「根津さんって意外と義理人情に厚いんですね」

「意外とか」謙治は笑ってみせた。

「クールな人だと思ってましたから」

隠す時は徹底的に隠すが、動揺した自分を見られた限りは、嘘を織り交ぜながら、相手に何があったか教えた方が、詮索されないですむものだ。

「社長は戻ってくるかな」

謙治が事務員に訊いていた時、ドアが開き隅村が入ってきた。

ちょっと話があると言うと、社長室に通された。

「私に百万、貸していただけませんか」

隅村が目を細めて、謙治を見つめた。

「女か」

「いえ」謙治は、経理係に話した嘘を繰り返した。

「そんなこと信じられるか。本当のことを言ってみろ」

「その人には借りがありまして」

一緒に組んでイカサマ麻雀をやっていた仲間。咄嗟にそんな嘘が口をついて出たのは、実際にやっていたことがあったからである。謙治は定期預金の金額を教え、通帳と銀行印を預けると言った。

隅村の頬がゆるんだ。「俺は、お前が会社を辞めたいと言い出すのかと思ったよ」

「辞めるはずないでしょう」

「お前は独立を考えてるんだろう？」

「遠い将来の話ですよ」

「明日、通帳と印鑑を持ってこい」

「ありがとうございます」

その日の夜遅く、岩武に連絡をし、百万円を明日用意すると告げた。

「お前の金か？」

「そんなことはどうでもいい。あいつに会いたい」

「いいのか」

「明日、店が終わったら、奴をお前が連れてこい。会う場所と時間は、明日の夜までに伝える」

翌日、謙治は隅村に通帳と判子《はんこ》を渡した。隅村は通帳の中身を見た。

「堅実だな、定期預金にしてるとは」

隅村は通帳を投げて返した。「社員からこんなもの預かる気はない。判子と一緒に持って帰れ」

「いいんですか」

隅村はそれには答えず、引きだしを開け、銀行の封筒に入った札束を取り出した。貸した金は給料から天引きすると言い、その額は様子を見て決めると笑った。

新宿、新橋、そして渋谷の店を回った後、岩武に待ち合わせの場所と時間を教え、謙治は、タクシーで新宿の十二社《じゅうにそう》に向かった。

その春に、新宿中央公園が開園した。淀橋浄水場の跡地では、副都心計画が進んでいて、将来は高層ビル群になるという。それに先だって公園だけが出来上がり、アベックの憩いの場となっている。しかし、造成中だから、公園の周りは土が掘り起こされただけの荒れ地だった。

謙治は勇平の運転手になる前から十二社には時々来ていた。女を呼んでくれる旅館があって、時々、そこを利用していたのだ。

電話をしてみると、その旅館はまだ残っていた。増美と別れてから、謙治は女を抱いていなかったのだ。

宮森の〝病気〟が出たことを知った謙治の怒りは尋常《じんじょう》なものではなかった。それが多少、収まったら、張り詰めていた神経がぷつりと切れた。すると、むしょうに女を抱きたくなった。

その旅館を利用するのは一石二鳥だった。尾行や監視はもうなくなっているようだが、念には念を入れておきたかった。その曖昧宿は路地にあるから、尾行があればすぐに分かる。

「根津さん、お久しぶりね。どうなさってたの？」

週刊誌を読んでいないわけもないが、空とぼけるのが礼儀。因業《いんごう》ババアは、若い頃、見せ物小屋に出ていたというだけあって、蛇女のように、艶《なま》めかしく腰や首をくねらせ、そう言った。

「弘美《ひろみ》ちゃん、もうじききますから、お部屋で待ってて」

二階の部屋に上がった謙治は、障子を少し開け、路地の様子を見た。人の姿も車の影もなかった。

ほどなく、弘美がやってきた。エメラルドグリーンのタイトなミニスカートに、黒いブラウス姿だった。結婚して上がったはずの弘美が戻っていると女将から聞いた謙治は、彼女を呼んでもらうことにしたのだ。

炬燵に入ってビールを飲んでいた謙治の横に弘美が腰を下ろした。

「びっくりよ、謙治さんに呼ばれるなんて。でも、嬉しい。また会えて」

「驚いてるのは俺の方だぜ」

「結婚なんて柄でもないってことがよく分かったわ」

弘美はあっけらかんとした調子で言い、謙治にしなだれかかってきた。そして、彼の手をスカートの中に誘った。

弘美はノーパンだった。

「膀胱炎《ぼうこう》になるぜ」

「色気ないこと言わないで。私、ノーパンで歩きたくなることがあるの。好きな男に会う時は、特に」

股間の軟らかい部分が指を刺激した。弘美は濡れやすい女で、それが初めての男に誤解されてから、こっそり拭いてから事に及んでいた。そんな初々《ういうい》しいことを言っていた頃のことが脳裏に甦った。

謙治は弘美をその場で押し倒した。スカートが捲れ上がって、股間が露になった。前戯などどうでもよかった。苛立った気持ちをぶつけるように、ペニスを可愛い小銭入れのような割れ目にぶち込んだ。貧しいセックスだと謙治は思った。だが、赤剝けの心にはぴったりの交わりだった。

弘美は朝まで一緒にいたがったが、謙治は朝が早いのだと嘘をついて服を着た。仕事について訊かれたので、本当のことを教え、『すみ家』の宣伝をした。女将に金を渡し、オーバーを着ると旅館を出た。そして、中央公園に入った。

午前一時半を少し回っていた。

人の姿はなく、噴水も止まっている。周りに出来た新しい道路を、バリバリッという、けたたましい音を立てて、カミナリ族が走り去るのが見えた。

新宿駅の西口に通じている広い通りに出た。道幅は三十メートルはあるだろう。冷たい風に、歩道に植えられたばかりの街路樹が、頼りなげに揺れていた。淀橋第二小学校からほど近いところに、道が立体交差している場所がある。その階段に謙治は近づいた。人影が見えた。

岩武と宮森はすでに到着していた。

「寒いよ」ギターケースを持った岩武が、足を踏み鳴らすような格好で言った。

謙治は宮森を睨んだ。

「迷惑かけてすまない」宮森が深々と頭を下げた。

「ついて来い」

謙治はビジネスビルの建設予定地に向かい、盛られた土をよじ登った。

「どこに行くんだよ」宮森の歯の根が合わない。

謙治は答えない。

土が掘り返され、小山を作っているところもあった。浄水場の頃の照明灯が残っていたが、根元から折れそうになっていた。道路に設けられた水銀灯の灯りだけが頼りだった。

道路から見えない小山の陰で、謙治は立ち止まった。

「宮森、こっちに来い」

岩武が謙治に駆け寄った。「根津、宮森をどうする気だ」

謙治は暗い夜空を見上げた。「これから、この辺りは大きく変わる。俺たちだって変わるんだ」

「やばいぜ。パトカーが回ってくるに決まってる」岩武が焦って周りを見回した。

「お巡《まわ》りが来たら、お前がギターを弾けばいい。よくここで若いのが楽器の練習をしてる」

宮森が謙治に近づいた。「根津、すまない。もう二度と……」

謙治の拳が宮森の頰に重く沈んだ。宮森の躰が半回転して転がった。

「止《よ》せ」岩武が止めに入った。

それを振りきり、謙治は顎を蹴り上げた。

土の山に宮森の頭がぶつかった。小石が転がり落ちてきた。

「宮森、大きく目を開けて、空を見ろ。そして、ここに建つビルを想像してみろ。俺は、このビルに本社を置くぐらいの会社を作りたい。宮森、お前にも、そうなってほしい。オートレースでまた会社の金を使い込んだだと？　後二年足らず。我慢できねえのかよ」

土の山に頭を預けたままの宮森に歩み寄った。そして、胸倉をつかんで立たせた。

「根津」岩武がまた口を開いた。

「うるさい。お前は黙ってろ」

土の山に躰を押しつけられた宮森の横をまた小石が転がり落ちていった。

「お前は、今、落ちていった小石のような一生を終わりたいのか」

宮森は口を大きく開けて、喘ぎ始めた。目に涙が光っていた。「許してくれ。俺が悪かった。金輪際、ギャンブルはやらない」

「謝るのは簡単だ」謙治はオーバーのポケットに右手を突っ込んだ。手にしたのは飛び出しナイフだった。

宮森の首にナイフを押しつけると同時に、後ろを振り返り、両手をぎゅっと握り締めている岩武を目で制した。

「殺さないでくれ。根津、頼む」宮森が泣き出した。

謙治は躰の力を抜いた。そして、宮森から少し離れた。宮森の背中が小山に沿ってずり落ちていった。

「次に問題を起こしたら、必ず殺す」

懐から百万円の入った封筒を、宮森の腹に投げつけると、謙治は彼らから遠ざかっていった。

造成地の端からすべり降りるようにして歩道に出た。そして、新宿駅西口に向かって歩き出した。

通りの右も左も野原である。人影はまるでない。終戦直後の東京の焼け野原を思いだした。あの時に味わった解放感が謙治の興奮を鎮《しず》めてくれた。

翌日、渋谷の店に顔を出す前に岩武に連絡を取った。

「お前、あいつの首をかっ切るんじゃないかって本気で思ったぜ」

「お前ら、あれからどうした？」

「あいつ、しばらく泣いてたけど、お前の気持ちが通じたらしい。空を見て、将来のことだけ考えるって言ってた。あいつのカミさん、子供を連れて家を出てったらしい」

「さもありなんだな。あいつには、これまで以上に連絡を取って様子を見てくれ」

「美濃部って都知事、俺は好かんが、宮森のためには必要な人物だな」

「え？」
「分かんないのかよ。都内の公営ギャンブルを全面廃止したがってる男だろうが」
「まったくだな」謙治は静かに笑った。

しばらく会っていなかった鏡子を誘って、食事をしたのは十二月十七日だった。有楽町《ゆうらくちょう》の宝くじ売場の前を通ると人だかりができていた。窓口のところに「１０００」という数字が見えた。一等賞金が一千万の大台に乗ったのだ。終戦直後に始まった時は、十万だったと記憶している。二十三年の間に百倍になったわけだ。

その一週間前に、府中《ふちゅう》で三億円強奪事件が起こり、白バイ警官に化けた男の犯行に、世の中は騒然となった。

奪った金額は、謙治たちの方が遥かに上回っているが、相手をペテンにかけて、人を殺すこともなく、大金を奪った事件の方が世の中の興味をそそっている。

原島邸で起こったことを、世間が忘れていくのに役立つ事件だと謙治は内心喜んだ。

鏡子と待ち合わせをしたのは交通会館の最上階だった。そこは回転展望レストランになっていて、食事をしながら銀座や日比谷を一望できるのだ。

鏡子とはとりとめもない話をしているだけで愉しかった。渋谷の店に顔を出した時に捕まえた無銭飲食者の話をした。

「婆さんだったけど、脚力があってね。びっくりしたよ。訊いてみると、短距離ランナーとして国体にも出たことがあるって言うんだな。本当かどうかは分からないけど、ともかく速かったよ」

「で、そのお婆さんをどうしたの？」

「警察に突き出すのもしのびないから、説教して放免してやった。どうせまたどっかでやるだろうけどね」

「お金を払わずに逃げ出すと窃盗になるけど、後でお金を持ってくると嘘をついて戻ってこなかったら詐欺罪になるのよ」

「なるほど。さすがに弁護士事務所に勤めてるだけのことはあるね」

東京駅を発った新幹線が見えた。

「正月休みは田舎に帰るの？」謙治が訊いた。

「どうしようか迷ってるとこ。帰っても実家の掃除をするだけで終わってしまうから」

その夜も、鏡子はよく飲んだ。頬が桜色に染まれば染まるほど饒舌《じょうぜつ》になった。雇い主の弁護士は大人しい男だが、長年付き合っていた愛人とこの間別れたらしい。そのことで心痛を極めたらしく、かなり痩せたと笑っていた。

コーヒーを飲み終えた後、謙治は鞄の中から包みを取りだした。

「クリスマスは忙しくて、渡す時間ないから」

「私、何にも用意してないのよ」鏡子は本気で困った顔をした。

「そんなこと気にしないで」

「開けてみていい？」

「うん」

「まあ、素敵」

「ちょっと派手かなって思ったけど、流行りのものがいいかと思って」

謙治は新宿のロペで、花柄のミニワンピースにお揃《そろ》いのスカーフを買った。

「本当に嬉しいわ。ありがとう」

謙治は鏡子の感嘆の声を聞くだけで満足だった。

レストランを出てエレベーターに乗った時、鏡子が言った。

「今から、うちに来ません？　大したおもてなしはできないけど、それでよかったら」

お返しに次の店で金を払うのも野暮だと思って、そう言った気がした。あっけらかんと家に誘われたことで、却って、鏡子が自分に大して特別な感情を持っていないように思えた。俺は気のおけない年下の男友だちか。内心苦笑しながらエレベーターを降りた。

鏡子の家は、玄関の左が台所で、右が応接間だった。廊下の奥にも部屋があり、その部屋の左に急な階段が設けられていた。

謙治は応接間に通された。ソファーや椅子は、縁に刺繡の入った白いカバーがかかっていた。仙台《せんだい》彫りと思われる古い家具の上には、女のブロンズ像が飾られていた。女はドレスの裾を軽く両手で持ち上げている。その横には年代物の置き時計、さらに、トンボがモチーフになった花瓶が置かれていた。窓際の隅を占めているのはラッパ式の蓄音機だった。手動式のものである。

鏡子が入ってきた。封の切られていないコニャックがテーブルに置かれた。

「おつまみ、大したものがなくて」

彼女が用意したのは、ロースハムとヒジキだった。

「変な組み合わせだけど我慢して」

鏡子は家ではほとんど飲まないそうだ。コニャックは、夫の同僚がフランスに行った時のお土産だという。

部屋数を訊くと、案内すると言われた。まず二階に上がった。そこは死んだ夫の書斎と書庫だった。本棚から本が溢れ返っていた。原書も数多く見られた。書斎は広く、仮眠が取れるようにシングルベッドも置かれてあった。一階に戻った。和室にカーペットを敷いた部屋が寝室だった。その隣は八畳の日本間。雪見障子の向こうが縁側になっているらしい。

居間は台所の隣だった。

安手のソファーセットやテレビが置かれていた。

酔いが覚めてしまいそうになったのは、押入を改造した部分が仏壇になっていて、そこに飾られた写真が目に入った時だった。栄村先生が、謙治をじっと見つめていたのである。栄村先生の遺影の横に、彼女の母親と思える女の写真、そして髪を少し伸ばした細面《ほそおもて》の男の写真が並んでいる。

「夫と父です」

「二人とも優しそうな感じの人ですね」

「見た目通りの人でした」

母親や夫のことはどうでもよかった。栄村先生の写真が、好きな女の家に招かれた気分に水を差した。線香立てや鈴《りん》が置いてあるのは上段で、下段には引きだし付きの家具が収まっていた。ひょっとすると、そこに父親の写真や日記が入っているのかもしれない。

「こっちの方が落ち着くわね」

「そうだね」

落ち着きはしないが、この部屋にいるべきだと謙治は思った。

鏡子が居間を出ていった。

謙治は、栄村先生の遺影の前に立った。鼓動が激しく打った。軽く手を合わせてから、下段に収まった家具に目を向けた。

居間に戻ってきた鏡子がレコードをかけた。選んだのはビートルズの初期のＬＰだった。

「そうだ。いただいたワンピース、着てみますね」

「是非、見てみたいな」

屈託のない笑みを浮かべた謙治だが、胸の底はどす黒く濁っていた。

再び鏡子が居間を出ていった。謙治の動きは速かった。遺影の下の引きだしをそろりそろりと開けた。果たしてそこにはアルバムが入っていた。二段目には、黒いヒモで束《たば》ねられたノートが見つかった。そのひとつを取り出してみた。手にしたのは昭和五年四月から昭和七年末までの、先生の日記だった。三段目にもノートが詰まっていた。自分がY地区に疎開していた時のものを探し出す時間はなかった。

鏡子が気になるのでゆっくりとは見ていられなかった。適当に切り上げソファーに引き返し、グラスを一気に空けた。全身に汗がにじんでいる。

鏡子が晴れやかな顔をして戻ってきた。流行りのミニワンピースは鏡子によく似合っていた。スカーフがお洒落だった。心が乱れていなかったならば、雄の欲望が頭をもたげていただろうが、気もそぞろで、「素敵、素敵」と褒めまくるだけで精一杯だった。

「次にお会いする時は、この格好しますね」

「そうして」

鏡子の頬から笑みが消えた。「どうしたの、すごく汗、掻いてるけど。暑すぎます？」

「いや、ちょっとトイレに」

トイレは階段の隣だった。便器は新しかった。水洗トイレに替えたのは最近なのかもしれない。水を流し、天井近くの窓を開け、外を覗いた。隣の平屋の家の板塀が迫っている。謙治は、鏡子が仕事に出ている間に忍び込むことを考えていた。しかし、ガラスを破って入るしかない。危険すぎる。焦って余計なことをしない方が安全だろう。

鏡子と関係を持ってしまえば、ここで寝泊まりできる。そうなれば隙はいくらでも見つけることができるだろう。

もう一度、水を流し、居間に戻った。

「大丈夫？」鏡子が訊いてきた。

「疲れがたまってるんだよ」謙治は笑って誤魔化した。

それから一時間ほど、謙治は鏡子の家にいた。家では鏡子はあまり飲まず、謙治ばかりが飲んでいた。

寮に戻っても、栄村先生のアルバムと日記が気になってしかたがなかった。首尾良く、中身を調べることができたとして、自分の写真や名前が見つかったらどうすればいいのだ。一度仕舞ってしまった死んだ両親の写真や日記を何度も見ることはあまりない。だが、鏡子は父親にかなりの思慕《しぼ》の念を抱いていた。何かの拍子にまた開いてみるかもしれない。

自分の写真があるかどうかは疑問だが、日記に、根津謙治と記されている確率は高い。写真がなければ、根津謙治という同姓同名の人間が疎開していたと言い張れる。佐藤は苗字が変わっているからさほど気にせずにすむが、岩武と宮森も名前が残っているだろう。鏡子との付き合いがこれからどうなるかは分からないが、何であれ、あの三人に鏡子を会わせることは一生できない。

鏡子は正月休みも東京に残ることになった。

「謙治さんは何をしてるの？」鏡子に訊かれた。

「何も。妹に会ってもいいんだけど、旦那が、俺のことを嫌ってるみたいだから、会いにくい」謙治は、事情を簡単に説明した。「……ちゃんとした板前から見たらチェーン店の料理屋は、安かろう悪かろうにしか思えないんだよ」

「私、お節《せち》、作るからうちに来ない？」

謙治は真剣な目つきで鏡子を見つめた。

「年越し蕎麦を一緒に食べて、それから初詣に行き、元旦を迎えたらお節を食べる。そうしたいんだけど」

鏡子の目が泳いだ。

「俺はその……」謙治はまっすぐに鏡子を見た。「君のことが好きになった」

「夫とはいつも赤坂の山王日枝神社《さんのうひえ》に行ってました。あそこでいいかしら」鏡子は謙治と目を合わせず、口早に言った。

大晦日《おおみそか》、鏡子の家で紅白歌合戦を見ながら、年越し蕎麦を食べた。司会者は去年と違っていた。白組の司会は宮田輝《みやたてる》から坂本九《さかもときゆう》に、紅組は九重佑三子《ここのえゆみこ》から水前寺清子《すいぜんじきよこ》にバトンタッチされ、宮田輝は総合司会に回っていた。鏡子は布施明《ふせあきら》のファンだと言った。謙治は青江三奈《あおえみな》の『伊勢佐木町ブルース』が好きだと正直に告げた。鏡子は「謙治さんらしい」と笑った。

紅白を最後まで見ずに日枝神社に向かった。破魔矢《はまや》やお札を買って戻ったのは午前二時近くだった。

「ちょっとごめんなさい」

謙治を寝室で待たせ、鏡子は部屋を出ていった。何をするのか気になった謙治は廊下で聞き耳を立てた。

「あなた、私、彼のことが好きになりました。ごめんなさい」

鏡子は夫の遺影にそう語りかけていたのだ。謙治の脳裏には、夫の隣に並んでいる栄村先生の顔が浮かんだ。

鏡子はセックスには淡泊な女かもしれないと思っていたが、まったく違っていた。

三日間、謙治は鏡子の家ですごした。その間は、アルバムや日記を盗み見ようとは思わなかった。こうなってしまえば、慌てることはない。

絶好の機会が巡ってきたのは、東大安田《やすだ》講堂で、学生と機動隊が激しくやりあっていた日だった。休みの前の夜に彼女の家を訪れた謙治を残して、鏡子は仕事に出たのである。

念のために手袋を嵌め、まずはアルバムを調べた。佐藤と名乗っていた頃の川久保と先生の写真は数枚出てきた。しかし、自分のものも、岩武や宮森のものもなかった。クラスメート全員で撮った写真も見つからなかった。

束ねられたノートをすべて床に置いた。昭和十八年から、出征前日までのものを手に取った。見つかる心配はまったくないのに、緊張した。

「昭和十九年十月二日　月曜日」の日記に、自分の名前が記されていた。

〝今日、根津謙治という生徒が転校してきた。佐藤や宮森と同じように縁故疎開である。負けん気の強い顔をした男の子。地元の生徒とぶつかるかもしれない〟

その後も、折に触れて自分のことが書かれていた。

〝新庄が根津を子分にしようとしたが、根津はそれを蹴ったようだ。宮森の仲立ちも功を奏さなかったらしい。佐藤は、貝が殻を閉じるようにして、新庄一派の嫌がらせを避けたが、根津はそうはしないだろう〟

〝また新たに転校生がやってきた。岩武弥太郎は、ちょっと軟派な感じのする男の子だ。異人の街、横浜のニオイがプンプンする〟

〝根津が中心となって疎開してきた生徒が、新庄一派とやり合い、勝利したようだ。新庄の父親の太鼓持ちの教頭は、一方的に根津たちに非があると決め付けたので、私は抗議した。何とか聞き入れさせることができてほっとしている〟

自分について触れられているのはそれぐらいだった。佐藤についての記述の方が遥かに多かった。一緒に読んだ本の題名も記されていた。

そんな中にこんなことが書かれてあった。

〝……自分の果たせなかった小説家の道を歩んでもらいたいが、佐藤は綺麗な文章を書きすぎる。もっと破天荒でもかまわないのに残念である〟

出征の前日の日記も読んだ。

日本がアジアを導く立場にあったのに、ヨーロッパの列強を真似て侵略戦争を行ったことを痛烈に批判していた。

〝……しかし、アメリカに正義があるとも思えない。自分は愛国心を持っている。出征する限りは、敵を叩きのめす覚悟だ。私を送り出した人間の中には、潔く死んでこいと言った者がいた。しかし、私は生きて帰る。妻や娘を残して、負け戦で死ぬなんてまっぴらだ。俺は必ず生きて帰るぞ〟

日記はそう締めくくられていた。

こんな形で、あの先生の最後に残した言葉を目にすることになるとは。

謙治はノートの束を握ったまま、しばらくぼうっとしていた。玄関ブザーが鳴った。出てみると近所の奥さんだった。回覧板を持ってきたのだった。奥さんの目に好奇心が波打っていた。

居間に戻ると、自分のことが書かれているノートだけを紐から外し、残りは元の場所にきちんと戻した。

いつか鏡子は一部がなくなっていることに気づくだろうが、四人の繋がりが記されているノートをこのままにしておくわけにはいかない。

寮に持って帰ったノートを、謙治は細かく鋏《はさみ》で切った。先生の几帳面な字が形をなさなくなってゆく。

疎開した頃、自分はお国のために戦うために早く一人前の男になりたかった。父親が戦死したことで、その思いはさらに高まった。

長野市に司令部を置いていた憲兵隊が国民よりも先に逃げ出したと聞いた時の混乱と言ったらなかった。心の整理をつけることが難しかった。憲兵隊に対する失望は日本軍に対する幻滅に繋がった。しかし、それだけではすまなかった。戦地で勇敢に戦おうと考えていた自分にも幻滅したのである。

それでも、日本がアメリカに占領された後、占領軍と戦う組織が出現するのではと期待していたところがあった。だが、降参した瞬間、いとも簡単に日本人は骨抜きになった。アメリカ兵のための慰安婦を集めるように指示を出していたのは警察だ、と誰かが言っていた。パンパン狩りをしている警察が、アメリカ兵のために股を開く女たちの世話をする。子供心に変だなと首を傾げた。

規制と規律ばかりで自由に話すこともできなかった戦争中よりも、戦後は圧倒的にすごしやすくなり、その恩恵に謙治も大いにあずかった。軍国主義よりも民主主義の方が愉しい生活が送れた。しかし、戦場で戦うのだと本気で思っていた時代が、なぜか懐かしかった。

栄村先生は、今度の戦争を聖戦などとはまったく思っていなかった。だが、愛国心は持っていると書いていた。

自分には愛国の情があるのだろうか。去年開かれたメキシコ・オリンピックのサッカーで、日本は銅メダルを獲得した。謙治は素直に喜んだ。その程度の愛国心ならあるが、国と心中するような気持ちは今の自分にはまったくない。連日のように報じられている学園紛争でゲバルトを繰り返している学生たちは、愛国心を持っているのだろうか。どちらでもかまわないが訊いてみたい気がした……。

本社勤務になったことで、謙治は新たな店舗を出す時の資金額、仕入れのシステム、従業員の給料等々を徐々に知ることができるようになった。

『すみ家』の売上げは順調で、隅村はほくほく顔だった。

四店舗目を池袋に出したのは、その年の五月のことだった。オープンまでの段取りを密かに謙治は研究していた。

『すみ家』の名前がそれなりに業界で知れてくると、納入業者の売り込みが激しくなった。仕切っていたのは仕入れ部長の桶谷恒夫だった。食材に限ったわけではない。調理器具から皿一枚、フォーク一本に至るまで、桶谷が決めていた。隅村産業に入る前、桶谷は上野にあるレストランの仕入れ部長だった。歳は五十一。背の高いスマートな男で、着ているものも小ざっぱりとしていた。愛想もよく、趣味はハワイアン。自分でもウクレレを弾くという。謙治にも親切で、質問すると何でも快く教えてくれた。

三月十日、美紀子が男の子を出産した。名前は善之《よしゆき》だという。出産祝いは、デパートの商品券にした。

甥っ子の顔を見にいったのはその月の終わりのことだった。丸々と太った健康そうな赤ちゃんをおそるおそる抱いた。善弘も同席していたが、態度は冷ややかだった。

その夜、鏡子に会って食事をした。鏡子は去年できたゴーゴークラブ（ディスコ）に行ってみたいと言いだした。気乗りはしなかった。

「大人のためのゴーゴークラブなんですって。だから覗いてみたいの」

鏡子に押し切られて、赤坂にできた『ＭＵＧＥＮ』という店に付き合った。

『ＭＵＧＥＮ』は、赤坂見附《みつけ》からすぐの赤坂三丁目の歓楽街にあった。入口は狭いが、中に入ると別世界だった。

黒い壁には発光塗料で描かれたサイケデリックなイラストが浮かび上がるようになっていた。ステージでは黒人バンドが演奏していた。その後ろには大きなスクリーンが設けられていて、外国の女優の顔や、ポップな写真がスライド式に流れている。

一階のフロアーではミニドレスや、最近流行りだしたベルボトムのズボンを穿いた女たちに混じって、禿げた爺《じい》さんも踊っていた。

謙治と鏡子は、ウイスキーの水割りを飲みながら二階席で見物することにした。

壁や床を壊しそうなくらいのリズム・アンド・ブルースの音に負けて、普通には話せない。

「新宿なんかにあるゴーゴー喫茶とは違うでしょう」鏡子は謙治の耳許でそう言った。

「確かにね」

増美に誘われて、新宿で一番有名な『ジ・アザー』というゴーゴー喫茶に一度だけ付き合ったことがあった。地下を降りたところにある店は狭く、フロアーの周りに席が設けられているだけだった。

久しぶりに増美のことを思いだした。まったく連絡はないし、映画に出ている様子もなかった。

謙治たちの前を有名な女優が通りすぎた。

「ここには島津《しまづ》貴子《たかこ》さんもきてるって話よ。踊りたいわ。付き合って」

「勘弁してくれよ」

「立ってるだけでいいわよ」

しかたなく付き合うことにした。お立ち台ではゴーゴーガールが尻を振っていた。フロアーに閃光が走り、激しく点滅し始めた。踊っている人間の動きが一瞬、止まって見えた。ストロボが、踊っている人間を異次元に誘っていく。

白いスーツの男が目に入った。男の笑顔が止まって見えた。

仕入れ部長の桶谷恒夫だった。踊り慣れているのは一目瞭然。ウクレレが趣味の男とはとても思えない。彼を囲むようにして、派手なミニドレスを着た女が踊っていた。桶谷がそのひとりの頬にキスをした。

「何見てるの？」鏡子が訊いた。

「後で教える」

ほどなく桶谷はフロアーを去り、奥の席に戻っていった。

バンド演奏が終わった。桶谷の席には男がふたり座っていた。そのうちのひとりの顔に見覚えがあった。社によく来る、石本《いしもと》という業務用食器の納入業者だった。

二階の席に戻った。謙治は誰を見ていたか教えた。

「挨拶しなくていいの？」

「必要ない」謙治はにっと笑って煙草に火をつけた。

『すみ家』全店で、石本の会社が用意した食器類が使われている。他の業者が入ったことは一度もない。接待を受けているだけではなく、桶谷はリベートを取っているのかもしれない。

謙治たちの席の前を通りすぎようとした男が立ち止まった。「ひょっとして、栄村?」

「ああ、昭島《あきしま》君じゃない」

地元での知り合いだったら。謙治に緊張が走った。しかし、そうではなかった。大学時代の同級生だと紹介された。

「どうして、こんなところにいるの?」鏡子が男に訊いた。

「栄村こそ、どうしてここに」そう言った昭島がちらりと謙治を見た。

男は標準語を話しているが、アクセントに特徴があった。関西の人間らしい。

「どうぞ、座ってください」謙治が口をはさんだ。

昭島は、奥の方に目をやった。そこには女がひとりで座っていて、こちらを見ていた。

「じゃ、ちょっとだけ失礼します」昭島は鏡子の横に腰を下ろした。

「パリじゃなかったの?」鏡子が訊いた。

「一年前に引き上げた。親父が死んだんや」

鏡子が昭島のことを謙治に教えた。大学を中退して、シャンソン歌手になろうとパリへ渡ったという。

「俺の考えは甘かったわ。とても俺の歌唱力じゃ通じんかった」

「で、今は何してるの？」

「大阪《おおさか》に戻って、コックやってる」

「コック？」

「うちは大阪で洋食屋をやってるんだよ」

「あなたに料理が作れたとはね」

「向こうでも、バイトで日本料理屋にいた。歌を断念してからは、フレンチレストランで修業もしたよ」昭島が顔を歪めた。「滅茶苦茶きつかった」

昭島に興味を持った謙治は、彼に名刺を渡した。

「『すみ家』って聞いたことありますよ」

「まだ聞いたことある程度でしょうが、もう少ししたら、もっと大きくなって、大阪に支店を出すかもしれません」

「根津さん、いずれは独立するつもりなのよ」鏡子が口をはさんだ。

「まだ青写真もできてないけど、フランス帰りのコックさんに働いてもらいたいですね」

「兄貴にこき使われてるから、いつでも声かけてください。僕は東京で暮らしたいんですが、先立つものがなくて。味には自信ありますよ」

「本当？」鏡子が目の端で昭島を見た。

「今度、大阪まで食べにきてよ」そこまで言って、昭島は奥に座っている女にまた目をやった。それから、手帳を取り出すと、そこに住所と電話番号、店の名前を書いた。

「それじゃ僕はこれで」

「本当に食べにいくわよ」

「待ってるよ」昭島は軽く手を上げ、去っていった。

それからしばらくして、桶谷たちが帰ってゆくのが目に入った。向こうはまったく謙治に気づいていなかった。

翌日から密かに、売り込みにきた業者のことを調べた。そして、隅村産業と折り合いが悪くなった業者に接触した。桶谷は、石本とだけではなく、食材を扱っている業者とも癒《ゆ》着《ちゃく》して私腹を肥《こ》やしていることが分かった。もっと安い値段で食材にしろ食器にしろ、仕入れられることがはっきりした。

しかし、そのことを隅村に報告する気はまったくなかった。来年の夏には『すみ家』を辞め、本格的に独立の準備にかかることにしている。いずれライバルになるやもしれない『すみ家』の仕入れ値が高いのは、結構なことである。

勇平の裁判の二審判決が出たのは、アポロ11号の月面着陸が中継された翌日のことだった。二審も一審を支持した。勇平は上告するだろうが、最高裁で判決が覆《くつがえ》るわけはない。

岩武は定期的に連絡を寄越していた。旅行代理店を解雇された宮森は、知り合いの紹介で西新井《にしあらい》にある工具卸業者のところで働いているという。

金を手にできるまで約一年。謙治は、すでに店舗を物色し、どんな店にするかプランを練っていた。岩武も、売り出したい若い歌手のタマゴを見つけたと嬉しそうに言っていた。

四

一九六九年十月二日〜一九七〇年八月十五日

十月に入ってすぐの木曜日、岩武が暗い声で電話をしてきた。宮森がまた、と顔が歪んだが違った。

ここ数日、川久保と連絡が取れないという。気になって、先ほど、学校に電話をしたら無断欠勤していると言われたそうだ。

「……早まって、自殺したかもしれんぞ」

「…………」

美紀子の拉致事件が起こったのは約三年前、佐伯が自分に接触してきてから二年半以上の月日が流れている。今頃になって、闇の世界の人間が動き出したのか。十一億円。捨て置けない金額ではある。川久保宏の存在を知って、またぞろ強硬手段に出たのか。

半信半疑だった謙治宛てに、匿名の電話がかかってきたのは、翌日の金曜日の夕方だった。

「川久保宏が吐いたぜ」

相手は自信たっぷりにそう言っただけで電話を切ってしまった。

川久保は何者かに拉致され、拷問を受けたに違いない。しかし、まだ事実が判明したわけではない。誰かが罠をしかけてきたとも考えられる。

必ず、相手はもう一度連絡をしてくるはずだ。それを待つしかないだろう。

しかし、相手がどんな要求をしてきても、乗ってはならない。乗った瞬間に、川久保との関係を認めたようなものである。

川久保は、謙治の財布を拾って交番に届けただけの人間だ。謙治とは、石橋に引き合わされた時以外には会ってないことになっている。そんな人間のために、相手の言いなりになるのはどう見ても不自然である。

警察に通報するしかないだろう。しかし、警察を介入させることのリスクも甚だ大きい。拉致された川久保が保護され、犯人が逮捕されたら、すべてが明るみに出てしまう可能性がある。やはり、川久保を押さえている人間と密かに交渉する道を選ぶべきかもしれない。

匿名の電話は事務所で受けた。事務所には謙治の他に社員はひとりしかおらず、彼は他の電話に出ていた。謙治の動揺はその社員には見られていない。

しばらく仕事をしている振りをして、闇の世界の人間からの連絡を待ったが、電話は鳴らなかった。引き出しの奥に仕舞ってある飛び出しナイフを取り出すと、ポケットに忍ばせた。

それから受付の女の子に、自分に電話があったら渋谷店にかけるように伝えろと指示し、事務所を出た。

川久保を拉致した人間と秘密裏に手を打つと言っても、そうなった場合は、奪った金の大半を奴らに渡さざるを得なくなるだろう。それでは、この三年余りの努力が水の泡になる。

周りに目を配りながら新橋駅の公衆電話に向かった。ラッシュ時。駅の周りも構内も人で溢れ返っていた。自分を監視している人間がいるとしても、それを発見するのは極めて困難だ。謙治は苛立ちを抑えて、受話器を手に取りコインを落とした。

かけた先は碑文谷署である。

「石橋刑事をお願いします」

「石橋さんは転属になりました」若い男の声が答えた。

「今はどこに？」

「あなたは？」

「原島勇平さんの運転手をしていた根津謙治です。彼に至急相談したいことがあるんですが」

「ちょっと待ってください」

ややあって、電話の主が替わった。「刑事課の室山《むろやま》という者ですが、ご用件をお話しください」

「石橋さんじゃないとちょっと……」

「それじゃ、あなたの連絡先を教えてください」

謙治は渋谷店の番号を口にし、今から新橋を出て渋谷に向かうことも教えた。

渋谷店に入ったのは午後六時すぎだった。売上げのチェックをしていると、石橋から電話がかかってきた。

「お久しぶりです。私、今、警視庁の捜査一課にいるんですよ。それで何か？」

「電話じゃ話しにくいことです。渋谷まで来てくれませんか」

「どんな話です？」

「来て損のない話です」

謙治は待ち合わせ場所を宮下《みやした》公園にした。四十分ほど後に、再び石橋から電話が入った。宮下公園の近くに到着したという。

匿名電話の主からは連絡はない。

川久保も金がどこに隠されてるか知っている。金の在処を白状したのだろうか。それはおかしい。そうだったら、あんな電話を自分に寄越さず、さっさと金を奪いにいけばいい。一体、川久保が何を白状したというのだ。

岩武にこの事実を知らせると動揺するに決まっている。宮森はなおさらのことだ。この段階で、岩武に事情を教えるのは控えることにした。

謙治は、警察に何があったかを教え、川久保と無関係だということをさらに印象づけておき、その間に、匿名電話の主からの連絡を待つ。警察が自分に尾行をつけるだろうが、何が何でも巻いて、話せる場を持つ。どんな手を打てるかは分からないが、場合によっては、相手を殺すつもりでいる。

そこまでやって駄目だったら……。謙治はポケットに入れてあるナイフをぎゅっと握りしめた。それから会社に電話をし、私用で少し遅くなるが、必ず戻ると、残業していた社員に告げ、店を出た。

夜の色に染まった公園のベンチに石橋の姿を見つけた。よれよれのコートの襟《えり》を立て、俯き加減に座っていた。謙治が近づくと石橋は顔を上げた。

彼の目には、旧友に再会したような温かい光が波打っていた。謙治もかすかに口許に笑みを垂らした。

二年、いや二年半以上会っていなかった。石橋は老け込んでいた。くたびれた革靴のようなシワが目尻に走っている。少し痩せたかもしれない。

「ご無沙汰《ぶさた》してます」謙治は頭を下げ、彼の横に座った。

「立派になりましたね」

「スーツとネクタイのせいで、そう見えるだけですよ」

「で、来て損のない話とは……」

「川久保さんが拉致されたようです」謙治は暗い夜空を見上げたまま、事もなげに言った。

「何で、そんなことをあなたが……」石橋の声が尖った。

枕木を叩く電車の音が迫ってきた。

「俺に匿名の電話がありました……」

謙治は相手が言ったことを教えた。

「言ったことはそれだけですか？」

「ええ。相手は、ついに俺のアリバイを証明してくれた人間を見つけ、偽装だと言わせるために、そんなことをしたんでしょう。後は警察にお任せします」

立ち上がろうとした謙治の腕を石橋が取った。「ちょっと待って。もう少し話を聞かせてください」

謙治は石橋を睨んだ。「これ以上、話すことはないです。川久保さんには悪いが、俺が、彼を助けに行く義理はない。相手からまた電話が入ったら、あんたに教えるが、俺は何もしませんよ」

石橋はじっと謙治を見つめているだけで口を開かない。

謙治は腰を上げた。「石橋さんの新しい連絡先を聞いておきましょう」

石橋から名刺をもらった謙治は、自分のを彼に渡した。それから、浅く一礼し、明治通《めいじ》りの方に向かった。

途中で、制服警官とすれ違った。謙治は足を止め、振り返った。石橋に駆け寄った制服警官は敬礼した。そして口を開いた。何を言っているのか分からなかったが、興奮しているようだった。

謙治は顔を元に戻すと再び歩き始め、明治通りに出た。

パトカーが一台停まっていた。石橋をここまで運んできたのは、そのパトカーのようだ。

背後で足音がした。

「根津さん」石橋が謙治に駆け寄ってきた。「川久保さんらしい人物が、病院に運び込まれましたよ」

「どういうことです？」

「詳しいことは分かりません。今から、私は病院に急行しますが、一緒に来ますか」

謙治は大きな溜息をついて見せた。「俺が行かなきゃならないんですか？」

「そんなことはありませんが、気になるんじゃないかと思って」

謙治は小さくうなずいた。「お付き合いしましょう」

パトカーの後部座席に石橋と謙治が乗った。事件のことを石橋に知らせた警官が助手席に座った。

パトカーはサイレンを鳴らし、玉川《たまがわ》通りに出た。

川久保が運び込まれた病院は、玉川瀬田《せた》町にあるという。

「川久保さん、重傷なんですか？」謙治が訊いた。

「意識がないということです」

二十分ほどで病院に着いた。病院の入口にはパトカーや警察車輛らしきセダンが停まっていた。

石橋は廊下の奥に消えた。謙治はロビーで待つことにした。

意識は戻ったのだろうか。謙治は気が気ではなかった。

今後、川久保が警察に本当のことを話したとしても、自分がすぐに逮捕されることはないはずだ。最初は任意の取り調べだろう。飴とムチで攻め立て、自白を取ろうとするに決まっている。そこまで追いつめられたら、逮捕状を突きつけられる前に自ら死を選ぶしかない。テレビ映画の『逃亡者』のような真似はできやしないから。

ややあって、石橋が謙治のところにやってきた。謙治は立ち上がった。緊張が頂点に達していた。

「で、彼はどうなんです？」

「脊髄《せきずい》を損傷したらしいです。胸椎だか腰椎だかのね」

「じゃ手術を」

「するようですが、麻痺がなくなる可能性は極めて低いそうです」

「意識の方は？」

石橋が目の端で謙治を見た。「戻ったようですが、私は話してませんよ」

「何があったんですか？」

川久保は、病院からさほど離れていない建設資材置き場で発見されたという。その敷地にあるプレハブの事務所の二階から落ちたか、突き落とされたらしい。

近くを通った人が、その瞬間を見ていて救急車を呼んだ。目撃者が公衆電話ボックスにいる間に、資材置き場から黒っぽいセダンが出てきて、玉川通りの方に走り去ったという。

「公衆電話と資材置き場は少し距離がありましてね。夜ですから車の色もあやふやだし、ナンバーも分かってません」

「他にも目撃者がいるんじゃないんですか？」

「まだ捜査に入ったばかりですから分かりません。根津さん、電話の主はどんな声をしてました？」

「鼻にかかった声でした。若い男じゃないことは間違いないですね」

「相手は〝川久保宏が吐いた〟とだけ言ったんでしたよね」

「ええ。で、それが何か？」

石橋は謙治をじっと見つめたまま、不敵な笑みを口許に浮かべた。

謙治は負けじと見つめ返した。「石橋さんが考えてることは分かります。だけど、拉致された川久保さんは監禁され、拷問を受けてた可能性が高いですね。警察ではよく自白を強要するじゃないですか。あれと同じことが起こったとしか思えません」

「拷問された川久保さんが、ありもしないことをしゃべった。根津さんはそう思いたいんですね」

「彼は何も話してないのかもしれない。電話をしてきた人間が、俺に揺さぶりをかけただけとも考えられますよ」

「なるほど。自分が動揺してないのは、川久保さんが何を言おうが潔白だから。根津さんは、そう言いたいわけですね」

　謙治は肩をすくめて見せただけで口は開かなかった。

「こんなところまで引っ張ってきてしまってすみませんでした」石橋の口調ががらりと変わった。「またお邪魔することになるかもしれません。その時はよろしく」

「それよりも犯人を早く挙げてください」

「努力します」

「川久保さんが落ち着いたら見舞いに行きますよ」

　謙治が立ち上がった時、ふたりの男が石橋のところにやってきた。ひとりは刑事だった。もうひとりの、髪を角刈りにした、四角い顔の男は、川久保の兄だった。

　謙治は自己紹介し、名刺を差し出した。川久保の兄は挨拶もせず、謙治から目を逸らした。しかし、一呼吸おくと、彼も名刺を謙治に渡した。

　佐藤正道《まさみち》というのが兄の名前だった。

　病院を出た謙治は会社に戻った。会社にはもう誰も残っておらず、ドアの鍵は閉まっていた。だが、鍵を持たされているので問題はなかった。

　深夜まで仕事をした。集中力を欠いていたが、他に時間をやりすごす術はなかった。

　深夜遅く、岩武の働いているキャバレーに偽名で電話をした。ほどなく、岩武が出た。

「仕事が終わったら、ゆっくり話せる場所から事務所に連絡をくれ」

「どうした……」岩武の声が曇った。

「ともかく、連絡をくれ」謙治は、岩武の次の言葉を聞かずに電話を切った。

一時間ほどして、岩武から電話が入った。

「窓から外を見ろ」岩武が言った。

言われた通りにした。彼は、事務所の窓から見えるところにある公衆電話ボックスにいた。

電話機を窓際まで持っていき、謙治は経緯を詳しく話した。

岩武がうなだれるのが見えた。「もう俺たち、お終いだな」

「まだ分からん。それに、川久保が俺との関係をしゃべっちまったとしても、お前や宮森のことまでは話してないと思う。金の隠し場所はバレてないようだし」

「俺には娘がいる……」岩武の声がかすかに震えていた。

「そんな泣き言、今更言っても始まらねえよ」謙治が声を荒らげた。

「………」岩武は黙禱《もくとう》を捧げているような姿勢のまま動かない。

「夜が明ければ、事件のことはテレビでも流れるだろう。宮森を安心させるのはお前の役目だ。しっかりしてくれ」

「分かってるけど、でも……」岩武が謙治の方を見上げた。

「でもも、へったくれもあるか！」謙治が怒鳴った。

岩武が受話器を耳から外してしまった。

「馬鹿、何してんだ！」

岩武は受話器を再び耳に当てた。「悪かった。何とか頑張るよ」

「お前らの身は安全だ。ガタガタするんじゃねえぞ」

それには応えず電話を切った岩武が、ギターケースを手にして電話ボックスから出てきた。そして、一度も謙治の方を振り向かず、駅の方に消えた……。

翌朝、テレビのニュースを見た。川久保宏の事件は報じられたが、扱いは小さく、新たなことは何も分からなかった。

謙治は何事もなかったかのように仕事をし、日が暮れてから主立った夕刊紙を買い、読んだ。

川久保宏が見つかった資材置き場は玉川三丁目三十八の××。所有しているのは田崎《たさき》建設という会社だったが、数ヵ月前に倒産していた。目撃者は近くに住む主婦。午後六時半頃、犬の散歩に出かけた際、犬が資材置き場のところでオシッコをした。その時、事務所の二階から人が落ちるのを見たのだという。原島勇平の屋敷で起こった強盗殺人と関連づけた記事は見つからなかった。

日曜日は休みだった。終日、寮ですごした。警察が訪ねてくることはなかった。川久保は意識が戻ったというが、事情聴取ができる状態ではないのかもしれない。

食事を摂った後、『コント55号！裏番組をブッ飛ばせ!!』を視るともなしに視た。恒例となった野球拳で女優がビキニになっていた。

久しぶりに増美のことを思いだした。彼女の噂はまったく聞かない。映画女優として成功できず苦労しているのかもしれない。バツが悪くて、自分にも連絡できない。大方、そういうことではなかろうか。

週が明けた。

謙治は、川久保の兄に電話を入れた。手術は成功したらしいが、脊髄損傷そのものが治ることはないという。一生車椅子生活を送ることになるだろうとのことだった。

謙治は一瞬、口がきけなくなったが、気を取り直してこう訊いた。

「お見舞いに行っていいですか？」

「ええ」

「話の方は？」

「できますが、宏はほとんど話しません」

「今夜、根津が見舞いに行くとお伝え願えますか？」

兄が口籠もった。「こんなことを申しあげるのは失礼かもしれませんが、弟はあなたに会いたがらないと思います」

冷たい一言を残して、兄は電話を切ってしまった。

警察はすでに川久保の聴取を始めたのだろうか。川久保の躰の具合も心配だったが、そちらの方も気になった。

夕方、玉川瀬田にタクシーで向かった。途中で花を買い、病院に入った。

川久保の入院している病室は四人部屋だった。彼の寝ているベッドは病室の一番奥だった。カーテンの端から覗いてみた。

川久保はベッドで仰向けになっていた。頰に裂傷があった。腕に包帯が巻かれていた。顔色がすこぶる悪い。

謙治はベッドの端に立った。だが、川久保の目は天井の一点を見つめたままだった。

「お久しぶりです。大変なことになってしまって」

誰が聞いているか分からないので、他人行儀な話し方をするしかなかった。

「あなたに話すことは何もありません」

川久保は不機嫌そうに答えた。演技をしているのか本気なのか、はっきりしない。

「あなたが私に会いたくないことは、お兄さんから聞きました」

「…………」

背後で物音がした。石橋が若い男と一緒にやってきたのだ。

「根津さん、やっぱりいらっしゃいましたね」石橋が含みのある言い方をした。

「行くと言ったじゃないですか」

タイミングが良すぎる。川久保の兄が、自分が見舞いに来るかもしれないと警察に教えたのではなかろうか。

「根津さん、帰ってください。あなたがここに来たことが、あいつらに知れたら、また何をされるか分からない。あなたとは知り合いではない、とあの連中には言い通したのに……」そこまで言って、川久保は目を閉じた。

「分かりました。じゃ、これで失礼します。お大事に」

謙治は花束を枕許に置くと病室を出た。

石橋が追いかけてきた。「ちょっといいですか」

謙治はちらりと石橋を見ただけで口は開かなかった。だが、出口には向かわず、ロビーの片隅のソファーに腰を下ろした。

「ほっとしたでしょう？」石橋が軽い調子で言った。

謙治は石橋を睨みつけた。

「川久保さん、あなたが想像した通り、拷問にかけられたようです。腕に火傷の跡がありました。普通なら、嘘の供述、いや、あんたとの関係を認めるような嘘をついて逃れようとしてもおかしくないのに、彼は屈しなかった。あの人の精神力には感心しましたよ」

「なぜあんな大怪我をしたんですか？」

「資材置き場の事務所の二階の窓から、見張りの隙を見て飛び降りたそうです。その時に打ち所が悪くて、ああなったようです。脊髄損傷は怖いですね。自転車で転んだだけでも半身不随になることがあるそうですから」

「田﨑建設は八峰連合、或いは東雲組の息のかかってる会社ですか？」

「あんたに隠してもしかたない。その通りです」

「社長は何て言ってるんですか？」

「田﨑建設は六月に倒産し、社長の田﨑守《まもる》は夜逃げした。今、行方を探してます」

「佐伯との関係は？」

「そんなこと訊いてどうするつもりなんです？　川久保さんの仇《かたき》でも討とうっていうんですか？」

「まさか。だけど、気になるじゃないですか。川久保さんの拉致拷問を指示した人間の本当の標的は俺ですよ。警察が、主犯を挙げてくれれば、俺も高枕で寝られるのに、妹の時もトカゲの尻尾切りで終わった。違いますか？」

「それを言われると、穴にでも入りたい気持ちになります。しかし、暴力団っていうのは、これがずる賢くってね。なかなか尻尾を出さない」

「佐伯は暴力団じゃないでしょう？」

「首謀者が佐伯とは限らんですよ」

「それは分かってますが、限りなく黒に近い」

「川久保さん、本当に運の悪い人ですよね」

謙治の目つきが変わった。石橋の含みのある言い方にむかっ腹が立ち、悪態をつきそうになった。しかし、ぐっと堪えた。

「彼の状態に変化があったら、石橋さん、俺に知らせてください」

「入院費でも払ってあげるつもりですか？」

「金があれば、そうしますよ」

入院費や治療費が気になった。兄が面倒を見ているのだろうか。

病院を出たその足で渋谷店、新橋店、そして、池袋店を回った。仕事が終わると、新宿で電車を降り、スナック『小夜』を目指した。小夜子が、柏山の噂を聞いているかもしれないと思ったからだ。

ところがスナック『小夜』そのものが、他の店に変わっていた。中に入ってみた。内装は同じだが、小夜子も顔見知りのホステスの姿もなかった。見覚えのある人間はギターを弾いている流しの男だけだった。彼の伴奏で、客が、内山田洋《うちやまだひろし》とクール・ファイブの『長崎は今日も雨だった』を熱唱していた。

謙治は小夜子のことをバーテンに訊いてみた。

「小夜子さんね」バーテンダーの口許に品のない笑みが浮かんだ。「あんた、彼女の元の仕事、知ってるかい？」

「ええ」

「彼女また、アソコでゆで卵を切ってるらしいよ」

「何て名前でステージに立ってるんですか？」

「そこまでは知らないね」

謙治は礼を言って店を出た。小夜子がストリッパーに戻った。トウが立っても、裸の商売に定年はない。だから別段、驚きはしなかった。

柏山の出入りしていた雀荘を回り、彼について訊いた。三軒目の雀荘のマスターが知っていた。

柏山は築地にある水産会社で働いているという。しかし、会社名をマスターは知らなかった。

「海老の輸入業者んとこにいるとは言ってたけど……」

翌朝、柏山の仕事が一段落しそうな時間を見計らって、築地市場に出かけた。鮮魚を扱っている人間に聞き回り、やっと柏山を見つけた。

謙治を見た柏山の頬が懐かしさで崩れた。「いつか、ここで会うと思ってたぜ」

それには答えず、謙治はこう言った。「ちょっと話があるんですが、手が空くのは何時頃ですか？」

「四時半でいいか」

「ええ」

柏山は新橋にある喫茶店を指定した。隅村産業の本社からかなり離れた場所にあるので、入ったことのない店だった。

謙治は約束の時間前に行き、柏山を待っていた。柏山は時間通りにやってきた。黒シャツにジャンパーを羽織っていた。

柏山はコーヒーを頼んでから、しげしげと謙治を見つめた。「しばらく見ないうちに、ばりっとしちゃったね」

「スーツとネクタイのせいですよ」石橋に言ったことを繰り返した。

「俺、魚臭くないか」

「全然。海老は魚のニオイはしないでしょうが」

柏山はピースの缶をポケットから取り出した。「臭ってるって女に言われたことがあってな。で、何だい？　俺を捜しにきたってことは、よほどのことだな」

「田崎建設の社長、田崎守って知ってますか？」

「ほう」柏山が興味を示した。「あいつんとこの資材置き場で事件があったそうじゃないか」

謙治は、事の次第を話した。むろん、川久保との関係については嘘をついたが。

「俺に探してくれって言うのか」

「手蔓《てづる》があれば」

柏山が肺の奥の奥まで煙草の煙を吸い込んで、ゆっくりと吐き出した。

「見つかったらどうするんだい？」

「お話し合いをする」

「お話し合いね」柏山が肩で笑った。

「俺はとっくの昔に、若い頃付き合ってた連中とは縁を切ったことは知ってるだろうが」

「柏山さんに迷惑がかかるようだったら、今の話は忘れてください」

「田﨑建設は、汚れ役専門の土建屋でな。談合に参加しない会社に脅しをかけたり、大きな建設会社が役人や政治家に金を握らせる時に使われる会社だった。その田﨑が夜逃げね。東雲組と揉めたかな」

「佐伯や篠山と繋がってる可能性はあります？」

「そこまでは俺には分からん」

「できる範囲で結構ですから調べてみてほしいんですが」

「やってみるが、あまり期待しないでくれ」

謙治は黙ってうなずいた。それからおもむろに、小夜子との関係を訊いた。

「昨日、スナック『小夜』に行ってみたんですが、店が変わって、小夜子の姿もなかった」

「元の仕事に戻ったらしい。山形のストリップ小屋で、あいつが踊ってるのを見た奴がいた」そう言った柏山の表情は寂しげだった。

「柏山さん、他に女でも作ったんですか？」

「違うよ。あいつが、女の武器を使って商売してるのが分かって、殴っちまった。俺に甲斐性がないから、そうなったって、あいつがおヒスを起こしてな。ガラスでできたでっかい灰皿が飛んできたよ。でも、まあ、その話はいいや」柏山が忙しげに煙草を消した。

「それより、お前はどうしてる？『すみ家』はどんどん店舗を増やしてるな」

謙治は今の立場を教え、来年には独立するつもりだと言った。

「先立つものがあるってことだな」

「貯金に励みましたから。でも、小さな店を一軒持てる程度の金しかないですよ」

「居酒屋をやるのか」

「そこが問題でしてね。将来はともかく、俺に銀行が金を貸すわけがないから、『すみ家』みたいな店は出せない。簡単な料理を出すカウンターだけの店を開き、夜遅くは飲み屋にすることも考えてます。海老を仕入れる時は、お宅で安くしてもらえますかね」

柏山はそれには答えずこう言った。「お前、調理師の免許持ってるし、実際、作ってたんだよな」

「ええ」

「うちは小さな会社で、インドネシアやタイから冷凍海老を仕入れてる」

冷凍海老の輸入自由化は一九六一年に始まった。すべて天然もので、大正海老はほとんど中国から輸入され、業界では〃中国大正〃と呼ばれている。インドネシアやタイからのホワイト海老などが輸入されるようになったのは最近である。

「冷凍海老だったら、何とか安く回してやれるよ」

「冷凍海老ね……」

百円鮨のことが、ふと脳裏に浮かんだ。百円で海老の天丼が出せたら……。

謙治はすぐに思いついたことを口にした。

「百円天丼屋か。しかも海老天。利幅は薄いが、お前が調理するんだったら人件費は抑えられるな」

謙治はコストの話をした。

海老は世界でサイズ規格が決まっていて、それで取引される。一ポンドでどれだけの数の海老が入れられるかでサイズが変わるのだ。大きな海老だと数が減るということである。

柏山の口にした値段を聞くと、謙治はさっと利益を計算した。儲かっても稼げる金は知れていた。しかし目玉にはなる。海老は日本人にとってご馳走である。一考に価するかもしれない。

海老の話をした後、謙治と柏山は連絡先を交換し、その日は別れた。

石橋からは何も言ってこない。川久保の状態が気になるが、放っておくしかなかった。

岩武には逐一報告してあるが、彼が見舞客になるのは危険である。
二、三の週刊誌の記者が謙治のところにやってきた。白《しら》を切り通したのは当然である。
それでも、川久保の事件が、原島宅で起こった強盗殺人事件と関係があるような記事が載った。決定的な証拠があるわけではないので、仮名で報じられたから、謙治は気にしなかった。

勇平からは何の連絡もない。最高裁の決定はまだ出ていないようだ。

謙治は辞表を出してから、本格的に店の準備を始めるつもりでいた。謙治が新たなことをすれば、石橋も闇の世界の連中も注目するに決まっている。しかし、あの金を手にする頃には、奴らの自分に対する興味は失せているはずだ。

相変わらず忙しい日々が続いていたが、鏡子とはよく会っていた。ボウリングに出かけたり、映画を観たりしていた。しかし、彼女の家ですごすことが圧倒的に多かった。居間に入ると、例の盗んだノートのことを必ず思いだした。

鏡子に、年内に隅村産業を辞める話をしたのは十一月二十三日の日曜日のことだった。

昼間、その日に池袋にオープンした『パルコ』を見に出かけてから、いつものように彼女の家ですごした。肌を合わせたあと、謙治はその話をした。

「思ったよりも早かったね。で、お金の方は大丈夫なの」

「投資してくれる？」謙治は冗談口調で言った。

「五十万ぐらいだったらね」

「それは助かるなあ。きちんと借用書を作るから」

「そんなのいいわよ」

「駄目だよ。こういうことはきちんとしておかないと、何かあった時に揉めるから」

「じゃ謙治の好きにして」鏡子がそっけなく応えた。

謙治の態度を鏡子は水くさいと感じたらしい。困った。考えすぎかもしれないが、鏡子は、自分との結婚を望んでいるのかもしれない。

しかし、それはできない。生活を共にした後に、自分の過去が明るみに出たら、それこそ一大事である。騙し続けていた自分を鏡子が許すとは思えない。

謙治は一生独身を通すつもりでいる。しかし、このままの状態を、女である鏡子がこれからも受け入れていくだろうか。鏡子はべったりとまとわりついてくる女ではないが、それでも……。謙治は黙って鏡子の手を握った。

翌日、石橋から電話が入った。川久保はいまだ退院できず、リハビリに励んでいるという。

「俺はまた見舞いにいきますよ。そうしないと気がすまない。すべて、俺の財布をあの人が拾ったことから始まったんですから」

「意外と人情家なんだね」

「よくそう言われます。で、捜査の方は？　夜逃げした田崎とかいう社長はどうなってるんです？」

「残念ながらまだ見つかってません」

そんな話を石橋とした数日後、謙治は再び川久保の見舞いに出かけた。刑事たちとかち合うことはなかった。川久保はリハビリを終えたばかりだった。謙治を見る目は相変わらず冷たかった。

「例のことが原因だから、本当に申し訳ないと思ってます」謙治は心をこめて言った。

「別にあなたのせいじゃないが、もう私の人生は終わったも同然です。一生車椅子を使わなきゃならないんですから」

謙治は返す言葉がなかった。

「で、いつ退院できるんですか？」

「もうじきリハビリ専門の施設に移る予定になってますが、病院も施設も同じです。当分、家には戻れないんですから」

「お金の方は？」謙治が小声で訊いた。

「兄が何とか工面してくれてます。これからも兄を頼るしかない」

あの金がある。もう少しの辛抱だ。謙治は川久保をじっと見つめた。

「ところであなたを拉致監禁した連中の特徴を教えてほしいんですけど」

川久保の目に生気が宿った。「なぜ、あなたがそんなことを……」

「三年ほど前、私の妹も同じような目に遭ってるものですから」謙治は川久保から目をそらし、窓の外に目をやった。

陽が沈みかけていて、遠くに見える多摩《たま》川の水面に夕日が戯《たわむ》れていた。

「詳細はすべて警察に話してあります」川久保が言った。

「警察が、私に教えてくれるはずないでしょう？」

川久保が黙った。謙治は肩越しに彼に目を向けた。

川久保がじっと謙治を見つめ返したが、やがて視線を逸らした。「目隠しされてたんですが、それが一度外れたことがありました。相手は三人で、五十ぐらいの男が、若いのを叱りつけてました。そいつがボスだったようです。全員、サングラスをかけ、目深に帽子を被ってましたので人相はよく分かりません。目隠しが外れた時ですが、ボスがちょうど煙草に火をつけようとしてました。ジッポーのライターを使ってました。ライターにDADというローマ字が入っていたと思います」

「父親の意味のDADでしょうかね」謙治がつぶやくように言った。

「多分」

「他に何か気づいたことは？」

「目隠しされたまま、いたぶられたんですが、その間に、ボスが何度か電話をしてました。ダイアルを回す音を聞いてるうちに、局番の三桁は同じ数字のような気がしてきました。ダイアルが元に戻るまでの時間がかなり短かった。でも１１１のわけはない。２２２か３３３じゃないかと思います。４４４ほど長くはなかったなあ」

「極限状態でよくそんなに冷静でいられましたね」

「きっと、死ぬ覚悟ができたからじゃないですかね」

川久保の投げやりな言い方に、胸が締め付けられた。

「でも、あなたは自ら、隙を見て二階の窓から飛び降りた」

川久保が力なく笑った。「死んでもいいと思っても死んでない。答えようもない質問をしつこくぶつけられて、痛めつけられているのに耐えられなくなった。それだけです。局番の話ですが、確証がないので警察には話してません」

「川久保さんのおかげで、妹にひどいことをした奴をあぶり出せるかもしれない」

川久保がちらりと謙治を見た。「仇討ちするんですか？」

「川久保さんもそう望んでるんじゃないんですか？」

「私の望みは、以前のように自分の足で歩けるようになることです」川久保は謙治を睨み付けた。

看護婦がやってきた。それをしおに、謙治は病室を後にした。

川久保を下半身不随にした人間に制裁を加えないと気がすまない。自らが手を下せないとしても、このままにしてはおけなかった。

さっそく、柏山に連絡を取り、知り得たことを教えた。「局番が222っていうと麴町《こうじまち》辺りだし、333だったら杉並《すぎなみ》。柏山さん、頭に入れておいてください」

その翌日、謙治は辞表を上着の懐に入れ、社長室のドアをノックした。

「どうした?」隅村は書類から目を離さずに訊いた。

「大事なお話がありまして」

隅村が顔を上げた。

「実は、来月いっぱいで退職させていただきたいんです」謙治は神妙な顔をして辞表を隅村の前に置いた。

隅村は辞表を机の上に残したまま、ソファーに移動した。「まあ、座れ」

謙治は言われた通り、隅村の前に腰を下ろした。

隅村が煙草に火をつけた。「独立するのか」

「社長にお話しした後じゃないと、準備に取りかかることもしたくなくて」

「義理堅いな」

「恐れ入ります」

隅村は背もたれに躰を倒し、溜息をついた。「いくら貯め込んでるのか知らんが、普通に考えたら、しょぼい店しか持てんだろうが」

「友人から金を借りる算段もつきましたが、十坪ぐらいの店を持つのが精一杯です」

「飲食店と言っても、いろいろある。何を始めるんだ」

「まだはっきりとは決めてないんです」

隅村の片頰が歪んだ。「企業秘密かい」

「違います。アイデアはありますが、しぼり切れてないんです。店を持つ場所、広さで、やれることが変わりますから」

「うちの社員を引き抜くのか」

「滅相もない。会社の人間には一切話してません」

「お前に辞められるのは、かなりの痛手だが、いつかこういう日が来るとは思ってた。この業界では、使える人間は、必ずひとり立ちしてくもんだ。中にはその実力もないくせに、そうする者もいるがな」

「今年いっぱいは身を粉にして働かせていただきます」

隅村がじろりと謙治を見た。「鏡子ちゃんと一緒になるのか」

「いえ、そんな話は……」謙治は目を伏せた。

「彼女、お前に惚れてる。男としての責任はちゃんと取れよ」

「はい」

「それから、新宿だろうが渋谷だろうか、どこに店を出そうがお前の勝手だが、俺の店と張り合うような真似はするな。できたら、同じ街でも、競合しない場所に出せ」

「分かりました。でも、居酒屋は資金力がないので無理です。ですから、『すみ家』がライバル店になることはありませんよ」

「もしもお前が、例の事件にかかわってたら、でっかい店が出せたのにな」

「その通りですね」一瞬、笑みがこぼれた謙治だったが、すぐに真顔に戻った。「それで思いだしたんですが、佐伯さんとは今でも付き合いが？」

「気になるか」

「ええ。俺を犯人だと誤解して、接近してきた男ですから」

「今だから言えるが、お前の尻尾をつかみたいから相談に乗ってほしいって言われたことがあったよ」

「それで、社長は？」

「やんわりと断った。俺はお前が必要だったから。この会社にスパイを送り込みたかったらしい。俺もな、根津、お前がやったかもしれんと思ってる。だが、そんなことは俺の知ったことじゃない」

「俺が盗んだと言われてる金に、社長は興味なかったんですか？」

「汚れた金を使って、表の商売ができるような時代じゃないよ」そこまで言って、隅村がにやりとした。「面白いこと教えてやろうか。以前、お前を六本木の店に呼んだことがあったよな」

「ええ」

「あん時、明美って女がいたのを覚えてるか」

「佐伯が気に入った子ですよね」

隅村がうなずいた。「あれからもご執心でね、結局、落としたよ」

「じゃ、彼女、店、上がったんですか？」

隅村が眉をゆるめた。「誤解するな。あの店はホステスクラブじゃない。出入りしてる女はみんな客だよ。金のかかる客だけどな」

「失礼しました。で、今でも彼女、店に遊びにきてるんですか？」

「一時は囲われてたが、今は、以前と同じように店に来てる。麴町にある立派なマンションを借りてもらって、犬を飼って暮らしていたが、退屈だったらしい」

麴町のマンション。局番が222だったとしたら……。

「どうした？　何考えてるんだ」隅村が怪訝な顔をした。

「俺も女が囲えるような身分になりたいって思って」

「お前は鏡子ちゃんを幸せにすればいいんだ。でも、まあ、それはそれとして女を囲えるぐらいの男を目指すべきだな」

「お互い、大成功したいですね」

隅村が鼻で笑った。「もう俺と比べてるのか。お前は本当に生意気だな」

「すみません」

「分かった。今年いっぱいは『すみ家』のために頑張ってくれ。お前に貸してる金がまだ少し残ってたな。あれはどうする？」

「辞める時にすべてお支払いします」

電話がかかってきた。謙治は深々と頭を下げ、社長室を後にした。

今すぐにでも明美の尾行監視をしたくなった。だが、他にやることが山積みだった。仕事は普段通りにやらないといけないし、店探しもある。

クリスマス商戦が始まった頃、新宿中央通りに、絶好の立地条件の店を見つけた。そこはラーメン屋で、まだ営業していたが、来年の一月いっぱいで店を閉めるという。カウンターが八席、テーブル席が二席の小さな店だった。場所が場所だから、坪数のわりには保証金も家賃も高かったが、鏡子から五十万借りることができれば何とかなる。

問題はどんな店をやるかだった。回転のいい飯屋がぴったりだろう。深夜近くになったら一杯飲み屋にしてもいい。簡単なツマミだけですむ、呑んべえは、新宿にはいくらでもいる。

百円天丼屋というアイデアは、この店なら可能だろう。

かけそばが一杯八十円から百円、コーヒーが一杯百円から百二十円。大衆食堂の野菜の天ぷらは五十円、肉入り野菜炒めが七十円、しらすおろしが五十円、ご飯と味噌汁で六十円。大卒の初任給が三万五千円から四万円の間ぐらい。卵一キロが大体、二百円弱である。

海老の天丼が百円というのは、庶民にとって魅力のはずだ。

物件を見た後、会社に戻った。柏山から電話が入ったという。柏山に相談したいと思っていた矢先だったが、彼の用は、例の事件のことだろう。すぐに連絡を取りたかった。しかし、柏山のアパートには電話がない。

仕事を終えた深夜、彼の新富町のアパートを訪ねた。

柏山は部屋で白黒のテレビを視ながら、日本酒を飲んでいた。一升瓶が畳に置かれていた。

「来てくれてよかった。ここの方が話しやすい」

テレビを消した柏山は、ぺったんこの座布団を謙治に渡し、コップに日本酒を注いでくれた。

「ＤＡＤと書かれたジッポーのライターを愛用してる男がいる。名前は弦巻元《つるまきげん》。田崎の昔の女の義兄だ」

「東雲組との関係は?」

「昔は闇屋で、今はテキ屋だ。そのテキ屋は東雲組の陣笠《じんがさ》に入ってるが、奴自身は直接関係ない。田崎の会社が潰れたのは、東雲組と縁を切ろうとしたからだって噂だ」

「その田崎を使った奴は、東雲組とは関係ないってことですかね」

「おそらくな。お前の盗んだ金だがな、噂にすぎんが、以前は東雲組だけじゃなく八峰連合も興味を持ってたって話だ……」

謙治がコップをぐいと空け、にかっと笑った。「柏山さんまで、俺がやったって思ってるんですね」

「おう、すまん、すまん。つい口が滑った。お前じゃない、あれは。そうだよ、あれはお前じゃない」柏山が笑って誤魔化した。そして、急に真顔になりこう続けた。「話を戻すと、ヤクザ連中は、もうお前のことは諦めたようだ」

「だとすると……」

「誰が田崎を動かしてるかは分からんが、弦巻が田崎の居場所を知ってるはずだ」

弦巻元は、川崎に本部のある桜川恭太郎《さくらがわきようたろう》一家の舎弟だが、住まいまでは分かっていないという。

弦巻をマークするにしても正月明けでないと動けない。

「局番についてはお手上げだ」

謙治は礼を言ってから、話題を独立することに振った。

「百円天丼屋でいこうかと思ってます」

謙治は、見つけた物件について話した。

「あの辺なら、客の回転はいい。だが、前にも言ったが利幅は薄いぜ」

「天丼を作ったことはあるけど、かなり昔の話ですから、アパートを借りたら練習します」

「ひとりじゃ、客の注文に応えられないだろうが」

「バイトを雇いますが、味で勝負すれば、行列ができますよ」

柏山が鼻で笑った。「お前は強気でいいよ」

謙治は輸入冷凍海老について質問した。

サイズの大きなものになると一ポンドに平均四十尾、一番小さなものだと三百十七尾入っているという。一どんぶりに二尾を使用し、日に百杯出るとして、二百尾が必要である。出来るだけ仕入れ値を抑えたい謙治は、柏山に会社との交渉を頼んだ。

「米はブローカーから仕入れればいい。知り合いに闇米屋がいるから」

「俺もそうするつもりでした」

戦中に作られた食管法がいまだ存在していたが、いろいろ問題があり、今年、自主流通米制度が施行されたが、現実は大手を振って闇米が流通している。闇米と言う言葉も使われなくなり、業者は自由米と呼んでいる。闇米の販売業者が捕まったなんていうのは昔の話である。

自分の手取りが月八万から十万を目指して、算盤《そろばん》を弾くことにした。

しかし、謙治は実利よりも評判がほしかった。薄利でも、信用さえつけておけばいいのだ。来年の八月十五日をすぎれば、金は何とでもなる。ともかく、不自然さが命取りだ。それさえ気をつければすべてうまくいく。

数日後、柏山の紹介で、水産会社の社長にも会い、自由米の業者とも値段交渉を行った。或る程度の目処がついたところで、謙治は、新宿中央通りにある店舗を借りることにし、手付けを打った。

その後すぐにアパートを探した。歩いても帰れるところにしたかった。東大久保《ひがしおおくぼ》一丁目、職安通りに面したところに手頃な家賃のアパートを見つけた。

またもや増美のことを思いだした。借りたアパートから、人が殺された増美のアパートはそれほど離れてはいないのだ。

寮を出て、そこに引っ越したのは、クリスマスが終わった頃だった。金を引き取ったら、ほんの一時だが、このアパートに置くしかない。しかし、それを実行するのは八ヵ月後である。それまでには、川久保を襲った人間のことを出来る限り調べておきたかった。

　大晦日をもって、謙治は隅村産業を退職した。すでに従業員が休みを取っていたので、送別会は行われなかった。祝ってくれたのは隅村社長だけだった。隅村は、彼の経営するキャバレーに、その日の午後、謙治を呼び出した。誰もいない閑散としたホールの中央の席で、ふたりでブランデーを飲んだ。

「お前はよくやってくれた。感謝してるよ」

「滅相もない。社長のおかげで独立の道が開けたんです。感謝しているのは俺の方です」

「食い物屋は潰れない、酒を飲まずとも女がいなくとも、飯は食うから。昔からそう言われてきたが、そんな神話も、いずれは崩れる気がする。来年からはライバルになるわけだが、お互い、潰れないようにしようぜ」

「はい」

「で、お前はどんな料理で勝負するんだ。邪魔なんかしないから教えろ」

「海老の天丼の専門店です」

「ほう。これは意外だな。串揚げで勝負するかと思ってたよ」

　謙治は店舗を持つ場所を教えた。「新宿といっても、『すみ家』は歌舞伎町にあるし、規模が違いますから争いにはなりません」

「気を遣ってくれてありがとうよ」

　グラスを空けた隅村が、懐から封筒を取り出した。「少ないが退職金だ。貸した金の残かけた。


りは引いてある」

謙治は頭を下げ、礼を言った。

隅村と堅い握手を交わし、キャバレーを出た謙治は、その足で鏡子の家に向かった。

そして、昨年と同じように紅白を見て、年越し蕎麦を食べ、赤坂の日枝神社に初詣に出かけた。


一九七〇年（昭和四十五年）を迎えた。三月十四日に開幕を迎える大阪万博で日本は沸き立っていた。

ラーメン屋は一月いっぱい営業しているので、その間に、店を開く準備に取りかかった。冷凍庫はすでに店にあるので、それを安く譲り受ける約束を取り付けた。バイトの目星もつけた。

石橋に自分から電話を入れ、隅村産業を退職し、店を持つことを教えた。アパートの住所と電話番号も告げた。

「ついに独立ですか、おめでとうございます」

「小さな店です。オープンする時は案内状を送らせてもらいますよ」

「是非、そうしてください」

「ところで、川久保さんは、どうですか？」

「同じ世田谷区にあるリハビリ施設に移りましたよ」

謙治は施設名と住所を訊いた。

「手紙でも出してみます」

そう言って、謙治は電話を切った。

店を開く前に、どうしてもやっておきたいことがある。弦巻元の周りをうろつくのは危険すぎる。まず佐伯が明美のために用意したという麹町のマンションの場所を探り出しておくことにした。

一月八日、午前一時すぎに、隅村の経営するサパークラブの近くに、レンタカーを停めた。その夜は午前三時まで見張ったが空振りだった。しかし、翌夜の午前二時すぎに、明美らしき女が姿を現した。佐伯が一緒だった。寄り道しないで麹町のマンションに向かう可能性が高い。

外苑東通りに出たふたりは黄色いタクシーを拾った。タクシーは青山一丁目の方に走り出した。謙治は十分に距離を置いて、タクシーを追った。タクシーは赤坂見附から紀尾井《きおい》町に向かう。ほぼ間違いなく、目的地は麹町のマンションだろう。

タクシーは新宿通りを越え、細い道に入った。そのまま尾行すると気づかれる恐れがある。細い道の入口を塞ぐような恰好で車を停め、様子を窺った。タクシーが停まった。佐伯と明美が目の前の建物に入っていくのが見て取れた。

タクシーが去ってゆくのが見えた。

佐伯たちが消えた建物の見当はついた。こぢんまりとした白亜の小洒落たマンションだった。

車を停め、エントランスに入った。エレベーターは七階で停まっていた。郵便ポストを調べた。七階には二世帯しか入っていないようだ。驚いた。七〇一号室には白神《しらがみ》明美と書かれていたが、七〇二号室は『オフィス白神』となっていた。両方とも佐伯が借りたものだとみて間違いないだろう。

翌日、謙治は石橋に電話を入れた。

「何か？」石橋の声に警戒心が波打っていた。

「DADと書かれたジッポーを使ってる男の正体は摑めました？」

「なぜ、あんたがそんなことを知ってるんだ」

「川久保さんを見舞った時に教えてもらったんですよ。前にも言いましたが、相手の本当の標的は俺ですから、是非、相手を知りたくてね」

「東雲組の連中を洗ったが、知らないって言うんですよ。嘘をついてるに決まってますがね」

「田崎の交友関係も洗ってますよね」

「当たり前でしょうが」石橋が憮然とした調子で答えた。

「だけど、成果は上がってないってことですね」

謙治は意味ありげな笑みを浮かべた。

「目星をつけた奴がいるのか」石橋の声色が変わった。

「弦巻元って男がいましてね、川崎のテキ屋ですが」

「根津さん、あんた、本気で川久保さんの仇を……」

「勘違いしないでください。店をオープンする前に、うるさい蠅を始末しておきたくて、独自に調べたんですよ。情報源は絶対に明かさない。それで良ければ、続きを話します」

「分かった。余計なことは訊かないから知ってることを教えてくれないか」石橋は、穴のあいているタイヤのようにトーンダウンした。

謙治は柏山から得た情報と、佐伯が女に借りさせたマンションについて話した。

「……弦巻元の行動を監視すれば、田崎は見つかるでしょう。田崎と佐伯が繋がってるかどうかは分からないが、ともかく、捜査は前進するはずです」

「早速、調べてみる」口早にそう言って、石橋は電話を切ろうとした。

「ちょっと待ってください」

「まだ何かあるのか」

「市民が情報提供したんですよ。礼の一言ぐらい言ってくれてもいいんじゃないんですか？」

「そうだったね。悪かった」声に笑いが混じった。それから改まった口調で、石橋は礼を言った……。

一月三十日、金曜日、ラーメン屋が閉店した。内装を変える金はない。必要な書類を用意し、桶谷恒夫のことを調べた際に、知己を得た納入業者を使って、食器などをそろえた。天丼屋としての営業時間は午前十一時から午後十時までとした。その後、飲み屋に変えることも考えているが、それは天丼屋の売上げの状態を見定めてからにすることにした。ビールを出すが、ひとり一本に限った。長居されては商売にならないからである。

店を鏡子に見せた後、屋号を一緒に考えた。彼女は洒落た名前にしたがったが、謙治は反対した。

『謙さんのどんぶり』

いろいろ考えた挙げ句、そうなった。〝けんさん〟と言えば、誰しもが高倉健《たかくらけん》を思い出す。本名が謙治だし、字が違うのだから、高倉健を、そのまま利用したことにはならない。しかし、強い印象を人にあたえるとしたら、やはり、高倉健にあやかっていることになるだろう。去年の秋頃からヤクザ映画がブームとなり、池袋の『文芸坐』では土曜日になるとオールナイトで藤純子の『緋牡丹博徒《ひぼたんばくと》』や高倉健の『昭和残侠《ざんきょう》伝』などを上映していた。

全共闘運動をやっている学生もヤクザ映画が好きだと聞いた時には、小馬鹿にしてやりたい気持ちになった。組織をもって権力と戦っている人間が、ヤクザ映画のウエットな感情に流されているようでは、革命など起こらないと腹の中で笑った。

『謙さんのどんぶり』は大安吉日の二月十六日、月曜日にオープンした。納入業者と『すみ家』から花が届けられた。

『海老天丼、百円ぽっきり。海老は高タンパク低脂肪。活力源は海老にあり』を売りに勝負に出た。

三日間の開店記念セールでは二十円の味噌汁込みで百円にした。

バイトは雀荘の女店員の友だちを使った。人のいい子だが、仕事はのろかった。遅いという文句が客からしょっちゅう出た。その都度、謙治は平謝りに謝った。

海老は小振りだが味には自信があった。一日目は目標の百杯は簡単に売れた。

セールが終わってから、少し客足が遠のいたが、それでも赤字になることはなかった。

鏡子が隅村とやってきたのは開店四日目のことだった。

「なかなかいい味だな。お前をうちの料理人にすべきだった」隅村はビールをきゅっと飲み干してから、鏡子を残して帰っていった。

その夜は鏡子が手伝ってくれた。

石橋は五日目に同僚を連れてやってきた。捜査一課の刑事は全員目付きが鋭かった。だが、その時は一切、例の事件のことは話題にならなかった。

弦巻元、田崎守が逮捕されたニュースが流れたのは、大阪万博が開幕する前日、三月十三日、金曜日のことだった。

翌日、衝撃的なニュースが謙治の耳に飛び込んできた。任意同行を求められた佐伯弘幸が、例の麹町のマンションにある『オフィス白神』のベランダから飛び降り自殺を図ったと言うのだ。

謙治は、火のついていない煙草をくわえたまま考えた。

川久保宏を襲った首謀者は佐伯弘幸だとみて間違いないだろう。動機は、原島邸から盗まれた金で、強奪したのが根津謙治だと、佐伯が思い込んだことにあった。

佐伯の死は喜ぶべきことだが、油断は禁物だと謙治は心を引き締めた。またぞろ、週刊誌が騒いで、店にも記者がやってきた。夜討ち朝駆けには閉口した。当然、記者たちは店の資金源についても質問してきた。ここまでは自分の貯金や退職金、それに鏡子から借りた金を使っているので、堂々と答えることができた。

客の中には、そのことを知って、空腹を満たすよりも、好奇心を満足させるためにやってくる者もいた。

しかし、マスコミは熱しやすく冷めやすい。噂の風が治まるのも、けっこう早かった。

勇平が何か言ってくるかと思ったが梨の礫《つぶて》だった。

『謙さんのどんぶり』は順調に客を増やし、好意的な記事を書いてくれる週刊誌も現れた。

ついに例の金を分ける八月を迎えた。

問題は川久保だった。彼とは手紙の交換をやっていたので、リハビリの具合は分かっていた。まだまだ先が長いという。

川久保の取り分は、一千万を謙治が預かり、残りは隠してあった場所に埋め戻すことにした。そのことを、川久保と相談できるはずもないので、謙治が勝手に決め、岩武に教えた。

八月十五日、土曜日、事件を起こして丸四年が経った。

謙治は、前日に借りたレンタカーで金町を目指した。午前八時少しすぎ、宮森の家に着いた。四年の間に周りの風景が一変していた。茅葺《かやぶ》き屋根の家が減り、集合住宅や建売の一軒家が増えていた。

宮森が謙治を迎えた。謙治が笑いかけた。

宮森は照れ臭そうな目をした。「あれから一切、ギャンブルはやってないよ」

謙治は小さくうなずいた。「飯、炊いてあるか」

「にぎりめしを作った。水も用意してある」

岩武が遅れているが、母屋の隣の倉庫に向かった。

倉庫の片隅に、道具が用意されていた。専用の電動ハンマーでコンクリートをはつるのだ。縦二〇〇センチ、横一一〇センチ、深さ一一九センチの地下貯蔵庫に、それぞれ約二億詰め込んだトランクが六個埋めてある。そこにコンクリートを流し込んだ。それを今から三人ではつることになっている。

コンクリートの厚みは大したことないが、ひとりではつったら一日ではすまない。しかし、三人でやれば、夕方には終わるはずだ。

かなりの音がするし、粉塵も舞うが、倉庫内の作業だから、それほど周りに迷惑はかからないだろう。だが、念のために周りの人間に、倉庫の改造をするのだと断っておけ、と謙治は、岩武を通して宮森に指示を出しておいた。

道具をすべて用意させ、扇風機を倉庫に置くようにも言った。倉庫の高窓だけを開け、入口の扉は閉めておいた。通りがかりの人間に見物されては困る。

作業する場所はそんなに広くはない。三人が一緒にやることは却って効率が悪い。方針を少し変えた。ふたりでやり、休んでいる人間が、外の様子を監視する。そして、適宜に交代することにした。

車の音がした。岩武がやってきたのだ。

「遅いぞ」謙治が岩武を睨んだ。

「すまない。ちょっと寝坊しちまって」

「いい神経してるな。俺なんか全然寝られなかったよ」宮森が言った。

最初に、謙治と岩武が防塵マスクとゴーグルをつけ、頭にタオルを巻いた。

宮森は見張りである。

謙治も岩武も電動ハンマーを触るのは初めてだった。すでに試していた宮森から使い方を習った。

貯蔵庫には木製の蓋が被さっている。その裏にもコンクリートが付着している。蓋の上に電動ハンマーを当てた。

ダダダダ……。という音が倉庫に響き渡った。どんどんコンクリートが崩れてゆく。粉塵が勢いよく舞った。

中腰での作業が辛かった。

一時間ほど経ったところで、宮森と岩武が交代した。謙治は倉庫の隅にあった木箱に腰を下ろし、コンクリートを砕いていった。

崩れたコンクリートを取り除き、水を飲み、そしてまた作業に戻った。

謙治が見張りをしている時、近所の子供たちが、倉庫の前にやってくるのが見えた。全員がバットやグローブを手にしていた。夏休みである。全員がよく陽に焼けていた。謙治は作業を止めさせ、貯蔵庫をシートで被った。

宮森が倉庫を出た。

「オジサン、何やってるの？」

「倉庫の改造」

「改造して何するの？」

「物置にしようと思ってさ」

そんな会話が聞こえてきた。

音がしなくなったものだから、子供たちは興味を失ったらしく、しばらくすると去っていった。

昼飯時を迎えていたが、一時間ほど作業を続けた。順調な進み具合だった。トランクの一部が見えてきたところもあった。

宮森と岩武が母屋から食事を運んできた。謙治はなるべく顔を見られないように倉庫で待機していたのだ。

にぎりめしと佃煮とお茶で昼食を摂った。

「川久保、災難だったな」宮森がしめやかな声で言った。「犯人は捕まっても、躰は元には戻らないんだろう？」

半身不随でも小説は書ける。それに期待するしかなかったが、そういう話は岩武たちにしなかった。何があっても、川久保の面倒は見ると謙治は心に決めていた。

謙治は宮森に目を向け、話題を変えた。「お前の方の準備はどうなってる？」

「まだ事務所の場所は決めてないが、中堅の旅行代理店の社長と懇意にしててな。一昨年、ＪＴＢと日通が〝ＬＯＯＫ〟っていうツアーを共同企画した時は、中小の代理店が客を取られるんじゃないかって心配したが、ツアー客が増えることで、中小も潤うことが分かった。去年、外貨枠が、七〇〇米ドルまで増額されたし、これからもパッケージツアーは大いに伸びるよ」

「その話を聞いて安心した。手にした金は、銀行を上手に使って、架空名義で預金しておけよ」

「うん」

「で、女房子供はどうした？」謙治が続けた。

「仕事がうまくいったら、復縁したいって思ってる」

女に一度愛想を尽かされたら、それで終わりだと思った方がいい。だが、そのことは口にしなかった。

「俺は十月には事務所を持つ」おにぎりを食っていた岩武が口を開いた。「前にも言ったが、ものになる歌手のタマゴを見つけてある。売り出すには、かなり金がかかるが、絶対に紅白に出られるような歌手にしてみせるよ。売れっ子の作詞家が時々、隅村の店に来てる。そいつにお願いして詞を書かせるつもりだ。ベンツ一台ぐらいはプレゼントすることになるだろうけどな」

「あんまり派手にやるなよ」謙治が注意した。

「ところで、お前、栄村先生の娘と本気で付き合ってるのか」

「え？　根津、お前……」宮森が驚いた顔をした。

「俺は、彼女の家から、先生の日記を盗んだ。俺たちのことが書いてある部分だけだけどな」

宮森が謙治を見つめた。「そのために近づいたのか」

「決まってるだろうが」謙治は吐き捨てるように言った。

「なくなってるのに気づかれたら、面倒なことになるんじゃないのか」

「あのままにしておいた方がよかったって言うのか」謙治は、宮森の心配げな表情に苛立った。

「そうじゃないけど」

「盗んだのは、もうだいぶ前のことだ。時が経てば経つほど、盗まれたとは思わなくなるはずだ。先生の日記の量は膨大だった。どこに何が書いてあったかなんて覚えてる人間はいないよ」謙治は吸っていた煙草を消した。「さあ、作業を再開しようぜ」謙治は先に腰を上げた。

午後五時すぎ、トランクを取り出すことができた。一緒に拳銃や覆面など、あの夜隠したものも出てきた。謙治が撃ち殺した迫水祐美子の所持品の入ったずだ袋も現れた。中身を見る気にはなれなかった。

死んだ女の顔を思いだすと、殺した犬たちのことも脳裏をよぎった。

三人で金を分けた。宮森に用立てた金はさっ引いた。そして、それぞれが用意していたバッグや袋に金を詰め替えた。

岩武が札束にキスをした。

川久保の取り分は一千万円を除いて元に戻し、空になったトランクの一個に、拳銃などを詰め込むと、再びコンクリートを流し込み、蓋をした。

「俺たちのオリンピックだな」岩武が言った。

「四年経ったもんな」宮森が遠くを見つめるような目をした。

「四年前の時は候補になれなかったが、今度は代表に選ばれた選手みたいな心境だぜ」岩武がそう言ってにやりとした。

「金メダル取らなきゃ意味がない」謙治が笑みを返した。

午後七時すぎ、すべての作業が終了した。

「これでもって、俺たちの付き合いは終わりだ。三人が成功すれば、どこかで偶然、会うことがあるかもしれないが、俺に絶対に会おうとするな。川久保のことは、しばらくは俺に任せろ。時期がきたら、岩武に連絡を入れる。そしたら奴の金は、ふたりで掘り出してやってくれ」

「俺たちが川久保に会っても変じゃないだろうが」宮森が言った。

「今のところは止めろ。警察は、これからも俺をマークするだろうが、川久保からも目を離さない気がする。今、俺が見舞いにいくことは、警察も承知してる。だから、お前らは行くな」

「絶対に会ってはいけない人間が、川久保に会えるようになった。何だか妙なことになったもんだな」岩武が軽く肩をすくめた。

「いつかはお前らも奴に会えるさ。その時は上手に出会いを設定する。だけど今は、自分のことだけ考えてればいいんだ。宮森、悪い癖を出すんじゃないぜ。ギャンブルに嵌ったら、そんな金、あっと言う間に消えるぜ」

「分かってるよ。これからは仕事がギャンブルさ」

軽い物言いに不安を感じたが、謙治は何も言わず、立ち上がった。

謙治はふたりと握手を交わした。

「成功を祈る」

岩武が、どこかで聞いたような言葉を口にし、笑った。

その言葉が、『スパイ大作戦』の台詞だと気づいたのは車に乗ってからだった。

運転中、ラジオを点けた。

ソルティー・シュガーとかいうバンドの『走れコウタロー』が終わりかけていた。次にかかったのはゴールデン・ハーフの『黄色いサクランボ』だった。

歌番組が終わるとニュースが流れた。

九州北西部を襲った台風の動きを伝えていた。四年前の八月十五日も台風が九州を襲っていたのを思いだした。

終戦から二十五年目を迎えたと報じられていた。終戦という言い方は止めて、敗戦と言うべきだという意見も出ているという。謙治は、敗戦という言葉の方が合っていると思った。

戦争がなかったら疎開などしていない。疎開がなければ、今度の計画もなかった。

敗戦の日からの日々は、あっという間に過ぎ去った気がするのに、この四年はすこぶる長く感じられた。

週が明けても店は休みにしてある。銀行を回って、架空口座に、金を預ける作業が残っている。その金を担保にいずれは融資を受ける。五年後、いや十年後には、『すみ家』など問題にならないぐらいのチェーン店を展開してやる。

謙治の武者震《ぶる》いが、思わず、アクセルに乗り移り、危うく前を走るトラックに追突しそうになった。

大事に至らなかった謙治は、安堵の溜息をつき、安全運転で東大久保のアパートを目指した。

アパートの前に着くと、辺りを見回した。周りには人影はなかった。金の入ったバッグを手にした時、猫の鳴き声がした。子猫の鳴き声である。

謙治は金がぱんぱんに詰まったバッグを両手に提げ、部屋に向かった。一旦、押入に隠すと、車を駐車場に入れるために、再び外に出た。

また猫の鳴き声がした。側溝のところに、毛がぼろぼろの痩せた子猫がいた。

車を駐車場に入れ、徒歩でアパートに戻った。猫はまだ同じ場所にいた。

謙治はその猫を拾い上げた。自分を見る子猫のあどけない眼差しが、武蔵の悲しげな目と重なった。

一瞬、猫を元に戻そうとした。しかし、なぜかできなかった。謙治は、猫を抱きしめ、部屋に連れ帰った。

第三章　血の弔旗

一

一九八〇年八月十五日～九月十一日

強奪をした金を仲間と分けてから十年の月日が流れた。

根津謙治は小平霊園に墓参りにきた。お盆休みの八月十五日のことである。妻と息子が一緒だった。

仕立てのいい麻のスーツを着た謙治が運転してきた車はフォードアのベンツW１２３だった。

墓は草むしりもすんでおり、墓石もピカピカだった。昨日、妹の美紀子が墓参りをしている。その際、花立てのひとつが根元から折れていると電話で知らせてきた。さっそく管理を頼んでいる石材屋に伝えた。花立ては、すでに新しいものに代わっていた。

線香に火をつけようとすると、風のせいでライターの火が消えてばかりいた。息子が両手でライターを被ってくれた。

息子を真ん中にはさんで墓に手を合わせた。

戦地で散った長男を追うように父親も戦死した。

日本が戦争に負けて三十五年が経っている。大ヒットしている沢田《さわだ》研二《けんじ》の『TOKIO』ではないが、経済大国の中心、東京は〝奇跡をうみだすスーパー・シティー〟に変貌《へんぼう》した。

親父や兄貴はどう思って、今の日本を見ているのだろうか。

戦争は遠い過去のものに成りつつあるのは間違いない。それは謙治とて同じだ。焦土《しょうど》と化した東京の街を思い出すことは滅多になくなった。

しかし、何であれ、謙治にとって八月十五日は特別な日である。

金融業者、原島勇平の屋敷から、足のつかない十一億円を強奪したのは、一九六六年だった。ビートルズが来日した年である。

あの日からぴったり十四年が経った。

犯行に加わったのは岩武弥太郎、宮森菊夫のふたり。そして、謙治のアリバイ作りに一役買ったのは川久保宏だった。

この四人は、疎開先の長野で、一時、一緒にすごした。他に四人を結びつけるものはまったくない。そこに目をつけた謙治が、短くも深い少年時代を共にした三人を共犯者にしたのだ。都合の良いことに、佐藤宏は婿養子に入り、姓が川久保に変わっていた。それがなかったら、佐藤を仲間に引き込むことに、謙治は二の足を踏んでいたかもしれない。

盗んだ金を四年間、眠らせておいた。そして、十年前の一九七〇年、大阪で万国博覧会が開かれた年の終戦記念日に取り出し、岩武たちと分けた。

その年の二月、新宿の中央通りに、小さな百円天丼屋『謙さんのどんぶり』を開いた。それから五年数ヵ月、薄利な商売を地道にこなし、七五年の四月に居酒屋を神田に持った。商売敵《がたき》の多い地区だが、いい物件が手に入ったので神田にしたのだ。居酒屋は、何も通りに面したところになくてもいい。駅から近ければ、ビルの五階、六階でも商売になる。ここがファミリーレストランとの違いで、賃料を抑えることができるのだ。

屋号は『微笑亭《ほほえみてい》』。妻と一緒に考えた名前である。

盗んだ金は、信用金庫を含め、何十行も使い、小分けにして匿名で預けた。慎重に協力してくれそうな銀行、或いは支店を選んだ。当時は、銀行も匿名預金の共犯者だった。銀行自身が、預かった匿名預金を、密かに違う支店に移したりしていた。同じ税務署の管轄内だと、不正が発覚しやすいので、管轄外の支店に〝疎開〟させていたのだ。匿名預金の通帳や印鑑を他の銀行の貸金庫に預ける〝サービス〟を行ってくれる銀行もあり、帳簿外で引きだしができるところもあった。

大半は現金で商売をしていたが、銀行からの融資を受けることも忘れなかった。銀行の協力の元に複雑に動かし、〝洗浄〟した金を少しずつ本名の口座に入れ、そこから融資を受けたのである。匿名預金を担保にするのは足がつきやすいから、絶対にやらなかった。しかし、税務署は警察ではないので、十四年前に強奪した金の行方を探られる心配はなかった。帳簿を粉飾《ふんしょく》することはあっても、税金はきちんと払っていた。アル・カポネが逮捕されたのは脱税だったではないか。

『微笑亭』一号店は売上げを伸ばし、誰が見ても二号店を持ってもおかしくない会社になった。五年という短い間に、都内だけではなく横浜、市川《いちかわ》、川口《かわぐち》に直営店を持ち、二年前からフランチャイズ方式も取り入れ、地方都市にも進出した。それに従って、セントラルキッチン（集中調理工場）を、スペースのあった大森《おおもり》店を利用して設けた。

セントラルキッチンは六〇年代後半に或る会社が始めた。使用するのは冷凍食品。これにコックたちが反発し、業界誌も批判的な記事を載せていたと聞いている。だが、他のチェーン店でも、この方式は次第に採用されていった。

『微笑亭』は料理が三品、飲み物が二杯で二千四百円という値段で勝負に出た。このやり方も他の店を真似たものだ。

このようにして謙治は、血で汚《けが》れた金を使って『微笑亭』を大きくしていった。まだまだ大手の足許にも及ばないチェーン店だが、成功したのである。

株式会社『微笑亭』の本社は港区東新橋《ひがししんばし》のビルの中にある。直営店が二十五、フランチャイズ店十七。本社で働いている社員数は八十七名。直営店本部、フランチャイズ本部、物流本部、管理部などに分かれている。世話になった『すみ家』も存続していて、店舗を増やしてはいたが、『微笑亭』は『すみ家』を完全に抜き去った……。

両親と兄の眠る墓に手を合わせていた謙治が顔を上げた。どんよりとした蒸し暑い日だった。遠くにセスナ機が飛んでいるのが見えた。

セスナ機を見ていたら、自分の終戦記念日はまだ先だ、とふと思った。

迫水祐美子殺害事件が時効になるのは来年の八月十五日である。

時効後も、あの事件のことは隠し通さなければならないが、刑事被告人にならなくてすむというのは、謙治にとって、安堵をもたらす大きな出来事である。

一年などあっという間にすぎる。謙治は雲に呑み込まれてゆく飛行機を見続けていた。

霊園を出た謙治は、駅の近くで車を停めた。息子がかき氷を食べたいと言いだしたからだ。

昔ながらの甘味喫茶を見つけたので、そこに入った。息子はイチゴのかき氷、妻は、太るかなあと言いながら、金時を選んだ。謙治はところ天にした。

息子の賢一郎《けんいちろう》は、先月、九歳になった。

謙治の妻は、栄村先生の娘、鏡子である。

鏡子に妊娠を告げられたのは、店を持った七〇年の秋だった。その時すでに、鏡子は三十九歳になっていた。高齢出産。謙治は強硬に反対した。

「私、産みます」黙って謙治の話を聞いた後、鏡子が淡々とした調子でそう言った。

謙治はそこに鏡子の意志の固さを見た。

分娩《ぶんべん》時のリスクのことを当然心配していたが、鏡子と切っても切れない関係になることの恐れも強く感じていた。結婚しようがしまいが、子供がいたら、一生、繋がりを断つことはできなくなるだろう。この期《ご》に及んで、別れ話を持ち出すことなどできるはずはない。

謙治はさらに説得の言葉を連ねた。

「死んだ夫との間に子供ができなかったのは、私の躰のせいだと思ってた。あなたも知ってる通り、私、生理不順が多いし、冷え性だし……」

妊娠しにくい躰だということを、以前から鏡子は言っていた。それでも気をつけて事に及んでいたのだが……。

「だから、産むのは危ない。何かあったらどうするんだ?」

「あなたが店を持って、新しいことに挑戦してるのと同じ。私、千載一遇《せんざいいちぐう》のチャンスに賭けてみる」

好きな女が妊娠した。普通なら何の問題もないのだが……。謙治は黙りこくってしまった。

鏡子が謙治の顔を覗き込んだ。「堕《お》ろしてほしい理由、他にあるの?」

「ないよ」謙治は笑って誤魔化した。

もしも鏡子が妻になったら、自分の事後従犯者になってくれるだろうか。子供がいるのだから、真相を知っても何も言えないだろう。しかし、ふたりの関係が大きく変わるに違いない。

金嬉老事件が起こった頃、自分もライフルを撃ってみたいなんて物騒なことを口にしていた鏡子だが、鵜呑みにはできない。小説の読みすぎ、映画の観すぎだと、謙治は思っていた。

一緒になった後、銀座東急で、数年前に上映され話題を呼んだ『俺たちに明日はない』という映画を一緒に観た。強盗カップル、ボニー&クライドをモデルにした、その映画に鏡子は感激していたが、夫が殺人犯だと知ったら、あの時のような高揚感を持てるはずはない。

『俺たちに明日はない』なんて冗談じゃない。

俺の『明日』はまだ遠くにあるのだ。映画のタイトルにたとえるのだったら『明日に向って撃て！』という気分だ。

謙治は苛々した。しかし、決断は早かった。「分かった。産んでいいよ。その前に籍を入れよう。でも、式は挙げないよ」

鏡子の顔が一気に崩れた。滂沱《ぼうだ》の涙。鬱陶しい。そう心の中で叫びながらも、謙治は鏡子を抱き寄せた。

しかし、次第に暗澹《あんたん》たる気持ちが胸に広がっていった。

長野に住んでいる鏡子の兄や親戚との付き合いはできるだけ避けたかった。しかし、いくら避けても何かのきっかけで、自分が長野県Y地区に疎開したことが発覚してしまうかもしれない。

だが、鏡子と生まれてくるであろう子供を放っておいたら、どうなるのか。逃げ出すよりも抱え込むべきだろう。

そうやって自分の気持ちを楽にしようとしたが、どんな方法を取ろうがリスクは消えない。

にもかかわらず、籍を入れようと謙治に言わせたのは、鏡子への想いに抗《こう》しきれなかったからだ。

婚姻届を新宿区役所に出したのは十二月に入ってからである。入籍したことは大っぴらにはしなかった。仲間にも教えなかった。

金はある。名医のいる病院を探し、そこで産ませることにした。担当医は自信を持っていた。心配は杞憂《きゆう》だった。帝王切開もなく、鏡子は男の子を出産した。

狭いアパートで、親子三人が暮らすのは無理だった。一年あまり、鏡子の家とアパートを行き来する生活を送った。その後、鏡子は家と土地を売った。そして、知り合いのツテで、田町《たまち》のマンションを購入した。白金の土地代が高かったから、３ＬＤＫのマンションを買っても、鏡子の手には金が残った。謙治はアパートを引き払い、鏡子の買ったマンションに移った。玉の輿《こし》に乗った男のように思われてもかまわなかった。彼女が金持ちだという印象は、却って、謙治にとっては都合がよかった。

根津親子は今もそこに住んでいる。

彼女の兄、文雄《ふみお》には一度、東京で会った。自分の父親の教え子だったことにはまったく気づいていないようだった。それよりも、いくつかの事件で週刊誌に名前の出ていた男ということが気になるようで、笑っていても、目の奥は常に冷め切っていた。

その兄が、耳よりなニュースを口にした。

疎開中、謙治たちと犬猿の仲だった新庄誠が、脳腫瘍《しゆよう》を患い療養していたが、死んだと、鏡子に教えたのだ。謙治は黙って聞いていた。新庄誠は医者になり、父親の病院を継いで大きくしたという。彼が医者として立派だったのではなく、ビジネスが上手で、腕のいい医者を高額な報酬を支払って、引っ張っていたそうだ。あいつにそんな才覚があったのか、と首を傾げたくなったが、そんなことはどうでもよかった。新庄の仲間だった人間も謙治のことを覚えているかもしれないが、やはり、一番気になっていたのは、あのガキ大将だったから、謙治は死んでくれてほっとした。

結婚と子供ができたことは妹の美紀子には当然、知らせた。隅村にも報告した。

いんです」

「ケジメをつけたか。それは何よりだ。結婚祝いに出産祝いかあ」

「そんなこと気にしないでください。お互いいい歳ですから、あまり大っぴらにしたくないんです」

「そう言われても、こっちとしては」

「じゃ、ほんのお気持ちだけで」

隅村ががらりと話題を変えた。「えらく流行ってるじゃないか。お前の店」

「おかげさまで何とか」

「金持ちの女房をもらったんだから、ますます勢いがつくな」

「そんな……」謙治は口ごもってみせた……。

一九六六年の八月十五日から七〇年までは、実に様々なことが起こり、謙治の生活も大きく変わった。

しかし、この十年は、商売のことを別にすると、以前の四年間のような〝激動〟に身を晒すことはなかった。

石橋刑事からも連絡はないし、闇の世界の動きもなかった。

時間を作って、ひとりでこっそり図書館に通った。やはり、自分の犯した罪が気になり、刑法や判例などを調べたのだ。はっきりしないことは今でも多々あるが、おおよその見当はついた。

原島勇平の上告が棄却され、収監されたのは、鏡子が身ごもったと謙治に告げた頃だった。だからもうとっくに出所しているはずだが、連絡はなかった。死んだという噂も聞かない。新聞の死亡記事を克明に見ているわけではないが、そんな記事を目にしたこともなかった。

鏡子との関係について岩武に知らせたのは、かなり後になってからだ。

「偽装結婚かい」

謙治はそれには答えず電話を切った。

謙治の心を騒がせることは何も起こらず時がすぎていった。その間に、事業がどんどん発展したものだから、危ない橋を渡っていることを忘れてしまうこともあった。

しかし、墓参りをした日は違った。

母と子が、スプーンでかき氷をすくっている。サクサクッという音を聞きながら、突然、謙治はやりきれない気分になった。この平穏な暮らしが、いつか崩れるかもしれない。

ふたりを愛おしいと思った瞬間に、突然不安が謙治を襲ったのだ。ところ天の酸《す》っぱい味が口に広がっていった。

それから五日後の二十日、会社で話題になっていたのは、新宿西口のバスターミナルで起こったバス放火殺人事件だった。元土木作業員が、ガソリンの入ったバケツと、火のついた新聞紙をバスの中に投げ込んだのだ。

「私の友人が危なく、巻き込まれるところだったんです」

会議に入る前に、松信和彦《まつのぶかずひこ》が言った。

松信和彦は来月、二十五歳になる青年社員で、『謙さんのどんぶり』のアルバイトだった男である。その時、彼は十九で大学に通っていた。働き者で、客の応対も上手だし、気が回った。和彦は愛知県豊橋《あいちけんとよはし》の出身で、中学の時に両親を交通事故で亡くし、伯父に育てられたという。しかし、その伯父が事業に失敗したので、学校を中退するつもりだと言った。

学費の面倒を見てやろうか。そう思ったこともあったが、金に余裕があるところを他人に見せるのはまずいと自重した。

『微笑亭』の一号店を開いた時、小さな事務所を神田に持った。その際、和彦を引っ張り、電話番および雑用係にした。彼は、訊きもしないのにいろいろアイデアを出してきた。謙治はますます和彦を気に入り、商談の際にすら、必ずと言っていいほど彼を連れていった。

会社の大事なポストは、外食産業に従事したことのある経験者で固めているが、五十を越えている役員はふたりいるだけで、後は謙治の同世代か、それよりも若い人間だった。商品開発課には女性も積極的に雇い入れている。若者と女性をどんどん登用し、人材を育成することが、会社の成長に繋がると謙治は考えていたのである。

そんな流れを作った彼は、和彦を今年の六月、自分の秘書にした。役員会で、若すぎるという反対意見も出たが、押し切った。それまで秘書を持っていなかったから、人間関係でぎくしゃくすることはなかった。

その日の会議では、潰れそうになっている食品問屋の買収が議題だった。問題の会社は二次問屋。つまり下請け業者だった。一次問屋が、問題の会社を見捨てたことを知った謙治は、一次問屋との摩擦《まさつ》を覚悟の上で買収することにした。

会議が終わり、社長室に戻った。革張りのリクライニングシートに腰を下ろし、煙草に火をつけた。

ややあって、内線電話が鳴った。和彦からだった。

「山田エステートの社長という男から電話が入りましたが、取り次ぎませんでした」

謙治は、電話にしろ訪問にしろ、紹介者のいない人間とは会わないことにしているのだ。

「で、用件は何だったんだ」

「耳よりの話だと、必死な感じで言ってましたが、相手にしませんでした」

「そうか。ありがとう」

書類に目を通そうとした時だった。ふと昔のことが頭によぎった。

岩武弥太郎には山田という偽名を使わせていた。まさかとは思うが、〝必死な感じ〟という和彦の言葉が引っかかった。

岩武弥太郎とは、鏡子との結婚を知らせた時から電話でも話していない。

しかし、岩武のその後のことは知っていた。

『岩武プロ』は、彼が目をつけた若い女の歌手が売れっ子になったことで成功した。金をいくらばらまいたかは知らないが、ともかく、軌道に乗ったのだ。そのことを新聞で読んだ謙治は、自分のことのように喜んだ。その後も、彼のプロダクションのタレントがテレビに出るようになった。事務所が六本木にあることも耳に入っていた。

しかし、宮森のことはまったく分からない。旅行代理店を持ったかどうかも知らない。

興味を持ったことはあるが、彼らとはもう二度と会えなくてもかまわない。そんな強い気持ちを持って生きてきた。

何かあった時のみ、岩武が連絡してくることになっている。連絡つかないところをみると、宮森にも問題はないと見ていいだろう。

山田エステート……。嫌な気分が静かに胸を満たしていった。

しかし、すぐに行動を取るつもりはなかった。もう一度、同じ人物から連絡があった時、考えればいいだろう。

その夜は銀座で会食が入っていた謙治は、午後十一時すぎ、タクシーで帰路についた。

タクシーが去った瞬間、自宅マンションから少し離れたところに停まっていた車のヘッドライトが点滅した。

車種は謙治と同じベンツだが、色は赤で、クーペタイプのものだった。

謙治は目をこらして運転席を見た。ライトが消え、車内灯が点った。

運転者がサングラスを取った。岩武の顔が浮かび上がった。

酔いが覚めた。周りを気にしながら、車に近づいた。運転席の窓が開いた。

「乗ってくれ」

十年のブランクがあるのに、挨拶の言葉ひとつもない。緊急事態らしい。

謙治は助手席に乗った。ベンツが走り出した。

「山田エステートの社長だって言って電話してきたのはやっぱりお前だったのか」

「そうだ。しっかりした秘書を雇ってるな。相手にされなかったよ」

謙治は目の端で岩武を見た。「俺の自宅がよく分かったな」

「電話帳に電話番号と住所を載せてるじゃないか。マンション名は書いてないけど。自宅に電話を入れ、確かめた」

「そこまでやったってことは、何かあったんだな」

謙治の声に動揺《どうよう》がはっきりと表れていた。

社会的成功と平和な家庭が、知らないうちに、謙治の鎧《よろい》を錆《さ》び付かせ、普通の人間の心を呼び覚ましてしまったらしい。静かな暮らしは窒息しそうで願い下げだ、と思っていたはずなのに。

岩武のベンツは麻布十番《あざぶじゅうばん》の方に向かっている。

「厄介《やっかい》なことが起こった」岩武が口早《くちばや》に言った。

「宮森が……」

「違う。奴は念願の旅行代理店を持ち、業績を上げてる」

「じゃ、何だ」

岩武が目の端で謙治を見た。「お前、変わったな。牙が抜かれたみたいな顔してるぜ」

その一言が、謙治の勝ち気さに火をつけた。「だから、何だっていうんだ。早く言え」

謙治は声を荒らげた。

「ゆっくり話せる場所に行く。話はそこでするよ」

謙治は気持ちを引き締め、余裕のあるような口調でこう言った。「この間、お前のこと、新聞で読んだよ」

〝芸能界の新しい星の製造人〟

そんな見出しの横に、そっくり返って、微笑んでいる岩武の顔があった。

「お前の会社のことは、経済誌で読んだ。『微笑亭』。いいネーミングじゃないか。お前が考えたのか」

「女房と一緒に」

「女房と一緒にかあ」からかっているような口調ではなかった。声は沈んだままだった。

やがて新一の橋に出たベンツは、左に曲がった。そして、鳥居坂下《とりいざかした》の交差点を越えた辺りで停まった。

「そのマンションだ。ちょっと待っててくれ。車を駐車場に入れてくるから」

謙治を先に下ろし、ベンツは去っていった。

謙治はマンションの前で岩武を待った。小振りのマンションだった。

岩武が徒歩で戻ってきた。オレンジ色のダブルのジャケットに黒いズボン姿だった。頭にはパナマ帽を被っていた。スリムな革鞄を持っている。

岩武はよく陽《ひ》に焼けていた。十年会っていないが、それほど老けたとは思わなかった。むしろ、以前よりも精悍になった気がした。

岩武は謙治を四階の部屋に案内した。

絨毯が敷かれた居間には、椅子とテーブルの他に家具は一切置かれていない。しかし、絨毯には家具の跡がくっきりと残っていた。

クーラーを入れてから、岩武は缶ビールとキリンレモンをテーブルに置いた。そして、ポケットからパイプを取り出し、煙草を詰めた。十四年前の犯行当時、愛煙《あいえん》していたヴァージニアという煙草だった。煙草の銘柄を変えろと岩武に言ったことを思い出した。岩武は言われた通りにしたはずだ。しかし、いつしか好みのものに戻したのだろう。

謙治は辺りを見回した。「電話ないのか」

「あったが外しちまった。かけたいところがあるのか」

「女房にさっきすぐに帰るって連絡したから」

岩武が大声で笑いだした。「変われば変わるもんだな。栄村先生の娘に骨抜きにされちまったか」

やけに歯が白い。その歯をへし折ってやりたくなった。

市民社会に生きているニオイが消え、心が赤剝けになっていた時代の謙治が戻ってきたのだ。

「岩武、言葉に気をつけろ」

岩武が真顔になった。「悪い。怒るな」

謙治は岩武を睨んだままだった。

岩武が目を逸らした。「電話もないし、家具もないのはどうしてだか分かるか?」

謙治は答えない。

「女に逃げられた。俺の知らないうちに、輸入ものの家具をすべて持ち出してたよ」岩武はそう言って、口許をゆるめた。

「で、話ってのは」

「俺に娘がいたのを覚えてるよな」

「昔、浅草のデパートの屋上で会ってる」

「知美は二十一になった」

謙治はさらに苛々してきた。娘がどうしたというのだ。

「最初からきちんと話すから黙って聞いててくれ」

謙治は缶ビールのプルタブを引いた。

知美は都内にある四年制の大学の英文科に通っていて、彼女は同じ学校の大学院生と付き合っているという。

「……なかなかの好青年で、いずれは大学教授になるだろう。相手もまだ二十五だから、どうなるかは分からないが、俺としては、荻野《おぎの》……そいつの名前は荻野民雄《たみお》っていうんだけど、娘が彼と一緒になればいいと思うほど気に入ってるんだ。その荻野がだな、この夏、アメリカ旅行に出かけた。そして、そこで、友だちが結婚した相手の親父に会った。そのアメリカ人から日章旗を譲《ゆず》り受けてきた」

「日章旗？」

「そのアメリカ人は太平洋戦争の末期、徴兵されて沖縄に上陸した。そこで、洞窟《どうくつ》に隠れていた日本兵を射殺した。その時、彼は、その日本兵が持っていた日章旗を持ち帰った」

そこまで言って、岩武は、鞄から、Ａ４サイズの茶封筒を取り出した。

中には写真が数枚入っていた。

「ああ」それを目にした途端《とたん》、謙治は思わず、声を漏らしてしまった。

栄村修一君。

日章旗の右側に、大きくそう書かれていたのだ。

日の丸の上には、武運長久《ぶうんちょうきゅう》という文字。

岩武が立ち上がり、窓辺《まどべ》に立った。

「栄村先生のものだ。左端をよく見ろ」

そう言われた時には、すでに謙治は気づいていた。

岩武弥太郎、佐藤宏、根津謙治、宮森菊夫。

何十人もの寄せ書きの中に、自分たちの名前を発見したのである。

四人の名前はかなり汚れていて、薄くなっている箇所もあったが、分かる人間には分かる。

栄村先生が出征すると決まった時、地区の人たちが寄せ書きをした。その時、謙治たちも筆を走らせた。そうしようと言いだしたのは自分である。

謙治は、他の写真にも目を落とした。部分的に撮られた写真だった。

栄村先生のための日章旗には、焦げ跡がいくつか残っていた。そして薄く茶色に染まった部分もあった。おそらく、先生の血の跡だろう。

出征していく時の先生の姿が目に浮かんだ。そして、泣きすがるようにして、汽車を追っていった鏡子の背中が脳裏をかすめた。

息苦しくなってきた謙治は缶ビールを一気に空けた。

岩武は謙治に背を向け、パイプを吸っている。

気を取り直した謙治が口を開いた。「これ、今、誰が持ってるんだ」

「荻野だ。昨日、娘が荻野を連れて家にきた。ふたりがやたらと興奮してるから、どうしたのかと思ったら、これを見せられた。〝ここにあるのパパの名前よね〟。娘に無邪気にそう言われた時は、心臓が止まりそうになった。荻野は荻野で、お宝を掘り出した少年みたいな顔をしてた」

「で、お前は何て答えたんだ」

「失敗した」岩武が悔しげにつぶやいた。

「だから、何て答えたんだ」謙治が迫った。

「自分じゃない。同姓同名の人間だろうって言っちまったんだ」

「そうだって答えて、もらっておけばよかったのに」謙治が声を荒らげた。

岩武が肩越しに謙治を睨んだ。「お前の名前が目に飛び込んできたら、そうだとは言えなかった。分かるだろう？」

「娘も恋人も変に思ったはずだ。岩武弥太郎って名前、そうざらにはないぜ」

「いるかもしれないじゃないか。筆跡が似てないだろうって言って誤魔化した。子供の頃の字は、今とはかなり違うから。後手《ごて》を踏んだが、沖縄で戦った人間を知ってるから、見せたいと言って、写真だけ撮らせてもらったんだ」

岩武がそう言いながら元の席に戻った。パイプの火が消えていたらしく、点け直した。

「これが警察の手に渡ることは、よほどのことがない限りあり得んだろうが……」謙治は大きく息を吐いた。

「その心配はないが、荻野が、我々の関係を知る可能性がある」

「どういうことだ」

「荻野の専門は日本現代史。太平洋戦争の頃のことを、庶民のレベルで研究してるそうだ。彼は、遺族を探すと言って張り切ってる」

謙治の胸にまた衝撃が走った。

「お前は、先生の娘と結婚してる。荻野が日章旗の本当の持ち主を見つけたら、お前の女房に会いにいくだろうよ」

謙治はぐったりとなって、椅子の背もたれに躰を倒した。

「そうなったら俺が嘘をついたことが荻野にバレてしまう可能性もある。それだけで、俺たちのやったことが表沙汰になることはないが、手を打たないと、安心して眠れんだろうが」

「荻野のことを詳しく教えろ」

岩武の顔色が変わった。「手を打たなきゃならんが、お前、俺の娘の惚れてる相手に手出しをしたりはしないだろうな」

「いいから知ってることを教えろ」

「出身は静岡の下田《しもだ》。学校は聡明《そうめい》大。住まいは初台のマンションだ。だが、詳しい住所は知らない。電話を持ってるらしいが、番号も分からない」

「もっと詳しいことを調べろ」

「どうする気なんだ」

「手を打たなきゃって言ったのはお前だろうが」

「そうだけど、手荒なことは」

「お前が、その時……」愚痴を垂れるのは止めにした。「すぐに何とかしよう」

「慌てることはないよ。よく日章旗を見てみろ。小学校の名前の部分は、焦げて見えない。長野と記されているところも見つからない。場所を特定できることは何も書いてない。だから、簡単には探し出せないと思う」

「会社名があるな」

「それも、焼け焦げていてよく見えない」

〝長……ライト商會《しょうかい》〟

〝長〟に続くのはおそらく〝野〟だろうが、〝ライト〟の前にも何か書かれている。

謙治はぴんときた。

「長野ベークライト商會って会社じゃないのか」

「そんなのあったっけ」

「覚えてないが、あの時代だったら、ベークライトって可能性がある」

「ベークライトね。若い荻野が、それに気づくことはないかもな。名前の部分だって、県名か人名かはっきりさせるのも難しいだろうし」

放っておいても大事には至らないかもしれない。しかし、できることなら奪い取って、処分してしまいたい。

「荻野はすぐに諦めるような男か？」

「どうなんだろう。あいつの祖父《じい》さんも沖縄で戦死してるから、結構、力が入ってるかも。それにもうひとつ気がかりなことがあるんだ」

「何だ？」

「お前、絶対に荻野に手を出さないって誓えるか。もう人殺しはごめんだよ」

「俺だってそうだ」

「だが、お前はやるとなったらやる男だからな」

謙治は笑って見せたが、顔が歪んだだけだった。「今の俺は昔とは違う。さっき、お前そう思ったろうが」

「だけど……」

「で、何が心配なんだ」

「あいつの叔父、元警視庁の刑事なんだよ」

「今は何をやってる？」

「探偵だ。事務所は新宿にあるそうだ」

謙治は言葉を失った。

「あの事件が起こった頃、警視庁にいたんだ。お前の名前を覚えてる可能性もある。もしも、あの日章旗を叔父が見て、お前の名前に気づいたら……。滅多なことではそうはならんと思うが」

「日章旗を盗みだそう。写真を撮ってるだろうから、それも一緒に」

岩武の顔色が変わった。「誰かにやらせるか」

「お前、仕事がら暴力団と付き合いがあるよな」

「興行にはヤクザがつきものだからな。フォークソングやロックだと、ヤクザが理解できないから、手を出してこないけど」岩武が短く笑った。「でも、そいつらに頼んだら、一生、しゃぶられる。お前の方に誰かやれる奴はいないか」

謙治はそれには答えなかった。「ともかく、荻野についての情報がほしい」

「分かった」岩武は渋い顔をしてそう言った。

謙治は勝手に冷蔵庫から缶ビールを取り出し飲んだ。

「栄村先生の娘、いや、お前の女房は、お前が、あの事件で疑われてたことにどんな反応をしてた」

「俺はやってない。そう言ったことはあるが、それ以上の話はしてない」

「真相を知っても、彼女、お前についてくるかな」

「そんなこと分かるわけないだろうが」謙治はテーブルを叩いた。「ただ、俺にも子供がいる。絶対に嫌な思いはさせたくない」

「後一年で時効なのにな」

「ひとつの区切りだから、時効の日を待ってる。だが、その後も、あの事件のことは隠し通さなければならんだろう」

「そうだよな」岩武はぼんやりとしてパイプを吸っていたが、急に謙治に視線を向けた。

「宮森には知らせるか」

謙治は宮森のことを詳しく訊いた。

「銀座に事務所を持ってる。まだ小さい会社だが、そろそろ新宿にも支店を出すと言ってたよ。ギャンブルにはまったく手を出さず、仕事に励んでる。うちの社員やタレントが海外に行く時には、あいつの代理店を通してる。あいつが直接、売り込んできたんじゃないぜ。社員が営業にきたんだ」

「会社の名前と住所を教えてくれ」

社名は〝ＭＩＭ《エム・アイ・エム》〟だった。ＪＴＢを真似たつもりらしい。

問題を起こしそうで心配だった宮森も着実な道を歩んできた。

謙治はもう一度、日章旗の写真に視線を向けた。五十名ほどの名前が書かれてあった。それなのに……。

岩武たちの他には覚えている名前はなかった。校長や教頭も寄せ書きしたはずだが、彼らの名前は忘れてしまっていた。水に濡れたのだろう文字がぼやけているところが、〝長……ライト商會〟の部分の他にもかなりある。謙治の〝謙〟、佐藤の〝藤〟も薄くなっている。しかし、読めないことはない。四人の名前の周りには他の人間の名前がぎっしりと書かれているので目立ちはしないが。

「宮森に知らせてくれ」謙治の声にはまるで張りがなかった。

「川久保はどうしてる？」

「売れっ子作家になったよ」

「え？　川久保なんて作家、知らんね。あ、そうか。ペンネームを使ってるんだな」

謙治は簡単に、川久保の仕事ぶりや生活ぶりを教えた。

「その小説なら知ってるよ。へーえ、あいつが流行作家にね」

「川久保の話はいい。あいつにはこのことは知らせない。車椅子の人間には何もできないから」

「お前とあいつとの繋がりが発覚したら命取りだな」

「お前と宮森も調べられる」

元刑事だという荻野の叔父の存在が気になる。荻野はまずは自分で調査するだろうが、行き詰まったら、叔父に助けを求める可能性はおおいにある。

しかし、謙治が恐れているのは、それだけではなかった。荻野が、栄村先生の遺族を見つけ出したら、必ず鏡子が、この日章旗を目にすることになるだろう。そうなれば当然、夫の名前を見つけるに決まっている。十数年もの間、謙治が嘘をついていたことを、鏡子が笑って流してくれるとはとても思えない。なぜ、そんな嘘をついたのか。あの事件に結びつくものだと考えなくても、築き上げた信頼関係は一挙に崩れてしまうだろう。

そうなることを阻止するためにも、日章旗を、この世から消し去ってしまわなければならない。

写真をテーブルに戻した謙治が言った。「人には頼まず、俺たちで何とかしよう」

岩武が頭を抱えた。「娘の恋人の家に侵入して、盗みをやるなんて俺にはとてもできない」

「お前は手を出す必要はない。やる時は俺がやる。宮森に手伝わせて」

「荻野に危害を加えなければならなくなる事態が起こったら、お前は……」

「そうならないよう手を打とう。荻野の情報がほしい。少しでも分かったことがあったら連絡をくれ。その時、次に会う日時を決めよう。この部屋は、いつでも使えるな」

「当分、女を囲うような気分にはなれないよ」

呆れて物も言えない。しかし、岩武の言葉が、謙治の心を解した。「山口百恵《やまぐちももえ》が引退するそうじゃないか」

「十月に引退公演が開かれる」

「大物歌手がひとり抜けることは、新人を世に出すいい機会が巡ってきたってことだな」

「競争が激しいよ。松田聖子《まつだせいこ》のような人気のある歌手を抱えたい」

「お前んとこの立松《たてまつ》エミも売れてるじゃないか」

「あの子は稼《かせ》いでくれてる。でも、お前の方が、俺より一歩も二歩も先を行ってるね」

「いつどうなるか分からんよ。先月、牛丼の吉野家が百二十二億の負債を抱えて倒産したじゃないか。うちは、あそこに比べたらずっと小さい。吹けば飛ぶような会社だ」

どうせ再会するんだったら、お互いに自慢話をして飲み明かしたかった。しかし、それはできない。

謙治は缶ビールを飲み干すと腰を上げた。

「この写真、お前のために用意したんだけど、持って帰っちゃヤバイよな」

「ここに置いておくよ」

謙治は先に部屋を出た。夜になっても、空気が炎症を起こしたように蒸し暑かった。急にまた不安が襲ってきた。家に帰るには心の整理が必要だった。

謙治は芋洗坂《いもあらいざか》を目指して歩いた。

仮に、日章旗とその写真及びネガを盗み出すことができたとしても、大学院生の頭の中から岩武弥太郎という名前は消えない。岩武と並んでいる根津たちの名前も覚えているかもしれない。大学院生の記憶を盗むことはできない。ということは……。

前年の売上高が二十五億に達した会社の社長が、またもや人を殺さなければならないのか。それだけは是が非でも避けなければならない。

緩やかな上り坂を上がり切り、六本木の交差点に出た。六本木界隈は、六、七年前にロアビルができてから大きく変わった。自殺した佐伯と会ったサパークラブが、上客を相手に商売をしていた頃は隠然《いんぜん》とした街だったが、今は表通りも賑《にぎ》やかになり、遊びにくる若者が圧倒的に増えた。そろそろ『微笑亭』でも六本木に店を出す計画が進んでいたが、謙治は昔の六本木の方が好きだった。

汗を掻いていた。冷や汗ではないと思いたかった。

家に戻ったのは午前零時少し前だった。

「お帰り。何かあったの？　すぐに帰るって言ってたのに」鏡子の笑顔が迎えてくれた。

来年、五十歳になる鏡子だが、とてもそんな歳には見えない。

「ちょっとしたトラブルがあって電話できなかった」

「心配したわよ」

「大丈夫だよ。俺は不死身だから」

そう言いながら、鏡子をじっと見つめた。

「どうしたの？」鏡子に訊かれた。

「何が？」

「そんなに見ないでよ。化粧、落としちゃったんだから」

若々しいよ、という言葉が喉まで出かかったのに呑み込んでしまった。

シャワーを浴びてから、居間でビールを飲んだ。猫が謙治の膝に乗ってきた。

十年前、奪った金をアパートに運び込んだ際に拾った猫である。赤い虎毛の牡猫で名前は桃太郎《ももたろう》という。拾った時に、ピンク色の鼻が印象的だったから、そう名付けた。

賢一郎は桃太郎とよく遊んでいる。最近は、機動戦士ガンダムの玩具で桃太郎とじゃれ合ったりもしていた。当然、猫は嫌がっているが。

焼け焦げて、血のようなものが付着している日章旗が頭から離れない。あの日章旗が、鏡子の手に戻ったら、彼女はどれだけ喜ぶか。

先生の日記の一部を盗んだ時と同じように、胸がちくちくと痛んだ。

寝室は別にしていない。セミダブルのベッドをふたつ並べて一緒に寝ている。

謙治の方に顔を向けて眠っている鏡子の姿が目に入った。

同じマンション内の小さ目の部屋を購入してある。謙治の仕事場なのだ。そこにはベッドは置かれていなかったが、その夜は、仕事場でひとりになりたかった。

桃太郎がベッドに乗ってきた。謙治は猫を捕まえ、布団の中に入れ、強く抱きしめた。

殺した犬たちが夢に出てきた。

怯えた声を上げたらしく、鏡子に揺り起こされた。


再び、岩武の所有するマンションに足を運んだのは八月二十六日、火曜日の午後十一時頃だった。

岩武は遅れているようで、チャイムを鳴らしても返事はなかった。謙治は一階に下り、岩武を待った。

タクシーが一台停まった。降りてきたのは岩武ではなかった。縦縞《たてじま》のジャケットを着た太った男だった。宮森と分かるのに少し時間がかかった。

「根津、久しぶりだな」宮森は懐かしそうな顔をした。しかし、それは一瞬のことだった。「何があったんだ」

「後で話す。それよりも元気そうでよかった。お前の会社も順調なんだってな」

「最近の不況で売上げが横ばいだけど、海外旅行は下火にはならんよ。オイルショックの頃、日本人の渡航者は年間二百三十万くらいだったけど、去年は四百万にまで達してる。これからも伸びるだろう」宮森は抱えていた革製のバッグから名刺入れを取り出した。

「お前んとこも、そろそろうちを使ってもいいいんじゃないのか」

「名刺交換は必要ない」

「あ、そうだな」

「恰幅がよくなったな」

「はっきり言えよ。デブになったって」宮森が煙草に火をつけた。

「ギャンブルからも足を洗ったそうだな」

「美濃部のおかげだよ」

大井オートレース場は、七三年に幕を閉じた。都知事時代、美濃部は、都のやっている他のギャンブルも廃止に追い込んだ。賭け事の持っている、人間を解放する魅力を理解できない美濃部が謙治は大嫌いだったが、宮森のためにはよかったと思った。

「で、家庭生活は？」

「独身だよ。女房子供は結局、戻ってこなかった」宮森が薄く微笑んだ。

黒いセンチュリーが停まるのが見えた。岩武は運転手付きの車に乗ってやってきたのだ。

謙治は宮森に目で合図を送り、マンションの前から遠ざかった。用心に越したことはない。運転手付きの車が、勇平のところで働いていた頃のことを思いださせた。

岩武を降ろしたセンチュリーは、すぐに路肩を離れた。

少し時間をおいて、再びマンションに戻った。

部屋は暑さでむんむんしていた。岩武がクーラーを入れた。

岩武から連絡が入ったのは、昨日だった。

秘書の和彦には、山田エステートの社長が何者か分かったので、取り次ぐように言っておいた。そこで、会う日時が決まり、宮森にも連絡を取ることになったのだ。謙治は、あくまで仕事関係者と話している振りをした。念のためというよりも、ほとんど岩武とはそうやって話してきたので、習慣化していたのである。

何も知らない宮森に、岩武が写真を見せて、由々しき事態が起こったことを詳しく説明した。宮森は呆然としているだけで口を開かなかった。

「……というわけでだな、何とか手を打たなきゃならない事態になったんだ」謙治が言った。

宮森は写真の一枚を手に取った。「俺、名前を書いたこと、全然、覚えてない」

「でも書いた」謙治は冷たく言い放った。

宮森が首を傾げた。「これが、そんなに問題かな。大学院生が、これだけの情報で、栄村先生の遺族を探し出せるとは思えないが」

「侮れない」岩武が険しい顔をしてつぶやくように言った。「娘にそれとなく訊いたら、休み中、荻野は、このことで動き回ってるそうだ」

謙治が岩武を見た。「防衛庁の研究所の中にある戦史部なんかで調べがつくものかな」

「さあ、どうなんだろう。それより厚生省に、そういうことを専門にしてる部署があるらしいから、そっちに当たる気がする」

「でも、そう簡単には見つけだせないだろう」と宮森。「この日章旗には日付がない。いつ出征したのかも分からないじゃないか」

「希望的観測はやめろ」謙治がぴしゃりと言った。

宮森が長い溜息をついた。

謙治が、岩武の集めた情報を訊いた。岩武はそれを文書にしていた。

住まいや電話番号の他に、研究室に行く曜日まで書いてあった。

荻野民雄の父親は、静岡県の下田で建設会社を営んでいる。長男である父親が家業を継いだ。元刑事で、今は探偵をやっている男は次男だという。父親は弟と折り合いが悪いらしい。

初台のマンションは父親が購入したもので、上京する時に使っているということだ。

「娘、荻野の部屋の合い鍵を持ってるんじゃないのか」

「おそらく、持ってると思うけど」岩武が目を伏せた。

「一緒に暮らしてるんだから、鍵を手に入れ、合い鍵を作れ」

「これだけ訊き出すだけでも、俺の寿命は縮まったんだぜ」岩武は本当に困った顔をした。

宮森の血相が変わった。「お前、その大学院生のマンションに盗みに入る気か」

謙治は宮森を目で殺し、岩武に視線を戻した。「もしも合い鍵を娘が持っていて、それをコピーできたら、岩武、お前が荻野と娘を食事にでも誘え。その間に、俺と宮森で家捜しする」

「俺もやるのか」宮森の声がひっくり返った。

「ひとりよりもふたりの方が時間がかからない」

「勘弁《かんべん》してくれよ。俺はもう……」

「立派な旅行代理店の社長だって言いたいのか。そうなれた資金はどこから出たか思いだしてみろ。お前は、俺との約束を破って使い込みまでやったんだぞ。尻ぬぐいしてやったのは誰だ」興奮した謙治の顔は真っ赤だった。「十一億円の強奪は三人でやった。しかし、クラブのママを殺したのは俺だ。だから、宮森、お前は俺の殺人に関係なく、自分のやったことはすでに時効だと思ってるんじゃないのか」

「そんな……」宮森が目を伏せた。

謙治は壁に視線を向けた。「俺は、何年もかけて図書館に行き、俺たちのやったことが、法律上、どう扱われるか調べた。強盗傷害と殺人は別だと思ったが、どうもそうはならず、俺は強盗殺人罪で罰される可能性が高い。この場合は死刑か無期懲役だ。俺が強盗殺人罪で裁かれたら、お前らは殺人の共犯者でもあるから、強盗致死罪って罪になる。これも重罪で、下手をしたら無期もありえる。強盗傷害だけだったら時効は十年だが、強盗致死罪は殺人罪と同じ十五年。このことをよく頭に叩き込んでおけ」

「川久保の場合はどうなんだ」岩武が口を開いた。

「おそらく、お前らふたりと同じ罪になる。量刑は違うようだが」

「法律がどうだろうが、発覚したら、俺たちが築き上げたものがパアになる。俺は自分のやったことを絶対に娘に知られたくない」岩武が続けた。

宮森は頭を垂れたまま黙っていた。

「宮森、右肩上がりの会社を守りたかったら、俺の言う通りにしろ」

「分かった。何でもやるけど、日章旗が大学の研究室に置いてあったら、どうするんだ」

「いや、それはない」岩武が口をはさんだ。「娘の話だと、書斎っていうか勉強部屋っていうか、そこの壁に貼《は》ってあるらしい」

「変わった男だな。死んだ人間の血のついた日章旗を飾るなんて」宮森が力なく言った。

「俺はマンションの下見をしておく。岩武は合い鍵のことを調べろ」

「何で今頃、栄村先生の……」宮森が泣き言を言い始めた。

「それも、日本人が簡単に外国旅行ができるようになったからだよ」謙治が皮肉を言ったが、笑みはなく顔は引きつっていた。

「岩武、この部屋の合い鍵も作って俺に渡してくれ」

「何をする気だ」

「着替えや何かはここでやるのが一番安全だろうが」


翌日の昼食前、謙治は和彦に言った。

「私用で二、三時間、出かけてくる」

和彦が怪訝な顔をした。これまで、そのようなことは一度もなかったからだ。

謙治は意味ありげににやりとした。和彦が眉をゆるめた。女と昼飯を食べる。そのように受け取ってくれれば御の字だ。

荻野のマンションは甲州《こうしゅう》街道に面していた。比較的新しい建物である。エントランスまでかなり距離があり、広さもあった。植え込みの向こうが駐車場。エレベーターを二基備えている大きなファミリーマンションだ。

謙治は六階まで上がった。回廊のようになっていた。荻野の部屋は六〇六号室だった。

謙治は部屋を探しているような振りをして通路を歩いた。

六〇六号室が近づいてきた。その時、ドアが開いた。問題の部屋のドアである。男が現れた。ちょっと髪を長く伸ばした痩せた青年だった。男はドアが閉まらないように手で押さえていた。

おそらく荻野民雄だろう。男がちらりと謙治を見た。目のくりっとしたなかなかの美男だ。謙治は男の横を通りすぎた。その際、部屋を覗こうとしたが、うまく見えなかった。髪を気にしながら出てきた女に視界を阻《はば》まれたのだ。ふっくらとした頬の小柄な女だった。

彼らはエレベーターに向かって歩き出した。女は、ほぼ間違いなく岩武の娘だろうが、早合点するわけにはいかない。

やや時間をおいて、謙治はマンションを出た。昼の時間帯ということもあろうが、人の出入りが多い。主婦らしい女とエレベーターで一緒になり、営業マン風の男とエントランスですれ違った。問題は車を停める場所だった。甲州街道に停めっぱなしにするのは危険である。マンションの裏に足を運んだ。細い路地が多い地区だった。

車は使わないことにした。

日章旗と写真を盗むだけというのは目立つ。金目のものや保険証なども一緒に持ち出すとしても、車は必要ないだろう。

犯行は深夜でなくてもいい。この手のマンションの住人の中には、午前様の人間も珍しくないだろう。朝帰りする者もいるはずだ。人に見られる可能性は、いつだってあるのだから、帰宅時間の谷間、つまり午後九時辺りに侵入するのが一番かもしれない。その方が却って目立たない。

下調べを終えた謙治は会社に戻った。その夜は、結婚して退社する広報部員の送別会が行われることになっていた。社内結婚。相手は、以前『すみ家』で謙治の下で働いていた沖縄出身の照屋幸四朗なのだ。謙治が幸四朗を引き抜いたわけではない。『すみ家』を退職して、沖縄料理店を兄と始めたが、兄とぎくしゃくするようになった。それで謙治に雇ってほしいと頭を下げにきた。

彼の仕事ぶりを知っていた謙治は、すぐに採用した。熱血漢の幸四朗は、クールな和彦とは反りが合わないようだが、幸四朗もまた謙治の側近と言える社員である。

送別会には、幸四朗の姿はなかった。彼は出張で大阪にいる。

鏡子のクラスメートだったパリ帰りのコックの昭島昇《のぼる》も、今は謙治の会社の社員で、商品開発部の部長という役職に就いている。いまだ独身で、けっこう女遊びが激しいらしい。

送別会がお開きになった後、謙治は和彦を誘って、銀座にあるスナックに行った。

経営者は柏山である。店を持つ資金は謙治が貸した。柏山はきちんと返済しているが、謙治としては、金が返ってこなくてもかまわなかった。

銀座の裏、金春《こんぱる》通りに六〇年代からある古いビルの四階にスナック『ラスク・ムーン』

はある。

ホステスが三人しかいない小さなスナックである。カラオケが普及したのは七〇年代後半である。柏山は最初、カラオケを嫌っていたが、時代の流れに負けて、今は置いている。

客がホステスと『銀座の恋の物語』を立ち上がって歌っていた。

ボックス席のひとつが空いていたが、謙治はカウンター席を選んだ。

カウンターの中には柏山がいる。柏山との関係を詳しく話したことは誰にもない。出資者が謙治だと知っている人間もいない。

謙治の前に三本のボトルが並んだ。モルトウイスキー、バーボン、コニャック。その三本をキープボトルにしている。その日はワイルドターキーをロックで飲むことにした。和彦はそれほど酒に強くない。柏山は、和彦の飲み方を心得ているので、薄い水割りを作った。幸四朗は酒飲み。彼のために泡盛《あわもり》が用意してある。

「女の子、つけます？　新しい子が入りましたけど」

「後でいいよ」

軽くグラスを合わせてから、和彦をちらりと見た。そして、ライバルのA店のことを訊いた。

「最近、洋食も上手に取り入れてました」

スパイ合戦は、どんな商売にも付きものだ。『微笑亭』よりも大きな居酒屋チェーンを定期的に、人を雇って回らせている。それを仕切っているのも和彦だった。

和彦は手帳を取り出し、詳しい報告をした。

「A店のパスタ、安くてうまいですよ。あそこは女の客がけっこう入ってます。うちでも、洋食っぽいものを増やすのも悪くないですね」

「照屋に話しておこう」

謙治はパスタという言葉に慣れていない。彼にとっては、あくまでスパゲティである。

ふと、増美と別れ話をした飯倉片町のピザハウスのことを思いだした。

あれ以来、増美には会ってないし、消息も分からなかった。しかし、三年ほど前、テレビのホームコメディーに出ているのを偶然見た。意地の悪い家政婦を演じていた。

主役ではなかったが、或る程度の役を摑んでいた。だが、その時は芸名が分からなかった。ややあって見るともなしに見ていた人気刑事ドラマのシリーズにも増美が出ていた。大学教授に恨みを持って、彼を殺す犯人役だった。その際、芸名が桜井瞳《さくらいひとみ》だということを知った。映画会社のニューフェイスに合格して、あれから十年以上の月日が流れていた。かなり苦労したに違いないが、役者として花開いたのだ。謙治は自分のことのように嬉しかった。

増美は、自分の成功を知っているのだろうか。謙治は、マスコミのインタビューは断らないようにしている。頑《かたく》なに拒否すると、逆に彼らの好奇心を煽《あお》ると考えたのだ。例の事件のことに触れてくる記者がいないわけではなかったが、そういう質問がでた時は、取材の趣旨から外れているのでは、と優しく注意した。メディアへの露出はあったものの、業界誌や経済誌が大半だった。急成長した『微笑亭』だが、大手にはほど遠い売上高。注目する人間は少なかった。増美は『微笑亭』を知ってはいても、オーナー社長が謙治ということは分かっていないのかもしれない。

和彦は、それからも他店を探った結果を克明に報告した。謙治は酒を飲み、煙草を吸いながら話を聞いていた。

話が途切れたところで、柏山が、新たに入ったホステスを紹介した。香織《かおり》と名乗った女は、謙治と和彦の間に座った。

柏山が謙治たちの職業を教えた。香織は、『微笑亭』の渋谷店で飲み食いしたことがあると笑顔で答えた。

和彦が店の印象を訊ねた。貶《けな》すはずはなかった。

会話が途切れた。水商売は初めてだという香織は緊張しているのか、言葉少なだった。客が八代亜紀《やしろあき》の『雨の慕情』を熱唱していた。演歌だが、テンポのいい曲なので、ホステスたちも、サビの部分になると、一緒に歌い始めた。

「カラオケが出てきてから、ホステスは楽をしてるんだよ」柏山が笑って言った。「客に歌を歌わせ、自分も愉しんでればいいんだから」

謙治は、香織という女に出身地や、『ラスク・ムーン』に入ったきっかけなどを訊いた。入店したきっかけは、ここの客の知り合いだったからだという。

和彦は仕事熱心である。『微笑亭』に望むことを香織に訊いた。しかしはっきりとした答えは返ってこない。

「うちはもっと女性の客を増やしたいんだ。だから、気に入らなかったことを訊きたい。怒ったりしないから、思ってることを言って」

「別にありません。店員さん、みな親切だったし」

また客が入ってきた。香織が席を離れた。

「あの子、可愛い子でしょう？」柏山が和彦に言った。

「ええ」和彦の頬がゆるんだ。

「お前、付き合ってる女はいないのか」

「いません」

「女に興味ないってわけじゃないんでしょう？」柏山が訊いた。

「ありますよ。でも、仕事が面白くて」

柏山が大きくうなずいた。「その若さで社長秘書ですものね。いずれは、根津さんみたいになりたいんですね」

「全然、考えたことないです」和彦はきっぱりと否定した。

確かに今は、独立するなど想像もできない歳かもしれない。しかし、いずれは野心が出てくるはずだ。自分が隅村から離れたように、和彦も去ってゆく日がくる気がした。しかし、今は手許に置いておきたい。和彦は感情を露わにしないクールな男である。しかし、胆は据わっている。子供の頃に苦労した人間は、人の心を読むのが上手だし、坊ちゃん育ちの人間のように脇が甘いことはないものだ。

幸四朗のような熱さがない分だけ、謙治との距離の取り方が上手い。謙治の秘書には、和彦みたいな性格の人間が向いているのだ。


八月三十一日、日曜日。ゴルフの約束も入っておらず、謙治は家にいた。

賢一郎は溜まった宿題があるので、彼の部屋で机に向かっていた。勉強が苦手だった謙治は家庭教師が務まらない。そちらの方は鏡子に任せっきりである。

桃太郎は部屋の隅に置いてあるバスケットの中で躰を丸くして眠っていた。陽が居間に射し込んでいた。謙治はブラインドを少し下ろし、新聞を開いた。

川久保宏はまた新刊を出したようだ。彼のペンネームは六車勉《むぐるまつとむ》。車椅子でも、努力して強く生きるという意味で、そんな名前にしたそうだ。

下半身が不随になった川久保は、リハビリを受けていた施設を出た後、一時、兄のところに身を寄せていた。教師としての社会復帰はままならず、八王子《はちおうじ》に工場のあるプラスチックの加工会社に就職した。その会社は、欧米並に身体障害者を積極的に雇い入れ、専用の寮まで完備していた。

謙治は時々川久保に会いに八王子まで出かけた。その時点では、まだ彼の分け前の大半は埋められたままだった。謙治は預かっている一千万を目立たないように必要に応じて彼に渡していた。

寮生活をしていると、不自由はかなり軽減され、同じハンディを背負っているもの同士が一緒だから孤立することもなかった。工場には運動場もあった。そこでバスケットをやっていた工員が、東京オリンピックの時、パラリンピックに出て話題を呼んだという。

しかし、川久保は運動に興味はなく、小説を書き続けていた。

災い転じて福と成す。以前の躰に戻れないのだから、明るくそう言い切るわけはないが、その会社で働いたことが、作家への道を開いた。

本社が、何と或る大手出版社のビルの中にあったのだ。数年後、川久保は、飯田橋《いいだばし》にある本社の厚生事業部に配属になった。同時に住まいが新宿に移った。そこで、同じ障害のある者とふたり一組になって共同生活をすることになったのだ。そうやって自立に向かっていた矢先、文芸担当の編集者と会社の近所で知り合った。

川久保はその編集者に原稿を読んでもらう機会を得た。渡した作品はボツになったのだが、ハンディキャップを背負った川久保を、その編集者は応援し、彼に恋愛小説を書くことを勧《すす》めた。

恋愛の経験の乏《とぼ》しい川久保は二の足を踏んだが、〝みんなが幸せになれる〟小説を目指した。主人公は車椅子の青年。ヒロインは義足の女だった。

本人が身体障害者でなければ書けない小説だったし、通俗の極みを恥ずかしげもなく描いたデビュー作、『ありがとう、春子』は話題を呼び、あっと言う間にベストセラーになった。生まれてきた女の子に、春子という名前をつけるものまで現れた。七五年の秋のことである。

この手の小説は一発で終わることが多いが、長年日の目を見なかった川久保には底力があった。それからも、次々と作品を発表し、小説誌だけではなく女性誌や週刊誌にも連載を持つようになった。

川久保が会社を辞め、石神井《しやくじい》公園からすぐのところにある中古の家を買ったのは翌年の七月下旬。田中角栄《たなかかくえい》元首相が逮捕された頃のことである。

引っ越し通知をもらってしばらくしてから、謙治は久しぶりに川久保に会いにいった。

家政婦が雇われていた。闇の世界の連中は鳴りを潜《ひそ》めたが、家政婦の素姓を知りたくなった。

謙治が車椅子を押し、ふたりで石神井公園に散歩に出かけた。木陰のベンチに座り、ボート遊びに興じている人たちを見るともなしに見ていた。

「本を出してから、刑事がきたり、変な奴らから電話があったりしないか」

「あったら、岩武を通じて知らせてるよ」

「さっきの家政婦、どうやって雇った」

「兄貴の女房の知り合いの親戚。大丈夫だよ。それに、僕は一切、インタビューは受けないことにしてる。写真も出していない」川久保がそこまで言って、謙治を目の端で見た。

「僕の本を読んでくれてないのか」

「男が読む本じゃないだろう?」

「そんなことはないよ」

成功すると、これだけ人は変わるものか、とびっくりするほど、川久保の目は自信に溢れていた。

「略歴を見ても、川久保宏にしろ佐藤宏にしろ誰も思い出さないだろうよ」

「素姓がはっきりしない方が、ミステリアスで作家らしい」

「週刊誌も騒がないだろう。週刊誌を出してる大半の出版社から注文が入ってるから。で、鏡子さんはどうなんだろう?」

「何が?」

「何がって、僕の本のことだよ」

「うちにはないみたいだけど、よく分からない」

川久保が短く笑った。「訊きたくても訊けないよな」

謙治は蟬時雨に耳を預けながら、話題を変えた。「そろそろ、お前の取り分を渡したいんだが」

川久保が怯えたような表情で、激しく首を横に振った。「あの金はもう必要ない。兄貴にもお返しができたし」

「でも、あれはお前の金だ。素直に受け取っておけ。いつまでも売れっ子でいられるとは限らんだろうが」

「手にすると却って気が重い。あの金のことも、事件のこともすべて忘れたいんだ。僕の書いてる小説は、自分で言うのも変だが、大したもんじゃない。批評家にはさんざんなことを言われてる。でも、それでもいいんだ。小説を書いてる時だけ、あの忌まわしい過去を忘れていられるんだよ。あの金は、お前らで分けていい。事業をやってると、金はいくらあっても足りんだろうが」

「俺の誘いに乗ったことを後悔してるんだな」

「その通りだ。何であの時、うんと言ったのか、分からない」

「ふざけんな」謙治は、池に目を向けたまま低い声で言った。「お前の運が開けたのは、あの事件に荷担《かたん》したからだぜ。金を受け取ろうが受け取るまいが、そのことに変わりない」

「僕は作家なんかじゃない。ただの売文家《ばいぶんか》だ。僕の書きたかった小説は……」

「うるせえ、甘えんじゃねえよ。書かなかった小説は、書けなかった小説だよ。お前は、今、書いてるものしか書けないってことだ。いい歳をして、何、夢みてんだよ」

「厳しいな、根津は」

「お前は、ガキん時から肚が据わってた。監禁され、いたぶられた時も耐え抜いた。そんな奴なのにぐじゃぐじゃ愚痴る女みたいなところがあるな」

「どこが女みたいなんだ」

「愚痴は垂れるが、いざとなると結構、強気になるのが女じゃないか」

「僕たちが疎開先で出会ったのは運がよかったのか悪かったのか、僕には分からない」

「批評家が何て言おうが、お前の小説に救われた人間がいる」

川久保が謙治を睨み付けた。「それで帳消しだって言うのか」

「すんだことを言ってもしかたないだろうが」

川久保が長い溜息をついた。「悪かった。お前の言う通りだよ。ところで、奥さんの写真、持ってきてくれたか？」

前に会った時に、そう頼まれたのだ。

謙治は、用意してきた妻と息子の写真を川久保に見せた。

川久保は眼鏡のレンズをハンカチで拭き、目を瞬かせてから写真に見入った。

「鏡子さんだなあ」川久保の声が弾んだ。

「本当に分かるのか」

「うん。涼しそうな顔、昔と同じだ。僕は先生の家で何度も彼女を見てるから忘れない。これが息子？」

「娘じゃないよ」照れ臭い謙治はつまらない冗談を飛ばした。

「良かった、鏡子さんに似てて」

「口許は俺にそっくりだろうが」

それには答えず、川久保は中空に目を向けた。「先生に言われたことがあった。〝君の文章は綺麗すぎる〟って」

「知ってる」

「え？　何でお前がそんなことを」

「日記に書いてあったんだ」

「そうか。悪文を恐れていては、新しい小説は書けないとも言われた。当時はよく分からなかった。今にして思えば、先生、半分は自分のことを言ってた気がする」

「俺には、そういう話は分からん」

「まあ、聞け。先生にそう言われた後、僕は厠《かわや》にいった。部屋に戻ろうとした時、鏡子さんとすれ違った。そん時、〝私、佐藤君の小説好きよ〟って言われたんだ。お前はこういうことを聞いても怒らないだろうから告白するけど、お前の女房、僕の初恋の人だったんだ」

「全然、気がつかなかったよ。じゃ、俺が、先生の娘と結婚したって聞いた時、腹が立ったか」

「お前とだけは一緒になってもらいたくなかった」川久保は低くうめくような声でつぶやいた。

「気持ちは分かる。俺もこうなることだけは避けたかったよ」

川久保が食い入るように謙治を見た。「でも、お前、彼女のこと好きなんだろう?」

謙治は鼻で笑った。

「女が喜ぶ小説を書く男の台詞だな」

川久保が遠くを見つめるような目をした。

「一度、会ってみたいなあ」

謙治はそれには答えず、車椅子を押した。

「もう帰るのか」

「金は、あのまま眠らせておく。俺たちで使う気はない」

「好きにしろ」

「お前、どんなことがあってもしゃべるなよ」謙治は、川久保の後頭部を睨みながら言った。

「しゃべらんよ。先生の娘を不幸にしたくないから」

川久保の細い肩が小さく笑っていた。

その数日後、家に戻った謙治はぎょっとするものを目にした。居間のテーブルの上に、川久保の本が置いてあったのだ。

手に取ってみた謙治は真っ先に略歴を見た。

『昭和十一年、東京生。高校教師の時に脊髄を損傷し、車椅子生活を余儀《よぎ》なくされる。プラスチック加工会社に働きながら、本書を執筆』

鏡子がお茶を持って居間にやってきた。

「この作家の本、うちにあったっけ」

「初めて買ってみた」

「面白いか？」

「文章は綺麗だけど、ちょっとありきたりすぎるかな」

緊張感がほぐれ、頬がゆるみそうになった……。

川久保は売れ続けている。『ありがとう、春子』だけではなく、何本か映画化もされていた。

石神井公園で話して以来、川久保には会っていない。

栄村先生と一番、仲が良かった川久保には、問題が解決するまで日章旗のことは伏せておこうと決めた。

岩武のマンションで作戦会議を開いたのは九月二日のことだった。

岩武がふて腐れたような顔をして、テーブルに鍵を置いた。

「娘に気づかれなかったろうな」

「娘のハンドバッグの中を探る気持ち、お前には分からんだろうな」

「気づかれてないな」謙治は、岩武の愚痴を無視し、同じ質問をした。

「大丈夫だ。現場を押さえられない限り、何があったって、親父の俺を疑うわけがない。お前の女房が、父親の日記の一部がなくなってることに気づいたとしても、お前を疑わないのと同じだよ」

岩武は、こういう役目をやらされたことに持っていきどころのない苛立ちを感じているようだ。

謙治はふたりの、今後の夜の予定を訊いた後、「さて、いつ決行するかな」とつぶやいた。

「深夜をすぎてからやるしかないだろう。荻野が不在のな」岩武がパイプに火をつけながら言った。

「いや、午後九時頃にやるつもりだ」

「人目があるぜ」宮森が心配げな目を謙治に向けた。

その時刻を選んだ理由を謙治は説明した。

「だとすると、ちょうどいいのは十一日だ」岩武が言った。「緑山昌治《みどりやままさはる》の両親が、南青山にイタリアンレストランを開いた」

緑山昌治は、岩武のプロダクションに所属しているアイドル歌手である。

「そのオープニングパーティーに呼ばれてる。娘は緑山のファンだから、パーティーに連れていってほしいと言ってきた。俺はすでに、うんと答えてある」

「荻野は？」

「来るよ。俺が誘ってやれって言ったんだ。荻野が焼き餅を焼かないように。パーティーは午後八時から始まる」

「そんな時間に？」宮森が訊いた。

「内輪のパーティーだし、俺たちの業界は時間があってないようなもんだよ。緑山自身、テレビの収録を終えてからくるしな」

「宮森、その夜、空けられるか」

宮森は手帳を開いた。「大丈夫だ」

すでにおじけづいているのは顔を見るまでもなく声で分かった。

「俺の言う通りにやってれば何も心配はいらない」謙治は宮森を見て、微笑んで見せた。

「お前の方は？」

「何とかする」

十一日の夜、商品開発の最終的なミーティングをやることになっていた。これまで時間外のミーティングに欠席したことはない。しかし、今回はもっともらしい理由をつけて、欠席するしかないだろう。

決行日が決まると、細かな点にまで留意しながら計画を練《ね》った。宮森とは、午後八時に待ち合わせをし、目立たない服装に着替え、電車で出かけることにした。

「ところで、知美ちゃん、どんな女の子になったんだい。写真、持ってないのか」謙治が岩武に訊いた。

岩武が財布から写真を取り出した。

謙治は知美の顔を見た。下見に行った時、荻野の部屋から出てきた女ではなかった。すらりとした細面の女。この間、見た女よりも写真で見る限りは綺麗だった。

「荻野には姉とか妹はいないのか」

「いないよ。でも、それがどうした？」

「別に。姉さんでもいて、それが婦警だったら面倒だと思ってさ」

冗談口調でそう言った謙治に、岩武は笑みで応えたが、怪訝な表情は消えなかった。

真面目な大学院生だからと言って、女に対しても同じとは限らない。助平な大学教授など腐るほどいるのだから。

「川久保、また新刊出したな」宮森が言った。

「うちの娘、あいつの本を読んでたよ」岩武が言った。

「感想は？」謙治が訊いた。

「聞いてない。そんなことより、あいつの金、そろそろ何とかしないか。俺、あそこを処分したいんだよ」

「まさか金に困ってるんじゃないだろうな」

「違う。あの辺も開発が進んでて、不動産屋が売ってくれってうるさいんだ」

「その件は今度のことが解決してから考えよう」

宮森が小さくうなずいた。

「お前の服や靴のサイズ、教えてくれ。俺が決行日までに、必要なものを、このマンションに揃えておくから」

宮森がサイズを口にした。謙治の頰から笑みがこぼれた。胴回りの太さのわりには足は小さかった。

「岩武、ここにすぐに電話を引け」

「分かった」

謙治は、不測の事態が起こった場合、連絡が取れないことを危惧していたのである。

決行の日の午後六時、謙治は偽名を使って、岩武プロに電話を入れ、予定変更がないか確認した。

午後八時少し前。マンションに入った。すぐに宮森がやってきた。

目立たないTシャツに上っ張り。靴もスニーカーに履《は》き替えた。そして、野球帽を被った。サングラスと手袋も用意してあったが、荻野の部屋に着くまではポケットに仕舞っておく。謙治は大きめのスポーツバッグを手にしていた。バッグは空である。宮森に内緒で忍ばせたナイフを別にすれば。

新しく引かれた電話は鳴らない。今頃、荻野は岩武と一緒にいるはずだ。

午後八時二十分すぎ、謙治たちはマンションを出た。六本木から地下鉄に乗り、恵比寿《えびす》で山手線に乗り換えた。

午後九時少し前、謙治たちは、別々にマンションに入った。エレベーターの中でサングラスをかけ、野球帽を目深に被り直した。先に六階に着いた謙治はゆっくりと六〇六号室に近づいた。周りに注意を払いながら、肌色の手袋を嵌めた。さらに用心しながら合い鍵を鍵穴に突っ込んだ。

おかしい。鍵は閉まっていないようだった。

鍵を閉め忘れて出かけたとは考えられない。

謙治はチャイムを鳴らした。荻野がいたら、部屋を間違えた振りをする気でいた。

応答はない。もう一度、鳴らしたが結果は同じだった。宮森が近づいてくるのが見えた。

謙治はドアを開けた。中は真っ暗だった。

土足のまま中に入った。居間には誰もいない。カーテンの透き間から、外の灯りがかすかに射し込んでいた。

謙治の顔が歪んだ。部屋は荒らされていた。

上階から水が流される音がした。と同時に右隣の部屋から、呻き声が聞こえた。

チャイムが鳴った。ドアスコープから覗くと、宮森の落ち着かない顔が見えた。

ドアを開けた謙治は、唇に人差し指を立てた。エレベーターの方から人の声がした。

謙治は宮森を引きずり込むようにして、中に入れた。そして耳許で言った。

「何かあった。ここにいろ。声を出すなよ」

再び居間に戻った謙治は、呻き声のしたドアをかすかに開いて中を覗いた。

ベッドの上に男が仰向けに倒れている。手足がベッドの端に縛られていた。口も目もガムテープのようなもので塞がれている。

ドアを閉め、居間の電気を点した。強盗が入ったとしか思えない状況である。謙治の全身から汗が噴《ふ》き出した。

二

一九八〇年九月十一日〜九月三十日

荻野民雄の居間にはレコードや本が散乱していた。引きだしのいくつかが半ば開いた状態でもあった。ソファーの上に、瀬戸物のシーサーが転がっている。

玄関に立っていた宮森が居間に入ってきた。まるで意識が朦朧《もうろう》としている人間のような歩き方だった。

「隣の部屋で、人が縛られてる。絶対に声を出すな」

耳許でそう囁《ささや》かれた宮森が、思わず声を漏らしそうになった。謙治が宮森の口を手で塞ぎ、彼を睨みつけた。

宮森は、眼球が外に飛び出さんばかりに怯えている。

玄関と居間の間に、もう一部屋があった。大学院生の荻野は、そこを書斎というか勉強部屋に使っていて、栄村先生の日章旗は、その部屋の壁に貼ってあるという。

謙治は問題の部屋に近づき、そっとドアノブを回した。カーテンが閉まっていて、中は小暗かった。しかし、居間同様、賊が入ったのは明らかだった。電気を点した。

ラジカセを載せた棚の上の白壁に、額に入れられたポスターが二枚飾ってあった。いずれも、大正時代のビール会社の宣伝ポスターだった。

栄村先生の日章旗はどこにも見当たらない。盗まれたのか。それとも荻野が飾るのを止めてしまったのか。

「話が違う……」後ろに立っていた宮森が小声で言った。

それには答えず、謙治は部屋の中に歩を進めた。

壁の多くは、本棚が占めている。ポスターの貼ってある場所の他には、日章旗を貼っておける場所は一ヵ所しかなかった。懐中電灯でその壁を照らした。画鋲《がびょう》を刺した跡が見つかった。

ラジカセの載っている棚はスカスカだった。不自然な気がした。そこに何か置かれていたのかもしれない。

宮森を手招きした。

「日章旗を探すんだ」謙治は宮森の耳許で言った。「ふたりでこの部屋を探したら、お前は居間を担当しろ。俺は寝室を調べる。落ち着いて探すんだぞ」

宮森が何度も小刻みにうなずいた。

旗は、どこにでも放り込める。しかし、大事なものである。粗末には扱っていないはずだ。

日章旗の写真とネガ、そしてフィルムは、引きだしに入っていた。一緒にノートが出てきた。開いてみた。先生の名前の他に、数名の名前が記されていた。徳永清丸《とくながきよまる》、藤浦彦七朗《ふじうらひこしちろう》、岩武弥太郎……。

そこにはこんなことが書かれてあった。

徳永、藤浦、という名字は、長崎県に多い。長野県に栄村という地名はあるが、名字はほとんどない。岩武は不明……。〝長……ライト商會〟は〝長崎……ライト商會〟か？

根津、宮森、佐藤に関しての記述はなかった。

カメラの中のフィルムも引き抜いた。

それらを鞄に放り込んだ。

全巻そろった平凡社の百科事典の間も調べた。カーペットを捲ってもみた。しかし、肝心の日章旗は見つからなかった。盗まれた可能性が高いと思いつつも、探すのを諦める気にはなれない。

居間の方から電話のベルの音がした。宮森が動きを止めた。謙治は気にせず、机の裏側に目をやった。やがてベルが鳴りやんだ。

謙治は居間に戻った。後についてきた宮森が家捜しを始めた。

謙治は寝室の様子を、ドアを少し開けて窺った。

男は、先ほどと同じように、ベッドに仰向けの状態で横たわっていた。手足はベッドの端に縛られたまま。目と口はガムテープでしっかりと塞がれている。

謙治は寝室に入った。念のためにガムテープの具合を調べた。

縛られているのは、荻野ではないことは間違いなかった。男の額は薄くなり始めていた。横拡がりの大きな鼻が懸命に息を吸い込んでいる。上着は着ていない。ワイシャツの胸が開いている。光沢のある茶色いズボンを穿いていた。

太鼓腹の恰幅のいい男。誰だか分からないが、ともかく二十五歳でないことだけは確かだ。荻野の親族かもしれない。

再び電話が鳴った。ベルは先ほどよりもしつこくなっている。謙治は、コードを引き抜きたいぐらいに苛立った。しかし、やがて電話は静かになった。

集中的に調べたのは押入だった。しかし、日章旗は発見できなかった。

居間に戻った謙治に宮森が顔を向け、首を横に振った。

これ以上、ここに留まっていても意味はない。謙治は細心の注意を払って、廊下の様子を窺った。人影はなかった。先に宮森を部屋から出した。

謙治が外に出ようとした時、廊下で人の声がした。男と女の笑い声が、どんどん近づいてくる。右隣のドアの鍵を回す音がした。ドアが閉められた。もう一度、廊下を盗み見てから部屋を出た。

エレベーターで一階に下りた。エントランスを出た時だった。こちらに向かってくる人影が見えた。

そのうちのひとりは岩武だった。前を歩いているのは荻野のようだ。そして、彼に寄り添っているのは、岩武の娘、知美だろう。三人とも急ぎ足で建物に向かっている。

謙治は植え込みの間を縫って駐車場に向かった。

肩越しに岩武たちを見た。岩武だけが謙治に目を向けていた。

駐車場を抜け、通りに出た。宮森は初台の駅を目指した。謙治は甲州街道に出て新宿駅まで歩いた。

岩武の借りている部屋に、先に入ったのは謙治である。十分ほど経ってからチャイムが鳴った。

謙治は黙って宮森を迎え入れた。

椅子に腰を下ろした宮森は前屈みになり、両手で顔を覆った。そして、何度も息を吐《つ》いた。

謙治は床に座り込み、煙草に火をつけた。目の奥が痛み、頭痛もした。疲労が重くのしかかってきたのだ。

「気にしないでおこうぜ」宮森が、不安を払いのけるような口調で言った。「日章旗に俺たちの名前があった。それだけの話だ。そこから、お前と川久保の関係を突き止められる人間なんかいないさ」

謙治は口を開かず、煙草を吸っていた。

なぜ、荻野は岩武親子を連れて、マンションに戻ってきたのだろうか。いろいろ考えられるが、岩武と話せばすべて明らかになることだ。

「もう勘弁してほしい。二度と、今日のようなことはやりたくない」

謙治は煙草を消すと、冷蔵庫からビールを二缶取り出した。そして、一缶を、宮森の前に置いた。

宮森は、砂漠で水にありついた人間のようにビールを一気に飲み干した。口許からビールが垂れた。

時間の進みが異様に遅く感じられた。

岩武の部屋に戻って一時間半がすぎた。電話が鳴った。

受話器を取った謙治はすぐには口を開かなかった。

「俺だ。今、どこにいる?」

自分から電話をしてきたのに、岩武はそんな質問を口にした。かなり慌てているようだ。

「何をボケたこと言ってんだ、それは、俺がする質問だろうが。しっかりしろ」謙治は低い声でなじった。

「あ、そうだった……」

「で、お前は今、どこにいる？」

「家の近所の公衆電話からかけてる。煙草を切らしたって言って、出てきたんだ。そっちには行けない。娘が動揺してな」

　場合によっては、次の手をすぐに打たなければならないかもしれない。今すぐに事情を訊きたかった。しかし、もう午前零時を回っている。こんな時間に出かけるためには、それなりの理由が必要だ。

「岩武、お前の家に俺が社員を装《よそお》って電話をする。所属してる歌手が、酔って問題を起こしたと言う。そしたら、出てこられるだろう」

「今、ガタガタしない方が……」

「お前と今夜の強盗事件を結びつけて考える奴《やっ》は誰もいないさ。お前が家に帰る前に、俺が自宅に電話をすれば、娘が受話器を取るだろう。そうすれば、娘に言い訳する必要がなくなる」

「でも、知美は……」

謙治は岩武の話を最後まで聞かずに電話を切った。そして、手帳を見ながら、岩武の自宅にかけた。

相手はすぐに出た。荻野からの連絡ではないかと知美は思ったのかもしれない。

「こんな時間に申し訳ありません。社長はもうお休みですか？」

「煙草を買いに出かけてますが」

「ああ、そうですか」謙治は落胆を露わにした。

「何かあったんですか？」

「所属の歌手が酔って問題を起こしたんです。とりあえず、社長に今すぐ、事務所に来ていただけないかと思いまして」

「分かりました。帰ってきたら伝えます」

知美は相手の名前を訊かなかった。例の事件で動揺していたのだろう。

十分ほどで、岩武から連絡があった。今すぐくるという。

午前二時を回った頃、岩武が現れた。憔悴し切っている。

「どうなってるんだ、岩武!!」宮森が嚙みついた。

「荻野の親父が急に上京してきたんだ」

「栄村先生の日章旗はどうなった。盗まれたのか」

「ああ。俺が教えた通り、勉強部屋の壁に貼ってあったそうだ」

「じゃ、やっぱり、俺たちの名前があることを知って……」宮森が消え入るような声でつぶやき、頭を抱えた。

「いや、そうじゃないようだ。現金も保険証も盗まれてた。親父の財布もだ。金目の物は何でも持っていったんだろうよ」岩武が笑ったが、頬が引きつったようにしか見えなかった。

「お前、警察が来た時、現場にずっといたのか」謙治が訊いた。

「ああ。出ていけとは言われなかったから。俺は、できるだけのことを聞いておこうと、耳をすませてた」

「あの日章旗が金になるとは思えんがな」謙治が首を捻った。

「荻野は軍装品を集めるのが趣味でな。日本陸軍の手袋、ゴーグル、近衛兵《このえへい》の帽子、従軍手帳、それに飛行兵が被ってた航空頭巾なんかも持ってた。それらもすべてなくなってるそうだ。コレクターに売れば、それなりの金になるんじゃないのか」

「賊は何人だったか分かってるのか？」

「ひとりだったようだ」

「後で人が入ってきたって言ってないのか」謙治が訊いた。

「父親は勘違いしている。ずっと同じ人物が室内に留まって、物色していたと思い込んで、別人が入ってきたとは考えてもいない」

「それは何よりだ」宮森が安堵の溜息をもらした。

物取りが部屋に侵入したのは、荻野がマンションを出てすぐ。どこかで様子を窺っていたと考えられる。

空き巣は時間をかけて、狙《ねら》った家の人間の行動を探り、それから犯行に及ぶものだ。だが、突然上京した父親が、部屋にいることは予想だにしなかった。

「どうやって入ったんだ」

「それがよく分からない。親父が犯人に気づいた時には、もう中にいたそうだから、合い鍵を持ってたのかもしれんな。そいつはリュックを担《かつ》ぎ、ナイフを手に持ってたそうだよ」

「親父は、犯人の顔を見てるんだろう？」

質問するのは常に謙治だった。

「はっきりとは見てない。阪神《はんしん》タイガースの野球帽を被り、サングラスをかけ、大きなマスクをしてたそうだ。中肉中背の三十代に思える男だって言ってた」

「空き巣が強盗に化けることはよくあるが、それにしては用意周到すぎる。犯人は荻野の部屋を狙ったな」

「警察もそう見てるようだ」

「荻野に犯人の心当たりはないのか」

「その辺のことははっきりしない」

「警察には何て言ってたんだ？」

「さあな。鑑識の捜査員が引き上げる前に、俺と娘は部屋を出た。その時はまだ実況見分は続いてた」

犯人は荻野の父親を殺害することもできた。しかし、そうはしなかった。犯人は冷静に行動できる人物のようだ。

「しかし、あのマンションに入るところで、根津の姿を見た時には心臓が止まりそうになったよ」岩武に少し余裕が生まれたのかパイプに火をつけた。

「何の話だ？」宮森が訊いた。

事情を知らない宮森に、謙治が何があったかを教えた。

「父親がマンションにいることを知って、すぐにここに電話したけど、お前らは出てしまってた。パーティーの最中も気が気ではなかった。荻野はパーティーの途中で父親に電話をした。だけど出ない。お前が、その……」

「殺したと思ったんだな」

岩武が小さくうなずいた。

「心配になって、マンションに戻ることにした荻野に、お前は付き合ったってわけか」

「うん。父親が、俺と娘に会いたいって言ってたから、荻野はパーティーの後で、俺たちに父親を引き合わせるつもりだったらしい。だから荻野に同行しても不自然じゃなかった」

荻野は、他にも付き合っている女がいるようだ。父親の提案を、彼は迷惑だと思ったかもしれない。

「できるだけ早く、荻野に会え。父親の見舞いだとか何とか言って。警察が被害者に教えたことを知りたい。それとなく探りを入れろ」

「お前、やっぱり、栄村先生の日章旗が狙われたと思ってるのか」宮森が口を開いた。

「このままだと気持ちが悪いだろうが」謙治は独り言めいた調子で言った。

「手口が同じかどうかは分からんが、幡ケ谷《はたがや》で二件、元代々木町《もとよよぎちよう》と西原《にしはら》でそれぞれ一件、この十日間で連続して空き巣事件が起こってるそうだ。警察は、それらの事件と関連があるかどうか気にしてた」

宮森が謙治を見た。「同じ犯人だったら、神経質になることはないんじゃないのか」

「俺は違う気がする」

岩武が力なくうなずいた。「俺もだ。あれが、アメリカから舞い戻ってきてから、俺は落ちつかなくて。お前と川久保の関係が警察に知れたら、俺と宮森のことに目を向ける刑事も出てくるかもしれんから」

「だけど」宮森が泣きそうな顔をした。「俺たちで犯人を突き止めるなんてことできるわけないだろうが」

「荻野の周辺にいる奴だったら可能かもしれない」

「さっきも言ったけど、俺は空き巣みたいな真似はもうごめんだぜ」そこまで言って、宮森は岩武に目を向けた。「次に事を起こす時は、お前が根津と組め。娘の恋人の家に忍び込むようなことはもうないだろうから」

「他人事みたいなことを言うんじゃねえよ」岩武が声を荒らげ、宮森に詰め寄った。

「岩武、そう興奮するな」謙治が止めた。「いいか。俺たちは、あの金のおかげで成功した。金を奪って丸十四年。警察や闇の世界の連中が大人しくなって約十年。その間に、俺だって、昔の緊張感を失った。金の出所なんて忘れちまって、会社を大きくするために頑張った自分の姿しか思い出さなくなってた。だけどな、宮森、俺たちは血で汚《けが》れた金を使って成功した。疎開した小学校で知り合った時のことを忘れるな。あの出会いから始まり、今日がある。佐藤、いや川久保だけは、昔のことを忘れてないはずだ。あいつは、あの事件に加わってなかったら車椅子生活にはならなかった」

「車椅子生活になったからベストセラー小説が書けたんじゃないか。あいつだって、昔のことは忘れてるさ」宮森が反論した。

「いや、あいつは、忘れてないよ。だけどそんなことはどうでもいい。俺たち三人は、手を汚《よご》さざるを得なくなったら、一緒に汚す。誰も下りることはできない」

宮森がうなだれた。「分かってるよ。でも、正直に言って、怖いんだ。本当に怖くて……。お前らと再会してから、俺は毎日、会社の近くの神社にお詣《まい》りしてる」

「どこの神社に行ってるんだ」岩武が訊いた。

「日航ホテルの裏の八官《はちかん》神社だ」

「銀座のママが、店に出る前によく立ち寄る神社だな」岩武は、硬い表情のまま、肩で笑った。

「あそこがいいんだ。俺たちのせいで死んだ女の商売を思い出せ」宮森の形相が異様だった。

岩武が宮森から目をそらした。

「俺は見て見ぬ振りをしていたい。先生の日章旗なんか放っておけばいい。絶対に、あれから足がつくことなんかないよ」宮森は悲鳴に近い声で言った。

見て見ぬ振りをしているうちに、由々しき事態を招くなんて謙治は我慢できない。四人の繋がりを示す証拠品を手に入れ、何が何でも処分したいと思っている。

しかし、単に、それだけの気持ちで躍起になっているのではない自分に気づいていた。

一度でいいから、先生の日章旗に触れてみたい。

写真で先生の日章旗を見た時、自分が殺した迫水祐美子の顔が浮かんだ。

先生が死ぬまで肌身離さず持っていた〝お守り〟を手に入れることで、先生が自分たちを守ってくれる。いや、先生は、愛娘(まなむすめ)を守るために、謙治たちの悪行に目を瞑(つぶ)ってくれる。

神も仏も信じてこなかった自分が、あの日章旗のことだけは、合理的に考えることができないのだった。

荻野宅での強盗事件は、テレビのニュースで報じられた。しかし、扱いはそれほど大きなものではなかった。

朝刊には間に合わなかったのだろう、夕刊に記事が載った。そこには軍装品も盗まれたこと、初台近くで空き巣が頻繁に起こっていることも記されていた。

その日、会社で話題になっていたのは、健康な女性の開腹手術を行い、子宮を摘出した病院のことだった。その日の或る新聞の朝刊がそのことを報じていたのだ。夕刊にも、関連記事が掲載されていた。

それを読んでいた時、山田という偽名で岩武から電話が入った。

「明日の午後三時、東京駅の地下の喫茶店で会うことになった。親父が下田に帰るそうだ。娘が荻野と一緒に見送りにいくと言うから、ちょっと顔を出すことにした」

「午後三時か。俺は客を装って、その喫茶店に行く」

「何だって！」

「荻野の話を俺も盗み聞きたい。伝聞は時として誤解を招くから」

「やばくないか」

「大丈夫さ。宮森に連絡して、そうだな、二時半頃に、喫茶店の前に来いと伝えてくれ。用があってもキャンセルして必ず来いとな。宮森を、お前らの席の近くに座らせ、俺が入ったら交代する」

荻野には下見に行った際、ちらりと顔を見られているが、ほんの一瞬のこと。絶対に気づかれない自信があった。

謙治は、喫茶店の詳しい場所を訊いた。

受話器を置いた後、謙治は、岩武に任せておいていい話だ、と思った。しかし、気になってしかたがなかった。思いも寄らない証拠品。しかも、鏡子の父親の日章旗である。謙治は居ても立ってもいられなかったのだ。

その夜は早めに帰った。鏡子と息子と三人で夕食を摂り、息子とルービック・キューブをやった。なかなか色が揃わなかったが、謙治は愉しかった。

気持ちがゆるむと、自然に冷たい風が胸の透き間から入り込み、謙治の心を翳らせた。

山田エステートの社長が、謙治の自宅に電話をしてきた。そして、宮森が行くと告げた。謙治は仕事の振りをして「分かりました」と答えた。

翌日は土曜日で、東京駅の地下街も混《こ》んでいた。残暑が厳しく、温度は三十度近くまで上がっていた。

二時半少し前、喫茶店の見える太い柱の陰に立った。ガラス張りの店だが、近づかないと中の様子は分からない。

駅構内に通じている階段を下りてきた宮森が目に入った。謙治は柱から離れようとした。

その時だった。行き交う人の波に、見知った男の姿があるのに気づいた。

まさか……。

謙治は再び柱の陰に身を潜ませ、男を凝視した。

間違いない。謙治のことを疑い続けていた石橋刑事である。

謙治は柱から遠のき、次の角を左に曲がった。そこからだと喫茶店に入る人間の姿がよく見える。

石橋は喫茶店の入口に立ち、腕時計に目を落とした。相変わらず、くたびれた背広を着ていた。どこからともなく、若い男が現れ、石橋に合流した。側頭部の髪を刈り上げた細面の男だった。男は肩で息をしていた。大先輩の刑事を待たせてしまったらしく、何度も頭を下げていた。ふたりは喫茶店に入った。

謙治はもう一度、太い柱のところまで戻った。

迷子になった少年のように落ち着かない様子の宮森が、柱から顔を覗かせている謙治に気づいた。彼の目に安堵の色が浮かんだ。

「そこにいたのか」

謙治は、何の反応も示さなかった。

荻野らしき男が、黒い旅行鞄を持った中年男と、岩武の娘と共に、喫茶店に入るのが見えた。鞄を持った男は恰幅がよく、顔は浅黒かった。荻野の父親に違いない。

「岩武の娘だな、あれは」宮森が言った。

「一緒にいるのが荻野親子だ」

岩武との待ち合わせは三時のはずだった。それよりも早めにやってきたのは、石橋刑事と会うためにに思えた。

「昔、俺をしつこく追っかけてた刑事がいたことは知ってるよな。そいつが喫茶店に入った」

「…………」宮森は口を半開きにしたまま、謙治を見つめた。

「宮森、予定通りに喫茶店に入れ」

「そんな……」

「そんなこんなもない。出来るだけ、荻野親子の近くに座れ」

「でも、刑事が……」

「早く行け」謙治が口早に命じた。

宮森が遠ざかっていった。

栄村先生の日章旗に、謙治や川久保の名前があったことを、石橋が嗅ぎつけたとは考えられない。

その喫茶店は六〇年代後半から、地下名店街の入口にある。東京駅をよく利用する人間だったら、誰でも一度ぐらいは入ったことのある店だ。石橋は、他の人間に会っている可能性もないわけではないが……。

三時が迫ってきた。雑踏の中に岩武の姿を見つけた。呼び止めたかったが、彼はさっさと喫茶店に入ってしまった。

謙治は、それからも喫茶店の人の出入りを見ていた。

二十分ほど経過した時、石橋と若い男が喫茶店から出てきて、駅に通じる階段を上がっていった。

謙治は少し間を置いてから、喫茶店に近づいた。ガラス越しに様子を窺った。

左手の奥の壁際《かべぎわ》の席に岩武と娘が座っていた。その正面に荻野親子が並んでいる。その手前の右二人がけの席に宮森がいた。宮森と荻野の父親が背中合わせになっている。

謙治は喫茶店に入った。

謙治に気づくと、宮森が席を立った。店はほどよく混んでいたので、宮森のいた席に謙治が座っても不自然ではなかった。

宮森が出ていった。謙治はアイスコーヒーを頼み、手にしていた新聞を開いた。

「軍装品を狙った強盗事件が他で起こっているなんて、驚きですな」岩武が言った。

それで、警視庁の刑事がやってきたのか。石橋は、たまたま、その強盗事件の捜査を担当しているのだろう。

しかし、これは大きな問題である。犯人が逮捕され、盗まれた日章旗に書かれている名前に、石橋が気づいたら、そこから自分のアリバイは崩されていくだろう。

「犯人は、あの辺で起こっている空き巣とは関係ないようですな。軍装品のコレクターの仕業でしょう」荻野の父親が口を開いた。

「民雄さんの知り合いに、軍装品のコレクターがいるって言ってたじゃない」知美が言った。

「本当か？」父親の声色が変わった。

「三軒茶屋《さんげんぢゃや》に軍隊酒場というのがあるんです」荻野の声には元気がなかった。「軍歌の大好きな連中が集まる店なんですけど、軍装品のコレクターも何人かいます」

「私、連れてってもらったことないんだけど年寄りばかりじゃなくて、若い人も多いんですって」

「戦争に行った人は、軍装品なんか集めたりしないよ」荻野が続けた。

「だろうね」岩武がつぶやくように言った。「記念に拳銃やサーベルを隠し持ってる人間はいるようですが」

「それって法律違反でしょう」と知美。

「そうだけど、思い出の品だから、届け出たりはしないよ」

「若い人間が、軍歌を聴いて愉しんでるとはね」荻野の父親は理解に苦しんでいるようだった。

「上京なさった時荻野さんが飲みにいかれるのは銀座ですか？」

「ええ。美しい女性がいると心が和みます」

「お聞きになってるかどうかは知りませんが、私は、昔、ギタリストでした」

「ジャズをおやりになってたんですよね」

「ええ。でも、それじゃ食えないから、キャバレーなんかにも出てました。そういう場所でも軍歌を歌ってくれと歌手に頼む客がいましたよ」

「民雄さんが出入りしてる軍隊酒場に来る人間の中に怪しい奴はいないの？」知美が訊いた。

「いないと思うけど」荻野の歯切れが悪い。

「お前、犯人に心当たりがあるんじゃないのか。あるんだったら、教えろ」父親が息子に迫った。

「ないよ」

「お前、誤魔化すのが下手だな。顔に、あるって書いてあるぞ」

「……………」

「ちょっとしたことでもお父さんには話した方がいい」岩武が優しく促した。

「証拠がないのに、人を疑うのは……。警察にだって黙ってたんです」

「俺をあんな目に合わせた奴を、お前は庇《かば》うのか」荻野の父親が怒った。

「庇ってなんかいないよ。僕なりに探りを入れたいとは思ってる」

「今日は土曜日だけど、その店、開いてるのか」父親が訊いた。

「やってるよ」

「下田に戻るのは延期だ。今夜、そこに連れていけ。顔は覚えとらんが、躰つきは何となく分かる」

「その人が今日来るかどうか分からない」

「行ってみないと気がすまん」

「……………」

「その店、何て言うんですか？」岩武が訊いた。

「軍隊酒場『武蔵』です」

謙治は目を閉じた。自分になついていた武蔵の顔が瞼に浮かんだ。毒を食らった後も、武蔵はくんくんと鳴いた。涙で潤んだような目をして……。

ウェートレスが、空になったグラスに水を注いでくれた。謙治は我に返った。

「なぜ、一昨日の夜に侵入したのかしらね」知美がつぶやいた。「犯人は民雄さんが外出するって知ってたんじゃないの」

知美はなかなか利発な子らしい。

「その軍隊酒場で、一昨日のパーティーに出る話をしたか？」父親が訊いた。

「したよ。でも研究室の人間にも、高校の同級生にも話してる」

「その中に軍装品のコレクターはいるか？」

「いないけど、興味を持ってる人間はいるよ」

「はあ」父親が大きな溜息をついた。「今度の戦争を、ゲームみたいに思ってる若いのがいるなんて」

「僕は違う。太平洋戦争の頃の庶民について研究してるんだよ。軍幹部よりも、赤紙がきたせいで戦死した人間や、従軍看護婦になった女性などの資料を集めてる。あの日章旗を目の当たりにした時、死んだ栄村修一さんがどんな人間であったのか知りたくなった」

一瞬、座が静まった。

「偶然、父と同じ名前の人が署名してたんですよ」知美が無邪気にそう言った。

「ほう。それは奇遇ですね」父親が驚いた。

「調べてみたんですが、同姓同名の人ってかなりいるんです」と荻野。

「ひとりひとりの名前を調べてるの？」岩武の声がかすかに曇っていた。

「まずは、長崎県、或いは長野県に多い名字を調べてます」荻野はその理由を話した。

「でも、日章旗が戻ってこないと、調査するのはかなり難しくなるでしょうね」

「写真、撮ってあるんだろう？」岩武が訊いた。

「写真もネガも何もかも盗まれました」

「じゃやっぱり、軍装品コレクターが犯人だよ」父親が決め付けるように言った。

荻野は黙ってしまった。犯人の目星がついているが話したくないのか。だとしたら、裏に何かあるということだ。

「名前、書き写してないの？」岩武がさらに探りを入れた。

「徳永、藤浦……これは長崎県に多い名前なんです。他の名前で覚えてるのは、岩武弥太郎さんだけです」荻野の声に笑いが混じった。

「会社名が長崎でも長野でもなかったらお手上げですが、まずは長崎県から調べてみることにしてました。現地の図書館に行ってみるつもりでしたが、ちょっとペンディングですね。日章旗が手許に戻ってきたら再開します。研究も大切ですけど、遺族に日章旗を戻すのも、僕の仕事だと思ってますから」

「やっぱり、民雄君は人間ができてる」岩武は本気で感心しているようだった。

「私、根津って名前があったのを覚えてるわよ」知美の口調は相変わらず無邪気だった。

「そんな名前あったか。パパは気づかなかったな」岩武がややあってそう言った。

「根津甚八《じんぱち》を思いだしたの、私」

知美の可愛い声が、耳障りになってきた。

「そう言えば、そういう名前もあったな。下の名前は忘れちゃったけど」荻野がつぶやくように言った。

それだけで、寄せ書きをしたのが自分だとは分からないだろう。しかし、謙治は追い込まれたような気分になった。

「わざわざ来ていただいたのに申し訳ないが、私はもう一泊します」父親が言った。

「お父さん、後は僕に任せて帰ってくださいよ」

「俺がいたら邪魔か？」

「邪魔ですよ。僕にもいろいろ予定があるんですから」

「お前の考えてることぐらい、俺はお見通しだよ」父親が勝ち誇ったような口調で言った。「ショウスケに頼むんだろう？」

シヨウスケ？　誰だろう……。そうか。ひょっとすると民雄の叔父のことを言っているのかもしれない。叔父が元警官で、今は探偵をやっていると岩武が言っていた。

「…………」

「俺が寝てる時、お前、こそこそと誰かと話してた。相手はショウスケだったんだろう？」

「そうですよ」荻野が投げやりな調子で認めた。

「ショウスケってのは、私の弟で、探偵をやってるんです。ろくでもない人間でね、私の親父が勘当してから、私も付き合ってないんです」

「私、一度お会いしてます。感じのいい方でしたけど」知美が口をはさんだ。

「あいつは、女には優しいんです」

「元警察官と聞いてますが」と岩武。

「非合法な捜査をやってクビになりました。元々、拳銃を持ちたいから警察官になったような奴で。民雄、あいつに関わらせるな。また新聞沙汰にでもなったら、民雄、お前の将来にも傷がつく」

荻野は答えなかった。

「今日は暑いですな。サウナで汗を流してから、軍隊酒場とやらに行ってきます。良かったら、一緒に行きませんか」

「パパ、行きましょうよ」

「三茶のどの辺ですか？」岩武が訊いた。

「知美ちゃん、女の子が行くとこじゃないよ」荻野がきつい調子で言った。

「民雄さんが行ってるとこ、私も見たい」

「みんなで行きましょう」

父親の一言で、荻野は渋々、待ち合わせの場所と時間を口にした。

岩武たちが立ち上がる気配がした。謙治はしばらく、テーブルにおいていた新聞を開き、顔を背けた。ちらりと新聞の端から彼らの様子を窺った。

謙治は舌打ちした。岩武はパイプをくわえていたのである。石橋の前でも吸っていたのだろう。

それで何かが起こるとは思えない。取るに足らないことだ。しかし、岩武の油断が気にくわなかった。

家に戻った謙治は、賢一郎と近くの公園に出かけた。キャッチボールの相手をしたのである。抱えている問題が、胸の底にたゆたってはいたが、賢一郎に球を投げ返す時は、どこにでもいる父親になっていた。西の空が橙色《だいだいいろ》に染まる頃、謙治と息子は家に戻った。

三人で、鏡子の作った冷やし中華を食べた。絵に描いたような幸せな家庭である。自分がこんな生活をするようになるとは思いもしなかった。心の渇きをバネに生きてきたことが嘘のようだ。桃太郎を見ると、死んだ武蔵のことがまた脳裏をよぎった。

この生活をすべて自らの手で葬《ほうむ》り去ってしまいたい。突然、そんな思いにかられた。弱さの表れである。元々自分は剛の者ではない。だが、事業の成功、幸せな家庭。このふたつが、緊張感を解きほぐし、心に贅肉《ぜいにく》をつけてしまったらしい。

謙治は、日曜日にもかかわらず、翌日の夜、岩武の例のマンションに足を運んだ。宮森も来ていた。

「石橋って刑事を紹介された時には心臓が止まりそうになったよ」岩武がパイプを燻《くゆ》らせながら言った。

「お前にしつこかった刑事と同じ名前だからね」

「同じ奴だ」

「本当か」岩武の口からパイプが落ちそうになった。「でも、警視庁の捜査三課の刑事だったぜ」

「異動があったんだろうよ」

「俺たちのことで何か摑んだから、そいつが担当してるのかもしれない」宮森が口をはさんだ。

謙治はそれに答えず、岩武に目を向けた。

「石橋の前でも、パイプ、吸ってたのか」

岩武が少し考えた。「多分な。でも、どうってことないだろうが」

謙治はそれには答えず、こう訊いた。「お前も石橋の質問を受けたのか」

「いや、隣で黙って聞いてただけだ」

「あのふたりの刑事は、主に父親に質問してたよ」宮森が口をはさんだ。「手口が、今年の三月に、荻窪で起こった軍装品を狙った強盗事件に似てるって言ってた」

金目のものを盗んだのは、犯行の目的を隠すためだったのだろう。

「荻窪でも日章旗が盗まれたのか」

「いや」答えたのは岩武だった。「兵事資料がやられたらしい。本来なら戦争に負けた時に焼却されていたはずのものが盗まれたんだ。赤紙をいつ誰に渡したか、とか、その人物がどんな人間だったとか書かれている資料だそうだ」

「じゃ、昨日も、盗まれた軍装品についての質問が出たってことだな」

岩武がうなずいた。「でも、盗まれたのは十数点あったから、特に日章旗に拘ってはいなかった」

「で、軍隊酒場はどうだった」

「陸軍の軍服、いや、あれは軍衣だな、それとか、ヘルメット、階級章、それに、日章旗じゃなくて、旭日旗《きよくじつき》が飾ってあった。意外と客層は若かった。経営者はだな、小柳礼司《こやなぎれいじ》って三十ぐらいの、頭を剃《そ》った男で、職業軍人の息子だそうだ」

「客の中にコレクターはいたか」

「昨日はいなかったようだ」

「荻野の父親の反応はどうだった？」

「よく分からないって言ってた」

「息子の様子は？」

「何となく落ち着きがなかった。やっぱり、何か隠してるな、あいつは」

「小柳はひとりでその店をやってるのか」

「ああ。妹が時々手伝いにくるとは言ってたけど」

「俺も様子を見たい。詳しい場所を教えろ」

岩武が懐から名刺を取り出した。「裏に地図が載ってる」

「お前の娘が、俺の名字を覚えてた。背筋が寒くなったよ」謙治は冗談口調で言った。

「根津甚八のせいだよ」岩武が力なく笑った。

事情を知らない宮森に謙治が、何があったか教えた。

宮森は肩を落としたまま口を開かなかった。


軍隊酒場『武蔵』は、戦後、ブラックマーケットだった細い路地の一角にあった。

月曜日は敬老の日だったので、火曜日に早速、様子を見にいったのである。

扉の前に立つと、中から軍歌が聞こえてきた。レコードをかけているらしい。

建て付けの悪い扉を無理やり引いて、中に入った。

午後八時半すぎ。ふたりの若い客が日本酒を飲んでいた。どこにでもいる若者に見えた。しかし、見知らぬ客を見る目は鋭かった。

謙治はカウンター席に座った。目の前の棚に焼酎《しょうちゅう》の瓶が並んでいた。謙治は鹿児島《かごしま》の芋焼酎をロックで頼んだ。

黒い壁には、額装された階級章が飾ってあった。カウンターの端に置かれた首のないマネキンが、陸軍の軍衣をまとっている。雑嚢《ざつのう》や水筒を腰に、銃とサーベルを肩からぶらさげていた。他にもヘルメットやゴーグルなど軍装品が至るところに飾ってあった。

酒を出してくれたのは、坊主《ぼうず》頭の口ひげを生やした男だった。おそらく、この人物が小柳礼司だろう。

「誰かの紹介ですか？」小柳は謙治の顔を見ずに訊いた。

「いや、この辺りが闇市だった頃を知ってるから、懐かしくなって歩いてみたら、軍歌が聞こえてきた。ちょっと覗いてみたくなってね。その銃とサーベルは本物？」

「まさか。だけど軍衣は本物です。九八式って言って分かります？」

「何となく。襟章は上等兵のかな」

「ええ」

「すごいコレクションだね。あなたがすべて集めたの？」

「長い時間かけてね」

「俺の親父と兄貴は戦死した。兄貴は少年兵だった。俺も、兄貴のようになりたいって思ったよ。あなたの親父さんは？」

「職業軍人でした。今もピンピンしてて、時々、ここに来ますよ。好きな軍歌があったら言ってください。かけますから」

謙治はにやりとした。「いや、特別に思いのあるものはないよ。そうだ。戦争中の唱歌はないですか。『お山の杉の子』ってのが聴きたいんだけど」

「歌は知ってますが、うちには置いてありません」

「そうか」

疎開中に、禿げの駐在をからかうために、川久保宏、いや佐藤宏が歌った、少国民のための唱歌を思いだしたのだ。

『……昔々の禿山は　禿山は　今では立派な杉山だ……』

俺たち四人は、〝立派な杉山〟になったが……。謙治は呷るようにしてグラスを空けた。

「いつものやつ、かけて」若者のひとりが言った。

男は黙って、レコードをかえた。

先ほどよりも勇ましい曲が店内に流れた。

一時間以上、焼酎を舐めながら、軍歌を聴いていた。

ドアが引かれた。入ってきたのは若い女だった。ふっくらとした頰の小柄な女。どこかで見たことがある。

「いらっしゃいませ」女は客に挨拶をするとカウンターに入った。

はっとした。荻野のマンションの下見に行った時、彼と一緒に部屋から出てきた女だった。

小柳にお替わりを頼んだ際、謙治は冗談口調でこう言った。「奥さんとふたりで経営してるんですか？」

「こいつは妹です。変わり者でね、太平洋戦争の頃の研究を学校でやってます」

女が謙治を見て、にこやかに微笑んだ。

「それは珍しいなあ。どちらの学校で」

女が口にした学校名は、荻野の通っている大学ではなかった。

荻野が、ここに知美を連れてくるのを嫌がった訳が分かった。犯人の目星がついているのに、口にしなかったのは、この女の存在が何らかの形で関係しているからではなかろうか。荻野は小柳をも疑っている気がした。

もしも小柳が犯人だったら、盗んだものを売り捌く気は毛頭ないし、店に飾ることもせず、自分だけのコレクションとして、愉しんでいるということだろう。

となると、盗んだものは、必ず住まいに隠してある。余所《よそ》に置いてしまったら、見たい時に見られないのだから。

「今日は終電に間に合うように帰るから。兄さんとこに泊まるのは嫌よ」妹のそんな声が聞こえた。

兄妹《きょうだい》は一緒に住んでいないらしい。

まずは小柳の住まいを洗い出すことだ。荻野は場所を知っているだろうが、彼に訊くわけにはいかない。

店は午前零時に閉まる。後を尾けるしかない。しかし、自分も岩武も小柳に顔を知られている。

宮森を使う。あいつが嫌がってもやらせる。

店を出た謙治は公衆電話から岩武の自宅に連絡を取り、その旨《むね》を宮森に伝えるように指示した。

岩武から会社に電話が入ったのは、翌日のことだった。

「あいつは使えない」

「どうして？」

「これから十日ほどヨーロッパだってさ。社長直々、ツアコンをやるそうだ。帰りは二十七日の土曜日の夕方だ」

宮森のほっとした顔が目に浮かんだ。

しかたがない。謙治は自分で小柳の住所を突き止めることにした。他人を使うことは絶対にしたくない。

その夜は身動きが取れなかった。翌日の十八日、午後十一時五十分頃、車を玉川通りに停めた。三菱銀行《みつびしぎんこう》世田谷《せたがや》支店の角を左に曲がった狭い一方通行の道に軍隊酒場はある。

会社を出る頃から、雨が降り出した。

店のある一帯は路地が多く、小柳が、どの道を通って帰宅するかは見当もつかない。玉川通りに向かってくるのか、路地を抜けて世田谷通り方面に行くのか、それとも違う方向を目指すのか……。

零時半すぎに、小柳らしき男が店の鍵を閉め、傘をさすと、玉川通りを背にして歩き出した。謙治は、車をそこに停めっぱなしにし、路地に入った。コウモリ傘で顔を隠せるので、かなり小柳に接近することができた。

小柳は世田谷通りの方には向かわなかった。徒歩で帰れる場所に住まいはあるようだ。ほどなく、左に曲がった。謙治は道を急いだ。小柳が曲がった通りにも小さな飲み屋が軒を連ねていたが、その先は住宅街だった。

小柳が左に建つ建物に消えたのを確認した。謙治はその建物に近づいた。三階建ての小振りのマンションだった。エレベーターはない。郵便受けを調べた。小柳が三〇三号室に住んでいることが分かった。

謙治は玉川通りに戻り、車に乗った。雨は降り続いている。

合い鍵を手に入れるのは無理だろう。部屋にどうやって忍び込むか。それを考えると目の前が真っ暗になった。

三十五年前に、先生の日章旗に寄せ書きをした。それが、こんな結果を招いている。寄せ書きしようと言いだしたのは自分だ。後悔が一瞬、胸を翳らせた。

その気持ちを振るい飛ばすかのように首を何度も振った謙治は低い声でつぶやいた。

「あれはあれでよかった。あの時は、心からそうしたかったんだから」

部屋に押し入るにしても、下見をしなければならない。いずれにせよ、宮森が日本に戻ってきてからしか動けない。

もしも小柳が犯人で、モタモタしている間に警察が奴を捕らえたら……。謙治の首筋がじわりと汗で濡れた。

家に戻った謙治はウイスキーをストレートで飲んだ。鏡子が氷と水、それからグラスを二個、盆に載せて、居間に入ってきた。

「ストレートは躰に悪いわよ」鏡子が水割りを作りながら言った。

謙治は薄く微笑んでタンブラーを空けた。

「会社で何かあったの？」

「ん？」

「最近、何となくそわそわしてるから」

「そう見えるか？」

「ポーカーフェイスのつもりだろうけど、私には何となく分かる」鏡子は、水割りを謙治の前に置いた。

「賭《かけ》に出ることがあってな」謙治は顔を作って、そう答えた。

「無理しないで。あなたが野心家なのは分かってるけど……」

「昔は、お前とよく飲んだな」

「子供ができてから、私、お酒、本当に弱くなった」

「今の計画が軌道に乗ったら、ふたりで食事に出かけよう」

「うまくいかなくても、そうして」

鏡子の眼差しが優しい。息子を見る目とまるで同じだ。年上の女と一緒になったからと言って、自分は、鏡子を母親のように思ったことは一度もない。それでも、鏡子にとって、自分は年下の男なのだろう。

謙治の様子がおかしいと感じているのは鏡子だけではなかった。しょっちゅう、予定を変え、居所が分からなくなることに、秘書の松信和彦も気づいているようだった。

宮森が日本に戻ってくるまで、謙治は社長業に専念した。

翌日の金曜日の朝刊にびっくりする記事を見つけた。

隅村産業の隅村安治が脱税で、東京国税局に告発されたのだ。従業員の源泉を会計士と組んで誤魔化し、九千五百万を脱税したという。『すみ家』はどうなるのだろう。他人事ながら、世話になった店のことを謙治は案じた。

隅村は鏡子の親戚で、彼女も世話になった。だから、すこぶる気にしているようだった。

「俺には借金にこなかったよ」謙治が言った。

「プライド高い人だもの」

「俺のこと心配か？」

「何が？」

「脱税さ」

鏡子が薄く笑った。「ちょっとね」

「うちの社は綺麗だ。安心しろ」

「そういうことはきちんとしてる人だものね」

「じゃ、どういうことがきちんとしてないんだい」謙治が混ぜっ返した。

「言葉のアヤよ」鏡子はそう言い残して、席を立った。

その夜、日比谷にあるホテルの天ぷら屋で、或る不動産屋の社長と会食した。セントラルキッチンを郊外に移す計画を立て、条件のいい土地を物色していたのである。秘書の和彦も同席した。

そこで、隅村のことが話題になった。隅村もセントラルキッチンを郊外に造る計画を立てていたが、計画は頓挫《とんざ》した。土地の売却話が、その不動産屋に舞い込んできたのだという。場所は埼玉県岩槻市《さいたまけんいわつきし》。東北自動車道の岩槻・浦和間が、この年に開通した。いずれは川口まで繋がり、より一層便利になる。

「隅村産業は設備投資に無理をしたようです。だから、あんなことに。根津さんは隅村さんのとこにいたんでしょう。これも何かの縁ですよ」

場所を見てみなければ何とも言えないし、価格の問題もあるが、食指の動く話だった。

食事を終えた後、銀座のクラブに一軒寄った。ホステスに見送られ、店を出たところで不動産屋の社長と別れた。

謙治は和彦を伴い柏山のスナックに向かった。ビルの谷間の路地を抜けようとした時だった。向こうから歩いてくる女と目が合った。

女は、路地に立ち止まり、腕を組んで謙治を見つめていた。

富島増美だった。増美は若い男と一緒だった。

「お元気そうね。今から飲みにいくんですか？」増美が挨拶もなしに訊いてきた。

「一緒に来ますか？」

「でも、お仕事じゃないんですか？」

謙治は和彦を見た。

「私はこれで」和彦が言った。

「悪いな」

「いいえ」

和彦が元来た道を戻っていった。

増美の連れも同じように帰っていった。その若者は彼女のマネージャーだという。

柏山のところでは話しにくい。謙治は、戦前からある静かなバーに増美を連れていった。

カウンターは止めにして、奥のソファー席を選んだ。謙治は久しぶりにブランデーにした。増美も付き合った。

増美は、或るタニマチに誘われて飲んでいたという。

「桜井瞳ね」

「私に似合わない芸名でしょう？」

「そんなことはないよ。初めてテレビで、君を見つけた時は嬉しかったよ」

「あなた、大成功したわね」

「まだまだだよ」

「結婚したの？」

「うん」謙治は子供のことも話した。

「すっかり角が取れたわね」

増美に言われると、嫌味のように聞こえた。

増美は今も独身で、付き合っていた男がいたが三年前に別れたそうだ。

増美にはまるで屈託は感じられなかった。愉しそうに昔話をした。

「今でも、雪だるまを作った時のこと時々思いだしてる」

「俺も忘れてないよ」

謙治も懐かしい思いに駆られた。しかし、過去の話はしたくなかった。

増美が目の端で謙治を見た。「奥さんとうまくいってる?」

「普通だよ」

「お互い歳を取ったわね。前衛的な芝居をしたかった私が、お茶の間で人気のあるドラマに出てて、ギラギラしてたあなたが、家庭的になったんだから」

「今はどんな仕事してるの?」謙治が訊いた。

「刑事ドラマで性悪女をやったばかり。でも、まだ本決まりじゃないけど、映画のオファーもきてる」

「どんな映画?」

「六車勉って小説家、知ってる?」

「名前だけ」謙治は淡々とした調子で答えた。

川久保の新作の映画化が進行中なのだという。

「メロドラマ、私、苦手だけど、いい役なの」

「上映されたら観にいくよ」

「奥さんと？」

謙治は鼻で笑った。

「そう言えばね」増美がぐいと躰を謙治の方に倒した。「私、原島勇平の息子、浩一郎に会ったわよ」

「懐かしい名前だな」謙治は遠くを見るような目をした。

「彼、金融屋をやりながら、芸能プロダクションに出資してるんですって。その事務所には……」増美が、俳優の名前を二、三口にした。

知ってる名前もあればそうでないものもあった。

岩武から原島浩一郎の話が出たことはない。会社名は知っていても、出資者までは知らないのだろう。

「君が、その……」

「あなたとのことだって知ってたよ。だけど、気にしないって言ってた」

「親しいのか」

「口説かれたけど断った」

浩一郎は妻子と別れ、独身だという。

「俺を逆恨みしてる男が君をね……」

「意図はないみたいだけど、陰気そうな感じの悪い男だから、あいつは無理ね」増美が吐き捨てるように言った。「紹介してくれた人間は、暴力団と深い繋がりのある奴だったから、あいつも裏で悪さをしてるんじゃないかしらね」

「親父の方はどうしてるんだろう。俺の耳には噂も入ってこない」

「今は会長で、実際の仕事は息子に任せてるみたいよ」

昔、浩一郎は父親とは一緒に仕事をしていなかったはずだが、今は、親父の跡を継いだようだ。

「事務所はまだ赤坂にあるのかな」

「だと思う。あなた、成功したんだから、一度ぐらい挨拶に行ったらいいのに」増美があっけらかんとした調子で言った。

「あの人のこと俺は好きだった。だけど、向こうは落ちぶれた。会いにくいよ」

増美が煙草に火をつけた。「いまだに、例のこと、あなただって思ってるのかしらね」

「そうに決まってる」

「デビュー当時は、いろいろ私も言われた。うちで人がピストルで撃たれて死んだんですものね」

「悪かったな」

「そうよ。あなたのせいよ」増美は本気とも冗談ともつかない口調で言い、グラスを空けた。

謙治は腕時計に目を落とし、「明日、早いんだ」と言った。

「私もよ。大泉《おおいずみ》の撮影所まで行くから」

謙治たちはバーを出た。

「名刺ちょうだい？」

謙治は言われた通りにした。

「連絡していい？」

「いいよ」

そうは答えたが、もう会いたくなかった。増美とて謙治にとっては過去の亡霊なのだ。

宮森が日本に戻ってくる二十七日のことである。謙治は朝、自分の車で千葉《ちば》を目指した。出入り業者とのゴルフ・コンペに出かけたのだ。ゴルフの腕はシングルだが、その日はOBを連発して成績は振るわなかった。

帰りの車中のラジオで、岩武プロダクションの新人歌手がゲスト出演していた。彼女の歌が流れた後、五輪真弓《いつわまゆみ》の『恋人よ』、田原俊彦《たはらとしひこ》の『哀愁でいと』そして、松田聖子の『青い珊瑚礁《さんごしょう》』が続けて流れた。

岩武は、松田聖子のような大型新人を発掘したいらしいが、先ほど出ていた女の子の曲は今ひとつに思えた。

都内に入った時、ニュースが流れた。

聞くともなしに聞いていた謙治が、呆然とする事件が報じられた。

「……今日の午後一時頃、東京都世田谷区三軒茶屋二丁目十の×のマンションで、男性が刃物で刺されて倒れているのを、訪ねてきた妹の貴子《たかこ》さんが発見し、一一〇番しました。亡《な》くなったのは小柳礼司さん、三十一歳。警察の調べによると、胸や腹を数ヵ所刺され、亡くなった模様。部屋が荒らされていることから、強盗殺人と断定し、世田谷署に捜査本部が設けられ、五十人体制で捜査に当たっているとのことです。小柳さんは自宅近くで軍隊酒場を経営していて、関係者の話によると、昨日の午後十時頃に、風邪気味だと言って、普段よりも店を早く閉め、自宅に戻ったようです。同じマンションの住人二名が、十時すぎに、悲鳴のような声を聞いたと証言しており、事件との関連性を警察は調べています。次は明るい話題です。練馬《ねりま》区の小学生が……」

謙治はラジオを切った。そして、適当なところで車を路肩に停めた。ハンドルを握っていられないほど、動揺したのである。

小柳が殺された。誰が殺したとしても、動機が何であれ、彼の部屋に栄村先生の日章旗が残っていたら……。

強盗殺人の証拠品ではないから押収《おうしゅう》されることはないか。いや、分からない。小柳のところにある軍装品が、荻野のマンションから盗み出されたものだということが突き止められたら、荻野宅の事件を担当している石橋が興味を持つだろう。そうしたら、自分の名前を見つけることもあり得る。

いや、待てよ。強盗犯が、軍装品を盗み出した可能性だって否定できないではないか。どちらに転んでも、枕《まくら》を高くして寝られるはずはない。

謙治は顔の汗を手の甲で拭《ぬぐ》った。

家に帰って夕食を摂る予定だった。しかし、とても、このまま家に戻る気にはなれない。

謙治は車をスタートさせ、会社に向かった。

土曜日だが、出勤している社員が二、三名いた。突然、社長がやってきたものだから、彼らは驚いていた。

「君たちと同じだ。社長でものうのうと休んではいられない時がある」

悠然とした態度でそう言い、謙治は社長室に消えた。

岩武の自宅に電話を入れた。誰も出ない。

謙治も同じだが、岩武も会社には留守番応答装置を設置してあるが、自宅には入れていなかった。

会社にかけた。留守電に代わった。しかし、何も入れずに切った。

家に電話を入れ、トラブルが発生したので、何時に帰れるか分からないと鏡子に告げた。

「何があったの？」

「土地購入のことでちょっとな」

「山田エステートの社長っていう人から電話があったわよ」

「またかかってきたら、会社にいると言ってくれ」

「分かった」鏡子は沈んだ声で電話を切った。

電話が鳴ったのは、それから四十分ほど後のことだった。

「俺だよ」岩武はそう言ったきり、黙ってしまった。

「何がどうなってるのか俺にも分からん」謙治が弱々しい声で言った。

「お前が殺ったんじゃないんだな」

「殺るわけないだろう。だけど、こんなことになるんだったら、俺がひとりで押し入ればよかった」

「お前じゃないとしたら……」そこまで言って岩武が「ああぁっ」と苛立った声を出した。「もう何も考えたくない」

「お前、今、どこにいる？」

「家だ。娘は出かけてる」

「小柳の部屋から、荻野が集めてた軍装品が出てきたら、警察は荻野を聴取するだろう。いや、そうでなくても、あの男と親しかった人間だから調べられるはずだ」

「荻野は、親しかったとは言えんよ。単なる客だよ」

謙治は自分に言い聞かせるような調子で言った。「それでも聴取されるよ」

小柳の妹のことが脳裏をかすめたが、むろん口には出さなかった。

「岩武、俺たちは荻野からしか情報が取れない。ここは、娘を利用してでも探りを入れろ」

「…………」

「小柳が、荻野の軍装品を盗んだとは限らんだろうが」

「四の五の言ってる場合じゃない。ともかく出来ることはやる。それしかないだろうが」

「今、娘は、荻野と一緒か」

「そんなこと知るか！」

電話の中で、インターホンが鳴る音がかすかに聞こえた。

「ちょっと待て」

電話機を離れた岩武はすぐに戻ってきた。

「分かりました。できる限りのことはやってみますよ」

声色を変えてそう言った岩武に謙治は訊いた。「娘が帰ってきたのか」

「はい」

「うまくやれ」

岩武はその言葉には応えず、受話器を置いた……。

日曜日は終日、家にいた。岩武からは連絡はない。週明け、会社に出た謙治は、午前中から会議だった。本格的なセントラルキッチンを持つことに反対する者もいた。そう発言した幹部は、隅村産業の失敗が念頭にあったのだろう。

謙治は珍しく会議に集中できなかった。例のことが頭に引っかかっていたのだ。

「お疲れですか？」

会議が終わった後、和彦に訊かれた。

「夏バテだよ」謙治は笑って誤魔化した。

岩武から会社に電話が入ったのは、火曜日の昼食時だった。

「荻野のマンションに押し入ったのは、やはり、小柳だったようだ」

「お話はお会いしてから聞きますよ」謙治は明るい声で言った。

「今日の夜、俺は大阪に発《た》つ。午後四時から六時ぐらいまでなら空けられるが」

「何とかしましょう」

午後は、フランチャイズ希望者への説明会が行われる。細かな説明は部下がやるが、社長の謙治も参加することにしている。四時前には終わるだろう。午後六時半からの会食までの間に大した用は入っていなかった。

最近、私用が増えたと和彦に思われるだろうが、それは問題ではない。

午後四時少し前、謙治はタクシーで麻布十番のマンションに向かった。

岩武はすでに来ていた。宮森の姿もあった。

宮森が、げっそりとした顔を謙治に向けた。「俺も一時間ぐらいしかいられないんだ」

謙治は宮森の言ったことを無視して、岩武を見た。「先生の日章旗は小柳の部屋にあったのか」

「いや、なかった」

「最初から話せ」

警察は、妹の立ち会いの許、盗まれたものの特定に努めた。財布も引きだしに隠してあった現金もそのままだった。軍装品の中から十四年式の拳銃や、戦争が終わった後に処分されるはずだった書類が発見された。

荻窪で起こった強盗事件、それから荻野のマンションが荒らされた事件との関連性を調べた。書類は荻窪の元兵事係だった男の家から盗まれたものだと判明。荻野のところにも確認してほしいという連絡が入った。近衛兵の帽子、従軍手帳等々が荻野から盗まれたものだったという。

「……荻野の作った盗難リストの中の軍装品で、見つからなかったのは先生の日章旗だけなんだ」

「どういうことなんだ、それは」宮森の声は上ずっていた。

「奴が他の場所に置いたのかもしれない」

気休めを言っただけだ。盗まれた軍装品の中で日章旗だけが見つからないなんて……。謙治の鼓動も破裂せんばかりに激しく打っていた。

「当然、警察は先生の日章旗がどんなものか、荻野に詳しく聞いたそうだ。荻野は知ってることをすべて話したらしい。あの時点じゃ、ああするしかなかったけど、お前が日章旗の写真を盗んだよな。だから余計に……」

「お前の娘、この間、喫茶店で俺の名字を口にしてたよな。そのことも警察には伝わってるのか」

「分からんよ、そんなこと」岩武が苛立った。「根津という名前を教えたか、なんて訊けんだろうが」

謙治は煙草に火をつけ、ぼんやりと天井を見つめた。

「荻野だけじゃなくて、警察も不可解に思ってる。出征する兵士に、寄せ書きした日章旗を持たせることって、どこでもやってたことだもんな」

先生の日章旗には、かなりの数の人間が寄せ書きしていた。岩武、根津、宮森、佐藤の名前が書かれた周りにも、他の人間の寄せ書きがあった。大人の字ではないことぐらいは分かるが、この四人が特別な繋がりを持っていたかどうかについては、日章旗を見ただけでは分からないだろう。

　しかし、あの事件のことを探っている人間が目にしたら話は違う。

「で、犯人の目星はついてるのか」

「犯行が行われた時刻に、ふたりの男がマンションから出てくるのを目撃した者がいる。しかし、犯人かどうかは分からない。警察は荻野も疑ってるようだ」

「何で？」

「あいつの叔父が、小柳を監視し、聞き込みもやってた。警察はそれを摑んで、叔父にも事情聴取をしてる。それにだな、荻野自身が、あいつのマンションを訪ねてる」

「じゃ、荻野が何らかの形で絡んでるんじゃないのか」と宮森。

「だったら、日章旗だけを持ち帰るなんてありえんよ」岩武が即座に否定した。

　岩武の言う通りである。

　宮森がすがるような目で謙治を見た。「これからどうするんだよ。俺はもう神経が……」

「何もできない」謙治が力なく答えた。

「なりを潜めてた闇の世界の人間が動き出したんじゃないのか」宮森が続けた。

「あの日章旗に書かれた秘密を知ってる人間は、俺たちの他にいないんだぜ」岩武が言った。

「じゃ、なぜ、犯人は人まで殺して、あの日章旗だけ奪ったんだい？」

誰も口を開かない。部屋は重い沈黙に包まれた。

「宮森、前にも言ったが、万が一あの日章旗から、俺と川久保の関係が明らかになったとしても、お前と岩武まで警察の手が伸びることはないだろう。だから、普段通りの生活をしてろ。もしも俺が捕まることがあってもシラを切り通す。心配するな」

「でも、一旦、疑われたら、会社を持った金の出所を調べられる」宮森が消え入るような声でつぶやいた。

「架空口座を作ってたことを忘れるな。銀行だってとっくにヤバイ書類は廃棄してる。警察に証拠を握られることは絶対にない」

「お前はそうでも、川久保が……」

「あいつの方がお前よりも胆が据わってる。ふたりとも、川久保には絶対に近づくなよ」

「あいつには話さないのか」と岩武に訊かれた。

ここまできたら話すしかないだろう。

「今からお前が奴に電話しろ。話は俺がするから」

岩武はうなずきもせずに電話機に近づいた。

「……俺だ。今、根津に代わるから」

受話器を受け取った謙治は、深く息を吐いた。「よう、六車先生。新刊がまたベストセラーだな」

「おかげさまで」

「映画化もされるそうだな」

「よく知ってるね」

「今から言うことをよく聞いて心の準備をしておいてくれ」

謙治は事の次第を最初から教えた。川久保は一言も口を開かなかった。

「これまで先生の日章旗を見た人間で、お前の名前を覚えてる人間はひとりもいないようだ。平凡な名前でよかった」

「僕のことは心配いらん。僕は一度死んだ人間だから」

「でも、お前は俺たちの中で一番の出世頭じゃないか。だから……」

「僕は実業家じゃないから、出世頭なんて発想とは縁がない。今の成功は人生を諦めて得たものだ。お前らが考えてるようなもんじゃない。先生の日章旗……。見てみたいな」

「もしも俺が手に入れることができたら必ず見せてやる」

「無理してまた、人を……」

「こんな時に湿ったこと言うんじゃねえよ」

怒鳴りつけた謙治を川久保は無視してこうつぶやいた。

「僕のことより、鏡子さん、いや、お前の女房のことが……」

謙治は答えに窮《きゅう》した。謙治はむかっ腹が立った。

「お前は小説のことだけ考えてろ」謙治はそう言って受話器を叩き切った。

三

一九八〇年十月二十二日〜十一月七日

九月十一日、軍装品を狙った泥棒が、荻野民雄のところに入った。その犯人とおぼしき三軒茶屋の軍隊酒場の店主、小柳礼司が、二十六日の夜、自宅マンションで殺された。荻野の所有していた軍装品が、被害者宅から発見されたが、栄村先生の日章旗だけは見つからなかった。

小柳を殺した犯人が持ち出したとしたら、目的は何だったのか。十四年前に原島勇平宅に押し入り十一億円を盗んだことと結びつくのか。接点があろうはずはない。謙治はそう思うのだが、気持ちが悪い。

その点を明らかにしたい。しかし、こちらから動きたくても動きようがないのだから、じっと耐えるしかない。

それが辛い。宙づり状態が一番、神経を蝕《むしば》むものである。

岩武が、事情聴取を受けた荻野や娘の知美から、情報を引き出していたが、それもここのところ途絶えた。新聞や週刊誌も、事件を取り扱わなくなっていた。

不安と焦《あせ》りを胸に隠したまま謙治は、普段通りに仕事をしていた。

十月二十二日、水曜日。会議を終えて社長室に戻った。

前日、巨人軍監督、長嶋茂雄《ながしましげお》が、突然、辞任を表明した。七四年に監督に就任してから、二度のリーグ優勝にチームを導《みちび》いたが、去年は五位、今年は三位と、優勝から遠ざかっていた。

〝男としてのけじめ〟をつけようと退《しりぞ》くことに決めたそうだ。

男としてのけじめ。

陽の当たる道を歩いてきた国民的スターの言ったことを、自分に当て嵌めてみるなど笑止千万。しかし、自分の築き上げてきたものが、崩壊した時、俺はどうするのだろうか。

独り身だったら、ジタバタしないで、観念する道を選ぶこともできるし、醜く抵抗する自分の姿も想像がつく。

しかし、鏡子と賢一郎にとっては、謙治がどんな方法を取ろうが、結果は同じだろう。

追いつめられても〝男としてのけじめ〟などつけようがない。危なくなったらやることはひとつしかない。真相を掴んだ人間がいたら、どんなことをしてでも葬る。それが更に悪い結果を招こうが、もう後戻りはできない。

ドアがノックされた。

謙治は軽く息を吐いて、顔を作った。

社長室に現れたのは、フランチャイズ本部の責任者だった。契約違反が発覚したという。契約解除後、二年間は、〝微笑亭〟に類似する事業を行わないという規定に反して、大阪の元加盟者が、居酒屋を同じ場所でオープンさせたというのだ。

調査結果を見た。店の作りもメニューも〝微笑亭〟と酷似していた。

さらなる詳細なデータを収集したところで、弁護士に相談し、閉店勧告を促《うなが》す。それでも相手が強硬な姿勢を崩さない時は賠償請求をする。

そのように決めた。

フランチャイズ本部の責任者が退室した後、謙治は商品開発部長の昭島昇を呼びつけた。

契約違反を犯した加盟者は、大阪出身の昭島の知り合いだったことを思いだしたのだ。

昭島昇がやってきた。

「うちの加盟者で、難波《なんば》で店を出していた広瀬《ひろせ》孝明《たかあき》って男を知ってるって言ってたよな」

「ええ。私の高校の二年先輩です。深い付き合いはありませんでしたが。彼が何か？」

謙治は問題の内容を教えた。

「広瀬さん、そんなことする男には思えないんですけどね」昭島が首を傾げた。

「何か事情があるんだろうが、場合によっては法的措置を取ることになる」

昭島は休みを利用して大阪に戻り、事情を訊いてみたいと言った。謙治に異存はなかった。いたずらに事を荒立てるのを謙治は好まない。

「最近は、うちの女房と連絡を取ってないのか」謙治はがらりと調子を変えてそう訊いた。

「いや、まったく取ってません」

大学の同級生とは言え、鏡子は今は社長夫人。気軽には連絡できないのだろう。

「鏡子と時々、お前の噂をしてる。遠慮はいらん。たまには電話でもしてやってくれ」

「はい」

すぐに引き下がると思ったが、昭島はその場を動かない。

謙治は怪訝な顔をした。

「社長」昭島がおずおずと口を開いた。「こんな話、社長の耳に入れていいものかどうか分かりませんが、こういう機会は滅多にないので」

「鏡子がどうかしたのか」

謙治の頭に浮かんだのは、日章旗のことだった。

「いいえ……」昭島が口ごもった。

「もったいをつけずに早く言え」

「実は照屋のことなんですが……。結婚して間もないのに別居したらしいんです」

『すみ家』時代の部下だった照屋幸四朗は、昭島の下で働いている。

「仕事に支障が出てるのか？」

「身が入らないようなんです」

謙治は溜息をついた。社員のプライベートなことには嘴《くちばし》を突っ込みたくない。だが、それが仕事に影響しているとなると問題である。

照屋は勝ち気で気持ちの熱い男だ。そのような人物が、心の問題を抱えると、ポキリと折れることがままある。

「三田村《みたむら》って社員と結婚したんだったよな」

「ええ。彼女から電話があって、愚痴られました」昭島の頬がかすかにゆるんだ。

「別居の原因は何だったんだ？」

「酔って暴れるらしいんです」

「あいつが？　俺は一度も見たことないぞ」

「喧嘩別れした兄の借金を背負わされているらしいんです。詳しいことは分かりませんが、連帯保証人になっていたようです」

「女房に当たり散らしてもしかたのないことじゃないか」謙治はつぶやくように言った。

「それに、私のやり方にも不満があるようなんです」

「俺が出張ってうまくいくものならそうするが、お前が俺に教えたことがあいつに知れたら、事はもっとこじれるかもしれない。もうしばらく様子を見て、何かあったら報告してくれ。本当に困ったことが起こったら俺が出るから」

「分かりました」

昭島が姿を消した。

謙治は煙草に火をつけ、窓辺に立った。

照屋は、『すみ家』時代から一緒に働き、彼を取り立ててきた謙治についていけば、優遇されると期待していたのかもしれない。しかし、現実はそうはなっていない。

照屋は働き者には違いない。しかし、同僚や後輩に疎《うと》んじられている。頑固なところがあって、他人の意見は聞こうとしないのだ。小さな店の店長の時は、それで通じたが、それ以上の大きな組織の中では浮いてしまうのだった。その点、歳の違いもあるが、昭島は人を束ねるのが上手である。

ある時、照屋とふたりで飲み、忌憚《きたん》のない意見を彼にぶつけてみたが、芳《かんば》しい結果は得られなかった。

自分の秘書が、彼にとって一番、望んでいたポストかもしれないが、直情径行の照屋には向かない。

秘書の松信和彦は二十五歳になったばかり。そんな若造を側近にしている謙治にも、照屋は不満を抱いていたのか。

人事というものは、実に難しく、生臭いことを、社長になって初めて知った。

内線電話が鳴った。

「原島浩一郎さんという方からのお電話ですが」和彦が言った。

「繋いでくれ」淡々と応えたが、頰にチックが走った。

「どうも、お久しぶりです」謙治はゆったりとした調子で言った。

「こちらこそ、ご無沙汰しっぱなしで」浩一郎の声は沈んでいた。

謙治は口を開かず、浩一郎の次の言葉を待った。

「実は親父が入院したんだよ」

敬語ぐらい使え、とむかっ腹が立ったが、むろん、何も言わなかった。

「是非、お前の顔が見たいそうだ」

「どこが悪いんですか?」

「すい臓ガン。進行性らしいから、そう長くはないようだ」

謙治は入院している病院を訊いた。

「今日はこれから予定がありますので顔を出せませんが」

「悪いと言っても危篤じゃない。時間のある時に顔を見せてやってほしい。親父はお前とゆっくり話がしたいそうだ。で、いつ来られるかな」

「ちょっとお待ちください」

謙治は手帳を見ながら、明後日、金曜日の午後四時に病院に行くと告げた。

「金曜の午後四時か。だったら、俺も顔を出せるかもしれんな」

「是非、お会いしたいですね」謙治は柔らかい声で受けた。

何でお前が同席するんだ。心の中では、そう思っていたのだが。


金曜日の朝、謙治は鏡子に頼まれて炬燵を出した。明け方、冷え込み、昼間も晴れてはいたが、気温はそれほど上がらなかった。

原島勇平の見舞いについては、岩武たちには知らせなかった。命を繋げないと予感した勇平が、謙治に会いたいと言った理由が、例の事件と関係しているかどうかは分からないのだから。

勇平の入院している病院は信濃町《しなのまち》にあった。謙治は花束を手にして、最上階の個室のドアをノックした。

窓から神宮外苑の木立が望める明るい部屋だった。

浩一郎の姿はなかった。

勇平はベッドにいたが、上半身を軽く起こした状態で謙治を迎えた。

「ご無沙汰して、申し訳ありませんでした」謙治は深々と頭を下げた。

「よく来てくれたな」

謙治と勇平はしばし見つめ合ったまま口を開かなかった。

勇平は見る影もなく痩せ細っていた。相変わらず色白。それが却って、昔は迫力になっていたが、今は色褪せた白壁のように見える。大きな鼻の穴は、中身を抉《えぐ》り取られた空の巻き貝みたいだった。

勇平はいくつになったのか。確か一九〇八年生まれと聞いていた。ということは七十二である。

「まあ、椅子を持ってきて、横に座れ」

「ちょっとお待ちください」

謙治は花束を椅子の上に置き、窓辺に空の花瓶を取りにいった。そして、流しで、花瓶に花を活《い》けた。ガーベラの花束。花屋の女の子に見舞いだと教えたら、花言葉が〝希望〟だと言いながらガーベラを選んだのだった。

「テーブルの上に置いてくれ。ここからよく見えるから」

謙治は言われた通りにした。

「寂《さみ》しいもんだよ」勇平が眉をゆるめて微笑んだ。

「何がです？」

「お前に花を活けてもらうんだよ。世話してくれる女がひとりもいないって丸分かりだろうが」

「浩一郎さんの……」謙治はとぼけて訊いた。

「あいつは女房に逃げられた。わしは、あの女が大嫌いだったから、それはそれでよかったんだが、その後、良縁に恵まれずに、あいつも独り身だ。愛人だった女は……」そこまで言って、勇平は咳《せ》き込《こ》むように笑った。「湿った話はよそう。いつまでそこに突っ立ってる気だ。座れと言ったろう」

謙治は椅子をベッドの脇《わき》に置き、浅く腰を下ろした。

「〝微笑亭〟か。赤坂店で一度食ったぞ」

「お口に合いましたか？」

「〝すみ家〟よりもうまかった」

病床の身だが、脳は衰えていないようだ。「お前との出会いは車の衝突だったよな」

「あれは確か、昭和三十五年（一九六〇年）でしたね」

「社会党の浅沼《あさぬま》委員長が刺殺された直後だった気がする。だから、秋だな、多分」

「じゃ、あれから二十年経ったんですね」謙治は感慨をこめてつぶやいた。

「お前に胸倉をつかまれたこともあった」

「忘れました」謙治は悛々《しゅんしゅん》とした調子で言った。

「最近、昔のことばかり思いだしてな。年寄りはみんなそうなるんだよ」

言っていることに嘘はないだろう。しかし、勇平は、出会いが〝衝突〟だったから、別れの際も、〝衝突〟を望んでるのかもしれない。謙治は緊張していた。しかし、この男を嫌いにはなれない。戦争が産んだあだ花のような男に、謙治は惹かれてしまうのだった。

前日、戦後の混乱期に伸《の》してきた或る金融業者の裁判に決着がついた。最高裁は被告人、森脇将光《もりわきまさみつ》の上告を棄却。森脇は八十歳で収監された。

その事件は、吹原《ふきはら》産業事件といい、大手銀行、政治家を巻き込んだ大型の金融事件だった。発覚したのは六五年。謙治は勇平の運転手だった。裏で動いた金が三十億という前代《ぜんだい》未聞《みもん》の額だった。

ジェームズ・ボンド・シリーズを観ていなかったら、あんな大胆な盗聴は考えつかなかったろう。しかし、影響をあたえたのはジェームズ・ボンドだけではなかった。吹原産業事件も、謙治の背中を押した。大物金融業者を通過する金が予想を絶するものだと教えてくれたのは、あの事件だったのだから。

森脇に比べたら、小物だが、勇平のところにも、少なくとも数億の闇の金が動いているはずだ。そう思ったことで、より具体的に強奪を考えるようになった。

勇平は刑期をとっくに終え、社会復帰したはずだ。しかし、その後はもうマスコミを賑わすこともなく、今は死を待っている。

謙治は複雑な思いで、勇平を見つめていた。

「どうした、そんなにわしを見つめて」

「いろいろな思い出が、頭に浮かんできて」謙治は小さな声で答えた。

「お前は事業に成功した。正直言って、羨ましい」

「そんな……」

「お前は、浩一郎よりも、わしの跡継ぎに向いてると思った。それは間違いではなかったな」

「運が良かっただけです」

「お前がわしに借金を頼んでくるかもしれないって期待しておったんだがね」

「海老の百円天丼が当たらなかったら、そうなっていたかもしれません。いや、俺は社長に借金には行かなかったな、そうなっても」

「なぜだ？」

「分かりません」

「分かりませんか」勇平は謙治から目を逸らし、鼻で笑った。

「浩一郎さん、ここに来るようなことを俺に言ってたんですが」

「もうじき来るだろう。時間をずらせとわしが言ったんだ。で、私生活はどうなってるんだ。結婚したのか」

すでに調べ上げて知っている。そんな気がしたが、順を追って正直に話した。

話題が尽きた。謙治は浩一郎のことに話を振った。

「小耳に挟《はさ》んだんですが、浩一郎さん、芸能プロもやっているそうですね」

「金融屋よりも、あいつはそっちの方が向いてる。だが、正直に言うが、会社は左前だ」

「浩一郎さん、おいくつになられたのかな」

「来年五十だ。若い時にできた子でな、わしは親子を内地に残したまま、大陸に渡った。日本に戻った後は、女房のことも息子のこともちゃんと面倒は見たが、大事な時に、父親として何もしてやれなかった。駄目な坊主だがわしは可愛いんだ」

謙治は黙って聞いているしかなかった。

「ところで、お前、煙草は止めたか」

「止めようと思ったことすらありませんよ」

「葉巻はやらんのか」

「いえ」

「一本、寄越せ」

「でも、躰に……」

「今更、気づかってもしかたないだろうが」

「病室ですよ、ここは」

「検温はさっき終わったばかりだ。飯の時間まで看護婦はこない」

謙治はポケットから煙草を取り出した。

「相変わらずハイライトか」

「弱い煙草に切り替えるぐらいなら、禁煙します」謙治が、勇平の煙草に火をつけた。そして、窓を少し開け、そのまま外を見ていた。

この男は、今でも自分を疑っているのだろう。しかし、曖《おくび》にも出さない。川久保の拉致事件から十一年。主犯とされた佐伯弘幸は投身自殺を図った。その後、闇の世界の人間の動きはぱたりと止まった。そして、勇平からの連絡も途絶えた。

しかし、ここにきて、勇平は自分を呼びつけた。余命幾ばくもないと分かって、かつて彼を通りすぎていった人間に会いたくなったのか。あり得ないことではない。勇平も不思議な感情を自分に持っている。それは昔から感じ取れた。自分を疑いつつも、今でも気の合う男だと思っているようだ。

だからと言って、自分のやったことが明らかになったら許しはしないだろう。どんな手段をこうじてでも報復してくるに違いない。

「お前はちゃんと税金、払ってるか」

「もちろんです」

「それがいい。わしの若い頃とは、世の中が変わったから、無茶をすると命取りになる。隅村みたいにな」

ドアが叩かれる音がした。勇平は煙草を謙治に渡した。謙治は流しに持っていき消した。そして、吸い殻をポケットにすべり込ませた。「どうぞ」勇平が言った。

入ってきたのは看護婦ではなかった。

黒縁眼鏡をかけた撫で肩の男だった。七・三に分けた髪に白いものが混じっていた。下唇が捲れ上がった感じに見えるところは昔と同じだった。

謙治の驚きと言ったらなかった。

その男を謙治はよく知っていたのである。

津田島潔《つだじまきよし》。謙治が会った時は、A銀行の上野支店の支店長だった。謙治の架空口座作りに協力した銀行員のひとりである。不正が発覚しないように、架空口座の通帳や判子を他行の貸金庫に預けることを最初に言いだしたのは、この男だった。

なぜ、その津田島がここに？

「根津、この男を覚えてるか」勇平が訊いてきた。

「ええ。以前、融資でお世話になった方です。その節はどうも」謙治は津田島に頭を下げた。

「今年の春、銀行を退職して、うちにきたんだ。今や、わしの右腕だ」

「社長、お客様の前で何ですが、書類に目を通していただけますか」

「そこに置いていけ。急ぐ話じゃないんだろう？」

「ええ」

津田島は分厚い茶封筒をテーブルの上に置いた。

「もうじき、浩一郎もくる」

「改めてご挨拶を」

謙治は津田島と名刺交換した。

津田島は勇平の会社の常務だった。会社の住所は、昔と変わっていないようだ。

津田島の正確な歳は分からないが、五十を少し越えたぐらいだろう。銀行員は役員になれないと退職が早い。しかし、支店長までやった男が、街金に毛の生えたような金融業者の部下になった。もっとましな就職口があったはずなのに。津田島は、銀行が表に出せないような失態、或いは悪さを働いたのかもしれない。

津田島と謙治が結託してやっていたことを勇平は知っているとみていいだろう。

勇平は、謙治が病室にいる間に、津田島をわざと呼んだ可能性もある。そうやって、暗に圧力をかけてきたのかもしれない。

鳴りを潜めていた間、勇平は時間をかけて、元運転手の動向を探り、確かな証拠を手に入れ、窮地に追い込もうとしているのか。

謙治の事業の資金源は、奪った十一億円の中から捻出《ねんしゅつ》された。勇平がそう思っているとしたら、金が戻ってくるとは考えていないだろう。それでも、謙治に拘り続ける理由はひとつしかない。勇平の面子《メンツ》である。元運転手に寝首をかかれた。落とし前をつけなければ気がすまないのだろう。謙治の創《つく》り上げた会社をただ同然で手に入れようと企んでいる可能性もある。

謙治が津田島を見つめた。「支店長が銀行をお辞めになったとは」

「いろいろありまして」津田島に支店長時代の精彩はまるで感じられなかった。

「わしが見初めて、無理やり辞めさせたんだ」勇平が口をはさんだ。

津田島が腕時計に目を落とした。「それじゃ、私、もう一件、用がありますので失礼します」

「高田《たかだ》運輸の焦げ付き、絶対に回収しろよ」病人とは思えない力強い声で勇平が命じた。

「はい」

津田島は鞄を手にすると病室を出ていった。

「お前がやっとったこと、津田島から聞いた」

「今はもう、あの時のように結託してくれる銀行はありませんよ」

「相当、貯《た》め込んどったようだな」

「汗水を垂らして」

「汗水を垂らして、かあ」勇平が小馬鹿にしたように笑った。

謙治は照れ臭そうな顔をして見せた。

「若い頃のお前の目は飢えてた。その目がわしは好きだった」

「今はどうです？」

「腹一杯食えるようになると野良猫《のらねこ》の目付きも変わる」

確かに。飼っている桃太郎の顔が脳裏をよぎった。

再びドアがノックされた。浩一郎だった。

相変わらず虚勢を張ったような歩き方をしていた。以前よりも髪が長くなっていた。軽いウェーブがかかっている。大きく変わったのは髪型だけではなかった。太って顔に肉がついていた。腹も出ていた。眼鏡はかけていない。歳を取って、父親に似てきたのか、若い頃より奥目になっていた。瞼が腫れているせいだろう、右目が小さく見える。瞬《まばた》きが激しい。昔は、そんなに瞬きはしなかったはずだが。

謙治は型通りの挨拶をし、浩一郎とも名刺交換をした。

浩一郎の経営する芸能プロダクションも赤坂にあった。会社名は『原島オフィス』だった。

浩一郎は椅子を引いて、テーブルの前に座り、脚を組んだ。「根津は歳を取らないね」

「そんなことはないですよ」謙治は立ったままである。

「いくつになったんだい」

「四十四です」

「浩一郎、その書類、取ってくれ」

息子は黙って茶封筒を勇平に渡した。勇平は老眼鏡をかけ、書類を読み始めた。

「立派な実業家になったもんだな」浩一郎の瞬きが一層激しくなった。

「まだまだです」

「親父とゆっくり話せたか」

「ええ」謙治は腕時計に目をやってから、勇平に暇《いとま》を告げた。

出口に向かおうとした謙治を浩一郎が呼び止めた。

「これから何か用があるのか」

「いえ」

「じゃ、俺にちょっと付き合ってくれないか」

「では、ロビーでお待ちしています」

原島親子には魂胆があるはずだ。それを見抜きたいが手立てはない。謙治は苛立つばかりだった。

十五分ほどで浩一郎がロビーに現れた。

午後六時少し前だった。すでに日没を迎えていて、辺りはすっかり暗くなっていた。風が冷たかった。

謙治と浩一郎を乗せたタクシーは、青山学院大近くの静かな通りに入った。

高級マンションの建ち並ぶ一郭に、ダイニングバーが、控え目な看板を出していた。

まだ時間が早いので、客は誰もいなかった。

「ここは会員制で、五時半から開けてる。だから、商談にはもってこいの場所なんだ」

「私と商談ですか？」

「うーん」浩一郎は曖昧に笑ってから、従業員に個室が空いているか訊《たず》ねた。

問題はなかった。

謙治は浩一郎について、廊下を奥に進んだ。

浩一郎は葉巻を取り出した。

本棚には英語やフランス語の本が、アールデコ調の調度品の間に並んでいた。文人の書斎を思わせる落ち着いた部屋だった。

注文は浩一郎に任せた。飲み物はクローネンブルグ。つまみは田舎風パテとオマール海老のサラダだった。

浩一郎が眉をゆるめて、謙治を見た。「昔の恋人に再会したんだってな」

「浩一郎さんのお耳に入ってましたか？」

「俺が彼女を口説いてるって話、聞いてるんだろう?」

「いいえ」

「まあいいや、そんな話は」そこまで言って浩一郎はぐいと躰を謙治の方に寄せた。「『微笑亭』はテレビでコマーシャルをやる気はないのか」

「お宅の会社ではCMの制作もやってるんですか?」

「何でもやらんと食っていけないからね」

浩一郎は『微笑亭』のテレビコマーシャルを、自分の会社でやりたいと言いだした。

「うちぐらいの規模だと、スポット広告がせいぜいですよ」謙治はサラダを口に運んだ。

「やる気はあるんだね」

「費用によります」

「有名タレントを使う必要はない。ポイントはコピーとコマーシャルソング。タレントの顔なんて忘れてしまうが、印象的なフレーズやメロディーは、いつまでも人の記憶に残る」

「確かに」

「俺に任せろよ」

「浩一郎さん、急にどうしたんですか? あなたは、私のことを嫌ってたんじゃないですか?」

浩一郎は田舎風パテにナイフを入れた。「根津、お前は親父の世話になった。少しはお返ししてもいいんじゃないのか」

謙治はビールで喉を潤した。

「社長は恩人です。でも……」

「俺は違うっていうのか」浩一郎が口を歪めて笑った。また瞬きが激しくなった。

「お前、隅村さんとこのキャバレーで働いてた岩武って男を知ってるよな」

いきなり、爆弾が飛んできた。

謙治は煙草に火をつけた。「岩武さん？　一度会ったことがありますね。あの人も、芸能プロダクションで大成功したって聞いてますが」

「会ったのは一度だけか」

「ええ。それもかなり昔のことですよ」

「俺は何度か会ってる。あの男がバンドマンだった頃にな。彼なら、俺より作曲家にコネがあるから、一度会いにいってみようと思ってる。こっちで段取りはつける。昔のことはお互いに忘れようぜ」

「社に持ち帰って、宣伝部の連中と検討しますよ」

「ワンマン社長なんだろうが、お前は」

「社員を大事にするのが、私のモットーなんです。今、他の事業計画が動いてますので、いい返事ができるかどうかは分かりませんが、次の議題に上げます。それより浩一郎さん、社長は本当にもう危ないんですか？」

「半年保つかな」

「さっき、社長、あなたのことが可愛いって言ってましたよ」

「でも、昔は、俺よりもお前に目をかけてたよな」

「この件、社長から頼まれていたら、即座に、うんと言ってたでしょうね」謙治はグラスを一気に空け、腰を上げた。「それじゃ、私はこれで」

「吉報を待ってるよ。それから、増美に会うことがあったら、よろしく伝えてくれ」

「分かりました」

ご馳走になった礼を言い、先に店を出た。

六本木通りまで歩いた。

周りに目をやった。怪しげな車も人も見当たらなかった。

謙治は長い溜息を吐き、煙草に火をつけた。風がさらに強くなって火は一度ではつかなかった。

浩一郎が何かを摑んだのはほぼ間違いないだろう。親子で結託しているに違いない。

一時は、ぶつかり合っていた親子だが、今は、角張った心が風化して、お互いに協力しあっていると見ていいだろう。

自分と岩武の繋がりを嗅ぎつけたのか。だとしたら、誰かに以前から監視されていたのかもしれない。麻布十番の岩武のマンションの存在も、原島親子に突き止められていると思った方がいいだろう。

ここにきて、手札をちらつかせてまで追い込もうという気になったのは、勇平の躰が保たないから。そう考えると辻褄《つじつま》が合う。

もうひとつ考えられるのは、彼らが手詰まりになっているのかもしれないということだ。

決定的な証拠があれば、こんな回りくどい攻め方はしてこないはずだ。

公衆電話から岩武の事務所に電話を入れた。岩武は不在だった。また電話をすると言っただけで、名を名乗らずに切った。

真っ直ぐに家に戻りたい。しかし、鏡子の前で顔を作るのが嫌だった。

謙治はタクシーを拾うと、銀座を目指した。

七時半を回ったところだった。『ラスク・ムーン』の開店時間は八時である。

十分前に店に到着した謙治はドアを押した。カウンターの中に入っていた柏山と目が合った。

「いらっしゃいませ」

「開店時間まで後十分あるけどいいかな」

「どうぞ」

奥のボックスで女の子がふたり待機していた。謙治はカウンター席についた。女の子を呼ぼうとした柏山に首を横に振った。

バーボンをストレートで頼んだ。一気に飲み干すと、ふうと息を吐いた。

「もうだいぶ飲まれました？」

以前の柏山は謙治に対して敬語は使わなかった。しかし、資金援助を受けてから言葉遣いが変わった。謙治は、前のままでよかったのだが、彼の気持ちの表れだと思い、余計なことは言わなかった。

「いや、ビール一杯だけだよ。亡霊と一緒だったから疲れた」

「亡霊？」柏山が首を軽く傾げた。「亡くなった家族の亡霊ですか？」

「いや、まだ生きてる亡霊だ」

柏山がにやりとした。「金融の方ですね」

「最後は息子の方と一緒だった」

そう言いながら謙治は腰を上げた。カウンターの端に置かれたピンク電話にコインを落とす。

増美も不在だったが、留守電装置が取り付けられていた。謙治は、どこにいるか教え、番号を吹き込んでおいた。

女の子の相手をするのは面倒だったが、暇にさせておくのが忍びなかった。

ボックス席に座り直し、ふたりの女の子を相手にした。和彦と来た時についた香織がいた。

「あれから松信は来てる？」謙治が香織に訊いた。

「いえ。照屋さんはよくお見えになりますけど」

別居し、ひとりになった照屋は飲み歩いているようだ。

馬鹿話をしているうちに、時間が経ち、店が混んできた。謙治はカウンター席に戻った。

ピンク電話が鳴った。果たして増美からだった。

「君と飲みたくなった。出てこられるか？」

「いいけど、声が疲れてるね」

「働きすぎかな」

謙治は『ラスク・ムーン』の詳しい場所を教えた。

カウンター席に戻って、増美を待った。一時間以上待たされたが、気にならなかった。

柏山は謙治にホステスをつけず、本人も話しかけてこなかった。

カラオケが始まった。中年の客が、金魚みたいに口をパクパクさせながら、『有楽町で逢《あ》いましょう』を熱唱し始めた。

増美が現れたのは九時半すぎだった。カーキ色のトレンチコートを着、サングラスをかけていた。

「桜井瞳じゃないのか」

客の声が耳に届いた。増美にも聞こえたはず。こんな瞬間が、俳優の自尊心が一番くすぐられる時かもしれない。

増美はモルトウイスキーの水割りを頼んだ。

増美に柏山を紹介した。「古くからの友だちでね」

「昔、お話を聞いたことあります。根津さんの麻雀仲間だった方でしょう」

「根津さんにはいつもやられっぱなしでした」

謙治と増美はグラスを軽く合わせた。客もホステスも歌いまくっている。ピンキーとキラーズの『恋の季節』が入った。

「今日、原島親子に会った。浩一郎が君によろしくって言ってた」

「なーんだ。そういうこと」増美が薄く微笑んで煙草に火をつけた。「私に何か訊きたいことがあるのね」

「別にないさ」謙治はグラスを口に運んだ。

「向こうは、あのことにまだ拘ってるのね」

謙治は浩一郎が依頼してきたことを増美に話した。

「それは変ね」

謙治は増美を目の端で見た。自然に目付きが鋭くなっている。

「浩一郎が電話してきた時、あなたと偶然会ったことを教えたの。その時は、不機嫌になって、あんな男の話はするな、って言ってたのよ」

「なるほど。奴の仕事関係者に紹介されたことはないか」

「あったけど……。よく覚えてないな」

「津田島って男は知らないか」

「いいえ」

「浩一郎はどこに住んでるんだい？」

「事務所の近く。『シャンティ赤坂』ってホテルの場所、分かるよね。あれを越えて氷川小学校の方に上がった近くのマンションよ」

「入ったことあるの？」

増美の眉が険しくなった。「ないわよ。あの男には全然興味ないって言ったでしょう。でも、根津さんが会えっていうんだったら、会ってもいいわよ」

「何のために、君をスパイにしなきゃならないんだい？」謙治は笑って誤魔化した。

「そんなこと私に分かるわけないでしょう」増美は顎を上げ、目の端で謙治を見た。

謙治は話を変えた。勇平がガンで入院していることを教えた。

「かなり悪いの」

「進行性のすい臓ガンで、半年保つかどうかだって話だ」

増美が肩で軽く笑った。「あなたにとって迷惑千万な相手なのに、悲しそうな顔をしてるね」

「ああいうことがなければ、今もあの男の下で働いてたかもしれない。もうこの話は止そう」

謙治は、別の話題を増美に振った。

川久保宏、つまり六車勉の原作の映画の撮影が来年早々から始まるという。

謙治は適当に合いの手を入れながら、増美の話を聞いていた。

奥のボックスにいた客が立ち上がり、謙治たちの後ろを通って出口に向かった。客のひとりが増美に声をかけた。

「お話し中、すみません。できたら、ここにサインをもらえませんか?」

中年男が用意していたのは白いハンカチだった。増美は快く受けた。柏山がマジックペンを用意した。

「やっぱり、ハンカチには書きにくいわね」そう言いながらも、すらすらと増美はペンを走らせた。最後に、増美は雪だるまを描いた。

「これは……」男が訊いた。

「特別なサインです」増美はあっけらかんとした調子で答えた。

客たちの求めに応じて、増美は順に握手をした。

客たちが店を出ていくと、謙治はグラスを空けた。

「私の知ってる店に付き合って」増美が誘ってきた。

呼び出した手前、断るわけにはいかなかった。

勘定を払って店を出た。エレベーターで一階に下りた。客がひとり待っていた。

酔っているのだろう、柱に片手をつき、首を前に垂らして、揺れていた。

「照屋」謙治が声をかけた。

照屋が顔を上げた。

謙治と増美はエレベーターを降りた。増美がビルの外に先に向かった。

「社長」照屋は目をしょぼしょぼさせて微笑んだ。

「今から『ラスク・ムーン』か」

「はい」

「あんまり飲みすぎるなよ」

謙治は彼の肩を叩いて、増美に合流した。

新婚ほやほやで、照屋は別居した。生活が荒れてもおかしくはない。機会を見て、ふたりだけで会ってみるか。

「あの男、誰？」増美が訊いてきた。

「うちの社員だよ。俺が『すみ家』で働いてた時も部下だった男なんだ」

「間違いないと思う」増美がつぶやくように言った。

「何が？」

「今の男が浩一郎と会ってたのを私、見たわ」

謙治は天を仰いだ。

増美に案内された店には、ジャズのコンボが入っていた。

「いつ頃、どこで、あいつ、浩一郎に会ってたんだい」

注文もそこそこに増美に訊いた。

「あれはいつだったかしら……。五月頃だったと思う」

浩一郎が照屋と会っていたのは、その日、謙治が連れて行かれた会員制のバーだった。

増美は仕事関係者とバーカウンターで飲んでいた。浩一郎が個室にいることを知らなかった。化粧室を出てカウンターに戻ろうとした時、個室のドアが開き、男が出てきた。見るともなしに見たら、浩一郎が部屋の中にいたのだという。

「部屋から出てきたのは、確かにさっきの奴か」

「間違いないわよ。顔が濃いからよく覚えてる。それに、その時もかなり酔っていて、会員制のバーには似合わない男だったから印象に残ったの。あの男、沖縄の人？」

「うん」

原島親子は、照屋をスパイに仕立てたのだろうか。兄の借金を背負わされたという話が事実だったら、本来は生真面目《きまじめ》な人物だとしても、照屋が原島親子の誘いに乗ってもおかしくはない。

胸がちくりと痛んだ。勇平の運転手をしていた自分が、どうやって情報を盗み出したのか、思いだしたからだ。

社長室に盗聴器が仕掛けられていたら。或いは電話回線に……。

謙治が苦労してカセットテープレコーダーを鞄に忍ばせていた頃よりは、はるかに盗聴技術は進み、それが一般にも拡がっているはずだ。すでに七〇年代から、共産党の大幹部の自宅が、盗聴されていたことが、ごく最近だが発覚した。

そこまで大がかりなことをやっていないにしても、照屋が自分の尾行や監視をしていた可能性もある。

深刻な顔をしていたのだろう。増美は声をかけてこなかった。

演奏曲が変わった。謙治は我に返った。胸にたゆたっている疑念が消えるはずもなかったが、表情を作って増美の相手をした。

職業別電話帳で、盗聴器を発見できる会社を探した。神田小川町にある、『三角《みすみ》エージエント』という探偵社に依頼することに決めた。

そのことは誰にも話さず、謙治自身が『三角エージェント』に赴き、所長の三角とじかに話し合って決めた。三角は五十すぎの、がたいのしっかりとした男だった。元警官ではなく、保険会社で調査員をしていたという。

岩武には、増美に会った夜のうちに、事情を教え、電話をするなと伝えた。むろん、麻布十番での密会も控えた。浩一郎が、岩武の名を口にしたことに、彼は動揺しているようだった。

増美と会った二日後の二十六日、日曜日で無人の社に、所長の三角と盗聴器発見を専門にしている木暮《こぐれ》という若い男が機材を持ってやってきた。盗聴器の発見装置はかなり大きなものだった。

トイレを含めて各部屋、電話の保安器、敷地内にあるセントラルキッチン、すべてを調べさせた。

実はそこまでやる必要は結果的にはなかった。木暮が最初に調べた保安器の中のヒューズが盗聴器だった。見た目は普通のヒューズと変わりない。

約三百メートルまで電波が届き、周波数帯はFMで八十七から百十メガヘルツまでだという。保安器は外にあり、代表電話番号、それから社長専用の両方に仕掛けられていた。他の電話のヒューズはいじられていない。大本に取り付けられていれば、代表番号にかかった電話を内線に回しても盗聴は可能だという。或る程度の知識のある人間が、装置を用意したら録音しておくことも容易だと教えられた。

取り付けられていたヒューズ型の盗聴器は大阪の会社が製造販売しているもので、発売されたのは、一昨年の暮れだという。

謙治の会社には監視カメラも設置されていないし、警備員も雇っていなかった。会社が事務所荒らしにあっても、盗まれるものはないから、防犯に金を使っていなかったのだ。

迂闊といえば迂闊だが、あんな大それた罪を犯したことが、我が社はオープンなのだと見せたい気持ちを潜在的に呼んだ気がしないでもない。

電波の届く範囲が半径三百メートル。保安器から表の通りまでは百メートルほどである。会社の近くに車を停めていれば、受信することはできる。しかし、内部の犯行に謙治は思えた。

「これからどんどん産業スパイは盗聴器を使うでしょうね」三角が言った。

「それ、元に戻しておいてくれませんか」

三角が小さくうなずいた。「罠を仕掛けるんですね」

「犯人が知りたい。お宅は、普通の探偵業もやるんですよね」

「もちろん」

『三角エージェント』に照屋幸四朗の尾行と監視を依頼した。とりあえず退社から帰宅までの照屋の行動を探ることに決めた。その際、原島浩一郎の仕事先の住所、住まいの大体の場所を教えた。

「マルタイ、いや問題の人物が、そこに立ち寄ったら、すぐに知らせますか？」三角が訊いてきた。

「お願いします」

その日のうちに、念のために自宅の調査もさせた。鏡子には産業スパイが会社を狙っているらしいと説明した。

鏡子は不安げな顔をしていたが賢一郎は、興奮し、木暮の後について回っていた。

自宅のどこからも盗聴器は発見されなかった。

謙治は月曜日の夕方、岩武に山田の偽名で電話をさせる手筈を整えた。盗聴者が食いつきそうな話をさせることにしたのだ。

月曜日に会社に出た謙治は、すれ違う社員全員がスパイに思えてきた。

契約違反を犯している大阪の元加盟者は、昭島の説得に応じず、戦う姿勢を見せた。そのことで顧問弁護士と責任者を交えて相談をした。話が終わりかけた時、謙治に電話がかかってきた。

「警視庁の石橋という刑事さんからです」

秘書の和彦にそう言われた時は、盗聴のことなど、どこかに吹っ飛んでしまうほど驚いた。

謙治は呼吸を整えてから受話器を耳に当てた。「お久しぶりです」

「お変わりないですか？」石橋が訊いてきた。

「ええ。何とかやってます。ところで……」

そこまで言って、謙治は口を噤《つぐ》んだ。

盗聴されているのに、具体的な話をするわけにはいかない。

「根津さん、私、今、盗犯捜査を担当する捜査三課に勤務していまして」

「それで？」

「三軒茶屋で先月、軍隊酒場の経営者が殺された事件はご存知ですよね」

「それが私と何か関係あるんですか？」

「お忙しいでしょうが、私のために時間を作っていただけますか？　私が会社にお邪魔してもいいんですが……」

「お急ぎですか？」

「ええまあ……」

「殺人事件の捜査には携わってないんでしょう？」

「そうなんですが、是非、お伺いしたいことがありまして」

謙治は午後七時、日比谷にあるTホテルの喫茶コーナーで会うことにした。そのせいで、盗聴者を罠にかける計画はお預けにしなければならなくなった。

社長室を出た謙治は、「すぐに戻る」と和彦に言って、社を後にした。近くの公衆電話から、岩武の事務所に電話を入れた。運良く、岩武は社にいた。

「今日の計画は中止だ」

「ああそうですか、残念ですね」

「石橋って刑事を覚えてるだろう？　そいつが小柳の事件で俺に会いたいって言ってきた」

「それはそれは……」岩武は呆然としてそうつぶやいた。

謙治は石橋との待ち合わせの場所を教え、即刻、Tホテルの部屋を十日分、予約し、七時半頃にチェックインしろと指示した。

Tホテルは広い。石橋と会っている間に、岩武がチェックインしても、絶対に、石橋に気づかれるはずはない。

「宮森にも来いと言ってくれ」

ふと外を見ると、社員のひとりと目が合った。出先から戻ってきたところのようだ。

社長が公衆電話を使っている。社員の目に一瞬好奇の色が浮かんだのを謙治は見逃さなかった。その社員は昭島の下で働いている、照屋の同僚だった。何かの拍子に、目撃したことを話すかもしれない。まずったと思ったが時すでに遅しである。

午後七時少し前、泰明《たいめい》小学校の前でタクシーを降りた謙治は、近くの通りを一周してから、Tホテルに入った。尾行はないようだ。

石橋はまだ来ていなかった。奥の壁際の席を選んだ。持っていた新聞を開き、石橋を待った。

七時少しすぎに、石橋が現れ、喫茶室の入口に立った。ひとりである。彼は広い喫茶室を見回している。

謙治は放っておいた。石橋はきょろきょろしながら、謙治の方に歩いてきた。

謙治を発見すると、歩みが速くなった。

「申し訳ない。お待たせしてしまって」

謙治は新聞を閉じた。石橋は、謙治と同じようにブレンドコーヒーを注文した。

「最後にお会いしたのはいつでしたかね」そう言いながら、両切りのしんせいを取り出した。煙草の葉が詰まるように、テーブルでトントンと三度ほど叩いた。

「私が天井屋をオープンした時に、いらっしゃいましたよ。あれ以来じゃないですか？」

「そうでしたかね。最近、物覚えがとみに悪くなって」

髪型は初めて会った時と変わらない、慎太郎刈りだった。しかし、こめかみの部分が白くなっている。よく見ると天辺に円形脱毛ができていた。前歯の二本がやけに白い。おそらく、部分入れ歯だろう。以前同様、精悍な黒い瞳だが、目の隈《くま》がかなり目立っていた。

「石橋さん、おいくつなんですか？」

「五十七になりました。後ちょっとで定年です」

先に謙治のコーヒーが運ばれてきた。

「しかし、根津さん、お偉くなられましたな」

謙治は曖昧に微笑んでコーヒーカップを口に運んだ。

石橋のコーヒーがやってきた。謙治は煙草に火をつけた。

「あまり時間がないんですが」

「そうでしょうね」石橋が手帳と老眼鏡を取りだした。「根津さん、殺された小柳さんと面識がありました？」

「あると言えばありましたよ。あの人のやってる軍隊酒場に、一度だけ行ったことがありますから」

嘘はつけない。すでに石橋は内偵してから謙治に会いにきたはずだから。

「行かれたのは九月十六日でしたか」

「日にちまでは覚えてませんが、確か、その頃です」

「根津さん、軍装品とか軍歌に興味がおありとは」

「まったくないですよ」

石橋の眉がゆるんだ。「興味がないのに行かれた理由は？」

「ちょっと待ってください。小柳さんが殺されたことと、私はどんな関係があるんですか？」

「ないとは思いますが、あの店に出入りしていた人はすべて調べるようにしてるんです」

「石橋さん、窃盗が担当じゃないんですか？」

「私は、小柳さんがやったと思われる軍装品の窃盗事件の捜査を行ってるんです。奴には余罪があるかもしれませんし、仲間がいる可能性があります。むろん、殺人が絡んでますから一課とも連携を取ってますがね。で、なぜ、根津さんは、あの軍隊酒場に行かれたんですか？」

「三軒茶屋はこれから大きく変わるという情報を得まして、それで様子を見にいったんです。うちのようなチェーン店を出すのは、時期が大事です。早い者勝ちというわけじゃないんですが、競争相手に遅れは取りたくないですから。あの酒場のあるところは、敗戦直後はブラックマーケットでしたよね。まだお袋が生きてた頃、彼女の友だちが、あそこで店を開いてた。だから何回か行ったことがありました。それで懐かしくなって路地に入ったんです」

「で、あの酒場に偶然、入った？」

「あの酒場の名前に惹かれましてね」

「『武蔵』という屋号に？」

謙治は、石橋をまっすぐに見て大きくうなずいた。「石橋さんは、お忘れでしょうが、原島社長の邸が襲われた時、飼われていた犬が殺されました。数は三頭。陸奥、大和、そして武蔵です」

石橋が口を半開きにして「ああ」とつぶやいた。

「私に一番、懐いてたのは武蔵でした。看板を見た時、あの犬の顔を思いだして」

謙治が言ったことに嘘はなかった。看板を見た時も、胸に迫るものがあったのだ。

石橋が目を伏せ、顎を軽く撫でた。「根津さんはお優しい方なんですな」

「今頃、気づいたんですか？」

「いやあ」今度は頭をかいた。

「だから、死んだ小柳さんと面識がないわけじゃないです。でも、どうやって私があそこに行ったことを知ったんです？」

「客の中に、あなたの顔を覚えてた人間がいた。その人、『微笑亭』でアルバイトしてたそうです」

なるほど。謙治が店に入った時、ふたり若い客がいた。そのうちのひとりが、アルバイト店員だったらしい。

「軍隊酒場に私がいたと知って、石橋さんの気持ちが燃え上がったってわけですか」

「おっしゃる通りです。あなたとは妙なご縁があると思いましたよ」石橋がコーヒーをすすった。

謙治は煙草を消し、腕時計に目を落とした。

「もう少しいいですか？」

「まだ何か？」

石橋は手帳のページをゆっくりとめくった。「小柳さんのところから、盗まれたもののすべてを我々は把握しているわけじゃないんですが、どうやら日章旗が盗まれたらしい」

「日章旗？」謙治は眉をハの字にして、石橋の顔を覗き込んだ。

「ええ、あの日章旗です。他にも軍装品が、あの部屋にはあったんですが、それらは手つかずのままでした」

石橋は、日章旗の持ち主について、荻野民雄の名前を出し、詳しく話した。

「……小柳さんが、その人のマンションから盗み出したと思われる日章旗だけが消えていた。不思議なことに、荻野さんの部屋からは、日章旗を撮影した写真やネガもなくなっていたんですが、それらも小柳さんの部屋にはなかった。写真やネガまで小柳さんが盗んだかどうかは分かりませんが、ともかく、賊は、荻野さんの持っていた日章旗がほしかったらしいです」

「貴重なものだったんですかね」

石橋は、荻野からの証言によると断ってから日章旗そのものについての説明を始めた。

謙治は黙って聞いているしかなかった。

「……栄村修一さんという方が出征される際になされた寄せ書きなんですが、書いた人は四、五十人はいたようです。荻野さん、何人かの名前を覚えていました。その中に、岩武弥太郎さんという方の名前もありましてね」

次に、石橋は荻野と岩武の娘、知美との関係について話した。

「……荻野さん、恋人の父親に訊けば、すぐに栄村さんの遺族の方が見つかると思っていたんですが、岩武弥太郎さんは、寄せ書きをした覚えもないし、栄村さんなんて人は知らないと、荻野さんと娘さんに言ったそうです。あまりない名前ですが、同姓同名の人間がいてもおかしくはないですから、荻野さん、日章旗の寄せ書きを頼りに、栄村さんの遺族を探そうとした。その矢先に、日章旗が盗まれたそうです」

すでに知っている話だが、石橋にねちねちとした調子で言われたものだから、謙治は居たたまれない気分になった。

「それが、私と何か関係があるんです？」

石橋が手帳から顔を上げ、上目遣いに謙治を見た。鋭くもなく優しくもない目付きだった。感情の片鱗《へんりん》も映しだしていない瞳である。

「根津さん、栄村修一さんって方に覚えはないですか？」

「ないです」

「そうですか」石橋はがっかりしたような口調で言い、肩を落とした。

石橋はカマをかけようとしている。その根拠になったものは……。

脂汗が首筋ににじんだ。知美が、根津という名前があったことを覚えていた。その情報が石橋に入ったに違いない。

「根津という名前、よくあるとは言えませんが、変わった名前じゃありませんもんね」石橋はがらりと調子を変えて言った。

「問題の日章旗に、私の名前があったと言いたいんですか」

「荻野さん宅を訪ねた折り、先ほどお話しした荻野さんの恋人……えーと、何て名前でしたっけな」石橋が手帳に目を落とした。「知美さんでした。荻野さんと一緒におられた、知美さんが、〝根津〟という苗字があったことを覚えてくれていたんです」

「名前は謙治だった？」

「いいえ、そこまで知美さんは記憶していませんでした。根津さんが、あの軍隊酒場に行かれたと聞いたものですから、ひょっとするとと思って、こうやってお時間を取っていただくことになったわけです」

「根津という名前も岩武という名前と同じようにそう多くはないが、特に珍しいというものでもありませんよ」

「調べてみましたら、信濃国小県郡《ちいさがたぐん》に根津氏という武家氏族が勢力を張っていたそうです。ご存知でした？」

「いや」

「当時は、難しい字を使ってたようですが。根津さんは東京の生まれですが、お父さんはどこの出身なんです？」

「大阪の出身ですが、石橋さん、何が言いたいんですか？」

「日章旗を贈られた栄村修一さんがどこの方なのか、調べても一向に分からない。それで荻野さんの覚えていた名前を頼りに、彼のご遺族を探してるんです」

冷静さを装っていたが、肋骨《ろっこつ》をぶち破るくらいに鼓動が激しく打っていた。

謙治はふうと息を吐き、背もたれに躰を倒した。「そういうことを所管している国の機関で調べればすぐに分かることなんじゃないんですか？」

「私もそう思ってました。ところがこれがなかなか厄介で……。厚生省が担当していて、遺品が見つかると、遺族に返そうとしています。しかし、遺族まで行きつかない場合の方が多いそうです。勤めていた会社名まで分かっているのに、遺族に辿り着けないことも稀《まれ》ではないらしいです。戦火で書類が燃えてしまったり、アメリカ軍が入ってくる前に、処分してしまったりと、ともかく戦前戦中の記録を見つけだすのは至難の業のようです」

「小柳さんを殺した犯人さえ見つかれば、日章旗だけが盗まれた理由は、おのずとはっきりするんじゃないんですか」

「そうでしょうかね」石橋が首を軽く傾げつぶやいた。「実行犯は言われた通りにしただけで、日章旗は、雇い主の手に渡ってしまっている。芋づる式に主犯が割れればいいんですが、そっちの捜査は私の仕事じゃない。残念ながら」

「小柳さんを殺した人間と日章旗を盗んだ人間が別だということは考えられないんですか？」

石橋はにっと笑った。「だから、私がこうやって動いてるんですよ。ここだけの話、小柳さんをよく思っていない人間はけっこういましてね。金を貸している人間も見つかったそうです」石橋が手帳を閉じた。「お時間を作っていただきありがとうございました。また何かありましたら、よろしくお願いします」

「思い出しますね。あなたにつきまとわれた頃を」

「私の性格、本当はあっさりしてるんですよ。そういう人間が、仕事とは言え、人につきまとわなければならない。そこが辛いところです」そう言いながら、伝票を手に取って、石橋が腰を上げた。

「ご馳走してくれるんですか？」

「あなたに支払ってもらうわけにはいきません」

石橋は浅く頭を下げると、去っていった。

石橋の姿が見えなくなると、謙治も席を離れた。

午後八時半すぎだった。謙治はホテルを出た。線路沿いにあるラーメン屋に入って食事を摂った。尾行はないようだ。

石橋がまた食いついてきた。十四年前の事件に繋がる可能性がある。いや、彼は何が何でもそこに繋げたいのだ。

栄村先生の遺族を探し出すのはかなり困難らしい。その話を聞いて、ちょっとほっとしたが、日章旗を手に入れることができない限り、地獄の日々が続く。

例の事件の際のアリバイは、川久保宏の旧姓が佐藤で、謙治と疎開先で一緒だったことが証明されなければ、いくら疑われても言い逃れはできる。

しかし、もしも石橋が栄村先生の出身地を見つけ出したら、根津謙治のことをY地区で訊き回るだろう。そうなれば、鏡子に辿り着いてしまうのは必至だ。

真実が発覚した時、鏡子はどんな反応をし、どんな態度で自分に接するのだろうか。

その場面を想像すると、事件の真犯人として逮捕状を突きつけられるのと同じぐらいの恐怖に苛《さいな》まれた。

盗聴器を仕掛けさせたのが原島親子だとしたら、岩武との会話の内容を、彼らが知っていてもおかしくない。尾行監視によって動きも摑めたろう。

考えれば考えるほど気持ちが沈んでいった。

ラーメン屋を出た謙治は、公衆電話から、今までいたホテルに電話を入れ、宿泊客の山田十郎《じゅうろう》に繋いでほしいと頼んだ。

岩武は部屋にいた。部屋番号を訊き、煙草屋でハイライトを買い、再びホテルに戻った。

エレベーターに乗り合わせた客は四人いた。ふたりは外国人のカップルだった。五階、九階、十二階のボタンが押された。謙治は最後に八階のボタンを押した。岩武の部屋は七階にある。八階で降り、下りのエレベーターに乗り替えた。

岩武はウイスキーを飲んでいた。宮森は窓辺の端に座り、ぼんやりとしていた。窓から銀座方面の灯りが見えた。

「快適そうな部屋だな」

「何を暢気《のんき》なこと言ってるんだ」

岩武が謙治を睨みつけてから、部屋の中を歩き始めた。動物園の檻《おり》の中で、苛々している動物のようだった。

謙治は窓際の椅子に腰を下ろした。そして、これまであったことを詳しく話した。

その間に、謙治の前に座った岩武の脚が貧乏揺《ゆ》すりを始めた。宮森は頭を抱えている。

「……もしも原島親子の手に先生の日章旗があるとしてもだな、謎《なぞ》を解くのはそう簡単じゃない」謙治はそう言ったが、言葉に力はなかった。

「原島親子が関係してなかったら」宮森がか細い声で言った。

「他にいるか！」岩武が怒鳴った。

「あ、あ、あ……」宮森の口から声が漏れた。宮森が泣き出したのだ。

謙治はむかっ腹が立ったが、何も言わなかった。

「もうお終いだな。せっかくうまくいってたのに」宮森が嗚咽《おえつ》と共にそんなことを口にした。

「女みたいに泣くんじゃねえよ」岩武が吐き捨てるように言った。

「盗聴器にガセネタを吹き込めば、相手が動く。それを待つしかない」

宮森が顔を上げた。「相手を見つけたら、どうするんだ。泥棒に入ったり、人を殺《あや》めたりすることになるんだろうが。俺はもう嫌だ。絶対に俺はやらん」

岩武が勢いよく立ち上がり、宮森に近づくと、平手打ちを食らわせた。

「お前だけに高みの見物をさせるわけにはいかない。独身で守るものがないお前が、俺たちに向かって、よくもそんなことが言えるな」

宮森は殴られても、ぼんやりとしているだけだった。その姿を見て、岩武がさらにいきり立ち、胸倉をつかんだ。

「敵前逃亡はさせないぜ」

「俺にも好きな女ができたんだ。だから……」

「だから、何だよ。〝カラスの勝手でしょ〟ってことか」岩武がぐいぐいと宮森の首を絞め上げた。

「止せ、岩武」謙治が落ち着いた声で宥《なだ》めた。

岩武が宮森から離れ、グラスを呷るようにして空けた。

宮森は空気の抜けてしまったタイヤのようなもの。もう使えないかもしれない。三輪車を二輪車に改造し、何かあったら岩武とふたりで行動を起こすしかないだろう。もしも、岩武も臆病風《おくびょうかぜ》を吹かせたら、ひとりでやる。

そうは言っても、今は見えない敵に翻弄《ほんろう》されているだけだ。謙治が苛立つのはそのことだった。

「宮森、お前の女って何をやってんだ」謙治が訊いた。

「今は仕事はしてない。英語学校に通ってる」

「お前が養ってるのか」

「ああ。一緒に住んではいないけど」

「前は何をやってた」

「そんなことお前に関係ないだろうが」

「俺たちに近づく人間には用心するに限る」

「俺のとこにまでスパイがくるようになったら、もう俺たちは破滅だよ。すべてがバレちまってるってことだから」

「根津の質問に答えろよ」

宮森がおどおどした目を謙治に向けた。「笑ったり、文句言ったりしないか」

「いいから早く言え」謙治がせっついた。

「歳は二十四で、知り合ったのは新宿の……ノーパン喫茶なんだ。でも、すごくいい子なんだよ。家が貧乏で……」

岩武が小馬鹿にしたように笑った。

「笑うなって言ったろう。俺が誰と付き合おうが勝手だろうが」

「名前と住所をメモしておけ」謙治が言った。

「お前、彼女のことまで」

「荒仕事は免除してやる。代わりに俺の言ったことに逆らうな」

宮森は不承不承、手帳にペンを走らせた。

控えたメモが、謙治の前に置かれた。

名前と住所を記憶した。「メモは岩武、お前が持っててくれ」

岩武が黙ってうなずいた。

「宮森、ここの部屋代はお前が出せ。何かあった時は、ここで協議するから」

「分かった。うちの社で客を泊めたことにする」

「お前のポケットマネーで岩武に支払うんだよ」

「あ、あ。分かった。そうする」宮森が何度もうなずいた。

「岩武、お前も尾行や監視に気をつけろよ」

そう言い残して、謙治は部屋を出た。


盗聴者を突き止めるために、岩武を使って会社に電話をさせ、ひとりで出かけることを三度、繰り返した。が、尾行されている様子はまったくなかった。照屋の監視を依頼した三角エージェントからの報告でも、照屋に変わった動きはなかった。

相手は用心深くなっている。その原因は、おそらく、石橋の電話にあったのではなかろうか。警察が謙治に近づいた。それを盗聴によって知った相手は活動を中止した。謙治はそう考えた。いや、それだけではない。公衆電話から電話をしているのを社員のひとりに見られたではないか。そのことが、盗聴者の耳に入ったのではなかろうか。

探偵の三角には定期的に、謙治の方から連絡を入れた。

月が変わると、最低気温が十度を下回る日も出てきて、街路樹が色づき始めた。

四日の深夜、謙治はひとりで会社にいた。午後十一時、探偵の三角と木暮がやってきた。

これ以上、盗聴器を放っておく必要がないと判断したから、取り外してもらうことにしたのだ。

その日の夕方、巨人の王選手が都内のホテルで記者会見を開き、引退を表明した。

木暮が作業をしている間、三角は王選手のファンだったと、ガムをくちゃくちゃやりながら言った。「……私も若い頃、プロ野球選手を目指したことがあったんですよ」

「所長」木暮が三角の無駄話を遮った。「盗聴器がなくなってます」

三角が謙治を見て、頬をゆるめた。「相手に気づかれましたね」

照屋の監視は二十四時間続けられていたわけではない。一旦、自宅に戻った後の彼の行動は誰にも分からない。

「根津さん次第ですが、マルタイの部屋をちょいと覗くことも可能ですが」三角が謙治の耳許で囁くように言った。

「いや、そこまではしなくていい。彼の監視も今週……そうだな金曜日までで一旦打ち切りにしたい。いつまでも続けていると、私が破産してしまうかもしれないから」謙治は冗談口調でそう言った。

三角は黙ってうなずき、木暮を連れて引き上げた。

照屋の自宅を探ってみたい気持ちはあった。しかし、探偵を雇ってそうしたのが自分だと発覚したら大事だ。やるのだったら、自分でやる……。

三角から会社に電話があったのは、金曜日の午後七時頃だった。取引銀行の支店長と融資についての相談をし、他に三件の用をすませて会社に戻ったところだった。

「部下から報告が入ったんですが、つい先ほど、マルタイが、根津さんに教えられてた赤坂にある〝エクセレント第三ビル〟に入っていきましたよ」

照屋が、浩一郎が経営する芸能プロダクションのあるビルに足を運んだ。

「三角さん、しばらく事務所にいますよね」

「ええ」

「また連絡します」

その夜、予定は何もなかった。

「俺は先に帰る」謙治は和彦にそう言い残し、部屋を出た。

タクシーを拾い赤坂に向かう。〝エクセレント第三ビル〟は、先々月竣工したばかりの国際新赤坂ビル西館の並びにあった。

浩一郎と照屋が会っているところに謙治は乗り込みたかった。

公衆電話から三角に連絡を取った。照屋はまだビルから出てきていないという。部下は近くに停まっている紺色のカローラの中だと教えられた。

カローラは売れに売れている大衆車で、近くに二台停まっていた。色も同じ感じだった。しかし、どの車かすぐに判断がついた。〝エクセレント第三ビル〟の反対側の路肩に停まっているカローラには無線のアンテナが取り付けられていた。

通りを渡ろうとした時だった。問題のビルから照屋が出てきた。謙治は、建物の陰に身を隠した。アンテナの取り付けられているカローラの助手席のドアが開いた。女が降りてきた。照屋は千代田線の赤坂駅に通じる階段を降りていった。女が照屋の後を追った。

謙治はカローラに近づいた。助手席に乗った。ドライバーに名を名乗った。上村《かみむら》という若い探偵は、所長から事情を聞いていた。右斜め前が〝エクセレント第三ビル〟だった。

「これまでずっと君が例の男に張り付いていたんですか」

「ほとんどそうですね」

「詳しい報告書はいずれ出てくると思うけど、上村さん自身は、例の男にどんな印象を持ちました？」

「印象ですか。そうですね、飲む以外にウサを晴らす方法を知らない孤独な男って感じがしました」

「そんなに飲みに出てるんですか？」

「ええ。特に銀座にある『ラスク・ムーン』って店には毎日のように。香織というホステスに入れ揚げてるようです」

三角エージェントはなかなか優秀な探偵社らしい。

「あれだけ飲み歩いていたら、金が……」上村の頰がゆるんだ。

「ちょっと待ってくれ」

ビルから男が出てきた。浩一郎に違いない。

浩一郎は外堀通りの方に向かって歩き出した。

「上村さん、茶のコートを着た男が見えるだろう。あいつの後を尾けてくれないか。車は俺が預かってる」

「それは、所長の許可がないと……」

「責任は私が取る」謙治は強い口調で言った。

「分かりました」

「どこか店に入ったら、君も同じようにしてくれ。どんな高い店でもかまわん」謙治は財布を取り出し、ありったけの金を上村に渡そうとした。

「それには及びません」

上村が遠ざかっていった。

謙治は煙草を吸って待った。途中で無線が入った。謙治は無線機の使い方がよく分からなかったが、何とか応対できた。

相手は三角だった。謙治は事情を説明した。

「マルタイですがね、自宅に戻りましたよ」

「ありがとう。あなたの部下が臨機応変に対応してくれて助かりました」

「その件、新規の契約になりますが、いいですね」

「もちろん」

謙治はただ待っていた。

勇平の運転手をしていた頃のことが思い出された。あの頃は、車の中で待つことが仕事だった。

赤坂の歓楽街で、勇平を待つ間、自分は金持ちになったら、どんな人間になるか考えたことがあった。虚飾の街で散財することはないだろうと思った。それは当たっていた。勇平の金を奪うまでは、心がざらついていたようだ。それを持て余し、遊びに逃げ込んでいた気がする。

しかし、今は違う。心が地均しされてしまったようで、浮気ひとつしない男に変わった。

まさかこうなるとは、あの頃は想像もできなかった。

一時間半以上の時が流れた。

上村が戻ってきた。謙治は助手席に移動した。

「マルタイ、山王下近くのクラブに入りました。そこでヤクザ風の男ふたりと会ってました。何の話をしていたかは分かりませんし、盗み撮りできるような状況じゃなかったです」

先にヤクザ風の男たちが店を出た。それから浩一郎はひとりで飲んでいたという。

「歩いてシャンティ赤坂近くのマンションに消えました。自宅に戻ったようです」

照屋と別れた直後に、ヤクザ風の男たちと会った。この二件に繋がりはあるのだろうか。

上村が無線で所長と連絡を取り、手短に報告した。

謙治も三角と話をし、やりたいことを告げた。三角は承知した。

「聞いての通りだ。私は、彼と会ってくる。その後、奴がどんな行動を取るか監視しててください」

「分かりました」

照屋の住まいはサッポロビール恵比寿工場の近くにあった。加計塚《かけづか》小学校からもすぐの、一方通行の通りに面していた。

鉄骨モルタルのアパートだった。

謙治はカローラを降りると、外階段を上り、奥の部屋に向かった。

ドアをノックしようとした時、声が聞こえた。ドアに耳を当てた。

「何でだよ。借金を返す当てはついた……。何度か……。まだ籍は抜けてねえよ。絶対に抜かねえからな……。訴えてみろよ。お前の生活、一生かかっても滅茶苦茶《めちゃくちゃ》にしてやるから」

あまりにも激しく受話器をフックに叩きつけたので、電話機がチンと鳴った。
謙治はドアをノックした。
「誰?」苛立った声がした。
「根津だ」
返事はない。謙治は待った。
ドアがゆっくりと押し開けられた。
照屋の吐く息は酒臭く、顔は緊張しきっていた。

四

一九八〇年十一月七日〜一九八一年二月二十三日
急襲するような形で、住まいにやってきた謙治に対して、照屋は顔を引きつらせたまま、口許に笑みを浮かべた。
「社長、一体、どうしたんですか?」
「上がっていいか」

「どうぞ、散らかしてますけど」

入ってすぐがキッチン。マンションではないが風呂はあるようだった。細い廊下の向こうが六畳ほどの部屋。襖の向こうにもう一部屋ある。

照屋の言葉通り、部屋は乱れきっていた。

炬燵の周りには新聞や雑誌が積まれ、灰皿は吸い殻で一杯だった。ソファーには脱ぎ捨てられた衣服が散乱していた。壁に飾られている洒落たポスターを収めた額縁《がくぶち》は曲がっている。隅に立てかけてある沖縄三線《さんしん》が今にも倒れそうだ。

「社長にお話ししてなかったんですけど、桂子《けいこ》とは別居中なんです。まあ、お座りください」照屋はソファーの上の衣服を抱え、隣の部屋に持っていった。

謙治はソファーに腰を下ろした。

「ビールでいいですか？」

「何もいらん。お前も座れ」

照屋は炬燵の前に胡座をかいた。

「俺がここに来た理由、分かるな」

「桂子が社長に何か言ったんですね」

「奥さんのこととは関係ない」謙治が照屋を睨んだ。「お前、さっきまで誰と会ってた」

照屋が目を背けた。

「誰と会ってたか訊いてるんだ！」謙治は声を荒らげた。

「…………」

「原島浩一郎に何を頼まれた」

「金の相談に行っただけです」

照屋が顔を上げ、真っ直ぐに謙治を見た。居直ったようである。

「俺が誰に金を借りようが、社長には関係ないでしょう。たとえ相手が、社長と不仲な人間だろうと」

「俺の会社をスパイして、いくらもらった」

「何で、俺が『微笑亭』をスパイしなきゃならないんですか？」照屋の口許に笑みが射した。

「俺と原島親子には深い因縁がある。意味、分かるな」

「社長が焦って、今夜、ここにきたのは、やはり……」そこまで言って、照屋が口をつぐんだ。

「やっぱり、何だ？　言ってみろ」

「…………」

「『すみ家』で俺の下で働いてた時から、俺が背負い込まされたトラブルのこと知ってたよな。週刊誌にだって載ってたんだから。それでも、お前は俺についてきた。それが何で今頃になって」

「あの頃は怖いもの知らずでしたから」

「ほう。今は俺が怖いか」

「俺が原島さんと会っちゃいけない理由はないでしょう」

照屋の強気の姿勢をどう解釈したらいいのか分からない。はったりなのか。それとも、盗聴したことで、全体像は摑めないまでも、照屋も、謙治に闇の部分があることを実感したのだろうか。

岩武とは電話で何度も話している。山田という偽名を使っていたが、深夜、誰もいない会社で話していた時は、安心して秘密に直接触れていた。

録音された会話を浩一郎が聞いた。そこから、小柳が盗んだ栄村先生の日章旗に重大な秘密があると勘を働かせたのか。

いや、そんなことはあるまい。そうとんとん拍子にことが運んだとは思えない。よしんば、先生の日章旗を手にいれたのが、浩一郎だったとしても、秘密を解き明かすのは至難の業である。盗聴の結果、謙治が怪しげな行動を取っている。そう確信を深めただけだろう。

疑惑を持たれる。これまでも、それには耐えてきた。確実な証拠が上がらなければ、それでいい。

「浩一郎とはどこでどうやって知り合った」

「兄貴は、いろんなところから借金してたし、手形も振り出してた。その手形の一部が原島さんのところに流れたんですよ」

「お前が『微笑亭』の社員だと知った浩一郎が、お前にあめ玉をしゃぶらせたってわけか」

「俺は今日で『微笑亭』を辞めます」

「な、照屋、なぜ、俺に相談にこなかった。兄貴と折り合いが悪くなって、俺のとこに来たんだろうが。俺は、『すみ家』時代のお前を知ってた。やる気のある真面目な奴だから、すぐに雇ったんだ。それが何で……。俺には今でも理解できない。お前は会社での自分の評価が低い、そう思ってたのか」

照屋が煙草に火をつけた。「今更、そんな話してもしかたないでしょうが」

「スパイをやったって認めるんだな」

照屋の息が荒くなった。

「吐いちまえ。どうせネタは上がってるんだ」

照屋が小さくうなずいた。「原島さんに頼まれて……」

「ちょっと待て、確認しておくが、お前の言う原島ってのは息子の方だな」

「親父の方には会ったこともないですよ」

「で、お前はいつから浩一郎のために働いてたんだ」

「一年ぐらい前からです」

「具体的に何をした？」

「……………」

「スパイをやってたって認めたんだから、全部話せ」

「大したことはしてませんよ」照屋が口早に言った。「社長室にこっそり入って、卓上用の日めくりカレンダーを盗み見て、夜、何をしてるか調べ、後を尾けたぐらいです。それも何回もやったわけじゃありません。松信に社長室から出てきたところを見られたもんですから。その時は、本当に社長に、進言したいことがあったから、疑われませんでしたが、やはり、怖くなって止めたんです。覚えてませんか。俺と昭島部長との間で、マグロのことでもめたことを」

覚えている。照屋は、暗に偽装をやりたいと言ったのだ。高いメバチを安いキハダにして、定価を据え置きにするという案だった。昭島は猛反対。謙治も当然、照屋の提案を退けた。

照屋は一本気な男で、のめり込みやすい性格である。だから、周りが見えなくなり、悪い方向に走り出すところがあった。

戦争中、お国のため、という思いが強いせいで、まるで催眠術にかかったような状態になり、敵国人を残虐な方法で殺した〝生真面目な〟兵士にちょっと似ているかもしれない。

「あの時、社長だったら、俺の提案にゴーサインを出してくれると思ったんですけどね」

「それはどういう意味だ」

「社会の裏も表も知ってる人だからですよ」

「『すみ家』での偽装を止めさせたのは俺だぞ。そん時、お前はまだあそこで働いてなかったかもしれんが」

謙治は背もたれに躰を預けた。その時、或るものがちらりと目に入った。ソファーの間からかすかに顔を覗かせているのは、貯金通帳らしい。謙治が来る前、照屋は貯金通帳を見ていたのかもしれない。

「お前が俺を尾行した時、俺はどこに行った？」

「はっきりとは覚えてません」

「嘘つけ！」謙治が怒鳴った。

「大概、会食の後は家に戻られました。一度だけ麻布十番のマンションに行ったのは見ましたけど。その時は原島さんに連絡を取りました。変わった動きがあったら、すぐに知らせろと言われてましたから」

「で、浩一郎はどうした？」

「現場に来ました。部屋番号までは突き止められませんでしたが、階は分かってました。彼はひとりでマンションに入っていきました」

「浩一郎を呼び出したのは一回だけか」

「はい」

小柳の経営する軍隊酒場に行ったことは知らないのだろうか。分からない。その後、小柳が殺されたから、照屋は話したくないのかもしれない。

こちらから、その質問をしたらやぶ蛇。絶対に口にできないのが歯がゆかった。

「で、浩一郎は借金を綺麗にしてくれたのか」謙治が訊いた。

「手形は何とかしてくれましたが、俺は大して役に立ってなかったから、報酬は微々たるもんでした。だから、まだ借金は残ってます。その相談に今夜、事務所まで行ったんです」

「で、浩一郎は何とかしてくれたか」

「もっと社長の情報が取れたらって言って、小遣いをくれただけです」

言ったことに嘘はなさそうだ。浩一郎は、核心に触れることはまだ掴んでいないようだ。

謙治は躰を起こした瞬間、ソファーの隙間に隠されていた通帳を引っ張り抜いた。

「何、するんですか！」

弾かれるように立ち上がった照屋が、通帳を奪い取ろうとした。前のめりになった照屋をかわして、謙治はソファーから離れた。肩越しに謙治を見る照屋の目に憎しみが波打っていた。

壁際まで移動した謙治は、照屋の動きに注意を払いながら、通帳をめくった。

残高は十二万しかなかった。ニットウショウジという会社に、時々三十万、送金されていた。始まったのは一年半ほど前からである。浩一郎、或いは彼の会社からの振り込みはなかった。

照屋は謙治に背中を向け、しゃがみ込んでいた。ぎゅっと握られた両手はソファーの上だった。

謙治は通帳を照屋の方に勢いよく投げた。「盗聴器を仕掛けていくらもらった」

照屋がまた肩越しに謙治を見た。「俺は盗聴器なんか仕掛けたことはないですよ」

「今更、嘘をついてどうなる」

照屋はソファーにゆっくりと腰を下ろし、だらりと両手両足を前に投げ出した。

「もうこの話はしたくありません」

「お前のこと、俺は信用してた」

「俺をもっと買ってくれていたら、いい片腕になれたと思いますよ。松信みたいなガキなんかよりも！」感情が高ぶったのだろう、照屋の声は悲鳴に近いものだった。

照屋を逆スパイにする。一瞬、そんな考えが浮かんだが、口にはしなかった。こちらからそういう行動を取るのは控えるべきだ。

照屋を放っておいていいのか。絶対に早まってはならない。本丸は浩一郎である。あの男の取る行動を見定めるのが先決だ。

照屋は正面を向いたままこう言った。「俺に何かあったら、社長を疑え、という文書を残してます」

「浩一郎の名前も加えておいた方がいいぞ。あいつが暴力団と繋がってるぐらいは知ってるだろうが」

「社長……。何で俺を……」照屋が泣き出した。

「借金はいくら残ってる？」

「百五十万です」

「今ここでお前の退職を認める。明日、私物をまとめて社から出ていけ。退職金は二百万。それで出直すんだな」

照屋は微動だにせず、唇を噛みしめた。

「越路吹雪《こしじふぶき》が死んじゃったわね。まだ五十六よ」鏡子が新聞を見ながら言った。

翌日は土曜日で、謙治は家にいた。

胃ガンのため、入院していた目黒の病院で死んだのだという。

「私、大好きだったのよ」鏡子は、或るメロディーを口ずさんだ。聴いたことのある曲だが、題名は分からなかった。

「何って歌だっけ」

「『愛の讃歌』よ。あなただって何度も聴いてる曲でしょう?」

「うん」

鏡子が、エディット・ピアフというシャンソン界の大スターの持ち歌で、越路吹雪がもっとも得意としていた曲だと教えてくれた。

謙治は鏡子の横顔に目を向けた。

鏡子は自分と違って教養人である。だから、小説やシャンソンなどに詳しくない夫をどう思っているのかと時々不安になることがある。

だいぶ前のことだが、昭島が家に遊びにきたことがあった。大学のクラスメートで、シャンソン歌手を目指してパリに渡った昭島と鏡子はフランスの歌手のことや小説を話題にしていた。謙治は、当然、口をはさめず、あまり好みではないワインを飲んでいるだけだった。さすがに昭島は、雇い主である謙治を気にし、抑え目に話をしていたが。

昭島の遠慮が却って、彼らと自分の距離を感じさせた。

教養のレベルが合っていれば、男女がうまくいくというわけではない。しかし、鏡子は、文化的なことと縁のない謙治に不満を感じることもあるはずだ。

そうは思っても、謙治は、鏡子に合わせる努力はしなかった。付け焼き刃の教養が、どれだけ薄っぺらいものか、何となく感じ取っていた。成り上がった人間は、大概、達筆で、聞きかじったような詩人や哲学者の言葉を引用したがるものだ。

謙治は、そういう場面に遭遇すると、畏まった顔をして拝聴するのだが、内心では、このような人間には成りたくないと思うのが常である。

鏡子は、教養のレベルの合わない自分と、ここまで一緒に歩んできた。夫として父親としては、自分でも及第点がつけられる。しかし、人間としては……。

自分の築き上げた家庭が、ここにきて眩しすぎて、目がくらみそうだった。

後悔が胸の底にたゆたっている。だが、もう取り返しはつかない。

探偵の三角から自宅に電話が入った。照屋は昨夜、まったく出かけなかったという。

「まだ揉め事、収まらないの？」鏡子に訊かれた。

「ライバル会社が汚い手を使ってるんだ。でも、もうじき終わるよ」

謙治はそう言ってから、書斎として使っている別の階にある部屋に向かった。

そこから岩武に連絡を取った。ホテルは借りっぱなしだが、そこにはいなかった。彼は自宅に戻っていた。

娘が傍《そば》にいるのだろう、岩武は仕事関係者からの電話を装った。後でかけ直すと言うので、居場所を教えた。

小一時間ほどで、岩武から電話が入った。謙治は昨夜のことを詳しく教えた。

「その社員、大丈夫なのか」

「殺れっていうのか」謙治の声には笑いが混じっていた。

「まさか」

「そいつは重要なことは何も知らないよ」

「浩一郎は？」

「その社員にさらにスパイしろって言ったらしいから、決定的な証拠を摑んではいないと思う」

「日章旗のことはどうなんだ」

「それは分からない。週明けにでも、浩一郎に会ってみる」

「会ってどうするんだ」

「浩一郎は気の強い男じゃない。圧力をかけておいて悪いことはないだろう。ところで、荻野や、その叔父の探偵はどうしてる」

「叔父は、知り合いの刑事から情報を取ろうとしてるが、うまくいってないらしい。あの事件との関連性なんか考えてもいないだろうから、放っておいていいよ」

「荻野はまだ日章旗に拘ってるのか」

「今はそれどころじゃないんだ」岩武の声が曇った。「荻野って男はけしからん奴でな、小柳の妹とも付き合ってたんだ」

「そうだったのか」

謙治は大げさに驚いて見せた。

岩武の娘、知美が荻野の家に泊まった翌日、小柳の妹がやってきた。

女ふたりは、当然、荻野が自分とだけ付き合っていると思っていたから、険悪なムードになり、知美は自宅に戻ってしまった。悲嘆に暮れた娘を、父親は慰めたが、今も傷は癒《い》えていないという。

「荻野は小柳の妹に対して、どう接してたんだろうな。だって、自分のところに泥棒に入り、父親を縛り上げたのは兄貴だぜ」

「その後、荻野は何度も知美に電話してきてる。根負けしたのか、ある時知美は電話に出た。荻野は、あの一件の後、妹とは手を切ったと言ったそうだ。それはどうやら本当らしく、鉢合わせした時、妹は、荻野に借りてたものを戻しにきたところだったようだから」

小柳の妹は荻野に未練があったのだろう。しかし、何度も知美に電話してきたところをみると、荻野の本命は知美だったようだ。

「で、娘は荻野とよりを戻したのか」

「荻野に対する不信感は今のところ消えてないようだが、いずれは元の鞘《さや》に収まるかもしれんな」

探偵になった叔父の調査は進展せず、荻野も、日章旗にかまってはいられない状態らしい。今のところは打っちゃっておいていいだろう。それが分かって安心した。

謙治は、借りているホテルの部屋を引き払えと岩武に命じて電話を切った。

その夜、広尾《ひろお》にある鉄板焼き屋に家族を連れていった。鉄板焼きは賢一郎の好物で、料理人の包丁捌きを見るのも大好きなのだ。

料理人のひとりがスティーブ・マックィーンのことを話し始めた。

その日の夕刊に、マックィーンの死が報じられていたのだ。

『不屈《ふくつ》の男　マックィーン死す』

ガンを患い手術を受けた後、心臓発作で他界したという。

「格好《かっこ》よかったなあ。あんなタフガイはもう二度と出てこないですよ」

謙治も鏡子もマックィーンのファンだったから話が弾んだ。『大脱走』をテレビで鏡子と一緒に視たのを思い出した。

マックィーンは義父と折り合いが悪く、少年鑑別所に入ったことのある人間だということは、新聞を読むまで知らなかった。

同じような境遇だった自分は、本当の犯罪者になり、彼は世界の大スターになった。

無意識に比較している自分を謙治は心の中で笑った。

翌日も謙治は家にいた。午後は、賢一郎とキャッチボールをやり、夜は家族でテレビを視た。

食事の時はアップダウンクイズ、それから賢一郎の好きな西部警察……。日曜洋画劇場では、早くもスティーブ・マックィーンの追悼番組をやっていた。選ばれた映画は『ブリット』だった。

視ている最中《さなか》、謙治の膝に桃太郎が乗ってきた。

謙治は桃太郎の背中を撫でた。寛《くつろ》いでいる自分と、そうでない自分を感じながら。


突然の照屋の退職に和彦が驚いた。

「彼に何か？」

「いろいろあるらしい」謙治は言葉を濁した。

照屋が自ら辞めたいと言ってくれて、謙治は助かった。クビにしたとなると、もっともらしい理由を社員たちに伝える必要がでてきたろうから。

午前中、浩一郎に電話を入れた。彼は不在だった。連絡をもらいたいと社員に言っておいたが、日が暮れても、浩一郎から電話はなかった。照屋から先夜の一件を聞き、逃げているのかもしれない。夕方、もう一度電話を入れたが、結果は同じだった。

午後十一時すぎ、謙治は赤坂に向かった。それまでは、会食があり躰が空かなかったのだ。

氷川小学校の前でタクシーを降りた。

浩一郎の住まいの正確な場所は、午後、三角の事務所に電話を入れ、先夜、彼を尾行した探偵から訊きだした。

浩一郎の自宅は、氷川小学校の左手の路地を入ったところにあった。

小振りのマンションに入り、エレベーターで五階まで上がった。五〇五号室のドアホンを押した。

返事はない。さらにしつこく鳴らした。居留守を使っているかどうかは分からない。ドアに耳を当ててみたが、何も聞こえなかった。しかたなく、マンションを出た。

目の前でタクシーが停まった。降りてきたのは浩一郎だった。謙治に気づき、足を止めた。

タクシーが去っていった。

路上にふたりの影が映っていた。謙治の真後ろの電柱と同じように、まったく動かない。

「お電話、お待ちしてたんですが」謙治が言った。

「映画の撮影に付き合って砧《きぬた》まで行ってたんだ」

「お話があります」

「ビジネスの話は昼間にしよう」

「プライベートな話ですよ。お分かりでしょう」

浩一郎の目が泳いだ。

「ビビってますね」謙治はゆっくりと囁くような声で言った。

「お前は危ない男だからな」

「部屋の中で話しましょうよ」

「話すことは何もない」

「照屋が俺にゲロしたのは聞いたでしょう」

「いろいろ分かったよ」

謙治たちを避《よ》けるようにして、住人がマンションに入っていった。

「そうですか。だったら警察に行ったらどうです？」

「相変わらず強気だな」

「下手な小細工はもう通じないぜ。二度と俺の周りをうろつくな」

「津田島からいろいろ聞いた。お前、打ち出の小槌《こづち》でも持ってたようだな。会社創立の資金の出所を知りたいもんだよ。必ず、お前の尻尾を摑む。殺人の時効まで九ヵ月。まだだいぶ先だ。時間はたっぷりある」

「無駄なことに時間を使うな。お前の会社、赤字なんだろうが。あんたには経営能力がない。何もできない馬鹿息子だよ」

浩一郎は手にしていた鞄を路上に落とすと、謙治の胸倉を摑んでぐいと押した。後頭部が、真後ろの電柱にぶつかった。

謙治は抵抗しない。通りかかったカップルが目をそらし、足早に去っていった。

「ほざいてろ」浩一郎はさらに謙治を電柱に押しつけてから、マンションの中に消えた。

謙治は路地を抜け、表通りまで歩いた。

浩一郎の怒りが、例の事件を解く鍵に迫っていないことを証明している。そんな気がした。

後九ヵ月。確かに長い。しかし、ガタガタしなければ、必ず時効を迎えることができるだろう。時効になった後も、疑いの目を向けられるかもしれないが、捜査が終われば、しつこく追及することはできない。週刊誌辺りが何か摑んだとしても放っておけばいい。世間は、風化してしまった事件のことなどには、さしたる興味は持たず、すぐに忘れてしまうものだ。

「栄村さんという方からお電話ですが」

和彦から、そう言われたのは十一月下旬のことだった。

謙治は一瞬返事ができなかった。

「社長……」

電話を受けた和彦の声すら遠のいたような気になった。

「女房の兄貴かな」やっと声になった。

「そうおっしゃってます」

「繋いでくれ」

受話器を握った謙治の掌に汗がにじんだ。

「はい、根津ですが」

「鏡子の兄の文雄です」

「ああ、やっぱり……。お久しぶりです」

「今、東京に来ているんですが、折り入って、ご相談がありまして」

「それじゃ、お昼を一緒にしませんか。一時間ほどしか時間が取れませんが」

「どちらにお伺いすればよろしいでしょうか」

新橋にあるホテルのロビーで待ち合わせることにした。

「で、鏡子にはもう……」

「まだ知らせてないんです」文雄が力なく笑った。「根津さんにお会いした後に、お宅にお邪魔しようかと思ってます」

電話を切った謙治は、しばし呆然としていた。

栄村という名前が耳に飛び込んできた時、脳裏をかすめたのは、写真で見た先生の日章旗だった。そして、日章旗を手に入れた者が、先生の名前を騙《かた》って連絡をしてきたのかと震え上がったのだ。

義兄の文雄でよかった。謙治はほっと胸を撫で下ろした。しかし、これまでほとんど交流のなかった文雄が、このタイミングで自分に会いにきた。用は何だろう？ 日章旗に関係しているはずはない。鏡子に連絡を取る前に、自分に面会を求めてきたということは借金の申し出ではなかろうか。

謙治が鏡子の親族を遠ざけ、長野にも足を運ばない理由ははっきりしている。長野のY地区に疎開したことを、誰かが思い出してしまうような事態を避けたかったからだ。文雄は、週刊誌沙汰にもなった怪しげな謙治を嫌っていたから、彼も謙治に会いたがらなかった。結果、義兄の家族とは疎遠になり、それは謙治にとっては誠に都合のよいことだった。

午前中の仕事を終えた謙治は社長室を出た。

「俺は、新橋のCホテルで、人に会ってる。一時すぎに、ホテルに来てくれ」

和彦にそう言い残して、社を後にした。

午後は、顧問弁護士のところで、いくつかの契約や訴訟について話し合うことになっていた。

にして。

先に来ていた文雄がロビーの片隅の長椅子に腰を下ろしていた。鞄を両手で抱えるよう
はっとした。横顔が先生にそっくりで、まるで亡霊に会ったような気がした。

文雄は、鏡子の四つ上。今年、五十三歳である。

先生が出征した時は三十七だった。父親の歳を遥かに超えている文雄だが、それでも似ていると思ったのは、謙治の心が生み出した結果かもしれない。

簡単な挨拶をすませ、文雄を連れて、三階のレストランに入った。ふたりともビーフカレーのセットを頼んだ。

文雄は、以前会った時よりも痩せていた。元々、撫で肩で、ひょろっとした貫禄のない男だったが、顔色も悪く、人生にほとほと疲れ、生気を失ったような感じに変わっていた。黒縁の眼鏡をかけている。小さな目は優しい光を湛《たた》えていた。その目も先生によく似ていた。

「で、お話というのは」

「まず私は、あなたにお礼を申し上げたい」

「お礼？」

「私、鏡子があなたと結婚することには反対でした。でも、あなたは妹を本当に幸せにしてくれました。そのことに深く感謝しているんです」文雄が頭を下げた。

「彼女の支えがなければ、今の私はありません。若い頃の私はろくな者じゃなかった。だから、お義兄さんの気持ち、よく分かります。気にしないでください」

カレーと小鉢に入ったサラダがテーブルに置かれた。

「私、三日前から東京に来てるんです」

「会社の方は？」

「辞めました。実は、東京には職探しにきたんです。竹馬の友の紹介で、農機具の商社に拾ってもらえると思ったんですが、それがうまくいかず……」文雄が目を伏せた。

「まあ、食べましょう」謙治はスプーンを手に取った。「確かホテルにお勤めでしたよね」

「ええ。そこで経理を担当してました」

「率直にお伺いしますが、会社で問題でも……」

「ええ、まあ」文雄の眉がゆるんだ。「でも、ご心配なく。会社の金に手を出したとかいうんじゃないんです。社長の遠い親戚が会社に働いてまして、その何というか……」

謙治が軽い調子で笑った。「社長の親戚の女とできてしまった。それが会社にバレたってことですね」

「ええ。妻にも分かってしまい、離婚手続きの最中です。私の責任ですから家も何もかも、家族に渡すつもりです」

謙治はカレーを口に運んだ。

「地元にも居づらくなったものですから、心機一転、東京に出ようと決心したんです。大学時代、住んでましたから、知らない土地ではないし」

そこまで言って、文雄は顔を上げた。カレーの付着したスプーンが宙で止まっていた。

「根津さんに、私の働き口を見つけてもらえないかと思って、お願いに上がったんです」

再び文雄は目を伏せた。スプーンは宙に浮いたままだった。

「分かりました。急なお話なので、安請け合いはできませんが、何とかします」

スプーンが皿に戻ったと同時に、文雄の顔に安堵の笑みが浮かんだ。

「歳が歳ですから、難しいとは思いますが、ひとつよろしくお願いいたします」

文雄は鞄の中から履歴書を取り出し、テーブルに置いた。

鏡子の兄のことである。出入りの業者に無理矢理押しつけてでも、就職先は決めてやらなければならない。

謙治は、希望する給料額、住まいのことを訊いた。多少の蓄えはあるらしく、アパートぐらいは自分で借りることができるらしい。

「給料は多くは望みません。食べていければいいんです。年金が入ってくるようになれば何とかなりますから」

「営業をやったことは？」

「若い頃にありますが、正直言って、あまり得意じゃありません。でも、どんなことでもやるつもりです」

「鏡子は、このことまだ知らないんですね」

「ええ。余計な心配をかけたくないと思って黙ってました。根津さんにお願いするのも躊躇ってたんです。先ほどお話しした就職口が駄目になった後も、いろいろ当たってみたんですが、うまくいかなかったものですから」

「で、そのお付き合いしていた女性とは……」

「別れました。彼女は東京に出るのを嫌がりましてね。その人は、私の生まれ育ったY地区出身で、鏡子の同窓生なんですよ」

先生に似た息子の口からY地区という言葉が出てきただけで、どきりとし、彼から目を逸らしたくなった。

文雄は、杉並に住んでいる友人宅に世話になっていると言い、友人の名前や住所をメモし、謙治に渡した。

一階に降りると和彦が待っていた。和彦に鏡子の兄を引き合わせ、先にホテルを出た。

タクシーに乗ると、文雄の履歴書にざっと目を通した。当然だが、文雄は謙治が疎開した時に通っていた学校の卒業生だった。

「あまり奥様に似てないですね」和彦が言った。

「そうかあ。苦労したらしく、前に会った時とはだいぶ顔つきが変わってたよ」

謙治は鞄を持っていなかった。履歴書を和彦に預けた。

その夜、迎えに出てきた鏡子の顔つきが違っていた。

「兄さん、午後、ここに来たわ」

「知ってるよ」

「ごめんなさい。迷惑かけちゃって」

「何を言ってるんだ。お前の兄貴だよ」

「何か飲む？」

「お茶がいいな」

謙治は上着を脱ぐと、ソファーに腰を下ろした。賢一郎はすでに寝ている時間だった。

煙草に火をつけ、ソファーに上半身を倒した。鏡子が茶を運んできた。

「でも、驚いちゃった。堅物《かたぶつ》の兄さんに愛人がいたなんて」

「詳しいことは何も聞いてないけど、遊びじゃなかったんだろうな」

「本気で恋したみたい」

「今日、出入りの業者に頼んだよ。うちに食器を入れてる会社だ。経理の仕事は無理かもしれないが、雇ってはくれそうだ」

鏡子の顔に笑みが広がった。「もうそこまで決めてくれたの。さすがあなたね、ありがとう」

「さっき、義兄さんに連絡しておいた。明日、向こうの社長が直接面接してくれるそうだ」

鏡子に対する深い負い目が、それでもって解消されるはずもなかったが、鏡子の嬉しそうな顔が、謙治を救った。

文雄の就職は、翌日即刻決まった。謙治の暗黙の圧力に、向こうの社長が抵抗できるはずはなかったから、そうなるのは分かっていた。

心中穏やかではなかったが、謙治は十二月に入ると、さらに仕事に精を出した。

十一月の終わりに、川崎市で、予備校生が金属バットで、両親を撲殺《ぼくさつ》するという事件が起こった。何不自由のないエリートの家で起こった陰惨な事件は、月が変わってもマスコミを賑わせていた。

自分が浩一郎の愛人を射殺した動機は単純すぎるほど単純だった。それに比べたら、二十歳の犯人の精神世界は複雑である。

今後、このような不気味な事件が増えるのかもしれない。戦後のどさくさが生み出し、高度成長期が育てたような、分かりやすい犯罪は、その数を減らし、過去のものとなる気がした。

そんなことを思った矢先、世界を震撼《しんかん》させる事件がニューヨークで起こった。

ジョン・レノンが二十代の男に射殺されたのだ。この事件も憶測が飛び交うばかりで、犯人の動機はよく分からないらしい。

忘年会シーズンがやってきた。連日、午前様だった。

しかし、クリスマス・イブだけは早めに家に戻り、親子三人で過ごした。賢一郎には野球のグローブと、携帯型ゲーム機〝ゲーム&ウオッチ〟を、妻にはカルティエの腕時計をプレゼントした。

年が明けた。例年通り、元旦に日枝神社に初詣に出かけた。後八ヵ月余り……。神様に祈願するようなことではないが、謙治はそう心の中でつぶやいた。

去年から、お笑いブームが日本中に巻き起こり、二枚目スターよりも、面白いタレントに人気が集まっていた。昔は、楽屋もまともにあたえられなかった漫才師たちが、正月番組でも引っ張りだこだった。

三日、妹の美紀子が息子、善之を連れてやってきた。善之は賢一郎の二つ上の十一歳になっていた。大人しくて反応の鈍《のろ》い子で、親の贔屓目《ひいきめ》かもしれないが、賢一郎の方が遥かに利発に見えた。美紀子の夫、善弘の店は、小さいながらもしっかりと顧客を摑み、安定した商売を続けているらしい。善弘は相変わらず、謙治を避けている。『微笑亭』のようなチェーン店は絶対に認めたくないのだろう。

「兄さん、運送屋の大和田さんの話、覚えてる？」

「ああ。夫婦が交通事故で死んで、ひとり娘が残されたって家の話だよね」

謙治はその時、お節をつまみながら、日本酒をちびりちびりやっていた。

「ひとり残されたあの子が、この間、うちに食事にきたのよ。偶然、近くのマンションに住んでたの」

当時中学生だったひとり娘は二十八歳になっていて、結婚し、子供がいるという。

会ったこともない相手のことだから聞き流した。思いだしたことは、忍び込んだ時の大和田運送のニオイと、盗んだトラックのキーがかかっていたボードのことだけだった……。

渋谷店で、未成年者の飲酒を店長が注意したことで、いざこざが起こったのは、レーガンが、アメリカの大統領に就任した、一月二十日のことである。ツッパリ・ファッションの五人の若者に店長が殴られ、警察が入った。

我が身の若い頃のことを考えたら、見逃してやる方が矛盾がない。だが、そうはいかずに被害届を出させた。

週刊誌が版元から謙治宛《あて》に送られてきたのは、その翌日のことだった。

普段、滅多に目にしない二流の週刊誌だが、目次を見て驚いた。

『流行作家、六車勉氏と現金強奪事件の関係』

見開き二ページの記事だった。

「六車勉氏が車椅子生活を余儀なくされたのは、六九年の十月初旬に起こった、氏の拉致監禁事件のせいである。当時、高校教師だった六車氏（本名 川久保宏）は、或る現金強奪事件の際に取り調べを受けたN氏のアリバイを証明した人物。そのことが原因で、闇の世界の人間が、N氏と関係があるのではと拉致し、拷問にかけてまで吐かせようとした。六車氏は、隙を見て、監禁されていた場所の窓から飛び降り、脱出を図った。その際、打ち所が悪く半身不随になった。

N氏とは一面識もない善意の人、六車氏は、結果、長い闘病生活、リハビリを経て、社会復帰した。身体障害者を支援していた会社に就職したことが氏の運命を変えた。本社が大手出版社のビルの中にあったのだ。

作家として大成功を収めた六車氏を、単純に幸せ者とは言えない。しかし、N氏のアリバイを証明したことが原因で、ハンデを背負うという不幸に見舞われなかったら、今の流行作家、六車勉は生まれなかったかもしれない。

これも数奇な運命と言えるだろう。努力では得られない、作家として必要なものを六車氏は潜在的に持っていたということだ……」

そんな内容の記事だった。

川久保は大手出版社のほとんどと付き合いがあるに違いない。その中には週刊誌を出している会社もある。そういうところでは、たとえ、くだんの週刊誌に書かれているような情報を得たとしても記事にはしないだろう。

この週刊誌を出している会社と川久保はまったく繋がりがないに違いない。

しかし……。謙治は考えた。単に記者が、このネタを見つけ記事にしたのだろうか。

いや、そうではなくて、誰かが何らかの意図を持って、この週刊誌に話を持ち込んだのかもしれない。

謙治の名前はイニシャルだけで伏せられていた。事件がどこで起こったかも書かれていない。にもかかわらず、自分に雑誌が送られてきたのだから。

謙治は、見えない腕が自分の首に巻き付いてくるような重苦しい気分になった。

ノックの音がし、和彦が入ってきた。謙治は引き出しに週刊誌を仕舞った。

これからのスケジュールを和彦から聞いた。だが、上の空だった。

その夜遅く、謙治はひとりで会社に戻った。

あれ以来、念のために保安器の中の点検を毎日行っている。社長がそうしているのを怪訝に思う社員がいるのは分かっていたが、そんなことにかまってはいられなかった。

謙治は岩武に連絡を取った。彼のところには問題の週刊誌は届いていなかった。

「例の事件、派手だったから忘れてない記者がいたんじゃないのか。それも困るが、何らかの意図を持って、誰かがネタを渡したってのは考えすぎだよ。だって、あんまり意味がないだろう」

「まあ、そうかもしれんが」謙治は深いため息をついた。「川久保は読んでるはずだな」

「電話してみようか」

「いや、俺がする」

受話器を置いた謙治は、川久保の自宅のダイアルを回した。

本人が出た。

「ひとりか」謙治が言った。

「ああ」

「家政婦はどうした？」

「親戚に不幸があって田舎に帰ってる」

「ひとりで大丈夫なのか」

「慣れてるよ。お前が電話してきたのは、『週刊事相』のことか」

「お前のとこにも届いたんだな」

「ああ。でも、届く前から、この記事が載ることは知ってた」川久保は落ち着いた声で言った。

「なぜ、知らせなかった？」

「知らせても結果は同じだろうが」

「お前はどうやって知ったんだ」

「連載中の週刊誌の編集部の人間が、フリーの記者から聞いてきて、それを僕に教えたんだ」

「誰かが裏で糸を引いてるんじゃないかと思うんだ」

「だとしたら、根津、僕たちは細菌に冒されてるみたいだな。目に見えない圧力がかかってるんだから」

「他人事みたいに言うな」謙治がいきり立った。

「僕は一度死んだ人間だよ。だから、どんなことがあってもしゃべらんから心配するな。お前のためだけじゃない。鏡子さんのためにも」

「先生の日章旗が問題なんだ。例の石橋って刑事、お前のところには来てないのか」

「いや」川久保の声が引き締まった。「あいつが日章旗のことを嗅ぎ回ってるのか」

「ああ」謙治は、社に盗聴器が仕掛けられていたことも含めて、これまでにあったことを詳しく話した。

「それはまずいな。盗聴した会話から、お前と岩武が日章旗のことを気にしていることがバレたとしたら」

「原島親子が裏で糸を引いているとしか考えられない」

「打つ手はないのか」

「あったら何とかしてる」

「僕が自殺しても、解決にはならんな」川久保がつぶやくように言った。

「お前……」

川久保がからからと笑った。「冗談だよ」

このまま静かに時の経つのを待つか。それとも、一か八か、浩一郎を本気で締め上げるか。

電話を切った謙治の胃がきりきりと痛んだ。

その二日後、謙治は勇平の見舞いにいった。何かを探り出せるとは思っていなかったが、様子を窺ってみたくなったのだ。

しばらく見ないうちに、一層、勇平は窶《やつ》れていた。

「よく来てくれた」

勇平がベッドから起き上がろうとした。謙治がそれを助けた。

勇平はベッドの端に寄りかかった。

「明け方、お前の夢を見た」謙治はそれを聞きながら、椅子をベッドに近づけた。

「夢っていうのは、不思議なもんだな。お前が祐美子と話してた」

「祐美子？」

すぐに誰だか分かったが、とぼけた。

「浩一郎の愛人だった女だよ」

謙治は大きくうなずいて見せた。

「あの女とお前が愉しそうに話してた」

「どんな話をしてました？」

「それは覚えてない。でも、すごく愉しそうだった」

謙治は曖昧な笑みを浮かべるしかなかった。

「運転手のお前に、あの女、色目を使っておったよ」

殺す直前、迫水祐美子は、謙治に秋波を送ってきた。本気だったかどうかは別にして、勇平は、まるで、その光景を見ていたようなことを言った。

これもじわじわと、謙治を追い込むための一言だとしたら、やはり、勇平が裏で画策しているということか。

「去年、浩一郎さんにテレビにスポット広告を打たないかと言われました」

「そうか」

「ご存知なかったんですか」

「聞いとらんな。で、どうしたんだ」

「社で検討した結果、残念ですが見合わせることにしました」

「前にも言ったが、あいつの芸能プロは赤字だ。これからは少し助けてやってくれんか」

「うちも青息吐息《あおいきといき》ですからね」謙治は笑って誤魔化し、勇平を真っ直ぐに見た。「俺の業界も競争が激化するばかりで、去年は社に盗聴器がしかけられてましたよ」

「産業スパイか」勇平も謙治から目を離さなかった。

「うちのようなちっぽけな会社でもそういうことが起こる。嫌な世の中になったもんですよ」

勇平の目つきが鋭くなった。「お前、俺にそのことを伝えたくて来たのか」

「どういう意味です？」

「言わんとすることは分かるだろうが。とぼけるな」

消えかけた蠟燭《ろうそく》が、一瞬、燃え上がるように、勇平の顔が上気した。

「わしの金を盗んだのは、お前だと思ってる」

「社長……」

「黙ってきけ」勇平が低くうめくような声で言った。「お前は、わしに疑われているのを知ってる。だから、盗聴器を発見した時、わしの顔が浮かんだ。違うか？」

「違いますよ。だったら、もっと前にここに来てます。年越しはさせてません」

勇平が謙治から目を逸らした。「わしは、お前のことを調べた」

「自殺した佐伯を使ってですか？」

「あれは、あいつが勝手にやったことだ。あの馬鹿、わしを裏切って、あの金を手に入れようとしたんだよ」

佐伯が自殺を図ったのは、お縄になりたくなかったからと考えるのが普通だが、奴を使っていた人物がいて、そいつが佐伯を精神的に追い込んだのかもしれない。

浩一郎にはそんな芸当はできないが、勇平だったら可能性がある。

「汗水垂らして金を貯めたか」勇平の痩せた肩がぴくりと動いた。「笑わせるな。津田島がしゃべったことを元に計算してみた。利幅の薄い百円天丼をいくら売ったたって、津田島に任せた金額もひねり出せないよ。他の銀行から融資を受けてたよな。担保は一体何だったんだ」

「株ですよ。上場するという噂のあった会社の株を買っておいたら、跳ね上がりましてね」

「そんなこと、誰が信じるか」

「社長」

「今は会長だ」

「でも、俺には、いつまでも原島さんは社長です」

「勝手にせえ」

「で、俺の会社を盗聴させてたのは社長だったんですか？」

「他にもお前を奈落の底まで突き落としたい人間がいるんじゃないのか」

「大勢いるでしょうよ。俺は成り上がりですからね。だけど例の事件のことを今でも忘れずにいるのは、社長と浩一郎さんしかいない。浩一郎さんがうちにスパイを送り込んだことは分かってます。社長が指示したんですか」

勇平の眉根が険しくなった。

違うのか？　あれは浩一郎が独断でやったことなのだろうか。

勇平は、浩一郎のことを可愛い息子だと思っているが、ビジネスパートナーとしてはまったく認めていない。強奪された金の一部でも、謙治を追い詰めることによって見つかったとしても、浩一郎の手には渡らず、勇平がその金を支配するに決まっている。

父親が、余命幾ばくもない状態になったのだから、どのみち、すべて息子のものになる。だが、浩一郎が照屋を動かした時点では、父親が重篤な病に陥ることは知らなかった。

「社長は、息子さんがやってたことに気づいていなかったようですね」

「本当にそう思うか」勇平が抑揚のない声で言った。

自分の判断が間違っていたのか。それとも、息子すら掌握できていないことを認めたくなくて、そう言ったのかは分からなかった。

勇平がベッドに横になろうとした。謙治が手伝った。拒否されるかと思ったが、勇平は素直に謙治に躰を預けてきた。筋肉が落ちたものだから、勇平の骨の感覚が謙治の指に伝わってきた。

妙に切ない気分になった。自分はどうかしていると思ったが、細い骨の感触は消えなかった。

勇平をベッドに寝かせ、躰を離そうとした時、勇平が謙治の手首をぎゅっと掴んだ。昔のように、大きな鼻の穴が、さらに開いた。

「お前は、わしの金を使って成功したんだ。よくぞ悪銭が身についたもんだな。大したもんだ。今年、殺人も時効になる。わしは、お前が捕まるところを見たかったが、とてもそれまでは保たんだろう。残念だよ。もう見舞いにはくるな。葬式にも出るな。分かったな」

謙治は勇平の手を握り返した。「社長、俺は……」

「お前がやったんだ、あれはお前が……」勇平の声は小さくかすれていた。

謙治は首を横に振った。「俺は、社長と付き合ったことで運が開けた。社長は俺にとって恩人です」

勇平が謙治の手を振り払った。「根津、寝首をかかれんようにな」

謙治は黙って勇平を見つめた。

勇平は目を閉じてしまった。すでに事切れたかのようにしか見えなかった。

謙治は深々と頭を下げ、病室を出た。

病院の出口に向かう謙治に近づいてくる者がいた。

石橋刑事だった。

謙治が露骨に嫌な顔をした。

「すみません。会社に電話をしたら、秘書の方が、こちらだと教えてくれたものですから。ちょっといいですかね」

謙治は黙ってうなずき、病院を出た。そして、信濃町駅近くの喫茶店に入った。

ふたりともブレンドを注文した。

「今日はまた何ですか？」謙治は煙草に火をつけた。「会議が待ってるので手短にお願いします」

「川久保さん、有名な作家になっていたんですね」

「あなた、あの事件を担当してないんでしょう？」

石橋は水を口に含んでから、謙治を真っ直ぐに見た。「異例なことなんですが、捜査一課に協力するように命じられたんです。殺された小柳の窃盗事件が、現金強奪の際に起こった殺人と関係があるかどうか調べるのが、私にあたえられた任務なんです」

「あなたが自ら志願したんでしょうが」

石橋はそれには答えず、コーヒーを音を立てて啜った。「私、あの事件のことが忘れられないんですわ。根津さんも同じでしょう？」

「俺は入院患者を見舞いにきたんですが、相手が誰だか知ってます？」

「いや」

「原島勇平さんが、ガンを患い、もう長くはないんですよ」

「ああ、そうでしたか。あれから十四年。月日が流れるのは早いもんですな」

「開口一番、川久保さんの話をしてましたが、それが何か？」

「たまには彼と会ってるんでしょう？」

「今は会ってません。でも、六車勉が川久保さんだとは知ってましたよ。ああいうことがあったから誰にも話してませんがね」

石橋が黙ってうなずいた。

「彼が、俺のアリバイ作りに協力した。今でも、石橋さんはそう思ってるんですね」

「分かりません」石橋はきっぱりと言い切った。「あの事件の捜査班は縮小され、新しい手がかりもなく、正直言ってお手上げのようです。もう川久保さんとあなたの接点に注目する者もいません」

「それは当然でしょう。接点なんかないんですから。あなたが俺に彼を引き合わせたんですよ。川久保さんは、今、優雅な暮らしをしているはずですが、その金は作家として成功して得たものでしょうよ」

「おっしゃる通りです。十一億円もの現金強奪事件の共犯なのに、作家になる前、彼に大金が転がり込んだ形跡はまったくないそうです」

「だから、彼は共犯者じゃなかった。一銭も金をもらわず、あんな事件に協力する者はいませんよ」

「病院に行く前、岩武弥太郎さんとお会いしてきました。彼は川久保さんと違って、一介のバンドマンだったのに、七〇年代に入ってから芸能事務所を持った。そして、あっと言う間に一流の事務所に成長させた。まとまった金が必要だったはずです。新人を売り込むのに、かなりの金がかかるそうですから」

「何が言いたいんです？」

「根津さんも同じですが、資金の出所がよく分からんのですな」

「ずっと以前から、石橋さん、俺の会社の資金源を調べてたんですか？」

「私は、あの事件から外されて、かなりの時間が経ってます。捜査班が、『微笑亭』のオーナーがあなたと知ったのは、ずっと後のことです。銀行は警察にでも、そう簡単に顧客の情報をくれませんからね」

「銀行は必ず警察ＯＢを雇ってるんじゃないんですか？」

「そうですが、資金の流れを摑むことは難しい」

「思うに、俺に執着してるのは、あなただけじゃないんですか？」

「そんなことはないですよ」石橋は含みのあるような目をした。「ところで、原島さん、事件のこと何も口にしませんでした？」

「お前がやったんだろうって面と向かって言われましたよ」

「根津さんは、あの事件のこと忘れたいんでしょうが、なかなかそうはいかないみたいですね」そう言いながら、石橋は懐に手を入れた。

取り出されたものに、謙治は視線を向けた。

パイプとパイプ煙草。銘柄はヴァージニア。岩武が吸っていたパイプ煙草である。

「最近、友人に勧められまして、パイプを吸うようになりました。なかなかうまいですな。岩武さんも同じものを吸ってたんで、趣味が合いますねって、さっき言ったんです」

犯行現場で見つかったパイプ煙草の葉をわざと自分に見せている。以前よりも、さらにしつこくなったようだ。

「根津さんと岩武さんは面識がありますよね」

「それが何か？」

「行方不明になっている日章旗にも、岩武と根津という名前があった。昔から知ってたんじゃないんですか？」

「いいえ。隅村さんが縁を結んでくれた人ですから面識があるというだけです」

「そうですか。岩武さんと川久保さんの接点も調べたんですが、今のところは何も出てきてません」

「あなた、俺を端から犯人だと決めてかかってますよ」

「いいえ、決してそんなことはありません。可能性のある人物のひとりだということは間違いありませんがね。理由は犬ですよ。犬たちがなついている人物が犯行に加わっていたのは間違いない。当時、原島邸に住み込みで働いていた野上夫婦、小出芳子さん、それから自殺した佐伯弘幸、そして、あなた。犬たちを手なずけられた人間は他にいないんです。気分を害されるのは、ごもっともですが、どうしても、あなたに注目せざるをえない。私ね、会えば会うほど、あなたは悪い人ではないように思えてくるんです。だから辛いんですよ、本当は」

謙治は鼻で笑った。

「今年の八月十五日にあの時の殺しの時効がきますよね」石橋が続けた。「それまでに解決したい。そうしないとすっきり退職できない。あの事件、私のライフワークだと思っていただきたい」

「頑張ってください、と俺は申し上げるしかないですね」

石橋はパイプをふかしながら、目を細めて微笑んだ。

一緒に喫茶店を出た。謙治はタクシーで会社に戻った。

社長不在のまま会議を始めるわけにはいかないので、幹部たちが待っていた。

「山田エステートの社長から二度電話がありました」和彦が耳打ちした。

謙治は黙ってうなずき、遅れたことを幹部たちに詫びた。

その夜、岩武と話した。岩武はかなり動揺していた。

「大丈夫だ。堂々としてればいい。絶対に確実な証拠など摑めないから」

岩武には弱気な面はまるで見せなかった。しかし、精神的ダメージは、予想を超えるもので、頭痛と胃痛に悩まされるようになった。体重も四キロ減った。


鏡子のいつになく興奮した顔が、帰宅した謙治を待っていた。

石橋と会った一ヵ月後の二月二十三日のことだ。

「あなた、お父さんが、戦地に持っていった日章旗が見つかったんですって」

鏡子の明るい声が、謙治を地獄に突き落とした。金縛りにあったように動けず、口もきけなかった。

鏡子の顔が曇った。「どうしたの?」

「日章旗って……」

「出征する兵士に、町内の人が何か寄せ書きして渡していた、あれよ」

「ああ……」謙治は先に居間に入った。

賢一郎がゲーム機で遊んでいた。ボタンを素早く押している。「お帰りなさい」

「賢ちゃん、ゲームばっかりやってちゃ駄目よ。パパにお話しすることあるでしょう」

賢一郎がゲーム機から顔を上げた。「今日の算数の試験、九十五点だったんだよ」

「そうかあ。すごいな」謙治は上の空で答えた。

ついに見えない敵が動き出した。謙治はもう表情を取り繕《つくろ》うこともできず、ソファーにゆっくりと腰を下ろした。

驚きは続いた。先生の日記がダイニングテーブルの上に置かれていたのだ。

「大丈夫？」

「ちょっと頭痛がしてるんだ」笑うのが精一杯だった。

「一度、お医者さんに診てもらったら。だって、あなた、最近めっきり痩せたもの」

謙治はふうと息を吐いた。「そうかあ、お義父さんの日章旗がね」

鏡子が謙治の前に座った。

「誰が見つけたんだい？」

「相田《あいだ》さんという男の人でね、その人のお父さんが戦地で一緒だったんですって」

相田という男の父親が死んで、遺品の中から、先生の日章旗が出てきたという。

真っ赤な嘘だということは明らかだ。

「その人、お前に返したいって言ってるんだね」

「そうなの」

「会う日にちは決まったの？」

「今度の日曜日に、新宿の喫茶店で引き取ることにした。『滝沢《たきざわ》』って喫茶店あるじゃない。あそこで午後四時に待ち合わせをしたわ」

謙治は煙草に火をつけようとした。

「あなた、逆よ」

「ああ」謙治はフィルターの方に火をつけようとしていたのだ。

鏡子が謙治に近づき、額に手を当てた。「熱があるみたい。あなた、働きすぎよ。実は、今日、昭島君、あなたのことを心配して電話してきたの」

「余計なことを」謙治はぼそりとつぶやいた。

「彼に怒っちゃ駄目よ。内緒にしてほしいって言われたんだから」

「しかし、よくお父さんの日章旗だって分かったね」

「どういう意味？」

「聞いた話だけど、遺族にそういうものが返ることってなかなかないそうだから」

「相田さん、ちょっと前に、長野ベークライト商會って会社にいた人と偶然、会ったんですって。それで分かったそうよ」

謙治はもう驚く気力すら失っていた。

「その会社のこと、お前も知ってるのか」

「そこの社長の息子さんが、確か父の大学時代の同級生だったはず。詳しいことは知らないけど。私、久しぶりに、お父さんが出征する日のことを思い出しちゃった」鏡子の目が次第に潤んできた。「今日は一日中、お父さんの日記をぱらぱらとだけど捲って読んでたの」

謙治は日記の方に目を向けた。「前にちらっと見せてもらったけど、それにしてもすごい量だね」

「そうなんだけど、変なのよ」

「何が？」

「一部がなくなってたの」

「よく気づいたね」

「だって、出征前のことが書いてある最後のノートがなくなってたから」

「どこかに紛れたんじゃないのか」

「ヒモで留められてたのよ。盗まれるようなもんじゃないから、狐《きつね》につままれたような感じ」

謙治は立ち上がり、棚の上に並んだ酒瓶から、オールド・パーを選んだ。

「頭痛なのに飲んでいいの」

「酒ぐらい飲めるよ」

「ちょっと待って、ホットウイスキーにした方がいいわよ。躰が温まるから」

鏡子は、謙治の手からボトルを取ると、キッチンに消えた。

「パパ、今度の野球の試合、観に来てくれるでしょう?」賢一郎が言った。

「いつなんだ?」

「日曜日だよ。絶対、ホームラン打ってみせる」

「用事がなかったらね」

鏡子がホットウイスキーを持って戻ってきた。

「あなたの好きな干し椎茸《しいたけ》のおすまし、作っておくね」

鏡子は風邪を引くと、決まってそれを作る。父親もそれが大好きだったと言っていたのを思い出した。

ホットウイスキーなど飲みたくなかった。常温のものをきゅっと引っかけたかった。

「で、その人はどこに住んでるの?」

「中野《なかの》だって言ってた。こっちまで来るって言ってくれたんだけど、こちらから出向くのが礼儀だと思って、新宿で会うことにしたのよ」

「お互い、特徴を教え合ったんだろう?」

「もちろんよ。相手はグレーのスーツを着てくるって。小太りで口ひげを生やしてるっていうから見つけるのは簡単よ。私は、着ていく服の色を教えたわ。あなたに買ってもらった赤いワンピースにした」

見えない敵の仲間がくるのだろうか。そうとは限らない。単に届けるだけの人間を雇ったのかもしれない。

先生の日章旗が鏡子の手に渡らずにすませる方法はあるか。

中野に住んでいるといっても、中野駅から乗車するとは限らない。新宿に来る前に阻止したいがそれは不可能だ。

喫茶店の入口で見張っていて、鏡子に会わせないようにするしかない。その場合は岩武と宮森の応援が必要だ。鏡子に自分の姿を見られるわけにはいかない。

しかし、相田とおぼしき男を発見しても、昼日中に襲うことはできない。鏡子の代わりに受け取りにきたと言っても、相手がすんなりと日章旗を渡すはずはない。

しかし、見えない敵の意図が分からない。

金にするつもりだったら、謙治に話を持ちかけるのが普通である。鏡子に日章旗を渡す理由は何か。謙治を精神的に追い込んで、最後は平穏な暮らしを破壊したい。そういうことなのだろう。

いや、待てよ。原点に立ち返ってみると、小柳のマンションから日章旗を盗み出した人間は、例の強奪事件とはまるで無関係かもしれないではないか。

その場合は、相田と名乗る男が、小柳宅に侵入した人物なのだろうか。それもおかしい。自分が犯人であることが発覚する可能性があるのだから。

やはり、あの強奪事件に絡んでいた人間が調査を重ねた結果、根津謙治の妻の父親のものだと分かったと考えるべきだろう。

謙治が鏡子の代わりに喫茶店に行く。それは無理だ。鏡子を説き伏せることなどできるはずはない。

ひょっとすると罠かもしれない。

日章旗を手に入れてなくても、秘密を突き止めた人間が、謙治の動向を見たくて、大芝居を打ったとも考えられる。

日章旗と例の事件を結びつけていると思われる人間はふたりしかいない。

原島浩一郎と石橋刑事。

そのうち、大芝居を打つとしたら石橋だろう。

石橋は、ついに日章旗の持ち主に辿りつき、その娘が謙治の妻だと知った。そこで、謙治および、その仲間の動きを知りたくて画策した。公僕という身だが、執念深い石橋ならやりかねない。

しかし、やはり、浩一郎が見えない敵の本命ではなかろうか。

手に入れた日章旗の秘密を何らかの形で、突き止め、動き出した。浩一郎は謙治を恨んでいるのは間違いないのだから、妻を巻き込んで謙治を地獄に落とそうと企んでもおかしくはない。

何であれ、相田という人物と鏡子を会わせないようにしなければならない。

ひとつのアイデアが浮かんだ。

根本的な解決にはならないが、岩武か宮森に鏡子に電話をさせ、日曜日の待ち合わせの場所を変更させよう。

そうやって、『滝沢』に現れる、小太りで口ひげを生やした男を、そっと見張る。

見張り役をやらせられるのは宮森しかいない。

石橋の罠ということも頭に入れておく必要がある。この場合は、私服が動いているはずだ。当然、石橋も現場近くに潜んでいるだろう。

顔がバレていないのは宮森だけである。

怖じ気づいてしまっている宮森だが、ここはあいつに、何が何でもやらせる。

謙治は、ホットウイスキーを飲みながらそう考えた。

「あなた、もう寝た方がいいわ」

鏡子の声で我に返った謙治は、黙ってうなずき、ふらふらと立ち上がった。

五

一九八一年三月一日〜一九八一年八月九日

冬の陽射しが白く走っていた。川面を渡って走り抜けてゆく風は冷たく、川岸はいまだ枯れ色に包まれ、春の兆《きざ》しすら感じられなかった。

しかし、野球に興じている少年たちの姿は潑剌《はつらつ》としていた。

賢一郎の所属している少年野球チームが、川崎のチームと練習試合を行っている。場所は多摩川に架かる六郷橋《ろくごうばし》近くのグラウンドだった。近くを京浜東北線と京浜急行が、枕木を叩いて行き来していた。その音に負けないくらいの歓声が上がった。

三番バッターの賢一郎が、センターオーバーの長打を打ったのだ。

懸命にベースを駆け抜ける息子を謙治は我を忘れて目で追った。「回れ、回れ」と声には出さずに、心の中で叫んだ。

三塁を回ったところで賢一郎はほんの僅《わず》か躊躇《ちゅうちょ》したが、ホームに突っ込んだ。センターからの球を受けたセカンドの返球が素晴らしかった。クロスプレイ。賢一郎は倒れ込むようにしてホームベースに滑り込んだ。タイミングはアウトだった。しかし、キャッチャーのタッチが遅れた。

「セーフ」アンパイヤーが両腕を勢いよく拡げた。

躰を起こした賢一郎がガッツポーズ。チームメートたちも小躍りするように喜んでいた。

ランニングホームランとはいえ、賢一郎は約束通り、ホームランを打ったのだ。しかも走者一掃の満塁ホームランだった。

謙治は、この瞬間だけ、煉獄《れんごく》の苦しみから逃れることができた。

賢一郎のチームの攻撃が終わった。

「お宅のお子さん、すごいわね」隣で応援していたミンクのコートを着た女に声をかけられた。

「ありがとうございます」

女の息子も賢一郎と同じ小学校に通っていて、鏡子とも親しいという。

「お宅のお子さんは？」謙治が訊いた。

「さっきエラーしたのが、うちの息子です」

前の回で、ショートを守っていた少年がトンネルし、賢一郎のチームは失点した。

「バウンドが変わりましたから、あれはしかたないですよ」謙治はそう言って、母親を慰めた。

「奥様は？」

「ちょっと用がありまして」

賢一郎の活躍に胸を躍らせた謙治だったが、意気揚々としてピッチャーズマウンドに向かう息子の姿を見ていたら、再び底知れぬ不安が襲ってきた。

その日は三月一日の日曜日。

鏡子が新宿の喫茶店『滝沢』に行き、相田と名乗った男と会う予定だった。しかし、岩武が相田の代理だと嘘をつき、会う日を変更した。『滝沢』には宮森が行っている。

小太りで口ひげを生やしたグレーのスーツの男を見つけたら、宮森が後を尾けることになっていた。

すっかり怖じ気づいてしまった宮森は、ひとりでは無理だと、頑なに謙治の要求を断ったが、謙治と岩武の迫力に負けて、渋々承知したのだった。

グラウンドに目を向けてはいたが、謙治はもう賢一郎の姿すら見ていなかった。

頭を駆け巡るのは過去のことばかりだった。

原島勇平の邸から、現金十一億円を強奪し、偶然、やってきた迫水祐美子という女を射殺した。以来、警察と闇の世界の人間に付きまとわれ、気を抜くことのできない日々を送ってきた。ピアノ線が張り詰めたような緊張の中、何とか気持ちを崩さずに生きてきた。

しかし、栄村先生の遺品である日章旗が発見されてからは、命綱が切れそうな切羽詰まった気分に耐えるだけで精一杯だった。

特に、相田という男から、先生の日章旗を娘である鏡子に返すという電話があったと知ってからは、仕事にすら集中できない状態に陥った。

気持ちが弱くなると、人間は、どんな形でもいいから早く決着を見たくなるものだ。追い込まれた謙治もまさにそういう状態だった。

相田なる人物と自分が会えば、おのずと相手の意図が分かる。結果、十五年近くもの間、隠し通してきたあの事件のことが明るみに出てしまうかもしれない。それでもかまわない。弱気の虫が、ふとした瞬間に、謙治の胸に宿ることがあった。

そんな自分を支えているのが何なのかは、はっきりしていた。

鏡子と賢一郎に真相を知られるのが、謙治は何よりも怖かった。

女を殺し、可愛がっていた犬まで毒殺し、金を奪った男。悪逆非道の凶悪犯が夫であり、父親だった。

発覚した時の鏡子のショックは筆舌に尽くしがたいものだろう。

自分の作った会社も家庭も、足許は最初から腐っていた。

いざとなったら会社は放り出してもかまわない。だが、砂上の楼閣とはいえ、築いた家庭だけは壊したくない。

自分に、あんな平穏で笑顔の絶えない家庭が作れたのか。振り返ってみると不思議でならなかった。

自分自身の家庭は戦争で父と兄を亡くしたことで、ねじ曲げられ、決して、満ち足りたものとは言えなかった。しかし、小さな幸せの中で蹲《うずくま》っているような暮らしに憧れたことは一度もなかった。

かと言って、金に対する欲望が人一倍強かったわけでもない。父と兄が戦死し、疎開先から東京に戻った謙治が目にしたものは焼け野原だった。死んでしまうなんて想像も出来なかった父と兄があっけなく骸《むくろ》と化した。そして、繁栄を極めていると思っていた大東京も、無残な姿を晒していた。

だが世の中は、あっと言う間にその姿を変えた。誰しもが民主主義を唱えた。戦中、尽忠報国の精神の塊のような人間だった町内会長まで、言うことがころりと変わり、ギャングまがいのコンビの靴を自慢げに周りに見せびらかしていた。

謙治自身も、人のことは責められない。戦時中よりも愉しいことが多かったのは事実だから。

家の金をくすねてスピード籤《くじ》を買ったりもした。一等は百円と煙草十本だった。四等が当たった。賞金はなかった。景品は煙草十本だった。それを半分売って、残りは自分が吸った。

そのようにして戦後の自由に浸っていたのだが、何となくすべてが嘘臭く思っていた。敗戦を迎えた時、十歳ほど歳が上だったら、戦後のドサクサを、欲望が成就できる好機と捉《とら》えて、勇平のような生き方をしていたかもしれない。戦後民主主義を錦の御旗のように立てている人間よりも、原島勇平のような男に惹かれたのは、謙治の胸の底に常に吹いていた隙間風のせいだろう。

十一億円。当時の謙治にとっては、想像を遥かに超えた金だった。数千万の金だって盗もうとしたかもしれないが、そのぐらいの金額だったら、あそこまで前のめりにはならなかった気がする。

想像を絶する金を奪う。若い謙治は、未踏の地に踏み込む冒険家のような気分だった。計画を練るだけでも愉しかった。疎開先で知り合ったにすぎない岩武たちを巻き込むアイデアが浮かんだ時も、我ながら知恵が回ると自画自賛した。

そうやって魔を生きることになった。

百円のエビ天丼で小さな勝負に出、悪銭を使って会社を立ち上げた。成果が上がれば、やる気も出て、実業家の仲間入りをしたような錯覚を起こしたこともあった。

しかし、自分は金の亡者でもなければ、実業家の器でもないという思いが常に胸の底にたゆたっていた。

街の底で、世の中をハスに見ながら、やさぐれた人生を送っているのが、自分には一番、向いていたのかもしれない。

そんな男が、人が羨むような家庭を作り、仕事に励んだ。

なぜ、これほどまでに変われたのか。

鏡子にぞっこん惚れてしまったからである。こんなに人は人を好きになれるものか、と自分でも驚いている。その気持ちは年を経ても変わらない。

事件が明るみに出るだけでも鏡子と賢一郎を地獄に突き落とすことになるが、その上、鏡子の父親の遺品が絡んでいるのだから、謙治としては、何が何でも、隠し通さなければならないのだった。

試合が終わった。賢一郎を車に乗せ、帰路についた。

試合は四対二で、賢一郎のチームが勝利した。MVPがあったとしたら、間違いなく賢一郎が獲得していたろう。

謙治は息子を褒め称《たた》えた。

「ショートがエラーしなければ、完封勝利だったんだけどね」賢一郎は得意げに言った。

屈託のない笑顔が、謙治の心を痛めつけた。

「パパ！」

慌ててブレーキを踏んだ。赤信号が目に入らず、横断歩道を歩いてきた老人を撥ねそうになったのだ。

「ごめん、ぼんやりしてた」

「仕事のしすぎだよ」

謙治はそれには答えず、目頭を押さえた。

鏡子はまだ家に戻っていなかった。

鏡子は、兄の文雄に会いにいったのだ。文雄は、謙治のおかげで就職できた。しかし、つましいひとり暮らし。鏡子はそれを気遣って、時々、様子を見にいっているのである。

宮森からの報告は岩武が受けることになっている。しかし、余程の緊急事態にならない限り、岩武が家に電話を寄越すことはない。午後九時、書斎に使っている部屋に連絡してくる。

電話が鳴った。緊急事態か。謙治は緊張して受話器を取った。

「もしもし……」

相手は声を出さなかった。相田と名乗った男が、鏡子が来ないので、電話をかけてきたに違いない。

「もしもし」謙治はもう一度相手に呼びかけた。

受話器を置く音が聞こえた。少し間があった。見えない敵は、自分に何か言いたかったのかもしれない。

電話を切ってほどなく鏡子が戻ってきた。賢一郎は、母親にランニングホームランを打ったことを喜々として話した。

鏡子は兄の様子を謙治に聞かせたがった。「兄さん、慣れない営業で苦労してるみたいだけど元気だった。少し顔色もよくなってた」

「それはよかった」

夕食を終えると、謙治は仕事があると言って書斎として使っている部屋に行った。

午後九時ぴったりに電話が鳴った。

「お前から聞いた風体の男だがな、『滝沢』にはいなかったそうだ」

「確かか。あの喫茶店は広いし、客の出入りも多いぞ」

「宮森は二時間、あそこにいて、トイレに四回立って店内を見て回ったそうだ」

相田なる人物が現れないこともありうるとは思っていた。

鏡子から話を聞いた謙治が、妻に何らかの理由をつけて、彼女の代わりに現れるかもしれない。相手は、そうなるかどうかを確かめたかった気がしないでもなかった。

相手は次にどんな手を打ってくるのか。謙治は頭を抱えるばかりだった。

翌夜、家に戻った謙治を待っていたのは鏡子の沈んだ顔だった。

それだけでもきりきりと胃が痛んだ。

「何かあったのか?」

「相田さんから、電話があったの」

「また予定の変更？」謙治は軽い調子で訊いた。

「変なのよ、それが」

「何が？」

「いきなり、すっぽかしましたねって言われたわ」

「どういうこと？」

鏡子が説明を始めた。謙治は驚いた振りをした。

「代理人は、相田が仕事で海外に行ってしまったから、一週間、延ばしてほしいって言ったんだろう？」

「そうだけど、ちょっとおかしいってその時も思った。自分で電話してこられることだから」

「言われてみればそうだな」そこまで言って、謙治は煙草に火をつけた。「で、次はいつ会うんだい？」

「それがね、約束を破ったことに怒ったんじゃないかしら。いずれまた会いましょうって言って、電話を切ってしまったの」

「それもまた妙だな」

「私、からかわれていたのかしら」

「そうだとしたら、かなり悪質だな」

鏡子の眉が引き締まった。「気持ちが悪い」

「苗字が相田で、住まいが中野。それしか分かってないのか」

鏡子が小さくうなずいた。

「どんな声の男だった？　若い感じ？」

「籠もったような声だったからはっきりしないけど、歳のいった感じの男ではなさそうだった。ぼそぼそ言ってるから、聞き取れないこともあったけど」

相手は声を作っていたようだ。

「他に気になることはなかった？　たとえば、周りの音とか……」

「別に。一回目は静かだったけど、今日は公衆電話からかけてきたみたいで、かすかに車の音がしてたわ。それぐらいね」

「今日の電話、何時頃にかかってきたの」

「お昼時」

まるで参考にならない。

「また電話があるかもしれない。そん時は、相手のことをそれとなく探ってみてくれ」

「それとなく、なんて嫌よ。疑問をぶつけてみるわ」鏡子の目に怒りが波打っていた。

その後、相田なる人物からは何の連絡も入らなかった。鏡子も、喉に小骨が刺さったような気分で暮らしているのが何となく感じ取れた。

岩武たちとも連絡を取らないまま、時は牛歩の歩みですぎていった。

不眠がちだった謙治は、医者に行き、軽い睡眠薬を処方してもらった。

三月の終わりにピンク・レディーが解散し、寺尾聰《てらおあきら》の『ルビーの指環』がどこにいっても、流れるほど大ヒットしていた。

しかし、なぜ、〝敵〟は何も言ってこないのだろうか。

じわりじわりと謙治を追い詰めたいのかもしれない。ということは、相当、謙治に恨みを抱いているということになる。

思い当たるのは、原島親子しかいない。ふたりのうちで、ヘビの生殺しのようなことをやるとしたら勇平だろう。愛憎こもごも。謙治には複雑な気持ちを持っている。勇平は落ちぶれた。反対に謙治は、今や成功者である。

しかし、先生の日章旗のことを、どのようにして勇平が知ったのか。その高い壁を越えられないと、どんな答えも得られないだろう。

増美が出演している六車勉原作の映画が封切られたのは四月の終わりだった。会社に増美から電話があり、観てほしいと言われたので、時間を作って日比谷にある映画館に出かけた。増美は、不良の女子高校生を庇う先生役だった。

その直後、増美と酒を飲んだ。浩一郎のことに触れたが、彼女はまったく会っていないという……。

浩一郎から会社に電話が入ったのは、五月下旬の金曜日のことだった。

何を言ってくるのか。謙治の顔がかすかに歪んだ。

「お久しぶりです」

「今日は知らせることがあって電話した。親父が息を引き取ったよ。一昨日、親父の誕生日だったんだけどな。その翌日の夜に」

原島勇平は七十三で、その生涯を閉じたのだ。

「お通夜はいつですか?」

「明日だが、お前は来るなと親父に言われたんじゃないのか」

「それでも、あんたが承知してくれれば、社長にお別れを言いたい」

「顔を出さないと変に思われるかもな」浩一郎が嫌味を言った。

「浩一郎さん、俺の気持ち、分からないんですか」

「まあいい。喪主の俺が許可してやる」

菩提寺は浅草にあり、そこのホールで通夜が営まれるという。

翌夜、会食の予定が入っていたが、キャンセルした。

通夜の参列者は四、五十人だった。勇平に勢いがあったら、集まる人間の数は十倍以上だったろう。名の知れた俳優から花が出ていた。

自分が来たことで成仏できないかもしれない。そう思いながら、謙治は遺影を見つめた。こみ上げてくるものがあった。

遺影に向かって手を合わせた時、謙治は勇平に何も語りかけなかった。恩人でありながら、裏切った相手でもある。何も言うことはなかった。

通夜ぶるまいに残ったのは、二十名ほどだった。見知った顔は喪主を除くと、銀行員時代に世話になった津田島だけだった。

もしも、勇平の手先が、鏡子に電話をかけてきたとしても、この席に顔を出しているとは思えないが、一通り、鮨を食ったり、酒を飲んだりしている人間を盗み見た。

「これからどうするんです？」謙治は津田島に話しかけた。

「会社に残り、浩一郎さんと一緒にやっていきます」

津田島から離れ、浩一郎に頭を下げてから、謙治は会場を後にした。

向かった先は銀座だった。

『ラスク・ムーン』に寄りたくなったのだ。

もらった清めの塩を胸や肩に振りかけてから店に入った。

奥の席にいたふたりの男が同時に立ち上がった。秘書の松信和彦と商品開発部の部長、昭島昇が飲んでいたのだ。彼らには三人の女の子がついていた。

めていた。


「社長、こちらに」昭島が言った。

和彦の隣には香織という女がついていた。彼女が入店したのは去年の夏である。素人くさい子だったから、長続きはしないと思っていたが、この店の水が合うのか、辞めずに勤めていた。

女の子のひとりが、謙治のボトルをテーブルに運んできた。バーボンをロックで、と頼んだ。

「お通夜の帰りなんだ」謙治はネクタイを外しながら言った。

「どなたの？」昭島に訊かれた。

「昔、世話になった人のだ」

香織の手が和彦の肩の辺りを触った。ついていた糸くずのようなものを取ったのだ。

その仕草があまりにも自然だったので、深い関係にあるのかもしれないとちらりと思った。

社長が同席したことで、会話が弾まなくなったのか、口数が少なくなった。

「ふたりでよく飲むのか」謙治が訊いた。

「たまにです」答えたのは和彦だった。

「この間、大阪に戻った時、偶然、広瀬に会いました」昭島が言った。

「広瀬？」

「ほら、契約違反をおかして、うちと似た店舗を作った……」

「ああ。お前の学校の先輩だっていう男だな」

係争中なのだが大した問題ではない。だが、まったく忘れていたことに自分でもびっくりした。

「相手は何か言ってたか？」

「今、松信にも言ってたんですが、かなり弱気になってます。でも、相当金に詰まってるみたいですから、勝訴しても金は取れないかもしれないですよ」

「金は二の次だ。勝てればいい。それが前例になるから」

和彦が手帳を懐から取りだした。「明後日ご報告しようと思ってたんですが、社長が会社を出た後、二本電話が入りました……」

二本のうち、一本は、建設中のセントラルキッチンの施工を任せている会社からのものだった。

「もう一本は、作家の六車勉さんからでした」

いきなり、どつかれたような衝撃が全身を駆け抜けた。

「六車勉、私、知ってます」昭島の隣にいた女の子が興奮気味に口をはさんだ。

「私も読んだことあるよ」香織が言った。

部下のふたりは口を開かない。

六車勉が、謙治のアリバイの証人となった川久保宏だということは、すでに週刊誌に書かれている。部下たちも、それを知っているということだ。

川久保が自分に電話をしてくるとしたら、必ず偽名を使うはずだ。ペンネームを使うなどあり得ない。

見えない敵が、何らかの意図を持って、六車の名前を使い、電話してきたに違いない。

「六車さん、どんな用か言ってたか？」

「いいえ。また電話すると言って切ってしまいました」

もっとも隠し通さなければならない秘密を、相手が突き止めたということだろうか。だとしたら、相手は、あの事件のほぼ全容を摑んだとみていいだろう。

しかし、相手は姿を現さない。摑んだ情報を小出しにして、謙治が苦しむのを愉しんでいるようだ。

とは言ってもいつかは必ず正体を現すだろう。

その時、自分はどうしたらいいのだ。相手を殺して日章旗を手に入れる。それしかないのか。殺しはリスクが高い。被害者の身辺を洗えば、自分の名前が浮上してくるに決まっている。今度は、あの時のようなアリバイを作れるはずはない。それに、敵がひとりとは限らない。

破滅。その言葉が、脳裏に鋭く突き刺さった。

「社長、どうかしましたか？」和彦が謙治の顔を覗き込んだ。

「いや、別に」つぶやくように言ってから、謙治は和彦を見た。「お前、彼の小説、読んだことあるのか」

「ありませんよ」和彦が小馬鹿にしたような顔をした。「あの人の小説、女の人向けのものでしょう？」

「俺は一冊、読んだことがあるよ。ハーレクインに毛が生えたような小説だったな」

「男の人はハーレクインを馬鹿にするけど、すごくよくできてる物語だと思う」香織が言った。「六車勉の作品も同じ。すごく文章が綺麗なのよ」

女の子たちは六車作品について、ああだこうだ話し続けた。

「社長、歌います？」昭島の手にはすでにマイクが握られていた。

「いや。歌はお前に任せる」

シャンソン歌手を目指してパリにまで行った昭島だが、その夜は、サザンオールスターズの『いとしのエリー』を歌った。上手だが、歌い方がシャンソン風だから、まるで魅力がなかった。

社員たちと一緒に一時間以上、飲んだ謙治は先に退散することにした。

「支払いはすべて俺に」柏山にそう言った。

「ひょっとして、原島さんのお通夜だったんですか？」

「うん」

「たまには一緒に飲みませんか」柏山が誘ってきた。

謙治は柏山をじっと見つめ、微笑んだ。「今夜はそのつもりできたんだけど、社員がいたから。俺は今から会社に戻る。社まで来てくれると助かります」

「午前一時を回りますよ」

「いいですよ。電話ください」

店を出た謙治は会社に戻った。いつものように念のため盗聴器のあるなしを調べた。問題はなかった。

社長室の横に小さな応接室がある。サイドボードの中には洋酒が並んでいる。外国映画の真似をしただけで、客に酒を勧めたこともないし、客が飲みたい素振りを見せたこともない。だから、ほとんどの瓶の封は切られていない。量が減っているのは、オタールというコニャックだけである。

謙治は水を用意してから、オタールをグラスに注いだ。一口飲んでから、川久保の家に電話を入れた。

「今、しゃべれるか」

「問題ない」

和彦から聞いた話を川久保に教えた。

「僕は電話してない」川久保は落ち着いた声で答えた。

「それは分かってる」謙治はそこまで言って黙ってしまった。

「僕たちの秘密を摑んだ人間がいるってことだな」

「結論を出すのはまだ早い」

謙治は、鏡子にかかってきた電話のこと、その後の経緯を事細かに話した。

「相手は、鏡子さんを巻き込んだのか」川久保の声色が変わった。

「だが、それ以来、連絡がない。そして、突然、今日、お前の名前を使って俺に電話をしてきた。同一人物だと俺は思ってる」

「いつかはこういう日がくると思ってた」

「よくまあ、そんなに落ち着いていられるな」謙治の語気に勢いはなかった。

「足掻《あが》けば足掻くほど、結果はさらに悪くなる」川久保が独り言めいた口調で言った。

「先生よ、じゃどうしたらいいか教えてくれ」

「相手が脅してきても、お前、絶対に手を出すな。もう人殺しの片棒は担がん。もしも相手が殺されたら、僕が警察に行く」

「お前は、俺のやった殺人の共犯者だと思った方がいい。重罪だぞ。たとえそうならなくても、社会から抹殺される」

「分かってる。だけど、これ以上は……」

「お前、鏡子のことを案じてたよな。俺たちが捕まったら……」

「それを考えると、僕も目の前が真っ暗になる。でもな、敵をお前が殺しても結果は同じだろうよ」

「お前のペンネームを使って、俺に電話を寄越した。ひょっとすると、敵がお前にも何か言ってくるかもしれない。相手はお前の性格までは知らんだろうから、あたふたすると考えるに決まってる。もしも、相手から連絡が入ったら、どんなことでも言うこときくから、って泣きつけ。そうやって相手の出方を見る。敵とまるで接点がないから、手の打ちようがない。お前に連絡があれば、それが糸口になるかもしれない。どんなに細い糸でも繋いでおきたいんだ」

「盗んだ金を返せ、或いは寄越せと言われたらどうする？」

「お前はどうしたい？」

「払う。まだ僕の取り分は手つかずのままだから、それをくれてやるし、もっと払えというんだったら払う」

「お前はいいよな。無一文になっても筆一本で食っていけるから」

「それは嫌味か」

「違うよ。羨ましいと思っただけさ」

「お前、会社を処分してでも金を作る気あるか」

謙治はすぐには返事ができなかった。いざとなったら、そうするつもりだが、こうもあっさり言われると躊躇いが生じた。

「強請《ゆす》りは永遠に続くと思った方がいい」川久保が続けた。「先生の日章旗を取り戻しても、相手は、僕たちのカラクリを知ってしまってるんだから」

「そうなったら、相手の言いなりになるしかないのは百も承知してる」謙治は苛立った声で答えた。

「せっかく築き上げた会社を捨てるのは辛いだろうが、お前、鏡子さんと息子を守りたいんだろう？　強請りも立派な犯罪。僕たちに居直られたら一巻の終わりだから、何とかなるさ」

「お前は変わらんな」

「え？」

「疎開先で知り合った時を思いだしたんだよ。ひ弱そうに見えたのに、お前は案外図太かった」

「僕はひ弱な人間だよ。それを知っていたから無理しなかった。当時の言葉で言えば僕は文弱。軍国少年になれない、列の外にいる人間だったってことさ」川久保の声が和らいだ。「分かった。敵が接触してきたら、交渉の場に出てこさせるように努力してみる」

「相手がお前に連絡してくるのを願ってる」

「残りのふたりにも、会社を捨てる気になれと言っておいた方がいいな」

「そのつもりだ」

受話器を置いた謙治は「糞《くそ》ったれ」と低く呻くような声で言った。

岩武と宮森に、川久保のような覚悟はありそうもない。

岩武の自宅に電話を入れた。娘が出た。父親は不在だという。謙治は適当な名前を告げて、受話器を置いた。

いくら飲んでも、冷たい躰は温まらなかった。

岩武から連絡が入った。彼は公衆電話からだった。書斎に使っている部屋や自宅にもかけたという。謙治は、川久保に教えたことを繰り返した。

「考えすぎかもしれんが、最悪の場合、会社を手放すぐらいの決断を迫られるかもしれない」

岩武は黙ってしまった。

「宮森に、俺の言ったことを伝えておいてくれ」

「…………」

「岩武、しっかりしろ」

「お前の言う通りにするしかないよな」

「ところで、娘と荻野の関係はどうなったんだ」

「元の鞘に戻った。だからまた荻野は先生の日章旗の謎解きを再開したらしい」

荻野が日章旗を持っている？　それはありえないだろう。荻野のしつこさに苛立ったが、今はそれどころではない。

一時少し前、また電話が鳴った。柏山からだった。

「今からそちらに向かいます」

「会社の近くに公衆電話があります。着いたらそこから電話をください」

一時半少し前に、柏山が会社の前に到着した。謙治は通用口から柏山を会社に入れた。

柏山は興味深げに社長室を眺め、応接室に入った。謙治が酒を用意した。柏山は、手にしていた鞄の中から、柿ピーとさきイカの袋を取りだした。

「大したもんだ。裸一貫から、これだけの会社を持てるようになるなんて」

柏山の話し方が昔に戻った。

「それもこれも、エビのことを柏山さんが教えてくれたからですよ」

「お返しはたっぷりしてもらってる。で、お前も俺と飲みたかったらしいが、俺に何か用があるのか」柏山の口調が昔に戻っていた。

謙治は目を細め、首を横に振った。「何もないですよ。いろいろあったから、柏山さんとゆっくりしたくなっただけです」

「また不穏な動きでも」

「まあそういうこと」謙治が長い溜息をついた。

「後三ヵ月ほどだね」柏山が淡々とした口調で言った。

「何が？」

「殺人の時効だよ」

「柏山さんは、昔から、俺がやったと思ってるんですよね」

「俺にとってはどちらでもいいんだよ。ともかく、時効が成立すれば、どんな脅しにも耐えられるはず。警察にあの事件を捜査する権利がなくなるんだから」

謙治は火のついていない煙草をくわえたまま、上目遣いに柏山を見た。

「そんな目で俺を見るな。俺が裏切るとでも思ってるのか」

「まさか」謙治は顔を作って、煙草に火をつけた。「根拠のない脅しでも、今度はしつこいんだ。だから、疲れちまって」

「相当瘦せたもんね」

「あんたと雀荘で会って、遊んでた頃が懐かしいですよ」

柏山がくすりと笑った。「謙治の弱気な姿を見るのは初めてだな」

「無手勝流で生きていける時はとっくにすぎました」謙治はグラスを口に運んだ。

「話は違うが、うちの店の香織って子、あんたの秘書と恋仲のようだ。気づいてたか？」

「今日、ちょっとそんな気配を感じましたよ」

「俺は、あの子の相談相手になってる。あの子、俺には何でも話すんだ。香織は相当本気だよ」

「和彦は真面目だし優秀な男です。結婚相手としては申し分ないと思うな。柏山さんはそう思ってないんですか？」

「あの男なら、俺もいいと思う。ちょっとスキがなさすぎるのが気になるけど」

「柏山さんはやはり、感情を表に出す熱い人間が好みなんでしょうね」

「古い人間だから、新人類にはついていけない」

謙治は、熱い男、照屋幸四朗のことを教えた。

「あの男が、スパイをね」柏山は首を何度も横に振った。「しかし、原島のどっちにしろ、しつこいね」

「うんざりしてます」謙治は大きな溜息をついた。「でも、あんたと話してると、気分がすっきりしてきましたよ」

「役に立てて嬉しいよ」

「和彦に俺から訊いてみましょうか？」

「いや、社長が口を出して、どうなるもんでもないだろう。彼から話がでた時に、聞いてやってくれ」

「分かりました」

「俺はもう、怖いお兄さん方の世界には疎くなった。だから役に立てないかもしれんが、困ったことがあったらいつでも話は聞く。弱気の謙治も、なかなか素敵だよ」

柏山はそう言い残して、腰を上げた。


謙治は、翌日、執り行われた本葬にも参列した。

出棺を見届けた謙治は、駐車場から自分の車で通りに出ようとした。

その時、男が駆け寄ってくるのが見えた。石橋刑事だった。

車を停めた謙治は、窓を開けた。「石橋さんは神出鬼没ですね。乗りますか？」

後ろから車が来ていたのを知った石橋は、ドライバーに軽く手を上げ、慌てて助手席に乗り込んだ。

謙治は上野方面に車を走らせた。

「以前、あなたの妹さんの拉致監禁事件の後だったですかね、私の運転する車に乗ってた時、いろいろお話ししましたよね。今、ふとあの時のことを思いだしました」

「で、今日は？」

「小柳さんを殺した犯人の目処が付きましてね」

思わず、謙治は石橋の顔を見つめてしまった。

「危ないですよ。前を向いててください」

謙治は正面に向き直った。

「で、何者だったんです？」

「ひとりは窃盗で三度臭い飯を食ったことのある男で、もうひとりは、高利貸しの集金人をやってた男でした。そいつの兄貴、若松勲《わかまついさお》っていうんですが、勲は一時、原島勇平のところで働いていたことがあった」

「じゃ、社長が……」

「若松勲に、原島勇平が電話で直接頼んだらしいです。まだ裏は取れてませんがね。原島勇平は、そいつに小柳が持ってる日章旗を盗み出せと言ったそうです」

謙治は煙草に火をつけた。口は開かなかった。

「どうしたんです？」

「どうもしやしないですよ」謙治は煙を静かに吐きだした。「で、日章旗は今どこに？社長宅にあるんですかね」

「それはまだ何とも。ガサ入れは、葬儀が終わってから、やる予定になってます」

「盗んだ連中が日章旗を直接、社長に渡したんですかね」

「いや、若松勲が金と引き替えに事務所で渡したそうです。なぜ、原島勇平が日章旗を手に入れたがったのか。残念ながら死んでしまったから、彼からは何も聞けません」そう言いながら、石橋はパイプに火をつけた。

「息子が共犯ってことはないんですか？」

「火葬場から戻ったところで、浩一郎さんには任意で事情聴取するつもりです」

勇平の自宅を捜索した結果、先生の日章旗が発見されたら、寄せ書きした四人の小学生の繋がりが、いずれは発覚してしまうだろう。

盗聴器をしかけたのは照屋で、浩一郎の集めた情報が父親に渡ったらしい。やはり、親子は、確執を越えて結託していたようだ。

あの日章旗は盗品だから、被害届が出される心配はないし、簡単な空き巣だと勇平は夕カを括って用心を怠り、実行犯の兄に自ら依頼したのだろう。ところが、小柳が家にいた。そこで、実行犯は凶行に及ぶ羽目になったに違いない。

しかし、すっきりしない点もある。先生の日章旗の謎を勇平はどのようにして知ったのだろうか。警察でも手をこまねいていることなのに。

「石橋さんは、私にそのことを知らせにわざわざ来たんですか？」

「興味があると思って」

「で、日章旗の持ち主の遺族が誰か判明したんですか？」

「いや、それはまだですが、本物が手に入れば、いずれははっきりするでしょう」

謙治は口を開かず、運転に専念した。謙治のベンツは昭和通りを走っている。

「どこでもいいですから、私を降ろしてください」

紺屋町《こんやちょう》の交差点に差し掛かっていた。

「神田の駅でいいですか？」

「もちろん」

謙治は紺屋町の交差点を右折し、神田駅を目指した。

車を降りた石橋は一礼すると、駅構内に姿を消した。

初めて事務所を持ったのは神田だった。謙治はしばしぼんやりと街並みを見ていた。

その夜、軍隊酒場の経営者殺害事件の犯人が捕まったニュースがテレビで流れた。

夕食を食べながら、謙治はそれを視ていた。

捕まったのは元暴力団員の太田徹《おおたとおる》、元会社員の若松三郎《さぶろう》。そして、若松の兄、勲の三人。若松勲が、軍装品のコレクターだった小柳が隠し持っていた、或る出征兵士の遺品である日章旗を盗めと指示した。その日章旗が盗まれたものだったことも報じられた。

「……実行犯ふたりは、空き巣に入ったが、当夜、早く帰宅した小柳さんと鉢合わせになり、犯行に及んだ模様です。警察は背後関係をさらに調べ、なぜ、その日章旗を盗ませたかを解明する方針だとのことです……」

謙治は黙々と食事をしていた。

「出征兵士の遺品って高く売れるのかしら」鏡子がつぶやくように言った。

「軍装品マニアというのが世の中にはいるらしい」

「お父さんの日章旗も売買されたものかもしれないわね。だって、相田って名乗った男、あれから全然連絡を寄越さないのよ。高値で売れたのかもしれない」

「可能性はあるけど、そんなものいくら高くてもたかが知れてる気がするな」

「そうね」

無邪気に話す鏡子の声を聞いているだけで居たたまれなくなった。

岩武と宮森は、このニュースを聞いて、震え上がっているはずだ。一刻も早く、岩武に連絡を取りたかったが、平静を装って、賢一郎とテレビを視ていた。

勇平宅の家宅捜索で、先生の日章旗が発見されたとしても、すぐに謎が解明できるわけはない。しかし、石橋の追及はさらにしつこくなるだろう。

浩一郎は肝の据わった男ではない。刑事たちに厳しく責め立てられたら簡単に全容を暴露しそうである。

原島親子は、誰かを使って、いじいじと謙治を脅かした。散々苦しんだところで、最後の手札を出し、強奪された金を奪い返そうと考えたのか。

しかし、小柳を殺した実行犯の逮捕で、彼らの計画は半ばにして頓挫したとみていいだろう。

それは、謙治にとってもまずいことだった。警察を相手にするぐらいなら、原島浩一郎に真相を知られ、強請られる方がまだましだ。川久保が言った通り、一から出直すことができるのだから。

午後十一時すぎ、謙治は書斎に使っている部屋に入った。

岩武の受話器を取る早さは異様だった。

「根津、どうしたらいいんだよ」岩武は取り乱していた。

「娘はいないのか」

「荻野のところに行ってる」

「今日の午後、石橋と会った」

その時の模様を岩武に教えた。

「俺はもう気が変になりそうだよ。先生の日章旗が警察の手に渡ったら、俺たちはもう……」

謙治は何も言えなかった。受話器を握った掌に汗が滲んだ。

「何とか言えよ！」

「あの日章旗の所有者は荻野だ。そして、奴の叔父は元警官だろう。日章旗が警察の手に落ちたかどうか何とか探りを入れろ」

「さっき、娘もあのニュースを荻野と一緒に視たらしく、俺に電話をしてきた。荻野は、お前が今、言ったことを実行しようとしてる。でもな、根津、日章旗の在処が判明したところで、俺たちは何もできないじゃないか」

「原島勇平宅から日章旗が発見されないことを祈るしかない」謙治が言った。

「そんな悠長な」

「じゃ、どうしろって言うんだ！」動揺が怒りに変わった。

今度は岩武が黙ってしまった。

沈黙がどれだけ続いたか分からない。

冷静さを取り戻した謙治が口を開いた。「宮森から何か言ってきたか？」

「泣いてたよ。あいつもお前と話したいそうだ」

「会うのはやばい。俺は……。いや、お前もおそらく、警察が監視してる可能性がある」

「じゃ、お前から奴に電話してやれ」

「分かった。娘から情報が入ったら、俺に知らせろ」

岩武は何も言わず受話器を置いた。

住所録を取りだし、宮森の自宅の電話番号を探した。宮森とは書いてなく、偽名の岡本と記してある。

宮森はすぐには電話に出なかった。謙治は舌打ちした。怯えて電話にも出られないのだろう。三度かけ直したら、やっと出た。

「根津か」宮森が締まりのない声で笑った。

「だいぶ飲んでるな」

「今日は日曜日。休みだからね」

「気を強く持ってろ、としか今の俺には言えん」

「俺はお前みたいに心臓に毛が生えてない。栄村先生は、いい人だったよな。地元の名士の息子の側に立たず、疎開してきた見ず知らずの俺たちをかばってくれた」

謙治は口を開かないことにした。酔った宮森の愚痴を聞く。今はそれしかできない。

「俺たち、先生に罰されるんだよ。いい人間に育ってほしいと思ってた先生を、俺たちは裏切った。最大の罪はお前にある」

今更、話を持ちかけた人間を責めて何になるのだ。ギャンブルに狂った挙げ句、会社の金に手をつけた。自分が助け船を出してやらなかったら、敗残者の道を歩むしかなかった男が言う台詞か！

謙治は心の中で怒鳴ったが、口には出さなかった。しかし、宮森の言いたいことは、謙治の想像を超えていた。

「お前が、先生の娘と一緒になった。それを先生は許せないんだよ。娘にもきっと腹を立ててるんだ。お前って人間を見抜けずにいることに対して。お前が鏡子さんと一緒にならなかったら、こんなことにはならなかったんだよ！」宮森は声を荒らげた。

謙治は思わず、電話を叩き切ってしまった。

テーブルの上に置いてあったウイスキーの瓶を手に取るとラッパ飲みした。

「あの野郎、言うにこと欠いて……」謙治は喘ぎながらつぶやいた。

それからしばらくして電話が鳴った。岩武だった。

「さっき娘が帰ってきた。今、シャワーを浴びてる。荻野は叔父に頼んだが、まだその答えは返ってきてない」

「何か摑んだら知らせてくれ」

「宮森と話したか」

「あいつベロベロだった。何かあったら、あいつは保たないかもしれん。俺よりもお前が面倒みる方がいい」

「どうして？」

「いいから、そうしてやってくれ」

謙治は静かに受話器を置き、またウイスキーの瓶を手に取った。


何の動きもなく時が流れていった。

不安を抱えたまま、セントラルキッチンの建設現場を訪れたり、新しい店舗、新しいメニューについて社員たちと協議した。これまでだったら、もっと積極的に意見を言う謙治だったが、言葉少なで、社員たちの提案にうなずくことが増えた。

「社長、私が言うようなことじゃないんですが、さっきのメニューに社長が賛成なさるとは」

そう言った和彦を謙治は睨み付けた。「いいんだ、あれで。余計なことに口を出すな！」

「すみません」

はっと我に返った。「すまない。本当に疲れが溜まってるらしい。悪かった」

「いいえ」和彦は戸惑いがちに微笑んで社長室を出ていった。

岩武からの情報だと、原島勇平宅からは日章旗は見つからなかったようだ。

若松勲の自供の裏付けが取れたのか、原島勇平が、被疑者死亡で書類送検されたというニュースが流れたのは、本葬から二週間後のことだった。

週刊誌は大騒ぎをしていたが、記者が何人か謙治に会いにきたが相手にしなかった。石橋からは音沙汰はない。それが不気味だった。

宮森は落ち着きを取り戻したようだと岩武から報告を受けていた。川久保とも話したが、彼は何を聞いても動じなかった。

見えない敵からの連絡もない。勇平が死に、浩一郎が事情聴取を受けたことで、脅しは終わったとみていいのだろうか。それは何とも言えないが、ともかく、謙治の周辺は凪のない日の湖のように静かだった。

六月に入ると、『パリ人肉嗜食殺人事件《じんにくししょく》』が日本中をあっと驚かせた。フランスの週刊誌の中には、城卓矢《じょうたくや》のヒット曲『骨まで愛して』まで例に挙げて報じたところもあったという。

深川《ふかがわ》では、元鮨職人による、通り魔殺人が起こり、七月に入ると、使い込みの発覚を恐れ、上司とビルの管理人を殺害し、放火するという事件も起こった。

しかし、日章旗を巡る事件の報道はまったくなかった。

八月に入った。時効まで後十二日に迫った三日のことだった。

その日は夕方から降り出した雨が、夜になって勢いを増した。

謙治が家に帰ったのは、午後九時すぎだった。チャイムを鳴らしても誰も出ない。

その日の午後、謙治の妹が遊びにきたはずである。鏡子は妹と賢一郎を連れて食事にでも出かけたのかもしれない。一日中、謙治は社にいなかったから、鏡子は連絡が取れなかった可能性がある。

自分で鍵を開け、部屋に入った。

居間の電気が消えていた。スイッチを捻ろうとした指が止まった。

ソファーに鏡子が座り、天井に顔を向け、ひとりで酒を飲んでいた。

「どうかしたのか。チャイムを鳴らしたけど……」

鏡子は答えない。

電気を点け、カーテンを閉めた。見えない敵が何か言ってきたのかもしれない。

た。

「賢一郎は？」

「美紀子さんのところに行ってます」

「え？」

鏡子が立ち上がり、真っ直ぐに謙治の方に歩み寄ってきた。手には茶封筒が握られてい

た。

鏡子の目は異様な光を湛えていて、視線は謙治に向けられているのに、何も見ていない

ようだった。

謙治の足許に茶封筒が落ちた。瞬間、鏡子が歯を剝き、両手の指を立て、謙治の首を鷲

づかみにした。

「許せない！　あなたは私を騙してた。出会った時から」

全身から汗が噴き出した。躰に力が入らない。

鏡子が謙治の首を絞め始めた。謙治はされるがままになっていた。

「死んで！　死んで！　この鬼畜……」

鏡子は髪を振り乱し、泣きわめいた。

殺されてもいい。謙治は本気でそう思った。

女とはいえ、憎しみのこもった指は異様な力を授かっていた。気が遠くなっていく。

急に首が楽になった。鏡子が足許からその場に崩れた。

吹き降りがさらに激しくなった。

謙治と鏡子の間に茶封筒が横たわっていた。咳き込みながら謙治は封筒に目を落とした。

宛名は根津賢一郎だった。

鏡子が顔を上げた。「あなたは、父の教え子じゃないわよね。違うって言って。違うって！」

鏡子は混乱していた。

謙治は項垂《うなだ》れたまま、その場に立っていた。

「中身、見ないの。相田は、それを賢一郎宛に送ってきたのよ」

謙治は跪き、茶封筒を手に取った。

中身は見ずとも分かっていた。先生の日章旗の写真に決まっている。

写真を引き出す手の震えが止まらない。

果たして、先生の日章旗の写真だった。

根津謙治の名前と佐藤宏のところに赤丸がついていて、岩武と宮森の名前の上にはチェックが入っていた。

裏に何か貼ってあった。

ワープロで打たれたメモだった。

〃お父さんの名前があるね。佐藤宏さんは六車勉という流行作家になってるよ。きっとお母さんが夢中で読んだことのある作家だと思う。岩武さんと宮森さんも立派になってる。お父さんの疎開先でのお友達はみんな成功してるんだ。賢一郎君は疎開って分かるかな。分からなかったら、お父さんにきいてね。みんなが偉くなったから、おじいちゃん、きっとすごく喜んでる気がする。賢一郎君もお父さんのような立派な人になってね〃

雨の音と鏡子の嗚咽の中、謙治は黙って項垂れていた。

もう何を言っても言い逃れはできない。

したたかに打ちのめされた謙治はさらに躰から力が抜けていった。やがて、大粒の涙が零れた。その涙が茶封筒に書かれた賢一郎という名前を濡らしてゆく。

「私、お父さんの日記を調べてみた。その時、思い出した。日記の最後の部分がなくなってたことに。そこにあなたのことが書かれていたのよね。だから盗んだ。その部分、どうしたの。処分したの」

謙治は口を大きく開けて、荒い息を吐いた。唇の端を伝って涎が垂れた。

「私、あの事件の犯人があなたかもしれないって思ったことはあった。あの頃、私、もういい歳だったけど、少女趣味から抜けきれずにいた。『俺たちに明日はない』を観て感激してたんだから。あなたが犯人でも、ついていこうと思った。それほど、私、あなたのことが……」鏡子は両手で顔を覆って泣きじゃくった。

「俺も、お前が好きで好きでしかたなかった」

「嘘よ！　嘘、嘘、嘘……」

「俺はずっとお前を騙してた。なぜ、そうせざるを得なかったか分かるよな」

「もっともっと前に教えてくれてればよかったのよ。子供を産むって言ったのは、私よ。あなた、あの時猛反対したわよね。私の躰を気遣ってくれてのことだと思ったけど、本当は違った。あの時、はっきり言ってくれていれば……」鏡子はそこまで言って、顔を歪めて笑った。「今更、そんなことどうでもいいけど、今の私は、昔の私じゃない。賢一郎の母親よ。あの子の将来がどうなるのか……」

謙治の口から声がもれた。叫びとも泣き声とも分からない声だった。

「あの子を守って。私、何だって協力する。あなたは、とてもいい父親だし、夫よ。今日の今日まで幸せだった。でも、あなたは本当にひどい。自分のやったことを覚えてたら、こんないい家庭は作らないようにすべきだったのよ。賢一郎は地獄に落とされる。父親が強盗殺人犯なんだから。あなたが自殺したって何も変わらない。死んだったら、親子三人で死にましょう。あなたと私で、あの子を殺して」

その言葉が、謙治に冷静さを取り戻させた。

「脅迫者が誰か分からないが、俺はすべて、そいつにくれてやる。三人で一から出直せるようにする」

「あなたは、そいつを見つけたら殺すんでしょう?」

「いや、絶対にそんなことはしない」

電話が鳴った。無視したがまた鳴った。

謙治が受話器を取った。

「兄さん、何かあったの?　賢一郎君を預かるのはいいんだけど、彼が寂しがってる」

「俺が今から迎えに行く」

受話器を元に戻した謙治に鏡子が言った。「迎えには私が行きます」

「一緒に行こう」

「来ないで。今夜はホテルに泊まる。賢一郎の前で、あなたといることなんてできない」

謙治は鼻水を啜ってから、静かにこう言った。「今のうちに離婚しよう。いや、してくれ。そうしないと……」

鏡子はそれには答えず立ち上がり、居間を出ていった。

ややあって、ドアが開け閉めされる音がした。

見えない敵は、謙治の一番大切なものを、木っ端微塵に破壊した。

鏡子との溝は埋められないかもしれない。いや、そんなことはない。どれだけ時間をかけても埋めてみせる。

しかし、一旦は籍を抜いた方がいいという気持ちに変わりはなかった。もしも捕まった時、彼らが根津という姓でない方が、いくらかはましだろう。

誰が、こんな残酷なことをしたのか。勇平はもう死んでいるのだから、残りは浩一郎しかいない。

相手が誰だろうが、手にかける気はなかった。踏ん張りきるしかない。早く敵からの連絡がほしかった。ほしいものは何でもくれてやる。

謙治は明け方まで、ソファーに座ったままだった。酒は飲まず、煙草ばかり吸っていた。

桃太郎が膝に乗ってきた。埋めていた金を取り出した夜に拾った猫である。桃太郎を撫でていたら、また犬たちのことを思いだした。桃太郎を膝から下ろし、窓に向かった。

窓を開け、ベランダに出た。横殴りの雨が降り続いていた。手摺《てす》りから下に目を向けた。

桃太郎が背後で鳴いた。謙治はふうと息を吐き、部屋に戻った。そして、桃太郎にエサをあたえた……。

いつしか雨上がりの陽射しが居間に射し込んでいた。

すべての予定をキャンセルして、謙治は会社を休んだ。食事を摂る気力もなかった。役所に行って離婚届の用紙をもらい、判子を押した。

テーブルの片隅に、先生の日記が何冊か置かれていた。隣に並んでいるのは六車勉の処女作だった。

　鏡子から午後になって電話が入った。

「会社に掛けたら休みだって言うから」

　鏡子は、田町にあるホテルに泊まっているという。賢一郎の学校のことがあるので、近くのマンションを借りたいと言った。

「鏡子……」

「何も言わないでください」

　鏡子は金を自由に使える。謙治は鏡子の好きにさせることにした。

　美紀子から電話が入った。

「鏡子さん、兄さんと別居すると言ってた。何があったのよ」

「すべて俺が悪いんだ」

「私にも話せないこと？」

「夫婦のことだから」何とか笑えた。「で、お前の方は変わりないんだね」

「鏡子さんから聞いてないの」

「何を？」

「私たち、店の場所を移すの。おかげさまで繁盛してて、手狭になったから」

　自分のやったことがバレたら、妹も暗い人生を送ることになるだろう。

「兄さん、聞いてるの？」

「おめでとう」

「ありがとう」礼を言ったが声が訝っていた。

タクシーで鏡子と賢一郎が泊まっているホテルに向かった。離婚届をフロントに預けにいったのである。

空腹は感じない。酒ばかり飲んでいた。

午後八時すぎに、チャイムが鳴った。ドアスコープから様子を窺った。

松信和彦だった。

ドアを開けた。酒臭い謙治を見て驚いたようだった。

「奥様から、会社に電話があったので、ちょっと心配になって」

謙治は和彦を居間に通した。「飲むか」

「いえ」

和彦が乱れたテーブルの上に目を向けた。

「お前だから正直に言うけど、女房が子供を連れて出ていった。だから、会社に出る気にもなれなくて」

「…………」和彦は目を伏せただけで口を開かない。

「会社の連中には黙っててくれよ」

「はい」

和彦は立ったままだった。

「座れよ」

「いえ、すぐに失礼しますから。こんな時に、話すことではないのかもしれませんが、その……」

「何だ？」

謙治の脳裏に不安がよぎった。何に対して不安なのか分からなかったが、神経が立っていて、いかなることにも怯えを感じてしまうのだった。

「『ラスク・ムーン』の香織って子、覚えてますか？」

謙治がにやりとした。「あの子とできたか？」

「僕は結婚を考えてます」

「そうかあ」謙治は惚けた。「なかなか感じのいい子だ。それはおめでとう」

「社長、あの子、誰の子供かご存じですか？」

謙治は目を瞬かせた。

若い頃の一時、取っ替え引っ替え、女と寝ていた時期がある。名前を覚えている女の数の方が遥かに少ない。そのうちの誰かが、自分の子供を宿していた？　いや、そんなことがあったとしても、あの子ではないだろう。自分には何も言ってこないのだから。

和彦の口許に薄い笑みが射した。「社長、自分の過去を振り返りましたね」

「まあな。でも、俺の子のわけないよな」

「香織は、柏山さんの娘なんです」

この間の柏山の様子からすると、そのことにはまったく気づいていないようだ。

「柏山さんが若い頃に付き合ってた温子《あつこ》という人の娘だそうです。社長は、温子さんという女性について何か覚えてますか？」

「いや。名前も聞いたことないな。柏山さん、そのことを知らないんだね」

「ええ」

「なぜ、教えないんだ」

「彼女、母親と自分を捨てた柏山さんをよく思ってなかった。あの店で働き出したのは、どんな男なのかを知り、いい加減な男だったら、脱税とか営業違反とかの証拠を摑んで、警察にチクってやろうって考えてたからだそうです」

「和彦、座れよ」

「いえ、このままで」

「そうかあ。あの子、そういう意図を持って『ラスク・ムーン』に」謙治は煙草に火をつけた。

「でも、柏山さんがきちんとした人だと分かって、当初考えていたことは、すべて忘れることにしたそうです」

「俺に、香織ちゃんのことを彼に伝えてほしいんだな」

「いえ。それは僕と香織で話します」

謙治は小さくうなずいた。

和彦の視線が、またテーブルの上に向けられた。「社長、六車勉を本当に読んでるんですね。くだらない内容の本ですよ」

「これは女房が……」そこまで言って、謙治は和彦を見つめた。「この間、『ラスク・ムーン』で読んだことないって言ってなかったか？　ああ、そうか。香織ちゃんに勧められて読んだんだな」

和彦は、懐から薄い雑誌を取りだし、テーブルに置くと、居間の真ん中に移動した。謙治に背中を向けたままである。

『呼集』というタイトルの雑誌。かなり黄ばんでいる。同人誌のようである。

雑誌を開き、目次を見た。その途端、雑誌が手から滑り落ちた。

巻頭を飾っていたのは川久保宏の『宴《うたげ》』という小説だった。

「和彦、どういうことなんだ、これは」謙治が声を荒らげた。

「お話ししたいことは山ほどあります」

「相田って名乗ってたのは、まさか……」

和彦は口を開かず、謙治は背中を向けたまま微動だにしない。

「和彦、こっちを向け。俺の顔が見られないのか」謙治の声が震えだした。

和彦がつかつかと謙治の前に歩み寄ってきて、今度は懐から写真の束を取り出した。そして高く放り投げた。

写真がはらはらと散る葉っぱのように、謙治の前に落ちた。膝に載った写真を手に取った。

〝栄村修一君〟という文字が目に飛び込んできた。先生の日章旗の写真だった。

「実物は僕の手にあります」

謙治はもう動揺する力さえ残っていなかった。「どうして、お前が……」

「五億、用意してください。真相はすべて分かりました。疎開でたった数ヵ月の間、一緒だった人間にアリバイを作らせる。よく考えつきましたね」

謙治の両手がぎゅっと握りしめられた。

「僕を殺そうなんて考えない方がいいですよ。手は打ってありますから」

「五億なんて金、現金で持ってるわけないだろうが」

「借金はできるでしょう。あれだけの会社のオーナーなんですから。今度の日曜日までに用意してください。お会いする場所は、社長にお任せしますが、岩武弥太郎、宮森菊夫、そして、六車勉こと川久保宏を現場に呼んでください。じゃないと取引すらしません。約束が守れなかったら、警察に行きます」

「お前を操ってる人間がいるんだな」

「原島勇平さん、草葉の陰で拍手を送ってると思いますよ」

「お前、彼の……」

「金を受け取ったらきちんとお話しします」

「日章旗を持ってこい。じゃないと金は払わん」

「もちろん、持っていきます」

和彦は謙治を見ずにそう答えた。そして、淡々とした調子でこう言った。

「僕は明日から会社に出ません。明日の午前十時に会議が入ってます。それから二時には、新規オープンする川口店の……」

和彦の口調はいつも通りだった。

謙治が弾かれたように立ち上がり、和彦の胸ぐらを掴むと、顎を殴りつけた。床に転がった和彦は、殴られた顎をさすりながら、ゆっくりと立ち上がり、謙治の腹に重い拳を沈めた。間髪を入れずに、前のめりになった謙治の左顎にパンチが飛んできた。謙治は半回転して床に倒れた。

ドアが開け閉めされる音が、床に響いて、謙治の耳朶《じだ》を揺すった。

謙治は動けない。殴打されたダメージではなかった。信頼しきっていた和彦に裏切られた衝撃が、謙治を萎《しぼ》んだ風船のようにしてしまったのである。

松信和彦は原島勇平の手先だった。浩一郎とも繋がっているのだろう。

それにしても妙だ。あいつの拳には憎しみがこもっていた。なぜだ。なぜ、あいつは俺のことを恨んでいるのだ。勇平の怨念《おんねん》が乗り移った？ そんな馬鹿なことがあるか。

気を取り直した謙治は、まず川久保に電話を入れた。

「緊急事態だ。よく聞いてくれ」

和彦の要求を川久保に教えた。

「……運転手に助けてもらえば、タクシーの乗り降りはできるんだろう？」

「親しくしてる個人タクシーの運転手がいるから、そっちのことは心配いらない。お前の秘書が、先生の日章旗を持ってたとはな」

「俺たち四人が揃わないと、相手は警察にたれ込むと言ってる。ともかく、お前も参加できるようにしておいてくれ」

「分かった。金で解決できるのは何よりだ。僕の分け前、まだ宮森の野菜の貯蔵庫に埋められてるんだろう。まずそれで半分以上は賄える。僕は喜んで提供するよ」川久保は落ち着いた調子で言った。

「そうしてくれると、みんなが助かる。あの金のこと、忘れてたよ」

「日時と場所が決まったら教えてくれ。僕はいつでも躰は空けられる」

岩武は自宅にも会社にもいなかった。

宮森はまだ会社にいた。

同じような説明をすると、宮森はおろおろするばかりだった。

「俺は行かん。もうお終いだ」

「五億要求をしている。それを渡さないと本当に後ろに手が回るぞ」

「俺たちを集めたいって、どういうことなんだ。金が欲しいだけなら、そんなことする必要ないだろうが。罠かもしれないぜ」

「俺の秘書は、俺を苦しめたいらしい。理由は分からんが」

「川久保は、地下に眠ってる奴の取り分を使ってくれていいと言ってるんだぞ。残りは二億四千万。俺が一億五千万用意するから、お前は四千万、何とかしろ」

「俺、そんな現金持ってないよ」

「いくら出せる」

「一千万」

「分かった。用意しておけ。残りの金については岩武と相談して何とかする。ともかく、集合場所には必ず来い」

「どこに集まるんだ」

謙治は閃いた。「お前の野菜倉庫でいいじゃないか。どのみち、埋めた金を掘り出さなきゃならない。運び出すのは、相手に任せればいい。危険を冒して、俺たちが運んでやることはなかろう」

「俺のところか」宮森が躊躇った。

「まさか、お前、あの金に……」

「馬鹿なこと言うな。俺の会社うまくいってるんだ。川久保の金に手をつけるなんて……」

「だったら問題はないだろうが。あの金があそこから消えれば、お前、あの土地家屋も処分できるし」

「お前の言う通りだな。そうしよう」

「今度の日曜日を空けろ。まずはコンクリートをはつらないといけないから、道具を用意しておけ。午前十一時に集まろう」

「…………」

「それでいいな」

「俺の目の前で相手を殺したりしないだろうな。時効が近づけば近づくほど、俺はあの夜のことを思いだしてしまうんだ」

「そんなことはしない。ともかく、ぐじゃぐじゃ言ってないで俺の言う通りにしろ」

電話が切れた。

「おい、宮森！」

受話器の中では、不通になった音が不快に鳴っているだけだった。

もう一度、岩武の自宅にかけた。岩武は戻っていた。

「近くに娘はいるか」

「ええ」

謙治は、川久保と宮森に話したことをもう一度手短に口にした。

「それは大変ですね」娘の手前、演技をしているのだが、いつもより早口だった。

「お前、八千万用意しろ。宮森は一千万しか手持ちがないらしい。残りは俺が負担するから」

「そんな……」

「何とかするんだ。娘のことを考えろ。一文無しになったとしてもその方がいいだろうが」

「分かりました」

謙治は日時を教えた。

「宮森の動揺が激しい。お前からも電話をしてやれ」

「そうします」

医者からもらっておいた睡眠薬を飲んだが、何度も起きてしまった。

翌日、普段通りに会社に出た。和彦が病欠だと聞かされた。

時間ができた時に、鏡子に電話をした。彼女はホテルにいた。

「俺だけど……」次の言葉がすぐには出てこない。

「離婚届、受け取ったわ」鏡子がつぶやくように言った。

「何とか、お前らに迷惑をかけないですむかもしれない」

「どういうこと?」

「相手と金でカタをつけることにした」

「誰だったの、相手は」鏡子の声に感情が動いた。

「それは会った時に話す。それよりも、事がうまくいったら、戻ってくれるか」

「………」

「駄目か」

「しばらく考えさせて。前のような暮らしに戻れる自信ないもの」

「分かった。ゆっくり考えてくれ。俺はどんな結果でも受け入れるから」

それから和彦のマンションのダイアルを回した。彼はすぐに出た。

「今度の日曜日、八月九日。午後七時に今から言う場所に来い」

「金は用意できたんですね」

「何とかした。ひとりでくるんだろうな」

「もちろんです」

謙治は宮森の住所と電話番号を告げ、行き方を教えようとした。しかし、その必要はなかった。

「僕は、彼の家なら知ってます」

平然とそう言われた謙治は、電話を叩き切った。


八月九日がやってきた。

尾行に気をつけながら金町を目指した。不審な車はいないようだった。

金町周辺は、十一年前よりもさらに変わっていた。田畑はすっかり姿を消し、小住宅が建ち並んでいる。

空は晴れ渡っていて、蟬の鳴き声がした。気温は三十度近くはあるだろう。

謙治は大きなトランクを手にして、倉庫に入った。中には一億五千万が入っている。

岩武も川久保もすでに到着していた。丸椅子が三脚用意されていた。岩武は椅子に座り、パイプをふかしている。宮森は、落ち着きなく倉庫の中を歩き回っていた。

クーラーなど設置されていない。じっとしていても汗ばんできた。

「本当に大丈夫かな」宮森が言った。

誰もそれには答えない。

「さあ、仕事だ」

十一年前の夏と同じように、防塵マスクとゴーグルをつけ、まず謙治と岩武が作業に取りかかった。地下の貯蔵庫の木製の蓋を電動ハンマーで砕いた。車椅子の川久保が、ドアの隙間から外の様子を窺っていた。見張りを立てる必要などなかったが、念のために、作業に加われない川久保にそう頼んだのだ。

十五年前だったら、車が通っただけで怪しげに思えたが、今は住宅街だから、人が通ろうがエンジン音がしようが不自然ではない。

六六年にここに金を埋めた時は緊張と興奮で無我夢中だった。七〇年に金を取り出す時は、未来が開ける玉手箱を一刻も早く見たくてわくわくした。

しかし、今回は躰が重かった。三人が交代で作業を続けた。

「お前の秘書が原島勇平のスパイだったとはね」休んでいる謙治に川久保が言った。

「俺が百円のエビ天丼をやってた時にバイトで雇った男で、神田に初めて事務所を持った時から、いつも同行させてた。まあ、いい。そんな話は」

「敵の正体が分かってほっとしてるよ」川久保が薄く微笑んだ。

「まだ誰にも言ってないが女房にばれた。六車勉が、親父の教え子で、可愛がっていた佐藤宏だということも分かってしまったよ」

川久保の顔から笑みが消えた。「で、鏡子さんは……」

「家を出た。離婚ということになるかもしれない」

川久保が小さくうなずいた。「鏡子さんと息子を犯罪者の家族にしないですむ。それだけで満足しなきゃな」

謙治と川久保はそれ以上、口を開かなかった。

ダダダダダ……。

コンクリートが崩されてゆく。倉庫には粉塵がもうもうと立ちこめていた。

昼すぎに休憩を取った。昼食はコンビニ弁当だった。犯行を犯した頃には、コンビニなどなかった。『すみ家』で弁当を売ることを提案したことをふと思いだした。

「相手は、これからも強請ってくるに決まってるな。そうしたらどうしよう」宮森がまた泣き言を口にした。

「覚悟しろ。お前が用意すべき金の都合をつけたのは俺だぞ」岩武が怒った。

宮森はしゅんとなって黙ってしまった。

作業は遅れていた。六時半をすぎても、まだトランクを引き出すことはできなかった。やっと取り出せる状態になったのは、陽が落ちて間もなくのことだった。

「車がきたぞ」川久保が言った。

午後七時十分すぎだった。謙治がドアの隙間から外を覗き見た。

軽トラックが倉庫の前で停まった。降りてきたのは和彦だった。助手席には誰も乗っていなかった。和彦は手に小さな鞄を携えていた。周りに人の気配はなかった。

謙治が中に通した。岩武と宮森が、作業を止め、和彦に目を向けた。

「何をしてるんです？」和彦が訊いた。

「お前にくれてやる金を取り出そうとしてるんだ」

「へーえ。まだ金を隠してたんですか」

「時間を無駄にしたくない。話せ、どうして俺を裏切ったかを」

「金を見てから話しますよ」

謙治が用意していたトランクを、和彦の前に置いた。岩武と宮森もそれに従った。

「残りは、今から取り出してやる」

和彦が、三人の用意した現金を簡単に改めた。その間に埋められていたトランクが引き出された。残っているトランクの数は二個である。それらをまた和彦の前に置いた。

「開けてください」和彦が言った。

岩武が和彦を睨んでから、言われた通りにした。

「結構です。閉じてください」

「改めないのか」

「社長を信用してます。三人ともお座りください」

謙治が先に左端の椅子に腰を下ろした。真ん中に岩武、右端に宮森が座り、川久保は謙治の隣に移動した。

「みなさんがこうやって一堂に会するのは、久しぶりのことですか？」

謙治が和彦を睨み付けた。「無駄口を叩くな。何で俺を裏切るようなことをした。まず俺はそれが知りたい」

和彦の片頬が軽く崩れた。「ここまで辿りつくのに長い時間がかかりました」

「俺はお前をかなり買ってた。なのに……」

「僕は社長が嫌いではありません。今でも」

「だったらなぜ」

和彦は壁を見たまま、曖昧に微笑んだだけだった。

「原島勇平が雇い主だと言ってたが、本当か」

「ええ。ですが、小柳とかいう男の殺しには、僕は関係ありません。原島さんに頼まれて、社長をスパイし、見聞きしたことを報告しただけですから。日章旗を手に入れた原島さんは、根津謙治という名前を見つけた時、日章旗の謎を探れと僕に命じたんです」

「よく鏡子の父親の遺品だと分かったな。前々から、女房の旧姓まで調べてたのか」

「いいえ。去年の十一月でしたか、奥さんのお兄さんから会社に電話があったじゃないですか。電話の主は栄村と名乗った。そこから一気に謎解きが進んだんです。奥さんの出身が長野市のY地区だと知り、探偵を使って調べさせました。費用はすべて原島さんが支払いましたけど、探偵からの報告を受けていたのは僕です。根津さんが疎開していた時の担任教師が、奥さんのお父さんだって分かった時は、胸が打ち震えました。当時のガキ大将にくっついてた男が、岩武さんのことも覚えてました。僕自身が探偵と一緒にY地区に行ったこともありましたよ。栄村さんの遺品である日章旗の写真を、その人に見せると、宮森菊夫と佐藤宏も疎開してきた少年だったと思いだしてくれました。宮森菊夫さんのことは電話帳で調べました。都内には同姓同名の人が何人もいましたが、徹底的に洗った結果、そのうちの一人が七〇年代に入って、急成長を遂げた旅行代理店『ＭＩＭ』の社長、宮森菊夫さんだと分かったんです。それでも、その人が社長の仲間かどうかははっきりしなかった。それが分かったのは、根津さんの奥さんが『滝沢』に来るはずだった時に、彼がやってきたからですよ」

謙治は微動だにせず、床を見つめていた。

「佐藤宏が婿養子に行き、川久保姓に変わったことは割合簡単に突き止められましたが、その後の足取りがまるで分からなかった」和彦が続けた。「川久保さんのお兄さんだって、弟が今どこにいるのか知らないと言ってましたからね。嘘をついていたのかもしれませんが、それをはっきりさせることはできませんでした。ですが、学校の先生をしていた頃に付き合いのあった人を捜し出せたことで事実に行き着いたんです。彼と話しているうちに、六車勉の処女作が、『呼集』という雑誌に川久保さんが書いた『宴』に似通ったところがあると言ったんです。車椅子の覆面作家。ピンときました。六車勉こと川久保宏の少年の頃の名前が佐藤宏だとね。根津さんとアリバイを証明した人物は、戦争中に疎開先で出会っていた。これまで根津さんと川久保さんが、つき通してきた嘘がばれた。アリバイが崩れたんですから、原島勇平の自宅を襲ったのが誰だったのか、口にするまでもないことですよね」

「もう分かった」川久保が口を挟んだ。「すべて認めるよ。だけど、僕は分け前はもらってない。埋められていた金は、僕の取り分だ。さっさと持って帰れ」

「なぜ受け取らなかったんです？」

「本が売れたから必要なくなった」

「あなたが作家になれたのは、あの事件に関わったからですよね。車椅子生活になってなかったら、今も教師だった気がします」

「そうかもしれないが、空しいよ」

「もっといい小説が書きたかったんですか？」

「うん」

「気持ちは分かります」和彦が鼻で笑った。「あなたの小説は、少女趣味の、ベタベタした気持ちの悪いものですものね」

川久保の目が鋭くなった。「お前に小説が分かるもんか」

和彦はそれ以上何も言わなかった。

岩武はパイプをおしゃぶりのようになめ回しながら口を開いた。「原島勇平は死んだ。

なのに、なぜ君は……。浩一郎が裏で君を操っているんだな」

「僕があんな馬鹿息子と手を組むはずないですよ」和彦が吐き捨てるように言った。「原島勇平は、僕をスパイにしたことを、浩一郎に話してもいない。照屋を雇ったのは浩一郎だったようですけど」

「盗聴していたのはお前らしいが、よく途中で、ばれたことに気づいたな」謙治の声に覇気はまったくなかった。

「社長が公衆電話を使ってるって社員が言ってたからです」

電話ボックスにいたところを社員に見られた。よく覚えている。

「しかし、なぜ、日章旗の写真を、息子に送りつけたんだ。原島は、あの時すでに死んでたんだぞ。勇平の遺恨を身代わりになって晴らすほど、お前は彼と親しかったのか」

「原島勇平さんは、よくしてくれました。父親代わりの人でした」和彦がしんみりとした口調で言った。

「だけど、お前がそこまで肩入れすることなかったんじゃないのか。俺だって、お前によくしてきたつもりだが」

「そうですね。僕も、あなたをスパイすることに心が痛んだことが何度もありました。だけど……」

「だけど何だ。すべてしゃべっちまえ」謙治の語気が鋭くなった。

「原島さんが初めて僕に会いにきたのは小学校の時でした」

「お前の両親が交通事故で死んだ後か」

「僕の両親はまだ生きてます。付き合ってないのでどこにいるのかは知りませんけど」

「………」

「僕の面倒を親身になってみてくれたのは原島さんです」

「お前、ひょっとして原島の隠し子か」そう訊いたのは岩武だった。

和彦が謙治の前に立った。和彦がポケットから写真を一枚取りだした。

それを見た瞬間、謙治は思わず声を出した。

「誰だか忘れたなんて言わせませんよ」

かすかな記憶しかないが、誰だか分かった。

あの夜、撃ち殺した迫水祐美子の笑顔から謙治は目が離せなかった。

「僕はね」和彦が、他の三人に目を向けた。「あなたたちが殺した女の息子です。さっき両親がいると言いましたが、それは戸籍上の親で、血の繋がりはありません」

川久保が両手で頭を抱えた。岩武は和彦から目を逸らした。

「殺したのは俺じゃない。根津だ。あんなことになるなんて……許してくれ、この通りだ」宮森は泣きわめきながら椅子から崩れ落ちた。そして、頭を床に擦りつけた。

和彦は、宮森にちらりと冷ややかな視線を送っただけで何も言わず、謙治をまっすぐに見た。

「僕が、原島さんに頼まれてスパイを始めたのは、『謙さんのどんぶり』でアルバイトに入った時からです。さっきも言いましたが、根津さんのことは嫌いにはなれなかった。だけど、あなたは、僕の母親を殺した。この間、社長に、香織の話をしましたよね。柏山さんに近づいた理由も。だけど、香織は柏山さんを許した。だって、香織の母親は柏山さんに殺されたわけじゃないですから」

謙治は迫水祐美子の写真を和彦に戻すと、立ち上がった。

「根津謙治は凶悪犯にも拘わらず、家庭的な人間で、妻と息子をとても幸せにしているのを、僕は見てた。あの家庭だけは絶対に破壊してやる。原島さんとは違った恨みを、僕はあなたに抱いて、あなたに仕えてたんですよ」和彦の声が興奮の色を帯びてきた。「この間、あなたの家を訪ねたのは、家庭がどうなったか見たかったからです。言わば、家庭訪問だったんですよ」

怒りがこみ上げてきたが、謙治は抑えた。自分は、この男の母親を殺しているのだ。

「簡単に詫びないところが、あなたの人柄をよく表してますよ。簡単に謝られたら、十億と値をつり上げてたかもしれない」

迫水祐美子に子供がいると石橋は言っていた。だが、そんなこと、今日の今日まで思い出しもしなかった。

「週刊誌に垂れ込んだのもお前か」岩武が訊いた。

「あれは原島勇平さんがやったことです。六車勉から電話があったと嘘をついて、社長の様子を見たのは僕ですが。社長、笑いたくなるほど、動揺してましたね」

謙治は唇を噛みしめ、黙っていた。

「佐伯を使って、僕をこんな目に遭わせたのは原島勇平か」川久保が訊いた。

「それは違うようです。原島さん、佐伯に腹を立ててましたから。浩一郎さんが関わっていた可能性はありますがね」

そこまで言って和彦が地下貯蔵庫の方に向かった。

はっとした。中にはまだずだ袋が放り込まれているはずだ。

そこには和彦の母親の遺品が入っている。それを見たら和彦が逆上するかもしれない。

しかし、止める手立てはない。

和彦が跪き、ずだ袋を地下から取りだした。そして、袋を逆さにした。

迫水祐美子のペンダント、時計、そして財布と共に二丁の拳銃が床に転がった。

和彦は、母親の遺品をじっと見つめていた。それから財布を開いた。

中に入っていたものを手にしてから拳銃の一丁を拾った。和彦の息が荒くなった。

謙治のところに戻ってきた和彦が、謙治に手にしていたものを見せた。

それは幼い和彦の写真だった。母親の隣で少年の和彦が幸せそうに微笑んでいた。

和彦は銃口を謙治に向けた。和彦の目が潤んでいた。

謙治は和彦から目を逸らさずに、何度も小さくうなずいた。

「止めろ。殺しても何もならない」川久保が低い声で窘《たしな》めるような調子で言った。

「僕は犯罪は犯しません」

「先生の日章旗を返してくれ。俺の女房のものだから」謙治が言った。

和彦が鞄から日章旗を取りだし、謙治に差し出した。

謙治は立ち上がり、日章旗を拡げた。

〝武運長久、栄村修一君……〟

他の三人が謙治の周りに寄ってきた。全員が先生の日章旗を黙って見つめている。

謙治は自分の名前を見つけた。その部分が汚れていた。血の跡に違いなかった。

謙治は日章旗を両手で強く握りしめた。

父親の乗った汽車を追う、鏡子の姿が鮮明に脳裏に甦った。

「根津さん、それはあなたの弔旗。血まみれの弔旗です」鋭い声でそう言った和彦が扉に向かってゆく。

扉が思い切り開かれた。

眩しくて目がくらんだ。

サーチライトのような照明が、倉庫内をまるで映画のセットのように明るく照らし出した。

「全員、その場を動くな」

拡声器がそう言った。

間髪を入れずに、武装した警官隊が倉庫になだれ込んできた。

宮森が泣き叫び、倉庫の奥に走り出した。しかし、すぐに取り押さえられた。

岩武はパイプをいじりながら肩を落とした。

謙治は長い溜息をつき、日章旗を手にしたまま背筋を伸ばし、胸を張った。

「犯罪は書くもんじゃなくて、やるものか」川久保がそう言って、甲高い声で笑い出した。


謙治たちは逮捕された。

警察車両に乗せられる寸前、彼の頭を押さえていた刑事の手を首を振って避け、謙治は近くに停まっていたセダンに目を向けた。

セダンのボンネットに寄りかかっているのは石橋だった。石橋は満足げに大きくうなずいた。謙治は笑ってみせたが、石橋は、それを無視して、謙治に背中を向けた。

その車の後部座席に乗っていたのは和彦だった。彼は一度も謙治の方を見なかった。

時効まで後六日。そこで謙治たちの長くて短い魔の時間に終止符が打たれた。

月が皓々《こうこう》と輝いている、蒸し暑い夜のことだった。

エピローグ

二〇〇一年五月十日〜二〇〇一年八月九日

根津謙治は、彼が予想していた通り、強盗殺人罪で起訴され、一審で無期懲役が言い渡された。謙治も検察側も控訴せず、結審。新潟刑務所に服役した。

仮釈放されたのは二〇〇一年五月十日だった。

裁判の中で、謙治は謝罪の言葉を口にした。捕まっても謝罪はしないと思っていた気持ちが崩れたのは、死刑を逃れるためではなかった。むしろ、謙治は死刑を望んでいた。和彦が殺した女の息子だと分かったことが原因だった。金と一緒に埋めておいた祐美子の財布から和彦の少年時代の写真が出てきた。それを見た瞬間に、謙治は事実上、崩壊したのである。

六十五歳になった謙治は、髪がかなり薄くなり、壁の中での苦労がシワとなって現れていた……。

公判中、老いた野上夫婦、太った小出芳子が証人として喚問された。彼らと顔を合わせるのが辛かった。

芳子は刺すような目で謙治を見て、犬を殺したことをなじり、裁判官に注意された。

増美も証言台に立った。桜井瞳の黒い過去。マスコミが大騒ぎしたろうが、謙治は、週刊誌を目にすることすら当然なかった。

増美のこともさることながら、根津も岩武も、そして宮森も成功者の上に、川久保は流行作家。マスコミはネタに欠くことはまるでなかっただろう。

松信和彦は、謙治に五億を要求した後、自ら警察に赴き、すべてを話したようだ。

警察は綿密に計画を立て、和彦の協力の許、あの捕り物劇を実行に移したらしい。

長いお勤めの間にもいろいろあった。

鏡子が何度か面会にきた。彼女の顔を見ると最初のうちは、涙が止まらなかった。自分のことを忘れてほしいと何度も言った。鏡子はそれには何も答えなかった。

離婚したいと手紙がきたのは、服役して半年ほど経った時だった。謙治に異存があるはずもなかった。その手紙の中に、桃太郎がベランダから落ちて死んだと書かれていた。

妹の美紀子は一度しか面会に来なかった。彼女を利用して、大和田運送のトラックを使用したことにショックを受け、絶縁すると言って面会室を出ていった。

松信和彦にお咎めはなかった。小柳殺しにしろ、日章旗の窃盗にしろ、和彦が関与していたという事実はまるでなかったらしい。和彦は勇平に頼まれて謙治のことを探っていたにすぎない。謙治が民事で闘うことはできると弁護士に言われたが、やる気などさらさらなかった。

『微笑亭』はしばらくは休業状態が続き、結局倒産した。大手の外食チェーンが借金も含めて、丸ごと買い取ってくれた。だが、謙治の手許には一銭も残らなかった。

逮捕起訴された謙治は、殺人はひとりでやったと強調し、仲間を庇おうとしたが通じなかった。

三人とも強盗致死罪で裁判にかけられ、岩武弥太郎と宮森菊夫には懲役十二年、川久保宏には懲役八年が言い渡された。宮森は控訴したが量刑は変わらなかった。岩武が獄中で心臓発作を起こし死んだと聞いたのは服役して七年後のことだった。

石橋刑事は退職の際、謙治に手紙を寄越した。

〝……あなたは最悪の男ですが、魅力はありましたよ。人間がいかに複雑で、優しい面もあり、残虐な面もあることを教えられました。私は、東京を離れ、友人と共に大分《おおいた》で、焼酎造りを始めることにしました。刑事になっていろいろな犯罪者を見てきましたが、一生忘れられないのは、あなたです。新潟の冬は寒いです。くれぐれもお躰を大切に〟

謙治は返書には、ただ、〝大変、お世話になりました〟とだけしか書かなかった。

投獄されて十四年ほど経った時、突然、川久保が謙治に会いにきた。

五十九歳になった川久保は、心労のせいか、髪が真っ白になっていた。しかし、以前よりも太り、元気そうだった。

謙治は薄く微笑み、川久保をじっと見つめているだけで、なかなか言葉が出てこなかった。

「今、僕は違うペンネームで、エロ小説書いてるよ」川久保は淡々とした調子で言った。

「お前がエロ小説か」謙治が短く笑った。

「けっこうファンがいるんだよ。岩武が死んだのは知ってるか」

「うん。宮森はもう出所してるはずだが、その後のことを聞いてるか」

川久保は首を横に振った。それからおもむろにこう言った。「余計なことだとは思ったけど、鏡子さんと息子のことを調べてみた」

謙治は目を伏せた。「それで？」

「消息はつかめなかった」

「そうか」謙治は小さくうなずいた。「で、お前は今も独身か」

「いや、この間、結婚した。同人誌で小説を書いている女とね」

「おめでとう」

川久保はしきりに照れていた。川久保の笑顔に謙治は少しだけ救われた……。

時々、手紙をくれる柏山が新潟までやってきたのは、川久保と面会した直後だった。そこで初めて、松信和彦と柏山の娘だった香織というホステスのことが話題になった。

柏山は香織というホステスの素性をすでに知っていた。

「和彦との結婚はどうなった？」

「俺が反対した。分かるな」

「そんなことしなくてもよかったのに」

「俺の気持ちが許さなかっただけさ」

「で、彼女は？」

「あの男の気持ちは理解できると言ってたけど、同時に奴の執念深さが怖くなったそうだ。だから、お前が気にすることはない。もう違う男と結婚してる」

「和彦はどうしてる？」

「それは分からない」

松信和彦の消息を知ったのは、出所してすぐのことだ。柏山がささやかな出所祝いをやってくれた際に教えてくれたのだ。

和彦は、居酒屋のフランチャイズ店を持った後、独立して、今は都内に二十店舗ほどを持つ会社の社長に収まっているという。

浩一郎のふたつの会社はバブル景気に乗って伸びたが、バブルが崩壊した後、夜逃げして行方知れずだという。

出所してからは、あの事件の関係者にはひとりも会っていない。会っているのは柏山だけだった。彼は香織に店を任せ引退していた。服役していた間に、自動車免許証は失効してしまったが、在監証明書を出せば、学科試験と適性検査を受け、合格すれば免許証は再交付されるという。謙治はその手続きを取り、試験と検査に合格した。

出所して二ヵ月後、謙治は柏山の紹介で江戸川区にある運送会社に運転手として就職した。六十五歳の人間を雇ってくれたのは、柏山に義理がある上、社長もまた若い頃、ワルだったからである。

八月九日のことだった。謙治は、神奈川県《かながわけん》の三崎《みさき》の缶詰工場に段ボール箱を運ぶことになった。そこから三島《みしま》で荷を積んで、小淵沢まで行く予定だった。

運転中、ふと二十年前のその日に逮捕されたことを思いだした。からっと晴れ渡った暑い日だった。

工場に着くと、荷物を降ろした。海の照り返しが強く、全身、汗でびしょ濡れになった。

作業が終わった後、三崎港近くの食堂で昼食を摂った。

トラックに戻ろうとした時、眼鏡をかけた老女が謙治の前を通った。

目が合った。女が悲鳴を上げそうになった口を押さえた。謙治はかけていたサングラスを外した。

鏡子だった。鏡子は古希を迎えたばかりのはずだ。

謙治は鏡子から目を逸らした。言葉は出てこない。

「お仕事で」鏡子が喉から搾り出したような声で訊いていた。

「トラックの運転手をやってる」

鏡子が無理に笑顔を作った。「私、再婚したの。夫が、あそこにある水産加工会社をやってるのよ」

鏡子の視線を追った。通りを渡った斜め前に、『岡島《おかじま》水産』という看板が見えた。二階建ての建物の前が駐車スペースになっている小さな会社だった。

鏡子は髪を軽く染めていた。体型はそれほど変わってはいなかった。謙治は、老いた鏡子を見ても美しいと思った。

「俺……」

「何も言わないで。私も賢一郎も平穏に暮らしてる。賢一郎は会社の跡継ぎよ。夫は何もかも知った上で、一緒になってくれたの」

「よかった。それじゃ、俺はこれで」謙治は深々と頭を下げ、駐車場に向かった。

「謙治さん」鏡子が呼び止めた。

謙治は肩越しに鏡子を見た。

「今、灰色の車が、会社に入ったわよね。運転しているのが賢一郎よ」

顔を見られたくなかった謙治は外したサングラスをかけ直した。

運転席から若者が降りてきた。

謙治は顔を隠すようにして、賢一郎を盗み見た。賢一郎は三十歳になっている。しかし、横顔に少年の頃の面影が色濃く残っていた。しかし、想像だにしなかった変化も見られた。賢一郎は、よく陽に焼けた、がっしりとした躰つきの、海の男に成長していたのである。

賢一郎がふと立ち止まり、こちらを見た。謙治は軽く鏡子に頭を下げ、駐車場に向かった。

トラックを出した。

鏡子が賢一郎と一緒に事務所に入ってゆくのが見えた。

鏡子が振り返った。母親の視線を追うようにして、賢一郎が謙治の方に顔を向けた。

謙治は思い切りアクセルを踏んだ。

謙治は何度も何度も瞬きをし、サングラスを外し、手の甲で目を拭いた。

白い夏の光が揺れる水面に跳ねていた。

眩しくてしかたがない。

サングラスをかけ直した謙治は、陽炎《かげろう》のたゆたう岸壁に沿った道を走り去っていった。

解説

末國善己

敗戦で満洲（中国東北部）から引き揚げた経験を持つ伊達邦彦《だてくにひこ》が、卓越した頭脳と運動能力で、戦時中に父の会社を乗っ取った巨大企業に復讐する大藪春彦《おおやぶはるひこ》『野獣死すべし』、ベトナム戦争直前のサイゴンを舞台にしたスパイ戦に、ベトナム残留日本兵のエピソードがからむ結城昌治『ゴメスの名はゴメス』などを見ても分かるように、戦中派が牽引した日本のハードボイルドや犯罪小説は、先の大戦の強い影響下で執筆された。

戦後七〇年の節目となる二〇一五年に単行本が刊行され、約半世紀前の〝終戦記念日〟から始まる本書『血の弔旗』は、戦争を意識して成長した日本のハードボイルドの伝統を受け継ぎ、昭和史のターニング・ポイントとされる二・二六事件が勃発した一九三六年に生まれ、敗戦で軍国主義的教育を否定されるなど日本社会に翻弄された主人公の人生を追うことで、日本の戦後とは何かを問う壮大なテーマを紡いでいる。

一九六六年八月一五日。戦前は大陸浪人で、戦後は金貸しで財を成した原島勇平の運転手をしている根津謙治は、バンドマンの岩武弥太郎、ギャンブルで借金を抱え勤務先の金を使い込んだ宮森菊夫を誘い、原島が政治家にばらまく裏金一一億円を奪おうとしていた。原島の屋敷には獰猛《どうもう》な番犬・大和、武蔵、陸奥（三頭の名は、大日本帝国海軍の戦艦に由来している）がいたが、謙治には懐いていた。謙治は、三頭を殺虫剤入りの餌で殺すと屋敷に侵入し、原島とひとり息子の浩一郎を縛り見事に金の奪取に成功する。ここまで計画は完璧だったが、クラブのママをしている浩一郎の愛人・迫水祐美子が突然屋敷を訪ねてきたため、謙治が仕方なく射殺したことが唯一の誤算となってしまう。

ちなみに一九六六年の勤労世帯の平均月収は九万七六六七円、二〇一七年が五三万三八二〇円なので五・五倍、一九六六年の東京都の小学校教諭の初任給が二万七一〇〇円、二〇一七年が二四万七五〇〇円（大卒）なので九・一倍。つまり謙治たちが奪ったのは、現在の貨幣価値で約六〇億円から約一〇〇億円という途轍《とてつ》もない額だったのである。

一九六八年に東京都府中市で起きた強奪事件の被害金額が三億円だったことを思えば、謙治たちが一一億円を奪う冒頭部は、物語のスケールを大きくするための脚色に思えるかもしれないが、そのような判断は早急に過ぎる。一九六五年、吹原《ふきばら》産業の社長が、三〇億円を預金するとして三菱銀行から二通の預金証書を詐取し、その証書を使って別の金融業者から三〇億円を借りるも、当の金融業者が三菱銀行に問い合わせると預金はないといわれた吹原産業事件が起きている。吹原産業の社長は、〝政財界の裏を渡り歩く謎の男〟と呼ばれ、預金証書の作成には与党の大物政治家の働きかけがあったともされているので、政治家がからむ裏金で一〇億単位の金が動くのは、一九六〇年代後半の常識からしても決して大袈裟ではなかったといえる。

原島の金が奪われたら、警察も原島も常に側近くにいる謙治を真っ先に疑うので、アリバイ工作も進められていた。謙治は、犯行の翌日、財布を落としたと新宿歌舞伎町の派出所へ行く。その財布は、犯行時間頃に作家志望の高校教師・川久保宏が拾ったと派出所に届けていたが、〝善意の第三者〟を装う川久保も謙治の共犯者だったのである。

実は、謙治と岩武、宮森、川久保は、戦時中の短い間だけ長野市郊外に縁故疎開していた。担任の栄村先生は、地元の子供たちから他所者《よそもの》として排斥されている四人を気にかけてくれていた。謙治たちは先生の美貌の娘・鏡子に憧れ、先生の出征を見送ったこともあった。謙治たちの縁故疎開にはノスタルジックな思い出もあるが、一つの国民学校の生徒たちが、決められた地域にまとまって疎開する集団疎開よりも接点を見つけ出すのが難しいだけに、犯罪を実行する仲間としては理想的だった。特に川久保は家庭の事情で戦時中とは姓が変わっており（旧姓・田島）、警察が謙治との希薄な関係性を発見できなければ、アリバイが崩せなくなっていたのだ。

謙治たちは強奪した一一億円で派手に遊ぶのではなく、ほとぼりが冷めるまでの四年間は農家の地下室に金を隠してコンクリートで封印し、その後は大金を元手に実業の世界での上がることを誓って別れる。だが、その直後から謙治を疑う刑事の石橋が執拗に付きまとい、金の奪還を狙って原島と裏社会の人間も暗躍を始める。

本書は、ダシール・ハメットの名作ハードボイルド『マルタの鷹』と同じように、謙治の三人称一元視点――謙治が見聞したものや内面は描写されるが、その他の登場人物の行動や心理は謙治も読者も不明のまま進んでいく。裏社会の人間は、謙治の恋人で劇団の研究生・富島増美の部屋に侵入したり、謙治の妹・美紀子と川久保を拉致したりする荒事《あらごと》に出るため、謙治ほどの胆力がない岩武と宮森は暴力に怯え口を割る危険が高くなる。ただ謙治には共犯者との短い会話で心情を推測するしかなく、肝心の連絡も共犯を疑われないため頻繁には行えない。一歩先さえも見えないのに次々と難しい判断を下さなければならない展開が、圧倒的なサスペンスを生み出しているのである。

裏社会の人間とは別の方向から謙治を追う刑事の石橋は、風采は上がらないが切れ者で、際どい質問をぶつけ、動揺した謙治が犯人しか知りえない〝秘密の暴露〟を思わず口にするのを狙っている。学歴エリートではないが、世間で揉まれ実戦的な知恵を身に付けた謙治は、石橋が罠を用意していることを熟知しており、慎重に言葉を選んで虎口《ここう》を脱しようとする。冒頭に完璧に見える犯罪計画が描かれ、僅かなミスを突いて真相に迫ろうとする刑事と、逃げ切りをはかる犯人の息詰まる頭脳戦が連続するところは、『刑事コロンボ』を彷彿させる倒叙ものの本格ミステリといえる。

その意味で本書は、ハードボイルドのダイナミズムと倒叙ミステリの知的興奮の両方が堪能できる贅沢な作品なのである。裏社会の人間の襲撃と石橋の追及を何とかかわした謙治たちは、満を持して実業の世界に打って出る。岩武は芸能プロを、宮森は旅行代理店を立ち上げ、川久保は人気の恋愛小説家になる。同じ頃、謙治は下積みを経てチェーンの飲食店という当時は珍しかった事業の拡大に着手していた。会社を軌道に乗せるため、謙治が目玉メニューの食材を仕入れるルートを開拓したり、新規出店の場所を検討したり、古参の幹部と勢いのある若手の人事バランスに頭を悩ませたりする中盤以降は、経営のノウハウが詰まったビジネス小説としても秀逸である。

といってもハードボイルド、犯罪小説の面白さが減じているわけではない。犯行直後ほどではないが、日本が空前の好景気に沸く一九八〇年代に入っても、警察や裏社会の人間などは、謙治たちの動向を探るのを止めていなかった。だが実業界で地歩を固めた謙治は、敵の攻撃を察知しても若い頃のように力で排除できない。この静かなサスペンスには血と暴力に彩られた前半とは違った趣があるし、終盤になると時効に向けて進むタイムリミットも物語を盛り上げるので、最後まで先が読めないだろう。

周到な計画による犯罪の実行、些細なミスによる予期せぬ殺人、執念深い捜査官との攻防といったストーリーから思い浮かぶのは、ドストエフスキーの『罪と罰』である。貧しい青年ラスコーリニコフは、高利貸しの老婆アリョーナを殺害するが、犯行の途中で入ってきた被害者の義妹リザヴェータも殺してしまう。アリョーナ殺しが一一億円の強奪、リザヴェータ殺しが迫水祐美子の殺害、徹底してラスコーリニコフをマークする予審判事ポルフィーリーは石橋と重なるだけに、著者は『罪と罰』へのオマージュとして本書を書いたと考えて間違いあるまい。ラスコーリニコフの完全犯罪を崩そうとするポルフィーリーは、『刑事コロンボ』の主人公コロンボのモデルともいわれているので、本書が倒叙ミステリの形式になっているのも必然といえよう。

アメリカ探偵作家クラブが一九九五年に選出したオールタイム・ベスト・ミステリー・トップ一〇〇で二四位にランクインしたように、近年はミステリとしても注目を浴びる『罪と罰』だが、本来は哲学的なテーマを描く思想小説として評価されてきた。著者も同様に、本書で『罪と罰』に匹敵する奥深いテーマを描いているのである。

謙治は、人気のスパイ映画『００７』シリーズのファンで、原島が運転手の自分を車から降ろした時にどんな密談をするのか興味を持ち、盗聴用のテープレコーダーを仕掛けることを思い付く。それは映画の影響を受けたたわいない夢想だったが、雀荘で卓を囲んだ学生が大負けし、借金のカタにカセット式のテープを使う最新式のレコーダーを持ってきたことで、盗聴を実行に移す。おそらく謙治が使ったレコーダーは、専用マイクに脱着可能な有線のリモコンが付き手許で操作できる仕様から、カセットテープを開発したフィリップス社製造販売のＥＬ３３０１と思われる。

謙治は、最新のテクノロジーに欲望を刺激され凶悪な犯罪に手を染めるが、これは過去の特殊な事情ではない。コンピュータと情報ネットワークの発達が整えた、誰もが匿名で自由に発言できる環境が人間のマイナスの感情を増幅し、差別と偏見、憎悪を撒き散らしている現状を踏まえるなら、著者は科学技術によって自覚のないまま価値観を左右されている普遍的な人間存在のあり方に切り込んだといえる。

さらに著者は、家柄も、学歴もないがゆえに社会の底辺でくすぶっていた謙治が、合法、非合法を問わないしたたかな手段でのし上がっていく黒いサクセスストーリーを丹念に追うことで、〝努力すれば成功できた〞、あるいは〝貧しいが夢が持てた〞というノスタルジックな美辞麗句で語られがちな高度経済成長期の幻想を打ち砕いてみせる。

高度経済成長期にも、現代と変わらない格差があり、従業員を使い捨てる企業が少なくなかった現実を暴くところは、経済がもっとよくなれば、格差も解消されるし、ブラック企業も淘汰されるとの楽観論への痛烈な皮肉に感じられた。

謙治たちは、迫水祐美子が流した血によって経営者としての一歩を踏み出すが、いつの間にか暗い過去を忘れてしまう。これは戦後は平和国家に生まれ変わったと標榜《ひょうぼう》しながら、一九五〇年に始まった朝鮮戦争による特需で戦後経済を復興させ、一九六五年に勃発したベトナム戦争でも経済のテコ入れを行うなど、他国の戦争で繁栄を維持してきた戦後日本の欺瞞《ぎまん》を暴く強烈なカウンターといえる。

執念深い追手をかわし続けた謙治たちが、時を隔てて発見された戦争の〝遺物〟によって危機的な状況に追い込まれていく終盤は、〝負の遺産〟ともいえる戦争の歴史を封印したい、あるいは美化する方向に修正したいと考える日本人が増えている現状に対し、まだ戦争を忘却するには早過ぎるということを突き付けているのである。

本書は二〇一五年七月、小社より単行本として刊行されました。
なお、本書はフィクションであり、実在の人物、団体等とも一切関係はありません。

JASRAC 出 1902873-901

|著者|藤田宜永　1950年福井県生まれ。'86年に『野望のラビリンス』でデビュー。'95年『鋼鉄の騎士』で第48回日本推理作家協会賞長編部門、第13回日本冒険小説協会大賞特別賞をダブル受賞。'96年『巴里からの遺言』で第14回日本冒険小説協会最優秀短編賞受賞。'99年『求愛』で第6回島清恋愛文学賞受賞。2001年に『愛の領分』で第125回直木賞を受賞。'17年には『大雪物語』で第51回吉川英治文学賞を受賞した。

血《ち》の弔旗《ちょうき》

藤田宜永《ふじたよしなが》

講談社文庫

定価はカバーに
表示してあります

2019年5月15日第1刷発行

発行者──渡瀬昌彦
発行所──株式会社　講談社
東京都文京区音羽2-12-21　〒112-8001
電話　出版（03）5395-3510
　　　販売（03）5395-5817
　　　業務（03）5395-3615

Printed in Japan

デザイン―菊地信義
本文データ制作―講談社デジタル製作
印刷―――株式会社新藤慶昌堂
製本―――加藤製本株式会社

ISBN978-4-06-512559-5

講談社文庫刊行の辞

二十一世紀の到来を目睫に望みながら、われわれはいま、人類史上かつて例を見ない巨大な転換期をむかえようとしている。

世界も、日本も、激動の予兆に対する期待とおののきを内に蔵して、未知の時代に歩み入ろうとしている。このときにあたり、創業の人野間清治の「ナショナル・エデュケイター」への志を現代に甦らせようと意図して、われわれはここに古今の文芸作品はいうまでもなく、ひろく人文・社会・自然の諸科学から東西の名著を網羅する、新しい綜合文庫の発刊を決意した。

激動の転換期はまた断絶の時代である。われわれは戦後二十五年間の出版文化のありかたへの深い反省をこめて、この断絶の時代にあえて人間的な持続を求めようとする。いたずらに浮薄な商業主義のあだ花を追い求めることなく、長期にわたって良書に生命をあたえようとつとめるところにしか、今後の出版文化の真の繁栄はあり得ないと信じるからである。

同時にわれわれはこの綜合文庫の刊行を通じて、人文・社会・自然の諸科学が、結局人間の学にほかならないことを立証しようと願っている。かつて知識とは、「汝自身を知る」ことにつきていた。現代社会の瑣末な情報の氾濫のなかから、力強い知識の源泉を掘り起し、技術文明のただなかに、生きた人間の姿を復活させること。それこそわれわれの切なる希求である。

われわれは権威に盲従せず、俗流に媚びることなく、渾然一体となって日本の「草の根」をかたちづくる若く新しい世代の人々に、心をこめてこの新しい綜合文庫をおくり届けたい。それは知識の泉であるとともに感受性のふるさとであり、もっとも有機的に組織され、社会に開かれた万人のための大学をめざしている。大方の支援と協力を衷心より切望してやまない。

一九七一年七月

野間省一

加藤典洋
完本
太宰と井伏 ふたつの戦後
解説＝與那覇 潤　年譜＝著者
一度は生きることを選んだ太宰治は、戦後なぜ再び死に赴いたのか。師弟でもあった二人の文学者の対照的な姿から、今に続く戦後の核心を鮮やかに照射する。
かP4
978-4-06-516026-8

金子光晴
詩集「三人」
解説＝原 満三寿　年譜＝編集部
一九四四年、妻森三千代、息子森乾とともに山中湖畔へ疎開した光晴が、三人の詩を集めて作った私家版詩集。戦争に奪われない家族愛を希求した、胸を打つ詩集。
かD6
978-4-06-516027-5